西方现代主义文学概论
（第三版）

Introduction to Western

MODERNIST LITERATURE

曾艳兵　——　主编

图书在版编目(CIP)数据

西方现代主义文学概论 / 曾艳兵主编. --3 版. 北京：北京大学出版社，
2024.9. --ISBN 978-7-301-35420-9

Ⅰ. I109.9

中国国家版本馆 CIP 数据核字第 20247FQ278 号

书　　　名	西方现代主义文学概论（第三版） XIFANG XIANDAI ZHUYI WENXUE GAILUN（DI-SAN BAN）
著作责任者	曾艳兵　主编
责 任 编 辑	李　娜
标 准 书 号	ISBN 978-7-301-35420-9
出 版 发 行	北京大学出版社
地　　　址	北京市海淀区成府路 205 号　100871
网　　　址	http://www.pup.cn　　　新浪微博：@北京大学出版社
电 子 邮 箱	编辑部 pupwaiwen@pup.cn　　总编室 zpup@pup.cn
电　　　话	邮购部 010-62752015　　发行部 010-62750672 编辑部 010-62754149
印 刷 者	三河市北燕印装有限公司
经 销 者	新华书店
	650 毫米 ×980 毫米　16 开本　24 印张　420 千字 2006 年 9 月第 1 版　2012 年 4 月第 2 版 2024 年 9 月第 3 版　2024 年 9 月第 1 次印刷
定　　　价	69.00 元

未经许可，不得以任何方式复制或抄袭本书之部分或全部内容。
版权所有，侵权必究
举报电话：010-62752024　电子邮箱：fd@pup.cn
图书如有印装质量问题，请与出版部联系，电话：010-62756370

目 录

第一章　概述 / 1
　　第一节　什么是西方现代主义文学 / 1
　　第二节　现代主义（现代派）、现代性、现代化辨析 / 6
　　第三节　西方现代主义文学的基本特征 / 11
　　第四节　西方现代主义文学产生的根源 / 15
　　第五节　西方现代主义文学的意义及局限 / 23

第二章　象征主义文学 / 28
　　第一节　概述 / 28
　　第二节　波德莱尔 / 36
　　第三节　艾略特 / 49
　　第四节　里尔克 / 64
　　第五节　象征主义文学在中国 / 78

第三章　意象派诗歌 / 91
　　第一节　概述 / 91
　　第二节　庞德 / 100
　　第三节　意象派诗歌在中国 / 107

第四章　未来主义文学 / 119
　　第一节　概述 / 119
　　第二节　阿波里奈尔 / 128
　　第三节　未来主义文学在中国 / 137

第五章　超现实主义文学 / 145
　　第一节　概述 / 145
　　第二节　布勒东 / 154

第三节　超现实主义在中国 / 163

第六章　表现主义文学 / 172
第一节　概述 / 172
第二节　卡夫卡 / 181
第三节　布莱希特 / 193
第四节　尤金·奥尼尔 / 203
第五节　表现主义文学在中国 / 216

第七章　意识流文学 / 227
第一节　概述 / 227
第二节　普鲁斯特 / 235
第三节　乔伊斯 / 249
第四节　伍尔夫 / 264
第五节　威廉·福克纳 / 276
第六节　意识流文学在中国 / 291

第八章　存在主义文学 / 302
第一节　概述 / 302
第二节　萨特 / 308
第三节　加缪 / 325
第四节　波伏瓦 / 338
第五节　存在主义文学在中国 / 347

结语：从现代主义到后现代主义 / 357
附录一：重要术语中外文对照表 / 366
附录二：重要作品名中外文对照表 / 367
附录三：重要人名中外文对照表 / 369

后记 / 371
再版后记 / 374
第三版后记 / 377

第一章 概 述

第一节 什么是西方现代主义文学

20世纪西方文学虽然不能说是现代主义独领风骚,但它无疑是20世纪重要的文学思潮和流派,其影响之大,意义之广,以及留给人们的印象之深,恐怕都是其他文学思潮和流派所无法比拟的。

英国著名文艺理论家马尔科姆·布雷德伯里与詹姆斯·麦克法兰曾在他们合著的《现代主义》一书中用"文化地震学"(Culture Seismologe)来记录文艺史和思想史的变化与更替。他们将这种变化分为三大级度,微震不在其列,因为它只是风尚节律性地随新老两代的交接更替而兴废。第一级有效的计量,从初震到震极再到余震,费时十年。而那些形成了风格和感性的持续的变化为第二级,需一百年时间。那些压倒一切的位移,那些文化的灾变,那些人类创造精神所造成的根本性的骚动——推倒了我们的信仰和观念中最稳固和最坚实的东西,把属于过去的广大地域夷为废墟。它怀疑整个文明或文化,并疯狂地另起炉灶,这就是第三级地震。① 显然,西方现代主义文学就属于这一范畴。

现代主义文学一般是指产生于19世纪末20世纪初至20世纪中叶的一种文学思潮或流派,它包括诸如后期象征主义、表现主义、未来主义、超现实主义、意识流小说等具体的文学现象和流派。现代主义文学是西方社会进入垄断资本主义和现代工业社会时期的产物,是动荡不安的20世纪欧美社会时代精神的反映和表现。现代主义文学的产生和发展有其独特的社会、历史与文化语境。

---

① Malcolm Bradbury and James McFarlane, eds. *Modernism 1890—1930*. Harmondsworth: Penguin, 1976, pp. 19—20.

从语义上说,"现代"(the Modern)包含着与"古代""远古"相对的时间概念,但"现代主义"(Modernism)却不是严格意义上的时间概念。正因为如此,人们很难确定一个现代主义的起点。从词源看,"modern"一词最早出现在晚期拉丁语中,当时拉丁语中的 modernus 指"最近""现在""此刻"等。倘若从这一时间概念出发,中世纪之后的西方文化和文学都可以称做"现代文化"或"现代文学"。在黑格尔看来,"现代"指的是"大约 1800 年之前的那 3 个世纪。1500 年前后发生的三件大事,即新大陆的发现、文艺复兴和宗教改革,则构成了现代与中世纪之间的时代分水岭"①。

"Modernism(现代主义)、Modernist(现代主义者)、Modernity(现代性)在 17 世纪与 18 世纪相继出现。19 世纪之前的用法,大部分都具有负面意涵(当其意涵具有比较性时)。"②现代主义(Modernism,又译作现代派)一词,根据《牛津大词典》的说法,它最早出现在斯威夫特 1737 年给蒲柏的一封信中,信中写道:"骚人墨客给我们送来了乱七八糟的诗人,带着令人生厌的省略语和稀奇古怪的现代主义,对英语的败坏就来自他们。"③但是,这里的现代主义同我们所论及的现代派毫无关系。现代这个关键概念,作为特殊的规则和实现特殊的状态,见诸尼采的著作。"Modern 的负面意涵及相关的词一直持续存在着,但是在整个 19 世纪,尤其很明显地在 20 世纪,有一个运动使 Modern 的词义演变朝向正面意涵。Modern 的正面意涵实际上等同于'改善的'(Improved)或'令人满意的'或'有效率的'。Modernism(现代主义)、modernist(现代主义者)的意涵已经由广义变为狭义,专指特别的趋势、潮流,尤其是指 1890 至 1940 年代的实验艺术与创作,于是后来 the modernist(现代主义的)与 newly modern(崭新近代的)便有了区别。"④即便如此,我们仍然很难确定西方现代主义文学产生的确切地

---

① 哈贝马斯:《现代性的哲学话语》,曹卫东等译,译林出版社,2004 年,第 6 页。
② 雷蒙·威廉斯:《关键词:文化与社会的词汇》,刘建基译,生活·读书·新知三联书店,2005 年,第 308 页。
③ The Philogical Society, eds. *The Oxford English Dictionary*. Oxford: The Clarendon Press, 1978, Vo. Vi, p. 573.
④ 雷蒙·威廉斯:《关键词:文化与社会的词汇》,刘建基译,生活·读书·新知三联书店,2005 年,第 309 页。

点和日期。美国诗人庞德(Ezra Pound,1885—1972)认为,中世纪以后的五六百年的文学都可以称为现代派;法国学者巴托尔认为,现代主义文学的起始是 1850 年;美国批评家爱德蒙·威尔逊则将 1870 年视为现代主义文学的起点;批评家西利尔·康诺利等认为,1880 年才是现代主义文学的起点;勃兰兑斯则说,1890 年是现代主义文学的真正开始;也有人将现代主义文学的起源限定在 1900 年或 1900 年以后。当代批评家迈克尔·莱文森说:"现代主义将会成为上世纪初的一个时代名称,它太遥远了,甚至不属于祖父母那一代。"①伍尔夫说得更为具体:"1910 年 12 月前后,人性发生了变化,所有的人际关系(例如主仆、夫妻、父子等)都改变了,随着人际关系的改变,宗教、政治、文学以及人的行为都发生了变化。"②总之,在这个问题上可谓众说纷纭,莫衷一是。文学是复杂的社会现象,它不像小孩诞生那样简单,现代派文学在形成波澜之势以前,早就在文学发展的过程中隐约地存在着。因此,探讨现代主义文学的准确发端日期,恐怕是不大明智的,也是不可能的。

　　一般说来,文学上的象征主义是现代主义文学的起点,也是现代主义文学中出现最早、生存最长、影响最大的一个流派。象征主义首先诞生在 19 世纪的法国。象征主义有前后期之分。前期的代表人物是波德莱尔、魏尔伦、韩波、马拉美。后期的代表人物是瓦雷里、里尔克、叶芝、艾略特等。后期象征主义继承和发展了前期象征主义的传统,使象征主义更趋完美,更具有现代主义特征。它坚持认为最高的真实是心灵的真实,而要表现心灵的真实既不能通过空泛的议论,又不能通过直抒胸臆来实现,而应当通过象征暗示来实现。因为世界是一个"象征的森林",主体与客体、人与自然、人的各种感观之间是同一的,不能分离的,因此,象征主义强调诗歌创作的音乐性和建筑的凝固性。后期象征主义在文学创作上的主要成就是诗歌创作。T. S. 艾略特是后期象征主义的代表作家。叶芝是爱尔兰诗人,他在继承前期象征主义传统的基础上,将民族性和现实性带进了象征主义诗歌。法国

---

① Michael Levenson eds. *The Cambridge Companion to Modernism*. Cambridge: Cambridge University Press, 1999, p. 1.

② 弗吉尼亚·伍尔夫:《论小说与小说家》,瞿世镜译,上海译文出版社,2000 年,第 294—295 页。

诗人瓦雷里被誉为"20世纪法国最伟大的诗人",他的代表作《海滨墓园》被认为是最富有哲理、最充满抒情性的诗篇。奥地利诗人里尔克的诗歌非常注重哲理性、音乐性和雕塑美,他往往通过对客观事物的精确观察和直接描绘,象征和暗示人物的主观感受。《豹》和《杜伊诺哀歌》("Duino Elegies")无疑是他最有代表性的作品。象征主义在戏剧创作方面也取得了巨大成就,斯特林堡的《鬼魂奏鸣曲》、凯泽(Georg Kaiser)的《从清晨到午夜》和梅特林克的《青鸟》无疑最集中地体现了象征主义戏剧的成就。意象派诗歌可以说是从象征主义诗歌中分离和发展起来的一个诗歌流派。

20世纪初至20年代是现代主义文学发展的全盛时期。意象派、未来主义、表现主义、意识流、超现实主义等文学流派均出现在这一时期。与前一时期相比,这一时期的文学流派明显增多,文学成就明显增大,而且还涌现出了一批像卡夫卡、艾略特、福克纳、普鲁斯特、乔伊斯、瓦雷里、叶芝等具有世界影响的作家。

意象派是1910年至1920年左右由英美等国一些年轻诗人组成的诗歌流派。他们主要在伦敦活动。这些诗人受到东方古典诗歌的影响,反对诗歌中空泛的抒情、陈腐的说教和抽象的感慨,强调诗人要用鲜明的意象来表现诗意。这个诗派以庞德、休姆、洛威尔等诗人为代表。他们强调把诗人的感触和情绪全部隐藏到具体的意象背后,而不加任何的解释、说教和评论。所谓意象,就是感觉中的具体对象,即"理性和感情的复合体"。这个流派着力于捕捉客观事物及其引起的主观感受,将两者结合起来以形成意象。其诗歌特征为短小集中、含蓄凝练、形象鲜明,诗情虽藏而不露,却并不难懂。

未来主义产生于20世纪初的意大利。未来主义的基本特征是:彻底抛弃以往的艺术遗产和传统文化,歌颂机械文明和都市混乱,打破旧有的形式规范,用自由不羁的语句进行随心所欲的艺术创造。未来主义有明显的文化虚无主义倾向,但它的创新性艺术实验却丰富了文学创作的艺术表现手法。意大利的马里内蒂是未来主义的创始人和理论家。法国的阿波里奈尔是一位从浪漫主义转向未来主义的诗人。他尝试将诗歌创作同绘画、音乐、声响结合起来,并借鉴立体主义绘画技法,创立了"立体未来主义"。

表现主义产生于20世纪的德国,之后蔓延到欧美各国。表现主义文学所表现的一般都是厌恶现代西方城市文明的主题,并对西方社会对人的个性压抑、人的异化以及帝国主义战争进行了揭露和批判。表现主义常常通过父子矛盾形式来表现年轻的新一代对专横残暴的旧制度的反叛和抗议。表现主义还表现了资本主义社会中人的异化主题。卡夫卡的《变形记》和奥尼尔的《毛猿》都是著名的表现人的异化的作品。表现主义大都否定资本主义物质文明和科学技术。他们认为,社会对现代化的追求是造成人欲横流、战争四起、人的异化的原因,机器文明给人类带来了混乱和不安。战争也是机器文明的产物。机器文明不能给人带来精神上的自由,甚至生命的自由,它只能给人类带来相互残杀,并且最终会毁灭这个世界和人类自己。表现主义者在对资本主义世界进行无情鞭挞的同时,还努力探索新社会的"新人"形象。表现主义的艺术特点主要体现在三个方面:揭示事物的内在本质、表现强烈的内心感受和探索新的语言形式。

意识流小说是20世纪二三十年代流行于英、法、美等国的一种非常重要的现代主义小说流派。意识流小说反对描摹客观现实,而着力于表现人的内心世界、人的意识流程。为了实现这一目的,意识流作家大量运用内心独白、自由联想和象征暗示的艺术手法,并在语言、文体和标点方面有很大创新。法国的普鲁斯特、爱尔兰的乔伊斯、英国的伍尔夫和美国的福克纳是意识流小说的代表作家。

超现实主义起源于20世纪20年代的法国,它由达达主义演变而来,其名称来源于法国诗人阿波里奈尔的剧本《蒂蕾齐娅的乳房》(1918),其主要作家有布勒东、艾吕雅和阿拉贡。1924年布勒东在巴黎发表《超现实主义宣言》正式提出了超现实主义口号。超现实主义者认为,理智、道德、宗教、社会以及日常经验都是精神活动的桎梏,必须打碎,只有无意识、梦和精神错乱才是真正的精神活动。因此,作家必须着力开发人的心灵深处的秘密及梦幻世界,以达到绝对的真实,即所谓"超现实"。超现实主义者提倡"无意识写作"、自动写作,强调不受理性或美学、道德准则制约的纯粹无意识写作方法。由于布勒东等人的积极活动,超现实主义很快就传播到了英、德、美、日等国家,甚至拉美的魔幻现实主义作家也接受了超现实主义的影响。

存在主义文学是20世纪30年代末在法国兴起的一种文学思潮,40年代,特别是在战后发展到顶峰,风靡了法国和欧洲,其影响迅速扩展到全世界。60年代其发展势头渐减,70年代后作为一种流派已不复存在了。存在主义文学标志着现代主义文学向后现代主义文学的过渡。"在理论领域出现对总体化的理性模式持久而强有力的批评中一个主要的分歧传统由19世纪中叶的欧洲存在主义者开始,通过20世纪早期美国实用主义者得到继续,在20世纪后50年由后结构主义与新法兰西理论所发展,所有这些都有助于产生一种后现代转向。"[①]存在主义文学显然是以其哲学内容为基本特征而得名的。存在主义文学的主要特点是:主张并强调文学是一种人生文学;强调文学的自我意识和自我分析;常用夸张变形等手法来表现外部世界的荒诞和虚无;强调冷静、客观的叙述风格。存在主义作家为了使其哲学内容与文学形式达到完美的统一,一方面广泛采用了现代主义、后现代主义的诸种表现手法,另一方面又注意人物形象的一致、时间顺序和情节发展的完整。存在主义文学的代表作家有萨特、加缪和西蒙娜·波伏瓦等。

自第二次世界大战后,西方现代主义文学便进入了发展分化期。这一时期主要有存在主义文学和荒诞派戏剧。存在主义文学标志着现代主义向后现代主义的过渡,而荒诞派戏剧已经具有非常浓郁的后现代主义气息,我们应当将后者划归为后现代主义文学。

第二节 现代主义(现代派)、现代性、现代化辨析

现代主义(modernism,又译作现代派)、现代性(modernity)、现代化(modernization)是三个紧密联系在一起,又有所区别的概念。

现代主义是一种广义的文化复合体,它既是一种思潮、一种运动,又是一种文化现象,或者更具体地说,"这个词常用于表示从第一次世界大战以来,公认为具有非常独特的观念、感受、形式和风格的文学艺

[①] 斯蒂芬·贝斯特、道格拉斯·科尔纳:《后现代转向》,陈刚等译,南京大学出版社,2002年,第21页。

术作品"①。英国学者史蒂文·康纳说:"当波德莱尔倡导一种能够记录短暂瞬间,而不损害其流变暂时性的艺术时,当沃尔特·佩特要我们从流变之中抓取强烈的瞬间时,当亨利·柏格森使一代人相信需要一种不会错误地将意识的纯粹时间之流空间化的表征时,当弗吉尼亚·伍尔夫寻求一种能够以独特的方式记录强烈内心经历的艺术时,我们可以看到这个反复表达的观念,即在人们对生活的感觉方式与用以表达那一感觉的形式之间有一种看来无法改变的张力。"②所谓现代主义,在康纳看来,就是关于经验与认识之间差别的特定观念,以及建立在这些观念之上的文学文本或文化文本。法国学者伊夫·瓦岱则认为:"'现代主义'一词不仅仅意味着摆脱过去、追求革新的意愿(这大概是英文'modernism'的意思),而且它还意味着一种拥护现代事物的参与或介入意识(尤其是在科学技术领域),意味着与现代事物保持一种积极的关系,这种关系不仅仅是一种审美态度的选择,而且还是一种价值观的选择,一种对未来的赌注。"③现代主义就是对现代事物的爱好,是对现代事物不遗余力的追求。现代主义显然也是一种艺术:"现代主义是一个正在迅速现代化的世界的艺术,是工业迅速发展、技术先进、日益都市化、世俗化和具有多种社会生活形式的世界的艺术。同样显而易见,它也是这样一个世界的艺术,在这个世界,许多传统的确定无疑的东西已不复存在,维多利亚时代那种不仅对人类进步,而且对现实世界的完整性和可见性的信心已烟消云散。"④也有学者认为:"现代主义文化运动主要呈现为一个不断分化的过程,而后现代主义则体现为一个去分化(dedifferentiation)的过程。"⑤

现代性常常指一种社会形态、一个时代,或者一个时代的一个阶段;它也指一种情绪、一种心灵状态,或者是一种体验。早在1863年波德莱尔就给现代性下了一个定义:"现代性就是过渡、短暂、偶然,就

---

① M. H. 艾布拉姆斯:《欧美文学学术语辞典》,朱金鹏、朱荔译,罗经国审订,北京大学出版社,1990年,第195页。
② 史蒂文·康纳:《后现代主义文化——当代理论导引》,严忠志译,商务印书馆,2002年,第10页。
③ 伊夫·瓦岱讲演:《文学与现代性》,田庆生译,北京大学出版社,2001年,第81页。
④ 马·布雷德伯里,詹·麦克法兰编:《现代主义》,胡家峦、高逾、沈弘、李新华、姚渝生、郑利民译,胡家峦校,上海外语教育出版社,1992年,第39页。
⑤ 参见周宪:《审美现代性批判》,商务印书馆,2005年,第297页。

是艺术的一半,另一半是永恒和不变。"①然而,过渡、短暂、偶然,乃至变化,并不只是现代性的特征,因为"变化"自古至今始终存在。因此这个定义显得比较笼统而模糊。英国著名社会学家安东尼·吉登斯说:"现代性指社会生活或组织模式,大约17世纪出现在欧洲,并且在后来的岁月里,程度不同地在世界范围内产生影响。"这个定义便比较具体,时间地点也比较确定。吉登斯进一步强调,现代性以前所未有的方式改变了"所有类型的社会秩序的轨道,从而形成了其生活形态"。"在外延方面,它们确立了跨越全球的社会联系方式;在内涵方面,它们正在改变我们日常生活中最熟悉和最带个人色彩的领域。"②总之,在社会学意义上,现代性被看作是"后传统秩序",它首先是指在后封建的欧洲建立的而在20世纪日益具有世界影响的行为制度与模式,或者说,指社会生活或组织模式。这里,现代性大致等同于"工业化世界"。其次,现代性又指资本主义,包括其竞争的产品市场和劳动力的商品化过程中的商品生产体系。③

在哲学意义上,哈贝马斯认为,现代性是一种新的社会知识和时代,它用新的模式和标准取代了中世纪已经分崩离析的模式和标准。福柯则认为,现代性主要是指一种与现实相联系的思想态度与行为方式,它与哲学认识论、方法论和道德、宗教、政治密切相关。④"我们是否可以把现代性想象为一种态度而不是一个历史的时期。所谓'态度',我指的是与当代现实相联系的模式;一种由特定人民所做的自愿的选择;最后,一种思想和感觉的方式,也是一种行为和举止的方式,在某一时刻、在相同的时刻,这种方式标志着一种归属的关系并把它表述为一种任务。无疑,它有点像希腊人所称的社会的精神气质(ethos)。"⑤马泰·卡林内斯库将现代性描述为一种进步的学说:"相信科学技术造福人类的可能性,对时间的关切(可测度的时间,一种可以买卖从而像任何其他商品一样具有可计算价格的时间),对理性的崇

---

① 波德莱尔:《波德莱尔美学论文选》,郭宏安译,人民文学出版社,1987年,第485页。
② 安东尼·吉登斯:《现代性的后果》,田禾译,译林出版社2000年版,第1、4页。
③ 吉登斯:《现代性与自我认同:现代晚期的自我与社会》,赵旭东、方文译,生活·读书·新知三联书店,1998年,第3、16页。
④ 陈嘉明等:《现代性与后现代性》,人民出版社,2001年,第2—3页。
⑤ Paul Rabinow ed. *The Foucault Reader*. New York: Pantheon Books, 1984, p. 39.

拜，在抽象人文主义框架中得到界定的自由理想，还有实用主义和崇拜行动与成功的定向——所有这些都以各种不同程度联系着迈向现代的斗争，并在中产阶级建立的胜利和文明中作为核心价值观念保有活动、得到弘扬。"①现代性有五副面孔：现代主义、先锋派、颓废、媚俗艺术、后现代主义（Modernism，Avant-Garde，Decadence，Kitsch，Postmodernism）。

现代性是一个非常复杂，而又充满矛盾的概念。从历时的方法出发，现代性可以区分为前期现代性和后期现代性；从共时的方法出发，现代性又可以分为社会的现代性和文化的现代性。前期的现代性大体上可以界定为启蒙的现代性，后期现代性则是对启蒙现代性的反思和批判。"启蒙精神始终是赞同社会强迫手段的。被操纵的集体的统一性就在于否定每个人的意愿。"②启蒙的统一理想终于演变成了不平等的压制。作为后期现代性的文化形态，现代主义是反前期现代性的，即反前期现代性的启蒙和工具理性。

总之，"一旦我们否定唯历史论和历史进步论，否定黑格尔的理性辩证法，而求助于神话和古老的文化价值，也就是说从尼采的作品刚一出现的时候起，我们就开始背离现代性"③。而这种对现代性的背离，其实已经进入了后现代性的话题了。现代性看来是多元的。现代性走向多样化，也就接近后现代了。"现代性的核心是对世界的一种或多种阐释方式的成形和发展……是一种独特的社会'想象'的成形和发展，与一套或几套新的制度形态的发展相结合……"现代性的核中之核就是"空前的开放性和不确定性"。现代性既没有终结，也不是一统的、西方的。"20世纪末无可否认的趋势是，对现代性的理解、不同现代社会基本的文化议事日程日益走向多样化，这种多样化远远超出20世纪50年代流行的现代性同质化图景和霸权图景。此外，在所有社会中，在变化不定的历史动力的影响下，这些阐释现代性的企图持续不断地变化，从而引出新的运动，这些新运动最终将再一次走向

---

① 马泰•卡林内斯库：《现代性的五副面孔：现代主义、先锋派、颓废、媚俗艺术、后现代主义》，顾爱彬、李瑞华译，商务印书馆，2002年，第48页。

② 马克斯•霍克海默、特奥多•阿多尔诺：《启蒙辩证法》，洪佩郁、蔺月峰译，重庆出版社，1990年，第10页。

③ 伊夫•瓦岱讲演：《文学与现代性》，田庆生译，北京大学出版社，2001年，第33页。

对现代性的意义做出重新阐释。"这样看来,现代性似乎是"处在无止境的试验中"。①

现代化是指社会朝着现代性发展变化的过程和结果。现代化"通常是用来表示完全令人喜欢或满意的事物……暗示着一些局部的改变,或是暗示对于旧机制或体系的改善"②。"'现代化'一词直到20世纪50年代才被作为一个术语广泛采用。……现代化概念涉及一系列的过程,诸如资本的积累和资源的利用;生产力的发展和劳动生产率的提高;政治权力的集中和民族认同的塑造;政治参与权、城市生活方式、正规学校教育的普及;价值和规范的世俗化等等。"③ "现代化是科学、理性与工业化的产物。它是社会中起作用的基础的改革。""现代化了的世界是一个复性环境,不为任何个人所有,不归任何固定的个人来统治。"④ "'现代化'过程就是指商品化、城市化、官僚机构化和理性化的过程,这些过程共同构成了'现代世界'。现代化过程是一个充满发明、革新和活力的过程。"⑤

哈桑说:"这种称作现代主义的文学几乎总是令人费解,这就是其现代性的一个标志。"⑥而当代批评家彼德·福克纳在《现代主义》一书的开篇中就指出:"劳拉·赖丁和罗伯特·格蕾夫斯于1927年发表了激动人心的《现代主义诗歌概观》,但是,在这部著作的大部分行文中,两位作者倾向于使用形容词'现代的',而不用'现代主义的'。同样令人注目的是,理查兹的《文学批评原理》(1924)和利维斯博士的《英语诗歌的新方向》(1932)都没有使用'现代主义'这个术语,尽管两部著作均讨论了诗歌的'现代的'特征,尤其是艾略特诗作的现代性——利维

---

① S. N. 艾森斯塔特:《反思现代性》,旷新年、王爱松译,生活·读书·新知三联书店,2006年,第7、64—65、66页。
② 雷蒙·威廉斯:《关键词:文化与社会的词汇》,刘建基译,生活·读书·新知三联书店,2005年,第309页。
③ 哈贝马斯:《现代性的哲学话语》,曹卫东等译,译林出版社,2004年,第2页。
④ 麦·布雷特勃莱:《现代化与现代意识》,刘若瑞译,见袁可嘉等编选:《现代主义文学研究》(上册),中国社会科学出版社,1989年,第6—7页。
⑤ 冯俊等:《后现代主义哲学讲演录》,商务印书馆,2003年,第2页。
⑥ 袁可嘉等编选:《现代主义文学研究》(上册),中国社会科学出版社,1989年,第170页。

斯称之为'一种现代的感受性'。"① 可见,"现代主义"与"现代性"、"现代主义的"与"现代的"这些概念其实是分不开的。

因此,我们在运用现代主义、现代性、现代化这些概念之前,对它们进行必要的辨析和梳理是有意义的,但是,试图清晰而准确地对这些概念进行界定,并在它们之间划出一条明晰的、确定无疑的、唯一的分界线确是徒劳无益的,也是不可能的。

第三节　西方现代主义文学的基本特征

早在1979年袁可嘉先生便从思想特征与艺术特征两个方面来概括西方现代派文学的基本特征。他认为:

> 现代派在思想内容方面的典型特征是它在四种基本关系上所表现出来的全面扭曲和严重异化:在人与社会、人与人、人与自然(包括大自然、人性和物质世界)和人与自我四种关系上的尖锐矛盾和畸形脱节,以及由此产生的精神创伤和变态心理,悲观绝望的情绪和虚无主义的思想。②

袁可嘉的观点显然源于马克思有关异化的理论。众所周知,异化问题是马克思早年研究探索过的问题。马克思认为,异化就是劳动异化。劳动异化表现在三个方面:一、劳动者同他的产品之间的异化,即物的异化;二、劳动活动本身的异化,即自我异化;三、人同自己的"类本质"的异化,这里面便包含着人与人之间关系的异化。

的确,异化作为"现代的主要问题",已"吞没了全部现代文学"。德裔美籍著名思想家埃里希·弗洛姆说:"在整个工业化的世界中,异化达到了近似于精神病的地步,它动摇和摧毁着这个世界宗教的、精神的和政治的传统;并且通过核战争,预示普遍毁灭的危险性,正因为

---

① 彼得·福克纳:《现代主义》,付礼军译,昆仑出版社,1989年,第1—2页。
② 袁可嘉、董衡巽、郑克鲁选编:《外国现代派作品选》第一册(上),上海文艺出版社,1980年,前言第5页。

异化已经达到了这种程度,越来越多的人才更清楚地认识到,病态的人乃是马克思承认的现代的主要问题。"①

那么,什么是异化呢?异化(alienation)原是英国经济学的一个名词,表示货物的出售和出让。后引申出政治上的意义,表示原始自由的丧失,人的自然权利向根据契约而成立的社会的转让或出让。随后异化又被引入哲学,有了新的意义。在黑格尔看来,精神的发展经历了三个阶段:客观精神——对象化(自然界与人类社会)——绝对精神。这里精神的对象化阶段也就是异化。

存在主义哲学家萨特在《存在与虚无》中也论及了异化。萨特将个人面临的浑然世界称为"自在的有"(being-in-themselves),而把个人自己的意识定名为"自为的有"(being-for-themselves)。"自在的有"是浑然的、未开化的、无定形的、无知觉的存在,它是人的意识登场时在那里跟意识打照面的东西,它对于人的意识来说是荒唐的、讨厌的、令人恶心的。"自为的有"则永远不是什么东西,是无,它老是不断地要成为什么东西。宇宙万有当中,唯有人是"自为的有"。当我的"自为的有"变成了他人的"自在的有"时,异化便发生了。并且,这种异化是必然的、永恒的、无法逃避的。我永远不能捉住别人的自我,别人的"自为的我"也总不让我抓住,我无可奈何,只好把别人看成一种永远威胁着我这自由主体的存在。萨特的剧本《间隔》就是这一异化观的形象表述。

现在我们通常所理解的异化是:主体在发展过程中,由于自己的活动而产生出自己的对立面,然后这个对立面又作为一种外在的、异己的力量而转过来支配主体本身。

艺术上表现异化的最鲜明而又直观的例子恐怕要属卓别林主演的《摩登时代》了。中国作家徐晓鹤的短篇小说《院长和他的疯子们》,也颇能说明异化与人的本质、常态与变态之间的关系。小说描写一个疯人院的院长,管了一辈子疯子,到头来(退休后)一旦离开了疯子,再以对待疯子的习惯思维对待常人,他自己也疯了。与此相对应,小说里写的另一件事也意味深长。在魏老倌家后面,有个锯木场,电锯声

---

① 埃里希·弗洛姆:《在幻想锁链的彼岸——我所理解的马克思和弗洛伊德》,张燕译,赵鑫源校,湖南人民出版社,1986年,第62页。

数里可闻,且十分刺耳难忍。但是人们一旦习惯了,也就以反常为正常了。有一天,锯木厂停电了,不锯木头了,四下里一片寂静,人们反而惴惴不安,无所适从。

至于西方现代主义文学的艺术特征,袁可嘉将其概括为三个方面。第一,在艺术与生活、现实与真实的关系上,强调表现内心的生活、心理的真实或现实。第二,在艺术与表现、模仿的关系上,现代派认为艺术是表现,是创造,不是再现,更不是模仿。第三,在内容与形式的关系上,现代派作家大都是有机形式主义者,认为内容即形式,形式即内容,离开了形式无所谓内容。至于西方现代主义文学具体的表现手法,袁可嘉又将其概括为七个方面:采用表现法,而非描写法;思想知觉化;自由联想;广泛运用意象比喻、不同文体、标点符号,甚至拼写方法和排列形式来暗示人物在某一瞬间的感觉、印象和精神状态;在叙述方法上摆脱传统文学那种由作者(或叙述者)出面介绍、评论等方法,而改用靠形象来暗示、烘托、对比、象征的手法;结构上变化突兀或多层次;淡化情节,人物形象扑朔迷离,作品的意义抽象化。

当然,现代主义文学是一个非常复杂、多变,而又充满矛盾和对立的文学现象和流派,因而笼统地概括其特征是非常困难的,甚至是不可能的。"现代主义在大多数国家里是未来主义和虚无主义的奇特混合物。它既歌颂技术时代,又谴责技术时代;既兴奋地接受旧文化秩序已经结束的观点,同时面对这种恐怖情景又深感绝望;它混合着这些信念:既确信新的形式是逃避历史主义和时代压力的途径,又坚信它们正是这些东西的生动表现。""现代主义可能不仅意味着艺术的新形式和独特风格,也意味着艺术的某种极大的灾难。总之,现代主义不单单表现艺术上存在着深奥、困难和新奇;它也表明凄凉、黑暗、异化、崩溃。"[1]总之,对现代主义的概括不可能是简单的、明晰的、纯粹的。

在我国,林语堂曾在《〈中央日报〉副刊》看到吴稚晖嘲谑抽象画的打油诗:"远看一朵花,近看是乌鸦。原来是山水,哎啊我的妈。"然后他自己作了一首咏抽象派女人肖像的打油诗:"远看似香肠,近看似蛋

---

[1] 马·布雷德伯里,詹·麦克法兰编:《现代主义》,胡家峦、高逾、沈弘、李新华、姚渝生、郑利民译,胡家峦校,上海外语教育出版社,1992年,第32、11页。

汤。原来是太太,哎啊我的娘!"①人们最初对待现代主义文学的理解和态度,大抵和林语堂相近。

就我国而言,有人从现代派产生的根源来界定,认为现代派是"西方进入垄断资本主义时代以来的产物"(袁可嘉),也有人说"它是西方现代工业高度发展的产物,是现代生产方式和生活方式的产物"(赵乐甡),还有人说它"来源于人民生活的源泉"(徐迟)。从现代派文学所反映的内容来看,有人说现代派"深刻而广泛地反映了现代西方社会的矛盾与人们的心理"(袁可嘉);也有人认为它只是"西方日益严重的社会危机的反映,也是资本主义社会危机的表现"(陈慧),还有人认为它"反映了现代西方社会各种关系的总和以及其中的内在精神"(徐迟)。而从表现方式来界定,则认为"现代派是一系列标榜反传统的作家、艺术家及其创作的总称","现代派又称先锋派,是从19世纪末直到今天西方国家里一大批不同于传统文学流派的总称"。(陈慧)我们认为,以上各种概括都是有一定道理的,但又是不够的。即使把所有这些概括都合并起来,同样也是不全面的。因为面对现代派这样一个复杂而又庞大的文学现象,任何简单的定义都将是不准确和不全面的,而任何各部分的组合绝不等于事物的全部。同样,对于现代派文学的整体特征的概括也很难得到令人满意的结论。有人将现代派文学分解为思想特征与艺术特征,虽然非常详尽,但终归缺乏整体感,并且,现代派作家从来就反对将作品的思想性和艺术性断然分开;另外,有人从宏观上把握,认为现代派文学的特征就是:扭曲性、颓废性、主观性,这样又过于模糊,同时几乎忽略了现代派文学的艺术特征和进步意义。为了避免以上概括的局限与片面,我们拟从下面四个方面对现代派文学的整体特征做出概括:

1. 由于危机感、幻灭感导致悲观厌世情调;
2. 由于人的异化而形成文学形式的荒诞与变形;
3. 由于个体的发展、自我意识的增强而使文学重于创造、工于形式;
4. 由于心理意识的加强使整个文学向内转,重主观,形成意识流

---

① 施建伟编:《林语堂代表作》,河南人民出版社,1999年,第263页。

般的特点。①

这四个方面互相渗透、互相影响、互相联系、互成因果,最终形成了一个生机勃勃的有机体。而这一有机体内部又充满着矛盾与对抗,并且在不停地发展变化着。因此,我们的概括同样不能说是圆满的。不过,由此我们对于现代派文学又有了一种新的认识。

第四节　西方现代主义文学产生的根源

一　文学根源

从西方文学史来看,现代主义文学也是西方文学自身发展演变的结果。19 世纪以前的欧洲文学主要推崇以亚里士多德为代表的"摹仿说",这在 19 世纪的现实主义文学那里得到了登峰造极的发展。现实主义作家强调真实地再现客观世界,认为艺术不仅可以摹仿自然,而且它所摹仿的现实本身也是真实的。客观性和真实性成了现实主义文学最重要的因素。然而,现代主义作家却认为,以往的文学,尤其是现实主义文学,过于强调了文学再现外部世界的功能,从而限制或扼杀了文学的表现功能,忽略了作家创作的主观因素,抑制了作家的创造力和想象力。况且,所谓"真实",其实只是人们对真实的看法,有什么样的"真实观",就会有什么样的真实,所谓唯一的客观的真实其实并不存在。浪漫主义有浪漫主义的真实,现实主义有现实主义的真实,自然主义有自然主义的真实,现代主义自然也有现代主义自己的真实。人们不能将自己的真实观当作唯一的真实,而将所有与自己的真实观不吻合的文学全部当作"虚假"而加以排斥或拒绝。因而,现代主义作家反其道而行之,他们抛弃了传统文学对客观真实性的刻意追求,转而重视对主观内心世界的挖掘和分析,从而形成了整个文学"向内转"的趋势。

从文学渊源来看,现代主义文学也充分地借鉴和吸收了传统文学

---

① 曾艳兵:《西方现代派文学研究》,天津人民出版社,1993 年,第 6—7 页。

的成果和经验。"国际现代主义根植于下述若干因素:印象主义绘画,且不说它在理论上受到怎样的切割和改造;自然主义文学,且不说左拉作品中的那种现实主义受到多么强烈的反对和嘲弄;象征主义诗歌,且不说其象征如何花样翻新;瓦格纳和德彪西的音乐剧,且不说勋伯格的实践与其有多大的离异;一种更为普遍的精神至上主义,而这又是一个包含一切的覆盖物,在它的伞盖之下,有梅特林克和斯特林堡的梦剧,有叶芝和里尔克的诗歌,实际上它涵盖了标志着每一场运动及其宣言之特点的对技术和机器的敌意。所有这些因素(自然主义也许是个例外)都帮助孕育了印象主义文学的产生和发展,它的外表已被改造成色彩、幻灭、无常的现实,空间的压缩和时间的分解。"[1]就法国而言,现代主义文学的影响可以直接追溯到文艺复兴时期的拉伯雷,以及浪漫主义时代的夏多布里昂和戈蒂耶等作家和诗人,当然,福楼拜、左拉等现实主义和自然主义作家在现代派文学的形成过程中也有着举足轻重的地位。在德国,人们在论及现代主义文学时将必定提及诺瓦利斯、蒂克、克莱斯特、霍夫曼等19世纪作家。此外,人们还不得不提到斯特林堡、易卜生、爱伦·坡、多恩、陀思妥耶夫斯基……因此,现代派文学的形成绝非只是简单地受到某一作家或某一流派的影响,而是受到了各种流派以及各种风格的作家的广泛而又复杂的影响。

二 政治、经济、科学根源

19世纪末20世纪初,西方各国的经济发展尽管并不平衡,但欧美一些主要国家都先后较快地进入了垄断资本主义阶段。一方面,由于工业革命和科学技术的进步,这些国家的经济获得了迅猛的发展。在20世纪的第一个10年内,德国的钢铁和煤炭生产能力翻了一番。英、法、美等其他一些欧美国家人均工业产量也获得了惊人的增长速度。但是另一方面,社会生产的高度组织化和机械化、资本的高度集中,却使资本主义从自由竞争迅速走向垄断。在一些主要的资本主义国家中,往往几个集团(如美国的洛克菲勒,德国的西门子、施笃姆等)就可

---

[1] 弗雷德里克·R·卡尔:《现代与现代主义——艺术家的主权 1885－1925》,陈永国、傅景川译,中国人民大学出版社,2004年,第177页。

以占据全国的金融、经济命脉。从 19 世纪 70 年代到第一次世界大战爆发的 40 余年间,英、德、法三国的产品占据了国际市场的五分之三。资本主义的垄断性使其必然要进一步加强对内盘剥和对外掠夺,对内加重盘剥必然加剧劳资矛盾,或者说无产阶级和资产阶级的矛盾,而对外加紧掠夺则必然加剧殖民地人民和帝国主义宗主国之间的矛盾。资本主义的垄断和帝国主义化使其固有的种种矛盾越来越尖锐,从而造成民主运动、民族独立和解放运动的高涨,也刺激了经济危机的发生,加速了战争的爆发。

两次世界大战给整个世界带来了毁灭性的灾难,促使人类不能不从新的角度来思考自己的命运。第一次世界大战在世界范围内约 30 个国家参战,约 15 亿人卷入了这场战争,结果,信奉同一个上帝的人相互残杀,伤亡人数约 3000 万。第二次世界大战是一场更加疯狂、更加可怕的大屠杀。直接在这场战争中死亡的人数大约是上次大战的 3—5 倍,由于德国法西斯的种族灭绝政策,大约有 500 万犹太人被屠杀。这不能不使人们发出"上帝死亡"的绝望的呼喊。人类几千年精心构造的所谓理性、信仰、道德等观念在战争的硝烟下,顷刻之间烟消云散。这是一个"大灾难年代",从拿破仑、俾斯麦到希特勒,他们的"英雄"业绩给人类造成了巨大的灾难和后遗症:滑铁卢战场阴魂未散,欧洲大陆战火又起,而广岛、长崎上空无形的幽灵至今仍在为昔日的大灾大难而呻吟。人类杀人的技术愈来愈先进,救人的医术也愈来愈高明,这真是人类荒诞的生存状态。在这"杀"与"救"之间,最后究竟是杀出一片不毛的宇宙,还是救出永生的人类?对此,西方现代派作家没有丝毫的乐观。人们终于渐渐明白了,原来人类历来所说的理想、伟大、光荣,竟只是少数野心家用来坑害亿万人民的美丽谎言!西方人对人类的本性产生了怀疑,对未来的命运和前途感到焦虑不安和悲观绝望。正是在这种背景下,尼采愤而向世人宣告:"上帝死了!"当代奥地利作家彼得·汉德克说:"天堂的大门已经关闭,现代人已没有任何希望,他们的灵魂将永远在这个世界上徘徊游荡。"[①]

许多民族国家的诞生以及俄国十月革命的胜利,随后苏联、东欧

[①] 见章国锋:《"天堂的大门已经关闭"——彼得·汉德克及其创作》,《世界文学》1992 年第 3 期,第 303 页。

和中国等社会主义国家的出现,在20世纪前半叶的相当一段时间内,曾使世界处于两大阵营对峙的局面,在冷战的形势下,两大阵营基本上处于隔绝状态,这种人与人之间的对立、冷酷关系,也给西方世界带来了深重的危机感。

  与此同时,科学技术一日千里的迅猛发展使人们对已经熟悉了的世界变得愈来愈陌生,它改变了人们的生活方式、思维方式和文化价值观念。譬如爱因斯坦的相对论、普朗克的量子论、海森堡关于粒子的"测不准原理""熵"的观念、非欧几何学等都改变了人们对世界,乃至对人类自身的看法。"人们不再追求整体,一切知识都是有限的。"①人们发现,所谓客观的、实在的世界其实并不存在:声音不过是物体的振动频率通过空气传至人的耳膜所引起的现象;而颜色则是物体所放射出来的电磁波作用于我们的视网膜的结果。中国当代作家史铁生就曾经说过,人的体温的变化会引发人所看到颜色的变化。现代世界已从牛顿的封闭时代,发展到了爱因斯坦的相对阶段。尤其突出的是,科学技术作为生产力,它的迅猛发展,大大地推动西方现代经济的发展,现代科学与现代经济相结合后,形成了强大的经济联合体。在新的经济结构中,人的自由度反而愈来愈低,异化的程度也愈来愈深,这使得西方人在精神上更加惶恐不安、无所适从。另一方面,物质文明的高速膨胀反而使人类的精神文明极度空虚。机器人、计算机、电脑由人制造,反过来又使人失掉了主体性,在高速度、高频率中疲于奔命,在竞争中失却了自我。人类失去了精神家园,于是,面对茫茫宇宙大声询问:"我是谁?""我从哪里来?""到哪里去?"②同时,人类的生存条件也因为物质生产的飞速发展而变得极度舒适,而这种舒适又使人类愈来愈不能适应大自然的风雨寒热,而且还严重地污染了人类赖以生存的自然环境,人类种种美好的情感也随着这失掉的大自然一起失却了。譬如旅行,借助现代先进的飞机,中国去日本才两个小时,去美国也不过十小时左右,非常平稳舒适,然而来去匆匆,失去了风土和人情,

---

  ① 沃尔夫冈·韦尔施:《我们的后现代的现代》,洪天富译,商务印书馆,2004年,第116页。

  ② 这些问题早在1843年"存在主义之父"克尔凯郭尔就在《再现》(又译为《重复》)中提出来了,见翁绍军:《人的存在——"存在主义之父"克尔凯戈尔述评》,文化艺术出版社,1989年,第104页。

没有了幻想和抒情,永远不可能追回昔日卢梭和歌德的那种徒步旅行的浪漫与艰辛了。总之,科学和技术使人们获得的和失掉的几乎一样多。

现代人面临的问题一定不比古代人少,也许更为严峻。人口膨胀、全球变暖、环境污染、生态失衡、恐怖袭击,以及核战争的威胁等等,现代人面对现代世界有理由更为悲观和失望。在一个保险业空前发展的时代,人们却比任何时候都突出地失去了安全感。就人口而言,世界总人口在公元 1 世纪估计为二亿五千万,到 1759 年左右工业革命时期增至七亿五千万,到 1925 年增至二十亿,五十年后又翻了一番。到 2000 年突破了六十亿。2011 年则达到了七十亿。随着人口的增长,城市的发展更是迅猛异常,超过百万人口的城市已经数不胜数。随着人口和城市的发展,新的问题层出不穷:贫困、失业、犯罪、吸毒,没有一个国家能够很好地解决这些问题。英国著名文艺理论家雷蒙德·威廉斯明确地指出:"现在很清楚的是:在 20 世纪先锋派运动的实践和观念,与 20 世纪大都市特定的条件和关系之间,存在着各种决定性的联系。"[①]

1848 年,马克思在《共产党宣言》中对当时社会的描述我们现在来看,仍然是那样准确、那样震撼人心:

> 一切固定的僵化的关系以及与之相适应的素被尊崇的观念和见解都被消除了,一切新形成的关系等不到固定下来就陈旧了。一切等级的和固定的东西都烟消云散了,一切神圣的东西都被亵渎了。人们终于不得不用冷静的眼光来看他们的生活地位、他们的相互关系。[②]

这正如英国诗人叶芝 1920 年在他的《基督重临》里所写的:"一切都四散了,再也保不住中心,/世界上到处弥漫着一片混乱。"[③]与 1848

[①] 雷蒙德·威廉斯:《大都市概念与现代主义的出现》,载《现代主义的政治——反对新国教派》,阎嘉译,商务印书馆,2002 年,第 54 页。
[②] 马克思、恩格斯:《共产党宣言》,《马克思恩格斯选集》(第一卷)(第三版),人民出版社,2012 年,第 403—404 页。
[③] 袁可嘉、董衡巽、郑克鲁选编:《外国现代派作品选》第一册(上),上海文艺出版社,1980 年,第 64 页。

年所不同的是,人们也失去了冷静的眼光和心境,一切都显得浮躁和功利,人们总是用一种焦虑的眼光来看他们的生活地位和相互关系。

三 思想根源

正是在以上背景下,非理性主义(irrationalism)①思潮产生并发展起来了。而从文化思想的角度看,现代主义文学正是西方现代非理性哲学和现代心理学相结合的产物。叔本华的唯意志哲学、尼采的权力意志哲学、柏格森的生命哲学、弗洛伊德的精神分析理论以及萨特的存在哲学,使现代主义文学染上了非理性主义和悲观主义色彩。

所谓非理性主义思潮,并非是彻底否定理性,毋宁说它是对理性重新进行批判和审视,以考察它的权力和功能。康德哲学被称为非理性主义的源头,但康德总是小心翼翼地给理性留下可以充分施展自身才能的舞台。康德声称:

> 我们这个时代可以称为批判的时代。没有什么东西能逃避这批判的。宗教企图躲在神圣的后边,法律企图躲在尊严的后边,而结果正引起人们对它们的怀疑,并失去了人们对它们真诚尊敬的地位。因为只有经得起理性的自由、公开检查的东西才能博得理性的尊敬。②

因此,作为以非理性主义为哲学支柱的西方现代派文学,仍然在心灵深处呼唤理性、寻求理性,这正如在气势汹涌的激流底下仍然存在着一股巨大的逆向暗流一般。非理性主义或反理性主义并不是无理性、非理性,而是反对传统的理性中心主义、历史理性主义,反对以

---

① 毛崇杰说:非理性主义是"人类普遍的一种思维方式与哲学态度,并非专指某些特定哲学流派,其直接反对的是认识论上的理性主义和经验主义,与哲学怀疑论、不可知论、虚无主义、神秘信仰主义及人生观上的享乐主义、禁欲主义与悲观厌世主义等有着密切的关系与联系。它夸大人的本能、直觉、意志的力量,认为它们在人的本性中是起决定作用的"。非理性主义思想因素古已有之。见王治河主编:《后现代主义辞典》,中央编译出版社,2004年,第119—120页。

② 约翰·华特生编选:《康德哲学原著选读》,韦卓民译,商务印书馆,1963年,第7页。

理性主义代替一切,因此,反理性主义同样是理性的,甚至比理性主义更加理性。反理性主义反的是理性"主义",而不是理性,因为反理性主义认识到了非理性、无理性,所以,这实际上是理性主义的进步。海德格尔说:"只有当我们终于认识到,被颂扬了几个世纪的理性,其实是思想最顽固的敌人,只有这时,我们才有可能开始思想。"①海德格尔既不是理性主义者,也不是非理性主义者,在他看来重要的是学会思考,学会比理性主义更加严谨地思考。哈桑在他《后现代转向》一书中引用哈利·勒文的观点对此作了分析:"辨认出非理性正是理性的一个胜利。但在另一个意义上,它却强化了那股反理性的潜流,当这股潜流上升到表面时,我把它称作'后现代的'。"②这样看来,非理性主义从地下走向表面的过程,就是现代主义走向后现代主义的过程,理性与非理性之间并不是非此即彼、相互替代的关系,而是相互依存、互为表里的关系。

叔本华认为,"世界是我的表象",世界的本质是非理性的意志,意志表现为各种各样的欲望,而欲望受到各种主客观条件的限制,总是无法成为现实,因而人生注定充满了痛苦和挣扎。叔本华的哲学具有浓郁的悲观主义色彩。他认为,任何理想都不可能获得实现,同时又仍然是一个理想:理想一旦实现了,成为现实,也就不再具有吸引力;但是,如果理想永远也无法实现,也就成了空想和幻想,同样也就没有了魅力。

尼采在19世纪末宣布"上帝死了",于是他要"重估一切价值"。为了寻找新的价值蓝本,他找到了古希腊的悲剧精神。古希腊精神体现了生命的激情和无穷的能量,这就是权力意志,而超人就是权力意志的化身。艺术是权力意志的一种表现形式,真正的艺术必须摒弃理性,艺术世界就是"梦与醉"的世界。尼采的哲学为现代主义文学怀疑一切和反传统这一总的创作倾向提供了理论依据。

柏格森提出了哲学上的"创化论",即"创造进化论"。他将生命及其创化看作是世界的本原。他认为,世界的一切都是生命创化的结

---

① 威廉·巴雷特:《非理性的人——存在主义哲学研究》,段德智译,陈修斋校,上海译文出版社,2007年,第220页。

② Ihab Hassan. *The Postmodern Turn: Essays in Postmodern Theory and Culture*. Columbus, Ohio: Ohio State University Press, 1987, p. 34.

果。真正的实在既非物质,也非理念或意志,而是存在于时间之中不断变化运动着的"流",即"绵延"。这种"流"不是任何实体意义上的流,而是各种状态、各种因素不断渗透、不断交替展现的过程,是一种不间断的、不可分割的活动。这种活动是心理的而非物质的,是时间的而非空间的。正是这种时间上的心理的"绵延"构成了宇宙的本质。这种本质又是一种不可遏止、不可预测的"生命的冲动"。面对这种宇宙和生命的本质,理性是毫无作用的,我们只有靠直觉才能把握生命,只有直觉才能体察整个宇宙生命的创化流行。柏格森的这种哲学思想对意识流小说,尤其是对普鲁斯特的小说有着非常明显的影响。

弗洛伊德的心理分析学说,尤其是潜意识理论对现代主义文学的形成具有重要的意义。弗洛伊德认为,人的心理活动好像海上的冰山,所谓意识只是冰山露出水面的部分,而潜意识则是深藏在水底的巨大的部分。过去我们只注意到意识的活动,忽略了潜意识的作用。我们原以为是意识决定了我们的行动,殊不知反倒是行动决定了我们的意识。事实上,并不是因为我们怎么想,我们才怎样做,而是我们怎样做了,我们才去怎样想。"怎样想"其实只是去给"怎样做"寻找一个合适的理由。而"怎样做"则取决于深藏于意识之下的潜意识。潜意识就是人的本能冲动,也就是性欲冲动。这种冲动经常受到理性、道德和各种社会法规、习俗的压抑,因此成为潜意识。因此,艺术家的创作活动就如同做梦一样,是放松理性、发挥本能冲动的过程。在这一过程中,受到压抑的精神得以松弛,被钳制的本能得以补偿,欲望得到了变相的满足。作家便应该竭力去发掘潜意识的冲动,捕捉人的头脑中稍纵即逝的感觉、印象和朦胧的意向,专门描写梦魇、病态心理和变态心理。正是在这个意义上,弗洛伊德的精神分析学使潜意识成了文学创作的合法领域。

让-保尔·萨特的存在哲学既可以看作是西方现代主义文学的根源,又对西方后现代主义文学产生了极大影响。萨特有关存在主义的最著名命题是"存在先于本质"。存在就是人的实在,而对于物而言,则是本质先于存在,譬如刀子、桌子、杯子等。本质的东西是偶然性,偶然性要变为必然性,除去不安,于是自在的存在便变成自为的存在。就人的实在而言,首先是人存在,露面出场,然后才规定他自己,才表明其自身。一开始人只是一个虚无,将成为什么是以后的事,也是使自己成为什么才成为什么，按自己的意愿塑造自身。因为存在先于本质，因此存在就是虚无，人是自由的，人就是自由。自由意味着可以，而且必须自由地选择。甚至不选择也是一种选择，因为你选择了"不选择"。但是，选择并没有最终的价值标准，因为如果有最终标准，就成了决定论；而一旦没有最终标准，那么，"所有的人类活动便都是等值的"（醉鬼与领袖，其价值均等）。因为是自由选择，所以人类也应当，而且必须肩负起相应的责任。但是，人并不总是自由的，因为人在两件至关重要的事情上没有选择，也不可能选择：这便是生与死。因此人是荒诞的，世界也是荒诞的。而人不能在一个荒诞的、没有意义的世界里生存，因此，存在主义者要赋予这个没有意义、荒诞的世界以意义和价值。当然，萨特的存在主义很难运用到实践上来，尤其是当人们面临抉择困难的时候，它似乎并不能给你提供多少帮助。并且，这种理论从学理上说也不能贯彻到底：如果人都是自由的，那么我是否有剥夺你的自由的自由？任何回答都将使某些人失去自由，因为一些人的自由是以另一些人失去自由为代价的。当然，无论如何，存在主义对终极价值的消解，对自由、荒诞、意义和责任的论证和演绎，对西方现代主义文学都有着极为深远的影响。

第五节　西方现代主义文学的意义及局限

现代主义文学创作的价值和意义主要体现在以下几个方面：

第一，阅读现代主义文学作品可以帮助我们认识现代西方社会，体味现代西方人的生存处境，体察现代人的精神状态。譬如阅读艾略特的《荒原》就可以帮助我们理解20世纪20年代前后的西方世界。那是一个人类自己也无法理喻的时代。第一次世界大战不仅从物质上毁灭了欧洲，而且从精神上彻底埋葬了人们心中的上帝。对理性科学的怀疑、对传统道德文化的失望、对大规模战争的恐惧、对经济危机的焦虑、对现代化生产中人被异化的担忧……这一切汇合成一股汹涌澎湃的潮流，荡涤着一切，倾斜了人们所有的观念、信仰、思考和结论。伦敦坍塌了，巴黎毁灭了，美国变形了，就像昔日的庞贝城，人们现在所能见到的除了一片荒原之外，什么也发现不了。上帝存在便剥夺了世界的意义,上帝不存在则剥夺了万物的意义。在这一片神秘莫测的荒漠面前,人们什么也不能理解。这也就是《荒原》这首诗长期以来晦涩难懂的原因之一。《荒原》正是从这个角度为切入点,展示了战后西方文明的危机和传统价值观念的失落,反映了整整一代人理想的幻灭和绝望。"荒原"一词已超出了文学的范围,它已成为西方现代文明的象征。长诗开头的引言便揭示了《荒原》的主题:"是的,我自己亲眼看见古米的西比尔吊在一个笼子里。孩子们问她,'西比尔,你要什么?'的时候,她回答说,'我要死。'"西比尔是古希腊神话中的女先知,她向日神要求得到和沙粒一样多的岁数,却忘了说要永远年轻。她后来活到700岁,老年的痛苦已忍受了许久许久,但她还得一直活下去。那时她老得身体缩成一团,四肢像羽毛一样轻……这种不死不活状态就是荒原状态:死不了;活着只有痛苦和不幸,美丽的青春已成为过去,昔日的繁华已无迹可寻。这就是阅读《荒原》给我们提供的启示和思考。

第二,现代主义作家在叙述手法和艺术技巧方面进行了多方面的实验和探索,给我们提供了宝贵的创作经验和丰富的可以借鉴的艺术资源。比如,读者面对乔伊斯的《尤利西斯》常常发出这样的惊叹:"小说还可以这样写?"的确,较之小说所写的内容,小说的写法更令世人注目,而令读者眼花缭乱、惊叹不已的更要属小说独特的文体。这种独特的文体就是小说的每一章变换一种文体,或者说作者有意中断一切统一文体,以使每一文体都与其内容融为一体,这样,心灵现象也就直接呈现在文体的纷繁变化之中。奥古斯丁·俄洛伊修斯说得好,"随着小说每一章文体的变化,现代文明景象就一幕一幕展现在我们面前"①。乔伊斯通过对小说文体的变革完成了小说内容的变革,而这种变革又引起了人们对整个小说观念的变革。

第三,由于现代主义文学对整个20世纪世界文学起了非常重要的影响,因此,涉猎一些现代主义文学作品对于我们理解和把握20世纪世界文学也是非常必要和有益的。一个世纪以来,现代主义几乎影响了所有的文学流派和创作,即便是现实主义作家,也在有意无意地

---

① Wolfgang Bernard Fleischman, ed. *Encyclopedia of World Literature in the 20th Century*. New York: Frederick Ungar Publishing CO., 1976, p.189.

接受现代主义文学创作的影响,而后现代主义又与现代主义有着无法割裂的亲缘联系,因此,如果对现代主义缺乏认识和了解,便不可能真正理解和认识后现代主义。

第四,阅读现代主义文学有助于我们理解和认识中国的现代文学,尤其是我国新时期的文学创作。西方现代主义对中国20世纪文学具有巨大而深远的影响,中国新文学在其产生和发展之初,既不断地学习、借鉴西方现实主义、浪漫主义等传统文学的观念、方法,同时,也大量地学习西方现代主义文学。早在20世纪初,鲁迅、郭沫若、茅盾等文学大师就开始关注、译介、借鉴尼采、弗洛伊德等西方现代主义哲学和文艺思想。五四新文学时期,无论是小说还是诗歌、戏剧等,从文学观念和表现手法、艺术风格和技巧等,都可以看出唯美主义、印象主义、象征主义、表现主义及意识流等西方重要现代主义流派的影响的痕迹。从抗日战争至20世纪70年代后期,虽然早期对西方现代主义文学这种全方位接受的势头有所减弱,但是,仍然有像张爱玲等城市作家以及京派、七月派、后期浪漫派等一批作家,继续探讨西方现代主义文学的表现手法。特别是20世纪80年代以来,随着思想解放步伐的加快,西方现代主义对中国新时期文学观念的冲击日益强烈,一大批作家博采众长,自觉地学习和借鉴西方现代主义各个流派的方法和技巧,为新时期文学带来了崭新的文学观念、文学面貌和创作实绩。因此,从某种意义上说,如果我们对西方现代主义文学缺乏了解和认识,那么,我们也就不可能真正理解和把握中国的20世纪文学。

当然,现代派文学既然有它起始的日子,也就有它消亡的日子,不过,它的消亡日期也同它的起始日期一样是难以确定的。第二次世界大战后,随着后现代主义的出现,现代派文学似乎已没有理由继续存在,但它并没有从此消失,反倒同后现代主义有着千丝万缕的联系。这种联系可能是后现代主义对现代主义的反拨,也可能是对它的继续发展。当代评论家费德勒与桑塔格认为,后现代主义是同早期现代主义激进的分道扬镳,"后现代主义是反解释,甚至反智性和生机论的;它强调表演和形式甚于意义和内容;它试图用充满意义和严肃性来贬低现代主义的抱负;它试图释放艺术的爱欲潜能并排除高雅艺术和低劣艺术之间的界限;它趋向于对世界全然接受,包括机器时代的产品,有时也趋向神秘主义这一自我与世界的合一"①。而汉斯·伯顿斯却说:"我当然不会将后现代主义与现代主义的任何单个概念相关联,但必须乐观地说,现代主义的任何个性都受到了它(后现代主义)广泛的接受。"②布赖恩·麦克黑尔说得更加明白:"现代主义诗学向后现代主义诗学的过渡并非不可逆转,并非一扇单向转动的门,并非只在一个作家的创作生涯中实现。从后现代主义'撤退'到现代主义,或在这两者间徘徊都是可能的。"所以,现代派虽然已渐渐为后现代主义所替代,但它并没有就此死亡,它正处在一种类似于艾略特笔下的"荒原"中的生存状态,即一种不生不死的状态,而这将会使现代主义更加痛苦,而且还失却了它昔日的庄严和静穆。

现代派的这种存在状态使人们很容易联想到杰出的法国意识流作家普鲁斯特所大量使用的"未完成过去时"。这种表示行动的延续的未完成过去时,普鲁斯特用它来避免对一次性事件的回忆可能带来的失真。而在我们看来,现代派就是这样一个"未完成过去时",它虽然已成为过去,但却并没有就此终结;它虽然已经被封闭,但它又始终是一个开放的体系。美国当代评论家欧文·豪说得好:"现代主义并不想使它自己风靡于世,因为一旦这样,它就否定了自己,也就不再是现代主义的了。……困境是:现代主义必须永远挣扎,但却不可能获得十分成功。过一段时间之后,为了获得成功,又必须挣扎。"③现代派就是在挣扎中获得成功,在成功之后又继续挣扎。我们无须因为它的成功而期望它长存;也不必因为它的挣扎而庆幸它早日消亡。它不可能永远存在,也不可能完全消亡。

1. 什么是西方现代主义文学?

---

① 佛克马、伯顿斯编:《走向后现代主义》,王宁、顾栋华、黄桂友、赵白生译,北京大学出版社,1991年,第22页。

② 同上书,第13页。

③ 袁可嘉等编选:《现代主义文学研究》上册,中国社会科学出版社,1989年,第170页。

2. 辨析现代主义、现代性、现代化。
3. 西方现代主义文学产生的根源及其特征是什么？

1. 袁可嘉等编选：《现代主义文学研究》（上下册），中国社会科学出版社，1989年。
2. 马·布雷德伯里，詹·麦克法兰编：《现代主义》，胡家峦、高逾、沈弘、李新华、姚渝生、郑利民译，胡家峦校，上海外语教育出版社，1992年。
3. 赵乐甡、车成安、王林主编：《西方现代派文学与艺术》，时代文艺出版社，1986年。
4. 史蒂文·康纳：《后现代主义文化——当代理论导引》，严忠志译，商务印书馆，2002年。
5. 陈嘉明等：《现代性与后现代性》，人民出版社，2001年。
6. 哈贝马斯：《现代性的哲学话语》，曹卫东等译，译林出版社，2004年。
7. 弗雷德里克·R·卡尔：《现代与现代主义——艺术家的主权1885—1925》，陈永国、傅景川译，中国人民大学出版社，2004年。
8. 盛宁：《现代主义·现代派·现代话语——对"现代主义"的再审视》，北京大学出版社，2011年。
9. Michael Levenson eds. *The Cambridge Companion to Modernism*. Cambridge: Cambridge University Press, 1999.
10. Tim Armstrong. *Modernism: a Cultural History*. Cambridge, UK; Malden, MA: Polity, 2005.

第二章 象征主义文学

第一节 概 述

早在19世纪后半期,作为现代主义源头的象征主义就已经在法国文坛崛起,并迅速地影响到世界文学的创作和发展。象征主义(Symbolism)是欧美现代主义文学中出现最早、影响最大的文学派别,无论在思想倾向或是艺术方法上,它都是欧美古典文学和现代文学的分界线。当然,要梳理清楚象征主义这个词的来龙去脉,并不是一件容易的事。"仅象征主义这一名词对许多人来说已经是个谜。"[①]

一 象征主义文学的产生和发展

"象征"一词,源于古希腊,本义是将一物破成两半,双方各执其一,作为凭证或信物。"它相当于'和……一起扔掉'再'放到一起'使其'吻合':就词源学来说,事实上,象征是一种辨认的手段,它能辨认一个硬币或被分割开的徽章的两半。"[②]这有点像中国古代的虎符,当然其作用并不限于调兵遣将。后来,"象征"又演变为凡是能够表达某种观念或事物的标识或符号。亚里士多德说:"嗓子发出的声音象征着心灵状态,书写的语词象征着嗓子发出的声音。"[③]黑格尔说:"象征首先是一种符号。不过在单纯的符号里,意义和它的表现的联系是一种完全任意构成的拼凑。""作为象征来用的符号是另一种,例如狮子

[①] 瓦雷里:《象征主义的存在》,见金丝燕:《文学接受与文化过滤——中国对法国象征主义诗歌的接受》,中国人民大学出版社,1994年,第354页。

[②] 翁贝尔托·埃科:《符号学与语言哲学》,王天清译,百花文艺出版社,2006年,第239页。

[③] 茨维坦·托多罗夫:《象征理论》,王国卿译,商务印书馆,2004年,第8页。

象征刚强,狐狸象征狡猾,圆形象征永恒,三角形象征神的三身一体。……象征所要使人意识到的却不应是它本身那样一个具体的个别事物,而是它所暗示的普遍性的意义。"①索绪尔则认为,象征的主要特征是,"它永远不是完全任意的;它不是空洞的;它在能指和所指之间有一种自然联系的根基"②。罗兰·巴特说:"象征并不等于形象,它就是意义的多元性本身。"③当然,现在我们所论及的象征,主要指以具体有形的物,表现或代表抽象的、无形的事物,即"寓理于象"。"象征"作为一种创作方法,古已有之,我国《诗经》中就随处可见,《诗经》中的"比兴"手法便大体上相当于象征手法;但作为一种"主义""流派"却只能产生于19世纪的后半叶的西方。

作为一个特定的文学术语,"象征主义"首先是由法国诗人莫雷亚斯(Jean Moréas)提出来的。1885年有人写文章攻击"颓废派",点名批评诗人马拉美和莫雷亚斯。莫雷亚斯撰文作答,指出给他们戴"颓废派"的帽子是不恰当的,因为他们在艺术中追求的是"纯粹的概念和永恒的象征",与其说他们是"颓废派"还不如说他们是"象征主义者"。翌年,莫雷亚斯创办了一份题名为"象征主义者"的刊物,还在当年9月18日的《费加罗报》上发表了"象征主义"宣言。在这篇宣言中,他明确提出:"象征主义诗歌作为'教诲、朗读技巧、不真实的感受力和客观描述'的敌人,它所探索的是:赋予思想以一种敏感的形式,但这形式又并非是探索的目的,它既有助于表达思想,又从属于思想。同时,就思想而言,决(绝)不能将它和与其外表雷同的华丽长袍剥离开来。"④这就是说,真正的诗歌应该剔除那些说教的、客观摹写的成分,也要排除那些滥用感情的、虚假的成分。它应该通过原始的、新奇的、神秘的象征来表达某种观念的东西,而象征与被象征的对象是不能分离的。它要求的是大胆的、打破常规的创造,而不是因袭陈旧的传统。莫雷亚斯的这篇宣言被看作是象征主义诞生的标志。

---

① 黑格尔:《美学》第二卷,朱光潜译,商务印书馆,1979年,第10—11页。
② 费尔迪南·德·索绪尔著,沙·巴利、阿·薛施蔼、阿·里德林格合作编印:《普通语言学教程》,高名凯译,岑麒祥、叶蜚声校注,商务印书馆,1980年,第104页。
③ 罗兰·巴特:《批评与真实》,温晋仪译,上海人民出版社,1999年,第50页。
④ 黄晋凯、张秉真、杨恒达主编:《象征主义·意象派》,中国人民大学出版社,1989年,第46页。

象征主义是在浪漫主义走向没落时崛起的,它是对自然主义和印象主义的反叛。自然主义认为物质本身就是本质;印象派则相反,认为只有物质背后的幻象才是真实,所以强调感觉,强调表现感觉。后期印象派不仅改变了传统素描造型的方法,在色彩的运用上也改变了印象派的客观性或科学性,而强调主观感受的表达。象征主义反对自然主义与印象主义将物质和物质背后的幻象断然分开的做法,认为它们原本就是一个整体,不可分割、息息相通。世界不是二元对立,而是一体的,是一座象征的森林。

作为一个文学思潮和运动,象征主义在欧美的形成和发展大致经历了两个阶段。第一阶段为创建与发展时期(1850—1880),这一时期又被称作前期象征主义;第二个阶段为高潮及分化时期(19世纪末至20世纪初),这一时期又被称作后期象征主义。

前期象征主义的主要代表诗人是美国的爱伦•坡,法国的波德莱尔和被誉为诗人"三杰"的马拉美、魏尔伦与韩波。在这个阶段,波德莱尔提出了"从恶中抽出美"的观点,主张从传统的审美境界挣脱出来,把"丑恶"和"病态"提升到审美的层面上来。他还提出了人的五官感觉相互打通,并与客观外界形成某种"感应"的理论。1857年,他出版了惊世骇俗的诗集《恶之花》,奠定了他作为象征主义诗歌开山祖师的地位。从19世纪80年代到19世纪末,象征主义在法国达到了它的鼎盛期。这一时期的代表人物是马拉美、魏尔伦与韩波。他们强调直觉、幻觉、通感、象征、主观性、音乐性在诗歌创作中的重要作用,并在自己的创作中实践这些理论主张。他们创作了一批具有深远影响的象征主义诗作,成为当时和后来许多诗人学习的榜样。

19世纪90年代后期,象征主义在法国有衰落之势,但其影响却渐渐越过国界,向世界各地传播。维尔哈尔和梅特林克将它引进比利时,王尔德将它引进英国,格奥尔格将它引进德国,里尔克将它引进奥地利,哈姆逊将它引进挪威,勃兰兑斯将它引进丹麦,亚狄将它引进匈牙利,巴尔蒙特将它引进俄罗斯,达里奥将它引进西班牙语世界……后来,其影响甚至到达了东方的日本和中国。象征主义终于发展成了一种国际性的文学思潮和运动。

就文学成就而言,后期象征主义的主要代表作家已不局限于法国,除瓦雷里外,还有比利时的梅特林克(《青鸟》)、维尔哈尔,德国的霍普特曼(《沉钟》),俄罗斯的布洛克、叶赛宁,奥地利的里尔克,爱尔兰的叶芝、约翰·沁(《骑马下海的人》),英国的艾略特,以及意大利的蒙塔莱和夸西莫多(他俩分别于 1975 年和 1959 年获得诺贝尔文学奖)等。

二 象征主义文学的基本特征

当然,运用了象征手法并不一定就是象征主义,象征主义作家不仅经常娴熟地运用象征手法,而且对"象征"还有自己独特的理解和阐释。他们从理论上创立了一套自己独特的体系。不过,即便同是象征主义作家,象征主义在各个国家和各个诗人身上的具体表现也往往很不相同。这涉及各个国家的民族气质、诗歌传统、现实背景,以及诗人的个人气质等多方面的原因。譬如法国象征主义与英国象征主义便不能一概而论。"象征主义一词使一些人想到的是晦涩、怪诞和对艺术的过分追求;另一些人则从中发现了连我也莫名其妙的某种美学唯灵论或某种可见物与非可见物之间的交感;还有的人想到的是自由和危机语言、诗律、形式及常理的放纵。"①但是,总的来说,象征主义文学仍然可以概括出如下主要特点:

第一,表现心灵的最高真实。象征主义对社会现实强烈不满,对自然主义机械地、生物性地描摹现实不满,反对过去的教条、规范,甚至传统,尤其是官方的浪漫主义模式(亚历山大诗体),因而提倡象征主义。象征主义的总根子是唯心主义,认为"世界是我的表象(意志)"。象征主义作家认为,客观世界是虚妄的,是不可知的,只有主观世界才是真实的,客观万物不过是主观精神的种种暗示和象征。"心灵是最高的真实。"因此,文学要描写"纯粹的观念"和"永恒的世界"。诗歌是"非个性化的"(impersonal),它与"情感分离"(dissociation of sensibility)。

叶芝的代表作《驶向拜占庭》就是典型的例证。1926 年诗人创作该诗时已经是年逾花甲的老人了。这一时期,叶芝格外关注的是如何

---

① 保尔·瓦雷里:《象征主义的存在》,见金丝燕:《文学接受与文化过滤——中国对法国象征主义诗歌的接受》,中国人民大学出版社,1994 年,第 354 页。

在变动不居的现实中获得生命的永恒。《驶向拜占庭》充分表达了叶芝对远离尘嚣、摆脱世俗繁杂、进入永恒艺术王国的渴望。拜占庭是东罗马帝国的首都和东正教的中心。叶芝认为,查士丁尼大帝时代的拜占庭帝国可能是有史以来唯一将宗教生活、美学生活和实际生活融为一体的时代。在那里,精神与物质、文艺与政教、个人与社会得到了统一。因而诗中的拜占庭是永恒的象征,是摆脱了人间一切生死哀乐的乐园。年轻人无法达到这个境界,因为他们过于沉湎于感官的享受。仅仅年老也达不到这种境界,因为老年人在精神上、肉体上都衰颓了,而只有当灵魂脱去了肉体的束缚,寄托在富有生命力的艺术品上时才能到达拜占庭。在最后一节里,诗人写道:

> 一旦我超脱了自然,我再也不要
> 从任何自然物体取得体形
> 而只要古希腊时代金匠所铸造
> 镀金或锻金那样的形体,
> 使那个昏昏欲睡的皇帝清醒;
> 或把我放在那金枝上唱吟
> 歌唱那过去和未来或者当今,
> 唱给拜占庭的老爷太太听。①

　　诗人用金枝这个意象表明,他的灵魂愿寄托于金银制成的不朽的拜占庭艺术品之上以获得永生,它所歌唱的过去、现在、未来三者加起来就是时间的永恒。他将在艺术中摆脱时间的制约,走向永生。

　　第二,采用暗示和对应手法。要想表现心灵最高的真实,既不能用理性去把握,更不能直抒胸臆,只能借助有形具象的客观事物来暗示和象征。这便是波德莱尔著名的"对应"说,瓦雷里所说的"抽象的肉感",以及艾略特所做的——在抽象的观念中找到"客观对应物"。艾略特在他的《哈姆雷特及其问题》一文中指出:"通过艺术形式表现情绪的唯一方法是寻找一个'客观对应物'(objective correlative);换

---

① 袁可嘉、董衡巽、郑克鲁选编:《外国现代派作品选》第一册(上),上海文艺出版社,1980年,第66—67页。

句话说,一套事物、一种情况、一串事件,都是表现特定情绪的公式(formula,又译作配方),这样,当获得了与感性经验相应的外界事实时,情绪就立即被唤起来了。"①

譬如里尔克的短诗《豹》,被认为是象征主义诗歌的经典之作。全诗如下:

> 它的目光被那走不完的铁栏
> 缠得这般疲倦,什么也不能收留。
> 它好像只有千条的铁栏杆,
> 千条的铁栏后便没有宇宙。
>
> 强韧的脚步迈着柔软的步容,
> 步容在这极小的圈中旋转,
> 仿佛力之舞围绕着一个中心,
> 在中心一个伟大的意志昏眩。
>
> 只有时眼帘无声地撩起。——
> 于是有一幅图像浸入,
> 通过四肢紧张的静寂——
> 在心中化为乌有。②

这是"自我和对象的同一化,感情客观化"的典型范例。③ 该诗以笼中豹的形象,隐喻资本主义社会里人的处境,用"思想知觉化"的方式,表现诗人孤独、困惑的心境。诗人用自己的思想扭曲了豹的感受力,以突出个人与社会、理想与现实的冲突,含蓄地表现了作者在探索人生意义时的迷惘、彷徨和苦闷心情。该诗还用丰富的思想内涵崩裂形式的外壳,曲折隐微地将抽象观念和具体意象融合起来,如力之舞、

---

① 黄晋凯、张秉真、杨恒达主编:《象征主义·意象派》,中国人民大学出版社,1989年,第127页。
② 袁可嘉、董衡巽、郑克鲁选编:《外国现代派作品选》第一册(上),上海文艺出版社,1980年,第42页。
③ 汉斯·埃贡·霍尔特胡森:《里尔克》,魏育青译,生活·读书·新知三联书店,1988年,第135页。

意志昏眩、紧张的静寂等。

第三，强调通感、音乐的流动性和雕塑的凝固性。象征主义除了强调客观与主观的对应外，客观事物之间、主观感受之间也可以互相感应，这便是通感。关于通感，俄国诗人马雅可夫斯基提供了一个非常形象的例子，他在《穿裤子的云》一诗中写道："天空中像《马赛曲》一样鲜红的晚霞。"①像《马赛曲》一样鲜红的天空给人们留下非常深刻的印象。通感的根据及主要方式是知觉主义。因此，象征主义尤其强调诗歌应具备音乐的流动性和雕塑的凝固性。法国象征主义诗人瓦雷里说："至于谈到纯诗情的感受，应当着重指出，它与人的其他情感不同，具有一种特殊性质，一种令人惊奇的特征；这种感受总是力图激起我们的某种幻觉或者对某种世界的幻想，——在这个幻想的世界里，事件、形象、有生命的和无生命的东西都仍然像我们在日常生活的世界里所见的一样，但同时它们与我们的整个感觉领域存在着一种不可思议的内在联系。我们所熟悉的有生命的或无生命的东西，如果可以这么说的话，好像都配上了音乐，它们相互协调形成了一种好像完全适应我们的感觉的共鸣关系。"②1926 年瓦雷里创作的《海滨墓园》是象征主义诗歌的经典作之一。《海滨墓园》在大海的背景下，通过许多相互纠缠而具有暗示性的象征展示存在与虚无、时间与空间、意识与无意识、变动与静止、肯定与否定之间的二元对立。全诗的语言朦胧、晦涩，但又具有巨大的创造力，仿佛一个不断转动的万花筒，在不断产生新的图景。这首诗据说是先有了节奏——六行十音步（音缀），而后诗人思想感情注入这一节奏中，遂成此诗。全诗音韵别致，在空幻的节奏中呈现出丰富的变化。另外，艾略特的《四个四重奏》就是按贝多芬作品 132 号《A 小调第十五弦乐四重奏》的五个乐章格式组成。"艾略特的诗章关照音乐，里尔克作品侧重绘画般的形象，这足以说明这种体裁与远比诗歌更加明显不会说话的其他艺术之间存在密切联系。"③

第四，常常晦涩难懂，并具有神秘主义色彩。象征主义表现心灵

---

① 余振主编：《马雅可夫斯基诗选》第二卷，人民文学出版社，1984 年，第 30 页。
② 黄晋凯、张秉真、林恒达主编：《象征主义·意象派》，中国人民大学出版社，1989 年，第 69 页。
③ 诺斯罗普·弗莱：《批评的解剖》，陈慧、袁宪军、吴伟仁译，吴桂哲校译，百花文艺出版社，2006 年，第 448 页。

的真实,而心灵的真实总是稍纵即逝、变化万端、难以把握的;象征主义采用象征暗示的手法,拒绝理性和逻辑,因此象征主义文学也不可能是清晰透明、准确无误的;象征主义强调通感,而通感总是富有灵感而又不可思议的。象征主义的这一特征很容易走向晦涩难懂和神秘主义。譬如,艾略特的《荒原》的晦涩费解便尽人皆知。波德莱尔的著名的"应和理论"来源于神秘主义哲学家斯威登堡的"对应论"。诗人认为,具体的意象不是诗人心中特定的思想和感情,而是一个巨大而普遍的理想世界的象征,现实世界只是这个世界的不完美的表现。为了完成从现实到理想的过渡,象征主义诗歌中的意象常常晦涩含糊、神秘难辨,以使读者能够远离现实,直接感觉或触及理想世界。"象征性文学都密切联系着神秘主义,而且在很大程度上表达了神秘主义。神秘主义学说给予我们的,不是行动的指南,不是有关幸福的计划,也不是关于一切的神秘的解释,而是一种生存理论——它使我们熟悉神秘事物,而且似乎还协调那些为宗教、热情和艺术而生的直觉,使我们马上摆脱极大的束缚。"[①]

象征主义,作为两个世纪之交的文学浪潮,对20世纪西方文学的发展昌盛产生了极其深远的影响。意象派诗歌通常就被认为是象征主义在英美的一种发展形态,未来主义、达达主义、超现实主义与象征主义有着非常直接的联系,意识流文学、存在主义文学也受益于象征主义。象征主义扩展了文学表现的新领域,丰富了艺术表现手段,推动了文学的发展,标示着文学发展的新方向。"象征主义的影响仍然在回荡着,将来人们会看到,当今许多文学作品所写的真实而又非真实的奇妙世界,它们借以创造情感境界而非传达理性信息的方式,以及它们常常采取的不落俗套的形式,在很大程度上受惠于19世纪末叶法国的象征主义诗歌。"[②]因此,我们认为,阅读并研究象征主义是理解和研究西方现代主义,乃至整个20世纪文学的前提和基础。

[①] 阿瑟·西蒙斯:《象征主义文学运动》,见杨柳编译:《花非花——象征主义诗学》,旅游教育出版社,1991年,第110页。

[②] 查尔斯·查德威克:《象征主义》,艾晓明译,昆仑出版社,1989年,第68页。

1. 西方象征主义文学的产生及其意义是什么?
2. 西方象征主义文学的发展大致可以分为几个阶段?
3. 西方象征主义文学的基本特征是什么?

1. 黄晋凯、张秉真、林恒达主编:《象征主义·意象派》,中国人民大学出版社,1989年。
2. 查尔斯·查德威克:《象征主义》,艾晓明译,昆仑出版社,1989年。
3. 茨维坦·托多罗夫:《象征理论》,王国卿译,商务印书馆,2004年。
4. 莫自佳、余虹编著:《欧美象征主义诗歌赏析》,长江文艺出版社,1988年。
5. 杨柳编译:《花非花——象征主义诗学》,旅游教育出版社,1991年。
6. Peter Moss. *Symbolism: the Sublime Language*. Hong Kong: FormAsia Books, 2003.
7. Laura L. Namy. Mahwah eds. *Symbolic Use and Symbolic Representation: Developmental and Comparative Perspectives*. N.J.: Lawrence Erlbaum Associates, 2005.

第二节　波德莱尔

一　一部有头有尾的书

1928年,保尔·瓦雷里在《波德莱尔的地位》一文中说:"波德莱尔处于荣耀的巅峰。这小小的一册《恶之花》,虽不足三百页,但它在文人们的评价中却堪与那些最杰出、最博大的作品相提并论。它已经被译成大多数欧洲语言……随着波德莱尔,法国诗歌终于跨出了国界而在全世界被人阅读;它树立起了自己作为现代诗歌的形象;它被仿效,它滋养了众多的头脑。诸如史温伯恩、加布里埃尔·邓南遮、斯蒂凡·

乔治等人出色地显示了波德莱尔在国外的影响。因此我可以说,在我们的诗人当中,如果有人比波德莱尔更伟大和更有天赋,却决(绝)不会有人比他更重要。……这种身后的受宠、这种精神的丰富多产、这种无以复加的光荣,不仅应当有赖于他作为诗人本身的价值,还有赖于一种特殊的情形。特殊的情形之一就是批评的智慧与诗的才华结合到一起。……然而波德莱尔最大的光荣,也许在于他孕育了几位很伟大的诗人。……魏尔伦和韩波在感情和感觉方面发展了波德莱尔,马拉美则在诗的完美和纯粹方面延续了他。"①瓦雷里的话,对于后人如何认识波德莱尔,可以说是开辟了一个新的方向。

波德莱尔生在巴黎,长在巴黎,死在巴黎。即使他被迫离开巴黎时,他也心系巴黎,设法尽快回到这座花都。他的浪荡生活,他的艺术观念,他的诗歌创作都与这座光怪陆离、千姿百态的大都市息息相关。

波德莱尔(Charles Baudelaire,1821—1867),1821年4月9日生于巴黎。父亲是位家庭教师,爱好文艺、绘画。母亲是位没有陪嫁的姑娘,1819年嫁给波德莱尔的父亲作续弦。波德莱尔出生时父亲已62岁,母亲才28岁,父亲比母亲整整年长34岁。6岁时父亲去世,母亲旋即改嫁给奥皮克上校。18岁时因不愿揭发一个同学而被中学开除。父母有意让他从事外交工作,他却一心想当作家。21岁成年后继承了先父遗产75000法郎,生活奢侈。大约在1846年、1847年读到爱伦·坡的作品,深受感染,以后竟耗费10年时间翻译他的作品。1857年6月出版诗集《恶之花》,引起激烈争议,之后被提起公诉。法庭最终判罚诗人三百法郎,并勒令删掉其中的六首"淫诗"。这次判决被认为是法国文化史上的耻辱。1949年,法国最高法院重新审理了此案,宣判原判无效。1866年波德莱尔突然跌倒中风,出现失语症和半身不遂。1867年波德莱尔去世,年仅46岁。

波德莱尔生活在一个爱好艺术的知识分子家庭,童年是在艺术的摇篮里度过的。但波德莱尔6岁时,父亲病故,母亲改嫁,给他埋下了忧郁的种子。聪颖、敏感的波德莱尔无法遵从继父为他选定的循规蹈矩进入官场的道路,父子的不和更加刺激了他那敏感的心灵,因拒绝

---

① 瓦莱里(瓦雷里):《文艺杂谈》,段映虹译,百花文艺出版社,2002年,第167—183页。

交出同学传递的纸条而被路易大帝中学开除,无疑激烈地拨动了他心灵中反抗的情绪。与此同时,诗人对缪斯的钟情却是由来已久的,幼年时生父讲的神话与传说已形成了他最初强烈的爱好,16岁时用拉丁文写诗获奖使他对自己的创作充满了信心,而家庭生活的不幸以及对现实的不满,反倒促成了他去象牙之塔寻找寄托,用自己的五彩笔去描画青春理想。然而,他在巴黎这所"病城"里见到的是什么呢?是乞丐、过客、娼妓、疲倦的工人……残酷的现实破灭了诗人的理想。于是诗人索性寻欢买笑,纵情声色,以酒浇愁,以恶抗恶。1857年,诗人用生命和鲜血灌注的杰作《恶之花》出版,给自己带来的却是被法庭处以三百法郎的罚金,这把诗人心中那片艺术的伊甸园彻底摧毁了。波德莱尔作了绝望的反抗,但最终却在贫困和疾病的夹攻下英年早逝。这便是诗人的一生。诗人的一生多像一部有头有尾的书:探索多么执着,反抗多么激烈,绝望又多么深刻。资本主义社会不仅毁灭了诗,而且连同诗人本身也一起毁灭了。这种结局未免过于残酷,但却是血淋淋的真实。

二 《恶之花》:厄运,厌倦,忧郁,深渊

《恶之花》是在1857年6月25日出现在巴黎的书店里的,在此之前,已经有过多年的积蓄和磨砺,惨白的小花零星地开放在"地狱的边缘",有预告说,未来的《恶之花》是由《累斯博斯女人》(女同性恋者)经《边缘》变化来的,"意在再现现代青年的精神骚乱的历史"[①]。据说,《恶之花》这题目出自波德莱尔的记者朋友希波利特·巴布的建议。波德莱尔说过:"我喜欢神秘的或爆炸性的题目。"[②]先前的《累斯博斯女人》表明了同性恋的主题,作为题目具有爆炸性,颇能刺激读者的神经;《边缘》则透露了一个朦胧的世界,具有神秘性,很能引动读者的遐想;而《恶之花》则两者兼有,因"恶"而具爆炸性,因"花"而具神秘性,然而,这本神秘而具有爆炸性的书不但引起了普通读者的好奇,也引来了第二帝国政府的阴险恶毒的目光。《费加罗报》首先发难,说什么

---

① Charles Baudelaire. *Correspondance* I. Paris: Gallimard, 1973, p. 378.
② Charles Baudelaire. *Fleurs du Mal*. Paris: Gallimard, 1972, p. 12.

《恶之花》中"丑恶与下流比肩,腥臭共腐败接踵",敦请司法当局注意。果然,《恶之花》很快受到法律追究,罪名有二:"亵渎宗教"和"伤风败俗"。诉讼的结果是:亵渎宗教的罪名未能成立,伤风败俗的罪名使波德莱尔被勒令删除6首诗(《首饰》《忘川》《给一个太快活的女郎》《累斯博斯女人》《该下地狱的女人》和《吸血鬼的化身》),并被罚款300法郎。四年之后,波德莱尔亲自编定出版了《恶之花》的第二版,删除了6首诗,增加了35首诗,并且重新做了安排,其顺序如下:"忧郁和理想""巴黎风貌""酒""恶之花""反抗"和"死亡"。《恶之花》的再版本(1861年)获得了极大的成功。他被看作一个诗派的首领,有人恭维他,有人嫉妒他,他在文学界的地位牢固地树立起来了。

　　一百多年来的批评史已经证明,波德莱尔得到了他所企望的赞扬,《恶之花》是一本有头有尾的书。精心设计的结构,使《恶之花》中的诗人不仅仅是一声叹息,一曲哀歌,一阵呻吟,一腔愤懑,一缕飘忽的情绪,而且是一个形象,一个首尾贯通的形象,一个血肉丰满的人的形象。他有思想,有感情,有性格,有言语,有行动;他有环境,有母亲,有情人,有路遇的过客;他有完整的一生,有血,有泪,有欢乐,有痛苦,有追求,有挫折……他是一个在具体的时空、具体的社会中活动的具体的人。自然,这不是一个普通的人,而是一位诗人,一位对人类的痛苦最为敏感的诗人。

　　《恶之花》最终的版本(1861年)打乱了诗的写作年代,按照诗人的精神历程呈现出如下的结构:

　　第一部分,名为"忧郁和理想",从第1首到第85首,诗人以极大的耐心和冷静的残忍描述了他在理想与忧郁之间的挣扎:美和健康是他的渴望,然而他却深陷于每日的折磨与痛苦,他把这种折磨与痛苦称作"厌倦""厄运""忧伤",统而言之,是"忧郁"。"忧郁"一语,波德莱尔用的是英文词 spleen,含有"意气消沉"的意思,与法文词 la mélancolie 同义。虽然含义相同,但是用了一个英文词必然在读者眼中产生惊奇感,从而留下一个更深刻、更具体的印象。忧郁(le spleen)概括了一种精神和肉体的痛苦,波德莱尔在《恶之花》出版后不久,给他的母亲写了一封信,说:"我所感到的,是一种巨大的气馁,一种不可忍受的孤独感,对于一种朦胧的不幸的永久的恐惧,对自己的力量的完全的不信任,彻底地缺乏欲望,一种随便寻求什么消遣的不可能……我不断地自问:这有什么用? 那有什么用? 这是真正的忧郁的精神。"①波德莱尔用的正是这个英文词:spleen,罗贝尔·维维埃对此有极精细的分析:"它比忧愁更苦涩,比绝望更阴沉,比厌倦更尖锐,而它又可以说是厌倦的实在的对应。它产生自一种渴望绝对的思想,这种思想找不到任何与之相称的东西,它在这种破碎的希望中保留了某种激烈的、紧张的东西。另一方面,它起初对于万事皆空和生命短暂具有一种不可缓解的感觉,这给了它一种无可名状的永受谴责和无可救药的瘫痪的样子。忧郁由于既不屈从亦无希望而成为某种静止的暴力。"②实际上,波德莱尔的忧郁,是一个人被一个敌对的社会的巨大力量压倒之后,所产生的一种万念俱灰却心有不甘的复杂感觉。要反抗这个社会,他力不能及,要顺从这个社会,他于心不愿;他反抗了,然而他失败了。他不能真正融入这个社会,他也不能真正地离开这个社会。他的思想和行动始终是脱节的,这是他的厌倦和忧郁的根源所在。

第二部分,题为"巴黎风貌",从第 86 首到第 103 首,如果说波德莱尔已经展示出一条精神活动的曲线的话,现在他把目光投向了外部的物质世界,投向了他生活的环境——巴黎,这个"拥挤的城市,充满梦幻的城市"。他打开了一幅充满敌意的资本主义大都会的丑恶画卷,同时也展示了种种怪异奇特的场面。诗人像太阳"一样降临到城内,让微贱之物的命运变得高贵"(《太阳》)。他试图静观都市的景色,倾听人语的嘈杂,远离世人的斗争,"在黑暗中建筑我仙境的华屋"(《风景》)。然而,诗人一离开房门,就看见一个女乞丐,她的美丽和苦难形成鲜明的对比,她任人欺凌的命运引起诗人深切的同情(《给一位红发女乞丐》)。诗人在街上徜徉,一条小河让他想起流落在异乡的安德洛玛刻,一只逃出樊笼的天鹅更使他想起一切离乡背井的人,诗人的同情遍及一切漂泊的灵魂(《天鹅》)。诗人分担他们的苦难,不仅想象天鹅向天空扭曲着脖子是"向上帝吐出它的诅咒",而且还看到被生活压弯了腰的老人眼中射出仇恨的光。在这"古老首都曲曲弯弯的褶

---

① 见波德莱尔 1857 年 12 月 30 日致母亲书。

② Robert Vivier. *L'originalité de Baudelaire*. Paris: Palais des Académies, 1935, pp. 108—109.

皱里",那些瘦小的老妇人踽踽独行,在寒风和公共马车的隆隆声中瑟瑟发抖(《小老太婆》),而那些盲人"阴郁的眼睛不知死盯着何处"(《盲人》)。夜幕降临,城市出现一片奇异的景象,对于不同的人来说,同一个夜又是多么的不同:"恶魔鼓动起娼妓、荡妇、骗子、小偷,让他们在污泥浊水的城市中蠕动。"(《薄暮冥冥》)诗人沉入梦境,眼前是一片"大理石、水、金属"的光明世界,然而,当他睁开双眼,却又看见"天空正在倾泻黑暗,世界陷入悲哀麻木"(《巴黎的梦》)。当巴黎从噩梦中醒来的时候,卖笑的女人、穷家妇、劳动妇女、冶游的人、形形色色的人都以不同的方式开始了新的一天,鸡鸣、雾海、炊烟、号角,景物依旧是从前的样子,然而一天毕竟是开始了,那是一个劳动的巴黎。然而,劳动的巴黎,在波德莱尔的笔下,却是一座人间的地狱,罪恶的渊薮。巴黎的漫游以次日的黎明作结。

第三部分,题为"酒",从第 104 首到第 108 首,写的是麻醉和幻觉。那用苦难、汗水和灼人的阳光做成的酒,诗人希望从中产生出诗,"飞向上帝,仿佛一朵稀世之花"(《酒魂》)。拾破烂的人喝了酒,敢于藐视第二帝国的侦探,滔滔不绝地倾吐胸中的郁闷,表达自己高尚美好的社会理想,使上帝都感到悔恨(《醉酒的拾破烂者》)。酒可以给孤独者以希望、青春、生活和可以与神祇比肩的骄傲(《醉酒的孤独者》),而情人们则在醉意中飞向梦的天堂(《醉酒的情人》)。然而,醉意中的幻境毕竟是一座"人造的天堂",诗人只做了短暂的停留,便感到了它的虚幻。醉梦提供了虚假的解放和自由,诗人从此距离"失乐园"愈来愈远。

第四部分,题为"恶之花",从第 109 首到第 117 首,诗人深入人类的罪恶中去,到那盛开着恶之花的地方去探险,那地方不是别处,正是人类的灵魂深处。他揭示了魔鬼如何在人的身旁蠢动,化作美女,引诱人们远离上帝的目光,而对罪恶发生兴趣(《毁灭》)。他以有力而冷静的笔触描绘了一具身首异处的女尸,创造出一种充满着变态心理的触目惊心的氛围(《殉道者》),以厌恶的心情描绘了一幅令人厌恶的图画。同性恋在诗人笔下,变成了一曲交织着快乐和痛苦的哀歌(《该下地狱的女人》)。放荡的结果是死亡,它们是"两个可爱的姑娘",给人以"可怕的快乐以及骇人的温情"(《两个好姐妹》)。身处罪恶深渊的诗人感到血流如注,却摸遍全身也找不到创口,只感到爱情是"针毡一领,铺来让这些残忍的姑娘狂饮"(《血泉》)。诗人在罪恶之国漫游,得到的是变态的爱,绝望,死亡,对自己沉沦的厌恶。美、艺术、爱情、沉醉、逃逸,一切消弭痛苦的企图均告失败,"每次放荡之后,总是更觉得自己孤独,被抛弃"。于是,诗人反抗了,反抗那个给人以空洞的希望的上帝。

第五部分,题为"反抗",从第118首到第120首,诗人曾经希望人世的苦难都是为了赎罪,都是为了重回上帝的怀抱而付出的代价,然而上帝无动于衷。上帝是不存在,还是死了?诗人终于像那只天鹅一样,"向上帝吐出它的诅咒"。他指责上帝是一个暴君,酒足饭饱之余,竟在人们的骂声中酣然入睡。人们为享乐付出代价,流了大量的血,上帝仍不满足。上帝许下的诺言一宗也未实现,而且并不觉得悔恨(《圣彼埃尔的背弃》)。诗人让饱尝苦难、备受虐待的穷人该隐的子孙"升上天宇,把上帝扔到地上来"(《亚伯和该隐》)。他祈求最博学、最美的天使撒旦可怜他长久的苦难,他愿自己的灵魂与战斗不止的反叛的天使在一起,向往着有朝一日重回天庭(《献给撒旦的悼文》)。人终于尝遍种种的诱惑和厌恶失败,而放纵于精神的诅咒和灵魂的否定。

第六部分,题为"死亡",从第121首到第126首,诗人历尽千辛万苦,最后在死亡中寻求安慰和解脱。恋人们在死亡中得到了纯洁的爱,两个灵魂像两支火炬发出一个光芒(《恋人之死》)。穷人把死亡看作苦难的终结,他们终于可以吃、可以睡、可以坐下了(《穷人之死》)。艺术家面对理想的美无力达到,希望死亡"让他们的头脑开放出鲜花"(《艺术家之死》);但是,诗人又深恐一生的追求终成泡影,"帷幕已经拉起,我还在等待着",舞台上一片虚无,然而人还怀着希望(《好奇者的梦》)。死亡仍然不能解除诗人的忧郁,因为他终究还没有彻底地绝望。诗人以《远行》这首长达144行的诗回顾和总结了他的人生探险。无论追求艺术上的完美,还是渴望爱情的纯洁,还是厌恶生活的单调,还是医治苦难的创伤,人们为摆脱忧郁而四处奔波,到头来都以失败告终,人的灵魂依然故我,恶总是附着不去,在人类社会的旅途上,到处都是"永恒罪孽之烦闷的场景",人们只有一线希望:到那遥远的深渊里去"发现新奇"。"新奇"是什么?诗人没有说。诗人受尽痛苦的煎熬,挣扎了一生,最后仍旧身处泥淖,只留下这么一线微弱的希望,寄托在"未知世界之底"。

波德莱尔的世界是一个阴暗的世界,一个充满着灵魂搏斗的世界,他的恶之花园是一个形容惨淡的花园,一个豺狼虎豹出没其间的花园。然而,在凄风苦雨之中,也时有灿烂的阳光漏下;在狼奔豕突之际,也偶见云雀高唱入云。那是因为诗人身在地狱,心向天堂,忧郁之中,有理想在呼唤。诗人从未停止追求,纵使"稀稀朗朗",那果实毕竟是红色的,毕竟是成熟的,含着希望。正是在失望与希望的争夺中,我们看到了一个有血有肉的人在挣扎。

三 象征主义:人心的底层

波德莱尔使法国浪漫主义恢复了青春。他深入浪漫主义曾经探索过的未知世界的底层,在那里唤醒了一个精灵,这精灵日后被称作象征主义。

我们可以在浪漫主义作家那里发现象征主义的踪迹。象征主义曾在拉马丁、雨果、维尼等人的诗篇中透出过消息,曾在杰拉尔·奈瓦尔的梦幻中放出过光彩,更曾在德国浪漫派诗人诺瓦利斯的追求中化作可望而不可即的"蓝色花"。然而,处在浪漫主义文学作品中的象征主义毕竟还只是潜在的,诗人要真正地返回内心,就不能满足于原始的感情抒发或倾泻,而要将情绪的震颤升华为精神的活动,进行纯粹的甚至抽象的思索,也就是"分析"。这种分析,在波德莱尔做起来,就是肯定了人的内心所固有的矛盾和冲突,即:"在每一个人身上,时时刻刻都并存着两种要求,一个向着上帝,一个向着撒旦。祈求上帝或精神是向上的意愿;祈求撒旦或兽性是堕落的快乐。"[①]他发现并深刻地感觉到,高尚与卑劣之间有着密切的联系,无意识和向上的憧憬有着同样紧迫的要求。这种深刻的感觉,马塞尔·莱蒙将其界定为"对精神生活的整体性的意识",并且认为这是波德莱尔的诗的"最重要的发现之一"。[②] 这就是说,波德莱尔是有意识地寻求解决人的内心矛盾冲突的途径,也就是说他要"到未知世界之底去发现新奇",与已知的现实世界的丑恶相对立的"新奇"。这"新奇"天上有,地下有,梦中亦有,

---

[①] Charles Baudelaire. *Oeuvres complètes* I. Paris: Callimard, 1975, pp. 682—683.
[②] Marcel Raymond. *De Baudelaire au surréalisme*. Paris: Jose Corti, 1982, p. 18.

要紧的是离开这个世界,哪怕片刻也好。他的所谓"人造天堂"其实是有意识地促成的一种梦境,起因于鸦片,起因于大麻,起因于酒,都不重要,重要的是创造一个能够加以引导的梦境。"象征主义首先是梦进入文学。"波德莱尔也曾指出:"梦既分离瓦解,也创造新奇。"①所谓"新奇",实际上就是人世间的失谐、无序、混乱和黑暗的反面。对于感觉上麻木的世人来说,这新奇是可怕的;对于精神上懒惰的世人来说,这寻觅新奇的精神冒险也是可怕的。然而诗人是无畏的,他的勇气来自构筑人间天堂的强烈愿望和非凡意志。虽然梦境不能长久,但诗人必须尽力使之延续,他靠的是劳动和技巧,精神的劳动使他痛苦的灵魂摆脱时空的束缚,超凡入圣,品尝没有矛盾没有冲突的大欢乐;艺术的技巧使他将这大欢乐凝固在某种形式之中,实现符号和意义的直接结合以及内心生活、外部世界和语言的三位一体,于是,对波德莱尔来说,"一切都有了寓意"。经由象征的语言的点化,"自然的真实转化为诗的超真实",这是波德莱尔作为象征主义的缔造者的重要标志之一。波德莱尔实际上是把诗等同于存在,在他看来,真实的东西是梦境以及他们的想象所创造的世界,这种梦境与现实的对立正是人心中两种要求相互冲突的象征。

梦境的完成需要想象力的解放,而想象力的解放则依赖语言的运用,因为波德莱尔实际上认为,语言不仅仅是一种工具,也同时是一种目的,语言创造了一个世界,或者说,语言创造了"第二现实"②。这里的语言自然不是人们日常生活中仅仅用于交流的语言,而是诗的语言,是用于沟通可见之物与不可见之物、梦境与现实、人造天堂与人间地狱之间的语言。这样的语言是诗人通过艰苦的劳动才创造出来的语言,因此波德莱尔说:"在字和词中有某种神圣的东西,巧妙地运用一种语言,就是实行某种富于启发性的巫术。"③同时,他还有"招魂,神奇的作用""暗示的魔法""应和"等相近的说法。这一切自然与当时流行的神秘学(占星术、炼金术等)有着深刻的联系,但就其实质来说,则是表达了波德莱尔的诗歌观念,正如瑞士批评家马克·艾杰尔丁格指

---

① Charles Baudelaire. *Oeuvres complètes* II. Paris: Callimard, 1975, p. 15.
② Ibid., p. 693.
③ Ibid., p. 690.

出的那样:"波德莱尔和奈瓦尔一起,但在韩波之前,在法国最早将诗理解为'语言的炼金术'、一种神奇的作用和一种转化行为,此种转化行为类似于炼金术中的嬗变。"①

诗所以为诗,取决于语言。波德莱尔从应和论出发,痛切地感觉到语言和他要表达的意义之间的距离。所谓"文不逮意",并不总是对语言的掌握不到家,有些情境,有些意蕴,有些感觉,确乎不可言传,得寻别的途径。然而就诗来说,这别的途径仍然不能出语言的范围,所谓"语言炼金术",正表达了象征主义诗人们在语言中寻求"点金石"的强烈愿望。波德莱尔既然要探索和表现事物之间非肉眼、非感觉所能勘破的应和与一致的关系,就不能不感觉到对这种点金石的迫切需要。结果,他摒弃了客观地、准确地描写外部世界的方法,去追求一种"富于启发性的巫术",以便运用一种超感觉去认识一种超自然的本质,他所使用的术语有着浓厚的神秘主义色彩,然而他所要表达的内容却并不神秘。他所谓的"超自然主义",指的是声、色、味彼此沟通,彼此应和,生理学和心理学已经证明,这并非一种超感觉、超自然的现象,而是一种通感现象,在他之前已反映在许多作家的作品中了。波德莱尔的创新之处在于,他把这种现象在诗创作中的地位提高到空前未有的高度,成为他写诗的理论基础。因此,他虽然也使用传统的象征手段,但象征在他那里,除了修辞的意义以外,还具有本体的意义,因为世界就是一座"象征的森林"。他的十四行诗《应和》,被称为"象征派的宪章",内容非常丰富,影响极为深远。

波德莱尔在《天鹅(二)》中写道:"一切都有了寓意。"他在诗中追求的正是这种"寓意",但是,他所说的寓意并非传统的含有道德教训的那种讽喻,而是通过象征所表现出来的灵性。所谓灵性,其实就是思想。诗要表现思想,这是对专重感情的浪漫派唱了反调,这也是波德莱尔对象征主义诗歌的一大贡献。波德莱尔的诗歌富于哲理,就是由此而来。而所谓哲理,并不是诗人从某位哲学家那里贩来硬加在诗中的,相反,他必须在生活本身之中挖掘和提炼。波德莱尔在日记中写道:"在某些近乎超自然的精神状态中,生命的深层在人们所见的极

---

① Charles Baudelaire. *Oeuvres complètes* Ⅱ. Paris: Callimard, 1975, p. 957.

平常的场景中完全显露出来。此时这场景便成为象征。"①这就意味着,某种思想,某种哲理,可以从日常生活的平凡中汲取形象,通过象征的渠道披露人生的底蕴。从《恶之花》中我们可以看出,波德莱尔很少直接书写自己的感情,他总是围绕着一个思想组织形象,即使在某些偏重描写的诗中,也往往由于提出了某种观念而改变了整首诗的含义,例如最为人诟病的《腐尸》,从纤毫毕露、催人作呕的描绘一变而为红粉骷髅论,再变而化腐朽为神奇,指出精神的创造物永存。对此,让-彼埃尔·里夏尔有过极好的概括:"在《腐尸》这首诗中,对于精神能力的肯定最终否定了腐朽,这种精神能力始终在自身中保留着腐朽肉体的'形式和神圣本质':肉体尽可以发霉、散落和毁灭,但其观念继续存在,这是一种牢不可破的、永恒的结构。"②

瓦雷里在《波德莱尔的地位》一文中指出,波德莱尔是最早对音乐感到强烈兴趣的法国作家之一。他还引用自己写过的文字,对象征主义做了著名的界定:"被称作象征主义的那种东西可以简单地概括为好几族诗人想从音乐那里收回他们的财富这种共同的意愿。"③这里的"收回"一词大有深意。诗与音乐本来就有不解之缘,富有旋律美和节奏美的诗人代不乏人,浪漫派诗人中就有拉马丁、雨果、戈蒂耶等。象征主义要从音乐那里收回的财富的清单还要长得多。波德莱尔曾经为《恶之花》草拟过好几份序言,其中有一份提纲表明,他试图说明诗如何通过某种古典理论未曾说明的诗律来使自己和音乐联系在一起,而这种诗律的"根更深地扎入人的灵魂"。他在其中写道:"诗的语句可以模仿(这里它与音乐艺术和数学科学相通)水平线、上升的直线和下降的直线;它可以一气笔直地升上天空,或者垂直地迅速下到地狱;它可以随着螺旋动,画出抛物线或者表现重叠的角的锯齿形的线。"④这种"诗律"也许就是象征主义要从音乐那里索回的主要财富。波德莱尔的诗固然不乏"音色的饱满和出色的清晰""极为纯净的旋律线和延续得十分完美的音响",然而使之走出浪漫主义的低谷的却是"一种

---

① Charles Baudelaire. *Oeuvres complètes* Ⅰ. Paris: Callimard, 1975, p.659.
② Jean-Pierre Richard. *Poésie et profondeur*. Paris: Seuil, 1975, p.136.
③ Paul Valéry. *Variété* Ⅱ. Paris: Gallimard, 1930, p.153.
④ Charles Baudelaire. *Oeuvres complètes* Ⅰ. Paris: Callimard, 1975, p.183.

灵与肉的化合,一种庄严、热烈与苦涩、永恒和亲切的混合,一种意志与和谐的罕见的联合"。① 可以推想,当瓦雷里写下"化合"(une combinaison)、"混合"(un mélange)以及"联合"(une alliance)这几个词的时候,他一定想到了音乐,想到了音乐不靠文字仅凭音响就能够发出暗示、激起联想、创造幻境的特殊功能。这恰恰是波德莱尔的诗的音乐性的精义所在。波德莱尔试图摈弃描写,脱离合乎逻辑的观念演绎、某种特殊的感觉并且据此和谐地组织意象,最终获得一种内在的音乐性。他的许多富于音乐性的诗,如《邀游》《秋歌》《阳台》《恋人之死》《颂歌》《沉思》等,都不止于音调悦耳、韵律和畅。特别是题为《黄昏的和谐》的那一首,更被誉为"满足了象征派的苛求":"通过诗重获被音乐夺去的财富"②。

　　总之,自波德莱尔之后,特别是1886年象征主义成为一次文学运动之后,站在象征主义这面大旗下面的诗人虽然面目各异,却也表现出某些共同的倾向。例如,在基本理论方面,他们都认为世界的本质隐藏在万事万物的后面,诗人处于宇宙的中心,具有超人的视力,能够穿透表面的现象,洞察人生的底蕴,诗人的使命在于把他看到的东西破译给世人;诗人不应该跟在存在着的事物后面亦步亦趋,恰恰相反,是精神创造世界,世界的意义是诗人赋予的,因此,物质世界和精神世界之间存在着一种深刻的统一性,一切都是互相应和的,可以转换的。在诗歌的表现对象上,他们大多是抒写感觉上的震颤而从不或极少描写,也不刻画人物形象,甚至也不涉及心理活动的过程。他们要表现的永远是一种感觉,抽象的、纯粹的感觉,一种脱离了(并不是没有)本源的情绪。诗人力图捕捉的是他在一件事一个物面前所产生的感觉上的反应,而将事和物隐去。有人说,象征主义的作品大半是写在作者头脑中的,写在纸上的只是其一小半,只是其结果。象征主义诗人对事物的观察、体验、分析、思考都是在他拿起笔之前就完成了的,所写下的往往只是一记心弦的颤动、一缕感觉的波纹、一次思想的闪光,其源其脉,都要读者根据诗人的暗示自己去猜想,而诗人也认为他们是能够猜得到的。因此,个人受到的压抑,心灵的孤独,爱情的苦恼,

---

① Paul Valéry. *Variété* Ⅱ. Paris: Gallimard, 1930, p. 150, p. 152.
② Charles Baudelaire. *Oeuvres complètes* Ⅰ. Paris: Callimard, 1975, p. 920.

对美的追求,对光明的向往,对神秘的困惑,这些浪漫派诗歌中经常出现的主题,虽然也常出现在象征派诗人的笔下,却因诗歌观念和表现手法的不同而呈现出另一种面貌。在表现手法上,他们普遍采用的是象征和暗示,以及能激发联想的音乐感。象征在他们那里具有本体的意义,近乎神话的启示。象征派诗人很少做抽象玄奥的沉思冥想,总是借助丰富的形象来暗示幽微难明的内心世界。形象也往往模糊朦胧,只有诗人的思想是高度清晰的。与此同时,他们都非常重视词语的选择,甚至认为词语创造世界。很明显,上述的一切,我们都可以在《恶之花》中找到最初的那一滴水。

波德莱尔是一个"伟大的传统业已消失,而新的传统尚未形成"的转折时代的一位诗人,但是,他留给后人的却是兼有诗人和批评家双重身份的美学家的肖像。他本身已经成为一种传统,即"将诗人的自发能力与批评家的洞察力、怀疑主义、注意力和说理能力集于一身"[①]。背靠诗人的批评家,或者背靠批评家的诗人,这种现象在20世纪已经司空见惯。像许多大作家一样,波德莱尔的头上曾经被戴上许多流派的帽子,例如颓废派、唯美派、象征派、古典派、浪漫派、巴纳斯派、写实派,等等;他也被许多后起的流派认作祖先。这似乎是个很奇特的现象,其实不然。在任何伟大的作品中,文学观念、创作方法和表现手法都不是以纯粹的形式出现的,而常常是为了内容的需要而相互结合、相互渗透的。就格律的严谨、结构的明晰来说,波德莱尔是个古典主义的追随者;就题材的选择、想象力的强调来说,他是个浪漫主义的继承者;就意境的创造、表现手法的综合来说,他又是现代主义的开创者。波德莱尔是一个不能用一个派别加以规范的作家,他是法国诗歌中的贾努斯,他是最后一位古典派,又是第一个现代派。这种独特的地位造成了波德莱尔的矛盾和丰富,以至于几乎所有的流派都能从他那里找到有用的武器,所以,波德莱尔是连接新旧传统的一座桥梁。

[①] 瓦莱里(瓦雷里):《文艺杂谈》,段映虹译,百花文艺出版社,2002年,第174页。

1. 为什么说波德莱尔的一生是一部有头有尾的书?
2. 《恶之花》的主要内容是什么?
3. 《恶之花》的艺术特征主要体现在哪些方面?

1. 波德莱尔:《恶之花选》,钱春绮译,人民文学出版社,1987年。
2. 波德莱尔:《波德莱尔美学论文选》,郭宏安译,人民文学出版社,1987年。
3. 本雅明:《发达资本主义时代的抒情诗人:论波德莱尔》,张旭东、魏文生译,生活·读书·新知三联书店,1989年。
4. 泰奥菲尔·戈蒂耶:《回忆波德莱尔》,陈圣生译,辽宁人民出版社,1988年。
5. Walter Benjamin. *Charles Baudelaire: a Lyric Poet in the Era of High Capitalism*. London: Verso, 1983.

第三节 艾略特

一 20世纪西方最重要的诗人

托马斯·斯特恩斯·艾略特(T. S. Eliot,1888—1965)是20世纪西方最重要的诗人、戏剧家和批评家。他的《荒原》被认为是现代诗歌中的里程碑。

艾略特于1888年9月26日出生于美国密苏里州圣路易斯一个大砖瓦商家庭里。他祖籍英国,曾祖父是英国萨默塞特郡东科克地方的鞋匠,1670年移居美国波士顿。祖父毕业于哈佛大学神学院,是华盛顿大学的创办者。母亲出身名门,博识多才,爱好文学。他的家庭具有很高的文化修养,而且一直保持了新英格兰加尔文教的传统。1906年艾略特入哈佛大学,攻读哲学和英法文学,受业于新人文主义者欧文·白璧德和哲学家桑塔亚那。这时他还学习了法、德、拉丁、希腊等多种语言,广泛涉猎了文学、宗教、历史甚至东方文化等领域。1908年,他从阿瑟·西蒙斯名噪一时的著作《文学中的象征主义运动》中了解到象征主义文学,开始走上了象征主义诗歌的创作道路。1909年大学毕业后,进研究院继续研究哲学。1910年获哈佛大学硕士学位后,赴巴黎大学研究柏格森的哲学,同时广泛接触了波德莱尔、马拉美、拉弗格等象征主义诗人的作品。1911年回哈佛大学准备学位论文,研究奥地利哲学家梅农和新黑格尔派哲学家布拉德雷的认识论,并学习印度哲学和梵文。1913年任哈佛大学哲学系助教。1914年去德国,后因第一次世界大战爆发转赴伦敦,入牛津大学学习希腊哲学,完成了有关布拉德雷的博士论文。因为战争无法回哈佛进行答辩,于是他定居伦敦。"如果不是爆发了战争,他会获得博士学位,然后顺利地成为一名哈佛大学教授——这对文学将是不可估量的损失。"[1]1915年他与患有神经衰弱的英国姑娘维芬·海渥特结婚后,先在海格特中学教法文和拉丁文,后在劳埃德银行当职员。1917年任先锋派杂志《自我主义者》副主编,1922年出任文学评论季刊《标准》主编,直到1939年。1927年加入英国国籍,并加入英国国教。与庞德不一样,他在英国扎下了根,他越来越像一个英国人。1928年他在《致兰斯洛特·安德鲁斯》的信中宣称自己:政治上是保皇派,文学上是古典主义派,宗教上是英国天主教徒。[2] 不过对于这个表态他后来不无后悔地表示"不慎重"。[3] 1952年艾略特就任伦敦图书馆馆长,1965年1月4日在伦敦去世,葬于威斯敏斯特教堂"诗人之角"。

1948年,由于"对当代诗歌做出的卓越贡献和所起的先锋作用",艾略特获诺贝尔文学奖和英王"劳绩勋章"。1955年获歌德奖。

艾略特的创作从一开始就带有某种实验的性质,他的诗歌创作大致可以分为三个时期,每个时期都有较大的变化。

---

[1] 张隆溪选编:《比较文学译文集》,北京大学出版社,1982年,第143—145页。
[2] Rabert. E. Spiller:《美国文学的周期——历史评论专著》,王长荣译,聂振雄校订,上海外语教育出版社,1990年,第221—222页。
[3] 批评家里德认为,艾略特是"文学上的浪漫主义者,政治上的无政府主义者,宗教上的不可知论者"。参见雷纳·韦勒克:《近代文学批评史》(第五卷),杨自伍译,上海译文出版社,2002年,第209页。

第一个时期包括1915年至1921年的创作。主要作品有《普鲁弗洛克的情歌》(1915)、《诗集》(1919)和《阿拉·鲍斯·普雷克》(1920)。艾略特这一时期的创作通常被称为"通往《荒原》的历程"。

在《普鲁弗洛克的情歌》中,诗人模仿法国象征主义诗人拉弗格的文体风格,通过一个"过于敏感、过分内省、胆子太小、压抑太强"的中年男子,在前往求爱的途中错综复杂、矛盾变化的心理,反映了20世纪初欧洲资产阶级中青年对人生和西方文明的怀疑和幻灭感。诗中写道:

> 我是不是敢
> 扰乱这个宇宙?
> 在一分钟里还有时间
> 决定和修改决定,过一分钟又推翻决定。①

庞德在谈到这首诗时曾说,"这是一幅失败的图画","或者说其中的人失败了"。《一位夫人的画像》是一首描写"反英雄"式恋爱的"戏剧诗"。《一个哭泣的姑娘》写美的幻象消失以后,诗人面对的只是无奈和悲哀。"梳理着你秀发中的阳光",是其中精彩的诗句。《献媚的谈话》通过一番似乎是聪明实际却无聊的谈话,揭示了现代资本主义社会中一部分人的精神空虚、无聊乏味。《窗前晨景》写"女仆们潮湿的灵魂在地下室前的大门口沮丧地发芽",写现代人的"空洞的微笑"(an aimless smile)。

在艾略特的第二部诗歌集《诗集》中,诗人进一步表达了自己对西方现代社会卑鄙、下流、萎靡不振的风气的厌恶。《小老头》展示了一位老人回顾自己的一生,试图寻找一种可以信奉的东西,但就像他居住的那个世界一样,他已丧失了爱情和信仰。《笔直的斯威尼》是对现代人的荒淫和堕落所作的嘲讽和抨击。《夜莺声中的斯威尼》写斯威尼和他的伙伴们在妓院里的放荡生活。

第二个时期包括1922年至1925年的创作。主要作品有《荒原》和《空心人》。《荒原》是艾略特的代表作。《空心人》通常被认为是艾略特描写精神空虚的"现代人"的代表作。这首诗描绘了现代西方社

---

① 托·艾略特:《四个四重奏》,裘小龙译,漓江出版社,1985年,第7页。

会既无内容又无形式的景象,揭示了现代西方人精神空虚、心灵空洞的生存状态:

> 我们是空心人
> 我们是稻草人
> 互相依靠
> 头脑里塞满了稻草。唉!
> 当我们在一起耳语时
> 我们干涩的声音
> 毫无起伏,毫无意义
> 像风吹在干草上
> 或像老鼠走在我们干燥的
> 地窖中的碎玻璃上。①

诗人以"空心人""稻草人"来比喻现代人,生动形象,给读者留下了极为深刻的印象,最后,这个充斥着"空心人"的世界将在"嘘"的一声中宣告终结。全诗弥漫着浓郁的悲观主义和虚无主义气氛。

第三时期的创作从《灰星期三》(1930)开始,一直到他晚年的戏剧创作。一般认为,《灰星期三》标志着艾略特最终转向了英国国教。艾略特在加入了英国国教之后,曾在《致兰斯洛特·安德鲁斯》中声明:自己在"政治上是保皇派,文学上是古典主义派,宗教上是英国天主教徒"②。这首诗表明诗人已从早期那种精神无所依托的荒原状态转向了宗教的怀抱,诗人认为,现代人只有在宗教中才能找到安身立命之处:

> 现在为我们这些罪人祷告,在临终时为我们祷告
> 现在为我们祷告,在临终时为我们祷告。③

---

① 托·艾略特:《四个四重奏》,裘小龙译,漓江出版社,1985年,第99页。
② Rabert. E. Spiller:《美国文学的周期——历史评论专著》,王长荣译,聂振雄校订,上海外语教育出版社,1990年,第221—222页。
③ 托·艾略特:《四个四重奏》,裘小龙译,漓江出版社,1985年,第109页。

长篇组诗《四个四重奏》(1935—1943)是艾略特后期的重要作品，它仿照四重奏音乐的结构，分为四个部分。诗中描写了一个皈依宗教的人在寻找真理的过程中的精神历程。诗人在深沉地思考了个人经历、历史事迹和人类命运之后，试图寻找一种永恒的、普遍的真理，而这种寻找又始终围绕着时间主题来展开。"时间"是西方现代主义作家共同关注和思考的问题，普鲁斯特的《追忆似水年华》就是要在时间中追回那已经失去的岁月，福克纳的《喧哗与骚动》也可以看作是一部试图征服时间的书，在海德格尔看来，存在只有在时间中才能成为可能。艾略特认为：历史由时间形成，时间由意义形成，因此，历史感就是对于时间意义的认识，而时间的意义又必须通过特定的地点才能得以理解。这样，艾略特便将他的诗根据四个不同的地名分为四个部分。"燃烧的诺顿"是诗人祖先在英国的旧屋，"东库克"是诗人的先祖在英国侨居时的一所村庄，"干赛尔维其斯"是美国东海岸的三个岛屿，"小吉丁"是英国另一个有意义的村庄。当世界正处在第二次世界大战的浩劫之中，面对这种世界性的大灾难，诗人却在时间中寻找到了精神栖息之地。

"燃烧的诺顿"是全诗的基础和核心，是第一个四重奏。它开宗明义，引出时间主题："时间现在和时间过去也许都存在于时间将来，而时间将来包容于时间过去。"这里，时间仿佛是一条无穷无尽、不可分割的链条，现在、过去和将来互相包容，融为一体。但是，还有一种时间却"永远是现在"，这是不能得到拯救的时间，是一种静止的、永恒的时间。另一种时间是在思辨的世界中可能发生的事，这是一种"永恒的可能性"。最后一种时间是那本来可能发生和已经发生的事件都"指向一个终结"，一个不属于我们的神圣目的。永恒的、静止的时间不在具体的、运动的时间之内，就像一只中国花瓶上的图案，总是在静止中运动。我们只有通过时间才能征服时间。灵魂只有在运动中才有可能同静止的上帝沟通，人类只有放弃自我拯救才有可能获得上帝的拯救。

"东库克"是第二个四重奏。诗人的祖先曾居住在东库克，后在17世纪离开那里去了美国，今天诗人自己又回到了英国，这不是历史的巧合，这是人类的宿命。"在我的开始是我的结束。"一切都在变化，但最终又回到原地。"房屋矗立、倒下、颓坍、扩展、移动、毁坏、修复"，生命"出生、死亡"，繁荣蕴含着衰败，败落之后又是新的开始。"你不知道的东西是你唯一知道的东西,你拥有的东西正是你不拥有的东西,你在的地方正是你不在的地方。"诗人从对时间的思考引发出对历史、人生的深沉思索。这既是对他一生经历的回顾和总结,又表明了他生命不息,探索不止的愿望。诗人最后说:"在我的结束中是我的开始。"

"干赛尔维其斯"是第三个四重奏,它引出了"河流"与"海洋"的对立,"河流在我们之中,海洋在我们的四边"。河流川流不息、时涨时落,象征着人的时间,生活的微观节奏;海洋容纳百川、一望无际,象征着静止的时间,永恒的客观节奏。诗人进而在对历史进行沉思时,意识到了时间的两重性。"时间这个毁灭者又是时间这个保存者","向上的路就是向下的路,朝前的路就是朝后的路"。我们在时间中毁灭,又在时间中得救。

"小吉丁"是第四个四重奏,它以"火"为中心意象,其意义与《荒原》中的"火诫"一章十分相似。火既能毁灭一切,带来死亡和绝望;又能冶炼人性,给予人们新的勇气和希望。"俯冲的鸽子以白炽的恐惧之焰划破天空。"这里,鸽子既象征着轰炸机之火,又象征着圣灵之火。这两种火,既是失望之火又是希望之火。人类在经过火焰的冶炼之后,从终点又回到了起点,最后"火焰和玫瑰合二为一",这便是诗人一生所孜孜追求的理想境界。

20世纪30年代以后艾略特主要致力于诗体戏剧的创作,其代表作品有:《大教堂凶杀案》(1935)、《合家团圆》(1939)、《鸡尾酒会》(1950)等。这些剧本的基本主题是基督教教义。《大教堂凶杀案》是为坎特伯雷大教堂的节日活动编写的历史剧。该剧通过1170年英国坎特伯雷大主教托马斯·贝克特与国王亨利二世发生矛盾,最终被国王派来的骑士谋杀的故事,歌颂了大主教为基督教殉教献身、为世人赎罪的精神。《合家团圆》强调了犯罪使家庭破裂的恶果,指明只有服从天主的意志,认罪赎罪,才能合家团圆。《鸡尾酒会》宣传的是"原罪说"。

艾略特是英美形式主义批评的鼻祖。"艾略特将他的历史学研究用于文学解读,所以当得起'历史学批评家'的称号。"[①]他早在1917年撰写的《传统与个人才能》中就基本上确定了自己的文学批评原则。他认为,诗人不能超越传统,但诗人的才能又可以像催化剂那样促使

---

① 约翰·克罗·兰色姆:《新批评》,王腊宝、张哲译,江苏教育出版社,2006年,第93页。

传统发生变化。诗歌创作不是个人感情的自发流露,而是一种智性活动。他明确提出:"诗不是放纵感情,而是逃避感情;不是表现个性,而是逃避个性。"①1919 年他在《哈姆雷特及其问题》一文中提出了著名的"客观对应物"理论,他认为诗人"表现感情的唯一途径",就是寻找一种"客观对应物"。艾略特曾反复强调批评家应将注意力从诗人那里移到诗本身,"诚实的批评和敏感的鉴赏不应着眼于诗人,而应该着眼于诗"。艾略特的批评实践遵循了他的这种理论,他一改过去人们常见的那种天马行空式地抒发个人的文学情趣的批评方法,而将批评重心转向了对作品文本进行具体分析。他对马娄、本•琼生以及玄学派诗人的论述堪称"新批评"文论的典范。

二 《荒原》:现代主义诗歌的里程碑

《荒原》是艾略特的代表作,被认为是现代派诗歌的里程碑,西方文学中的一部具有划时代意义的杰作。

《荒原》的晦涩费解是尽人皆知的。《荒原》原稿有 800 多行,后被庞德大段大段地删,删成现在我们所看到的 434 行。对此艾略特竟然毫无意见,他说:"这首诗本来就没有什么构架。"他甚至说:"在写《荒原》时,我甚至不在乎懂不懂得自己在讲些什么。"这首诗最初发表时,几乎无人能懂。后来艾略特给诗加了 50 多条注释,但是读者在研读过注释之后,发现这些注释也并不好理解,于是人们希望诗人能给他的注释再作注释。艾略特自然不会这样做了,因为这样一来,他会永远地注释下去。不过,读者虽然不能很好地理解这首诗,但却常常被它迷住。当代著名诗人兼评论家阿伦•塔特说,他第一次读《荒原》时,一个字也看不懂,不过他已意识到这是一首伟大的诗篇。

《荒原》的晦涩难解其实是可以理解的,这首先是时代决定的。1920 年前后是人类自己也无法理喻的时代。第一次世界大战不仅从物质上毁灭了欧洲,而且从精神上彻底埋葬了人们心中的上帝。对理性科学的怀疑、对传统道德文化的失望、对大规模战争的恐惧、对经济

---

① Nina Baym eds. *The Norton Anthology of American Literature*. New York: W. W. Norton & Company, 1995, p.1876.

危机的焦虑、对现代化生产中人被异化的担忧……这一切汇合成一股汹涌澎湃的潮流，荡涤着一切，倾斜了人们所有的观念、信仰、思考和结论。伦敦坍塌了，巴黎毁灭了，美国变形了，就像昔日的庞贝城，人们现在所能见到的除了一片荒原之外，什么也发现不了。上帝存在便剥夺了世界的意义，上帝不存在则剥夺了万物的意义。在这一片神秘莫测的荒漠面前，人们什么也不能理解。

《荒原》难懂的部分原因还在于艾略特的哲学思想，即直觉主义认识论和悲观主义的不可知论。艾略特是柏格森的崇拜者，曾听过柏格森的课。柏格森认为，世界的本源是生命及其创化，是存在于时间之中不断变化运动着的"流"，即"绵延"。理智是不可靠的，只有直觉的方式才是绝对的、内在的，才能把握生命的本源。因此，对于文学作品并不总是可以依据理智来理解。桑塔亚那的哲学思想对艾略特影响极大。桑塔亚那认为，认识的内容与认识的对象并不是一个东西，它是认识主体通过抽象概念的中介认识客体的过程。由于中介的歪曲，人的认识不仅有可能产生错误，而且根本不可能获得客体的真相，因此，世界根本就是不可认识的，作为客观世界的反映的文学自然也就不可理解了。

艾略特的文艺观也决定了他的创作的难以理解。艾略特的"客观对应物"理论将诗看成是一种象征。人们要理解作品不能只限于理解字词的意义，而应该掌握事物的场景的象征意义。艾略特说："一首诗实际意味着什么是无关紧要的。意义不过是扔给读者以分散注意力的肉包子；与此同时，诗却以更为具体和更加无意识的方式悄然影响读者。"在艾略特看来，诗中的意义不过是一个骗局，而当人们不理解这一骗局时，自然是以某种无意识的方式理解了诗；反之，当人们自以为把握了诗的意义时，也就是误入圈套而不自知的时候。艾略特认为，诗歌是无法进行科学定义的。"从取得一个恰当定义来说，批评肯定永远发现不了诗歌是什么。""关于诗歌，能够言之有物的见解少得惊人；在为数区区的见解中，多半最终不是谬见便是没有意义的空谈。"[①]这一理论自然也适合对于艾略特自己诗歌的理解和批评。理查

---

① 雷纳·韦勒克：《近代文学批评史》（第五卷），杨自伍译，上海译文出版社，2002年，第279页。

兹认为,《荒原》"实现了他的诗作与一切信仰之间的彻底割裂"①,则使得我们理解和阐释这首诗更加困难,甚至根本就不可能。

以上既是对《荒原》一诗写作背景的概括,也是对这首诗总体精神的一般把握。《荒原》展示了战后西方文明的危机和传统价值观念的失落,反映了整整一代人理想的幻灭和绝望。"荒原"一词已超出了文学的范围,它已成为西方现代文明的象征。

1. 西比尔如此说

长诗开头的引言便揭示了《荒原》的主题。翻开艾略特的长诗,我们首先看到的就是那段著名的拉丁文题词,译成中文后是这样的:"是的,我亲眼看见古米的西比尔吊在一个笼子里。当孩子们问她,'西比尔,你想要什么'的时候,她回答说,'我想死'。"②显然,艾略特将这段话置于长诗最引人注目的地方并不是没有用意的,然而,以往我们对此却关注不够。我们认为,它概括或者浓缩了全诗的主旨,《荒原》这首诗主要表现的就是现代西方人的这种"西比尔式的"不死不活的荒原状态。

我们在杨周翰先生译的奥维德的《变形记》中读到了这位女先知的故事。"这枯迈(Cumae)地方原是沼泽地带,这里有个山洞,住着长寿的女先知西彼拉(Sibylla)。"女先知在带领埃涅阿斯游历了冥王的疆土后,对埃涅阿斯说:

> 假如当初我作闺女的时候答应了热爱我的日神的请求,他就能使我长生不老。他对我一直抱着希望,而且用馈赠的方式来打动我的心。他说"枯迈的姑娘,你任意选一件你心爱的事,我一定替你办到。"我就指着一堆沙土,作了一个愚蠢的要求;我说,我愿我的岁数和沙数一样多。但是我忘记说,不管我活多少岁,我要永远年轻。他答应使我长寿……,但是欢乐的青春已经飞逝,衰弱的老年已经蹒跚而来,这老年的痛苦我还得忍受很久很久呢!你看我现在已经活了七百岁,但是要比起沙子的数目,我还得看

---

① 雷纳·韦勒克:《近代文学批评史》(第五卷),杨自伍译,上海译文出版社,2002年,第353页。
② 《荒原》,赵萝蕤译(译文略有改动),见袁可嘉、董衡巽、郑克鲁选编:《外国现代派作品选》第一册(上),上海文艺出版社,1980年。以下有关《荒原》的译文均出于此,不再另注。

到三百次的秋收,三百次的酿酒。总有一天我的身体会因为活得太久而从今天的样子缩成一点点,我的衰老的四肢会缩得和羽毛一样轻……①

这便是女先知为什么在活着的时候,最想要的是"死";这便是女先知不死的活的生存状态:死不了,但活着只有痛苦和不幸,美丽的青春已成为过去,就像这荒原,昔日的繁华已无迹可寻。显然,有关西比尔的故事只具有文学价值,而不具备"历史价值",它不是"生活的实录",西比尔完全有可能变形"被关在一只瓶子里",或是被关在一个笼子里,这同"清宫外史"或《垂帘听政》中的相关情节不可同日而语。另外,从生卒年月来看,奥维德(公元前43—17)比佩特罗尼乌斯(?—165)稍早,《变形记》的价值与影响也大大地超过了《萨蒂利孔》,因此,后者有关西比尔的故事完全有可能是出自《变形记》。

这种"西比尔式的"不死不活的荒原状态,在《荒原》一诗中有着不少令人震惊的描写:"我既不是活的,也未曾死,我什么都不知道","去年你种在你花园里的尸首,它发芽了吗?""你是活的还是死的?你的脑子里竟什么也没有?""腓尼基人弗莱巴斯,死了已两星期……他曾经是和你一样漂亮、高大的。""他当时是活着的现在是死了/我们曾经是活着的现在快要死了。""死了的山满口都是龋齿,吐不出一滴水/这里的人既不能站也不能躺也不能坐。"……另外,艾略特还经常借助典故来暗示现代西方人的这种不死不活的生存状态,譬如诗中曾引用《哈姆雷特》里女主人公莪菲莉亚在绝望与疯狂后告别生活的一段台词,"明天见,太太,明天见,好太太,明天见,明天见",以表明精神枯萎的现代西方人已成为名副其实的行尸走肉;而"美丽的女人堕落的时候"一句,引出了哥尔斯密的《威克菲牧师传》中的一首歌:

> 美丽的女人堕落的时候
> 发现男人的负心已经晚了,
> 什么妖术能减她的忧愁,

---

① 奥维德:《变形记》,杨周翰译,人民文学出版社,1984年,第188—190页。因作品译本不同,该书中的女先知"西彼拉"即本书中的"西比尔"。

什么妙计能洗刷她的贞操?
　　要遮盖罪孽唯一的良方,
　　想要在众人面前躲过羞耻,
　　又使她的情人十分懊丧
　　而捶胸跌脚,就只有——寻死。①

　　这种寻死觅活的精神状态与西比尔的话正好遥相呼应。至于在长诗结尾处"我应否至少把我的田地收拾好?"一句,潜台词就是对死亡的忧虑。

　　正是这种不死不活的状态揭示了西方社会在经历了第一次世界大战后人们卑劣猥琐的生活,内心世界萎靡枯竭的知识分子的幻灭、绝望情绪。有人说《荒原》的本质就是"死亡意识"②;有人说《荒原》的题旨是"死与再生"③,我认为都很有道理,联系到《荒原》的这句题词,我们可以比较确切地说,这首长诗的主旨就是"不生不死、即生即死、生不如死、死即是生"④。我们知道,《荒原》创作于1919年至1921年之间,这是一个人类强烈地感受到了死亡与虚无威胁的时代。第一次世界大战不仅从物质上毁灭了欧洲,而且从精神上彻底埋葬了人们心中的上帝。放眼欧洲,极目所望,人们所能见到的除了一片不死不活的荒原外,还能发现些什么呢?

　　2. 荒原上的声音

　　西方著名人类学家弗雷泽的《金枝》和魏登女士的《从祭仪到神话》为《荒原》提供了象征结构的总体框架和意象语言。弗雷泽详细描述了巴比伦、叙利亚、塞浦路斯和埃及等地有关阿梯斯、阿都尼斯、奥西利斯的神话,他们都是人格化的繁殖神,产生于远古民族祈祷丰收的仪式。他们的戏剧性经历可以引起四季更替及植物荣枯。神祇健

---

　　① 袁可嘉、董衡巽、郑克鲁选编:《外国现代派作品选》(第一册)(上),上海文艺出版社,1980年,第107页。
　　② 赵晓丽、屈长江:《死之花——略论艾略特〈荒原〉的死亡意识》,《外国文学评论》1988年第1期。
　　③ 叶维廉语,见陈映真主编:《诺贝尔文学奖全集》第24卷,台北远景出版事业公司,1982年。
　　④ 详见曾艳兵:《西方现代派文学研究》第十章,天津人民出版社,1993年。

壮,尤其是他的性能力强盛,便导致植物繁荣;而当他受到伤害、性能力被破坏或者死亡时,整个大地就会荒芜,冬季或旱季就会到来;而神复活,荒原就复生,万物随即重新繁盛。所谓金枝,指的是在罗马东南16英里的阿尔巴群山中的内米湖畔,有一座森林女神狄安娜的神庙。这里的祭司通常由逃亡的奴隶充当,如果又有一新的逃亡奴隶摘得了神庙前圣树的树枝,他便有权同祭司决斗,而胜者将担任祭司。"一个祭司职位的候补者只有杀死祭司以后才能接替祭司的职位,直到他自己又被另一个更强或更狡猾的人杀死为止。"①狄安娜(即希腊神话中的月亮和狩猎女神阿尔忒弥斯)神像早年被俄瑞斯忒斯和他的姐姐伊菲革涅亚从陶里斯带到罗马,并在这里建庙。金枝以后成了灵魂居所的象征。魏登女士有关圣杯传奇中渔王的故事,实际上是古代繁殖神崇拜在教会压力下扭曲变形的文学形式。"荒原"这个标题就源于以上神话。

《荒原》共434行,分为五章。第一章"死者的葬仪"共76行。这一章表现现代人的生活无异于出葬,而葬仪的意义又在于使死者的灵魂得救。诗人首先用对比的手法写荒原上人们对春冬两季的反常心理,春暖花开的"四月"竟然是"最残忍的一个月",进而诗人由"荒地"引起"回忆和欲望",一位败落的贵族玛丽回忆着破灭了的浪漫史,从而暗示西方文明的衰落。接着诗人借《圣经》典故描写荒原景象:破碎的偶像承受着太阳的鞭打,枯死的树没有遮阴,礁石间没有流水的声音,只有红石,恐惧在一把尘土里……然后诗人通过瓦格纳的歌剧引发出对现代西方荒原人的生存状态和精神状态的描写:我既不是活的,也未曾死,我什么都不知道,这年头人得小心啊。最后通过伦敦,这座西方文明之都的衰败展示当今西方世界的荒原全貌:"死亡毁坏了这许多人,人人的眼睛都盯着自己的脚前,去年你种在花园里的尸首,它发芽了吗?"这真是令人触目惊心的荒原景象。

第二章"对弈",共96行。这一章通过引证莎士比亚、维吉尔、弥尔顿和奥维德的作品,将人类昔日的昌盛和今日的颓败加以对照,突出了现代人纵情声色、形同僵尸的可悲处境。这一章着重写了两个场景:第一个场景写上流社会里一位空虚无聊的女性,在卧室里自言自

---

① J. G. 弗雷泽:《金枝》(上),徐育新、张泽石、汪培基译,刘魁立审校,新世界出版社,2006年,第1—2页。

语:"我现在该做些什么?我们明天该做些什么?我们究竟该做些什么?"在丧失了人生的意义之后,现代人自然不知道自己该做些什么了;第二个场景写一位名叫丽儿的下层社会的女子和她的女伴在一家小酒馆谈论着私情、打胎和怎样对付退伍归来的丈夫。结尾几行借用《哈姆雷特》中莪菲莉亚在告别生活时说的一段疯话,影射现代西方女性已彻底堕落,不疯犹疯,虽生犹死。

第三章"火诫",共139行。这一章首先写泰晤士河畔的今昔,伦敦各种人物的猥琐无聊的生活。"仙女们已经走了",留下的只有空瓶子、绸手绢、香烟头,再加上饮泣、冷风、白骨、老鼠、沉舟和父亲的死。接着诗人具体地描写了一个女打字员和一个长着疙瘩的青年的有欲无情的关系,"总算完了事,完了就好"。男青年摸着去路走了;女打字员用机械的手,"在留声机上放上一张片子"。面对现代人的这种精神荒原,诗人指出:荒原人只有通过宗教,才能点化执迷不悟的人生;只有弃绝一切尘世的欲念,才能过一种有意义的圣洁的生活。标题"火诫"原是佛劝门徒禁欲,达到涅槃境界的意思。人类要拯救精神荒原,必须借助佛陀的净火的冶炼。

第四章"水里的死亡",仅10行。这一章写人欲横流带来的死亡。昔日腓尼基水手由于纵欲而葬身大海,今天无数的现代人仍然在人欲的汪洋大海中纵情作乐,他们的死亡已无法避免。

第五章"雷霆的话",共113行。这一章表达了《吠陀经》里的说教,规劝人们要施舍、同情、克制,这样才能得到平安。这是解救荒原的最后希望。诗人在这一章首先用三个"客观对应物"来描绘荒原景象:耶稣死后,死了的山满口都是龋齿,吐不出一滴水;东欧和俄国革命后,倒悬的城楼里钟声在空的水池、干的井里歌唱;寻找圣杯的武士走后,空的教堂仅仅是风的家。荒原上没有水,荒原上的探索是艰巨而痛苦的,人们在恐怖和绝望中仰望头顶乌黑的浓云,等着雨来,这时雷霆说了话:施舍、同情、克制。然而雷声过后,荒原依然如故,我们到底该怎么办?我们只有等待"出人意料的平安"。诗人对宗教寄予了全部的希望,但在内心深处他又保存着挥之不去的怀疑和焦虑。

3.《荒原》的艺术特征

《荒原》是一首典型的现代主义诗作,它独树一帜的艺术特征主要表现在以下几个方面:

一、神奇地运用了现代蒙太奇的剪接手法和拼贴技法。长诗把远古的神话和传说、宗教人物和说教、古典文学和历史故事以及现代西方的生活片断等奇妙地剪接在一起,把看似互不相关的戏剧性场面拼贴在一起,把表面上风马牛不相及的意象组合在一起,共同纳入一个以荒原为中心的象征结构,使这些看似无关的场面和意象获得了内在的联系。诗人用这些"破碎思想体系的残片"支撑起他的"断垣残壁"①。诗的每一个细部都是碎片,但正是这些碎片共同构成了诗的主题。长诗引述了欧洲神话、梵语神话、佛教神话、圣经神话、希腊和罗马神话,这些神话看似一堆碎片,但若拼贴成一幅完整的图像,却能使荒原恢复勃勃生机。"诗歌既是百科全书式,却又运用不连续形式,这种技巧听起来矛盾,但跟与之相反的华兹华斯的诗品一样,倒是预言着一种新模式即将来临的技术创新,运用类似技巧的有《荒原》和庞德的《诗章》。"②

二、采用了丰富复杂的象征。艾略特的象征有他的独特性,这便是他的引经据典,旁征博引。这首诗涉及东西方56部作品,35个作家,6种语言。艾略特认为,我们的文化包罗万象,内容复杂,它在一个敏感的心灵上必然会引起广泛复杂的反应。所以,诗人必然会变得越来越广博,越来越喜欢征引。长诗以"圣杯""渔王"等故事为基本框架,神话学、人类学为诗人提供了整套的象征语言。其中一些基本的意象在不同的层面上还具有不同的意义,譬如"水"这个意象就具有双重象征意义:水既是土地肥沃、农业丰收的根本保证,又是由繁殖神崇拜引申而来的、以性欲为代表的人类各种欲望的象征。荒原缺水,要等待水来解救,这时水是"活命之水";西方社会人欲横流,水太多了,窒息了生命,这时水是"死亡之水"。这种象征闪烁着辩证法的光辉:希望不可无,否则荒原永无生机;欲望忌太滥,否则同样会溺毙生命。

三、跨越时空界限,古今熔为一炉。长诗时间无前后,空间无界限,各类人物混杂其中,共同表现主题。诗中意象时而跳跃,时而重叠,场面之间衔接突兀。诗人将现代的伦敦、古老的神话、历代的英雄

---

① 陆建德:《破碎思想体系的残编——英美文学与思想史论稿》,北京大学出版社,2001年,第122页。
② 诺斯罗普·弗莱:《批评的解剖》,陈慧、袁宪军、吴伟仁译,百花文艺出版社,2006年,第90页。

壮举熔为一炉，用零碎的片断组合成一个有机的整体。比如在诗的第一节，诗人通过代词"我们"的变化，展示了人类几千年的历史变迁。最初，"冬天使我们温暖"中的"我们"是一个种族最早的集体无意识；随后，"夏天使我们惊讶"中的"我们"就是指一帮具体的人；接着，"我们小时候在大公那里"中的"我们"便是指19世纪末的一个贵族之家；最后，"大半个晚上我看书"中的"我"转换成一位现代社会的普通读者。随着代词的意义变得越来越窄，越来越小，人的价值也在逐渐贬值，逐渐失落。

四、意象新奇怪诞，语言复杂多变。艾略特常用异常怪诞的意象来表现惊世骇俗的主题。长诗起首第一行，"四月是最残忍的一个月"，就给全诗定下了反传统的基调。另外，像"太阳的鞭打""白骨碰白骨的声音""老鼠拖着粘湿的肚皮""长着孩子脸的蝙蝠"等意象也给人们留下了极为深刻的印象，尤其使读者震惊的是那句，"去年你种在花园里的尸首，它发芽了吗？"被战争、死亡、残酷扭曲了的意象令读者感到毛骨悚然，然而这一切又非常真切。在语言的使用上，《荒原》里有流行的口语、书面语、古语、土语和外国语。诗中既有像"这年头人得小心啊"这样的大白话，又有模仿莎士比亚等古代艺术大师的古奥英语。诗人还注意到词语在不同的层面上具有不同的象征意义，譬如"水"和"火"的双重意义，再如"风信子"，它既是实际的花名，又是春天的象征。

五、音乐性和戏剧性。"《荒原》是一首由声音起决定作用的诗……我们头一回接触《荒原》应该就是听觉上的体验，不管是聆听录音朗读还是自己高声诵读它，几乎不费任何特别的力气就能发现我们所闻中的确切深意。"[①]艾略特说，当他创作一首诗时，首先跃入他脑海的往往是某种节奏或曲调，然后他才给这种节奏或曲调填上词。《荒原》即如此，即便你只是聆听它，也一定大有收获。长诗的声音模式千变万化。它的诉说有时凝重而质朴，有时抒情而温柔，有时歇斯底里，有时单调暗哑，有时牢骚愤懑，有时充满敬畏；发话方式可以是唱歌，是训诫，是祈祷。该诗还具有丰沛的戏剧形式，诗中说话者众多，角色不一，有的相互关联，有的风马牛不相及，有的角色还可以相互变换，

---

① 莱昂内尔·特里林：《文学体验导引》，余婉卉、张箭飞译，译林出版社，2011年，第277—278页。

如帖瑞西斯。

艾略特描绘的荒原景象震撼了西方世界,艾略特寻求拯救的探索引发了人们的思考,艾略特从反传统开始,最后他自己也成为传统的一部分。艾略特试图以恢复宗教信仰来拯救西方的荒原世界,这是不切实际的,也是不可能的,但他的努力并不是没有意义的,尤其是他对诗歌艺术的探索与革新,使他当之无愧地成为20世纪最重要的诗人。

1. 艾略特的诗歌创作主要分为几个时期,其代表作分别是什么?
2. 《荒原》晦涩难懂的原因是什么?
3. 《荒原》的主题及其艺术特征是什么?

1. 托·艾略特:《四个四重奏》,裘小龙译,漓江出版社,1985年。
2. 托·斯·艾略特:《艾略特文学论文集》,李赋宁译注,百花洲文艺出版社,1994年。
3. 陆建德:《破碎思想体系的残编——英美文学与思想史论稿》,北京大学出版社,2001年。
4. 张剑:《艾略特与英国浪漫主义传统》,外语教学与研究出版社,1996年。
5. David Moody ed．*T. S. Eliot*．Cambridge：Cambridge University Press，1994.
6. Peter Ackroyd．*T. S. Eliot：A Life*．New York：Simon and Schuster，1984.

第四节 里尔克

一 20世纪最孤寂、最难以捉摸的德语诗人

勒内·玛里亚·里尔克(Rainer Maria Rilke,1875—1926)是奥地利

最有影响的象征主义诗人。"里尔克是 20 世纪赢得众多的、世界范围读者的少数诗人之一……在他逝世后的五十年的今天,里尔克的神话仍然完全超越讲德语的疆界为人们传扬……里尔克获得如此卓越的国际声望,其原因不是显而易见的。因为里尔克不是一个易于理解的或通俗的诗人……许多人阅读他的作品,感到他仿佛表达了他们的自我的最隐秘的部分,揭示了他们深信不疑的内心奥秘,或是让他们分担他帮助他们领悟和克服的种种苦难。"①1927 年,法国诗人瓦雷里在里尔克去世后不久写道:"亲爱的里尔克!……我在他身上发现了一个人,我热爱他这个我们这个世界上最柔弱、精神最为充溢的人。形形色色奇异的恐惧和精神奥秘使他遭受了比谁都多的打击。"②里尔克是他那个时代最孤寂、最难以捉摸的德语诗人,而他在中国则几乎是个历久不衰的神话。"无论是在 30、40 年代,还是在现时,对中国诗人来说,他都是一位令人着魔的伟大诗人,一位风格卓越、技艺娴熟、情感优美的现代诗歌大师。在许多方面,比如在诗人的性格与生活的关系上,在天赋与写作技艺的关系上,在心灵的敏感与诗歌的关系上,在从事现代诗歌写作所需的精神品质上,甚至在对女性的关系上,他都起着示范性的作用。用更简洁的话说,他本身就是一部有关现代诗歌的写作奥秘的启示录。"③

  1875 年 12 月 4 日,里尔克生于布拉格。他父亲是铁路公司的一位小官员,年轻时曾有从戎的热情和愿望,但在战场上因为身染疾病而不得已退役,从此破灭了他的将军梦。随后他又开始了漫长而单调乏味的小职员的生活。母亲出身于贵族世家,自命不凡,但却并不缺乏才气。他们的婚姻维持了不到 11 年就破裂了。母亲离开丈夫后,大部分时间住在维也纳。里尔克在相当长的一段时间内坚持认为自己是贵族的后裔。里尔克同母亲的关系比较复杂,既爱又恨;既有柔情蜜意,又有恐怖畏惧。里尔克有一次对朋友说:"母亲把本该给我的

---

  ① 保尔·德·曼:《阅读的寓言——卢梭、尼采、里尔克和普鲁斯特的比喻语言》,沈勇译,天津人民出版社,2008 年,第 22 页。
  ② 瓦雷里:《怀念与告别》,见汉斯·埃贡·霍尔特胡森:《里尔克》,魏育青译,生活·读书·新知三联书店,1988 年,第 276 页。
  ③ 臧棣:《汉语中的里尔克》,见臧棣编:《里尔克诗选》,中国文学出版社,1996 年,第 1 页。

爱给了圣徒。"1886年9月,他在布拉格天主教的显贵学校读了几年小学后被送进了圣珀尔腾军事初中,1890年9月转入摩拉维亚－魏斯基尔申的军事高中。家里人尤其是父亲显然希望他成为一名军官。但他则无心于此,在他看来,几年的军校生活是他特有的痛苦体验,是地地道道、无休无止的磨难经历。1891年7月6日,他由于身体欠佳而被学校除名。随后他去了林茨的商业学校,但时隔不久,1892年5月他又回到了布拉格。在叔父的支持和帮助下,经过三年的苦读,1895年7月9日他在布拉格新城的德意志高级文科中学以优异成绩通过了考试,进入了当地的卡尔·费迪南德大学。他先在哲学系学习,半年后转修法学。他始终未完成学业,因此他坚持说自己是个自学者。1897年9月,他挣脱所有束缚他艺术创作的桎梏,告别布拉格,迁居慕尼黑,开始了长期漂流不定的游子生活。他说:"为了艺术上真正起步,我只得和家庭,和故乡的环境决裂,我属于这么一种人:他们只有在以后,在第二故乡里才能检验自己性格的强度和载力。"①

　　里尔克的著作虽然表现出僧侣般的寂寞心情,但是在实际生活中里尔克却是一个乐于助人的热心人,非常善于体贴他人、关心他人的遭遇。当然,"里尔克在许多方面是极温顺、极腼腆的人,甚至我们干脆不妨用最软弱的人这个词"②。这与里尔克童年的经历恐怕不无关系。少时的里尔克,母亲将他当做女孩来抚育,让他留长发、穿花衣、以玩偶为伴,并用"苏菲娅""玛利亚"之类的阴性名字来叫他。在潜移默化之中,里尔克的性格中保留了更多女性的柔弱和善良。

　　在里尔克看来,他的故乡既非布拉格,也不是慕尼黑或柏林,而是俄罗斯或者巴黎。不过,他真正的"故乡"则应当是他的文学创作,而他的文学创作日后又成为许多读者的精神家园。故乡意味着一种特别的亲近和紧密,它以一种启示的形象出现,在情感上永远是神圣的。1897年里尔克在威尼斯遇上了俄国妇女萨洛美（Salomé,1861—1937）。萨洛美是一位俄国将军的女儿。她曾与尼采相交甚厚,但她最终拒绝了尼采的求爱。之后她又与弗洛伊德交上了朋友。里尔克

---

① 汉斯·埃贡·霍尔特胡森:《里尔克》,魏育青译,生活·读书·新知三联书店,1988年,第28页。
② 鲁道夫·亚历山大·施罗德:《论里尔克》,见臧棣编:《里尔克诗选》,中国文学出版社,1996年,第17页。

与萨洛美的友情一直持续到诗人辞别尘世。里尔克曾同萨洛美一起两度游历俄国(1899,1900),并两次访问托尔斯泰。俄罗斯辽阔的平原,尤其是俄国农民的纯朴虔诚给他留下了深刻的印象。从此,里尔克把俄罗斯看做自己的第二故乡,他努力学习俄语,曾翻译俄罗斯史诗《伊戈尔远征记》,并在托尔斯泰的精神影响下写成了散文体的宗教传奇作品《亲爱的上帝的故事》。

就出生地而言,里尔克是卡夫卡的布拉格同乡,比卡夫卡年长8岁。但他们两人所走过的人生路线却是如此不同,虽然他们的人生目标其实是一致的:献身文学创作。里尔克认为,艺术家的工作才是唯一令人满意的宗教活动形式;卡夫卡说:"写作是一种祈祷的形式。"里尔克,这位铁路职工的儿子,断断续续地上学,所学科目颇多,如军事、商务、哲学、艺术、文学,但他最终没有毕业。他20岁时决心以文学为自己的终身事业,随后毅然决然地离开了家乡布拉格,从此再也没有回来。他一边漫游、一边思考、一边写作,没有固定的工作和收入,浪迹天涯、四海为家。卡夫卡一生则几乎没有离开过布拉格,甚至没有离开过父母的家。卡夫卡有固定的工作,稳定的收入。里尔克的作品集一部接一部相继问世,卡夫卡生前却很少发表作品。孤独与害怕失去孤独对于他们具有相同的意义。里尔克虽然结婚生女,但他们聚少离多,里尔克没有多少家庭观念。卡夫卡则一辈子没有结婚。他们都因病早逝,里尔克比卡夫卡多活了10年。

1901年里尔克和艺术家克拉拉·维斯特霍弗结婚,住在不来梅附近的维斯特韦德。同年12月12日他们的女儿露特·里尔克出生。婚后里尔克曾经说:"我不能有小屋,不能安居,我要做的就是漫游和等待。""两个人在一起是不可能的。倘若两个人好像在一起了,那么这就是一种约束,一种使一方或双方失去充分自由和发展可能的同心同德。"[①]1902年秋,里尔克夫妇将孩子托付给外祖父看管,里尔克移居巴黎,研究罗丹。他曾一度担任罗丹的私人秘书,在创作思想上深受罗丹的影响。他妻子大部分时间同丈夫分离,浪迹天涯,直到1918年才回家乡定居。妻子也曾经一度是罗丹的学生。里尔克需要家庭,但

---

① 汉斯·埃贡·霍尔特胡森:《里尔克》,魏育青译,生活·读书·新知三联书店,1988年,第78、79页。

家庭又是一种约束；里尔克渴望漫游，但漫游又有损于健康。里尔克是一个浪子，但他从来没有停止过寻找自己的精神家园。

20世纪初的巴黎是恐惧之都、贫穷之地和死亡之城，同时也是欧洲艺术的中心。1902年9月11日里尔克在致克拉拉的信中写道："这座城市很大，大得几近无边苦海。"里尔克曾一度相信自己患有神经方面的疾病，准备去接受精神分析法治疗。1909年，玛丽·封·图尔恩·翁·塔克席斯侯爵夫人(Taxis, 1855—1834)又对里尔克伸出了援助之手，邀请他来她的别墅，即杜伊诺城堡小住。他们的友谊一直保持到诗人去世。

1911年10月，里尔克再次入住亚德里亚海畔（离底里雅斯特不远）的杜伊诺宫。一天，当他信步走向悬崖边的城堡时，他仿佛听到呼啸的狂风中有一个声音在对他喊叫："是谁在天使的行列中倾听我的怒吼？"他立刻记下了这句话，然后鬼使神差似地续写了一连串诗句。于是，第一首哀歌便产生了。《杜伊诺哀歌》无疑是20世纪最伟大的德语诗歌。里尔克也是一个神秘主义诗人，他认为文学作品只有来自神灵所助才具有永恒的价值。里尔克曾经对招魂术产生过浓厚的兴趣，一旦创作灵感衰竭，他便寄希望于招魂术。

1915年里尔克应征入伍，1916年1月他因健康原因转入维也纳战争档案室服兵役。同年6月退役回到慕尼黑。1919年去瑞士旅行。1921年维尔纳·赖因哈德租下慕佐城堡(Château de Muzot)供里尔克居住。这时他读到了瓦雷里的作品："瓦雷里高雅的艺术使里尔克心潮澎湃，灵感泉涌，以致他认为这位法兰西人对他处境的作用简直称得上是拯救：'当时我孑然一身，我在等待，我全部的事业在等待。一天我读了瓦雷里的书，我明白了：自己终于等到头了'。"[①]里尔克翻译了瓦雷里的《海滨墓园》及其他一些诗作，并在日后与瓦雷里保持了良好的友谊。里尔克在慕佐完成了《杜伊诺哀歌》和《致俄耳甫斯十四行诗》("Sonnets to Orpheus")。也有学者认为，在里尔克那里，"1924年至1926年的作品在文学的成熟性上甚至高出哀歌一筹，只有最后这几年创作的不再是学说载体和音讯载体的诗歌才标志着里尔克一生

---

① 汉斯·埃贡·霍尔特胡森：《里尔克》，魏育青译，生活·读书·新知三联书店，1988年，第228页。

发展的巅峰"①。1926 年 9 月，一位友人自埃及来到慕佐看望诗人。里尔克到花园里去采摘一些白玫瑰赠送友人，不料玫瑰扎伤了手指，伤口感染。1926 年 12 月 29 日里尔克因白血病在瑞士的瓦尔蒙疗养院病逝，身边没有一位亲人。他的墓碑上铭刻着他早已撰写的墓志铭：

玫瑰，呵，纯粹的矛盾，乐意
在这么多眼睑下做前无古人后无来者的
睡梦②

　　里尔克的命运不幸被他的玫瑰诗所言中。在里尔克看来，玫瑰是花中之王，一生为里尔克所爱。"凝视的玫瑰，开放了又谢落了"，里尔克在《杜伊诺哀歌》第五首中将玫瑰比作睁开又闭上的眼睛。在《致俄耳甫斯十四行诗》下卷第六首诗中这样赞美玫瑰："你雍容华贵似乎一层衣又一层衣/裹着一个仅由光辉构成的躯身;/而你零星的叶片又同时是/对任何衣裳的回避和否认。"玫瑰裹着层层叠叠的花瓣，而花瓣原本就是玫瑰的一部分，这就是"纯粹的矛盾"。玫瑰的"眼睑"一词还暗示"歌"。凡此种种，无不与里尔克密切相关。

　　里尔克的创作大体可以分作三个阶段。第一阶段大约从 1895 年前后到 1900 年前后，这一阶段他的诗作表现出缠绵沉郁的抒情气息和波西米亚人的风格，诗中模仿的痕迹较为明显。《生活与诗歌》(1894)是里尔克的处女诗集，该诗集出版时他才 19 岁。《祭神》(1895)是他第一本重要的诗集。随后，他又写出了《梦幻》(1897)、《耶稣降临节》(1898)等诗集。第二阶段以《祈祷书》(1905)的出版为标志，大约截止到 1911 年。《祈祷书》分作《修士的生活》《朝圣》《贫穷和死亡》三个部分，诗人赞美上帝、赞美天真和淳朴，表现一种泛神论的思想，同时也流露出对资本主义"异化"的挽歌式抗议，对人类平等博爱的乌托邦式憧憬。该诗集具有浓郁的宗教神秘色彩。另外，里尔克在诗歌的形式和语言上也都进行了新的实验。里尔克第二阶段的重

---

① 汉斯·埃贡·霍尔特胡森：《里尔克》，魏育青译，生活·读书·新知三联书店，1988 年，第 259 页。

② 同上书，第 268 页。

要作品是《图像集》(1902)、《新诗集》(1907)和《新诗续集》(1908)。在这几部诗集中,可以明显地看出波德莱尔、马拉美等法国象征主义诗人的影响。在这些诗歌中,诗人不再直接抒发自己的情感,而是把自己的情感通过意象和象征曲折地表现出来。更重要的是,罗丹雕塑的影响也在他的诗作中获得了充分的显现。诗人像雕塑家一样,追求线条的准确简练、形象的优美生动,从而使雕塑美和音乐美在他的诗行中完满地结合在一起。里尔克的这类诗,主张排除主观情绪,通过准确的意象或象征来传达诗人的内心情感,以获得一种造型艺术的纯客观效果,被人们称作"物象诗"。这时期的代表作就是那首脍炙人口的短诗《豹》。据说,1903 年初的一天,里尔克向罗丹谈起创作上的困境。他在内心世界里遨游得太久了,甚至于逃避外部世界,客观性也被扭曲了。罗丹皱皱眉头说:"为什么不走出去呢,去看看一些东西,譬如,看巴黎植物园里的动物,一直看它,直到你能写一首关于它的诗。"①于是,里尔克就去创作了他那首著名的《豹》。从 1912 年到 1926 年是里尔克创作的第三阶段。1912 年,他来到意大利亚德里亚海滨的杜伊诺,开始创作他最著名的《杜伊诺哀歌》,直到他逝世前几年才完成了这部杰作,同时完成的还有他的另一部代表作《致俄耳甫斯十四行诗》。

  里尔克的创作从浪漫主义的抒情风格开始,很快转向了象征主义和现代主义范畴。从总体上看,象征主义的影响是主要的。从 19 世纪 90 年代晚期开始,他首先接受了经过法国象征主义洗礼的比利时象征主义作家梅特林克的影响,从 20 世纪第一个十年的中期起,他又开始直接接受法国象征主义诗人波德莱尔、魏尔伦、马拉美的巨大影响。后来,他还成了法国后期象征主义大师瓦雷里的热情追随者和崇拜者,并开始直接用法语写作。在接受象征主义影响的同时,他还向蒙克、塞尚、罗丹等现代艺术家学习和借鉴绘画与雕刻的新观念和新技巧。他的大多数作品包含着对人生、存在的哲理性思考,表达那种神秘、梦幻、孤独、颓伤、厌恶、焦虑、惶恐的末世情怀和虚无主义思想。他的作品在形式和技巧上力图摆脱传统的束缚,做了许多新的、有意

---

① 张海燕著/译:《漫游者的超越——里尔克的心灵史》,江西人民出版社,2007 年,第 12 页。

义的探索,他把象征主义对象征、通感、音乐美的强调和对绘画美、雕刻美的要求结合在自己的诗歌创作中。"他是一个对色彩的浓淡,声音的强弱,以及幽默的措辞都十分敏感的人。他能够像音乐家把意境托付给每个音符那样,把诗意托付给书中的每个字符。"①

里尔克在一首短诗《我那么害怕人们的言语》中表达了诗人对语言的焦虑、怀疑,甚至愤怒,非常富有现代性意义。他写道:

> 我那么害怕人们的言语。
> 他们把一切说得那么清楚:
> 这叫做狗,那叫做房屋,
> 这儿是开端,那儿是结局。
>
> 我还恐惧它们的意思,嘲弄连着它们的游戏,
> 将会是什么,曾经是什么,他们什么都知道:
> 没有什么高山他们觉得奇妙;
> 他们的花园和田庄紧挨着上帝。
>
> 躲远点:我要不断警告和反抗。
> 我真喜欢倾听事物歌唱。
> 你们一碰它们,它们就僵硬而喑哑。
> 你们竟把我的万物谋杀。②

除诗歌外,里尔克还创作了一些小说和散文作品。早期创作的抒情散文诗《旗手克里斯朵夫·里尔克的爱与死之歌》(1899),写匈牙利抗击土耳其侵略时一个青年旗手的爱情与阵亡的故事,表达当时一代青年人向往英雄业绩和憧憬美好生活的情绪。作品曾经广为传诵。长篇日记体小说《马尔特·劳里兹·布里格笔记》(*The Notebooks of Malte Laurids Briggge*,1910)记叙了一位出身高贵、性格孤僻、精神高度敏感的丹麦诗人的喜悦和悲哀、痛苦和欢乐,写他在看到巴黎社会的贫困、疾病、丑恶、堕落时,内心那种地狱般的灾难感,在一定程度

---

① 臧棣编:《里尔克诗选》,中国文学出版社,1996 年,第 195 页。
② 里尔克:《里尔克诗选》,绿原译,人民文学出版社,1996 年,第 63 页。

上揭露了资本主义社会的弊端,也在一定程度上提出了后来存在主义哲学探索的主要问题。这不是一部传统意义上讲故事的小说,全书由69个日记片段组成。日记的作者是一位名叫布里格的28岁的大学生,丹麦贵族的后裔。他父母早亡,他是家族中的最后一个成员。他既无财产又无故乡,流落到巴黎的拉丁区。他多愁善感,满怀美好理想,一心想当诗人,但残酷的现实使他的梦想一一破灭。布里格后来从巴黎回到了故乡,在家乡当了一位牧人,生活清苦,但内心感到满足。作品的主人公在一定意义上是诗人自己的写照,也像是挪威象征主义诗人奥布斯特菲尔德尔的剪影。整部小说主要由布里格的回忆组成,小说打破了诗、散文和小说的界限。作品没有连续的情节和时序,往往把往昔的回忆、未来的幻想和眼前的景象交织在一起,多用象征和隐喻等手法,在语言和文体风格上十分接近同时创作的《新诗集》,在里尔克的创作中占有一定的位置。有专家认为,这是"德语现代派文学的第一部长篇小说"[1]。

从总体上看,里尔克的大多数作品包含着对人生、存在的哲理性思考。他十分推崇人类的感受力,他是一个注重体验的诗人。不过,里尔克的体验并不是用生命来体验生存之外的事物,而是直接地体验生命本身。里尔克所追求的理想是:纯粹艺术形式的尽善尽美。"通过练习观察、锤炼表达的准确性,使语言手段超越迄今为止的所有可能性而更趋精致化、多样化。"[2]他的创作对20世纪现代诗歌具有深远的影响。

中国最早对于里尔克的译介当在1923年底和1924年初,《小说月报》发表了少许有关里尔克的文字。"利尔克(里尔克——引者注)是近代德国文学史中所谓'青年伯拉格派'的现代首领。他是波西米亚人,故作品内多描写本乡的人情风物。他的心像一面镜子,不特能映照出风景,并且能映照出灵魂的颤动。他是一个梦想家,对于人生问题常常不断的考虑。他以为近代的产业文明的生活贼害个人的灵魂的。"[3]中国最早翻译的里尔克的作品是他的小说《屋顶老人》,收入

---

[1] 韩耀成:《德国文学史》第4卷,译林出版社,2008年,第111页。

[2] 汉斯·埃贡·霍尔特胡森:《里尔克》,魏育青译,生活·读书·新知三联书店,1988年,第143页。

[3] 沈雁冰:《德国近况》,《小说月报》1924年第15卷第1号。

1929年上海世界书局出版的新文化学社编译的文集《慈母的悲哀》中。冯至先生第一次知道里尔克是1926年秋天。他读到了里尔克的《旗手克里斯朵夫·里尔克的爱与死之歌》,"在我那时是一种意外的、奇异的得获"。1931年冯至翻译了里尔克的《给一个青年诗人的十封信》。1932年,冯至在《沉钟》上分三期译出了里尔克的散文《布拉格随笔》《豹》和《论山水》。1936年年底,《新诗》杂志第3期辟出了"里尔克逝世十年祭特辑",除了译出了里尔克一组作品外,还收录了冯至的纪念文章《里尔克——为十周年祭日作》。冯至称里尔克"已经观察遍世上的真实,体味尽人与物的悲欢,后来竟达到了与天地精灵相往还的境地"[①]。冯至之后,我国译介里尔克的主要有梁宗岱、林凡、陈敬蓉、徐迟和吴兴华等。[②] 新中国成立后,里尔克被认为是颓废主义诗人而淡出了读者的视野,直到改革开放以后,里尔克才越来越受到中国诗人和读者的关注和喜爱。

二 《杜伊诺哀歌》与《致俄耳甫斯十四行诗》

《杜伊诺哀歌》(1923)和《致俄耳甫斯十四行诗》(1923)是里尔克的代表作,也是他全部创作中最重要的作品。二者同源同体,密不可分。比较而言,前者气势恢宏,后者清新悦耳。这两部作品标志着里尔克诗风的新的变化,即从中期"物象诗"的客观、冷峻、不动声色开始向带有浪漫主义色彩的象征主义的某种程度的复归。

《杜伊诺哀歌》是诗人一生构思时间最长、花费心血最多、完稿时感到最轻松快意的一部作品。这里的所谓"哀歌",并非单纯表现悲哀和伤感,而是一种古老的由六步句和五步句构成的联句诗体。在德语文学中,克洛普施托克、歌德、席勒等都是运用这种体裁写作的高手,不过,里尔克这十首"哀歌"更近乎自由的颂诗体。

诗人创作《杜伊诺哀歌》前后费时十年(1912—1922),题材十分广泛。诗人把痛苦、哀怨、忏悔等感情的抒发与对人生的哲学沉思结合

[①] 韩耀成等编:《冯至全集》第四卷,河北教育出版社,1999年,第83、84页。
[②] 参见卫茂平:《德语文学汉译史考辨:晚清和民国时期》,上海外语教育出版社,2004年,第193—198页。

在一起,通过复杂的象征探索人与世界的存在、生与死、幸福与苦难等问题,带有某种悲观和虚无的色彩。

《杜伊诺哀歌》共包括 10 首"哀歌"。第一首思考了生与死、爱者与被爱者之间的关系。诗人在致波兰语译者的信中这样写道:"在《哀歌》中,对生之肯定与对死之肯定显得合而为一。容许其一而放弃其二,如此处所经验与赞美者,乃是最终排斥全部无限性的一种拘束。死是吾人生命之被复原的、未经照明的另一面;我们必须达成吾人生存之可能最伟大的意识,它精通这两个无限的领域,它从两者汲取无尽的养分……生命的真正形式扩展到两个领域全部,循环最大的血液流动在两个领域全部:既没有此岸也没有彼岸,只有一个伟大的统一,由'天使们'、那些超越我们的神灵们安居于此。"①第二首开头一句便是"每个天使都是可怕的"②。这里的天使与基督教的天使无关,它"是一个由可见之物到不可见之物的转化过程在其身中得以完成的超人实体,一个证明不可见物有较高一级现实性的神性存在",实际上是一个"完整意识"的实体化。而人总是期待着可见之物,"唯愿我们能够发现一种纯粹的、抑制的、狭隘的／人性,在河流与岩石之间有属于我们的／一小片果园"。第三首暗示了普通的爱者的无能为力。里尔克说:"我们今后难道不会像我们目前学着做的这样,永远把全部理智视为次要,把人类看成难以解救,把历史当做一座原始森林吗,它的底层我们永远踏不着,因为它一层一层、无穷无尽地立于倾覆(物)上面?"在里尔克看来,崇高之爱与情欲之爱还是有区别的。第四首思索的是"生命之树"何时面临它的冬天。这里的"冬天"并非指生命的死亡,而是指生命的变形。"我说得不对吗?你,品尝一下我的／我的必然之最初混浊的灌注,父亲,／你就会觉得生活对我是多么苦涩,／我不断地长大,你便不断品尝,且忙于／回味如此陌生的未来,检验着／我朦胧的凝视"。里尔克表达了自己欲与父亲和解并相互理解的愿望。第五首实际上是里尔克最后写成的,写于 1922 年 2 月 14 日。这一首是为毕加索的一幅名为《江湖艺人》的画而作,是致画的主人赫尔塔柯尼希夫人的。诗中的江湖艺人以及他们的表演象征着整个人类。江湖艺人到

---

① 里尔克:《里尔克诗选》,绿原译,人民文学出版社,1996 年,第 419 页。
② 同上书,第 420 页。有关里尔克的译诗均出于此书,不再另注。

处流浪,居无定所,他们聚集在一块破烂的地毯上,就像人在这个不可理解的世界上一样孤单而隔绝。第六首从无花果树写起,它几乎完全错过了花期,就结出了果实。这正如人的生命的花期,不过是为其果实即死亡所做的准备。人类的英雄就像无花果树,朴实无华,从不夸耀,"就将纯粹的秘密催入了及时决定的果实"。本篇又曾取名为《英雄哀歌》。第七首起始写道:"随年龄而消逝的声音,别让、别再让求爱/成为你的叫喊的本性;虽然你叫得像鸟一样纯净。"人的本性其实别无他求,就在于生存本身。"眼前生活是壮丽的。""被爱者啊,除了内心,世界是不存在的。"外在世界越来越小,以致化为乌有,而内心世界则渴望无限。外在世界与内心世界充满矛盾,正如"呼喊永远充满离去"。第八首是献给奥地利哲学家鲁道夫·卡斯纳(Rudolf Kassner, 1873—1959)的。卡斯纳哲学思想的基本观念之一是"回归",即从外在"空间世界"回归内在的"时间世界"。回归就是一个无限世界,一个活动世界的中心。里尔克写道:"我们面前从没有,一天也没有,/纯粹的空间,其中有花朵/无尽地开放着。永远有世界却/从没有不带'不'字的无何有之乡。"这种"不带'不'字的无何有之乡"显示了我们真正的家,可是我们却像将离去的旅客一样,永远在告别之中。"我们就这样生活着并不断告别。"第九首从月桂树写起,"如果可以像月桂一样匆匆度过/这一生,为什么要比周围一切绿色/更深暗一些?""因为身在此时此地就很了不起,因为/此时此地,这倏忽即逝的一切,奇怪地/与我们相关的一切,似乎需要我们。"里尔克从悲悼人性的矛盾和人的命运的黯淡,转而开始歌颂人生的意义和人世的幸福。第十首,也就是最后一首描述了死亡之旅:"愿有朝一日我在严酷审察的终结处/欢呼着颂扬着首肯的天使们。""但死者必须前行,更古老的悲伤沉默地/将他一直带到浴照在/月光中的峡谷:/那喜悦之泉。她充满敬畏地/称呼它,说道:'在人们中间/它是一条运载的河流'。"在里尔克看来,生与死是统一的,生与死处在同一条河流。

总之,在《杜伊诺哀歌》里,里尔克探索了这个有限的世界里人的存在和价值,以及他所肩负的责任等问题。在里尔克眼里,天使既是令人神往的,又是可怕的。他一方面热情讴歌永恒真理,另一方面又因为真理不易接近而备感心酸。

1921年夏天,里尔克为躲避战后的纷扰,来到瑞士瓦莱州的慕佐城堡居住。在这个与世隔绝的环境里他还是惊闻维拉·乌卡玛·克诺普去世的噩耗。维拉·乌卡玛是慕尼黑一位刚满19岁的舞女,曾与里尔克萍水相逢,但却给里尔克留下了极为深刻的印象。"它几乎是个少女,从竖琴与歌唱/这和谐的幸福中走出来/通过春之面纱闪现了光彩。"诗人在悲痛之余,在短短三星期里写出了两部相连的组诗《致俄耳甫斯十四行诗》,"作为维拉·乌卡玛·克诺普的墓碑而作"。

俄耳甫斯(Orpheus)是希腊神话中佛律葵亚歌手,河神俄阿格洛斯和卡利俄珀的儿子。俄耳甫斯发明了音乐和作诗法。他的歌声能使树木歪枝,顽石移步,野兽俯首。他的妻子神女欧律狄刻(Eurydice)被蛇咬伤致死,他为了使妻子还阳,下到冥府。他的歌声驯服了刻耳柏洛斯,使复仇女神流出了眼泪,使珀耳塞福涅深受感动。于是,珀耳塞福涅准许他把妻子带回人间,但在走出冥府前不得回头看妻子的影子,不得同她说话。俄耳甫斯没有遵守禁令,因此他永远失去了妻子。在现代语言中,俄耳甫斯已经成为优秀的乐师和歌手的同义词。

《致俄耳甫斯十四行诗》共53首十四行诗,诗人以俄耳甫斯寻妻失败的故事寄托自己的哀思和情怀。诗人显然是将维拉·乌卡玛·克诺普比作俄耳甫斯的妻子欧律狄刻。当然,组诗的意义绝不仅限于此,它还表达了诗人对人生意义的无望追求,以及对艺术理想的某种怀疑和失望情绪。写在《杜伊诺哀歌》最后全部脱稿前的《致俄耳甫斯十四行诗》在情感上比《杜伊诺哀歌》显得更浓郁些,但在形式、风格和总体情调上却与《杜伊诺哀歌》如出一辙。

《致俄耳甫斯十四行诗》就像俄耳甫斯的笛声或歌声一样,优美悦耳,宁静怡人,而读者不仅要观看,还要"倾听"。倾听者的能力原本是歌唱者创造的。"歌唱就是存在",真正的歌唱不为任何目的。真正的歌唱就是存在本身,艺术与生活不能两全,艺术从来就是目的,而不是手段。只要懂得真正的歌唱,每个人都可以成为俄耳甫斯。"不竖任何纪念碑。且让玫瑰/每年为他开一回。/因为这就是俄耳甫斯。他变形而为/这个和那个。"俄耳甫斯是生与死的歌者。"赞美吧,这就是一切!"但里尔克对新兴的机械工业却表现了厌恶和悲观情绪:"看哪,看那机器:/它们怎样旋转怎样报复/又怎样把我们损害并玷污。"世界匆匆变化,唯有歌者长存。"只有那人,他仍以赞美的音弦/歌颂那生而完整的心。"最后,一与一切同一。"如果尘世把你遗忘,/且对寂静的大地说:我在奔流。/对迅疾的流水说:我在停留。"

在里尔克看来,死亡不仅是生理学意义上个人肉体的消失,也是个体生存的新的开始。生与死相互关联、无限变化、生生不息。生死之间并不是无底的深渊,而是你中有我,我中有你,二者与宇宙万物一样趋于同一。这与庄子所说的"方生方死,方死方生"(《庄子·齐物论》)、"不以生生死,不以死死生,死生有待邪? 皆有所一体"(《庄子·外篇·知北游》),可谓异曲同工。

里尔克在创作了《杜伊诺哀歌》与《致俄耳甫斯十四行诗》后,几近搁笔,四年后因白血病长逝。作为一个不断超越的漫游者,里尔克此时可以休息了;作为一个独树一帜的诗人,里尔克的世界性影响似乎才刚刚开始。1918年奥地利政府因里尔克在文学方面的杰出贡献,给他颁发奖章和奖状,里尔克拒绝了。他说,他从来如此,"即规避任何颁奖之勋章"。他进一步解释道:"惟彼之拒不接受只由于维护其个人之信念;盖其艺术工作绝对使其度'不显著'之生活也"①。看来,里尔克自愿选择了一种寂寞的诗人的生活,但这也是一种纯粹的诗人生活。里尔克还被誉为"诗人神学家","他是当代宗教危机的一块里程碑",②尽管他并不是虔敬的基督徒。总之,里尔克在一个"贫困的时代"为我们创造了精神的富足。"里尔克的富足,是由于他挖掘自己到了贫困的地步,然后以精神上的漫游来唤醒新的内涵,以至于生生不息而造就的。这是在贫困的时代,一个贫困的漫游者所成就的奇迹。"③

1. 里尔克的创作可以分为几个阶段?

---

① 韩耀成等编:《冯至全集》第四卷,河北教育出版社,1999年,第97—98页。

② 刘小枫选编:《〈杜伊诺哀歌〉中的天使》,里尔克、勒塞等著,林克译,华东师范大学出版社,2005年,第128页。

③ 张海燕著/译:《漫游者的超越——里尔克的心灵史》,江西人民出版社,2007年,第91页。

2.《杜伊诺哀歌》和《致俄耳甫斯十四行诗》的主旨是什么?

1. 里尔克:《里尔克诗选》,绿原译,人民文学出版社,1996年。
2. 汉斯·埃贡·霍尔特胡森:《里尔克》,魏育青译,生活·读书·新知三联书店,1988年。
3. 张海燕著/译:《漫游者的超越——里尔克的心灵史》,江西人民出版社,2007年。
4. Karen Leeder and Robert Vilain ed. *The Cambridge Companion to Rilke*. Cambridge, UK; New York: Cambridge University Press, 2010.

第五节 象征主义文学在中国

一 象征主义在中国的传播和接受

从目前所掌握的材料来看,我国最早涉及象征主义的文章当属陈独秀1915年发表在《青年杂志》上的文章《现代欧洲文艺史谭》,文中约略地提到了西方的象征主义文学。作者将象征主义作家梅特林克、霍普特曼同易卜生放在一起,称他们"皆其国之代表作家,以剧称名于世界者也"[①]。1918年5月陶履恭在《新青年》上发表了《法比二大文豪之片影》一文,文章中有这样一句:"比利时之梅特林克,Maurice Maeterlinck 今世文学界表象主义 Symbolism 之第一人也。"[②]1919年沈雁冰译介了梅特林克的象征主义戏剧《丁泰琪之死》,又在第二年发表了《表象主义戏剧》一文。1920年他又以笔名"茅盾"在《小说月报》(2月)上撰文《我们现在可以提倡表象主义的文学吗?》,明确提倡表象主义;1921年1月他在《时事新报·学灯》上介绍象征主义,撰写了题为《什么是表象主义(Symbolism)?》的文章,而他所说的表象主义就是象

---

① 陈独秀:《现代欧洲文艺史谭》,《青年杂志》1915年第1卷第3号。
② 陶履恭:《法比二大文豪之片影》,《新青年》1918年第4卷第5号。

征主义。"至此,象征主义终于以'表象主义'的译名正式登上了中国文坛,它标志着作为一种文学思潮和文学运动概念的'象征主义'在中国传播过程的起始。"①

1920年谢六逸在《小说月报》(第11卷第5、6号)上发表了长文《文学上的表象主义是什么?》,对西方象征主义文学进行了较为详尽的评介。"泰西文学思潮,在写实主义Realism之后,因为神秘的倾向和近代人心病的现象相结合,别产一派新主义!就是表象主义Symbolism。"并且说,表象主义"不可不研究"。而所谓"本来表象","不外借简单的外形,表出一种精神的、高尚的、理想的,或是抽象的东西于内容。换句话说,就是以不得闻不得见的无形无象的事物,表现出来,寄托于有表的具象的东西上"。另有"高级表象","就是于外形之中,表示或种意味内容。详言之,虽仅有外形,亦有意味,能表示人生一般问题,及哲学宗教道德等的真理,外形是有刺戟性质的"。至于"情调表象","谓人目所见的世界与人目未见的世界;物质界与灵界,有限世界与无限世界之间,是相通相应的Correspondence。表象者,即两方的媒介"。所谓文学的职务"却在勾通万象而暗示神秘无限的世界"。总之"表象主义的文艺,有偏于神秘的情调的倾向,是主观的艺术,有寓意暗喻讽刺暗示种种"。应当说,这种评介大体上是准确的。

"Symbolism"既然最初被译为表象主义,那么,是什么时候由什么人将它译为"象征主义"的呢?周作人曾说过,象征是"外国的新潮流,同时也是中国的旧手法"②。中国古代文化中有"象",也有"征",但并没有将这两个字结合在一起,制造一个新词。中国"象"的概念可以追溯到《老子》:"道之为物,惟恍惟惚。恍兮惚兮,其中有象。"(《老子》第二十一章)象就是物的形象,道生物,物生象;象必须体现道。这里的"象"更接近英文中的"Image"。在《易传·系辞传》中有这样的命题:"《易》者象也,象也者像也。"孔颖达在《周易正义》中解释说:"凡《易》者,象也,以物象而明人事,若《诗》之比喻也。"可以说,整个《易经》都是"象",都是以形象来表明义理。《易传》还对"象"作了这样的规定:"立象以尽意","观物取象"。《庄子》中有"象罔得之玄珠"的寓言。这

---

① 吴晓东:《象征主义与中国现代文学》,安徽教育出版社,2000年,第61页。
② 周作人:《〈扬鞭集〉序》,见杨扬编:《周作人批评文集》,珠海出版社,1998年,第223页。

里的"象罔"就是有形与无形、虚与实的结合。宗白华解释说:"非无非有,不皦不昧,这正是艺术形相的象征作用。'象'是境相,'罔'是虚幻,艺术家创造虚幻的境相以象征人生的真际。"①这里,象罔就是象征,但庄子并没有用象征一词。真正将"象"和"征"连在一起的是王弼,虽然他也并没有使用"象征"这个词。他说:"象生于意,故可寻象以观意,意以尽象,象以言著。""忘象者,乃得意者也;忘言者,乃得象者也。得意在忘象,得象在忘言。故立象以尽意,而象可忘也;重书可以尽情,而书可忘也。是故触类可为其象,合意可为其征。"②《汉书·艺文志》载:"杂占者,纪百事之象,候善恶之徵。"这里说的是筮辞中的象征现象,即所谓"占事知来"。不过,在当时"象征"这个概念并没有出现。直到1919年,陈群在《建设》杂志上发表了《欧洲十九世纪文学思潮一瞥》一文,他将19世纪末叶称为"新主观主义(新浪漫主义)、象征主义、神秘主义的时代"。他说:"象征主义文学全把宇宙及人生的实状做个标象,表示思想感情时候,专用解剖心理的方法,来做他描写的资料。"③"Symbolism"这才被正式译成了象征主义。

"symbol"虽然被译为"象征",但西文的"symbol"并不等同于中文的象征。二者之间的区别大致有如下几个方面。第一,西文的"象征"是一种认识论的概念,是指认识的手段和方法;中文的"象征"本意是一种本体论的概念,指人的一种活动方式,即形象征验活动,一种原始的宗教活动,这种"象征"是原始人的感觉世界。第二,西文的"象征"概念强调的是其意指性,中文的"象征"概念强调的是隐喻性、暗示性,即表现性。第三,西文的"象征"概念,内涵侧重理性的思维活动,中文的"象征"概念,内涵侧重感性的体验活动。"总之,西方人偏于从符号的角度解释象征,因此'象征'是认识论和语言学的范畴,而中国人偏于从表现的角度理解象征,因此'象征'是人类学本体论的范畴。"④

1920年以后,西方象征主义的重要作家被纷纷译介到中国来。早在1907年鲁迅就翻译了俄罗斯象征主义作家安德列夫的小说《默》和《谩》。1921年他又翻译了《黯澹的烟霭里》,这时鲁迅已清醒地意识到

---

① 宗白华:《美学散步》,上海人民出版社,1981年,第81页。
② 王弼:《周易略例·明象》,《王弼集校释》,楼宇烈校释,中华书局,1980年,第609页。
③ 陈群:《欧洲十九世纪文学思潮一瞥》,《建设》1919年第1卷第4号。
④ 林兴宅:《象征论文艺学导论》,人民文学出版社,1993年,第220—221页。

安德列夫作品的主要艺术特征就是"象征印象主义与写实主义相调和"①。以后鲁迅还重点译介过布洛克和叶赛宁等。"《新青年》1920年(8卷3号)上刊登的果尔蒙的(Gourmont)的《死叶》(周作人译)应该为中国期刊上最早出现的法国象征派译诗。"②另外,"象征主义"这一概念较早出现在中文报刊上,或较早将"Symbolisme"译为"象征主义"而不是"表象主义",还有1921年4月发表在《东方杂志》(18卷7号)上署名化鲁的文章《新思想与新文化——法兰西诗坛近况》。"象征主义作为流派,在文中四次被提及。"③1922年刘延陵写了《法国之象征主义与自由诗》一书,比较全面地介绍了法国象征主义和波德莱尔的诗作。1923年傅东华写了《梅脱灵与青岛》,1924年张闻天翻译了《波特来耳(即"波德莱尔")研究》,这些均属于我国较早介绍和研究象征主义的著述。1924年12月,徐志摩在《语丝》杂志第3期上发表了波德莱尔《恶之花》中《死尸》一诗的译文,并称赞该诗是"《恶之花》诗集里最恶亦最奇艳的一朵不朽的花"。对于诗中语言的音乐性,更是赞不绝口。此外,法国象征主义诗人马拉美、魏尔伦、韩波,爱尔兰诗人叶芝,德国剧作家霍普特曼等也分别由《少年中国》《东方杂志》《小说月报》《文学周刊》《创造季刊》等杂志译介过来。

　　1923年至1926年在日本东京大学研读法国文学的穆木天也倾心于象征主义,他在1925年用法语写的毕业论文讨论阿尔贝·萨曼,其中就有一节专论萨曼的象征主义。他与同在日本的冯乃超、在欧洲浪游的王独清等一起提倡象征主义。他发表在1926年《创造月刊》第一期上的《谭诗——寄沫若的一封信》中就鲜明地提出了象征主义关于"纯粹诗歌"的主张,并主张表现诗歌的形式美、音韵美。他说:"一个有统一性的诗,是一个统一性的心情的反映,是内生活的真实的象征。"而就他个人的文艺生活而言,"就是在象征派诗歌的气氛包围中,我作了我那本《旅心》"。④ 但是,1935年他发表在《文学百题》上的《什

---

① 鲁迅:《〈黯澹的烟霭里〉译者附记》,《鲁迅全集》第十卷,人民文学出版社,1981年。
② 周作人:《杂译诗二十三首》,《新青年》1920年第8卷第3号。
③ 金丝燕:《文学接受与文化过滤——中国对法国象征主义诗歌的接受》,中国人民大学出版社,1994年,第112、120页。
④ 陈惇、刘象愚编选:《穆木天文学评论选集》,北京师范大学出版社,2000年,第138、411页。

么是象征主义》,更多地则是对象征主义的清算和批判了:"象征主义,同时是恶魔主义,是颓废主义,是唯美主义,是对于一种美丽的安那其境地的病的印象主义。""这种回光返照的文学,是退化的人群的最后的点金术的尝试。虽然在技巧和手法之点,不是没有贡献——音乐性的完成——可是那种非现实的世界的招引,只是使沦亡者之群得到一时的幻影的安慰,对于真实的文学的前途,大的帮助可以说没有的。只有对于真实艺术的建立有确信的人,才可以一边研究象征主义,而不致为它俘虏的。"①总之,穆木天认为,象征主义弊多于利,我们可以借鉴和吸收的充其量不过是象征主义手法而已。这一评述对于新时期以前我国对象征主义的理解和认识,影响深远。

20世纪20年代后期至30年代,中国大力译介象征主义作品和理论的主要有卞之琳和曹葆华。卞之琳翻译了波德莱尔的《音乐》《波希米亚人》《喷泉》,马拉美的《太息》《海风》,瓦雷里的《友爱的林子》,梅特林克的《歌》和里尔克的《旗手克里斯朵夫·里尔克的爱与死之歌》等。曹葆华则翻译了大量象征主义诗学理论方面的著述和文章,譬如阿瑟·西蒙斯的《象征主义运动》、瓦雷里的《前言》和《诗》、叶芝的《诗中的象征主义》等。1937年他在上海商务印书馆出版了《现代诗论》一书,更是集中地介绍了西方的诗学理论。

1936年赵罗蕤应戴望舒之约翻译了艾略特的代表作《荒原》,该诗于1937年由上海新诗出版社出版发行。当时热心介绍艾略特的还有叶公超、卞之琳和曹葆华等。从1937年到1946年,西南联合大学的师生们在翻译、介绍、研究西方象征主义文学方面无疑做出了重要贡献。他们尊崇艾略特、奥登、叶芝、纪德和里尔克等后期象征主义诗人,而在新诗创作上,则"进行了中国现代主义最遥远的探险,完成了从象征主义向后期象征主义的诗学转变"②。

1949年后,整个西方现代主义文学的翻译和介绍工作都基本停止了,遑论象征主义。这种状况一直到1980年才有所改观,这一年由袁可嘉等编选的《外国现代派作品选》由上海文艺出版社出版,其中重点

---

① 傅东华主编:《文学百题》,中州古籍出版社,1992年(据1935年生活书店本影印),第111—112,118页。

② 张同道:《探险的风旗——论中国现代主义诗潮》,安徽教育出版社,1998年,第289页。

介绍的第一个流派就是象征主义。此后,各种有关象征主义的选本、译本、评论和专著纷纷问世,标志着我国的有关象征主义文学的研究进入了一个新阶段。

二 中国象征主义文学

象征主义对中国文学产生过巨大而又深刻的影响,并由此形成了中国的象征主义文学。象征主义对中国文学的影响渗透在小说、诗歌、戏剧、散文等各个方面。

在小说方面,鲁迅对象征主义艺术观念和手法的运用相当自觉并十分普遍。他的小说《药》的结尾就分明带有"安特莱夫式(L. Andreev)的阴冷"[①]。这篇小说可以说是一篇运用象征意象的典型小说。小说的标题就具有浓郁的象征意味,而小说中华夏两家的姓氏,以及小说结尾处的乌鸦和花环也都具有鲜明的象征意义。在鲁迅的其他小说中,如《故乡》《狂人日记》《长明灯》《白光》《示众》《补天》等象征主义手法的运用更加圆熟。当然,鲁迅算不上真正意义的象征主义小说家,像许多中国现当代作家一样,他更多的只是借鉴了象征主义的表现手法和技巧。

茅盾的《子夜》虽然不是一部象征主义作品,但书名的象征意义却是十分明显的。钱锺书的《围城》也是这样。杨绛女士在同名电视剧中曾将《围城》的主要内涵明确地概括为:"围在城里的人想逃出来,城外的人想冲进去,对婚姻也罢,职业也罢,人生的愿望大都如此。"老舍则在《猫城记》中虚构了一座猫城来影射现实世界。萧乾曾将自己的一部分作品编辑为"象征篇"。他说:"这种喜欢以小比大,随时随地寻觅有生与无生,动植物与人类间相同局势的性格与倾向,使我一着笔就想有所影射。"[②]萧乾的《蚕》《道旁》《俘虏》《破车上》等都是这类"有所影射"的象征性作品。废名的小说则更是执着于象征意义,这样反而妨碍了读者对小说的认识意义和审美意义的领悟。譬如在他的小

---

① 鲁迅:《〈中国新文学大系〉小说二集序》,《鲁迅全集》第六卷,人民文学出版社,1981年,第239页。
② 萧乾:《〈创作四试·象征篇〉前言》,见鲍霁编:《萧乾研究资料》,北京十月文艺出版社,1988年,第333页。

说《桥》中，我们隐约地感到了小说的象征，但它究竟象征什么却难以确指。而这一特征也正是西方象征主义文学的最主要特征之一。此外，沈从文的《边城》也可以归入这一类作品之中。

在诗歌方面，象征主义对中国现代文学影响最为深刻和显著。法国象征主义对中国新诗的影响实际上是从20世纪中期李金发和戴望舒开始的。"李金发的诗开了中国新诗象征主义的先河。"[1]李金发曾在法国学习绘画和雕塑，他深受印象主义和象征主义的影响，迷恋波德莱尔、马拉美、魏尔伦等象征主义大师的诗句。他的诗歌曾直接得益于法国象征主义。之后，他将自己用象征主义观念和手法创作的《食客与凶年》《微雨》《为幸福而歌》三部诗集寄回国内，于1925年后相继发表，引起国内诗坛的关注。周作人、朱自清等赞赏它们的新颖和独特，但也有一些人批评它们的朦胧晦涩和"不可解"。他诗中的那种颓废的情绪、对梦幻的追求，以及句法上的省略和跳跃、章法上的不连贯、结构上的变化多端，都与法国象征主义诗歌非常接近。譬如《夜之歌》：

> 我们散步在死草上，
> 悲愤纠缠在膝下。
>
> 粉红之记忆，
> 如道旁朽兽，发出奇臭，
>
> 遍布在小城里，
> 扰醒了无数甜睡……[2]

诗人从一个意象跳跃到另一意象，任凭意识奔涌驰骋，自由联想，超越时空，充分表达了作者迷惘伤感、悲观绝望的情怀。

又如《弃妇》一诗，表现的是人类某种共通的情感，"弃妇"这一意象是社会上一切被遗弃的人的象征：

> 黑夜与蚊虫联步徐来，

---

[1] 孙玉石：《中国初期象征派诗歌研究》，北京大学出版社，1983年，第151页。
[2] 李金发：《微雨》，人民文学出版社，2000年，第25页。

越此短墙之角,
狂呼在我清白之耳后,
如荒野狂风怒吼:
战栗了无数游牧。
……
弃妇之隐忧堆积在动作上,
夕阳之后不能把时间之烦闷
化成灰烬,从烟突里飞去,
……
衰老的裙裾发出哀吟,
徜徉在邱墓之侧,
永无热泪,
点滴在草地,
为世界之装饰。①

总之,在李金发的诗中这类奇特的意象、惊人的联想、神奇的暗示、忧郁的情怀比比皆是,如"残叶溅血在我们脚上","生命便是死神唇边的笑"(《有感》),"皮肤上老母所爱之油腻,日落时秋虫之鸣声"(《生活》),"我们的心充满无音之乐,如空间轻气的颤动"(《生活》),"但此地日光,嬉笑着在平原,如老妇谈说远地的风光/低声带着羡慕"(《迟我行道》)等。但是,由于李金发的诗一方面过于晦涩和朦胧,另一方面又过于欧化,未能与中国传统文化相融合与沟通,因此他的诗歌的影响及意义有如昙花一现,并没在中国文学史上留下太深的印迹。

戴望舒是继李金发之后的又一位受象征主义影响的重要诗人,他在20世纪30年代的中国诗坛具有"领袖"般的位置。"象征诗人之所以会对他有特殊的吸引力,却可以说是为了那种特殊的手法恰巧合乎他的既不是隐藏自己,也不是表现自己的那种写诗的动机的缘故。同时,象征派的独特的音节也曾使他感到莫大的兴味。"②他的《寻梦者》显然受到过法国诗人魏尔伦的影响。"他几乎是全面地实践了波德莱

---

① 李金发:《微雨》,人民文学出版社,2000年,第1—2页。
② 杜衡:《序》,见戴望舒:《望舒草》,人民文学出版社,2000年,第4页。

尔的'对应说',出现于他的诗作的意象大都具有象征意义,而最为独特之处是他创造了个人象征体系。"①但是,与李金发不同的是,他在创作中能够将现代主义与中国的古典诗歌传统结合起来,从而形成了自己独特的风格和诗歌理论,因此,可以说,他是具有了自己的风格的中国现代主义诗人。他的诗当时曾被人概括为"象征派的形式,古典派的内容"。这一特征,在他1935年创作的《秋夜思》中可以略见一斑:

>谁家动刀尺?
>心也需要秋衣。
>
>听鲛人的召唤,
>听木叶的呼吸!
>风从每一条脉络进来,
>窃听心的枯裂之音。
>
>诗人云:心即是琴。
>谁听过那古旧的阳春白雪?
>为真知的死者的慰藉,
>有人已将它悬在树梢,
>为天籁之凭托——
>但曾一度啼听的飘逝之音。
>
>而断裂的吴丝蜀桐,
>仅使人从弦柱间思忆华年。②

这首诗主要从中国古典诗歌中撷取意象,又借用了象征主义的通感手法,全诗声色交汇、物我一体、意境深远。

卞之琳曾受到后期象征主义诗人瓦雷里、里尔克、艾略特、奥登等诗人的影响。他对艾略特的"客观对应物"理论和奥登的"诗歌戏剧性技巧"非常有同感。卞之琳曾明确表示:"我就在1930年读起了波德莱尔、高蹈派诗人、魏尔伦、马拉美以及象征派诗人。我觉得他们更深

---

① 周敬、鲁阳:《现代派文学在中国》,辽宁大学出版社,1986年,第65页。
② 孙玉石编写:《戴望舒名作欣赏》,中国和平出版社,1993年,第274页。

沉、更亲切,我就撇下了英国诗。"①"写《荒原》以及其前短作的艾略特对于我前期中间阶段的写法不无关系;同样的情况是在我前期第三阶段,还有叶芝、里尔克、瓦雷里的后期短诗之类。"②卞之琳的诗颇有象征主义的韵味。如"忽听得一千重门外有自己的名字。好累呵!我的盆舟没有人寻弄吗?……友人带来了雪意和五点钟。"(《距离的组织》)在著名的《断章》中,诗人写道:

> 你站在桥上看风景,
> 看风景的人在楼上看你。
>
> 明月装饰了你的窗子,
> 你装饰了别人的梦。③

李广田曾这样评价卞之琳的诗:"有时在文字的表现上可以说简单到了极点,然而那象征的内涵却更具有丰富而暗示的力量。"④

冯至的创作显然受到过奥地利象征主义大师里尔克的影响。1936年冯至曾专门撰文评论过里尔克。他认为,里尔克在"物体的姿态"背后,"小心翼翼地发现许多物体的灵魂",他将他的发现通过文字直接地呈现在读者面前。⑤冯至的《十四行集》便颇有里尔克的那种"思想知觉化"特征。

另外,艾青则受到过比利时诗人魏尔哈伦的影响,他早年在法国学习绘画,对法国象征主义诗歌比较熟悉。回国后又翻译过魏尔哈伦的诗,他在《芦笛——》一诗中曾这样写道:"我从你彩色的欧罗巴/带回了一支芦笛。"⑥胡风曾这样评价艾青:"当然,明显地看得出来他受了魏尔哈伦(Emile Verharlen)、波德莱尔(Ch. Baudelaire)、李金发等

---

① 卞之琳:《开讲英国诗想到的一些体验》,见江弱水、青乔编:《卞之琳文集》中卷,安徽教育出版社,2002年,第418页。
② 卞之琳:《雕虫纪历·自述》,见江弱水、青乔编:《卞之琳文集》中卷,安徽教育出版社,2002年,第460页。
③ 江弱水、青乔编:《卞之琳文集》上卷,安徽教育出版社,2002年,第57,29页。
④ 李广田:《诗的艺术——论卞之琳的〈十年诗草〉》,《李广田文学评论选》,云南人民出版社,1983年,第234页。
⑤ 冯至:《里尔克——为十周年祭日作》,《新诗》1936年12月第3期。
⑥ 《艾青全集》第一卷,花山文艺出版社,1991年,第29页。

诗人底影响,但他并没有高蹈的低回,只不过偶尔现出了格调底飘忽而已,而这也将被溶在他底心神底健旺里罢。"①

徐志摩等也受到过西方现代主义诗歌的影响。他曾留学英国。最初他受到英国浪漫主义文学的影响,后来转向了哈代式的悲观主义,最后却走向了象征主义。"象征主义诗歌则给他以恶魔般的想象力和龌龊的人生洞察,使他把笔锋转向罪恶的都市、人伦的暴露上。……他从象征派诗歌中得到了情绪上的新的寄植体,获得了新鲜的(尽管是恶魔般的!)想象力和新颖的诗歌表现手法。"②

20世纪40年代活跃在国民党统治区的"九叶诗人"也受到过象征主义的影响。"他们既受到曾经借鉴现代派诗艺上获得优异成果的前辈戴望舒、卞之琳、艾青、冯至的影响,又受到西方现代派诗人里尔克、艾略特和奥登等人的熏陶。"③他们的诗歌创作追求"思想知觉化"效果,注重象征和联想、幻想和现实的交织渗透,在意象的营造上则强调跳跃性和出奇制胜。1946年,作为九叶诗人之一的袁可嘉写道:"诗的扩展到了今天,经过艾略特底'客观联系物'(Objective Correlative)的阐释,可说已发展到极致。"④而作为这种"极致"的代表就是青年九叶诗人之一穆旦。穆旦是一个善于营造象征意象的诗人,并且他笔下的象征意象往往使人感到迷惑、震惊,如:

> 从子宫割裂,失去了温暖,
> 是残缺的部分渴望着救援,
> 永远是自己,锁在荒野里,
> ……
> 仇恨着母亲给分出了梦境。⑤

---

① 胡风:《吹芦笛的诗人》,《胡风评论集》(上),人民文学出版社,1984年,第422页。
② 曾小逸主编:《走向世界文学——中国现代作家与外国文学》,湖南人民出版社,1985年,第361页。
③ 袁可嘉:《西方现代派诗与九叶诗人》,见《半个世纪的脚印——袁可嘉诗文选》,人民文学出版社,1994年,第312页。
④ 袁可嘉:《论诗境的扩展与结晶》,《经世日报·文艺周刊》1946年9月15日。
⑤ 穆旦:《穆旦诗集》,人民文学出版社,2001年,第16页。

这首题名为《我》的诗,是"一首奇异的诗,使许多人迷惑了"。诗中的"子宫"意象,"在英文诗里虽然常见,中文诗里却不大有人用过。在一个诗人探问着子宫的秘密的时候,他实在是问着事物的黑暗的神秘。性同宗教在血统上是相联的"①。

新时期以后,中国朦胧诗的出现显然受益于西方的象征主义诗歌,不过,尽管朦胧诗在艺术手法上借鉴了西方现代主义文学艺术,但诗人们表达的精神状态和情绪却依然是中国人的。他们有失落感,但没有绝望感;他们有不满感,但还不至于成为虚无主义者。他们是中国式的现代主义,突出了个人的感受和风格,给长期以来陷于单一模式的中国诗坛带来了一股清新的气息。

在戏剧方面,中国现代戏剧的产生和发展与剧作家们对西方象征主义戏剧艺术的接受和转换是分不开的。最早运用象征主义戏剧技巧的戏剧家郭沫若和田汉,他们最初的创作曾受到梅特林克的《青鸟》和霍普特曼的《沉钟》的直接影响。洪深的《赵阎王》则直接模仿了美国剧作家奥尼尔的《琼斯王》。陶晶孙的《黑衣人》和《尼》则对象征主义手法的运用更为纯熟。以后,陈楚淮、向培良、高长虹等也进行了探索,曹禺的戏剧创作则标志着现代话剧对象征主义艺术运用的真正成熟。曹禺巧妙而天然地将写实主义与象征主义融为一体。"写实主义的基础使他的戏剧提供了一幅丰富的社会人生图景,象征主义的综合则使远生形态的人生景观升华到一个具有形而上的色彩的哲学高度。"②

另外值得一提的是,中国现代文学中的散文诗的创作与象征主义在中国的传播和接受也有着非常密切的关系。一般说来,周作人在1919年创作的《小河》被认为是中国最早的散文诗,它与波德莱尔的散文诗有着非常多的相似之处。以后穆木天的《复活日》、许地山的《空山灵语》、高长虹的《心的探险》、林语堂的《萨天师语录》、何其芳的《画梦录》、唐弢的《落帆记》、沈从文的《烛虚》和冯至的《山水》等也都受到过西方象征主义的影响。而代表散文诗最高成就的当属鲁迅的《野草》,这是一部具有浓郁的象征主义气息的散文诗集。

---

① 王佐良:《一个中国诗人》,见穆旦:《穆旦诗集》,人民文学出版社,2001年,第125页。
② 吴晓东:《象征主义与中国现代文学》,安徽教育出版社,2000年,第251页。

总之，象征主义对中国文学的影响漫长而又复杂，并且，正是在西方象征主义的影响和启示下，中国学者和作家开始构建自己的象征主义诗学体系，并创造了受到世界瞩目的中国的象征主义文学。

1. 象征主义在中国的传播和接受过程如何？
2. 中国象征主义文学的主要成就是什么？

1. 孙玉石：《中国初期象征派诗歌研究》，北京大学出版社，1983年。
2. 金丝燕：《文学接受与文化过滤——中国对法国象征主义诗歌的接受》，中国人民大学出版社，1994年。
3. 尹康庄：《象征主义与中国现代文学》，暨南大学出版社，1998年。
4. 吴晓东：《象征主义与中国现代文学》，安徽教育出版社，2000年。
5. 陈太胜：《梁宗岱与中国象征主义诗学》，北京师范大学出版社，2004年。
6. Harry Allan Kaplan. *The Symbolist Movement in Modern Chinese Poetry*. Ann Arbor, Mich.: UMI, 1983.

第三章 意象派诗歌

第一节 概 述

人们一般认为,意象派诗歌是美国现代派诗歌的起点,它构成了20世纪美国诗歌的另一传统。意象派诗歌与象征主义有着十分密切的关系,以至于有学者认为,它就是象征主义文学之中的一个诗歌流派。当然,意象派诗歌与象征主义的区别也是显而易见的,因此我们有必要进行专门的分析和研究。

一 意象派诗歌的产生和发展

"人们通常地、便利地认作现代诗歌的起点,是1910年左右伦敦的一个名为'意象主义者(Imagists)的团体'。"①T. S. 艾略特的这句话说明了意象派诗歌在现代主义诗歌中的起始地位和历史重要性。中国学者袁可嘉认为意象主义(Imagism)是"英美现代派诗的第一章,它所倡导的诗学原则(如采用日常口语、强调精炼凝缩、以片语节奏取代重音节拍、构造意象的特殊手法)不仅对英美现代诗有指导意义,还产生了国际性影响"②。

事实上,意象派的前身还可追溯到英国批评家兼诗人休姆(T. E. Hulme,1883—1917)在1908年组织的一个名为"诗人俱乐部"的诗社。从1909年3月开始,以休姆为中心的一批英国年轻的诗人们,每周四定期聚集在伦敦索荷区的埃菲尔铁塔餐馆,一边用餐一边朗诵诗

---

① 彼德•琼斯编:《意象派诗选》,裘小龙译,漓江出版社,1986年,第2页。
② 袁可嘉:《欧美现代派文学概论》,广西师范大学出版社,2003年,第179页。也有学者认为象征主义是欧美现代派文学中出现最早、影响最大的文学流派。从时间上看,象征主义是19世纪与20世纪之交的过渡性文学思潮,是现代主义文学的先驱与前提。

歌,共同切磋诗艺,这些诗歌大多为法国和美国的自由诗、日本俳句、希腊抒情短诗等。一个月后,富有创新精神的美国诗人庞德被介绍加入休姆-弗林特(F. S. Flint,1885—1960)团体,为这个名不见经传的小社团注入了新鲜血液。当时庞德一心肩负着刷新现代诗歌和艺术的历史使命,作为美国芝加哥《诗刊》主编哈莉特·门罗委派的海外版代理人,他最终促使这个刊物成为意象派发表诗歌的理想园地,从1914年到1917年这短短的几年内,意象派迅速成长为具有影响力的现代主义诗歌潮流。

严格地说来,意象派最初并非是一个有组织有计划的诗派,而是一批力图开拓未来诗歌发展可能性的年轻诗人们,在面对传统诗歌时表现出一致的挑战姿态:他们激烈批判19世纪后浪漫主义诗歌陈旧夸张的想象和湿漉漉的情感,力图从古希腊抒情诗、法国象征主义中的自由诗、日本俳句和中国古典诗中吸取灵感,一心要医治传统诗歌的弊病。意象派反对的是20世纪初伦敦诗坛盛行的多愁善感、伦理说教的新浪漫主义诗歌"乔治诗风"。休姆指出,在想象观念的支配下,新浪漫主义诗歌朝着超验的、稀奇古怪的、无限的方向发展,从而导致了形式的匮乏、意象的模糊不清和不准确,他预言一个不事修饰、硬朗实在、古典主义诗的时代即将来临。庞德则声称20世纪的诗歌"一定会反对废话连篇,一定会变得较为坚实,较为清醒……更接近骨头。它将尽可能变得像岩石那样,它的力量在于它的真实和阐释的力量……质朴、直率,没有感情上的摇曳不定"①。总之,在休姆、弗林特、庞德等新一代诗人看来,真正优秀的艺术都是出于理性的分辨力和合理的思索,而非浪漫无限地宣泄自我,这是进入新古典主义时代的一种转变。他们倡导意象主义诗歌应注重用具体、紧凑的意象,硬朗、干燥的语言来传达情感。作为一种理想,意象派所使用的意象语言并不会强加于诗歌文本某种情感,而是由它自己直接呈现出来,这与浪漫主义的表现或写实主义的再现原则是截然对立的。

英美意象主义与法国象征主义的关系则比较复杂,"意象"(image)与"象征"(symbol)既有一致性又有本质上的区别。两者都反

---

① 埃兹拉·庞德:《回顾》,郑敏译、戴维·洛奇编:《二十世纪文学评论》上册,葛林等译,上海译文出版社,1987年,第120—121页。

对浪漫主义表达的含混模糊、空洞虚饰,强调客观物象与主观情感的契合;主张不发议论,把自己的思想情感隐藏在坚实的形象中;要求诗歌韵律自然而然,与诗中所表达的感情及感情的各种细微差别完全相称;重视节奏的运用,谙熟一切形式和格律规则。不过,象征主义理论主要来源于瑞典斯威登堡的神秘主义"对应论"。波德莱尔认为世界是一个象征的森林,人的内心世界与外部客观世界之间存在着"感应";诗人透过物象看到了一个超感性的宇宙。马拉美强调:"直陈其事,这就等于取消了诗歌四分之三的趣味,这种趣味原是要一点一点儿去领会它的。暗示,才是我们的理想。"①因此,隐喻、暗示、朦胧美与形而上的神秘色彩成为象征主义的显著特点。而意象派创作以柏格森直觉主义为基础,认为"世界是个意象的总和","人在物我交融的直觉境界可以把握世界"。②休姆认为"诗不是号码式的语言,而是一种看得见的具体的语言。意象不仅仅是装饰,而是一种直觉的语言的本质本身"③。庞德把"意象"定义为"能在一瞬间时间里呈现情感与理智复合物(complex)的东西"④。也就是说,象征派视"象征"为一种手段和形式,诗人用一套象征密码来解读不可言说的抽象的彼岸(本质或思想奥秘),追求音乐上的听觉效果;而意象派则认为形象语言可以直接表现事物,视"意象"为具有高度含摄力的"复合体"而非一个神秘理念的载体,追求雕塑一般的视觉上的具象性,讲究明朗、清晰、凝练的风格。

不过,作为现代主义潮流中最早的新诗运动,意象派的正式活动期并不长,从1914年第一本《意象派诗选》出版,标志着这一运动的开始,一直延续到1917年第四本《意象派诗选》出版。尽管1930年还出版了意象派的最后一本诗选,但今非昔比,意象派已被其他现代主义诗歌潮流取而代之。导致意象派最终失去生命力的原因,正如弗莱契(John G. Fletcher,1886—1950)指出的:"它不让它的信徒们对生活

---

① 黄晋凯、张秉真、杨恒达主编:《象征主义·意象派》,中国人民大学出版社,1989年,第41页。
② 彼德·琼斯编:《意象派诗选》,裘小龙译,漓江出版社,1986年,第38页。
③ T. E. 休姆:《浪漫主义与古典主义(1915)》,见赵毅衡编选:《"新批评"文集》,中国社会科学出版社,1988年,第19页。
④ 彼德·琼斯编:《意象派诗选》,裘小龙译,漓江出版社,1986年,第152页。

得出明晰的结论,逼着诗人阐述太多,可是推断太少——经常使它的门生误入一种贫瘠的美学思想。"①在意象派整个发展过程中,休姆是美学家,他为意象派奠定了理论基础;弗林特是历史学家,他记录下了这一场轰轰烈烈的诗歌运动;而庞德和美国女诗人艾米·罗威尔(Amy Lowell,1874—1925)则分别是前后期的核心人物、意象派运动的主要领导者。在此期间,艾略特、劳伦斯(D. H. Lawrence)、乔伊斯(J. Joyce)、威廉斯(W. C. Williams)等大诗人一度被纳入意象派之中,他们曾写过一些意象派诗歌,但各自很快转向了其他方向的艺术探索;史蒂文斯(W. Stevens)、麦克里西(A. Macleish)、M. 穆尔(M. Moore)、肯明斯(E. E. Cummings)、桑德堡(C. Sandburg)等诗人多少受到过意象派的影响,不过他们大多时候把意象派的主张视为一种写作上的创新手法,或是每一位初学诗人必须经历的一个启蒙阶段。相比之下,一直较为坚守意象派创作原则的诗人是弗林特、福特(Ford Madox Ford)、弗莱契、希尔达·杜丽特(Hilda Doolittle)及其丈夫理查·阿尔丁顿(Richard Aldingdon)等人。

二　意象派诗歌的创作原则

随着意象派运动的展开,庞德和弗林特觉得有必要提出他们鲜明的文学主张。于是,1913 年《诗刊》第 6 期上发表了弗林特撰写的《意象主义》,正式宣布了意象派的三条主要原则:

1. 直接处理"事物",无论是主观的或客观的。
2. 绝对不使用任何无益于呈现的词。
3. 至于节奏,用音乐性短句的反复演奏,而不是用节拍器的反复演奏来进行创作。②

后来庞德又对这三条原则加以补充,大意是:一、用普通的语言写诗,但遣词造句必须准确;二、鼓励用自由诗的体裁;三、完全自由地

---

① 彼德·琼斯编:《意象派诗选》,裘小龙译,漓江出版社,1986 年,第 34 页。
② 同上书,第 150 页。

选择题材。在《诗刊》同期,还登载了庞德的《意象主义者的几"不"》,在语言方面制定了"几不"原则:不要用多余的词,不要用不能揭示什么东西的形容词;不要用像"充满和平的暗淡土地"这样的表达方法;不要沾抽象的边;不要以为诗的艺术比音乐的艺术要简单一些;不要沿袭别人的装饰性词汇。

早在 1914 年,庞德就已经感到意象派视野太狭窄,不足以表现史诗意图和复杂思想的重大题材,加上与艾米·罗威尔意见不合,便退出了意象派。不久,庞德在画家兼作家温德姆·刘易斯主编的《狂飙》上宣布了一种新的艺术流派"旋涡主义"(Vorticism),重新把"意象"定义为"融合在一起的一连串思想或思想的旋涡,充满着活力"[①]。旋涡主义为"意象"注入了动势和深度,主要表现在现代绘画和雕塑中,对诗歌的影响则极为有限。

庞德离去后,精明强干、经济富有的艾米·罗威尔便成为意象派后期的重要领导人,由于她的积极推动和呼号,1915 年—1917 年间在美国连续出版了三本《意象派诗选》,影响波及整个英美诗坛,一时间,意象派成为年轻一代诗人们争相模仿的诗歌流派。庞德甚至把意象派戏谑地称为"艾米主义"(Amygism)。在 1915 年版的《意象派诗选》序言中,艾米把意象派的三原则扩充为六条,前三条与庞德所列大致雷同,即:一、运用日常会话语言;二、创造新的节奏——作为新的情绪的表达;三、在题材选择中允许绝对自由;四、呈现一个意象,精确地处理个别,而不是含混地处理一般;五、写出硬朗、清晰的诗,绝不要模糊的或无边无际的诗;六、凝练是诗歌的灵魂。艾米对意象派的最大贡献在于她引进了采用韵脚的散文诗,使之作为一种自由诗更广泛地得到了发展,但这同时也使意象派失去了其自身的特点,越来越被稀释了。后来,艾米在推进意象派运动时遇到了困难,为了扩大其表现领域,她把一些并不太符合这些信条的诗也选入其中,有的诗很长,有的诗则模糊不清,尤其是后两本选集在风格上一点也不符合"清晰"与"凝练"的原则,只有劳伦斯、希尔达·杜丽特和早期的威廉斯还比较遵守意象原则。1917 年之后意象主义沦落为一种任何诗人都可以借用

[①] 庞德:《关于意象主义》,见黄晋凯、张秉真、杨恒达主编:《象征主义·意象派》,中国人民大学出版社,1989 年,第 147 页。

的工具。

总之,弗林特、庞德、艾米·罗威尔所倡导的意象派诗歌原则旨在强调新诗必须高度浓缩,不加修饰,以直接表现事物为中心。其目的就是要与诗歌中追求华丽辞藻、夸张情感的浪漫主义传统决裂,从而创造出一种更为冷峻、真实,更无所顾忌的现代诗歌风格。意象派在语言的凝练上,在意象的具体精确上,在韵律的自由流动上,在节奏的构造和强度上,都为英美现代诗开辟了一条新的道路。

三 意象派诗歌的创作实践

庞德曾提到他第一次使用"意象派"这个词是在1912年秋天为休姆诗所做的笔记里。不过,第一位"意象派诗人"休姆一生仅写过六首小诗,《秋》《落日》等可谓最早的意象诗,如《落日》写得很美:

> 一位跳芭蕾舞的主角,醉心掌声,
> 真不愿意走下舞台,
> 最后还要淘气一下,高高翘起她的脚趾,
> 露出擦着胭脂的云似的绛红内衣——
> 在正厅头等座位一片敌意的嘟哝中。①

诗中把落日描绘为"一位跳芭蕾舞的主角",把彩云比喻为"绛红内衣",通过一个新颖独特的意象(芭蕾舞演员)层层扩展的手法来描述事物,集中凝练,富有想象力,表达了诗人对自然的由衷喜爱以及对城市文明的厌倦。

不过,休姆的意象诗在艺术手法上仍显幼稚简单。被庞德誉为意象派登峰造极之作的是发表于《诗刊》1913年第4期希尔达·杜丽特写的《奥丽特》:

> 翻腾吧,大海——
> 翻腾起你尖尖的松针,

---

① 彼德·琼斯编:《意象派诗选》,裘小龙译,漓江出版社,1986年,第4页。

把你巨大的松针
倾泻在我们的岩石上，
把你的绿扔在我们身上，
用你池水似的杉覆盖我们。①

庞德评价这是一首典型、完美的意象诗："客观——毫不滑来滑去；直接——没有滥用的形容词，没有不能接受检验的比喻。它是直率的谈吐，和希腊人一般直率。"②显然，这首诗没有了传统诗歌的明喻或象征，也不再是一般的叙述或抽象的说教，而是直截了当地呈现事物、唤起形象：大海就是松林，松林即是大海，诗题"奥丽特"（希腊神话中的山林守护女神）把这两个精确的意象融合在一起。诗中意象本身就是语言而非装饰，清晰、强烈而坚硬，具有大理石般的纯洁性和硬度，这就是意象派追求的最高境界——在"对具体的精确性、对题材选择的自由性、对把凝练作为诗歌的精华的坚持中"，找到"有限之物和无限之物的调和"。③

不难看出，这种以创造明确、简洁、直觉的"意象"为中心的诗学观决定了意象派的诗歌题材大多偏重细小平凡的事物，创作意境以瞬间感悟、闲情逸致为主，力图在干巴巴的事物中发现生活美。的确，意象派诗人们往往为了一个出奇制胜、令人惊叹的意象而呕心沥血。难怪庞德告诫诗人们："一个人与其在一生中写浩瀚的著作，还不如在一生中呈现一个意象。"④最典型例子莫过于他自己历经一年半时间创作的那首《在一个地铁车站》：

人群中这些面孔幽灵一般显现；
湿漉漉的黑色枝条上的许多花瓣。⑤

---

① 彼德·琼斯编：《意象派诗选》，裘小龙译，漓江出版社，1986 年，第 27 页。
② 同上书，第 9 页。
③ 同上书，第 50 页。
④ 同上书，第 154 页。
⑤ 见袁可嘉、董衡巽、郑克鲁选编：《外国现代派作品选》第一册（上），杜运燮译，上海文艺出版社，1980 年，第 130 页。

这首诗最初长达 30 余行,两度删改后只剩下现在的两行,寥寥几十个字,一个暗喻,就把诗人在地铁里对于"一张接一张的美丽脸孔"的强烈感觉传达出来。庞德说这种新的表达方式:"不是用语言,而是用许多颜色小斑点。……这种'一个意象的诗',是一个叠加的形式,即一个概念叠加在另一个概念之上。"①这种"用意象构成情感方程式"的基本方式有两种:如果两个意象构成明喻或暗喻,则称为意象叠加(superposition);如果并置的意象之间超出了比喻的范围,关系不明确或是多义的,可称为意象并置(juxtaposition 或 parataxis),即相似性叠加与相关性叠加。一般而言,俳句式的单意象诗是一种意象叠加形式,《在一个地铁车站》是把"花瓣"叠加在"面孔"上,正如《落日》把"落日"与"跳芭蕾舞的主角"、《奥丽特》把"森林"与"大海"两个意象叠加在一起,共同形成了一种具有高度含摄力的"复合体"。又如艾米·罗威尔的《秋雾》类似俳句,把"秋雾"与"蜻蜓""枫叶"等意象叠加在一起:

是一只蜻蜓,还是一片枫叶
轻柔地栖息在水面上?②

意象并置的手法往往是罗列多种相反或不协调的意象,甚至是一系列的名词术语,强调视觉感官效果,以表达诗人对外部世界独特的发现和顿悟。威廉斯很喜欢写这类并置意象诗,如著名的《红色手推车》:

那么多东西
依仗

一辆红色
手推车

雨水淋得它
晶亮

---

① 黄晋凯、张秉真、杨恒达主编:《象征主义·意象派》,中国人民大学出版社,1989 年,第 545 页。

② 彼德·琼斯编:《意象派诗选》,裘小龙译,漓江出版社,1986 年,第 75 页。

旁边是一群
白鸡①

　　这首诗是完整的一句话被分行排列,把红色手推车、晶亮雨水、白色鸡群这些实物、颜色、亮度进行并置,具有视觉上的强烈对比效果。在此,诗人只是"直接处理"(direct treatment)排列各种客观意象,并不做多余的解释或说明。然而在这看似客观的画面中,我们却从一个新角度来观察周围的普通事物,能够发现日常生活中难以觉察的美。可见,意象派诗歌并不直接告诉读者诗人所要表达的情感,而是让读者通过这些被精心构造起来的意象,唤起某种特殊的审美感。

　　从某种程度上来说,意象派的优点也正是它的缺点,短小精悍、简洁紧凑的诗歌形式只适合表现片断的、局部的、有限的人生,无法处理一个复杂性的主题,往往缺乏长篇的叙述、广阔的题材和深刻的内涵。如果以意象为本质而非手段,必然导致诗歌无法表现丰富多彩的人生,尤其是现代人复杂包容的情感和抽象晦涩的思想。"意象派手法无法用到抽象的或推理的作品上去,因为它坚持一切必须包含在客观、明晰而具体的意象中,然而这种意象往往只能代表静止的一点,而非一种机动的过程;能勾绘一种境界,却不能完成一种思辨。"②难怪艾略特、庞德、威廉斯等具有远见的诗人最终只把意象手法视为一种有用的艺术技巧,把它与更为多样的其他诗歌技巧,如内心独白、戏剧性场面等融合在一起,创造了《荒原》《诗章》《帕特森》等具有宏阔的史诗意识的长诗。

1. 试说明意象派与浪漫主义、象征主义思潮的不同点。
2. 意象派的创作原则主要包括哪几条?

---

　　① 见袁可嘉、董衡巽、郑克鲁选编:《外国现代派作品选》第四册(下),袁可嘉译,上海文艺出版社,1980年,第579页。
　　② 傅孝先:《西洋文学散论》,中国友谊出版公司,1986年,第214页。

3. 意象叠加与意象并置有何差别？试举例说明。
4. 意象主义的缺点主要是什么？

1. 彼德·琼斯编：《意象派诗选》，裘小龙译，漓江出版社，1986 年。
2. 黄晋凯、张秉真、杨恒达主编：《象征主义·意象派》，中国人民大学出版社，1989 年。
3. 袁可嘉：《欧美现代派文学概论》，广西师范大学出版社，2003 年。
4. 张子清：《二十世纪美国诗歌史》，吉林教育出版社，1995 年。
5. William Pratt and Robert Richardson, eds. *Homage to Imagism*. New York: AMS Press, 1992.

第二节 庞 德

一 美国现代诗歌之父

如果说美国现代主义诗歌运动的鼻祖是庞德，这是一点也不为过的。庞德对 20 世纪现代主义诗歌的影响力比任何一位其他诗人都要巨大，没有哪位作家像他那样写下了如此多的诗歌和批评，并投入大量的精力来推进现代艺术的进程；也没有哪位作家像他那样度过风风雨雨的一生，成为文化与政治上极为矛盾的人物，引发了批评界各种各样的争论。人们越来越认识到他对同时代以及后代诗人的影响。美国批评家休·肯钠在其论著《庞德时代》(1971) 中就用"庞德时代"概括了 20 世纪的文学成就，认为艾略特的成就无法与庞德比肩。

1885 年 10 月 30 日庞德出生于美国爱达荷州梅莱市。15 岁时庞德就立志要成为当代世界中熟悉和精通诗歌的第一人。1901 年他就读于宾夕法尼亚大学，结识了后来著名的诗人 W. C. 威廉斯和希尔达·杜丽特（一度与她订婚）。两年后他转学到汉密尔顿学院，1905 年大学毕业，次年又回到宾夕法尼亚大学，并获得文学硕士学位。

同时获得奖学金赴欧洲学习罗曼语言，1907年回国。后来在印第安纳州任教，因为留宿一位女子而被校方开除。1908年庞德开始侨居伦敦、巴黎、意大利等地，逐渐成为20世纪初文学、绘画、音乐、雕刻等各式各样现代主义运动中举足轻重的人物。1925年庞德定居意大利，第二次世界大战期间因为他公开支持墨索里尼的法西斯主义，攻击犹太人和罗斯福总统，被控犯有叛国罪，1945年入狱，后在美国的精神病院度过13年，1958年庞德获释，1972年11月1日在威尼斯逝世。

庞德精力过人，慷慨大方，具有一种无可置疑的发现天才的罕见能力，并和大部分艺术家保持密切的联系，是同时代许多伟大的英语作家的朋友和帮助者。庞德担任过叶芝的秘书，结果使得叶芝的诗风由原先的抽象晦涩转变为具体明确；他在伦敦推荐艾略特的《普鲁弗洛克的情歌》(1915)在美国芝加哥的先锋杂志《诗刊》上发表；弗洛斯特、W. C. 威廉斯、M. 穆尔、希尔达·杜丽特、路易斯·朱科夫斯基、乔治·奥本、查尔斯·奥尔森、海明威等美国作家皆受益于他。W. C. 威廉斯承认庞德是现代美国诗歌革命运动的最强者。艾略特还建议每一位当代诗人都应该向庞德学习："(庞德)使其他几个人，包括我自己，改进了他们的诗歌观念。因此，他通过自己和其他人改进了诗歌。我认为，我们这一代人乃至下一代的任何诗人，如果想要有任何成就的话，假如不学习庞德的诗歌，其诗是不会得到改进的。"① 由于政治、文化等方面的原因，庞德没有像他同时代的叶芝、艾略特、海明威那样获得诺贝尔文学奖，但他在20世纪英美文学的地位却与之并驾齐驱。

综观庞德的创作活动，大致可以分为三个时期：

1. 侨居伦敦时期(1908—1920)。像20世纪初的亨利·詹姆斯、斯泰因、艾略特、海明威等有抱负的美国文人一样，庞德也认为美国是一个在文化上落后的半开化的国家，欧洲才是历史传统之源和创新发展之地，于是他自愿流放到欧洲去寻找美国所缺乏的智力情趣和文化氛围。第一次世界大战前的欧洲文坛流行着法国的象征主义、印象派、柏格森主义和未来主义，这为锐意创新的庞德提供了无穷灵感和机遇。在伦敦，庞德当了叶芝的私人秘书，并结识了休姆、弗林特、福特

---

① E. R. Leavis. *New Bearings In English Poetry*. London: Chatto & Windus Ltd., 1932, p. 101.

等英国诗人,和他们一起推动了意象派诗歌运动。庞德这一时期的诗作短小精炼,深受日本俳句的影响,著名的有《画》《少女》《阿尔巴》《在一个地铁车站》等。在经历了意象主义和旋涡主义运动之后,庞德致力于史诗性质的长篇巨著的写作。《向塞克特图斯·普罗佩提乌斯致敬》(1917)创作于第一次世界大战期间,诗人塑造了一个与本国政治格格不入,反对艺术为战争服务的古罗马诗人普罗佩提乌斯的形象,以表达自己对艺术的执着追求。《休·塞尔温·莫伯利》(1920)正如诗歌副标题"生活与接触"所表明的,它是诗人对自己在伦敦从事文学活动的总结与回顾,是向战后的伦敦及其崩溃了的现代文明的告别。

  2. 侨居巴黎时期(1920—1924)。同在伦敦的多产期相比,庞德在巴黎的这四年创作的作品并不多,而是热心地扶植文坛新人。他援助爱尔兰小说家乔伊斯出版《尤利西斯》;他大刀阔斧地删改了艾略特的《荒原》,原诗被删去一半,只剩下434行。为了表示感激,艾略特在《荒原》的扉页上题写了"献给埃兹拉·庞德,更优秀的匠人";他还指导帮助未成名的海明威出版《在我们的时代里》。此外,庞德还在朋友中宣扬英国经济学家道格拉斯的社会信贷学说,并对中国孔孟的儒家学说产生了浓厚的兴趣。

  3. 侨居意大利及禁闭时期(1924—1972)。为了更深入透彻地理解中国文化并用之于拯救腐败的欧洲文明,庞德甚至开始学习中文,俨然是一位中国式的"粹学醇儒"。他翻译儒家经典四书(《论语》《大学》《中庸》《孟子》),撰写了《急需孔子》(1937)和《孟子的道德观》(1938),由于西方人得了思想上的疾病,有必要用《大学》这剂药进行治疗:"如果我的译本《大学》是我30年以来做的一件最有意义的工作,那么我等待读者去判断。因为每个人都需要自己发现它对'现代世界'所具有的'价值'。"[①]庞德认为孟子的伦理学说对人类发展的进程具有永恒的价值。在他以后的《诗章》和其他诗作中,直接以中国为题和牵涉中国文字与古文献的作品举不胜举。庞德以中国古典诗学支持自己的文学理论,以孔孟之道支持自己的政治经济观点。当有一次艾略特怀疑地发问"庞德先生相信的是什么"时,他竟然理直气壮地回答道:"我相信《大学》。"

---

① 转引张子清:《二十世纪美国诗歌史》,吉林教育出版社,1995年,第110页。

1945年5月庞德因公开支持法西斯政权被意大利的美军逮捕入狱,诗人在被关押期间创作了《诗章》(The Cantos)中最优秀的篇章《比萨诗章》,并于1948年出版,1949年2月,在艾略特的极力推崇下,《比萨诗章》获得了博林根诗歌奖。《诗章》写作时间几乎贯穿了诗人的一生,由117首组成,可谓现代主义诗歌中的天书。这首长诗内容庞杂,结构繁复,超越时空,从当代社会到原始社会,从美洲、欧洲到亚洲、非洲;叙述了荷马时代的希腊、孔子时代的中国、普鲁旺斯的中世纪、意大利的文艺复兴和美国早期的政治、经济、文化等各方面的状况;囊括了马拉特斯塔、杰弗逊、约翰·亚当斯、尧、舜、孔子、孟子等许多著名人物;运用了包括汉语在内的几十种语言,比《荒原》运用的语言还多。诗人通过对奥德赛返回家乡、但丁漫游世界和对理想社会的探索三条主线的展开,使用平行并置和比较的艺术手法把不同社会不同历史时期不同人物置于一个时空层面,以此批判近代欧洲的金融资本——高利贷给人类社会带来的灾难,最终梦想建立起一个仁义道德、公平合理、没有高利贷剥削、热爱文艺的乌托邦社会。此诗不再是历史文献的汇编,而是诗人个人经验的真切表达。

　　如果说以艾略特《荒原》《四个四重奏》为代表的诗歌标示着现代主义诗歌的巅峰,遵奉的是欧洲尤其是英国文化传统的话,那么,庞德《比萨诗章》和威廉斯《帕特森》(1946—1958)的出版则预示着一种以民族性和地方性(美国性)为主导的新的诗歌方向的出现,它与艾略特开创的强调世界主义的学院派诗风背道而驰,被一批后现代主义诗人奉为圭臬,影响了"垮掉的一代"和美国当代诗歌。

二　庞德的"中国情结"

　　庞德发现中国文化的过程,也就是他走向现代主义的过程。1911年—1912年间庞德结识了翻译家阿伦·厄普沃德(Allen Upward),并通过他接触到了汉学家崔理斯(H. A. Giles)写的《中国文学史》等书以及儒家经典著作,由此开始了他对中国文化的毕生崇拜。厄普沃德在1913年9月号的《诗刊》上发表了数首中国风格的诗作,庞德大加赞赏。在1914年出版的《意象派诗选》中,收录了庞德的六首诗,其中有四首取材于中国古典诗的"改作",这时他的材料来源是英国汉学家崔理斯的《中国文学史》。他对中国古典诗歌和诗学的进一步了解是通过曾经担任日本御前美术总监的美国学者费诺罗萨（Ernest F. Fenolosa,1853—1908）的著作。费诺罗萨去世不久，其遗孀把遗稿托付给庞德加工出版，这对庞德的诗学观产生了极大影响。庞德在着手整理了费诺罗萨的资料后，不久出版了《神州集》(1915)。

费诺罗萨撰写的《作为诗歌手段的中国文字》一文也由庞德编纂修删而成，这篇文章谈道："我们在中文中不仅看到句子的生长，而且看到词类的生成，一个从另一个抽芽长出。正如大自然一样，中文词是活的，可塑的，因为事物与动作并没有从形式上划分开来。"① 在费诺罗萨看来，中文是对自然运动的一种生动的速记图画，保留着最初造字时的诗的创作冲动和过程。这种视觉性的象形文字不但吸收了大自然的诗的实质，而且用它建立了一个比喻的第二世界，其活力与灵巧远胜过其他拼音文字。庞德高度评价这篇文章"不仅是一篇语文学的讨论，而且是有关一切美学的根本问题的研究"②。"尽管我们中的少数人20年前就从费诺罗萨那里学到许多东西，整个西方对中国卓越的文字艺术至今茫然无知。"③ 在费诺罗萨看来，具有象形和表意功能的中国汉字就是诗，它既属象形文字，则皆成隐语，可窥得万象本然。这与庞德追寻已久的意象主义观点不谋而合。

后来庞德在《读书入门》一书中拟以中国文字的构造法建立一种新的诗格"形诗"（phanopoeia），旨在寻求诗中意与象的相应相合，把意象浇铸在视觉想象上。庞德多次告诉别人，只要读一读他的中国译诗，就可以明白什么是意象主义。的确，中国古典诗与西方现代诗在表达方式上有着惊人的一致，尤其是意象、意之象、象征与中国的赋比兴之间有着某种可通约性。中国诗中的每一个独立的意象都捕捉着自然万物的律动，构成了一个"自身具足"的意象（self-contained image），一旦和其他的意象组合起来，就构成一种"情绪"或"气氛"或一种模糊不清的存在，具有弦外之音、韵外之致的效果。自马拉美以

---

① 费诺罗萨：《作为诗歌手段的中国文字》，见伊兹拉·庞德：《庞德诗选——比萨诗章》，黄运特译，张子清校对，漓江出版社，1998年，第242页。
② 伊兹拉·庞德：《庞德诗选——比萨诗章》，黄运特译，张子清校对，漓江出版社，1998年，第229页。
③ 同上书，第256页。

来,西方现代诗也力求消除语言的"连接媒介",打破字母文字中的分析性语法,驱逐说教和推理演绎成分,让意象并置,直接与读者"说话"或作戏剧性呈现……所有这些努力都越来越与中国诗的最高理念形态息息相通。以庞德为首的意象主义者对中国诗怀有无限的敬仰和热心也就不足为奇了。在他们眼里,中国诗是典型的反浪漫主义,描述的题材多为日常事物、自然景物,没有神化英雄,诗人不在诗中下道德判断或主观陈述,表现手法含蓄,隐而不露,情感克制。哈莉特·门罗认为它"出奇的现代"(particularly modern),庞德评价它"接近骨头"(nearer to the bone)。

随着 1915 年《神州集》的出版,庞德的中译诗从此享誉英美诗坛。这个集子收入了庞德翻译的李白、陶渊明、汉乐府等中国古典诗十九首。尽管他只是在费诺罗萨的英译中文诗的基础上进行改译,但他却善于领会中国古诗的精华,对汉语象形字、意象、含蓄、暗示、跳跃、浓缩、蒙太奇等艺术特征有独具匠心的把握,巧妙地传达出其内在神韵。因此,与其说庞德翻译了中国古典诗,不如说他以自己独特的方式重新创作了中国诗。有学者评价:"《神州集》是卓越的,因为它既有异国情调,又是直接的现实性的……它的奇异性并没有使读者离开诗本身。"①如《刘彻》一诗:

> 绸裙的窸窣再不复闻,
> 灰尘飘落在宫院里,
> 听不到脚步声,乱叶飞旋着,静静地堆积,
> 她,我心中的欢乐,睡在下面一片潮湿的树叶粘在门槛上。②

原诗《落叶哀蝉曲》是后人伪托汉武帝刘彻思念李夫人所作:"罗袂兮无声,玉墀兮尘生。虚房冷而寂寞,落叶依于重扃。望彼美之女兮,安得感余心之未宁?"庞德从汉诗中提炼出"落叶"这个主导意象,把它突出为单独的一句"一片潮湿的树叶粘在门槛上",以表达人去楼空后的

---

① 赵毅衡:《诗神远游——中国如何改变了美国现代诗》,上海译文出版社,2003 年,第 181 页。
② 《美国现代诗选》上,赵毅衡编译,外国文学出版社,1985 年,第 46 页。

哀怨凄切之情,原诗最后一句在翻译时干脆被删掉。显然,庞德不仅神形兼备地领会了中国诗的精髓,还在此基础上进一步创造发挥。难怪艾略特称赞庞德为"我们这个时代的中国诗的创造者","通过庞德的翻译,我们终于获得了原诗的好处",并预见在 300 年以后,《神州集》将成为"20 世纪诗歌的杰出范本"。①

事实证明,《神州集》是庞德最成功最富有创造性的诗篇,成为西方人了解中国古典诗歌的入门书。一方面,它改变了学院派汉译英的直译法,开创了一种前所未有的外国诗歌翻译范式,②如采取无固定节数、行数、音步数,不求押韵,但求自然的自由诗体来翻译汉诗;另一方面,它将自由诗、意象派诗及抒情诗三种诗体融合为一,为英语诗歌注入了中国古典诗歌直接客观、简朴自然的风格。雷克思罗斯(K. Rexroth)、施奈德(G. Snyder)、勃莱(R. Bly)等许多美国当代诗人通过阅读《神州集》而接受了中国古典诗的影响。对于《神州集》的意义,当代诗歌批评家杰夫·特威切尔评价说:"(庞德)旨在通过《神州集》把中国诗歌传统带进他一直努力促进的西方现代派文化之中。而且,庞德深信中国诗歌能为西方新诗提供伟大的价值和实用性的品格。"③

不过,庞德的"中国情结"却体现了美籍阿裔学者赛义德(E. Said)所说的东方主义色彩。庞德以现代主义的标准把"中国"想象和营造为一幅完美的画图,以此来批判和医治西方现代文明的痼疾,弥补欧洲诗歌中匮乏的品质,这是一种围绕东方(中国)的理想主义。美国女作家梅·辛克莱曾指出:"中国影响促成了……他的理解越来越完美的实现,使他发现了最终的自我(his ultimate self)。"④也就是说,通过中国这面遥远奇异的"他者之镜",庞德最终找到的是他自己,是他的创新与梦想,他对真正的现实中国并不感兴趣。值得肯定的是,庞德致力于把中国诗歌和日本诗歌介绍给西方,这在一定程度上解构了以欧

---

① Ezra Pound. *Selected Poems*, ed. by T. S. Eliot. London: Faber & Gwyer, 1928, pp. 14—15.
② 香港学者钟玲称之为"创意英译":"庞德等的译作以表达美感经验,将他们对中国诗的主观感受以优美的英文呈现出来其目的。"参见钟铃:《美国诗与中国梦:美国现代诗里的中国文化模式》,广西师范大学出版社,2003 年,第 34 页。
③ 转引张子清:《二十世纪美国诗歌史》,吉林教育出版社,1995 年,第 106 页。
④ 赵毅衡:《诗神远游——中国如何改变了美国现代诗》,上海译文出版社,2003 年,第 171 页。

洲为主导的逻各斯中心主义和文化沙文主义，为西方提供了一个在语言、意象、思维方式等方面完全不同的文化他者，成为中外文化交流史上一个重要的事件。

1. 庞德的创作活动可以分为哪几个阶段？
2. 如何理解艾略特称庞德为"我们这个时代的中国诗的创造者"这句话？
3. 中国古典诗歌在哪些方面启发了意象派诗歌？
4. 庞德的"中国情结"说明了东西文化交流中的什么问题？

1. 伊兹拉·庞德：《庞德诗选——比萨诗章》，黄运特译，张子清校对，漓江出版社，1998年。
2. J. 兰德：《庞德》，潘炳信译，中国社会科学出版社，1992年。
3. 蒋洪新：《英诗新方向：庞德、艾略特诗学理论与文化批评研究》，湖南教育出版社，2001年。
4. 赵毅衡：《诗神远游——中国如何改变了美国现代诗》，上海译文出版社，2003年。
5. Jacob Korg. *Winter Love*: *Ezra Pound and H. D.* Madison: University of Wisconsin Press, 2003.

第三节 意象派诗歌在中国

一 胡适与美国意象派

与浪漫主义、现实主义、象征主义、后象征主义等西方文学思潮相比，意象派对20世纪中国现代文学的影响不是十分明确或声势浩大。这是一个中西文化交流史上有趣的现象——正是中国古典诗对于美国新诗运动产生了决定性的作用,催促了第一个现代主义文学思潮意象主义的诞生,从而建构出一种既反浪漫主义又反象征主义的美国现代诗学传统。与此相反,中国现代诗却是在极力扬弃几千年古老的诗歌传统,不断引入西方的浪漫主义、象征主义、意象主义、后象征主义等思潮,在一种异质文化的激发中走向现代主义文学的道路。通过意象主义之桥,中西文学的互动和互补引出了一个令人深思的跨文化交流的问题:为什么在英美现代诗人那里,中国古典诗歌具有"出奇的现代性"?而在中国新诗诗人眼中,西方的各种主义成为我们追赶的时髦目标?时至今日,我们如何看待我们的古典诗歌传统,并把它纳入现代诗歌发展的视野之中?

中国学人对20世纪初英美兴起的意象派诗歌运动很关注。新诗运动主将胡适(1891—1962)留美期间(1910年9月—1917年7月)正是意象派风靡欧美之时(1910—1917),他提出的《文学改良刍议》"八不主义"与意象派"几不"原则之间有无直接影响关系?① 他的白话运动又是通过什么方式、在何等程度上受到意象派的启发呢?这已经成为中国现代文学交流史上引起争议的论题。大致有以下三种看法:

以梅光迪(梅觐庄)、梁实秋、闻一多、朱自清等为代表的学者认为胡适的主张是对西方时兴的各种新诗潮的借鉴、模仿,甚至是"剽窃",他在1916年提出的"八不主义"是对庞德在1913年、1915年发表的有关意象主义主张的移植。梅光迪在写给胡适的信中,提醒胡适"诚望足下勿剽窃此种不值钱之新潮流以哄国人"②。后来他又一针见血地指出:"所谓白话诗者,纯拾自由诗 Vers libre 及美国近年来形象主义 Imagism 之余唾。"③梁实秋在《现代中国文学之浪漫的趋势》中认为:"试细按影像主义者(即意象主义)的宣言,列有六条戒条,主要的如不用典,不用陈腐的套语,几乎条条都与我们中国倡导白话文的主旨吻

---

① 胡适在《文学改良刍议》(载《新青年》1917年第2卷第5号)中声称:"吾以为今日而言文学改良,须从八事入手。八事者何? 一曰须言之有物。二曰不摹仿古人。三曰须讲求文法。四曰不作无病之呻吟。五曰务去烂调套语。六曰不用典。七曰不讲对仗。八曰不避俗字俗语。"意象派的"几不原则"参见本章第一节。

② 耿云志主编:《胡适论争集》(上卷),中国社会科学出版社,1998年,第22页。

③ 梅光迪:《评提倡新文化者》,《学衡》1922年1月第1期。

合。所以我想,白话运动是由外国影响而起。"①1922 年 8 月 17 日闻一多在一封信中提到:"胡适博士的'八不主义'并不尽是他的发明,他或许是复制了以伟大的女诗人 Amy Lowell 为旗手的'新'诗人 Imagist 的信条。"②朱自清在其《新文学研究纲要》中也指出胡适的理论受到了"影像派的影响"。此外,胡适本人在 1916 年 12 月 25 日的留学日记中曾从《纽约时代·书刊评论》中摘录了《印象派诗人的六条原则》一文,并注明"此派主张,与我主张多相似之处"③。后来的许多现代文学研究者据此得出结论,认为胡适的"八不主义"直接受到了意象派等新诗潮的影响。美国学者方志彤论断胡适的"八项主张是受到意象主义的启示,这是不容轻易否认的事实"④。新加坡学者王润华肯定意象主义被移植到了"八不主义"中。

另一些学者则坚持认为胡适的白话诗运动没有受到意象派的直接影响,是他自己思考的产物。这是因为胡适在日记中提到意象派的"几不"是在他 1916 年 8 月 19 日提出"八不主义"之后的事,此前他的日记中从未提到过一个意象派诗人的名字。因此,针对梅光迪的"剽窃之说",胡适在《尝试集·序》中辩解说:"这封信颇使我不心服,因为我主张的文学革命,只是就中国今日文学的现状立论,和欧美的文学新潮并没有关系。"⑤后来还一再坚持:"夫吾之论中国文学,全从中国一方面着想,初不管欧西批评家发何议论。"⑥一些现代文学史家也认同胡适本人的立场。美国的夏志清认为胡适的文学革命主张是"建立于对中国以及欧西诸国文学演变史的了解,与当时英美诗界的革新运动是无关的"⑦。

第三种看法比较谨慎、全面一些,姑且不必完全肯定胡适是否直接受到了意象派的影响,但意象派等西方文学新潮对胡适的文学革命主张必然产生过一种难以确定的总体上的影响,作为一个重要的文学

---

① 梁实秋:《浪漫的与古典的 文学的纪律》,人民文学出版社,1988 年,第 8 页。
② 孙党伯、袁春正主编:《闻一多全集》(12),湖北人民出版社,1993 年,第 55 页。
③ 胡适:《胡适留学日记》,岳麓书院,2000 年,第 744 页。
④ 旷新年:《胡适与意象派》,《中国文化研究》1999 年秋之卷。
⑤ 陈金淦编:《胡适研究资料》,北京十月文艺出版社,1989 年,第 398 页。
⑥ 同上书,第 139 页。
⑦ 旷新年:《胡适与意象派》,《中国文化研究》1999 年秋之卷。

背景在起推动作用。这主要表现在胡适的文学主张、诗歌理论与创作实践上与意象派有着内在的亲缘关系。胡适在1915年9月17日写给梅光迪的诗《送梅觐庄往哈佛大学》中云:"生走文学久枯馁,百年未有健起者,新潮之来不可止,文学革命其时矣。"这说明胡适对欧美文艺新潮并不陌生。在1916年7月30日的日记中胡适已经提到包括意象派在内的"新潮流"不容诋毁,并持辩护、赞赏态度。也就是说,20世纪初美国新潮的试验精神在某种程度上强化了胡适的文学改良试验决心,从而酝酿了一场神州大地的文学革命运动。在1919年10月《谈新诗》一文中,胡适提到了"影像"一词:"诗要用具体的做法,不可用抽象的说法。凡好诗,都是具体的:越偏向具体的,越有诗意诗味。凡是好诗,都能使我们脑子发生一种——或许多种——明显逼人的影像。……'四月山吐月,残夜水明楼'是诗,为什么呢?因为它们都能引起鲜明扑人的影像!"[1]在1920年10月10日写的《梦与诗》中运用了"影像"一词:"都是平常经验,/都是平常影像,/偶然涌到梦中来,/变幻出多少新奇花样!"此处"影像"即 image 的汉译,其内涵与"意象"接近,胡适对诗歌"具体""逼人""鲜明"的要求也与庞德的意象派主张一致。不过,胡适对意象派的接受实际上是一个符合中国文化语境的改造、误读过程,他所谓的"影像"主要是指对于人或事的生动具体的印象,排斥了意象派诗歌对暗喻或隐喻的追求,更注重通俗易懂、表情达意的主题思想而非艺术形式。有学者分析道:"胡适在五四时期的文学主张接受了意象理论的多量影响,但从理论实质上,它们之间的分歧更大于统一。这种分歧归根结底导源于东西方文学所面临的不同的历史要求和所处的不同历史阶段。就其实质来说,胡适五四时期提出的文学语言改革的要求,与其说接近意象派,不如说更接近19世纪西方浪漫主义者。"[2]周策纵也认为胡适的"八不主义"在某种程度上可视为意象派和浪漫主义影响的共同产物。

不难看出,胡适与庞德、艾略特等西方现代主义的文学趣味和标准不甚相同,这恰好反映了20世纪初中西文学不同的走向:以庞德为

---

[1] 陈金淦编:《胡适研究资料》,北京十月文艺出版社,1989年,第386页。
[2] 罗钢:《历史汇流中的抉择:中国现代文艺思想家与西方文学理论》,中国社会科学出版社,2000年,第185页。

代表的美国新诗运动试图反对文坛充斥的欧洲浪漫主义和象征主义传统,他们在中日古典诗歌中找到了与意象主义诗学一致的主张。而以胡适为代表的反传统的文化激进主义者恰恰面临着对中国古典文言诗进行改革的使命,在新诗白话运动的过程中要以打倒传统、拒绝传统为目的,他的文学理想更接近浪漫主义,他的文艺观还处在西方现代主义之前的发展阶段,这是他不能完全认同意象派主张的根本原因所在。

二 意象派对新诗运动的影响

胡适在1917年《新青年》上发表《白话诗八首》,中国现代新诗运动掀开帷幕。1920年他出版《尝试集》,《尝试集》第一编虽多以白话入诗,骨子里却依然是旧体之作,"不过是一些洗刷过的旧诗";第二编、第三编是1917年回国之后写的诗,开始打破五七言格律程式,但"都还脱不了词曲的气味与声调"。"从那些很接近旧诗的诗变到很自由的新诗",是在翻译了美国意象派诗人莎拉·狄斯黛尔(Sara Teasdale)发表在《诗刊》上的《屋顶上》之后。这首名为《关不住了!》的译诗,被胡适认为是自己新诗"成立的新纪元"。可见,胡适受到了英语表述中的文法关系的启示,才摆脱了旧诗词的词汇和节奏模式,在自由体、白话语言、现实题材等方面突破了传统的束缚,使得新诗走向了真正的解放。除了以上提到的译诗《关不住了!》,有不少研究者认为《尝试集》中的一些诗与意象派诗很接近。如《乐观》与英国诗人阿尔丁顿的《新的爱情》在意象呈现上很相似;作于1915年7月的自由诗《夜过纽约港》借用了美国诗人桑德堡的《港口》中的诗题和诗句。可见,胡适对于意象派的核心刊物《诗刊》和一些诗人的创作一直非常关注,并有意无意地视之为新诗创作的向导。

另一位与意象派有渊源关系的诗人是闻一多(1899—1946),在留美期间(1922年7月—1925年5月),他耳濡目染地受到了美国文学界具有划时代意义的"新运动"的影响。在1922年8月27日写给清华文学社《致亲爱的朋友们》的英文信中,他介绍了美国文坛的现状,提到意象主义者的六大信条,并指出胡适的八不主义与这些原则有些相似，进而认为应该以意象派的诗歌为范本对中国白话诗进行矫正。[1]在闻一多后来提出的"音乐美(音节)、绘画美(辞藻)、建筑美(节的匀称和句的均齐)"诗论中，除了建筑美这一条，音乐美和绘画美符合意象派"创造新的节奏"和"呈现一个意象"和"凝练"的原则。留美期间，闻一多还结识了美国诗人海德夫人(Eunice Tietjens)、哈莉特·门罗、艾米·罗威尔，其诗歌创作也受到了意象派诗人桑德堡、狄斯黛尔、弗莱契的影响。如他悼念亡女的诗《忘掉她》是对狄斯黛尔"Let It Be Forgotten"和门罗"Love Song"的移植和模仿。1922年，闻一多在《美国新诗杂抄》中读到弗莱契的《在蛮夷的中国诗人》，激动万分，对他崇拜之极，称之为"设色的神手，他的诗充满浓丽的东方色彩……佛来琪(弗莱契——引者注)唤醒了我的色彩的感觉"[2]。《色彩》正是对弗莱契《蓝色交响曲》的模拟(而弗莱契认为这首诗歌的灵感来自马勒根据唐诗为词的《大地之歌》交响合唱曲)，其交响乐式的音乐性、绚烂的色彩性和雕塑性纠正了早期白话诗的贫乏寡淡，为中国新诗带来了浓丽、繁密的意象。闻一多关于新诗"要做成中西艺术结婚后产生的宁馨儿"的主张表明了他对新诗创造性的期望。

朱自清认为新诗运动"最大的影响是外国的影响"。作为外国文学来源之一的意象派诗歌对新诗运动的影响主要体现在以下几个方面。一、创新精神上，意象派(以及未来主义)力图创新的反叛意识、试验精神鼓舞了中国诗人破除文言、使用白话、消灭旧体格律的革命激情。二、文体建构上，意象派所推动的"自由诗革命"和自由诗体试验催生刺激了中国的新诗革命，"运用日常会话语言"和"创造新的节奏"等观念为中国新诗从文言走向白话、从格律走向自由，寻找语言文字和"诗体大解放"提供了理论资源。三、题材内容上，意象派重视"现代生活"、世俗化倾向和平民意识也影响了中国新诗的美学趣味，建立起突破文言诗的"贵族性"和"守旧性"，"诗应该怎么做，就怎么做"的现代诗学观，使得诗歌更切近日常事物，反映现代生活和抒发现代人的情绪情感；题材的自由选择进一步强化了诗体的自由倾向。

美国新诗运动并没有像中国新诗运动那样走向极端的自由化以

---

[1] 孙党伯、袁春正主编：《闻一多全集》(12)，湖北人民出版社，1993年，第54页。
[2] 同上书，第117页。

致丧失诗歌美感的道路,它并不彻底反对一切律诗和写诗的基本法则,也不完全使用俚语口语。庞德就及时地纠正了意象派后期过度自由化的倾向,保证了意象派运动的健康发展。艾略特也说"对于一个想写好诗的人没有一种诗体是自由的"①。相比之下,中国新诗界对意象派的认识往往停留在表层上,没有真正理解意象派强调意象写作的实质,而只是借鉴了意象派对自由诗体和口语创作的特点。其主要原因在于白话诗运动的目标是语言革命而非诗歌革命,直白易懂而非含蓄朦胧、自由泛滥而诗意丧失,这成为当时白话诗的通病。此外,新诗革命掺杂了太多的政治激情等非诗因素,只破不立,追新逐异,走到了传统的对立面。中国新诗人缺乏庞德、艾略特等西方现代诗人那种强调传统的历史意识,过于强调文体的革命和自由一面,而忽视文体的改良和秩序的一面。中国新诗的极端反传统姿态和彻底"自由化"的趋势导致了新诗散文化、无序化的倾向,隔离自己几千年的优秀诗歌传统(而这个传统却引发了美国的新诗运动),带来了许多至今悬而未决的问题。

三 意象派与现代派、朦胧派

到 20 世纪三四十年代,意象派继续引起了中国诗人的普遍关注。如象征派诗人李金发认为:"诗之需要 image(形象、象征)犹人身之需要血液。"②这句话恰好说明李金发试图把 image(形象)与 symbol(象征)、把意象派与象征主义沟通、融合起来。这种努力在现代派那里更进一步。"现代派的特点便是,人们欲抛弃诗的文字之美,或忽视文字之美,而求诗的意象之美。"③主编施蛰存(1905—2003)在 1932 年 5 月创刊《现代》不久,就发表了《美国三女流诗抄》一文,译介陶立德尔(即 H. D.)、史考德(Fvelyn Scott)、罗慧尔(即罗威尔)等三位意象派诗人的创作,指出她们"都是受东方诗影响的","短诗之精妙者颇具唐人绝句及日本俳句的风味"。施蛰存还对桑德堡情有独钟,《现代》第 3 卷

---

① 转引埃兹拉·庞德:《回顾》,郑敏译,见戴维·洛奇编:《二十世纪文学评论》(上册),葛林等译,上海译文出版社,1987年,第121页。
② (李)金发:《艺术之本原与其命运》,《美育》1929年第3期。
③ 孙作云:《论"现代派"诗》,《清华周刊》1935年第43卷第1期。

第1期登载了他和徐霞村译桑德堡诗9首,并撰写了《芝加哥诗人桑德堡》一文。第5卷第6期又登载施蛰存译介的庞德等12位美国意象派诗人的诗8首。比起胡适、闻一多来,施蛰存对意象派的理解和吸纳更深入具体,他用意象派的诗学来阐释现代派的诗学,试图把意象派的"图画"论与象征派的"感应"论结合起来,提出"必须要从景物的描写中表现出作者对于其所描写景物的情绪,或者说感应,才是诗。故诗决不仅仅是一幅文字图画,诗是比图画更有反射性的"①。在创作上,施蛰存在《现代》第1卷第2期明确打出了"意象抒情诗"的旗帜,发表了《桥洞》《祝英台》《银鱼》等6首小诗,这些诗的意象鲜明具体,想象丰富独特,精炼含蓄,形式自由,善于捕捉瞬间微妙的感觉,颇具意象派的精髓,又不乏古典诗歌的意境,一时间引领许多年轻诗人争相模仿,以致施蛰存本人也发出感叹:"我近来读到许多——真是可惊的许多……意象派的诗。"②卞之琳、曹葆华、徐迟、路易斯(纪弦)、南星等围绕《现代》的诗人们这一时期的诗作都受到施蛰存的一些影响,在形式与风格上非常相近。

徐迟的《意象派的七个诗人》对"意象"作了自己的理解:"意象派的意象是什么东西呢?意象,简洁的,正好说出来的,是一件东西,是一串东西。……意象派诗,所以,是有着一个力学的精神的,有着诗人的灵魂与生命的'东西'的诗。"③徐迟为意象派注入了浪漫主义和未来主义的成分,在介绍桑德堡、林赛德等"芝加哥诗派"时更注重从城市生活中寻找诗歌意象,促进了中国现代派中城市诗的兴起。邵洵美称意象派诗是"个人的情感与这情感的表现;外形的简洁与内在的透明",并评价"这个运动的最大的意义,是在充分表现了幻想在诗里面的重要;理想是理知的,而幻想则是灵感的"。④ 这一见解把握了意象派直觉的、非理性的特质。

尽管戴望舒(1905—1950)早期的创作深受法国象征主义的影响,如《雨巷》注重诗歌音乐美和朦胧美,但他加入《现代》之后,立场有所转变。1932年提出的《望舒诗论》中一些原则与意象派原则十分吻合,

---

① 施蛰存:《关于本刊所载的诗》,《现代》1933年第3卷第5期。
② 施蛰存:《编辑座谈》,《现代》1932年第1卷第6期。
③ 徐迟:《意象派的七个诗人》,《现代》1934年第4卷第6期。
④ 邵洵美:《现代美国诗坛概观》,《现代》1934年第5卷第6期。

如"诗的韵律在新的诗情上的 nuance(变化)""诗应有新的情绪和表达这种情绪的形式"与意象派的主张"要创造新的韵律以表达新的情绪"一致,这绝非偶然。戴望舒在其主编的《现代诗风》上刊登了艾米·罗威尔的论文《我们为什么要读诗》《作诗的步骤》,还翻译介绍过《叶赛宁与俄国意象派》。通过与施蛰存的共事和翻译叶赛宁的诗歌以及对中国晚唐诗歌的推崇,戴望舒不由自主地深受意象派的影响,或者说,他把浪漫派、象征派、意象派与中国古典诗糅合在一起,形成自己独特的诗歌风格。总之,现代派诗群的复杂构成以及各种外国文学思潮的交替汇入,使得所谓的中国意象派(现代派)"是一种混血儿,在形式上说是美国意象派诗的形式,在意境和思想态度他们取了 19 世纪法国象征派诗人的态度"①。也有人认为"中国的现代派诗只是承袭了新意象派诗的外衣或形式,而骨子里仍是传统的意识"②。可见,中国现代派所受到的外国影响是复合多元、参差不齐的,其中象征派与意象派常常被混为一谈,并不同程度地渗入了古典主义、浪漫主义、未来主义和新感觉主义的成分。

此外,对于 20 世纪 40 年代的九叶派而言,意象派的影响被以艾略特、里尔克、奥登为代表的后象征主义所覆盖,"意象"被"客观对应物"、戏剧性、雕塑性原则取代,袁可嘉、唐湜等对"意象""象征"概念的理解更为宽泛、复杂。袁可嘉强调"意境创造、意象形成"等因素在现代诗"综合过程"中不可或缺的价值意义,确定了意象和比喻两种"特殊构造手法":"玄学、象征及现代诗人在十分厌恶浪漫派意象比喻的空洞含糊之余,认为只有发现表面极不相关而实质有类似的事物的意象或比喻才能准确地,忠实地,且有效地表现自己;根据这个原则而产生的意象便有惊人的离奇,新鲜和惊人的准确,丰富。"③这种论述把现代主义与浪漫主义区别开来,在意象、象征的准确性、间接性、客观性方面确定了新的诗学原则,成为穆旦、郑敏等中国新诗派诗人们共同遵循的创作范式。

由于战争的爆发、社会意识形态的干扰,包括意象派在内的西方

---

① 孙作云:《论"现代派"诗》,《清华周刊》1935 年第 43 卷第 1 期。
② 蒲风:《五四到现在的中国诗坛鸟瞰》,《诗歌季刊》1934 年第 1 卷第 1—2 期。
③ 袁可嘉:《新诗现代化的再分析看出——技术诸平面的透视》,《大公报·星期文艺》1947 年 5 月 18 日。

现代主义思潮在20世纪50—70年代末的中国成为禁区。直到时隔30多年之后,朦胧派的崛起才使新诗承接起诗歌的现代主义传统。80年代初的诗人们迫不及待地要了解、追赶世界最新的诗歌潮流,"意象派"一词经常在文章中被提到,专门探讨意象派理论和诗歌的文章陆续出现,一些年轻诗人甚至自诩为"意象派",朦胧派几乎被等同于意象派。80年代诗坛首先对意象派产生兴趣,这有多方面的原因,一是意象派诗歌与中国古典诗歌有着密切关系,在阅读视野上容易吸引中国读者,并振奋民族的自尊心和对传统的回归;二是与转型时期的诗歌寻求外来文化的启示有密切关联。正如《意象派诗选》的译者裘小龙在此书的翻译后记中提到的:"我们首先注意到意象派。因为诗,是用形象思维的。意象派,说到底,正是一个主张意象(某一种意义上的形象)就是诗的流派。所以也可以这样理解,东西方的诗在其作为一种文学形式遇到了考验时,首先就是围绕这个文学形式中最有生命力的东西在思考、探索、创新的。""英美的意象派是在一种危机中转向了中国传统诗歌,从中吸取了不少有益的东西,成了他们自己的一个流派。我们也是在我们的诗作为一种文学形式遭到挑战时,开始注意到了意象派——我们并没有抛弃我们的传统,我们在继承着;我们也从意象派的实践中受到了一些启发。"[1]裘小龙选译的是英国学者兼诗人彼德·琼斯(Peter Jones)1972年版《意象派诗歌》(*Imagist Poetry*),这本书分导论、意象派形成前的意象主义者、意象派诗选时期、意象派解散后的意象主义者等部分,还附录了意象派宣言等文献和诗人小传,是至今为止最全面地介绍意象派的译本,有助于诗歌界了解意象派的本来面目,翻译家李文俊亲自为之作序,称赞"这无疑是一件极有益的工作"。

虽然很难找出确凿的证据说明意象派对朦胧派的直接影响力与渗透力,但还是可以找出两者的关联。朦胧派极力驱除先前诗歌中过分煽情的伪浪漫主义和缺乏想象力的直抒胸臆,强调以全新的意象呈现诗人内心感受,达到主客观的和谐统一。他们中有些人早期创作或许是在自己的探索中与意象派不谋而合,但无疑后来是越来越有意识地学习借鉴了包括意象派在内的各种现代主义的艺术手法,如时空错

---

[1] 彼德·琼斯编:《意象派诗选》,裘小龙译,漓江出版社,1986年,第186—187页。

位、蒙太奇、象征、意象叠加或并置、客观对应物等。北岛说:"诗歌面临着形式的危机,许多陈旧的表现手法已经不够用了,隐喻、象征、通感、改变视角和透视关系、打破时空秩序等手法,为我们提供了新的前景。我试图把电影蒙太奇的手法引入自己的诗中,造成意象的冲击和迅速转换,激发人们的想象力来填补大幅度跳跃留下的空白。另外,我还十分注重诗歌的容纳量、潜意识和瞬间感受的捕捉。"[1]北岛的诗充满着严峻的智性思考和深刻的理性思辨,诗歌意象清晰、硬朗、冷静。郑敏很早就指出:"北岛的诗在洗练、集中和富于感性魅力方面很接近庞德等意象派理论家所指出的诗的原则。"[2]蒙太奇、意象组合、自由联想等手法在舒婷、顾城、杨炼等许多朦胧派诗人那里,成为自觉的艺术追求。不过1984年初,疏离朦胧诗的诗学和诗歌就已出现,非非主义、莽汉主义、整体主义等各种实验性诗歌群落蜂拥而来,他们一致喊出了"Pass北岛"的口号,上海诗人王小龙以嘲讽的口吻对朦胧派的"意象"论进行了挑战:"他们把'意象'当成一家药铺的宝号,在那里称一两星星,四钱三叶草,半斤麦穗或是悬铃木,标明'属于'、'走向'等等关系,就去煎熬'现代诗',让修钟表的、造钢窗的、警察、运动员喝下去,变成充满时代精神的人。"[3]"第三代"诗人们举起了反崇高、反文化、反理性、反意象的旗号,转而推崇膜拜"垮掉的一代""语言派""自白派""运动派"等后现代主义诗歌,在表达上用后现代诗的平民意识、口语写作、嬉戏荒诞替代了朦胧诗的精英意识、意象艺术和理想主义。

当年庞德等英美意象派诗人们也曾满怀创新意识改革传统诗歌,不过,他们却同时以另一种开放的姿态吸纳包括日本、中国文化在内的各种传统。20世纪中国新诗人们往往容易走向"打倒""解构"或"反"传统的激进一端,却丧失了尊重、继承、吸纳各种传统的历史意识。其实,从庞德为代表的意象派对中国诗的一往情深,我们看到先辈的古典诗学之光奇迹般地折回到西方现代主义文学中,甚至到了当代,美国后现代派诗人R.勃莱还谈到中国诗体现了一种令现代诗惊叹的想象的有机性,并赞叹说:"我以为古代中国诗仍然是人类写过的

---

[1] 北岛:《我们每天的太阳》,《上海文学》1981年第5期。
[2] 郑敏:《英美诗歌戏剧研究》,北京师范大学出版社,1982年,第89页。
[3] 王小龙:《远航》,见北京大学五四文学社编:《青年诗人谈诗》,文章作于1984年(非正式出版)。

最伟大的诗。"①所有这一切都提醒当代诗人应该重新反观古典传统和五四传统。由于亲身经历了中国现代诗歌走过的坎坷道路,深入研究过庞德-艾略特时期的英美现代主义诗歌,九叶派诗人郑敏试图教导、告诫新一代年轻诗人:"中国当代新诗一个首要的、关系到自身存亡的任务就是重新寻找自己的诗歌传统,激活它的心跳,挖掘出它久被尘封土埋的泉眼。读古典文史哲及诗词、诗论,想现代问题。使一息尚存的古典诗论进入当代空间,贡献出它的智慧,协同解决新诗面对的问题。"②也许,意象派走过的道路可以为我们提供最明智的借鉴,正如徐迟半个多世纪前就提到的:"意象派时代已经过去了。但意象派已经是永远不会消失了……意象是一种实验。经过了一种运动,诗开始在浩荡的大道上前进了。"③

1. 试比较一下胡适的"八不主义"与意象派诗歌原则的异同。
2. 意象派对20世纪中国新诗产生的影响主要体现在哪些方面?
3. 后现代主义诗歌与意象派诗歌的分歧是绝对的吗?为什么?
4. 联系自己的认识,谈谈意象派对现代汉诗建构的启示意义。

1. 孙玉石:《中国现代主义诗潮史论》,北京大学出版社,1999年。
2. 罗钢:《历史汇流中的抉择:中国现代文艺思想家与西方文学理论》,中国社会科学出版社,2000年。
3. 李岫、秦林芳主编:《二十世纪中外文学交流史》(上),河北教育出版社,2001年。
4. 龙泉明:《中国新诗流变论》,人民文学出版社,1999年。

---

① 转引《诗人勃莱一夕谈》,王佐良译,《世界文学》1980年第6期。
② 郑敏:《新诗百年探索与后新诗潮》,《诗歌与哲学是近邻:结构—解构诗论》,北京大学出版社,1999年,第339页。
③ 徐迟:《意象派的七个诗人》,《现代》1934年第4卷第6期。

第四章 未来主义文学

第一节 概 述

未来主义(Futurism)是20世纪初期至20年代中期在欧洲出现和盛行,波及文学、绘画、音乐、建筑、舞蹈等领域,对人们的日常生活产生重要影响的一种文艺思潮,它发轫于意大利,继起于俄国、法国,在欧洲其他国家也产生过一定的影响。

一 未来主义文学的产生和发展

1909年2月20日,意大利诗人菲利浦·托马佐·马里内蒂(Filippo Tommaso Marinetti)在法国《费加罗报》上发表《未来主义的创立和宣言》,标志着未来主义的诞生。未来主义始于文学,但旋即扩展到绘画、音乐、戏剧和电影等其他艺术领域:1910年2月11日,画家波菊尼、巴拉等发表《未来主义画家宣言》;1911年1月11日,帕腊台拉发表《未来主义合成戏剧宣言》;1916年9月11日,马里内蒂、巴拉等再次发表《未来主义电影宣言》,未来主义的观念甚至渗入人们的服饰、烹饪等日常生活中。

意大利是未来主义的发源地,这同意大利的社会现实是分不开的。20世纪初期,英美等国家工业化进程已经完成,而意大利作为欧洲最古老的国家之一,却正处于农业文明向工业文明转型时期。所以,当西欧其他国家在反思工业文明负面效应的时候,意大利却还要批判农业文明的滞后性,由此也形成未来主义文学的一个根本特征:歌颂现代工业文明。

马里内蒂(1876—1944)是未来主义的创建者,对未来主义发展功不可没。通过《未来主义的创立和宣言》《未来主义文学技巧宣言》等一系列宣言的发表，马里内蒂为未来主义提供了最基本的理论依据，也为未来主义构想了最核心的艺术精神：颠覆传统、歌颂物质文明、推崇语言革新等。

在《未来主义的创立和宣言》中，马里内蒂声称："我们要歌颂战争——清洁世界的唯一手段，我们要赞美军国主义、爱国主义、无政府主义者的破坏行为，我们要歌颂为之献身的美丽理想，我们称赞一切蔑视妇女的言行。"[①]这一纲领标示出意大利未来主义的特性：反传统的极端性、政治倾向的鲜明性和强烈的非理性色彩。在这一纲领的指引下，意大利未来主义在发展的过程中，由一个单纯的文艺团体渐渐转化为一个政治组织，它的反传统也从"文艺"领域扩展到"政治"领域，而这恰恰加速了意大利未来主义的分化。

意大利未来主义者都密切关注社会政治生活，但由于个体素质的不同，他们渐渐产生了分歧。马里内蒂对政治生活由热心走向狂热，由于他偏爱战争、暴力、强权等极端化的反传统方式，所以，他由诗人渐渐蜕变为政客。1918年，他和塞蒂梅利、科拉等人组建"未来党"，试图把未来主义从文艺团体转化为政党组织；1923年，他决意同墨索里尼合作，公然支持法西斯主义；1924年，他发表《未来主义与法西斯主义》，阐述两者的亲缘关系，为法西斯主义提供理论资源……

马里内蒂的行为引起了其他未来主义者的不满。因为政治倾向的不同，很多未来主义者相继和马里内蒂分道扬镳。1912年，卢奇尼因为马里内蒂公开支持意大利入侵利比亚，宣布同马里内蒂断绝关系；1914年，帕拉泽斯基、帕皮尼、索菲奇等人发表声明，退出未来主义；1915年，帕皮尼、索菲奇在《莱采巴》上联名发表《未来主义与马里内蒂主义》的文章，指出马里内蒂歪曲了未来主义的真谛，把"蔑视对传统的崇拜"蜕变为"蔑视一切传统"，把"爱国主义"蜕变为"沙文主义"，把"奋斗精神"蜕变为"军国主义"，把未来主义蜕变为"马里内蒂主义"。意大利未来主义开始分化为温和的左翼和极端的右翼：左翼以帕拉泽斯基等人为代表，反对战争和法西斯主义；右翼以马里内蒂为代表，支持战争和法西斯主义。

---

① 柳鸣九主编：《未来主义　超现实主义　魔幻现实主义》，中国社会科学出版社，1987年，第47页。

俄国未来主义的产生稍晚于意大利。俄国同意大利一样,也是一个工业化进程滞后的国家,从而为未来主义的产生和发展提供了丰厚的土壤。1913年,马里内蒂到俄国宣传未来主义,大大推动了俄国未来主义的蓬勃发展。意大利未来主义由于政治倾向的不同而分化为左翼和右翼,俄国未来主义则由于对文学功能的理解不同,分化为自我未来主义和立体未来主义。

　　自我未来主义的代表是伊戈尔·谢维里亚宁(1887—1941)。1911年,谢维里亚宁发表宣言《自我未来主义序幕》,标志着"自我未来主义"的诞生。自我未来主义对现实的反叛带有强烈的"个人色彩",它们非常重视个人的感受和情绪,其作品的重要主题就是自我肯定和自我宣扬,如谢维里亚宁在《尾声》中写道:

　　　　我,天才的伊戈尔·谢维里亚宁,
　　　　为自己的胜利而陶醉:
　　　　我在每个城市被搬上银幕!
　　　　我在每个人心中受到肯定![1]

　　1912年,布尔柳克、卡缅斯基、赫列勃尼科夫、马雅可夫斯基等人出版了诗集《给社会趣味一记耳光》,其中收录的《宣言》一文全面提出了立体未来主义的文学主张,标志着俄国立体未来主义的诞生。立体未来主义的创始人是布尔柳克,但体现其创作实绩的却是马雅可夫斯基。马雅可夫斯基受法国未来主义的影响,喜欢采用"台阶式"和"楼梯式"等方式来排列诗句,在空间上给读者一种立体的感觉,因此,他创立的未来主义称之为"立体未来主义"。和自我未来主义者不同,立体未来主义者具有很强的社会责任感,所以,他们呼吁文学走出自我欣赏和自我迷恋的狭小空间,密切关注和介入社会生活的变动,其代表人物马雅可夫斯基更是以身作则,投身到轰轰烈烈的政治运动中,把诗歌当成宣传社会革命的有力武器。

　　由于社会背景的差异,俄国未来主义有着自己的独特性。一、政

---

[1] 张秉真、黄晋凯主编:《未来主义·超现实主义》,中国人民大学出版社,1994年,第234页。

治倾向的差异。在意大利,以马里内蒂为首的右翼未来主义占有优势,他们颂扬一切暴力,甚至鼓吹法西斯主义,从而用无价值的"未来"颠覆了很多有价值的传统;俄国未来主义以马雅可夫斯基为领袖的左翼占主导地位,他们支持顺应历史潮流的十月革命,能够用有价值的"未来"取代很多无价值的传统。正是有这一层面的差异,马雅可夫斯基才说"思想上我们和意大利未来主义没有丝毫共同之点,共同的地方只是在材料的形式上的加工"①。二、对待工业文明态度的差异。意大利未来主义沉醉于鼓吹现代化、机器化和城市化,而俄国未来主义在歌颂的同时,也进行反思和批判,如马雅可夫斯基在《城市大地狱》中把城市视为"地狱",从而对工业文明进行了一定程度的批判。三、语言革新程度的差异。意大利未来主义主张语言革新,但只是把语言当成文学技巧中的一种提出来。而俄国未来主义则把语言问题上升为本体论加以讨论,他们在《宣言》中,把文学语言的革新作为纲领提出来。

在意大利、俄国之外,法国成为未来主义的第三个中心。1913年,纪尧姆·阿波里奈尔(1880—1918)发表了《未来主义的反传统》,标志着法国未来主义的创立。这一流派的主要特征有两个。一是把"立体派"这个美术术语引入文学创作,从而把诗歌这种时间艺术和雕塑、绘画等空间艺术结合起来,创造了"图像诗"这一新的诗歌形式,在视觉上给读者以立体感,故名"立体未来主义"。立体未来主义的这一艺术追求对马雅可夫斯基产生了重要的影响。二是意识形态的淡化。法国既没有意大利那样猖獗的法西斯主义,也没有俄国轰轰烈烈的社会主义运动,所以,法国未来主义受意识形态影响较小,其政治倾向也就相对弱化,它的反传统更多体现在文艺领域而不是政治领域。

二 未来主义文学的基本特征

作为一个文艺流派,未来主义的纲领和队伍构成十分庞杂,其成员的意识形态和美学观点也很不一致,而且,在不同的时期和不同的

---

① 张秉真、黄晋凯主编:《未来主义·超现实主义》,中国人民大学出版社,1994年,第78页。

国家,未来主义又经历了微妙的演变。尽管如此,未来主义作为一种文学思潮,它最基本的特征是相对稳定的,可以概括如下:

第一,嘲弄传统,面向未来。未来主义者以传统文化反叛者的姿态出现。他们追求文艺内容和形式的全面革新,否定一切文化遗产,提出"摧毁一切博物馆、图书馆和科学院,向道德主义、女权主义以及一切卑鄙的机会主义和实用主义的思想开战"①。就反传统的激烈程度而言,俄国未来主义和意大利未来主义一脉相承,它们也声称"在过去之中是没有生活的,靠过去不是生活,只是聊度余生"②。所以,人们应该面向未来,而为了面向未来,应该"把普希金、陀思妥耶夫斯基、托尔斯泰等等,从现代生活的轮船上扔出去"③。正像马雅可夫斯基在长诗《一亿五千万》中写道:

> 未来派
> 　　摧毁了过去,
> 　　　　把渺小的文化的碎纸屑随风抛散④

当然,诗中被摧毁的"过去"不再是以普希金为代表的俄国文学传统,而是消极、遁世的俄国颓废主义思想。由此可以看出,未来主义所嘲弄的传统在不同阶段和地域有着不同的内涵。未来主义最初所否定的还只限于文化艺术传统,但最后演化为政治意识形态传统。而在批判政治意识形态传统这一点上,意大利未来主义在马里内蒂的引导下,走向了反人道主义的法西斯主义,而俄国未来主义在马雅可夫斯基的带领下,为建立人道主义的新文化而呼吁和歌唱:

> 长出庄稼吧,田野!
> 冒烟吧,工厂!

---

① 张秉真、黄晋凯主编:《未来主义·超现实主义》,中国人民大学出版社,1994年,第6页。
② 顾蕴璞编选:《俄罗斯白银时代诗选》,花城出版社,2000年,第572页。
③ 张秉真、黄晋凯主编:《未来主义·超现实主义》,中国人民大学出版社,1994年,第57页。
④ 许贤绪:《20世纪俄罗斯诗歌史》,上海外语教育出版社,1997年,第89页。

> 接受赞美吧！
> 发光吧！
> 我们的洒满阳光的
> 公社！①

总之，未来主义者带有强烈的理想主义色彩，他们把一切文化传统当成人类步入未来的障碍，企图建立一种和传统完全割裂的未来，所以，未来主义，尤其是意大利未来主义又从理想主义走向了虚无主义，而俄国未来主义由于马雅可夫斯基的及时调整，适应了时代转型，为"未来"注入了诸多积极、乐观和切实的内容。

第二，鼓吹现代物质文明，尤其是歌颂速度、力量和运动。从浪漫主义文学开始，西方文学就开始自觉地反思资本主义物质文明的负面性。现代主义文学其他流派也继承了这一传统，批判现代文明所带来的喧哗和骚动，提出返回大自然、重做自然人的口号。而未来主义文学却独树一帜，它既不崇尚自然，也不缅怀过去，而是放声高歌资本主义世界的物质文明。马里内蒂等人宣称，未来主义的使命之一就是："要歌颂声势浩大的劳动的人群、娱乐的人群或造反的人群；歌颂夜晚灯火辉煌的船坞和热气腾腾的建筑工地；歌颂贪婪地吞进冒烟的长蛇的火车站；歌颂用缕缕青烟做绳索攀上白云的工厂；歌颂像身躯巨大的健将一般横跨在阳光下如钢刀发亮的河流上的桥梁；歌颂沿着地平线飞速航行的轮船；歌颂奔驰在铁轨上的胸膛宽阔的机车……"②于是，未来主义者创作了《致急驰的汽车》《抒情机器》（马里内蒂）、《飞机》（索菲奇）、《电子》（戈沃尼）、《摩托之歌》《飞跃的城市》（弗尔戈莱）等诗作。在诗中，他们着力表现对现代化、机械化和都市化的偏爱，他们觉得，现代物质文明的三个主要特征是速度、力量和运动，这三个特征就是衡量事物是否美的准绳。所以，未来主义者"赞美进取性的运动、焦虑不安的失眠、奔跑的步伐、翻跟头、打耳光和挥拳头"③。总之，在未来主义看来，奔跑的汽车是美的；巨大的机械设备是美的；车轮和

---

① 许贤绪：《20世纪俄罗斯诗歌史》，上海外语教育出版社，1997年，第88页。
② 张秉真、黄晋凯主编：《未来主义·超现实主义》，中国人民大学出版社，1994年，第6页。
③ 同上。

铁轨是美的；一切运动着的、具有速度和力量的事物都是美的。

第三，语言试验和语言革新。未来主义在文学形式上进行了多种革新，其中之一就是语言试验。未来主义者认为要表现新的文学内容，传统的语言无疑是一种束缚，所以要进行语言革新，这就需要把语言从拉丁式的牢笼中拯救出来。为此，马里内蒂宣称必须"毁弃句法"，"应当使用动词的不定式"，"应当消灭形容词"，"应当消灭副词"，"应当消灭标点符号"等，总之要用直觉和"自由不羁的字句"去写诗③；俄国的未来主义者提出："打倒作为工具的文字，自我目的、自我发展的文字万岁！"④马雅可夫斯基为了使诗歌更好地适应宣传革命思想的需要，提出诗歌语言的口语化、大众化和街头化。马里内蒂的《的黎波里之战》一诗，比较集中地体现了未来主义语言革新的成果：

战　斗
重量＋气味

正午　3/4　笛子　呻吟　暑天　咚咚　警报　咳嗽　破裂
喇叭　前进　叮咛咛　背包　枪支　马蹄　钉子　大炮　马鬃
轮子　辎重　犹太人　煎饼　面包—油　歌谣　小商店　臭气
光辉　脓　恶臭　肉桂　霉　涨潮　退潮　胡椒　格斗　污垢
旋风　桔数—花　印花　贫困　骰子　象棋　牌　茉莉＋蔻仁＋
玫瑰　阿拉伯花纹　镶嵌　兽尸　螫刺　恶劣
机关枪＝石子＋浪＋
群蛙　叮叮　背包　大炮　铁屑　空气＝弹丸＋熔岩
＋300 恶臭＋50 香气⑤

这首诗体现了未来主义者的美学追求，它抛弃了传统的语法规则，也摒弃了形容词、副词和标点符号，它大量地使用原形动词、名词、谐声字、数学符号等，从而把各种意象进行拼接和类比，传达出诗人对

---

③ 柳鸣九主编：《未来主义　超现实主义　魔幻现实主义》，中国社会科学出版社，1987年，第51—54页。
④ 廖星桥：《外国现代派文学导论》，北京出版社，1988年，第245—246页。
⑤ 柳鸣九主编：《未来主义　超现实主义　魔幻现实主义》，中国社会科学出版社，1987年，第36页。

战争瞬间的印象,给读者留下了较多想象的空间。

　　第四,注重诗歌的多重效果。马里内蒂在《未来主义文学技巧宣言》中设想,必须在文学中引入至今被忽略的三要素:一、声响;二、重量;三、气味。① 这一设想被其他未来主义者所继承和拓展。所以,除了语言革新,注重诗歌的多重效果是未来主义在艺术形式上的另一个探索。因此,很多未来主义诗歌不仅可以阅读,还可以听、闻和看。如马雅可夫斯基用绘画的手法写《夜》:

> 血红和苍白被抛开后揉成团块;
> 朝黛绿投来了一把把威尼斯金币,
> 像把一张张亮闪闪的金黄纸牌,
> 发到聚拢来的窗户的黑手掌里。②

这是典型的颜色入诗,所以读者可以看。而马雅可夫斯基的《一亿五千万》则把声音融入其中,让读者可以听:

> 咚咚咚!
> 　　咚咚咚!
> 　　　　咚咚咚!
> 喂! 钢铁胸膛的人们,
> 　　　意志坚强的人们,喂!
> 打呀,咚咚咚!
> 　　打呀,咚咚咚!③

　　这首诗还体现出未来主义的另一个独创:楼梯诗和台阶诗。楼梯诗和台阶诗把雕塑、建筑和绘画等造型艺术的空间概念引入诗歌创作中,创造出视觉效果明显的立体诗歌,立体诗歌除了马雅可夫斯基的

---

① 柳鸣九主编:《未来主义 超现实主义 魔幻现实主义》,中国社会科学出版社,1987年,第 55 页。
② 顾蕴璞编选:《俄罗斯白银时代诗选》,花城出版社,2000 年,第 185 页。
③ 赵乐甡、车成安、王林主编:《西方现代派文学与艺术》,时代文艺出版社,1986 年,第 168 页。

楼梯诗和台阶诗，最为著名的还有阿波里奈尔创造出的图像诗。未来主义之所以重视诗歌的综合效果，是因为它注重人的直觉和幻想，而在人的直觉和幻想中，必然混杂着多重成分，既会有色彩和味道，也会有声音和形状。

从总体上看，未来主义文学强调文学与生活的密切关联，甚至主张文学积极介入社会现实，这是对唯美主义文学的一种反拨。而未来主义文学在思想和形式上"面向未来"、立志变革的精神也产生了深远的影响。在其后的现代派文艺中，结构主义、达达主义、超现实主义和荒诞派戏剧等，都从未来主义文艺那里汲取了养料。正如美国意象派诗人庞德所说："马里内蒂和未来主义给予整个欧洲文学以巨大的推动。倘若没有未来主义，那么，乔伊斯、艾略特、我本人和其他人创立的运动便不会存在。"①

1. 未来主义文学的基本特征是什么？
2. 意大利、俄国和法国未来主义的区别是什么？

1. 柳鸣九主编：《未来主义　超现实主义　魔幻现实主义》，中国社会科学出版社，1987年。
2. 张秉真、黄晋凯主编：《未来主义·超现实主义》，中国人民大学出版社，1994年。
3. 廖星桥：《外国现代派文学导论》，北京出版社，1988年。
4. Caroline Tisdall. *Futurism*. New York: Oxford University Press. 1977.

---

① 柳鸣九主编：《未来主义　超现实主义　魔幻现实主义》，中国社会科学出版社，1987年，第43页。

第二节　阿波里奈尔

一　被幸福抛弃的诗人

纪尧姆·阿波里奈尔(Guillaume Apollinaire),1880年生于意大利罗马,1918年病逝,年仅38岁。对很多作家来说,因为要把全人类的苦难系于一身,所以,他们从小就要承受常人无法想象的磨难,阿波里奈尔也一样,他有多次被抛弃的经历,而这也成为他一生危机感和变革意识的源泉。

阿波里奈尔是意大利军官和波兰逃亡贵族的私生子,1885年,阿波里奈尔年仅5岁,他的父亲弗尔奇斯克便在他的世界中彻底消失了,阿波里奈尔只好和母亲阿捷利卡生活在一起。一般而言,父亲对孩子来说意味着权力和威严,也代表着安全和保障,是孩子未来世界的偶像。然后阿波里奈尔从小就没有父亲的概念,父亲在他生命中的缺席,让他一生享受了最大程度上的自由,也使他产生了一份被抛弃的不稳定感。在19世纪末期的传统资产阶级家庭,女性是丈夫的附庸,男性是全家物质和精神的双重支柱,一个孩子没有父亲,意味着物质和精神上的双重缺失。阿波里奈尔正是如此,他缺乏常人所具有的、父亲为之搭建的人格成长的平台,所以,他不知道人生的马车从何处出发,又驶向何方。

1887年,7岁的阿波里奈尔便离开自己的祖国意大利,随母亲移居法国。在异国他乡,他不是合法的法国公民,因为直到他逝世前两年才获得法国国籍。所以,阿波里奈尔既没有"小家",也没有"大家",也就是说,在个体身份上,他是弃儿,在国家身份上,他也是弃儿。1904年,他在给朋友的信中袒露出自己的不安:"如果把我从法国赶出去,我可怎么办呢?"[①]1911年,他因为涉嫌偷窃罗浮宫名画《蒙娜丽莎》被关进了监狱,后来虽然无罪释放,但这次突如其来的灾难更加剧

[①] 赵乐甡、车成安、王林主编:《西方现代派文学与艺术》,时代文艺出版社,1986年,第175页。

了他无所皈依的情感。

　　这种情感既让他惶恐,也让他彻底地无所依恋。他可以四海为家,到处游历,而物质的贫困也促使他不断地为生计奔波,所以,他的足迹遍布柏林、慕尼黑、布拉格、维也纳和莱茵河地区。他也做过各式各样的工作:银行职员,家庭教师,小报编辑,军队炮兵等。这些丰富的人生经历和体验对于一个诗人来说是一笔宝贵的精神财富。

　　阿波里奈尔一生至少有四次失恋,1899年,他移居巴黎,认识了美丽的犹太女孩兰达,情窦初开的诗人把最纯洁的爱情献给了她,可是他的求婚却被拒绝了,第一次失恋给阿波里奈尔带来了痛苦,也带来了美丽的诗篇。他为兰达写下的诗歌,在诗人逝世后被编入诗集《伊丽亚》中的《兰达诗篇》中。后来,阿波里奈尔又爱上了英国姑娘安妮,不过第二次的恋爱结果和第一次一模一样:安妮拒绝了他,他收获了诗歌。关于安妮的诗,有《安妮》《失恋男子的歌》等。1907年,阿波里奈尔认识了学绘画的学生玛丽·罗朗桑,这个漂亮的姑娘再次激起了他情感的波澜,但这次爱情也是不了了之。

　　1914年,第一次世界大战爆发,阿波里奈尔毅然投军,报名时认识了一名叫露的女孩,这是他的第四次恋爱,但因为参战,诗人也只是把露当成一种精神上的寄托,在前线的时候,他给露写了一些情诗。1916年3月17日,阿波里奈尔在战场上身负重伤,差点被"生命"抛弃,做了开颅手术后,渐渐康复。但1918年,他又被诊断患了肺充血,5月2日,他和看护自己的护士嘉科林·科尔布结婚。他似乎会有个美好的结局,但11月9日,他便离开了人世,世俗的幸福又捉弄了他一次。

　　一个孩子刚来到人世不久,便被父亲抛弃;在童年时代,又离开自己的祖国;长大后又被自己所爱的人抛弃。对于他来说,他总是多余的,就像赛场上的一只皮球,飞到任何队员面前,都被理所当然地推了出去。这种被幸福抛弃的人生要么毁灭一个人,要么就会成就一个人,而阿波里奈尔无疑属于后者,因为作为一位诗人,他是幸运的,首先,艺术家很乐意接纳他,在他投缘的朋友中,便有伟大的画家毕加索。其次,艺术很容易接纳他,1905年,毕加索完成了名作《亚威农的少女》,开始向着立体主义绘画迈进,在毕加索的影响下,阿波里奈尔也开创了文学上的立体派:立体未来主义。再次,他生活在一个革故鼎新、百花齐放的时代，这为他施展自己的文学才华提供了最广阔的平台。而事实上，他不仅成为法国立体未来主义之父，也被誉为超现实主义的精神鼻祖。

二 立足传统的变革者

阿波里奈尔从18岁开始写作和发表诗歌，短暂的一生为世人留下了丰厚的文学财富：诗集《动物小唱》《醇酒集》《图像集》《给露的诗》等，剧本《蒂蕾齐娅的乳房》《时代的颜色》《卡萨诺瓦》三种，还有故事集《异教始祖与集团》等。

阿波里奈尔生活在一个革故鼎新、多元发展的年代，这为他的艺术创新提供了最便捷的外部环境，而诗人自身的生命历程也充满了动荡和不安，这也内在地促进了他对新事物的偏爱。阿波里奈尔受意大利未来主义的影响，也是一个"面向未来"的诗人。1913年6月，他发表了《未来派的传统主义·综合宣言》，宣布："真的艺术，不在于和过去的结合，而在于大胆地追求未来。"①从而开创了法国的未来主义。法国未来主义和意大利、俄国未来主义的相同之处在于：

其一，歌颂现代工业文明。从1911年开始，阿波里奈尔就和意大利未来主义者取得联系，1912年，他发表了《葡萄成熟季节》(《醇酒集》)，诗歌对现代都市生活充满了赞美：

> 我们自己化成新鲜饮料
> 巴黎，男性的城。醉呼着酣唱着
> 是神圣工厂里的那些钢铁圣人。
> 直冲向天的烟囱叫彩云怀孕，
> 恰似希腊神在云雨后生出怪兽。
> 工厂、制造所、作业室、赤手
> 赤膊的工人和我们手指一样

---

① 赵乐甡、车成安、王林主编：《西方现代派文学与艺术》，时代文艺出版社，1986年，第188页。

>　　每小时都制造出事物……①

诗人讴歌了机器、工人、城市等工业文明的象征物,视现代工业为充满阳刚之气和创造力的"男性",这是典型的未来主义文学的主题思想。

其二,艺术形式的革新。同意大利、俄国未来主义者一样,阿波里奈尔也致力于文学形式的创新,如精心设计诗句的排列,进行语言试验等。不过,阿波里奈尔开创的法国未来主义和意大利、俄国未来主义相比,它的特点也非常明显。这些特点也体现出阿波里奈尔的艺术成就和艺术特色,归纳起来,主要体现在以下几个方面:

第一,立足传统的变革。在对未来的态度上,意大利、俄国未来主义鼓吹断绝和传统的一切联络,而法国未来主义认为"面向未来"不等于要彻底颠覆传统,也就是说,无论在理论还是在实践上,阿波里奈尔都是在立足传统的基础上进行变革。

首先,从理论上看,1913年阿波里奈尔确实宣布"真的艺术,不在于和过去的结合,而在于大胆地追求未来",但几年以后,他便对自己的这一主张作了修正。1917年11月26日,他发表了著名演说《新精神和诗人们》,在演说中,阿波里奈尔提出当代诗人要吸收各家之长,综合各种艺术形式和技巧,要继承古典作家的创作成就和艺术手法,也就是说,诗人们要立足于以往的传统之上,吸取以往的优秀创作手法,然后开创属于自己的风格。② 同意大利、俄国未来主义打倒一切的精神相比,阿波里奈尔显然要理性得多。他认为创新是终极的目标,但继承传统可以作为创新的一种有效的手段,而意大利、俄国未来主义则认为继承传统毫无意义,创新既是目标也是手段。

其次,从创作实践上看,阿波里奈尔的诗歌既显示出全新的艺术精神,又融入了较多传统的艺术因素,因此,他的艺术变革是在有节制、有步骤的进行,而不是一蹴而就,显得突兀和无迹可寻。以他1903年的经典诗歌《莱茵河之夜》《醇酒集》)为例:

---

① 程抱一:《介绍阿波里奈尔》,《外国文学研究》1982年第2期,第46页。
② 郑克鲁:《传统与创新的统一:阿波利奈尔的诗歌创作经验》,《外国文学评论》1991年第3期。

我的杯子里斟满了波光闪闪的美酒
听那船夫悠扬的歌声
说的是在月光下看见
七仙女正搓揉着直到脚跟的绿发

站起来唱吧围起来跳吧
我希望听到的不再是船夫的歌
让这些目光清澈如水
梳理好发辫的金发仙女来到我的身旁

莱茵河葡萄树倒映在陶醉的莱茵河面
莱茵河摇曳着映现夜晚的金辉
船夫那嘶哑的喉咙还在吟唱
披着绿发的仙女在歌颂在创造夏天

我的酒杯如同一阵笑声碎裂了①

诗歌写于阿波里奈尔留居在莱茵河期间,诗中荡漾着北欧的民歌风情,流露出神秘美丽的神话气息,显示出比较明显的象征主义艺术手法。当然,诗歌取消了所有的标点,这一点预示出诗人的未来主义艺术趣味。

1912年,阿波里奈尔关于未来主义的构想实际上已经基本成熟,但这个时期的诗歌其实还是包含着很多传统的艺术精神,如《蜜腊波桥》:

塞纳河在蜜腊波桥下扬波
　　我们的爱情
　　应当追忆么
在痛苦的后面往往来了欢乐

　让黑夜降临让钟声吟诵
　时光消逝了我没有移动

---

① 张华华:《阿波里奈尔的艺术思想和美学思想》,《华南理工大学学报(自然科学版)》1997年第S2卷,第145页。

我们就这样手拉着手脸对着脸
　　　　　在我们胳臂的桥梁
　　　　底下永恒的视线
　　追随着困倦的波澜

　　　　　让黑夜降临让钟声吟诵
　　　　　时光消逝了我没有移动

　　爱情消失了像一江流逝的春水
　　　　　爱情消失了
　　　　生命多么迂回
　　希望又是多么雄伟

　　　　　让黑夜降临让钟声吟诵
　　　　　时光消逝了我没有移动

　　过去一天又过去一周
　　　　　不论是时间是爱情
　　　　过去了就不再回头
　　塞纳河在蜜腊波桥下奔流

　　　　　让黑夜降临让钟声吟诵
　　　　　时光消逝了我没有移动①

　　这是一首极为优美的抒情诗,其时诗人刚和女友玛丽·罗朗桑分手。塞纳河上的蜜腊波桥是诗人和玛丽·罗朗桑经常幽会的地方。自从和她分开后,家住在巴黎西区的阿波里奈尔经常故地重游,缅怀那逝去的爱情。但物是人非,往事不堪回首。诗人的惆怅和苦闷是一种传统的爱情主题,而展现这个传统主题的方式中也包含了传统的写实、象征和浪漫主义笔调。诗歌所体现的"新因素"在于,诗人一如既往地取消了标点符号,还新加入了"反复"的诗歌方式,诗句的排列也传达出诗人的别具匠心,呈现出"立体"的趋向。

---

① 张秉真、黄晋凯主编:《未来主义·超现实主义》,中国人民大学出版社,1994年,第197—198页。

第二，艺术本位，缺乏意识形态性。意大利未来主义因为政治倾向的不同，分裂为左翼和右翼，左翼未来主义在艺术上的贡献并不明显，最后走向衰落。右翼未来主义在马里内蒂的引导下，由文学走向了逆历史潮流的政治运动，最后也走向了死胡同。俄国未来主义在马雅可夫斯基的带领下，逐渐变为社会主义文学，艺术形式的创新速度远远比不上它在思想内容上的变革步伐。只有阿波里奈尔创立的法国未来主义在艺术形式革新的道路上一如既往地走了下去。因为当时的法国同意大利、俄国不同，它既没有狂热的法西斯主义，也没有占据主流的社会主义革命，所以，阿波里奈尔受政治意识形态的影响较小。阿波里奈尔也曾热衷于战争，还怀着理想主义的激情参加了第一次世界大战，但目睹战争的残酷之后，他彻底否决了通过战争来创立未来的想法。这样，阿波里奈尔的未来主义主要是"艺术上"的未来主义，他一生所致力于的创新也只是文学艺术的创新，因此，法国的立体未来主义文学和意大利未来主义文学、俄国立体未来主义文学比较起来，是"出世"的文学，而不是"入世"的文学。

第三，"图像诗"的集大成者。与俄国"自我未来主义"相比，法国未来主义虽然也是"出世"的文学，但是，在艺术形式的创新上，法国未来主义的成就大大高于"自我未来主义"；和意大利未来主义相比，法国未来主义虽然也进行艺术形式的革新，但其革新的独特性却在于它是"立体的"。因为阿波里奈尔受毕加索立体派绘画的影响，重视诗歌的视觉效果，把建筑艺术融入诗歌，创造了"楼梯诗"，把绘画艺术融入诗歌，开创了"图像诗"。不过，虽然是"楼梯诗"的创造者，但将这种艺术形式发挥到极致的却是俄国的马雅可夫斯基，所以，俄国立体未来主义"立体性"最大的标志是"楼梯诗"，而法国立体未来主义"立体性"最大的标志是"图像诗"。

1913年至1916年，阿波里奈尔又写了许多新的诗歌，在他死后不久，人们以《图像集》为名出版。这部诗集是《醇酒集》的续集，也是阿波里奈尔的另一代表作，如果说，在《醇酒集》中，阿波里奈尔的艺术革新还只是局限于取消标点符号等初级手段，那么，这部诗集则标志着现代诗歌在诗体和格律上一次比较彻底的解放。在诗集中，阿波里奈尔基本上抛弃了传统的诗歌形式，他别出心裁，不是自上而下一行行地写诗，而是用诗句绘成图案，如花、表、心、鸟等，在保持诗句基本通顺的情况下,让读者通过各式各样的图案去领会诗中的含义,这些诗歌被称作"图像诗"。它们不但可以读,还可以看,这便把未来主义的诗歌和观赏艺术结合成一体了。如诗歌《雨》排列成"雨"的形状。《雨》是这样写的:

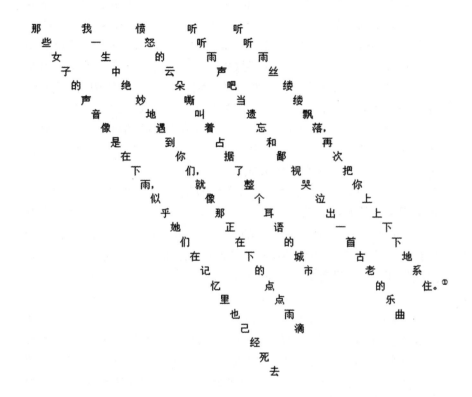

诗人在雨天的惆怅情绪通过那些歪歪斜斜排列的语词所造成的倾斜效果一览无遗。诗句像上上下下的音调,拨弄着观众/听众的心弦,使得读者从视觉和听觉上感受到诗人在面对雨丝进行自我祈祷时的心态:惆怅、怀念、孤寂。

诗歌《心》的诗句排列成"心"的形状。《心》是这样写的:"我的心

---

① 胡蓉:《想象化的虚构仪式:试论阿波利奈尔的图像诗》,《中国图书评论》2005年第2期。

啊宛如一朵颠倒的火焰",从图像上看,字母被排列成"心"的样子,而同时,如果把这颗心颠倒,那么就是一朵火焰,诗歌的意义和形象完全统一起来。

图像诗在西方诗歌中有比较深的渊源,最早可以追溯到古希腊罗马。而在法国,文艺复兴时期拉伯雷的《巨人传》就用瓶子的形式组成了神瓶显示的神启。20世纪50年代开始,图像诗曾在世界诗坛风靡一时,其代表作家有玛丽·罗尔特(Mary Rolt)、理查德·科斯特拉尼茨(Richard Kostelanetz)、巴恩斯通(Willis Barnstone)等。从阿波里奈尔的性格上讲,他既严肃又幽默滑稽,因此,在诗歌创作中,他既有传统优秀手法的继承,更是让自由想象的游戏方式成了他的特色。他是立体派绘画的拥护者,可以说他是一个根植于绘画的诗人。视觉对他而言不仅是一种技巧,也是一种美学观和哲学观,阿波里奈尔可以说是现代图像诗的开拓者和集大成者。

第四,从象征主义走向超现实主义的枢纽。20世纪20年代左右,未来主义虽然开始衰落,但阿波里奈尔的变革意识和开创精神并没有减退,也就是说,未来主义虽然消亡了,但阿波里奈尔"面向未来"的精神依然保留着。1917年,他在评论科克托的芭蕾舞剧《炫耀》时首次使用了"超—现实主义"(sur-réalisme)一词,后来,他在自己的戏剧《蒂蕾齐娅的乳房》的序言中,再次提出"超现实主义"。这个名词代表着一种新的美学追求。阿波里奈尔指出,所谓超现实主义,应从现实中受到启发,但不对现实作机械的模仿,原来的达达主义者布勒东非常认同这一观念,他尊阿波里奈尔为"思想导师",并借用"超现实主义"一词,开创了一个全新的现代艺术流派:超现实主义。阿波里奈尔在这一流派中的思想导师和精神领袖的历史性地位不可否认。

因为一直坚守艺术的立场,阿波里奈尔才能够成为一位集大成者。西方文学在19世纪末期是象征主义占据主流,20世纪初期的文学思潮繁复杂多,但最突出的无疑是超现实主义。从象征主义到超现实主义,阿波里奈尔是一位掌握转换枢纽的关键人物。

1. 法国立体未来主义和意大利、俄国未来主义相比,有何不同?
2. 阿波里奈尔文学艺术的独特性有哪些?

1. 程抱一:《介绍阿波里奈尔》,《外国文学研究》1982年第2期。
2. 郑克鲁:《传统与创新的统一:阿波利奈尔的诗歌创作经验》,《外国文学评论》1991年第3期。
3. 张华华:《阿波里奈尔的艺术思想和美学思想》,《华南理工大学学报(自然科学版)》1997年第S2卷。
4. 胡蓉:《想象化的虚构仪式:试论阿波利奈尔的图像诗》,《中国图书评论》2005年第2期。
5. 赵乐甡、车成安、王林主编:《西方现代派文学与艺术》,时代文艺出版社,1986年。
6. Guillaume Apollinaire. *Calligrammes*:*Poems of Peace and War (1913—1916)*. London:University of California Press,1980.

第三节 未来主义文学在中国

一 三条路线和三个阶段

西方现代派文学进入中国通常有两条路线,一条是先进入日本,然后由日本进入中国。这条路线之所以畅通,是因为日本既是当时接受西方影响最迅捷、全面的东方国家,又是中国的留学基地之一。另一条是从西方直接进入中国。不过,由于现代派文学主要盛行于西欧和美国,所以,从"西方"进入中国,对一般的现代派文学而言,其实就是从西欧和美国进入中国。但未来主义文学情况有些特殊,在其三大重镇中,除了意大利、法国属于西欧外,俄国既不属于西欧,也不属于严格意义上的"西方",尤其是在十月革命后,俄国在气质上更接近于东方世界。所以,在"西方"世界中,俄国应该自成一极,这样看来,未来主义文学最初进入中国,除了经西欧(未来主义在美国没有什么反响)、日本两条路线外,还经过第三条路线:俄国。

先看第一条路线:日本。1909年,在马里内蒂发表《未来主义的创立和宣言》几个月后,森欧外就把这篇宣言翻译成日文,1912年他又和与谢野宪介绍未来主义诗歌,此外,未来主义戏剧则由村由知义等引入日本。1920年,"俄国未来派之父"布尔柳克流亡日本期间举办了"俄国未来派展览会",受此影响,同年10月,日本作家神原泰发表《第一次神原泰宣言书》,这个宣言书被视作马里内蒂宣言的翻版。1921年12月,被布尔柳克称为"日本的马里内蒂"的平户廉吉在日本街头散发"日本未来派宣言运动"传单,标志着日本"未来主义文学"的产生,可以说,日本成为亚洲的未来主义文学中心。①

对于日本文坛的这一新动向,那些正留学日本、曾经留学日本或者懂日语的中国学者不可能视而不见,他们通过日本,尽可能及时地向国人介绍未来主义文学。据现有的资料,章锡琛是我国最早介绍未来主义文学的学者。1914年,他翻译了一篇介绍未来主义的文章《风靡世界之未来主义》,发表在《东方杂志》上,这篇文章的原文就来自日本的《新日本》杂志,该文分为9个部分:一、何谓未来主义。二、旧文明之破坏。三、现代器械文明之赞美。四、赞美战争之文学。五、英美法人未来主义。六、俄国之未来主义。七、剧场美术家栾伯斯忒之未来主义。八、未来主义之烹饪。九、日本之未来主义。② 这篇文章对未来主义的思想内涵、艺术精神和在各国发展状况的把握虽然简短,但却基本全面和准确。日本文论家川路柳虹的《不规则的诗》对意大利和俄国未来主义诗歌有着较为准确的论述,《小说月报》刊登了它的中文译文。③ 1924年,文学研究会编辑的近代西方文艺专辑《海星》载有日本学者宫岛新三岛《欧洲最近文艺思潮概观》,其中也有论及未来主义的文字。

---

① 吴中杰、吴立昌:《1990—1949:中国现代主义寻踪》,学林出版社,1995年,第205—206页。
② 《东方杂志》1914年第11卷第2号。
③ 《小说月报》1922年第13卷第9号。

再看第二条路线：西欧。据现有的资料，宋春舫是中国最早翻译未来主义戏剧的作家，1921年，他在《东方杂志》上发表译作《未来派戏剧四种》——《换个丈夫罢》《月色》《朝秦暮楚》《只有一条狗》①，其中《换个丈夫罢》和《月色》是未来派创始人马里内蒂的作品。同一年，他还翻译了未来主义戏剧《早已过去了》《枪声》，刊于《戏剧》杂志②。戴望舒化名"月"写了《阿波里奈尔》，化名陈郁月翻译了他的小说《诗人的食巾》，化名江思翻译了《马里内蒂访问记》。高明的《未来派诗》③是当时有关未来主义文学最为详尽的论述之一，所引材料多为法文原文。

未来主义文学起源于意大利，在五四前后，中国学者中留学过意大利的人并不多，所以，当时从意大利引进原汁原味的未来主义文学并不多见；未来主义文学盛行于法国，虽然留学法国的中国学者较多，但从法国直接引进未来主义文学的情况也很少，很多人还是习惯于从其他西欧国家来译介未来主义文学，如郭沫若发表的《未来派的诗约及其批评》④中，关于未来主义诗歌理论部分是从英国诗人兼批评家亨利·纽波得的著作《英诗新研》里节译的，茅盾的《论无产阶级艺术》⑤一文对于未来主义的批评深受英国卡尔维特《现代欧洲文学的革命与反动》艺术的影响。直到1978年后，我国直接从意大利、法国介绍未来主义文学才形成一定的自觉和规模，代表性的成果是张秉真、黄晋凯主编的《未来主义·超现实主义》（中国人民大学出版社，1994年）和柳鸣九主编的《未来主义　超现实主义　魔幻现实主义》（中国社会科学出版社，1987年），这两个选本中收入的有关意大利、法国未来主义的资料是从原文直接翻译的。

最后看第三条路线：俄国。我国最初译介的主要是意大利和俄国的未来主义文学，对法国未来主义文学涉及很少，因为马里内蒂是未来主义文学的创始人，自然无法回避，而法国未来主义文学之所以被当时中国文坛忽略，主要原因是法国以阿波里奈尔为代表的立体未来

---

① 《东方杂志》1921年第18卷第13号。
② 《戏剧》1921年第1卷第5期。
③ 《现代》1934年第5卷第3期。
④ 沫若：《未来派的诗约及其批评》，《创造周报》1923年9月2日第17号。
⑤ 沈雁冰：《论无产阶级艺术》（一至四），《文学周报》1925年第172,173,175,196期。

主义只追求艺术领域的变革,是一种"出世"文学,这显然和中国文坛当时追求"入世"的主流不相符合。相反,以马里内蒂为代表的意大利未来主义和马雅可夫斯基为代表的俄国立体未来主义都是密切关注现实的文学,前者因为"政治反动",可以作为中国文坛的反面教材来译介,后者因为"政治进步"可以作为中国文坛的正面教材来译介。这样,俄国未来主义文学是我国当时译介的中心,孙席珍的《论俄国的未来主义》、茅盾的《未来主义文学之趋势》、蒋光慈的《十月革命与俄罗斯文学》、张灏的《俄国未来主义》、郑振铎的《俄国文学史略》等主要引进和评价了俄国的未来主义文学。

和其他西方现代派文学一样,未来主义文学在中国的译介经历了三个阶段:一、1914年至1948年。我国对西方现代派文学虽然主观态度不一,但客观的译介却一直在进行,所以,中国文坛译介未来主义文学虽然断断续续,但并没有完全停止。二、1949年至1978年。这个时期,因为政治的原因,我国对西方现代派文学基本一概否决和拒绝,未来主义文学也难逃这一命运。三、1978年后,随着改革开放和思想解放,我国重新大规模地介绍西方现代派文学,未来主义自然也得到一定的重视。

在这三个阶段中,我国译介未来主义文学形成了两个高潮,第一个高潮是1920年到1930年,这个时期,创造社的三大刊物《创造季刊》《创造周报》《创造月刊》和文学研究会的刊物《小说月报》等开始谈论未来主义文学,其中茅盾的《未来派文学之现势》[①]、郭沫若的《自然与艺术》[②]以及高明、宋春舫等人的译介比较突出。同时,商务印书馆、文学评论社、北平人文书店、世界书局、学术研究会、正中书局等机构出版的西方文学史中设置了未来主义文学的章节。第二个高潮是1978年以后,这也是我国译介西方现代派文学的一个高潮期。1979年,袁可嘉等学者开始选编《外国现代派作品选》,共4册8本,约260万字,历时五年,在1980年至1985年间出齐(上海文艺出版社出版)。这部选集中包括现代派文学中的11个流派,其中未来主义文学的一些理论纲领和重要作品得到译介。张秉真等人主编的《未来主义·超

---

① 《小说月报》1922年第13卷第10号。
② 《创造周报》1923年8月26日第16号。

现实主义》和柳鸣九主编的《未来主义 超现实主义 魔幻现实主义》中,收入了有关意大利、法国和俄国未来主义文学的一些重要文献资料。当然,我国在1978年后出版的西方现代主义文学史,如陈慧的《西方现代派文学简论》(花山文艺出版社,1985年)、赵乐甡等人主编的《西方现代派文学与艺术》(时代文艺出版社,1986年)、廖星桥的《外国现代派文学导论》(北京出版社,1988年)、杨国华的《现代派文学概说》(华中师范大学出版社,1989年)、丁子春主编的《欧美现代主义文艺思潮新论》(杭州大学出版社,1992年)、袁可嘉的《欧美现代派文学概论》(广西师范大学出版社,2003年)等,都设置了"未来主义文学"的章节。和第一个译介高潮比较起来,这时我国对未来主义文学的介绍更为客观和全面,尤其是对法国未来主义文学有了相当程度的翻译和评论。

二 中国没有未来主义文学

中国文坛对未来主义文学的态度基本有三种,第一种是比较客观地介绍;第二种是作比较低的价值判断;第三种是创作中基本不接受它的影响。在1978年以后,我国对未来主义文学基本上持第一和第三种态度,即一方面以理性和客观的精神看待未来主义文学,另一方面,在实际创作中,基本上没有接受未来主义文学的影响。而在1940年之前,则是三种态度交织在一起。一方面,当时文坛对未来主义文学的思想内涵、艺术追求能够做比较忠实的译介,但随之便做出偏低的价值判断,进而在创造中竭力回避它的影响。西方现代派文学其他流派在中国虽然命运坎坷,但是在主观上却得到一部分人,或者某几个阶段的认同,在客观上对中国文学更是产生了明显的影响,但未来主义文学从进入中国的那一刻起,主观上一直很难获得中国文坛的好感,客观上也没有对中国文学创作产生太多的影响。

郭沫若在《未来派的诗约及其批评》[①]一文,对未来派持严厉的批判态度。他把未来派比作捡破烂者,说未来派是没有灵魂的照相机或留声机,他举了马里内蒂的诗,认为诗中没有对人生的批评,没有有价值的创造,也没有个性的声音。鲁迅对未来派也无好感,1930年他在

---

① 沫若:《未来派的诗约及其批评》,《创造周报》1923年9月2日第17号。

《〈浮士德〉与城》的"后记"中谈道:"新的建设的理想,是一切言动的指南针,倘若没有这而言破坏,例如未来派,不过是破坏的同路人,而言保存,则全然是旧社会的维持者。"①他明确提出意大利未来派只破坏、不建设。五年以后,他又在《"寻开心"》一文中针对中国某些人模仿未来派的诗,谈道:"几年前的所谓未来派的作品,这些大概是用怪字面,生句子,没意思的硬连起来的,还加上好几行很长的点线。作者本来就是乱写,自己也不知道是什么意思。"②宋春舫译介未来主义戏剧的同时,并不赞成未来主义的主张,贬之为"狂人学说",指出:"据未来派的意思,全世界无非是一个大游戏场罢了。无论怎么严重悲惨的事,他们看起来,总是一个"大玩笑的好题目","他们明明知道世界是万恶的,我们既然脱不了这种魔障,胡闹一番就罢了。何必认真去做人"。③

1914年至20世纪40年代,中国文坛因为主观上对未来主义文学比较反感,所以在客观上也不会过多地接受它的影响。如果说,西方象征主义催生了中国的象征主义文学,西方表现主义催生了中国的表现主义文学,那么"西方"的未来主义文学却没有催生中国的未来主义文学。因为,中国既没有类似于"未来主义宣言"的理论主张,也没有真正意义上的未来主义作家,更没有群体意义上的未来主义创作。只有在中国极少数作家身上可以看到未来主义文学的痕迹,徐訏是当时唯一明言自己受未来派戏剧影响的作家,他称自己的《荒场》(1931)、《女性史》(1933)和《人类史》(1935)等戏剧作品为"拟未来派戏剧",不过这些作品也只是和未来派戏剧有些相似而已。其他作家,如郭沫若、何其芳、蒋光慈、蒲风、田间、萧三等,都或多或少受到马雅可夫斯基的影响,不过,他们所认同的与其说是未来主义诗人马雅可夫斯基,毋宁说是革命诗人马雅可夫斯基,所以,他们所受的马雅可夫斯基的影响中,真正属于未来主义的东西极少,只是形式和情绪上还可以见出未来主义文学的一些特征罢了。未来主义文学之所以没有受到中国文坛的青睐,并对中国文坛的创作影响甚微,原因大概有三个:

第一,未来主义文学的思想核心是歌颂现代工业文明,这显然脱

---

① 鲁迅:《集外集拾遗》,《鲁迅全集》第七卷,人民文学出版社,1973年,第780—781页。
② 鲁迅:《且介亭杂文二集》,《鲁迅全集》第六卷,人民文学出版社,1973年,第271页。
③ 宋春舫:《未来派戏剧四种·篇末附言》,《东方杂志》1921年第18卷13号。

离了20世纪40年代之前的中国现实状况。未来主义文学产生于意大利,意大利当时正处在农业文明向工业文明转型的时期,未来主义文学能够在俄国盛行,也因为俄国具有与意大利相似的社会状况。按理说,未来主义文学也能够在文明转型时期的中国生根发芽,但实际情况是,中国除了上海、北京极少数大都市外,工业文明的程度无法和意大利相提并论,也不能和俄国等量齐观,何况,在俄国,未来主义文学所歌颂的对象已经不是现代工业文明那么简单,所以,五四前后的中国文坛不是不想歌颂现代工业文明,而是根本没有现代工业文明可以歌颂。1978年之后,全球语境都在反思工业文明的负面效果,未来主义文学就更不可能受到青睐。

第二,未来主义文学的思想倾向过于复杂,很难把握。和象征主义、表现主义、意识流文学相比,未来主义文学的思想倾向过于复杂,导致复杂的原因是未来主义文学在不同地域经历了较大的演变。意大利未来主义文学和俄国立体未来主义文学是积极"入世"的文学,法国立体未来主义文学和俄国自我未来主义是消极"出世"的文学,1949年之前的中国文坛主流是入世的文学,所以,意大利未来主义和俄国立体未来主义文学最受中国文坛关注,但意大利未来主义在马里内蒂的误导下,走向"反动",这显然让追求光明的中国人十分反感。这样,马雅可夫斯基便成为中国人最为认同的诗人,问题是,马雅可夫斯基并不是自始至终的未来主义诗人。他的创作可以分为三个时期,第一个时期是未来主义时期(1912—1917);第二个时期是政治宣传鼓动时期(1918—1923);第三个时期是晚期(1924—1930)。中国文坛接受的主要是马雅可夫斯基后两个时期,尤其是第二个时期创作的影响,而不是他未来主义时期创作的影响。所以,中国文坛在创作上虽然具有马雅可夫斯基气质的作家比较多,但真正接近未来主义文学风格的却很少。

第三,未来主义文学的形式追求过于模糊。象征主义文学的"象征"、意识流文学的"意识流"、表现主义的"表现"等,既比较明确,容易把握,对中国文坛来说又比较新颖,相反,未来主义文学在文学形式上的核心主张是语言试验,由于过于绝对化和极端化,在实际操作上则使人无所适从。而且,中国文坛刚刚经过了白话文运动,对语言实验并不感到新鲜,所以,未来主义文学的形式革新得不到中国文坛的全面认同,倒是它的"立体诗歌"艺术,尤其是马雅可夫斯基的"楼梯诗"因为新颖独特,容易模仿,在中国文坛产生了广泛的影响。

1. 未来主义文学是怎样进入中国的?
2. 中国为什么没有产生未来主义文学?

1. 吴中杰、吴立昌:《1900—1949:中国现代主义寻踪》,学林出版社,1995年。
2. 千叶宣一:《日本现代主义的比较文学研究》,叶渭渠编选,中国社会科学出版社,1997年。
3. 袁可嘉:《欧美现代派文学概论》,广西师范大学出版社,2003年。
4. 周发祥、李岫主编:《中外文学交流史》,湖南教育出版社,1999年。

第五章　超现实主义文学

第一节　概　　述

　　超现实主义（Surrealism）是第一次世界大战后在法国出现的一种文学流派，也是对现代西方人的精神面貌和生活方式产生过深远影响的思想运动。如果我们将1921年布勒东和苏波（Philippe Soupault）合作出版《磁场》和1969年让·许斯特在《世界报》正式宣布超现实主义团体解散作为其显著标志的话，那么，超现实主义运动存在了半个多世纪。超现实主义的某些特点是现代主义文学走向极端的体现和标志，因此，它的某些价值和局限也就十分鲜明地凸现出来了。这样一来，对于超现实主义的认识和理解便有助于我们更进一步地认识和理解作为整体的现代主义文学。

一　超现实主义的产生与发展

　　人们一般认为，超现实主义的前身是达达主义（Dadaism，1916—1923）。达达主义由查拉（罗裔法籍）于1916年在瑞士苏黎世"伏尔泰酒馆"创立。1916年2月18日，查拉一伙人为了给"歌唱家"罗尼夫人找一个适当的词作名字，随意翻阅一本德法字典，找到了达达（dada）这个词。该词原是儿童语"小马"之意，查拉后来取其"毫无意思"之意，作为他们团体的名字，以反抗现存的一切。"这一新的文学、艺术流派由一位彻底放弃原来的国籍以致本国话说不上三个字的年轻人在一家歌舞餐厅里创立，这真是再恰当不过的。"①达达主义鼓吹无政

---

①　Malcolm Cowley（马尔科姆·考利）：《流放者的归来——二十年代的文学流浪生涯》，张承谟译，上海外语教育出版社，1986年，第123页。

府主义,反对任何规则和约束,因此,一个达达主义者完全可以是反对达达主义的。

中国的语丝派有点类似达达主义。《语丝》周刊创刊于 1924 年 11 月 7 日。孙伏园是其发起人和组织者,而且是它的首任编辑。"随便"是《语丝》的一个特色,《语丝》这个刊名就是"随便"得来的。当时钱玄同和周作人"随便"地拿起一本书,"随便"地翻开一页,又用指头"随便"地点下去,被点到的字便被用来做刊名。后来,《语丝》名声渐大,有人便说"语丝"的文风是话语如散丝,绝无伦次,以大家吐出欲说之话,写出心胸中磊落之气而见长。①

1918 年 3 月 23 日,查拉为达达主义起草了一份宣言:

> 自由,达达,达达,达达,这是忍耐不住的痛苦的呼号,这是各种束缚、矛盾、荒诞的东西和不合逻辑的事物的交织:这便是生活。②

> 达达什么也感觉不到,什么也不是,是虚无,是乌有。③

达达主义者要求取消一切形式的等级和差别,认为一切价值都是相对的;他们还要求彻底抛弃传统,否定历史,认为自己是"前无古人"的一代人;他们要求一种绝对的自由,要成为一切的主宰。总之,彻底的革命精神、叛逆心态、绝对自由的行为方式、相对性、自发性、原始性是达达主义者信奉的教条。

阿普的拼贴画、查拉的拼剪诗、杜尚送展的小便池(《泉》)、蓄着山羊胡的蒙娜丽莎、豪斯曼的"照相蒙太奇",以及威施特的垃圾装贴画等都是达达主义的经典作品。

1923 年,达达主义团体举行了最后一次聚会,1924 年他们统一到了超现实主义的旗帜下,1929 年查拉也加入了超现实主义行列。但超现实主义并不能等同于达达主义,超现实主义从一开始便与达达主义有着许多的不同:它不像达达主义那样对一切都持虚无主义态度,而

---

① 施建伟:《林语堂传》,北京十月文艺出版社,1999 年,第 109 页。
② 中国社会科学院外国文学研究所、外国文学研究资料丛书编辑委员会编,袁可嘉等编选:《现代主义文学研究》(上),中国社会科学出版社,1989 年,第 472 页。
③ 何敬业:《超现实主义的形成与发展》,《外国文学报道》1980 年第 2 期,第 1 页。

是相信诗以及人的心理生活中包藏着人的本质,只要排除了理性、道德、美学的制约,人的本质就可以恢复其本来面目。它也不像达达主义那样仅仅用破坏来发泄其对现实的不满,而是通过耐心细致的探索去寻找改变社会现状的方法。总之,与达达主义相比,超现实主义更具有积极进取精神,它"超越了不可避免地导致达达主义自身毁灭的虚无主义"①。

1917年,法国诗人纪尧姆·阿波里奈尔曾在评论让·科克托的芭蕾舞剧《炫耀》时首次使用了"超—现实主义"一词,后来在谈他自己的《蒂蕾齐娅的乳房》一剧时,也明确地说它是一出"超现实主义戏剧"。他还拈出"惊奇性"作为一种新的艺术精神,以对抗传统的诗歌理论。布勒东等人不仅接过了阿波里奈尔提出的"超现实主义"这一术语,而且吸纳了他的新理论。1924年,布勒东发表第一个《超现实主义宣言》,标志了超现实主义与达达主义的彻底决裂,同时也标志了这一新的先锋派运动的正式诞生。实际上,早在1924年之前,他就对超现实主义做过某种稍有不同的解释,后来又在1930年发表的第二个《超现实主义宣言》以及1942年发表的第三个《超现实主义宣言》中对第一宣言中的观点做了某些补充。而阿拉贡等人也从不同的角度讨论了超现实主义的内涵问题。

布勒东在发表第一个《超现实主义宣言》的同时,还建立了以他为首的"超现实主义研究会",在他周围聚集了苏波、艾吕雅、阿拉贡、德斯诺斯、佩雷、维尔特拉克、格诺、普列维尔等二三十个文人。超现实主义的主将是布勒东、艾吕雅和阿拉贡。布勒东还将他们原先的刊物《文学》改成《超现实主义革命》,发表种种超现实主义的实验作品,在当时的西方文坛产生了很大的影响。到20世纪三四十年代,这个集团产生分裂,阿拉贡与艾吕雅先后退出,40年代以后,在布勒东周围又形成一个新的阵营,被文学史家称作"超现实主义外围",一直活动到第二次世界大战后的60年代。

1942年10月,布勒东曾在美国耶鲁大学做过一次题为《两次世界大战之间的超现实主义状况》的演讲,他在回顾超现实主义的发生和

---

① 张秉真、黄晋凯主编:《未来主义·超现实主义》,中国人民大学出版社,1994年,第641页。

发展的情况时说:"我坚持这一点,超现实主义在历史上只能依据战争加以理解,我的意思是——从一九一九年到一九三八年——依据超现实主义所由产生并又回到其中去的那两场战争加以理解。"①可以说,战争是超现实主义产生的直接原因,年轻的超现实主义者几乎都亲身经历或目睹了第一次世界大战。战争造成的经济危机、政治危机和精神危机催生了法国的超现实主义。

超现实主义诞生之初,具有强烈的政治倾向性。俄国十月革命的胜利,将共产主义变成了具有现实吸引力的辉煌理想,西方许多知识分子开始向左转。超现实主义者在经历怀疑和观望后,也逐渐选定了社会革命的道路。他们开始阅读马克思、恩格斯的经典著作,接受了马克思主义的基本观点,投身于政治斗争,与法共携手合作。"他们从马克思那里得到了改变世界的信仰,从韩波那里得到了改变生活的决心,便把改变现实的任务加在了自己的双肩。"②20世纪30年代初,以布勒东为代表的超现实主义者,由于追求绝对的思想自由与行动自由而与法共最终决裂。超现实主义者在政治上的作为和成就毕竟是有限的,他们的主要成就和影响还是体现在文学艺术方面。

二 超现实主义的实质与基本特征

按照布勒东在第一个《超现实主义宣言》中的解释,超现实主义有两方面的含义:它首先是一种自动的、自主的心理形式,旨在把文学和艺术从其传统的理性模式中解放出来;其次,它是一种新的哲学信仰,认为通过语言和形象的自由联想可以打破梦的疆界,从而获得某种"超"现实。超现实主义认为,我们并不比其他生物高明,但我们仍应"按照我们的样子来理解自然界,而不应按照自然界的样子来理解我们"③。因为那样的话,一来我们做不到,二来又自动放弃了人的特点。人所掌握的秘密就是诗,诗创造超现实。

超现实主义的关键是对待现实的态度,从表面看它要超越现实,

---

① 老高放:《超现实主义导论》,社会科学文献出版社,1997年,第1页。
② C.W.E.比格斯贝:《达达和超现实主义》,周发祥译,昆仑出版社,1989年,第50页。
③ 柳鸣九主编:《未来主义 超现实主义 魔幻现实主义》,中国社会科学出版社,1987年,第352页。

给人以脱离现实的感觉,但实质上它要的却是更高的、更深刻的现实,或者说它要从本质上更真实地探讨现实。阿波里奈尔说得好:"当人想模仿走路时,他就创造出轮子,而轮子并不像腿。就这样他不知不觉地创造出超现实主义。"①可见,超现实主义要描写的是来源于现实而又不存在于现实之中的真实。布勒东给超现实主义下了一个定义:

> 超现实主义,阳性名词:纯粹的精神自发现象,主张通过这种方法,口头地、书面地或以任何其他形式表达思想实实在在的活动。思想的照实记录,不得由理智进行任何监督,亦无任何美学或伦理学的考虑渗入。
> 哲学背景:超现实主义的基础是信仰超级现实;这种现实即迄今遭到忽视的某些联想的形式。同时也是信仰梦境的无穷威力,和思想能够不以利害关系为转移的种种变幻。它趋于最终地摧毁一切其他的精神结构,并取而代之,以解决人生的主要问题。②

超现实主义为了实现自己的美学理念和创作思想,主要提出并采用了以下创作方法:

第一,梦幻记录。超现实主义虽然源于达达主义,它们共同的基础都是反传统,但超现实主义更注重表现心灵的真实,在这一点上它更接近象征主义和意识流。不过,超现实主义不满意象征主义的"对应"及"通感"法则,认为那是太间接、太隔膜的手法;也不满意意识流的"内心独白",认为那仍然是在模仿生活。它们很快从弗洛伊德的精神分析中找到了依据,布勒东和阿拉贡都曾学过医,都是弗洛伊德学说的信奉者。于是,他们找到了谵语、想象、疯狂和梦,以此来表现最高的真实,即"超现实",这种方法更为直接,也更具创造性。布勒东说:"我极愿入睡,这样才能献身于睡梦中的人……而这样做,是为了在这个问题上不再让我思想的自觉律动起主导作用。我今夜的梦,可

---

① 张秉真、黄晋凯主编:《未来主义·超现实主义》,中国人民大学出版社,1994年,第630页。
② 中国社会科学院外国文学研究所、外国文学研究资料丛书编辑委员会编,袁可嘉等编选:《现代主义文学研究》(上),中国社会科学出版社,1989年,第484页。

能继续着昨天的梦,而明夜还将继续下去,遵循着一种颇堪称道的规矩……为什么我不可以从梦的显示中期待更多的东西,胜却那另一种期待:对日复一日的清醒意识的期待?为什么梦境不能够同样地适用于解决生活的基本问题。"①总之,一旦梦境和现实融为一体,就会形成一种绝对的现实,这就是"超现实"。因此,圣·波尔卢每当就寝时便在门前高悬"诗人正在辛勤劳作"的条幅。布勒东睡觉前想到了一个句子:"某人被窗子切成了两半",这成了超现实主义的经典名句。布勒东的代表作《娜嘉》塑造了一个梦幻般的人物。当小说的叙述者问娜嘉"您是谁"时,娜嘉毫不犹豫地回答:"我是一个游荡的灵魂。"②

第二,自动写作。自动写作产生于1919年左右,其最早的作品就是布勒东和苏波合写的《磁场》。两位作家在写作之前并没有细想,也没有相互商量,他们根据"思想的速度并不比话语的速度更快"的原则各自信笔写作,然后将各自写成的东西拼凑在一起,便成了《磁场》这本书。超现实主义者认为,最能表现梦境和疯狂的写作状态就是自动写作或下意识写作,这是"超现实主义魔术的秘密":"找一个尽可能有利于集中注意力的静僻处所,然后把写作所需要的东西弄来。尽你自己之所能,进入被动的,或曰接受性的状态。忘掉你的天才、才干以及所有其他人的才干。牢记文学是最可悲的蹊径之一,它所通往的处所无奇不有。落笔要迅速而不必有先入为主的题材;要迅速到记不住前文的程度,并使自己不致产生重读前文的念头。第一个句子会自动地到来,这是千真万确的,以至于每秒钟都会有一个迥然不同于我们有意识的思想的句子,它唯一的要求便是脱颖而出。很难预断下一个句子将会如何……"③超现实主义者认为,标点符号甚至有碍于这种热流酣畅的写作,因此,完全可以无视标点而一直写下去。超现实主义的这一特点对意识流作家具有直接影响。超现实主义者在报纸上剪下一些标题或半标题,然后尽其所能地随意拼凑。他们认为这种任意拼凑的作品"未尝不可以叫做诗歌"。超现实主义者还主张在一两天不

---

① 柳鸣九主编:《未来主义 超现实主义 魔幻现实主义》,中国社会科学出版社,1987年,第247页。
② 陈焘宇、何永康编:《外国现代派小说概观》,江苏人民出版社,1996年,第146页。
③ 柳鸣九主编:《未来主义 超现实主义 魔幻现实主义》,中国社会科学出版社,1987年,第262页。

进食后写作，认为这样能恢复语言的生机。而激进的超现实主义者则宣称：最简单的超现实主义行为便是拿着手枪上街，漫无目的地朝人群开枪，能干多久就干多久。西班牙画家达利说，他和疯子唯一的区别就是他没有疯。这颇有点黑色幽默的味道。

第三，集体游戏。超现实主义者对潜意识的探索不仅仅是一种个人的活动，而且是集体的活动，因为他们的理想就是在保持每个人的个性的同时，最大限度地分享他人的灵感和天才，并通过互相取长补短使这一探索更有活力。为了实现这一理想，他们创造了"集体游戏"写作方法。布勒东说："我们以'集体游戏'的形式，进行了多种多样的实验。我觉得，这类游戏的消闲甚至于娱乐的性质，并不会丝毫减损其所包含的意义。"它使得思想出现了一种奇特的可能性，即令其变为公共所有；它建立了许多令人感触至深的关系，发现了许多突出的相似之点；它出现了莫名其妙的无可辩驳的因素。总之，它变成了最奇特的汇合之点。①

这种"集体游戏"通常分为三种："精美的尸体"游戏、时间条件游戏和定义游戏。第一种游戏大家围坐一圈，每人写下一个词组，但不许看前面人写的内容，也不必设想后面人会写些什么，完全凭自己的灵感天然爆发而自动写作。然后将所有这些词组连在一起，就成了超现实主义作品。因为第一次写成的作品是："精美的——尸体——将喝——新酒"，这种游戏便由此得名。后两种游戏将大家分为两组：第一组写一个假设句："当……的时候"或者"如果……"，或者问一个问题："……是什么"，第二组分别给予回答："……会怎么样"或"是……"，然后任意地将它们搭配起来。下面是几组实例：

    米扎尔：当不可能的事物帮助不可预料的事物时，
    布勒东：恐惧将会蹦得很高很高。

    唐居伊：当孩子们打父亲的耳光时，
    布勒东：年轻人都将变得白发苍苍。

---

① 柳鸣九主编：《未来主义 超现实主义 魔幻现实主义》，中国社会科学出版社，1987年，第 325 页。

阿拉贡：如果黑夜不再过去，
萨杜尔：那就什么都不会有，不会有，一点东西都不会有。

尤尼克：如果报纸印在钞票上，
阿拉贡：那好，狗屎堆。

布勒东：美是什么？
M. F.：是空中叫喊。

布勒东：女人是什么？
M. F.：是水里的星星。

布勒东：什么是理性？
艾吕雅：就是被月亮吞噬的一朵云。

唐居伊：性爱是什么？
布勒东：是快乐的一半。①

　　以上这些游戏创作，虽然不无意义，有时甚至能创造出非常精彩的、匪夷所思的妙语佳句，但从总体上看，它绝对算不得文学中的精品，其作者也绝对不能由此而成为文学大师。超现实主义的价值和局限在这里令读者一目了然。

　　第四，黑色幽默。最早提出"黑色幽默"这个概念的并不是以弗里德曼为代表的美国作家，而是法国超现实主义作家布勒东。1937年他发表了一篇题为《论黑色幽默》的文章，1940年他还编辑出版了世界上第一部《黑色幽默选》。超现实主义者发现，用幽默来表现人对客观现实的反抗是一种最恰当的方式。所谓的"黑色幽默"，包括了对客观现实的绝望感与对客观现实的无望的反抗。现实愈黑暗，幽默就愈荒诞，就愈带有"黑色"的性质。黑色幽默既是一种创作手段，也是一种人生态度。诗人通过一种超越通常理性和逻辑的悖理性，恰恰能够准确地表现世界的荒诞和人在一个荒诞世界上的尴尬处境。超现实主义这种"黑色幽默"开启了后来的荒诞派戏剧和黑色幽默小说的先河。

---

① 柳鸣九主编：《未来主义　超现实主义　魔幻现实主义》，中国社会科学出版社，1987年，第142—143页。

总之,"超现实主义是真正世界性的"①,在半个多世纪的活动中,其影响从西方发展到东方,从文学发展到艺术绘画、电影、戏剧、建筑等领域,是西方现代主义文化景观中亮丽的一景。但是,超现实主义对世界文坛的影响远远大于其成就本身。它提倡自动写作、梦幻记录、集体游戏等,发掘潜意识领域,最大限度地发挥创作潜能,功绩卓著,影响深远;但它走向极端,排斥或拒绝艺术修养、理性和智慧,忽略了活生生的日常生活,又把自己引入死胡同。英国著名批评家萨缪尔·约翰逊博士说过这样一段话:"幻想性创造的随意组合也许会娱人一时,因为我们由于厌烦平淡的生活而追求这种新颖性;但是突如其来的奇迹所产生的愉悦转瞬即逝,心灵只有在真理稳固的基础上才会得到安逸。"②对于超现实主义,这一评价显然是再恰当不过了。

1. 达达主义与超现实主义的关系怎样?
2. 超现实主义产生的背景是什么?
3. 超现实主义的创作特征及其方式是什么?

1. 老高放:《超现实主义导论》,社会科学文献出版社,1997年。
2. 柳鸣九主编:《未来主义 超现实主义 魔幻现实主义》,中国社会科学出版社,1987年。
3. C. W. E. 比格斯贝:《达达和超现实主义》,周发祥译,昆仑出版社,1989年。
4. 张秉真、黄晋凯主编:《未来主义·超现实主义》,中国人民大学出版社,1994年。
5. Michael Sheringham. *Everyday Life*: *Theories and Practices from Surrealism to*

---

① 张秉真、黄晋凯主编:《未来主义·超现实主义》,中国人民大学出版社,1994年,第641页。
② 哈罗德·布鲁姆:《西方正典:伟大作家和不朽作品》,江宁康译,译林出版社,2005年,第154页。

the Present. New York: Oxford University Press, 2006.

第二节 布勒东

一 超现实主义的旗手

安德烈·布勒东(1896—1966)是超现实主义的创始人、领袖,同时也是理论家、诗人、小说家。

1896年2月19日,他诞生在坦什布雷,是个独生子,在外祖父家中长大。因母亲性情乖戾专横、多疑偏执,他从小备感孤独和压抑。1913年他到巴黎一所医学院学习,开始模仿象征派创作诗歌。第一次世界大战爆发后,布勒东应征入伍,在一家精神病院服役,其间开始接触当时广为流行的弗洛伊德精神分析学说,并加以潜心研究,深受影响。查拉在苏黎世发起达达运动时,他与阿拉贡、艾吕雅、苏波等人也组织起法国的达达团体,并在1919年创办《文学》杂志,予以响应。同年,他出版第一部诗集《当铺》,并与苏波尝试使用"自动写作法"创作出超现实主义的第一部实验性小说《磁场》,1921年在《文学》杂志发表。这时他还前往维也纳拜访了弗洛伊德。1923年他出版了第二部诗集《地光》。1924年发表第一个《超现实主义宣言》,与达达主义分道扬镳,同时出版实践超现实主义理论主张的诗集《可溶解的鱼》,1928年出版超现实主义小说的代表作《娜嘉》。

在20世纪20年代末,超现实主义内部产生分化,围绕"精神解放可以单独进行,还是必须首先消灭资产阶级物质生活条件"这一问题,争论不已。针对纳维尔提出的首先必须投身革命,运动要为革命服务的主张,布勒东认为运动本身就包含着革命,它应保持绝对自由,不受任何外界力量,包括马克思主义的约束。最后导致1928年纳维尔脱离了超现实主义运动。

1930年布勒东发表第二个《超现实主义宣言》,重申超现实主义的立场。20世纪30年代超现实主义进入后期阶段,此时超现实主义进一步分化,运动初创时期的主将阿拉贡、艾吕雅等人都先后脱离超现实主义,加入了法国共产党,佩雷前往西班牙参加战斗,超现实主义步入了低潮,布勒东依然坚持孤军奋战。1932年布勒东创办《为革命服务的超现实主义》杂志,同年,还发表诗集《白发左轮枪》、小说《连通器》。他还一度加入共产党,1933年又退党。1934年发表著名论文《什么是超现实主义?》以及诗集《水的空气》,次年写出理论著作《超现实主义的政治立场》。

第二次世界大战期间,布勒东到美国、海地、马提尼克,与杜尚等人继续宣扬超现实主义,并于1942年发表了第三个《超现实主义宣言》。1946年布勒东重回法国,继续从事超现实主义活动,创建了新的超现实主义团体,文学史家称之为"超现实主义的外围";还先后创办《霓虹》《通灵者》《超现实主义化身》等杂志;在巴黎、纽约、布拉格先后举办了5次国际超现实主义作品展览;在此前后还写出许多重要的超现实主义作品,如小说《狂爱》(1937)、《秘方17》(1945)、诗集《傅立叶颂诗》(1848)等。

1966年9月28日布勒东逝世。随着他的去世,超现实主义在法国经过四五十年的喧嚣之后,至此也基本上宣告结束。

布勒东对超现实主义文学的主要贡献有以下几个方面:

首先,布勒东作为超现实主义的旗手、领袖、活动家,不仅最早参与发起和组织法国的超现实主义文学运动,而且无怨无悔、持之以恒,把终生奉献给超现实主义,为了超现实主义的生存、发展和壮大,他殚精竭虑、百折不挠,四处奔走呼号,跑了许多欧美国家。从某种程度而言,没有布勒东就没有法国的超现实主义。

其次,布勒东还发表一系列《超现实主义宣言》和文论,阐述超现实主义的理论主张,奠定了超现实主义的理论基础,是超现实主义的理论家和"立法者"。每当超现实主义到了关键时刻,他都要发表超现实主义宣言,重申超现实主义的理论主张,不断发展完善超现实主义理论,引领超现实主义不断向前发展。

再次,他还率先垂范,进行超现实主义的创作实验,把超现实主义的理论主张以及他们极力倡导的"自动写作法"付诸实践。创作和发表许多超现实主义诗歌、小说作品,奠定了超现实主义文学创作的实绩。

二　超现实主义理论的"立法者"

布勒东作为超现实主义理论家和"立法者",对超现实主义的理论建树做出了巨大贡献。他的主要理论著述除了 1924、1930、1942 年先后三次发表的《超现实主义宣言》外,还有《什么是超现实主义?》(1934)、《超现实主义的政治立场》(1935)以及《论活生生的作品之中的超现实主义》(1953)等作品。

在第一个《超现实主义宣言》中,布勒东提出了超现实主义的定义,全面阐述了超现实主义的理论主张及其原则。他明确表示反对理智对创作的干预,反对美学、伦理学对创作活动的渗透,把创作看作一种"纯粹的精神学自发现象"和"思想的照实记录"。

超现实主义的理论支柱是弗洛伊德的精神分析学,特别是弗洛伊德有关无意识以及梦的理论。布勒东明确强调:超现实主义的基础是信仰超级现实,同时也是信仰梦境的无穷威力和思想能够不以利害关系为转移的种种变幻。为此,他对梦进行深入研究,并在宣言中提出如下四点见解:"第一,在梦所进行(被认为在进行)的范围内,看来它是具有持续性的,并带有有机体的痕迹;第二,我要再谈一谈清醒时的状态,我不得不把清醒看做是一种穿插性的现象;第三,做梦者的头脑对降临到他身上的种种事情随遇而安,极易满足;第四,梦境将受到系统的审察,将来用某些待确定的方法,或可将梦境的全貌揭示予人前……并使梦境全过程的曲线空前正规而充分地展现。"[①]他认为梦幻可以使人摆脱现实生活强加在人身上的种种羁绊,以及外在世界种种表面现象的迷惑,把握人的理性所难以认识把握的"超现实",打开通向"未来世界""彼岸世界"之门。通过梦幻不仅可以更深刻地认识揭示现实世界的本质和内在秘密,同时可以纠正改变现实,达到超现实的神妙境界。在他眼中,尽管梦幻并不等于现实,但它却能更深刻地揭示现实的本质,在更高的一个层次上与现实相融。他宣称:"梦境与现实这两种状态似若互不相容,我却相信未来这两者必会融为一体,

---

[①] 柳鸣九主编:《未来主义　超现实主义　魔幻现实主义》,中国社会科学出版社,1987年,第 247—248 页。

形成一种绝对的现实,亦即超现实。"①

布勒东在理论上把梦境、无意识视作创作的源泉,与此相应,在创作上他极力倡导采用"自动写作法"进行写作。他把"自动写作法"称为"超现实主义魔术的秘密"所在。布勒东所强调的"自动写作法"的要义所在,即要求作家在创作时,不受包括美学、道德、创作法则、逻辑思维在内的任何理性观念的约束,完全在一种忘我的"接受性的"状态中,亦即让作者在一种无法控制的潜意识状态中进行创作,任连续不断的一泓思维之泉,汩汩流出,自然成文。

同时,在宣言中他还以深恶痛绝的口吻,对现实主义文学进行彻底批判和否定,认为:"现实主义的态度无不发祥于实证主义……我厌恶它,因为它包孕着平庸、仇恨与低劣的自满自得。"而且"对于科学、艺术的发展横加阻隔,却竭力去迎合一般舆论最低级的趣味;明白直捷(明白直接——引者注)到了庶近蠢笨,犹若描写猪犬终日之奔忙。"②

第二个《超现实主义宣言》,是在超现实主义阵营出现分化的情况下,为了加强内部的团结,统一认识、坚定立场,促进超现实主义的进一步发展而发表的。布勒东重申超现实主义的立场:"万事正有待兴举;只要能摧毁家庭、祖国、宗教之类的概念,各种方法当都是可取的。"③同时阐明超现实主义运动的原则:"超现实主义不怕把自己变成绝对反叛的教义、完全不服从的教义、以破坏为常规的教义。而且除了暴力以外,它不再有其他的奢望。最简单的超现实主义行动就在于:举起手枪,走上街头,并且尽其可能地向着人群开火。"④在此,他特别驳斥了一些人对超现实主义的一种"荒唐"的谬见,即说它"仅仅是破坏性的,或仅仅是建设性的",认为不能"将建设与破坏对立起来,挥舞其中的一方面去对付另一方面"。⑤

---

① 柳鸣九主编:《未来主义 超现实主义 魔幻现实主义》,中国社会科学出版社,1987年,第249页。
② 同上书,第242—243页。
③ 布勒东:《第二次超现实主义宣言》,张秉真、黄晋凯主编:《未来主义·超现实主义》,中国人民大学出版社,1994年,第301页。
④ 同上书,第298页。
⑤ 同上书,第297页。

宣言中，布勒东还进一步阐发超现实主义对旧的文学传统特别是现实主义的彻底否定和拒斥的态度，主张打破一切传统的文学形式和创作规范，大胆进行各种新的文学实验。他宣称："我们反对任何一种沉溺于诗意之中的麻木不仁；反对以艺术为消遣；反对旁征博引式的探讨；反对纯粹的推理；同那些养精蓄锐、不肯动脑筋的人（不管他们表现得气量狭小还是气度恢宏），我们不愿有任何共同之点。任何背弃、任何逃跑、任何叛卖都不能阻止我们去结束这一套混账制度。"[1]

1942年布勒东发表第三个《超现实主义宣言》。第三个与第二个《超现实主义宣言》的基本精神一脉相承，旨在坚持超现实主义独立自主的行动方针，一方面反对脱离社会政治斗争；另一方面又坚持"内心生活经验不容外部的甚至马克思主义的任何控制"，拒绝接受马克思主义和法共的制约；同时还批评了超现实主义团体内部的一些成员，观点十分激进，加剧了超现实主义内部的分裂。

在《论活生生的作品之中的超现实主义》中，布勒东除了重申"自动写作法""与美学标准毫不相干"以外，还进一步把超现实主义的"自动写作法"与意识流文学的"内心独白"手法进行比较、鉴别："超现实主义草创之初的'自动写作'一举，在实质上却完全不同于乔伊斯体系里的'内心独白'。换句话说，两者的基础，乃是截然不同的两种世界观。针对有意识的联想这种虚假的思潮，乔伊斯代之以一种竭力从四面八方涌现的潮流，而它归根到底趋向于最近似地模仿生活（凭着这一点，他勉强滞留于艺术范畴之内。重蹈奇思异想的覆辙；不惜与已排成一字长蛇阵的自然主义、表现主义者为伍）……'纯精神自动写作法'支配着超现实主义，它用来代替的乃是一泓泉水滚滚向前，只需对它本身作颇为深入的探索，而绝不能妄想引导它的流势，否则它就会立即枯竭。……超现实主义的决定性行动，便是显现其源源不断之势。"[2]

作者在此不仅精辟地指出了二者赖以存在的理论基础的不同，同时也指出它们在功能方面的差异。

---

[1] 布勒东：《第二次超现实主义宣言》，张秉真、黄晋凯主编：《未来主义·超现实主义》，中国人民大学出版社，1994年，第302页。

[2] 布勒东：《论活生生的作品之中的超现实主义》，张秉真、黄晋凯主编：《未来主义·超现实主义》，中国人民大学出版社，1994年，第367—368页。

三 超现实主义小说的实践者

布勒东一生创作了许多诗歌、小说作品,总体而言,他诗歌创作的成就不如小说。他的小说作品也与传统小说有所不同,尽管有一定的故事情节,但更多的是作者以超现实主义的"自动写作法"对生活现象、人物、事件进行的下意识的描绘;在这些现实、梦幻朦胧交织的描述之中,穿插有大量的抒情、议论性文字,以及创作时从大脑中迸涌而出的许多莫名其妙的短语和意象,甚至生活中的照片、图片。因此,许多人往往并不把这类作品称作小说,而称之为散文,或叙事性散文。这类创作的代表作品就是《磁场》和《娜嘉》。

布勒东曾在第一个《超现实主义宣言》中谈到他和苏波创作《磁场》的经过:"我把这些初步的看法告诉了菲利普·苏波;怀着这样的心绪,我们两人便着手在纸上乱涂乱抹起来,并且难能可贵地毫不顾及这在文学上会生出怎样的效果来。剩下的不过是举手之劳罢了。头一天终了,我们用这个办法炮制了五十来页的东西,并且埋头比较起彼此的成绩。大体上,苏波的成绩同我的成绩极为相似:具有同样的结构上的弊病,同样性质的疏忽与差误;但双方同样自以为灵感丰富、感情奔放;还有众多的形象,质量甚佳,若要在事先谋算反而不可得手的;再就是很别致的景色;不时还有一些极为滑稽的主意。两份试卷仅有少许差别,我觉得这主要是由于我俩的性格不同。"[①]他们经过不到两个星期的创作"实验",写成这部小说,发表在《文学》杂志上。从前线归来的阿拉贡看完手稿后,赞赏它:"十分有趣,可以说精彩极了。"小说没有什么吸引人的故事情节,也不讲什么逻辑结构,它主要通过对一连串梦境、幻觉走马灯式的展示,表现法国青年"黑暗的绝望"心理。作品中写道:"我们是水滴的囚徒,我们永远都只是动物。我们在无声的城市里奔跑,令人喜悦的海报和我们再也没有关系……我们从此只知道死去的明星;我们彼此相望;我们高兴地叹息。我们的嘴巴比干涸了的河滩还要干燥;我们的目光毫无目的、毫无希望地

---

① 布勒东:《第一次超现实主义宣言》,张秉真、黄晋凯主编:《未来主义·超现实主义》,中国人民大学出版社,1994年,第269页。

转动着。只剩下这些咖啡馆,我们在这里聚首,喝清凉饮料和掺水的白酒。"①从传统小说观念来看,与其说它是一部小说,不如说它更像一部缺乏逻辑、令人费解的散文著作。作者自己也声称:"要正确评价这里出现的各色各样的细节是非常困难的。"但同时他们又认为:"从艺术上讲,这些细节主要表现为最高度的直接荒诞性,而且,如果你们对这种荒诞性仔细地加以考察的话,就会发现,它的特点是:世界上的一切最普通的和最合乎规律的东西都继承了这种荒诞性。"②

《娜嘉》是一部具有典范性的超现实主义小说作品。它于1928年发表,1963年重新修订出版。小说以第一人称的口吻叙述自己和一个叫做娜嘉的姑娘由结识、相恋到产生分歧分手,最终姑娘发疯的故事。小说叙述在1926年10月4日这天,作者在巴黎街头,偶遇一位孱弱的年轻女子,名叫娜嘉。所以叫娜嘉是因为它是俄语"希望"这个词的开头部分。她衣衫褴褛、装扮怪异,目光既黯然神伤又傲气凛凛,眸子里有一种不可思议的东西在闪烁,举止中偶尔显出一种放荡不羁的轻佻。她是一个马路天使。很快他们两人就进入对方的生活之中。但对作者来说,娜嘉就像"一个游荡的灵魂",始终把握不准她。"从第一天到最后一天,我都把娜嘉看成自由的精灵,看成一种像空气精的东西,要是你施展某种魔法,可以暂时把她固定住,但是却别想把她制服。"③他们之间越来越谈不到一起,作者感觉或许从来就没有融洽过,"至少在对待生活中那些普通事情的方式方面存在分歧。她竟孤注一掷地抱定决心,对生活琐事不予重视,对时间无所谓,对她有时谈的废话和我觉得很重要的谈话丝毫不加区别,对我一时间的情绪一点都不关心;而我对她极其严重的分心现象难以容忍的情绪,她也无可无不可。"④终于发展到一见面就剧烈争吵,最后他们分了手。几个月后,作者得知娜嘉疯了,被关进了疯人院。

这是作者采用"自动写作法"写出的一部超现实主义作品。创作

---

① 转引自柳鸣九主编:《未来主义 超现实主义 魔幻现实主义》,中国社会科学出版社,1987年,第127页。
② 《法国作家论文学》,王忠琪等译,生活·读书·新知三联书店,1984年,第66页。
③ 安德烈·布勒东:《娜嘉》,冯汉津译,载陈焘宇、何永康主编:《外国现代派小说概观》,江苏文艺出版社,1996年,第172页。
④ 同上。

中作者并不刻意叙述故事,追求故事的曲折、精彩、吸引人,整部小说就像一篇散文随笔,作者的见闻、感想,和娜嘉交往的生活琐事,以及种种街头景观,都浑然相杂,并随着作者的思绪自然连续地绽现。作者创作所遵循的并非形式逻辑,而是情感和思想的逻辑。小说不是以故事性、趣味性吸引读者,而是将自己在潜意识控制下连绵不断流动的思绪坦然相陈,以意蕴无穷、富有力度的情感思想力量征服读者。传统小说的故事性以及事件之间的内在逻辑联系统统被作者彻底地颠覆。难怪有人不把超现实主义者写的这类作品视为小说,而称之为"散文"。

要从《娜嘉》这类作品中寻找什么伦理道德内涵或社会政治意图,显然牵强,且有违创作的实际。因为,作者明确声称,超现实主义是一种"纯粹的精神学自发现象",是"思想的照实记录",不容"任何美学或伦理学的考虑渗入"。然而,作为一部小说,不管其故事性如何,它总要以一定的方式建构自己的意义世界,表达自己对生活、对人生存境况的某种感悟,以显示自己的独特存在。

那么,这部小说的"意义"何在呢?小说开篇发问:"我是谁?"在经过了一番对自我本体性的求索、追问和思辨之后,又谈起自己生活中经历的一些充满偶然性的离奇事件和细节。然后,才断断续续叙说出与娜嘉的一段情缘、对娜嘉朦胧不清梦幻般的感受。小说结尾,是作者得知娜嘉发疯之后,以其为偶像的梦呓般的倾诉,以及摘录的一份晨报登载的由于"机件失灵",无线电站报务员与飞机失去联系的文章。最后以一句颇富哲理意味的议论——"美可能是痉挛性的,也可能不是"结束全篇。小说中的娜嘉和"我"都生活在一个充满种种客观偶然性,并为其所左右的世界中。犹如冥冥之中,有一种无形的力量在主宰着这个世界,主宰着人的生活和命运。因此,生活其中者难免产生人生飘忽无常、难以把握之感,作者由此产生要搞清"我是谁"、我的存在本质的想法。正如法国一句格言所说:"你告诉我你跟谁来往,我就知道你是谁。"于是,作者想从与自己交往的身边人身上求证自己。于是,便出现了娜嘉。然而,娜嘉对作者来说始终就是"一个游荡的灵魂",一团百思不得其解的谜。对自己、对别人、对人生的求证,就这样不可避免地走向了幻灭、虚无。这就是作者最后得到的令人悲观的答案。如果一定要从作品中找到一个"意义"的话,那么,生活在充满种种客观偶然性的世界中,人生飘忽无常、难以把握,便是这部小说的"意义"所在。

小说的女主人公娜嘉是一个具有超现实真实的人物。她是一个"马路天使",外表装扮、举止恶俗轻佻,但同时又十分坦诚、真实,富于情趣和人情味。在她身上既有一定的现实性,同时又有一种强烈的超现实色彩,她似乎能够通灵,她的话具有某种超常的预见力,她似乎能够穿越于现实与超现实之间,贯通过去、现在和未来,与神秘世界交游。作者与她交往时感知到她的真实存在,但又由于她的超现实属性,而颇感疑虑,并由此反观自己,感到人生的飘忽渺茫。作者在小说结尾对美的感悟十分深刻:"美可能是痉挛性的,也可能不是。"娜嘉无疑属于前者,她是经过超现实主义精心装扮的资本主义社会中的"病态"美人。

小说采用"自动写作法"写作,集中体现出超现实主义的语言特色。小说思绪的随意跳跃、叙事的不连贯、词语意象间的生硬组合,使小说显得松散、驳杂而又新奇,呈现出与众不同的特色,同时,也在一定程度上增加了读者解读的难度。

1. 为什么说布勒东的一生是献身超现实主义的一生?
2. 布勒东在超现实主义理论方面的主要建树和主张是什么?
3. 如何看待《娜嘉》表现的主题和娜嘉的形象?

1. 张秉真、黄晋凯主编:《未来主义·超现实主义》,中国人民大学出版社,1994年。
2. 柳鸣九主编:《未来主义 超现实主义 魔幻现实主义》,中国社会科学出版社,1987年。
3. 老高放:《超现实主义导论》,社会科学文献出版社,1997年。
4. 伊沃纳·杜布莱西斯:《超现实主义》,老高放译,生活·读书·新知三联书店,1988年。

5. Suzann Guerlac. *Literary Polemic*:*Bataille*,*Sartre*,*Valéry*,*Breton*. Stanford, Calif.：Stanford University Press,1997.

第三节　超现实主义在中国

一　超现实主义在中国的译介和接受

　　超现实主义对中国现当代文学产生过有限的影响,这种影响远远不及西方现代主义的其他一些流派,譬如象征主义、表现主义、意识流文学等。中国最初的译介者对超现实主义缺乏全面公正的理解和评价,有些人甚至从一开始就全面否定了超现实主义,这种情形一直到 20 世纪 80 年代都没有多少变化。

　　在五四文学革命前后,由于反对封建思想和传统势力的需要,中国的革命家、艺术家、理论家们在借鉴和吸收外来文化时,侧重的是富于反抗和叛逆精神的浪漫主义和现实主义文学。先驱们的眼光正是在那些摩罗诗人和被压迫的弱小民族文学中找到了点燃自己民族内心革命的火种。而对于那种在精神和艺术方面都走向了极端的达达主义与超现实主义,在当时的中国不可能找到适合其生长和发展的土壤和环境。因此,作为超现实主义前身的达达主义,"对我国文艺界似乎不曾产生过什么反响"。据说我国诗人盛成 1920 年 1 月到达巴黎,曾参加达达运动,并创作有记述达达主义飓风的法文诗集《狂年吼》,但该诗集却一直蹉跎到 1977 年才在巴黎出版。① 看来盛成并没有在中国介绍和引进达达主义。

　　我国最早对达达主义的介绍,应当是 1922 年。② 幼雄在《东方杂志》上发表了《达达主义是什么?》一文,该文是根据日本学者片山孤村的《达达主义的研究》一文编写而成的。文章说,达达主义的积极方面是彻底的现实主义、行动主义,在消极的方面则是排斥理想主义和表

---

　　① 　袁可嘉:《欧美现代派文学概论》,广西师范大学出版社,2003 年,第 77 页。
　　② 　张大明、陈学超、李葆琰:《中国现代文学思潮史》(下册),北京十月文艺出版社,1995 年,第 920 页。

现主义。"总之,模仿小儿的话,野蛮人的诗歌的诗体,算是达达派的一特色,达达只不过小儿的话语罢了。"①1935 年,李健吾在《文学百题》上评介了达达主义。他说:"这种反动的意志和怀疑的观念,做成了达达派的精神。……达达派正是这样一种盲目而消极的力量,笔直从一面陡斜的绝崖滚了下去。他们(达达派)不顾什么结局不结局;他(兰波)是炮火之下的一种变态的行动。"②沈西苓补充说:"达达主义,没有任何深奥的理论。他们只是以破坏现存的意义的一切为他们的第一要素。他们瞧不起过去的一切。他们更认不清将来该怎样!"③达达主义除了破坏,便是虚无;除了否定,便是空虚,它几乎一无是处,而超现实主义则来源于达达主义。"犹如一阵大风,这起来了,也就很快地过去了,不是过去,是经过审定,变为一种有意识的运动,而成所谓超现实主义。"④

较之达达主义,我国对超现实主义的介绍大约晚了十年。众所周知,超现实主义者最初的探索直接受到弗洛伊德的理论和实践的影响。超现实主义的主将布勒东和阿拉贡都曾学医,很早就接触了弗洛伊德的理论,并与弗洛伊德有过来往。虽然弗洛伊德及其精神分析理论很早就被介绍到了中国,并对中国文学产生了极其深远的影响,但是,与这一理论紧密相连,甚至可以说是以精神分析理论为思想基础的超现实主义文学,在中国却并没有引起人们多少关注和重视。

当然,超现实主义介绍到我国并不算太晚。1930 年 2 月,徐霞村翻译了苏波的小说《尼克·加特的死》。他在译者后记中写道,苏保(后译苏波)创造了一种新的小说形式,"用热闹的外壳包在一个或数个从内部看得非常深刻的人物的周围,完全打破了传统的小说观念。这种形式很受战后的一般寻找新形式的青年作家的热烈接受,被称为'超写实派'"⑤。这里的"超写实派"就是超现实主义,这大概是这个名称第一次被译为中文。1932 年,《东方杂志》和《现代》杂志分别以消息的

---

① 《东方杂志》1922 年第 19 卷第 7 期。
② 傅东华主编:《文学百题》,中州古籍出版社,1992 年(据 1935 年生活书店本影印),第 131—132 页。
③ 同上书,第 133 页。
④ 同上书,第 132 页。
⑤ 《小说月报》1930 年第 21 卷第 2 号。

形式介绍了超现实主义。署名"芒"的作者在《东方杂志》上写了"超现实主义"词条:"超现实主义是上承达达主义而来,但不若达达主义之趋于极端。他们为表现他们所谓较高现实,这种现实是控制与决定物观的现实。他们不用现在一般小说家所用的心理方法与内省,而想捉住人们脑中的潜意识,把它表现出来,那就是想将一个人达到催眠状态,把人们脑中的一团潜藏的事物,没有程序,没有人物的个性,而只有一团模糊的轮廓地表现出来。"[1]文章认为,超现实主义的代表作家作品是布勒东的《娜嘉》,这是没有问题的;但作者将乔伊斯也看作是超现实主义作家,这显然不够准确。玄明在《现代》创刊号上发表《巴黎艺文逸话》,介绍了"两种新主义",即达达主义和超现实主义。"我们在这里,可以总括起来说:这两种新主义,正像大多数的其他新主义一样,都不过是因对显示不满而起的愤世的表现而已。前者是拿它的整个 Nonsense 当做恶意的冷嘲,而后者是更进一步,竟以文坛的暴徒资格而现了。"[2]在这里,超现实主义者竟被当成了文坛的暴徒,其拒斥的态度显而易见。

1934年,《译文》刊载了苏联作家爱伦堡撰写的论文《论超现实主义派》,译者为黎烈文。文章对超现实主义进行了猛烈的批评和抨击:"在他们看来,女人不过是 Conformisme。他们却弄出了另一个纲领:手淫,男色,拜物教,露阴狂,甚至鸡奸。可是在巴黎,即使是这类东西,也很不容易使人感到惊异。于是现实主义变成了超现实主义。……超现实主义派里面有些似乎是应当送到病院去的真正的病人。但大部分呢,是假装着有这种精神病的,这是1933年天才的唯一的记号。"[3]

1935年黎烈文在《文学百题》上撰文较为详细地评介了超现实主义,其中一些观点,甚至语言都来自爱伦堡的那篇文章。他说:"超现实主义是1934年在巴黎以杂志 *Surrealism*(《超现实主义》)和《超现实主义革命》的刊行而兴起的一种文学运动的名称。它和战后流行过一时的达达主义有着几乎不能分离的关系……超现实主义和达达主

---

[1] 《东方杂志》1932年第29卷第2号。
[2] 《现代》1932年创刊号。
[3] 《译文》1934年第1卷第4期。

义一样是特殊表现在诗一方面的运动。概括说来，这是一种纯粹的心的 automatism（自动）。据超现实主义派的代言人卜莱登说，他们是要凭着心理的自动，以文字或其他方法表现思考的现实的机能。他们既不受理性的束缚，也没有任何美学的或道德的顾虑，而只任意写下自己的思考。他们的唯一的方法是自动的记述。""此外，他们还拿着弗洛伊德一流的新心理学说作为科学的背景，因而形成了他们的反理智，反智识，反日常意识的等等立场。""不幸的是他们尽管有着堂皇的宣言，新奇的理论，但超现实主义者们并不曾有过使人心折的作品……作品不是流入晦涩难懂，便是弄到淫猥下流，因为没有伦理的顾虑，于是手淫、男色、露阴狂等等也成了研究的对象；因为不受理性的束缚，于是水晶球、玻璃、天鹅绒等等也被加以检查，罗列着一些名词，美其名曰'事物的无理性认识'，真是完全钻入牛角尖里去了的把戏。"①以上评介大体上还算确切，但 1934 年应为 1924 年之误，伊凡·戈尔（Ivan Goll，1891—1950）也并未在这一年创办《超现实主义》杂志。对于超现实主义者来说，1924 年的另一件重大事件，应当是 10 月 15 日他们在巴黎建立了自己的常设机构"超现实主义研究会"。这被认为是超现实主义诞生的标志之一。当然，这则短文对超现实主义的评价则是比较片面、肤浅的，其中还夹杂着一些伦理和道德上的偏见，譬如，"作品不是流入晦涩难懂，便是弄到淫猥下流……于是手淫、男色、露阴狂等等也成了研究的对象"等等，便完全不是一种正常的、客观的、科学的概括和评价。

1935 年 10 月，《艺术》杂志刊载了 7 篇文章，集中介绍了超现实主义。这些文章除了布勒东的《超现实主义宣言》的译文外，还有李东平的《什么叫做超现实主义》和《超现实主义美术之新动向》、梁锡鸿的《超现实主义论》和《超现实主义画家论》、曾鸣的《超现实主义批判》和《超现实主义的诗与绘画》。这些文章大体延续了黎烈文的观点，对超现实主义基本持否定态度。这以后大约半个世纪，我国对超现实主义，基本上没有译介和评论。

遗憾的是，到了 20 世纪 80 年代，我们对超现实主义的评价几乎

---

① 傅东华主编：《文学百题》，中州古籍出版社，1992 年（据 1935 年生活书店本影印），第 127—128 页。

还在重复 30 年代的老调,半个世纪过去了,我们在这方面的研究却似乎没有什么进步。1981 年,由蔡仪主编的《文学概论》这样评价超现实主义,就其思想本质来说,"是颓废主义,是资本主义走到垂死阶段的反映,是资产阶级绝望地堕落的表现;就其创作原则来说,都是形式主义,不仅是借形式的光滑以装点内容的空虚,而且是借形式的奇特以掩饰内容的反动"①。1984 年,钱中文在《法国作家论文学》一书的"前言"中写道:"超现实主义……宣扬一种脱离了现实主义文学的主张,或专注于形式的追求。用布勒东的说法,超现实主义是'一种纯粹的心理无意识化','一种不受理智的任何控制、排除一切美学或道德的利害考虑的思想自动化记录'。这种主张的信奉者不是对现实感兴趣,而是把梦幻、潜意识当成自己描写的唯一对象,企图在不受理智控制的梦境中去寻找什么真实。当他们达不到这种预期的境界时,他们竟是口吞鸦片,注射药物,以便使自己沉入幻觉,汲取诗的灵感和内容。"②因为该书原为苏联学者所编,其中无疑贯穿着苏联学者的政治观点和艺术态度,而我们的选编者和翻译者在转译过程中无疑会受到苏联学者的影响,这一点大概是毋庸置疑的。1987 年钱中文又在他的《现实主义和现代主义》一书中重复了这一观点。

更令人遗憾的是,到了 20 世纪 70 年代苏联学者的观点已有所变化,而这一变化并未及时地反映到我们的文学理论和外国文学研究中来。1972 年苏联出版的《简明文学百科全书》中这样评价超现实主义:"超现实主义帮助他们为 20 世纪的法国文学输入了新鲜空气,把法国文学从重理智的因循守旧和各种歇斯底里的陈词滥调中解放出来。超现实主义认真制定的联想蒙太奇技巧稳固地进入了外国散文、抒情诗、绘画和电影创作,成为通用的艺术手法(海报、室内和橱窗的装饰、书籍和装潢等等)。"当然,"超现实主义无法实现自己所宣称的任务:其精神分析的魔术不能促进人类精神生活的改造,更不能改造社会的基础"③。这应该说是比较公允和客观的看法了。

---

① 蔡仪主编:《文学概论》第 2 版,人民文学出版社,1981 年,第 254 页。
② 钱中文:《法国作家论文学·前言》,王忠琪等译,生活·读书·新知三联书店,1984 年,第 3 页。
③ 张秉真、黄晋凯主编:《未来主义·超现实主义》,中国人民大学出版社,1994 年,第 647 页。

1981年由袁可嘉等选编的《外国现代派作品选》第二册出版,书中选译了超现实主义主要作家布勒东、艾吕雅、阿拉贡、查拉、托马斯、埃利蒂斯、安德拉德的二十余篇作品。译文前有郑克鲁撰写的短文"超现实主义",文章对超现实主义作了简明扼要介绍,对其艺术特征也不乏正面评价,如"一些比较可取的作品都有这种意象丰富新颖的特色"等,但其总体评价却基本上沿袭了前面的论述:"超现实主义注重艺术对人的内心世界的开掘,但它是以唯心主义的观点对人的内在意识进行解释的,因而不能正确阐明人的内心世界和某些意识现象与现实的关系,走到偏斜的道路上去了。""他们的言论既有不满于现实的一面,又深深打上了虚无主义和无政府主义的烙印。"[1]

1987年柳鸣九主编了《未来主义 超现实主义 魔幻现实主义》一书,该书同时发表了三篇有关超现实主义的论文:程晓岚的《超现实主义述评》、吴岳添的《超现实主义简论》和王齐建的《超现实主义的理论基础》,还翻译了超现实主义的三次宣言以及其他纲领性文件。这应该是国内第一次比较全面、客观而又系统地介绍超现实主义。编者希望通过这种介绍和说明,使我们对超现实主义有更切实的了解,对某些理论问题有更深入、更细致的分析。"例如,'反理性主义'曾是用来判决西方现代派文学是'反动、消极、颓废'的有力证据,但超现实主义那些反理性主义的具体内容,是否也能使人们看到其中一部分反资本主义社会的偏见、习俗、传统、成规的积极因素?"[2]原来,超现实主义的反理性主义,其实也是有积极意义的。对于超现实主义者在艺术方面的探索和实践,论者则在指出其中不足的同时,也较充分地肯定了其价值和意义:"他们的创作活动开拓了人们的眼界,丰富了文学艺术的表现内容和表现手段,有其积极意义,包含着足以启示当前和将来的思想。"[3]

1994年,张秉真、黄晋凯主编的《未来主义·超现实主义》由中国人民大学出版社出版,该书主要是收集、翻译有关超现实主义的理论和

---

[1] 袁可嘉、董衡巽、郑克鲁选编:《外国现代派作品选》(第二册),上海文艺出版社,1981年,第276—277页。

[2] 柳鸣九主编:《未来主义 超现实主义 魔幻现实主义·前言》,中国社会科学出版社,1987年,第6页。

[3] 同上书,第179页。

作品资料。该书的"序"对超现实主义的评述无疑是相当精彩的,也是比较公正客观的。"超现实主义作品是一片恍恍惚惚、纷纷扰扰、似真似假、似假似真的梦境。在这些'梦'里,有痴迷,有警觉,有疯狂的情欲,有兴奋的挣扎,有欢快的呻吟,有歇斯底里的呐喊……无意义的意义拼贴出难以言传的意义,无逻辑的画面剪接成难以描述的逻辑。这是一种只供意会而无法分析的作品。诗人在冥冥中宣泄,读者在冥冥中感应,直觉的创作只有靠直觉去体味。"①可惜这些论述均没有展开,往往点到即止,没有对具体的问题或作家作品进行深入的分析研究。

1997年老高放的《超现实主义导论》一书,无疑具有某种拨乱反正的意义。作者试图"通过大量第一手资料,对超现实主义的政治主张、美学思想及其在诗歌、戏剧、绘画等方面的探索逐一进行分析研究,澄清事实,恢复其本来面目,并对其在艺术上的成败得失给予尽可能恰当的评价"②。该书共分为四章:超现实主义的历史发展及其政治主张;超现实主义的哲学思想及其演变;超现实主义的美学思想;超现实主义的艺术实践。全书共14万字。这应该是迄今为止我国出版的第一部有关超现实主义的学术专著。

二 中国文学中的超现实主义印痕

超现实主义在中国现代文艺的创作实践上没有留下多少痕迹。早在20世纪30年代,中国留法的青年画家,如赵兽、曾鸣、梁锡鸿、白砂等曾受到超现实主义的影响,在艺术上有所实践,但因为没有成功的作品问世,也就没有引起人们的注意。

在文学方面,中国虽然没有出现过真正意义上的超现实主义作品,但少数作家还是或多或少地接受超现实主义的影响。柯仲平曾自发地接受过超现实主义的某些影响;张白衣则比较自觉地接受过超现实主义的影响。田间的长诗《中国,农村的故事》据说是在接受了法国超现实主义的影响后创作而成的。戴望舒较早受到法国象征派的

---

① 张秉真、黄晋凯主编:《未来主义·超现实主义·序》,中国人民大学出版社,1994年,第7页。

② 老高放:《超现实主义导论》,社会科学文献出版社,1997年,第9—10页。

影响,但他的诗歌中也能捕捉到某些超现实主义的影子。1932年他赴法国留学,结识了苏佩维艾尔,以后又进一步接受了艾吕雅、苏佩维艾尔等超现实主义者的影响。1942年,他在日本土牢受尽折磨时写下的《我用残损的手掌》等充满爱国主义激情的诗歌,便被认为运用了超现实主义的梦幻手法,该诗描写诗人用手掌抚摸祖国地图的种种感觉和幻觉。袁可嘉认为,这种幻中见真的手法就是超现实主义的手法。"用超现实的手法来写来自现实生活的诗情,这在新诗向现代派借鉴的道路上,应该说是一个突破。"①另外,著名诗人艾青的某些作品,譬如《聆听》《透明的夜》《画者的行吟》《芦笛》《巴黎》《马赛》等也被认为是富有超现实主义色彩的诗,特别是《巴黎》《马赛》等则被认为是相当成功的超现实诗篇。

超现实主义对中国台湾作家的影响显然远甚于对大陆作家的影响。1954年在台湾成立的创世纪诗社,被认为是台湾的超现实主义诗歌流派。这批诗人,"其心灵特别容易对超现实主义发生感应,因而他们的诗作最先与超现实主义发生紧密的联系"②。"他们不仅在理论上鼓吹和阐释,在创作上也切切实实地把握了超现实主义的基本艺术特征,从痖弦、洛夫、叶维廉、商禽、罗营、管管、大荒、辛郁等'创世纪'骨干诗人的此期作品中,可以清楚地看到这一点。"③如叶维廉的《赋格》中有这样一节:

> 北风,我还能忍受这一年吗
> 冷街上,墙上,烦忧摇窗而至
> 带来边城的故事,呵气无常的大地
> 草木的耐性、山岩的沉默,投下了
> 胡马的长嘶;烽火扰乱了
> 凌驾知识的事物,雪的洁白
> 教堂与皇宫的宏伟,神祇的丑事
> 穿梭于时代之间……④

---

① 袁可嘉:《西方现代派诗与中国新诗》,《读书》1985年第5期。
② 朱寿桐主编:《中国现代主义文学史》,江苏教育出版社,1998年,第722页。
③ 同上书,第724页。
④ 同上书,第726—727页。

这样的诗,如果不加以阐释,仅从字面上是难以解读的。在这批诗人中,成就最大、影响最大、招致的批评也最多的是所谓"诗魔"洛夫。他熟读过超现实主义的诗作和诗论,翻译过有关超现实主义的文章,还写过长篇论文《超现实主义与中国现代诗》。他认为创世纪诗社所提倡的"创世性",就是"超现实性"。他的《石室之死亡》就是诗人创作实验的结晶,这首诗也被认为是台湾超现实主义的代表作。而他的《午夜削梨》中"那种似真似幻的惊疑感,其实是从超现实手法学来的绝活"①。

总之,超现实主义对中国文学的影响非常有限,并且这种影响也仅仅限于艺术手法的借鉴和创新。中国作家从一开始就批评、排斥超现实主义,尽管对其艺术观念和表现手法也有所认同,并感到新鲜和惊讶。中国最初的译介者过多地接受了苏联人的观点,致使他们不可能对超现实主义有客观和全面的评价,而译介者的态度和评价必定会影响到中国作家对超现实主义的认识和接受。

1. 中国评介超现实主义的主要观点是什么?
2. 中国作家为何忽略或排斥达达主义和超现实主义?

1. 傅东华主编:《文学百题》,中州古籍出版社,1992年(据1935年生活书店本影印)。
2. 朱寿桐主编:《中国现代主义文学史》,江苏教育出版社,1998年。

---

① 《余光中说洛夫〈午夜削梨〉的超现实手法》,《名作欣赏》2005年第21期,第1页。

第六章 表现主义文学

第一节 概 述

表现主义（Expressionism）文学兴起于19世纪末20世纪初，盛极于20世纪20年代和30年代的德国和美国等国。表现主义最初萌生于艺术领域，随后扩展并演变为文学运动。表现主义艺术着重描述并表现艺术家的主观情感，而不是自然界的客观事实，或基于这些事实的抽象观念。表现主义强调艺术是表现而不是再现。表现主义文学在戏剧和小说方面成就最大。

一 表现主义的产生和发展

表现主义一词来源于拉丁文"expressus"，具有"抛掷出去""挤压出去"的意思。而作为一个现代术语，它最早出现于1901年法语界，当时被用来指称业余画家朱利安·奥古斯特·埃尔维（J. A. Herve）在巴黎"独立沙龙"展出的八幅作品，其总题目就叫《表现主义》。随后，1905年在德国的德累斯顿成立了一个表现主义艺术团体"桥社"，其主要成员有埃里希·赫克尔（Erich Hechel）、恩斯特·凯尔奈尔（Ernst Kirchner）和马克斯·施密特-罗特鲁夫（Max Schmidt-Rottluff）。他们都是一些学习建筑而又感情狂热的青年学生。他们厌恶以大城市为代表的西方城市文明，感到自己的个性遭到了社会冷酷的压制。他们在社会现实中找不到出路，于是转而向精神领域寻求解脱。他们时而进入工厂，穿上工装，和工人打成一片；时而又去农村，希望在原始的、朴素的农业社会和东方文明中寻找寄托。在艺术上，他们受到原始艺术和民间艺术的启发，并深受19世纪末凡·高、蒙克等艺术家画风的影响。他们反对摹仿自然，强调画家要表现自己内心的强烈感受，表现自己的直觉及下意识。

首次将这一术语用于德国文学的人是库尔特·希勒,他在1911年7月的《海德堡人报》副刊上写道:"至少在我们看来,那些只知道如何反应,只知道蜡板似的留下印象,或录音机似的精确记录的美学家,确实属于较低的等次,我们是表现主义者。"①但是,该术语一直到1913年以后才渐渐被人们所接受,而在1915年以前,还没有一个真正有地位的作家急于把自己的写作称为表现主义。卡西米尔·埃德施米德声称,1915年当批评家将这一术语用在他的小说《六个出口》上时,他还完全不知道这一术语。而卡夫卡通常被奉为表现主义的最杰出代表,但他并不承认自己是表现主义者。

由此可见,根本就不存在一个什么抱成一团的派别,一开始就意识到自己是表现主义者,从而坚持不懈地追求自己既定的共同目标。作为早期表现主义的中心人物,库尔特·希勒承认自己并不代表任何连贯的运动,他在第一部表现主义选集《神鹰》的前言里写道,"方针吗?《神鹰》不打算遵循什么特殊的方针"。看来,表现主义没有一个大家共同遵守的思想体系,它只不过是独立创作的个人之间的相互作用,它与其说是一个有纲领的运动,不如说是一系列突发事件。对此,保罗·费克特说得好,"对任务和目的缺乏清晰、自觉的阐述,对新艺术的意见众说纷纭、混淆不清,恰好证明了它内在的必然性"②。

表现主义从一开始就只是一个描述性概念,它并不具备清晰的、准确的、恒定的内涵,因此,以后人们对这一概念进行各种不同的阐释、限定和运用也就不足为奇了。马尔科姆·帕斯利在他的《德意志,德国研究指南》中写道:"是否把这一标签(即'表现主义')系于某一个别作家或作品,取决于我们所注重的下列特性:一、采用各种反自然主义的或'抽象'手段,如句法的压缩或象征的连续画面;二、站在左翼国际主义者的立场上,对威廉二世时代资产阶级的神圣不可侵犯之物展开进攻;三、选择精神上的新生或复活为主题;四、采用热烈、雄辩的调子。"③这里既包含有艺术主张,又包括政治态度;既描述了一种

---

① 见理查德·谢帕德:《德国表现主义诗歌》,马·布雷德伯里,詹·麦克法兰编:《现代主义》,胡家峦等译,上海外语教育出版社,1992年,第249页。
② 同上书,第250页。
③ R. S. 弗内斯:《表现主义》,艾晓明译,昆仑出版社,1989年,第1页。

国际性艺术倾向,又是对德国艺术特征的高度概括。

R. S. 弗内斯认为,表现主义的思想根源是尼采的活力论、马里内蒂的未来主义、惠特曼的泛神论、陀思妥耶夫斯基的心理分析以及柏格森的直觉主义。表现主义是对既往的文学传统的反叛,表现主义者认为,自然主义和印象主义只是停留在事物的表面,忽略了事物的本质,而象征主义和新浪漫主义却又在追逐纯粹、精致的过程中变得过于矫揉造作、颓废和贫瘠。因此,人们需要一种新的幻想、新的活力和新的躁动。于是便形成了一种新的倾向:更富有生机的情感、更强有力的描述受到推崇,一种发自内部的创造,一种强烈的主观性毫不犹豫地摧毁着传统的现实画面以便使表现更有力量。无论在什么地方,人们都在呼唤自我表现、创造力、狂喜的热情和对传统的无情否定。艺术已经准备好了一个新的开端,一个新起点或出发点,处于生命勃发和破竹之势中的表现主义,看上去就如预言新世纪的使者。

在理查德·谢帕德看来,与其说表现主义者是预言家,不如说是幻想家。表现主义者的使命就是炸掉因袭而来的真实,打破在人心周围形成的硬壳,以便给因禁在里面的活力以不受约束的表现。表现主义艺术家长于幻想,对再现、描写或模仿等"堕落"传统无能为力,他们的目标是把日常世界的对象从常规环境中抽取出来,重新组合成为照耀迷航的内部精神的灯塔。他们重视的不是题材,而是艺术家的创造力,重视在主题之外艺术家能够增加的东西。这样一来,艺术家就排除了艺术之外的东西,回到了艺术的真正本质:

> 在表现主义艺术家那里,所有的空间都成了幻景,他不观看,他幻想。他不描写,他体验。他不再现,他构思。他不摄取,他探索。于是所谓事实之链——工厂、房屋、疾病、娼妓、尖叫、饥饿,已不复存在。这里只剩下幻景。事实只有经过了艺术家之手,艺术家触及了事实的背后,才有意义。[①]

然而,表现主义者要表现的究竟是什么?是精神还是活力,是超

---

① Wolfgang Bernard Fleischman. *Encyclopedia of World Literature in the 20th Century*. New York: Frederick Ungar Publishing CO., 1976, p. 366.

理性还是非理性？对此，表现主义者的态度总是模棱两可、自相矛盾。被誉为是表现主义的先驱之一的尼采，曾把狄俄尼索斯说成既是非道德的、无政府的活力，又是自我调节的活力。赫伯特·马尔库塞则将表现主义所要表现的"厄洛斯"界定为"不知价值，不知善恶，不知道德"，但同时他又提示说，厄洛斯里面还存在着一种"天然的自我克制"。表现主义的创始人致意欧文·洛尔森把生命的自我完成和生命力强度的提高说成是表现主义的实质；而表现主义的另一位创始人库尔特·希勒却把"再生的力量"当作是表现主义的精神实质，这个概念隐含一种内在秩序或克制的意思，而不是无形式的狂欢极乐。

在第一次世界大战之前，表现主义者有关艺术的作用和意义的观点大致可以分为三种：其一为"社会向善论"，代表人物是弗郎茨·普菲姆费特，他们认为，艺术通过它的社会内容和人道理想主义同政治相联系，它有助于"世界的救赎"和"上帝王国的建立"。这批人通常被称为空想的乌托邦主义者，他们往往过分轻率地假定艺术的自觉信息就是它的意义所在。其二是"迷狂破坏主义"，主要人物是路德威·鲁宾纳，他们认为，诗人必须具有造成"大灾难的意愿"，并通过创作向日常世界施加强烈精神能量的意象，来打碎因袭的机构和幻想。这一主张随着战争的爆发而销声匿迹。其三是"艺术国家主义"，以赫沃斯·沃尔登为代表。他们成功找到了艺术在国家内部的积极作用，既避免了改良派的天真轻信，又避免了迷狂派的恶魔崇拜。他们拒绝把具有公然的政治内容当作艺术分内的事，然而又承认艺术能够有深远的政治影响。他们认为，全部幻想艺术的效用就在于推倒人们给自己构筑的围墙，唤起他们心中构成"普遍人性"基础的"感觉和冲动"。艺术就这样在个人身上引起了一场心理革命，而不是去设计在将来某个未知的时刻可能发生的理想革命。

凡此种种，表现主义的这些模棱两可和自相矛盾从未得到过澄清，因此，执其一端，便极可能导致各种形式的政治或宗教的承诺；执其另一端，则极可能导致虚无主义和自我毁灭。果然，表现主义的热情后来既有向共产主义发展的，也有向法西斯主义（国家社会主义）发展的。表现主义既包含着许多巴洛克成分，比如那种生机勃勃的气势和不安宁的本性，以及那些令人想到死亡的描写等；又具有更多的哥特式特征，如变形、抽象和神秘的狂喜。

二 表现主义文学的基本特征

虽然如此,我们在理解分析了表现主义具体作家作品后,还是可以大略地概括和归纳出表现主义一般的思想特征和艺术特征。

我们认为,表现主义文学所表现的一般都是厌恶现代西方城市文明的主题,并对西方社会对人的个性的压抑、人的异化以及帝国主义战争进行了揭露和批判。表现主义者大都是反社会者。他们认为,社会已坠入深刻的危机之中,人类面临着不可避免的灾难,濒临绝境。表现主义常常通过"父亲"和"儿子"的矛盾形式来表现年轻的新一代对专横残暴的旧制度的反叛和抗议。在表现主义的作品中,父亲的形象总是代表着权威、纪律和秩序,这种秩序是荒谬愚蠢和最终要灭亡的,因为它窒息了年轻人激情的生命,他们渴望以激情的拥抱去把握一切。比如,在瓦尔特·哈森克莱维尔的《儿子》中,儿子谴责父亲道:"这到底是什么法则,你要这样束缚我,你是一个人,我也和你一样是一个人!""我要向全世界的青年们高呼:自己解放自己,把那些蔑视我们的父亲们统统杀死。"[①]众所周知,父子冲突也是卡夫卡小说中最重要的主题。表现主义还表现了资本主义社会人的异化主题。如德国戏剧家凯泽的作品《瓦斯》(第一、二部),描写百万富翁的儿子为了改变父亲剥削工人的状态,将工人从不幸中解救出来,将瓦斯工厂的利润平分给工人,殊不知工人们却为了追求超额利润而使机器超负荷运转,最后致使瓦斯爆炸,工厂被夷为平地。卡夫卡的《变形记》和奥尼尔的《毛猿》都是著名的表现人的异化的作品。表现主义大都否定资本主义物质文明和科学技术。他们认为,社会对现代化的追求是造成人欲横流、战争四起、人的异化的原因,机器文明给人类带来了混乱和不安。战争也是机器文明的产物。机器文明不能给人带来精神上的自由,甚至生命的自由,它只能给人类带来相互残杀,并且最终会毁灭这个世界和人类自己。表现主义者在对资本主义世界进行无情鞭挞的同时,还努力探索新社会的"新人"形象,如凯泽的《加来市民》中的皮尼尔和托勒的《群众和人》中的"女人"形象。

---

① 龚翰熊:《现代西方文学思潮》,四川大学出版社,1987年,第135页。

表现主义的艺术特点可以概括为以下几点：

1. 揭示事物的内在本质

表现主义要求作家突破事物的暂时性、现象性，表现事物的永恒性和本质性。德国表现主义文学著名理论家埃德施米德说："世界存在在那里。再三地去审视它，那是毫无意义的事。艺术的伟大任务，是在探求世界的核心，而重新创造它。"① 当代学者赛格雷说："我们看到了艺术世界和科学世界之间罕见的平行关系。在普朗克生活的时代，印象派艺术家曾发展了一种新的油画风格。在量子力学形成的年代里，艺术家们，如毕加索，正趋向更加抽象化。""抽象化和脱离直觉经验的潮流，并不只限于物理学，恰恰相反，这似乎是现代思想和艺术的特点。"② 在表现主义者眼里，一座房子不再只是物体，不再只是石头，不再只是外部形态，不再只是有着许多美的或丑的附加物的四角形。它凌驾于这一切之上。表现主义者要探求它的核心，它的真正本质。同样，在他们眼里，"一个妓女不再是个物体，她不再以这一行业的装饰品来打扮自己，她要在没有香水、没有色彩、没有手提包、没有摇晃大腿的情况下出现，而她的真实的本质必定从她自身中显露出来"③。可见，表现主义的重要特征就是，要求突破对人的行为的描写而揭示其内在的灵魂。例如，在表现主义文学中，人物往往没有个性的区别，有的甚至连年龄、姓名、职业也没有。在瓦尔特·哈森克莱维尔的《儿子》中，登场人物没有姓名，只有父亲、儿子、朋友、小姐、警察等类型性人物。在托勒的《群众和人》中，"一个女人"是人道的化身，她反对杀戮，主张宽恕；反对仇恨，主张相爱；反对暴力，主张感化。而剧中的"无名氏"则代表暴力，他主张"要打碎基础"，"要做无情的最后斗争"。在卡夫卡的重要小说中，主要人物是 K，或者是约瑟夫·K。表现主义者将人物类型化、抽象化的目的就在于揭示出一类人的本质。

---

① 《创作中的表现主义》，伍蠡甫等编：《现代西方文论选》，上海译文出版社，1983年，第152页。

② 埃米里奥·赛格雷：《从X射线到夸克——近代物理学家和他们的发现》，上海科学技术文献出版社，1984年，第190、329页。

③ 《创作中的表现主义》，伍蠡甫等编：《现代西方文论选》，上海译文出版社，1983年，第152页。

2. 表现强烈的内心感受

表现主义者要求直接表现自我,表现生命的内在律动。蒙克说得很明确:"一件艺术作品只能来自人的内心世界。艺术是人的神经、心脏、大脑和眼睛形成的影像的形式。自然并非仅仅是目之所见的东西,它也表现灵魂的内在影像——眼睛后面的影像。"① 康定斯基写道:"他(艺术家)睁大的双眼应该紧紧盯住自己的内心生活,他的耳朵应该常常倾听自己内心需求的声音⋯⋯艺术家不仅应当以他的目的所需要的任何方式来处理形式,而且他必须这样做。"② 这里把艺术家看作是受内心需要驱遣的创造者,突出地强调了最强烈的主观性。"美是从内心需求中产生出来的,美是那种内心的美。"③ 表现主义者认为,文学就是内在精神的表现,"不是现实,而是精神"。表现主义作家的内在精神十分强烈,好像地下的火山,一有缝隙就要爆发。这种情形就像蒙克的那幅著名的表现主义的绘画《呐喊》。"人从他的灵魂深处发出尖叫,整个时代变成了一声奇异的刺耳的呼号。艺术也在尖叫,尖叫着进入深沉的黑夜,为求救而尖叫,为灵魂而尖叫,那就是表现主义。"④ 比如在凯泽的《从清晨到午夜》中,剧作者就用了长达几页的篇幅来表现出纳员的自白。在托勒的《转变》中,有一个"绑着的女人",她宣称:"上帝有罪!""我要战胜上帝。"当"看守"指责她"亵渎上帝"时,她表白道:

> 我亵渎了
> 上帝么?
> 或是上帝亵渎了人?
> ……
> 让上帝来到法庭!
> 我控诉他。⑤

---

① 弗雷德里克·R·卡尔:《现代与现代主义——艺术家的主权 1885—1925》,陈永国、傅景川译,中国人民大学出版社,2004年,第38页。
② R.S.弗内斯:《表现主义》,艾晓明译,昆仑出版社,1989年,第22页。
③ 同上。
④ 同上书,第58页。
⑤ 龚翰熊:《现代西方文学思潮》,四川大学出版社,1987年,第136页。

这是对传统宗教信仰的直接挑战,是内心强烈感情的直截了当的表白。

3. 探索新的语言形式

表现主义者为了适应其独特的表现内容,还不断地探索新的语言表现形式。"现代主义乃语言中之语言。对作家、画家、作曲家来说,这是一种第二语言。艺术家有其自己的民族语言,但还得发展或获得另一种语言,即适于他的特定艺术样式的现代主义的语言。只有在获得了这种语言时,他才能成为一名先锋派或现代派。"[1]他们通过对语言进行抽象、压缩、变形,使语言具有最大的张力,以表达他们内心最强烈的感受。埃德施米德认为,表现主义的语言与自然主义、印象主义、新浪漫主义语言有着根本的区别,在表现主义那里,"词语也具有不同力量。这里没有描写,没有遮蔽。词语变成了利箭。它穿越物体进入核心,并由此而激发起灵感。它成为了事物的真实图像,像水晶一样清晰。随后,虚词被清除掉。动词被扩展,清楚而又准确地抓住它所要表现的对象。形容词由于思想的膨胀而产生裂变。它也必定不是释义的。它以最简洁的形式抓住本质——仅仅是本质。别无他法"[2]。表现主义剧作家为了表现人物内心的骚动不安以及纷繁复杂的人生体验,常常无视规则和逻辑法则,让人物说一些莫名其妙、前言不搭后语的话。比如在哈森克莱维尔的《人类》第一幕第一景中,就有这样的对话:"青年:谁在这里?""少女:一个尸首。""青年:你是谁?""亚历山大:我活着。"而少女在同青年接过吻后,便高呼:"我偷过人了。"[3]这种语无伦次的对话充分表现了时代的怪诞和荒谬,令观众感到震惊不已。

表现主义文学首先产生于德国,形成了德国的表现主义戏剧运动。其代表作家是凯泽(Georg Kaiser,1878—1945)和托勒(Ernst Toller,1893—1935),他们的代表作品分别是《从清晨到午夜》和《群

---

[1] 弗雷德里克·R·卡尔:《现代与现代主义——艺术家的主权 1885—1925》,陈永国、傅景川译,中国人民大学出版社,2004 年,第 131—132 页。

[2] Wolfgang Bernard Fleischman. *Encyclopedia of World Literature in the 20th Century*. New York: Frederick Ungar Publishing CO., 1976, p. 366.

[3] 杨国华:《现代派文学概说》,华东师范大学出版社,1989 年,第 97 页。

众和人》。瑞典戏剧大师斯特林堡（August Strindberg，1849—1912）可谓是表现主义的先驱。他的代表作是《鬼魂奏鸣曲》。布莱希特是表现主义在当代最杰出、最有影响的戏剧家和理论家。此外，还有捷克的卡莱尔·恰佩克（Karel Capek，1890—1938），他的代表作是《万能机器人》。美国表现主义的杰出代表是尤金·奥尼尔。在小说创作方面，卡夫卡是表现主义最杰出的代表人物。

表现主义作为一种文学运动早已成为历史，成为过去，但它在思想和艺术方面的探索却并没有失去其价值和意义。如果没有表现主义的存在，三种取代它的主要流派和倾向——达达主义、新现实主义、超现实主义的存在简直就是不可能的。与早期表现主义相联系的现代主义技巧至今仍然被许多作家广泛地使用着，而在今天，表现主义更多地被人们看作是一种精神态度，而不是一种文学流派。表现主义所强调的那种自我表现、宗教狂热、对非理性和超自然的偏好，以及政治上的行动主义和彻底的无视权威，尤其是它所推崇的人类所特有的表现和创造的权利，也都是现今西方文化的重要组成部分。

1. 表现主义是如何产生的？
2. 表现主义"表现"什么？
3. 表现主义的艺术特征是什么？

1. R. S. 弗内斯：《表现主义》，艾晓明译，昆仑出版社，1989年。
2. 马·布雷德伯里、詹·麦克法兰编：《现代主义》，胡家峦等译，上海外语教育出版社，1992年。
3. 中国社会科学院外国文学研究所、外国文学研究资料丛书编辑委员会编，格奥尔格·卢卡契、贝托特·布莱希特等著，张黎编选：《表现主义论争》，华东师范大学出版社，1992年。

4. 龚翰熊:《现代西方文学思潮》,四川大学出版社,1987年。
5. 任生名:《西方现代悲剧论稿》,上海外语教育出版社,1998年。
6. B. Berson. *German Expressionist Drama*. London: Macmillan, 1984.

第二节 卡夫卡

一 无所归属的世界性作家

弗朗茨·卡夫卡(Franz Kafka,1883—1924),生于当时属奥匈帝国的布拉格一个犹太家庭。父亲原是一个半行乞的乡下屠夫的儿子,后来积蓄了一份财产,成为中等阶级的服饰品商人,以后又当上了小工厂的老板,为人自信而偏执。1901年到1906年卡夫卡在布拉格大学学习德语文学和法律,获得法学博士学位。毕业后曾去法庭实习。1907年进入的里雅斯特普通保险公司工作。1908年起在布拉格波希米亚王国工伤事故保险公司任职员,直到1922年由于健康原因提前退休。他两次与在柏林工作的女职员菲莉斯订婚,又两度解除婚约。1919年他同出身贫寒的犹太姑娘朱丽叶订婚,但次年又解除了婚约。他曾与记者密伦娜恋爱,分手后又于1923年与多拉在柏林同居。他于1917年患结核病,1924年病逝。卡夫卡的早期写作(1902—1912)只有一部散文小说集《观察》,共收18篇作品,此外还有一部未完成的长篇小说《乡村婚事》。1912年是卡夫卡创作的爆发期,《变形记》和《判决》就是这一年创作的。1912年至逝世前,他创作了许多短篇小说,如《司炉》(1913)、《在流放地》(1919)、《为某科学院写的一份报告》(1917)、《乡村医生》(1919)、《饥饿艺术家》(1924)等,还有三部未完成的长篇小说:《美国》(又译作《失踪者》)、《审判》(又译作《诉讼》)和《城堡》。此外卡夫卡还写有大量的书信、日记和随笔。

卡夫卡恐怕是现代世界最孤独的作家了,他害怕孤独,但更害怕失去孤独。他为了描写孤独,宁可自己忍受孤独,因此他同时失却了爱情、友谊和家庭。他在给朋友布罗德的信中将他害怕孤独而又热爱孤独的矛盾心理表现得淋漓尽致:"极度的孤独使我恐惧。实际上,孤独是我唯一的目标,是对我的巨大的诱惑,不是吗? 不管怎么样,我还是对我如此强烈渴望的东西感到恐惧。这两种恐惧就像磨盘一样研磨着我。"①卡夫卡把握不了外部世界，便逃避、退却，一头隐匿在自己的私生活里，投入自己的有限的自我之中。"无须走出家门，待在自己的桌子旁边仔细听着吧。甚至不要听，等着就行了。甚至不要等，呆着别动，一个人待着，世界就会把它自己亮给你看，它不可能不这样。"②这便是卡夫卡的内心世界。

卡夫卡自 1907 年 10 月进入保险公司供职，一直到 1922 年因病退休，均在保险公司工作。保险公司里无所事事的无谓工作同他热烈而执着的创作生活简直形成令人绝望的对比。卡夫卡的生存就是为了写作，而要生存首先得工作。工作带来不幸，不幸刺激写作，写作耗尽了生命。但是，卡夫卡在保险公司里的 15 年经历，足以使他看清资本主义社会的黑暗和人生的荒谬。在这里，职员生涯令人感到真正的悲哀和恐怖。卡夫卡的作息时间也非同一般，他将自己孤独地封闭起来。每天上午 8 点至下午 2 点上班；3 点至 7 点 30 分睡觉；接着散步、吃饭，晚 11 点至凌晨 3 点写作。这是"颠倒黑白"的拼命。

卡夫卡从小酷爱读书，常常彻夜不眠，这严重地影响了他的身体。后来上大学时迷上了尼采，遇事便要寻根究底，而世上许多事原本就是无法寻根究底的。卡夫卡潜心创作后就更少睡眠了。这使得他一生都伴随着头痛、失眠和神经衰弱。他常常不得不中断创作，而中断创作更使他心急如焚，这又加剧了他的头痛和失眠，致使他终于在 1917 年患上肺结核，咯血了。但是，卡夫卡并没有被疾病吓倒，反倒更加珍惜自己不多的生命，拼命写作，他甚至故意诱发自己的肺结核病，以逃避结婚、逃避家庭、体味疾病、体味人生。这结果使他过早地结束了自己的生命。而他临终前的最后遗言，又将护理他的克劳普斯托克博士难住了，他要求博士继续大剂量地给他使用吗啡："杀了我吧，不然，你就是凶手。"

卡夫卡的生活方式决定了他的创作。他的生活与艺术之间没有距离，他在生活中体验着艺术，又用艺术还原他的生活体验。布罗德

---

① Franz Kafka. *Briefe 1902—1924*. Frankfurt am Main: Fischer Taschenbuch Verlag, 1975, p. 415.

② 弗兰茨·卡夫卡著，叶廷芳主编：《卡夫卡全集》(第 5 卷)，黎奇、赵登荣译，河北教育出版社，1996 年，第 15—16 页。

认为:"作品倒是另外一回事,最主要的是,卡夫卡本身即足以影响别人。"①写作就是卡夫卡生命中的一切,没有了写作,卡夫卡的生活将变得毫无色彩和意义。卡夫卡说:"在我身上最容易看得出一种朝着写作的集中。当我的肌体中清楚地显示出写作是本质中最有效的方向时,一切都朝它涌去,撇下了获得性生活、吃、喝、哲学思考尤其是音乐的快乐的一切能力。我在所有这些方面都萎缩了。""外界没有任何事情能干扰我的写作(这当然不是自夸,而是自慰)。""我身上的一切都是用于写作的,丝毫没有多余的东西,即使就其褒义而言也没有丝毫多余的东西。"②卡夫卡为了写作而拒绝了友谊、爱情、婚姻和家庭,他选择了他自己所惧怕的那份孤独。卡夫卡大概可以算世界上最孤独的作家,而他的小说所表现的也正是现代人的这种孤独感,所以,卡夫卡自己的生活与创作就在这里合而为一了,他成了在生活上最无作为和在创作上最有成就者。

总之,卡夫卡的一生,单纯而又复杂,平常而又极易引起争论。作为犹太人,他在基督徒中不是自己人;作为不入帮会的犹太人,他在犹太人当中不是自己人;作为说德语的人,他在捷克人当中不是自己人;作为波希米亚人,他也不完全属于奥地利人;作为保险公司的职员,他不完全属于资产阶级;作为资产者的儿子,他又不完全属于劳动者;但他也不是公务员,因为他觉得自己是个作家;而他又不完全是一位作家,因为他把精力常常花在家庭方面;但是在自己家里,他比陌生人还要陌生。卡夫卡什么都不是,但他又什么都是;他无所归属,但这反倒使他容易成为世界性作家。

二 从"美国"到地洞

卡夫卡生前发表作品极少。他对自己的作品极少满意,从不愿从他的抽屉里拿出他的手稿。他生前发表的作品,大多是在朋友的逼迫下,怀着希望和惋惜的战栗心情交出来的。但这些作品仅占他的作品

---

① 三野大木:《怪笔孤魂——卡夫卡传》,耿晏平译,中国文联出版公司,1987年,第52页。
② 弗兰茨·卡夫卡著,叶廷芳主编:《卡夫卡全集》第6卷,孙龙生译,河北教育出版社,1996年,第184页;第7卷,第131页;第9卷,第189页。

集(九卷)中的一卷。而愈到晚年,他对自己的作品愈不满意,最后他给朋友布罗德留下这样一份遗嘱:"凡是我遗物里的所有稿件,日记也好,手稿也好,别人和自己的作品也好,草稿也好,等等,毫无保留地,读也不必读统统予以焚毁。"然而布罗德并没有遵从遗嘱,而是将卡夫卡的全部文稿陆续发表了。幸耶,不幸?卡夫卡失去了一位"真正"的朋友,但世界上多了一份伟大的文化遗产。

卡夫卡的作品真正引起读者的注意应当说是在第二次世界大战之后。首先是存在主义者在卡夫卡那里看到了追求自由存在的痛苦和孤独;接着荒诞派在卡夫卡那里找到了自己需要的"反英雄";黑色幽默派从卡夫卡那里看到的是灰暗色调和讥讽意味;超现实主义看到的是弗洛伊德式的心理分析和"超肉体感觉";表现主义看到的却是梦幻和直觉;而卢卡契索性认为卡夫卡表现了社会和阶级斗争的本质……从此以后,卡夫卡就成了世界文坛关注和评论的热点。1996年由河北教育出版社出版的《卡夫卡全集》将我国的卡夫卡研究推向了一个新的阶段。

《判决》是他的第一篇成功的短篇小说。这篇小说写父亲判决儿子立即溺死,儿子便飞快地跑去投河自尽,临死前儿子轻声叫道:"亲爱的父亲母亲,我可是一直爱你们的呀!"小说情节虽然十分荒诞,但寓意却十分深刻。这篇小说通常被看作是一篇关于"父子冲突"的寓言。"父子冲突"不仅是表现主义的重要主题,而且也是整个西方现代派文学的重要主题。陀思妥耶夫斯基、波德莱尔、爱伦·坡、萨特等作家对这一主题都有过十分出色,而又令人震惊的描写。萨特年轻时曾说,他在跟父亲相处的几年里,具体地懂得了什么是阶级斗争。当然,卡夫卡在表现"父子冲突"的同时,也着重表现了父子之间的共存和联系。人们面对父亲的权威,常常陷入两难境地:既想冲破束缚,又不得不乞求帮助;既恐惧,又依赖;既憎恨,又敬爱。

《变形记》是卡夫卡最重要的作品之一,但显然不是他最难懂的作品。这部小说的故事其实十分简单,用一句话来概括,就是写人变成甲虫。"一天早晨,格里高尔·萨姆沙从不安的睡梦中醒来,发现自己躺在床上变成了一只巨大的甲虫。"接着,变成甲虫的格里高尔惊吓了秘书主任、父亲和母亲,他由此而被关在屋内,开始了他孤独的生活。随后,他又吓跑了三位房客,父亲一气之下拿烂苹果砸他。最后他被赶进屋内,锁在里面。又一天清晨,当老妈子过来准备打扫房间时,发现他已经死了。

这篇小说被普遍认为是一则关于当代西方社会人的异化的寓言。人变成甲虫,在现实生活中显然是不可能的,但是在小说中却不仅可能,而且真实可信。卡夫卡一笔带过了"人如何变为甲虫"的具体过程,着重写人变成甲虫后的灾难感和孤独感。人变成甲虫:甲虫便带着人的视角去看人类,它所看到的是一群多么冷漠、多么空虚的芸芸众生;从人的角度看虫性,甲虫就显得更加孤独、恐惧和不可理解了。格里高尔"说的话人家既然听不懂,他们就不会想到他能听懂大家的话"。主人公既是人又是虫,但它所体验的只是人与虫双面的痛苦;格里高尔既不是人又不是虫,他远离人与虫的世界,无所归属,只落得凄凉的死去。"人变为甲虫"成了现代西方人生存状态与心灵感受的寓言。这就难怪当年17岁的马尔克斯在读到《变形记》时震惊不已,他心里想,"原来(小说)能这样写呀!要是能这样写,我倒也有兴致了"。卡夫卡的《变形记》创造出了一位伟大的诺贝尔文学奖的得主。

当然,就变形而言,这并非是卡夫卡的独创。古罗马时代的奥维德就写了《变形记》,但这里的变形是人类借以征服自然、支配自然的想象,突出的是神的权威。到了近代,果戈理也写变形,譬如他的小说《鼻子》,但这里的变形只是一种表现手法,为的是更好地表现小人物面对突发灾难无能为力的主题。有学者指出,卡夫卡令人吃惊地驾轻就熟地掌握了一种方法:即主人公变化为一种小动物。这种手法通常只有中国人堪与之媲美。的确,在中国古典小说《聊斋志异》中写有大量的变形,但这里的鬼神狐怪往往都是理想中的人的化身,是一种美好理想的寄托。即便写人变成蟋蟀,也只着重写人变形后的事实与结果,并不在意人变成蟋蟀之后的心理感受。而在卡夫卡那里,变形是现代人被异化之后的一种外在表现形式,异化已经成为卡夫卡的一种世界观,"生活对于他和对于穷人是完全不同的;首先,对他来说,金钱、交易所、货币兑换所、打字机都是绝对神秘的事物,它们对他来说是一种莫名其妙的谜"。由于现代西方人普遍地被异化,卡夫卡又找不到异化的原因,所以,格里高尔突然莫名其妙地被变为甲虫实在是十分自然的事。

《美国》描写16岁的少年卡尔·罗斯曼受到中年女仆的引诱后,被父亲放逐到美国的生活经历。当他一来到这个完全陌生的国度,就发现雨伞丢了,迷路了,箱子也可能丢了。当雅可布参议员把他认作外甥时,他感到震惊不已。然后他被舅舅领进了那幢高楼大厦,身处纽约繁华闹市,他就像一只迷途的羔羊。在乡村别墅,他倍受折磨,一直处在担心和恐惧之中。由于他违背了舅舅的意志,再次被打发走。在去拉姆斯的路上,卡尔将两个流浪汉当作朋友,而他们除了将他身上有用的东西都搜刮干净外,还总想伤害他,并且偷走了他弥足珍贵的唯一一张父母的照片。在西方饭店,由于他不得已留下了喝醉了酒的鲁滨逊,被当做贼似的打发走,没有人相信他是清白的。逃出饭店,又被警察追捕,德拉马歇救了他,但他又被迫给他们当仆人。最后踏上了远去的火车……显然,小说中的"美国"并不是指那个历史上、地理上的具体的美国,它只是一个语意漂浮的象征符号,批评家和读者完全可以根据自己的理解将其锚泊在任何一种稳定而清晰的意义上。譬如布罗德便认为小说探讨的是"个人进入人类社会的问题","同时也是个人进入天国的问题";而更多的人却愿意将"美国"看做是一种人类美好社会的象征;也有人将小说当作是对美国社会的批评和揭露;当然,将"美国"当作是卡夫卡逃避布拉格的一种策略,或是一种对自由的向往,也不无道理。①

《审判》是一部关于"审判"的小说。小说既被人看作是对无罪的审判,也被人们读作是对有罪的审判,同时还被人们解释为对"审判"的审判。主人公约瑟夫·K莫名其妙地在自己的寓所里被捕了,最后被判处死刑,这是对"无罪"的审判;K在上诉的过程中渐渐认识到,在这个罪恶的世界里,自己作为其中的一分子,作为这个罪恶世界中的一个环节,虽然为罪恶势力所害,但自己也在有意无意地为害他人,这便是对有罪的审判;在所有这些审判的背后还有一个最后的总审判。卡夫卡说:"我们发现自身处于罪孽很深重的状态中,这与实际罪行无关。《审判》是遥遥无期的,只是永恒的法庭的一个总诉讼。"②这就是对"审判"的审判。从"对无罪的审判"来看,小说主要具有的是社会批

---

① Ernst Pawel. *The Nightmare of Reason—A Life of Franz Kafka*. New York: Farrar·Straus·Giroux,1984,p. 257.

② 见叶廷芳:《西方现代艺术的探险者——论卡夫卡的艺术特征》,《文艺研究》1982年第6期,第118页。

判意义;从"对有罪的审判"来看,小说的主要意义就在于它的自觉的伦理道德意识;从"对'审判'的审判"来看,小说的意义便主要在宗教方面。

《城堡》是卡夫卡最重要的长篇小说,这部小说最能体现卡夫卡的创作风格和特征。小说的故事非常简单:土地测量员 K 深夜来到城堡附近的村庄,城堡近在咫尺,可是无论他怎样努力,也无法进入城堡。他在城堡附近的村子里转悠了一辈子,在生命弥留之际,有人告诉他,说:"虽然不能给予你在村中的合法居住权,但是考虑到某些其他情况,准许你在村里居住和工作。"①

"城堡"虽然具体实在,但它背后的寓意究竟是什么,却一直众说纷纭。马克斯·布罗特认为,城堡就是"上帝恩宠的象征";存在主义者认为,城堡就代表上帝;实证主义者认为,城堡就是卡夫卡父亲的出生地沃塞克,卡夫卡写《城堡》就是克服自己和父亲不愉快的经验;社会学者认为,城堡代表"资方",《城堡》是描写资本主义劳资关系的;有人干脆说,城堡就是卡夫卡时代奥匈帝国的代表;也有人认为,《城堡》是描写现代人的危机:现代人过着与世隔绝的生活,他从不留意世界到底是什么,他认为世界只不过是个人意图与欲望的投影而已,所以他只听从他自己;还有人认为,《城堡》是批评官僚制度的:每个阶层都不愿做决定,因此形成许多圆圈,让老百姓一层又一层地绕着,绕到最后又绕回原地,最后变成人类生存的最大威胁。卡夫卡自己却声称:"我写的和我说的不同,我说的和我想的不同,我想的和我应该想的不同,如此下去,则是无底的黑洞。"②"城堡"最后成了一个失却了谜底的谜语,虽然各种猜测都有道理,但真正的谜底却无人能够猜中,或许"城堡"原本就不存在什么真正的谜底。"城堡"寓意具有复杂性、多义性,最后走向神秘,走向虚无,走向荒诞。

《在流放地》写一位上尉军官用一台特制的行刑器极其残酷地折磨并处死士兵,但等到新司令上任,宣布要废除这种刑罚制度时,上尉军官自己便毫不犹豫地欣然投入机器之中,与机器同归于尽。上尉军

---

① 弗兰茨·卡夫卡著,叶廷芳主编:《卡夫卡全集》第 4 卷,赵蓉恒译,河北教育出版社,1996 年,第 408 页。
② 参见弗兰茨·卡夫卡著,叶廷芳主编:《卡夫卡全集》第 7 卷,叶廷芳、赵乾龙、黎奇译,河北教育出版社,1996 年,第 163 页。

官已同行刑机器融为一体了。他既是虐待狂,又是受虐狂;既是罪犯,又是殉道者。这篇小说可以看作是一则有关罪恶、刑罚和殉道的寓言。

《饥饿艺术家》写的是事业与生命、理想与现实的二律背反。艺术家的"饥饿表演"原来只有 40 天,但艺术家出于对艺术的热爱,坚持要继续演下去,他不愿在艺术正处于最佳状态时中断表演。追求艺术的最佳境界的代价是牺牲生命本身,这正如浮士德的满足就意味着肉体的死亡一样,追求无限的代价就是消灭有限的肉体。卡夫卡的一生就像是这位"饥饿艺术家",他将写作当做自己唯一的财富,但写作又排斥生活;正因为他没有好好生活过,他便特别害怕死亡,而写作最终又将他逼向死亡。卡夫卡的生命的意义与价值在于追求事业,而对事业的追求最终又戕害甚至扼杀了艺术家的生命。

总之,卡夫卡用心灵描绘的那个艺术世界变得越来越小,越来越窄,其终点就是那个小小的鼠洞。起初,《美国》的主人公卡尔·罗斯曼面对的还算是一个广阔的世界;而《审判》中的约瑟夫·K 的活动场所就缩小到大街上、走廊上和工地上了;《城堡》中的 K 进而被限定在客栈与村庄里;老光棍勃鲁姆费尔德便只能龟缩在自己的房间里;绝食大师更进一步,被关在铁笼里;杂耍艺人的世界就是一根秋千;最后,鼹鼠钻入地洞,处在永远的绝望中。卡夫卡的世界由此而永远关闭。

三　现代艺术的探险者

卡夫卡生活在奥匈帝国时期(1867—1918),当时的捷克就属于这个帝国。奥匈帝国的生产方式已经资本主义化了,但政治上却实行君主立宪。它对外侵略扩张,对内奉行高压统治,在当时的欧洲是个相当落后的政权。在欧洲统治了近七个世纪的哈布斯堡王朝,在卡夫卡的心中始终是个不可抗拒的魔影。19 世纪迅速发展起来的资本主义则像一只硕大无比的怪兽,吞噬着无辜的一切,卡夫卡自己也未能幸免于难。卡夫卡非常熟悉中下层阶级,尤其是因伤致残的工人的贫困不幸的生活,但他又没有能力帮助他们摆脱困境。而作为一个没有自己的国家,在欧洲漂流的无根的犹太人,他对自己异乡人的身份也有着非常痛切的感受。在自己家里,他父亲则像一位真正的"暴君",时时刻刻威胁着他的生存。他一辈子都在想方设法地逃避父亲,逃避布拉格，但最终也未能走向独立和自由。这一切使得卡夫卡具有非常深切的孤独感、恐惧感、焦虑感和负罪感。而这种深切的感受，他又往往通过异化的形式表现出来。

卡夫卡成功地掌握了现代语言艺术，革新了文学观念。他的独到的艺术手法主要体现在如下几个方面：

一、悖谬与怪诞。卡夫卡异化的世界观必然导致他通过悖谬与怪诞的手法来加以表现。翻开他的作品，悖谬与怪诞随处可见：城堡近在咫尺，但永远可望而不可即；莫名其妙的被捕与审判，法官对被告也一无所知；法门专门是为你开的，但你一辈子也进不去；推销员一晚上就变成了甲虫，被全家人唾弃；在流放地，行刑者突然自愿成为受刑者，让自己与行刑机器同归于尽；饥饿表演者的表演成了绝食，老光棍怎么也摆脱不了跟在屁股后面的两只赛璐珞球；人猿将自己的经历感想打报告给科学院……人在本质上便是荒诞悖谬的。作为感、知、行的"我"永远也不能通过感、知、行来确定，它可以被压缩到一个字母的最小极限，但永远也不可能是别的什么东西。因此，人永远也不可能知道全部真理，因为作为一个认识的主体，他必须在真理之外，而真理也就因此而不完全了。于是悖谬和荒诞就产生了：唯一能够说明 K 走在正道上的迹象是他的四处碰壁，如果他成功地到达目的地，那就证明他失败了。在卡夫卡那里，"自相矛盾的佯谬是避免不了的；因为无论个人还是机构，欲要达到一个目标，必须和自己与目标间的领域达成某种妥协，他（它）这样做的时候，必须承认和接受一些社会准则，这些准则就它们本身说来完全可以独立存在，不必接受它们所起中间作用的限制。于是要通过唯一可行的手段去达到一个目的，也就是被支离开这个目的。结果目的本身成了双重存在。作为可以达到的目的，它永远不是最终的。作为最终的目的，它永远也达不到"①。卡夫卡发现了阿基米德点，但他撬起的不是外部世界，而是自我。

二、寓意性与多义性。这种寓意由于作品本身的复杂和作者意识的隐晦而使得人们几乎不可能破译它，这就必然导致作品的多义性。就像谜语失掉了谜底，人人都声称自己找到了答案，但谁也未能真正猜中。《城堡》就是如此，几乎所有的评论家都承认这部作品是寓

---

① 叶庭(廷)芳编：《论卡夫卡》，中国社会科学出版社，1988年，第322页。

意性的,但它的寓意是什么,却众说纷纭。在分析《变形记》时,评论家瓦尔特·H.索克尔说:"卡夫卡深邃多变的艺术本质,决定了任何单独的研究都无法充分把握住这篇多层次的作品。每一研究仅能在索解其奥秘的道路上前进一步;这个奥秘的核心,也许永远也不能揭露无遗。"①对于"变形"的各种理解都有道理,但是,这里没有绝对的唯一正确的理解。对于卡夫卡的理解和阐释,就连卡夫卡自己也只能是寓意式的:卡夫卡所说的,和他所写;所写的,和他所想的;所想的,和他所应该想,并不是一回事,它们之间的裂隙,比人们通常所想象的要大得多。

三、梦幻性和神秘性。卡夫卡习惯于深夜写作,梦幻般的创作。每当夜深人静、恐惧感袭来时他便开始写作,并且往往是一气呵成,不能自主。同时,他也常常按照梦的法则进行创作:故事没有开头和结尾,没有过去和未来,只有现在和"这里"。就像没完没了的梦境一样,他的小说也往往没有写完。"以卡夫卡为首的表现主义小说家抛弃了人物描写的传统方法,精心塑造陷身于噩梦幻境的象征性人物形象。"②当一位女读者读了《乡村医生》后,对卡夫卡说,她的一位小堂弟也死于像这个故事里的农民儿子一样的那种病,即一种极为独特的内部伤口感染时,卡夫卡惊叫道:"这真奇怪,医学上我从来没有听说过这种病——统统都是我幻想出来的;真有这样的事,这使我很惊讶,但它安慰了我,说明我的预感没有错。"③卡夫卡的世界还是一个神秘的世界,他把现实推向了极端,使人"陷入某种沉闷的深奥之中",以至于连爱因斯坦初读他的作品时也感到自己的"脑子还不够复杂"。

四、冷峻与客观。这是指卡夫卡作品的语言特色和叙述风格。这一点他从福楼拜那里获益匪浅。他牢记福楼拜的教诲:"艺术家在自己的作品中,应该像上帝在世界里一样,人们看不到他,但他十分有权。人们处处感觉到他的存在,却看不到他。"④因此,卡夫卡在创作中

---

① 叶庭(廷)芳编:《论卡夫卡》,中国社会科学出版社,1988年,第241页。
② M.H.艾布拉姆斯:《欧美文学术语词典》,朱金鹏、朱荔译,北京大学出版社,1990年,第106页。
③ 马克斯·勃(布)罗德:《卡夫卡传》,叶廷芳、黎奇译,河北教育出版社,1997年,第274页。
④ 克劳斯·瓦根巴赫:《卡夫卡传》,周建明译,北京十月文艺出版社,1988年,第303页。

尽力避免做一个全知全能、游离于故事之外的叙述者。在创作时,他尽量不加入自己的意见,不干涉客观事物本身,让它自己陈述出来,即使内容十分惊骇,他也不动声色,保持冷静。"卡夫卡这位最富有逻辑性的作家不仅以单调的规则性在他的双重标题的孪生主体间转换,而且也在赞成和反对之间转换,在其交替中同样可以预见的肯定和否定之间转换,他的不变的节奏——'但是'、'然而'、'不过'——构成他风格中命定的中立性。"①纳博科夫认为,卡夫卡的风格是,"清新,准确和正式的语调与故事噩梦般的内容形成如此强烈的对照。没有一点诗般的隐喻来装点他全然只有黑白两色的故事"②。譬如,翻开《变形记》,你就找不到一个形容词,一个比喻,或一个形象的比拟。凡是特别带有艺术色彩的笔法,凡是可以使叙述的内容稍微带有感情色彩的东西,作者都小心地避免了。形容词只是定语,名词只是表明事物的名称,动词就是单纯表明行动。卡夫卡就是叙而不议。这无疑使卡夫卡的作品包含着更大的容量,但也给读者带来更多的歧义,同时也增加了作品的晦涩性和神秘性。

　　世界上的作家大致可以分为两类:有些作家是可以被模仿、被复制的,有些作家却是不能模仿和复制的。卡夫卡无疑属于后者,他是独一无二、绝无仅有的。扎东斯基说:"卡夫卡是根本不能模仿、不能继承的。他的人物世界是过于主观了,他的创作风格是过于独特了,他作为艺术家是跟特定时代的种种错误、缺点和毛病联系得过于紧密了,尽管这个时代跟我们的时代隔得并不太远,但它已经是一去不复返地成为历史了。"③卡夫卡的确是不能模仿的,这不仅是因为他跟他的时代结合得过于紧密了,而且更因为他的创作与他的生活结合得过于紧密了。创作或许是可以模仿的,而生活却是不能模仿的,因为被模仿的生活已不是本真的生活,它与卡夫卡的生活已相去甚远。卡夫卡认为,最重要的是:"艺术更需要艺术家,而不是艺术家更需要艺术。当然,我也意识到,人们不能强迫自己生孩子,但却可以强迫自己抚养

---

① 弗雷德里克·詹姆逊:《时间的种子》,王逢振译,江苏教育出版社,2006年,第110页。
② 纳博科夫:《文学讲稿》,申慧辉等译,生活·读书·新知三联书店,1991年,第380页。
③ 德·弗·扎东斯基:《卡夫卡与现代主义》,洪天富译,外国文学出版社,1991年,第134页。

孩子。"①摹仿他人的创作就是抚养别人的孩子。我们无法将卡夫卡的创作与他的生活分开,因为他的生活本身也是一件艺术品,并且是一部真正的不朽之作。

卡夫卡说,"写作是一种祈祷的形式","是砸碎我们心中的冰海的斧子"。卡夫卡通过他的创作,捏到了生命的痛处,不仅震撼了现代人的心灵,而且竭力拯救着那些失去了精神家园的人们的灵魂。

1. 为什么说卡夫卡是一个无所归属的世界性作家?
2. 如何理解《变形记》中的"变形"?
3. 《城堡》的寓意是什么?
4. 卡夫卡小说的艺术特征是什么?

1. 叶庭(廷)芳编:《论卡夫卡》,中国社会科学出版社,1988年。
2. 弗兰茨·卡夫卡著,叶廷芳主编:《卡夫卡全集》(全10卷),河北教育出版社,1996年。
3. 克劳斯·瓦根巴赫:《卡夫卡传》,周建明译,北京十月文艺出版社,1988年。
4. 马克斯·勃(布)罗德:《卡夫卡传》,叶廷芳、黎奇译,河北教育出版社,1997年。
5. 叶廷芳:《现代艺术的探险者》,花城出版社,1986年。
6. 曾艳兵:《卡夫卡研究》,商务印书馆,2009年。
7. Ernst Pawel. *The Nightmare of Reason—A Life of Franz Kafka*. New York: Farrar·Straus·Giroux, 1984.
8. Frederik R. Karl. *Franz Kafka, Representative Man*. New York: Tichnor & Fields, 1991.
9. Gilles Deleuze and Felix Guattari. *Kafka: Toward a Minor Literature*.

---

① Ernst Pawel. *The Nightmare of Reason—A Life of Franz Kafka*. New York: Farrar·Straus·Giroux, 1984, pp. 95—96.

Minneapolis and London: The University of Minnesota Press, 1986.

第三节 布莱希特

一 20世纪伟大的戏剧家

贝托尔特·布莱希特(Bertolt Brecht, 1898—1956),20世纪德国文坛上独树一帜的戏剧理论家、剧作家和诗人。布莱希特的戏剧体系被认为是世界上的三大戏剧表演体系之一,另外两大戏剧表演体系是以斯坦尼斯拉夫斯基为代表的模仿体系和以梅兰芳为代表的中国京剧表演体系。布莱希特一生都在学习并宣传马克思主义,但他始终没有加入任何国家的工人党或共产党;他曾被希特勒"开除"了德国国籍,但在第二次世界大战结束后他返回德国时,又加入了奥地利国籍;他居住在德国东部首都柏林,但他却将自己的全集交给西德最著名的文学出版社出版。总之,"布莱希特不仅有独特的与众不同的美学思想,他也有独特的与众不同的生活见解"[①]。

布莱希特生于巴伐利亚州的奥格斯堡一个造纸厂主家庭。家庭经济富裕,从小受到母亲的宠爱。上中学时曾以贝托尔特·欧根的名字在学生杂志和奥格斯堡的《最新消息报》的副刊上发表诗歌和评论。1917年中学毕业后进入慕尼黑大学,断断续续地学习过自然科学、医学和文学。第一次世界大战爆发后,他应征入伍,在前线当看护兵。十一月革命时,他当选为奥格斯堡工兵苏维埃代表。从1926年起,他开始系统地研究辩证唯物主义,并在马克思主义的工人学校学习。1933年希特勒夺取政权后,他被迫流亡国外,先后到过丹麦、瑞典、芬兰、苏联,1941年流亡到美国。1948年他返回民主德国,定居于东柏林,但加入了奥地利国籍。1956年去世,年仅58岁。

布莱希特上中学时便开始了他的文学创作生涯。他最初创作的主要是诗歌。他像当时许多德国青年一样接受了普鲁士精神的教育,具有某种英勇献身的大日耳曼主义的狂热精神。这时期的代表作品

[①] 余匡复:《布莱希特论》,上海外语教育出版社,2002年,第3页。

有创作于1914年的《塔顶值班》。随着第一次世界大战的进展,布莱希特渐渐认识到了"为祖国去死"的虚伪性和欺骗性,于是他的那种战争狂热精神慢慢消退,他开始表现战争的残酷性。这方面的主要作品有《现代传奇》。在布莱希特亲历了战争之后,他的反战情绪更加强烈,讽刺艺术也逐渐成熟。这时他创作了《死兵传奇》,描写军国主义者为了寻找炮灰,将墓中已死的士兵挖掘出来,并将他装扮成英雄,然后敲锣打鼓地再次将他送上战场。该诗显示了作者非凡的文学想象力。布莱希特的主要诗集有《家庭格言》(1927)、《歌曲・诗篇・合唱曲》(1934)、《斯文堡诗集》(1939)和《诗一百首》(1951)。布莱希特还是一个小说家,他写过三部长篇小说,即《三毛钱小说》(1933—1934)、《尤利乌斯・恺撒先生的事业》及《图依小说》,但后两部小说没有写完。另外他还写有短篇小说集《日历故事》(1948—1949)和《考埃纳尔先生的故事》(1926—1956)等。

  布莱希特的主要文学成就是戏剧和戏剧理论。他最初的戏剧创作受到过霍普特曼、魏德金德、萧伯纳和斯特林堡的影响。他的第一部剧本《巴尔》完成于1919年,随后又创作了《夜半鼓声》(1922)和《在城市密林中》(1923)。这三部剧本是布莱希特的早期作品,这时他的叙事剧理论还未成熟,但他的戏剧已显示了不同于传统现实主义的某些特征。20年代中期布莱希特的戏剧创作进入了另一个时期。这时他的戏剧理论与戏剧手法已日益成熟,表现手法也更加丰富多样。这一时期的主要作品有《兵就是兵》《三角钱歌剧》《马哈哥尼城的兴衰》《屠宰场里的圣约翰娜》《例外与常规》等。1933年后布莱希特进入了他创作的最后一个时期,这是创作的全盛时期。这一时期的主要作品有《大胆妈妈和她的孩子们》《伽利略传》《四川好人》《高加索灰阑记》等。布莱希特的戏剧理论著作主要有《娱乐剧还是教育剧》(1936)、《人民性和现实主义》(1938)、《戏剧小工具篇》(1948)、《舞台上的辩证法》(1951)等。1948年以后他没有创作出一部戏剧和一首有价值的诗,他甚至写过一些赞美斯大林的诗。"现在,现实把他毁坏到这种程度,他再也不能担当现实的声音了;他曾经成功地置身于密集的现实中——并且证明了,那里没有任何一个适合诗人待的地方。"[1]

---

[1] 汉娜・阿伦特:《黑暗时代的人们》,王凌云译,江苏教育出版社,2006年,第237页。

二 陌生化理论与叙述性戏剧

布莱希特的戏剧理论通常都被认为是表现主义的,但其实也是现实主义的。像现实主义作家一样,布莱希特十分强调文学作品的政治倾向性和教育性,他认为,戏剧必须起教育作用,戏剧不应该只是解释世界,表现世界的面目,更应该实现改造世界的目的。所谓改造世界,就是不迁就读者或观众的任何偏见和低级趣味,走在读者的前面,引导他们前进,进而改变读者和现实世界。布莱希特说:"社会主义现实主义艺术家,不仅用现实主义的态度对待自己的创作题材,而且用现实主义的态度对待自己的观众。"①

戏剧怎样才能起到教育观众和改变世界的作用呢?布莱希特认为,传统方法已经不能奏效,亚里士多德式的戏剧所产生的效果是使观众进入一种幻觉状态,从而压制了观众的思考能力,使他们失去了对舞台上所发生的事件进行理智判断的能力。科学时代的观众不能仍然只作情感的俘虏,被动的接受者,而应该成为主动的观察者和思考者,对现实做出自己的判断。正是为了实现这一目的,布莱希特提出了他的著名的陌生化理论(defamiliarization, making strange)。戏剧必须使观众惊异,而这就要求借助于技巧,把熟悉的事物变为陌生。"众所周知的东西,正因为它是众所周知的,所以根本不被人们所认识。"所谓陌生化,"首先意味着简单地剥去这一事件或人物性格中的理所当然、众所周知和显而易见的东西,从而制造出对它的惊愕和新奇感"。但陌生化并不是目的,而是为了提高观众的认识,"'陌生化'是在更高一级的水平上消除所表演的东西和观众之间的间隔。陌生化是一种可以排除任何现象的'陌生性'的可能性……因此,陌生化是真正令人熟悉……"②简单地说,陌生化就是观众在观看表演时经历了这样的过程:认识(熟悉)——不认识(陌生)——再认识(更高层次上的认识)。

---

① 张黎编选:《布莱希特研究》,中国社会科学出版社,1984年,第301页。
② 莱因霍尔德·格里姆:《陌生化》,张黎编选:《布莱希特研究》,中国社会科学出版社,1984年,第204—205页。

布莱希特的陌生化理论至少有三个理论来源：马克思有关异化的理论，黑格尔有关"精神对象化"的理论和俄国形式主义文学理论。一般认为，"陌生化"这个词是"ОСТРАНЕНИЕ（Ostraneie）"的英文译词，源于俄国形式主义。1917年，维克多·什克洛夫斯基发表了著名的论文《艺术作为手法》，作者认为，艺术的根本目的是通过用陌生化的方式表现熟悉的事物，从而克服由习惯带来的麻木感觉：

> 自动化（习惯）囊括了一切物品、衣服、家具、女人和对战争的恐惧。……因此，为了恢复对生活的感觉，为了感觉到事物，为了使石头变成石头，存在着一种名为艺术的东西。艺术的目的是提供作为视觉而不是作为识别的事物的感觉；艺术的手法就是使事物奇特化的手法，是使形式变得模糊、增加感觉的困难和时间的手法……①

这一理论后来成为现代主义作品中叙述的歪曲和混乱的根据。其实，"陌生化"也可以说是"独特性"的另一种说法。譬如托尔斯泰的小说《霍斯托密尔——一匹马的身世》，便是通过马的视角叙述而将一切（所有制、私有制）都陌生化了，这样便使读者感到震惊，从而提高了认识。

布莱希特的陌生化可以具体地体现在两个层面上：一、文本层面，即对作品的布局和人物塑造不必采用环环相扣、天衣无缝地自然发展方式，而是借助寓意形式，人物评论、文献资料等叙述手段，造成故事情节的中断，给观众留下介入和判断的机会；二、舞台层面，即由演员和其他姊妹艺术的共同作用，创造陌生化效果。这样一来，布莱希特就极大地改变了传统的戏剧观念、戏剧手法和表演方式。在戏剧方面，布莱希特提出了开放式的形式，只分场不分幕，每场可以独立存在，它只在结局及人物上与整体有关；在表演方面，布莱希特强调演员和角色之间应当保持一定距离，演员应该把自己理解的角色演给观众看，而不允许将自己融入角色，不允许自己完全变成剧中的人物，哪怕

---

① 中国社会科学院外国文学研究所外国文学研究资料丛书编辑委员会编，茨维坦·托多罗夫编选：《俄国形式主义文论选》，蔡鸿滨译，中国社会科学出版社，1989年，第64—65页。

是一瞬间,因为那样便会使观众失去理性判断能力,陷入幻觉之中;在舞台美术方面,布莱希特主张布景应该是象征性的,这样可以避免观众分散注意力;在音乐方面,也不追求优美动听的音乐,以免观众沉迷音乐,神情恍惚。另外,布莱希特还主张演员可以戴假面具,当众脱衣服。演员也可以同观众对话,必要时可以由解释员来解说和评判舞台上出现的人物和事件。总之,一切都为了强调观众的主体性,观众不能只是戏剧的被动的接受者。

布莱希特将戏剧分为两种形式:戏剧性形式和叙述性形式。前者属于亚里士多德戏剧体系,强调净化论;后者属于非亚里士多德体系,强调陌生化。前者在现代的代表人物是斯坦尼斯拉夫斯基;后者的代表人物则是布莱希特。前者就像一顿"美餐",吃过享受过也就完了,无须费神思考;后者则必须成为无产阶级解放事业中的武器和工具,具有认识作用和教育作用。这两种戏剧体系的主要差别如下:

戏剧性形式	叙述性形式(史诗性形式)
情节	叙述
把观众卷入故事之中	使观众变为观察者
消耗观众的能动性	唤起观众的能动性
使观众产生情感	迫使观众做出判断
使观众经历事件	使观众产生概念
把观众引入情节之中	把情节放在观众面前
暗示	说理
保持在亲身感受上	进一步提高认识
观众亲自置身其中	观众置身事外
休戚相通	研究思考
人被当作熟悉的对象	人是研究的对象
人是不变的	人是可变的并且正在变着
剧终时紧张亢奋	始终紧张亢奋
前一个场次引出后一个场次,前后呼应	各个场次互不呼应,剪辑构成
情节曲线进行	情节直线进行
情节徐徐展开循序渐进	情节有跳跃性
人作为某种固定状态	人是一种进程
思想决定存在	社会环境的存在决定思想
感情	理智①

---

① 张黎编选:《布莱希特研究》,中国社会科学出版社,1984年,第415页。

总之,戏剧性形式与叙述性形式在观众中所产生的效果是完全不同的。布莱希特说:"戏剧性戏剧的观众说道:……这是伟大的艺术,一切都那么自然而然。我跟台上哭着的人一起哭,我跟台上笑着的人一起笑。""叙述性戏剧的观众说道:……这是伟大的艺术,这里没有任何东西是不言而喻、自然而然的。我对台上哭着的人笑,对台上笑着的人哭。"①布莱希特对戏剧塑造人物性格、人物心理不感兴趣,他不在乎什么"典型环境中的典型性格"。他感兴趣的是人物的行为和行为方式,以及行为的目的和动机,其创作意图在于揭示社会的因果关系。

三 表现主义与现实主义的融合

"布莱希特主要是一个创作家,他的全部理论都是为了解决他创作的需要,所以他的美学思想非常具体和实际,绝无任何故弄玄虚的痕迹,或从观念到观念的空泛。"②而他的创作就是他的创作思想的具体体现和实验。布莱希特是一个充满悲悯之情的作家。"是什么把布莱希特带回到现实中,是什么几乎毁掉了这个诗人?是悲悯(compassion)……悲悯无疑构成了布莱希特最强烈和最基本的激情,这是他此后一直竭力要隐藏却又隐藏得最不成功的。"③

布莱希特最初创作的两部戏剧《巴尔》(1919)和《夜半鼓声》(1922)其实是反表现主义的。这主要因为表现主义喜欢塑造所谓理想的"新人",相信"人之初,性本善",而布莱希特的这两个剧本指出,在这样一个恶的社会里,善人是无法诞生的,也没有什么"人之初,性本善",因为善恶都是后天的,是社会和环境决定的。《巴尔》剧中主人公巴尔是个诗人,但他玩世不恭、酗酒作乐、放荡不羁、无所不干,他不信上帝只相信自己,最后无声无息地死去。该剧表现了第一次世界大战后德国青年一代信仰失落、理想崩溃、不满现状的精神状态。该剧共24场,场与场之间保持着相对的独立性,已显示了叙事剧的端倪。

---

① 余匡复:《德国文学史》,上海外语教育出版社,1991年,第711页。
② 余匡复:《布莱希特论》,上海外语教育出版社,2002年,第3页。
③ 汉娜·阿伦特:《黑暗时代的人们》,王凌云译,江苏教育出版社,2006年,第226页。

《夜半鼓声》是一部喜剧。该剧男主人公在第一次世界大战时应征到非洲打仗,待他回来时却发现未婚妻正在与一个富商举行订婚仪式,他一气之下参加了正在起义的革命军队。可是他的未婚妻却突然回心转意,于是主人公犹豫再三后,最终还是离开了革命队伍,选择了他的未婚妻。该剧表现了参加革命者动机的复杂性和摇摆性。该剧在表现形式上也具有探索性,最后主人公突然向观众大声说道:"我已经腻透了,这是个普通的剧场。这是木板墙和纸做的月亮,还有那块在幕后的剁肉板(击鼓),只有它算是有点生气……你们不要浪漫地那样盯着看,你们这些高利贷者(击鼓),你们这些杀千刀……"①这种突如其来的"漫骂观众"使观众从剧情的幻觉中警醒过来,进而加强了观众对剧本的思考和判断。

1924年,布莱希特来到柏林,被聘为柏林剧院的艺术顾问。他这时开始接触马克思主义,同时,他的"叙述体戏剧"理论也基本成形。《兵就是兵》(1926)就是第一部这样的"叙述剧"。剧本以英属殖民地印度为背景,描写一位对一切都顺从、不反抗、无异议,不会说"不"字的爱尔兰籍印度搬运工偶然作了一名机枪手,最后在战争这架巨大的机器的作用下,变成了一个杀人不眨眼的凶手。剧本表现了资本主义的异化主题。《三角钱歌剧》(1928)是布莱希特最初尝试的史诗剧作品,剧本获得了巨大的成功,并为布莱希特赢得了世界声誉。该剧借用了英国作家约翰·盖伊(1685—1732)的乞丐歌剧的形式。剧本以强盗帮头子"刀子麦基"为中心,描写了他和"乞丐国王"皮恰姆的矛盾,与警察局长的勾结,描写了资本主义大城市地下黑社会的种种冒险和尔虞我诈,展现了资本主义社会里金钱控制一切,主宰着友谊、爱情,乃至法律,这一令人触目惊心的社会现实。

1939年布莱希特创作了他的代表作之一《大胆妈妈和她的孩子们》。剧本取材于17世纪德国小说家格里美尔斯豪森的小说《女骗子和女流浪者枯拉希》。《大胆妈妈和她的孩子们》时代背景是德国三十年战争。该剧虽然不是直接取材于社会现实,但却是一部为反法西斯斗争服务的作品。剧中的女主人公名叫安娜·菲尔琳,号称"大胆妈

---

① 参见罗芃、孙凤城、沈石岩主编:《欧洲文学史》第三卷上册,商务印书馆,2001年,第358页。

妈"。她带着两个儿子、一个哑女,拉着货车随军叫卖,把战争当作谋生的手段和发财的来源,但最后却落得人财两空。她的儿子和女儿都在战争中死亡,但她却至死不悟。在剧本结尾大胆妈妈孤身一人时,她仍念念不忘"我又得去做买卖了"。在大胆妈妈这个形象身上充满了矛盾:一方面她用做买卖的行动延续和支持了战争,另一方面战争又毁灭了她的儿女;她本想通过战争来保存自己,但战争反倒更快地毁灭了她的家庭;她既是战争的支持者,又是战争的牺牲品,但她自己对这一切始终没有觉悟。这使得这出戏非常具有教育意义。布莱希特认为,剧中主人公是否觉悟无关紧要,重要的是观众看了演出应当觉悟。该剧通过主人公的不觉悟号召德国人民赶快觉醒,不要受希特勒的欺骗:战争只会给自己和德国带来灾难。该剧属于典型的非亚里士多德式戏剧。全剧分为松散的 12 场,情节上无头无尾,没有传统戏剧的开场和结局,没有贯穿始终的戏剧事件。全剧 12 场每一场都有内容提要,观众通过幻灯投影知道了戏剧内容后便不再有悬念,可以集中精力对舞台上发生的一切进行思考和评论。该剧仅选取了大胆妈妈失去三个孩子的一段经历,戏剧结构呈现片段性、组合性及蒙太奇特征。布莱希特非常重视观众的视觉和听觉效果。譬如剧中哑女没有一句台词,但她是一个光彩照人的形象。她冒着生命危险爬上屋顶击鼓,为的是震醒沉睡中的人们。她的鼓声越来越响,震撼着观众的心灵。可以说,布莱希特的戏剧只有通过舞台演出才能实现它的艺术效果。

《四川好人》(1943)是一部寓意剧,该剧以中国为背景,描写了一个名叫沈黛的妓女欲为善而不能的故事。天上的三个神仙下凡,来到四川寻找好人。他们找到了沈黛。因为沈黛总是助人为乐,因此人们纷至沓来登门求助,以致最后她自己的生存都成了问题。她不得不将自己装扮成表兄隋大,开了一家工厂。她招募工人,并对他们进行血腥的剥削,这样她便摆脱了困境。由于隋大的无情剥削,人们越发怀念好心的沈黛。但沈黛又久不露面,于是人们便怀疑是隋大杀死了沈黛。沈黛曾这样表白:"这世界真是太艰难!充满了灾难和绝望!/你给穷苦人伸出手,会把你的手也扯断!/谁去帮助破产的人,他自己也得倾家荡产!/……可我一行不义,/我就有钱有势,食有美味佳肴,穿有绫罗绸缎。/这世界一定出了点毛病。……/行善举,做好事,这种话毫不中听。"①作者通过这个完全虚构的故事提出了这样一些问题：在私有制社会里究竟还有没有好人？好人在这样的制度下还能否生存？人类能否创造一个既没有欺骗，又没有掠夺的社会？作者在戏的结尾并没有回答这些问题，而是将它们留给读者去继续思考。这使得这个剧本具有非常强烈的现实意义。剧中沈黛和隋大原本是一个人，面具一戴就换了一个人。这里面具破除了舞台是真实生活的幻觉，制造了令观众震惊的陌生化效果。

《伽利略传》(1938)以17世纪意大利物理学家伽利略因证明哥白尼"太阳中心说"而遭宗教裁判所迫害的史实为题材，反映了在科学时代到来时真理和谬误、科学和愚昧的斗争，提出了科学家对社会应负的责任问题。这部戏也是一部叙述体戏剧，它的每一场都反映伽利略性格的一个侧面，因此，剧中伽利略的形象是立体的，而不是平面的。剧本又通过主人公的多侧面形象，从各个不同角度反映了当时意大利社会的各种矛盾。人物性格在社会矛盾中被凸现出来，社会矛盾又通过人物的斗争被进一步激化。该剧具有贯穿全剧的中心事件，剧中既没有叙述人的叙述、评论，也没有歌手或歌队，没剧中人跳出角色对观众直接说话。该剧和他通常的叙述体戏剧有所不同，其戏剧效果主要通过观众对戏剧事件的过程关注和思考来获得。

《高加索灰阑记》(1948)是根据中国元代李行道的杂剧《包待制智勘灰阑记》而创作的。全剧由一个"楔子"和两个相对独立的故事组成，其总体结构是一出"戏中戏"。苏联的两个集体农庄为一个山谷的归属权问题进行讨论，最后原先占有山谷的农庄将其让给了另一个农庄，因为后者能更好地利用山谷。于是，后者便给前者演出了一出戏剧，戏名就叫《高加索灰阑记》，并说明此剧是从中国来的。这出来自中国的戏剧围绕两个女人争夺一个孩子而展开。在战乱中偶然成了法官的阿兹达克在审案中发现，真正的问题不是哪个母亲有权要孩子，而是孩子应该选择一个真正爱他的母亲。作者借这个故事表明，在社会主义制度下，非对抗性矛盾可以采用对大家都有利的办法来加以解决。这出戏既有现实意义，又有理想色彩。该剧最后歌手对观众

---

① 袁可嘉、董衡巽、郑克鲁选编：《外国现代派作品选》第四册，上海文艺出版社，1985年，第918—919页。

说:"但是,《灰阑记》故事的听众,/请记住古人的教训:/一切归善于对待的,比如说/孩子归/慈爱的母亲,为了成材成器,/车辆归好车夫,开起来顺利,/山谷归灌溉人,好让它开花结果。"①布莱希特用理想主义向几千年以来的私有制进行挑战,愿望是美好的,但却不可能成为现实。另外,该剧在艺术上也最能体现出布莱希特的间离效果。歌手的叙述和评论,他在舞台上对人物内心活动的分析,戴上假面具的演出及整个作品的"戏中戏"结构,这一切都恰到好处地实现了他的"陌生化"效果。

总之,布莱希特既是一个表现主义作家,又是一个现实主义作家。他认为:"现实主义是广阔的,而不是狭窄的。生活本身是广阔的、多样的、矛盾的……真理可以采用许多方式加以隐匿,也可以采用许多方式加以表达。我们根据斗争的需要引申我们的美学,就像引申出我们的道德观念一样。"②布莱希特继承了现实主义的传统精神,但是,他又根据时代和现实的需要,大胆创新,大胆实验,博采众长,从而极大地拓展了现实主义的表现领域,丰富了现实主义的艺术手法,使他也同时成为表现主义文学的杰出代表。

布莱希特对中国哲学和传统戏剧具有浓郁的兴趣。1935年,他在莫斯科观看了梅兰芳的演出后,极受启发,并深受震动。"梅兰芳的有意识的、保持间隔的,却又具有高度艺术性的表演风格,极其出色地体现了陌生化的表演方式。"③他非常欣赏中国戏剧的表演功夫,对于中国戏剧舞台上的简单道具,他更是赞不绝口。布莱希特从中国京剧艺术中看到了自己所追求的艺术目标,"他多年来所朦胧追求而尚没达到的,在梅兰芳却已经发展到极高的艺术境界"④。他说:"间离效果的动因和目的刚刚相反,对我们说来是陌生的和令人怀疑的……确实只有这样的人才能学到中国表演艺术中的间离效果这样一种技巧,这些

---

① 《布莱希特戏剧选》下册,人民文学出版社,1980年,第359页。
② 张黎编选:《布莱希特研究》,中国社会科学出版社,1984年,第304页。
③ 莱因霍尔德·格里姆:《陌生化》,张黎编选:《布莱希特研究》,中国社会科学出版社,1984年,第205,211页。
④ 佐临:《梅兰芳、斯坦尼斯拉夫斯基和布莱希特戏剧观比较》,张隆溪、温儒敏编选:《比较文学论文集》,北京大学出版社,1984年,第73页。

人为了一定的社会目的需要这样一种技巧。"①布莱希特认为西方戏剧应该"攀亲亚洲","面向东方",正是在此基础上他提出了著名的"陌生化"理论。

1. 布莱希特创作的主要成就是什么?
2. 什么是"陌生化理论"?
3. 《大胆妈妈和她的孩子们》的主要内容及其价值是什么?

1. 张黎编选:《布莱希特研究》,中国社会科学出版社,1984年。
2. 《布莱希特戏剧选》,人民文学出版社,1980年。
3. 余匡复:《布莱希特论》,上海外语教育出版社,2002年。
4. 彼得·斯丛狄:《现代戏剧理论(1880—1950)》,王建译,北京大学出版社,2006年。
5. Ronald Speirs. *Bertolt Brecht*. London:Macmillan,1987.
6. Janelle Reinelt. *After Brecht:British Epic Theater*. Arbor:University of Michigan Press. 1994.

第四节　尤金·奥尼尔

一　现代悲剧大师

尤金·奥尼尔(Eugene O'Neill,1888—1953),美国悲剧作家和现代戏剧的奠基人,20世纪表现主义代表作家。他出生于纽约一个演员

---

① 余匡复:《布莱希特论》,上海外语教育出版社,2002年,第50页。

家庭,父亲詹姆斯·奥尼尔以扮演基度山伯爵而闻名;母亲身体不好,染有毒瘾,给家庭蒙上阴影。哥哥跟着父亲跑龙套,具有诗人气质,因对父母不满而自暴自弃,常常酗酒。奥尼尔自幼随父亲剧团走南闯北,漂泊无定,由此他也熟悉了剧团生活。七岁上寄宿学校,中学毕业后,于1906年考入普林斯顿大学,后因恶作剧被校方勒令退学。他怀着"最固执、最不肯妥协的社会叛逆者"的违拗心理,放弃了向校方低头即可重返学校的机会,开始了他的社会流浪生涯。此后,他曾到洪都拉斯淘过金,在非洲和南美当过水手,做过配角演员、小报记者、小职员,当过流浪汉。他喜欢音乐,爱读麦尔维尔、杰克·伦敦、康拉德的作品。那段时期生活很艰苦,有时非常潦倒,饭都吃不上,混迹于社会最底层。期间他还结过婚,留下一个儿子,但婚姻以失败而告终,这使他精神极度沮丧。

1912年奥尼尔在担任《电讯报》记者时患肺结核,住进疗养院,情绪逐渐稳定下来,开始认真考虑个人前途命运问题。他认真回顾过去,思考未来,终于下决心做一个戏剧家。他潜心研读了大量古希腊悲剧,还有莎士比亚、易卜生和斯特林堡等近代戏剧大师的作品,并开始写独幕剧。出院后到哈佛大学贝克教授主持的47戏剧工作室学习了一年,掌握了一些戏剧的创作技巧。1916年,加入普罗温斯顿剧团,担任编剧。这个剧团是1915年由一群在马萨诸塞州消夏的艺术家和作家组成的,他们富于进取精神,致力于戏剧改革。当时以百老汇为代表的剧坛,被演出公司控制,主要上演欧洲的时尚剧本,大部分没有艺术价值。与此同时,一些非商业的、实验性的小剧场开始兴旺,它们在大剧场之外组织小规模演出,热心试演新戏,注意吸收19世纪末20世纪初欧洲戏剧的新材料、新精神、新手法,直接面对美国的社会问题。普罗温斯顿是其中著名的一个小剧团,他们上演了奥尼尔的早期剧作,成了他发展戏剧才能、提高创作能力和检验剧本成败的试验场所。

1920年是奥尼尔一生中重要的转折点。这一年,他的剧本《天边外》上演,获巨大成功,并获普利策奖,名扬国内外,从此奠定了他作为当代美国最重要戏剧家之一的地位。以后,他的创作日趋成熟,逐渐形成了自己的思想与风格。在紧接着的十四年里,他有21部作品陆续上演,其中一些戏剧还被介绍到欧洲,成为可与契诃夫、皮蓝德娄齐名的戏剧家。从1934年到1946年间,他着手写作一套包括十一部作品的戏剧体系,总称"占有者自我剥夺的故事",试图以一资产者家族的历史,表现钱财追求对人的腐蚀。1939年,奥尼尔病情恶化,他眼看这一宏大计划难以完成,即动手写作心理传记《进入黑夜的漫长旅程》,于1941年完成。这部带有自传性的剧作,按作家生前声明,在他死后的1956年首次在瑞典上演。第二次世界大战结束后,奥尼尔几乎同社会隔绝,只在别墅里继续写作。1953年病逝于波士顿一家旅馆。

他的创作大致可分为三个阶段:

第一阶段(1913—1919),是他的习作阶段。主要是航海题材的独幕剧,其中比较优秀的作品是他后来汇集成《格兰凯仑号》组剧的几个短剧:有《东航卡迪夫》(1916)、《加勒比斯之夜》(1917)、《归途迢迢》(1917)等。这些作品大多反映水手的生活,以作者本人的航海经验为基础,表达作者对水手和海上生活的深情,以及环境的冷漠、人生的悲剧性、理想和现实的矛盾,这些内容成为他后来创作的基本主题。

第二阶段(1920—1934),奥尼尔进入创作丰收阶段。这一时期以多幕剧为主,内容题材上有广泛的开拓,并且尝试实验各种表现手法,包括现实主义、表现主义、象征主义、意识流等,展示了人们丰富而深刻的内心世界和精神冲突。主要作品有:《天边外》(1920)、《琼斯皇》(1920)、《毛猿》(1922)、《安娜·克里斯蒂》(1921)、《上帝的儿女都有翅膀》(1923)、《榆树下的欲望》(1924)、《大神布朗》(1926)、《奇异的插曲》(1928)、《悲悼》(1931)等。

第三阶段(1935—1943),是奥尼尔创作的晚期。作品不多,原计划写两组大型系列剧,第一组"占有者自我剥夺的故事",只有《诗人的气质》和《更庄严的大厦》两部作品的初稿存留下来。另一组是三部曲,中心是反对法西斯主义,因病情恶化未完成。这一阶段重要的作品有:《送冰人来了》(1939)、《进入黑夜的漫长旅程》(1941)、《月照不幸人》(1943)等作品。这些作品依然描写人物的内心世界,在日常生活中显露精神深处的狂涛巨浪。

奥尼尔一生创作了近50个剧本,除了《啊!荒野》是唯一的喜剧外,其余全是悲剧。他在美国四次获普利策奖,名扬世界。1936年,"由于他那体现了传统悲剧概念的剧作所具有的魅力,真挚和深沉的激情",奥尼尔获诺贝尔文学奖。他的杰出成就,使他成为20世纪著名的现代悲剧大师。

二 表现主义悲剧

奥尼尔开始创作的时代,正是西方现代主义各种流派争奇斗艳的年代。许多新奇的手法在各国作家手中被广泛应用。其成名作《天边外》,便是现实主义和象征主义相结合的杰作。而运用表现主义手法写剧,奥尼尔在早期的独幕剧《东航卡迪夫》中就有实验,当水手扬克逐渐走向死亡的过程中,出现"黑衣女郎",即是扬克临死前的心理外化。在这方面的代表性作品,应推《毛猿》和《琼斯皇》。

《琼斯皇》是奥尼尔打破时空观念、外化内心世界的一部表现主义杰作。全剧一共8场,除了第一场和最后一场是现实主义场景外,中间六场戏完全是主人公的心理活动和潜意识涌现。琼斯是黑人,他的祖先被奴隶贩子从非洲卖到美洲大陆,他凭着个性的力量和从白人那里学来的狡诈与残忍,在美国犯罪后又越狱逃跑到西印度群岛,在某一海岛上靠欺骗手段建立起自己的小宫殿,说自己是神,要当地的土人对他顶礼膜拜。但他十分明白,当地的黑人终有一天会明白过来起来造反,他给自己留好了退路:一方面将搜刮来的钱财存入外国银行,另一方面在森林里设立了路标,藏匿了水和食物,一旦事情败露,便可顺利逃往国外。戏是从他的骗局被识破开始的,他仓皇出逃,跑进森林,在黑暗中迷了路。这是他始料不及的,加上那由远而近、由弱渐强的追捕他的黑人鼓声,使他心智迷乱,陷入恐惧与绝望之中。作家借助布景、灯光与道具的变化,运用音响、合唱、面具等手段,将人物的回忆、幻象、意识、潜意识等内心活动全部外化为具体形象,呈现于舞台,用以突出琼斯紧张、恐惧而扭曲的心理状态。黑暗中,琼斯辨不清方向,在森林里兜圈子,产生种种幻觉,往昔犯下的罪孽以哑剧的形式出现;种族记忆也在他恍惚的精神状态中涌现,上一世纪黑奴拍卖场的情景使他困惑、恼怒和惧怕;还有古老的祭坛、刚果巫医、张大嘴巴的鳄鱼等,这些有形的视觉形象展现了琼斯作为一个黑人的生活经历和种族根系。给观众留下深刻印象的是贯穿全剧的咚咚鼓声,在琼斯逃跑过程中,这鼓声一方面是土人们聚集、追逐的现实情况,另一方面则是琼斯内心惊恐的外在表达。它制造了一种恐怖效果,将现实的严峻性和心理上的惊慌融为一体。到最后,琼斯紧张的心跳声和鼓声融合,急促、响亮,他和着鼓声前俯后仰,手舞足蹈,毫无意识地朝着鳄鱼的血盆大口走去,说明他已经丧失了自我意识,人格分裂,麻木不仁了。而且奥尼尔还加入了咒语和歌唱,既渲染了紧张神秘的气氛,又把琼斯的个人苦难、罪恶和他的家族苦难史连接在一起。总之,在这部戏里,奥尼尔以心理时空为主线,用联想、回忆、幻觉等心理历程,展现出琼斯的求生欲与纠缠他的神秘力量的冲突,他在悲怆而恐惧的旋涡里上下浮沉,直至被淹没。作家以丰富多彩的表现主义艺术手段,逼真而生动地再现了琼斯的一生以及他祖先的悲惨命运,使《琼斯皇》以崭新的面目脱颖而出,赢得了国际声誉。

《毛猿》是用表现主义手法创作的另一出象征戏。与《琼斯皇》一样,也是不分幕,共八场,并有大段独白。主人公扬克是一艘远洋轮上的司炉工,他身强力壮,精神饱满,自认为是世界的动力。但自从上流社会的阔小姐米尔德里德到船舱观光、在袒胸露臂满身煤黑的扬克面前被吓晕过去,并大叫出"这个肮脏的畜生"以后,扬克内心的平衡、自信及乐观被打破了。他怒不可遏,决心报复,跑到纽约五马路,寻找那些有钱的太太绅士们挑衅。但没能达到目的,还被抓进监狱,在监狱中他突然意识到,正是那位小姐的父亲——钢铁托拉斯的总经理这种人,把自己压在下面,"他坐在我头上!但是我要冲过去!"出狱后便跑到工人组织世界产联的分会,自告奋勇要去炸平一切,不料被认作资方的密探,被四脚朝天扔到大街上。扬克走投无路,最后来到动物园,向笼子中的大猩猩倾吐衷肠,并打开铁笼,试图和大猩猩握手,却被猩猩猛力一抱,折断筋骨死在笼子中。

扬克是人类的象征。作者曾经说过,"扬克实在是你自己,也是我自己,他代表整个人类"[①]。在剧中,扬克作为一个现代产业工人,一直认为自己是力量、速度、运动的代表,能够驾驭世界,是世界的主人。这也是现代人曾经拥有过的自信。但当自己创造的世界反过来成为主人,将人变成机器的齿轮时,人的失落便开始了。扬克遭遇资产者小姐的否定,就是他在世界主人梦幻中受到的第一记耳光。这使他震惊、愤怒,狂躁地要找回从前的感觉,找到自己在社会中的位置。后来在富人区、世界产联等地方遭到的忽视、怀疑与打击,是他作为一个小

[①] 汪义群编:《西方现代戏剧流派作品选》(三),中国戏剧出版社,1992年,第326页。

角色,甚至一个毛猿的一系列证明。他四处碰壁,终至沮丧、绝望,孤独地以失败而告终。这也正是现代人类无能、无力,找不到自己位置的处境。第一场的舞台指示是全剧的大背景和总体象征:"我们追求的效果是,被白色钢铁禁锢的、一条船腹中的一种压缩的空间。一排排的铺位和支承它们的力柱互相交叉,像一只笼子的钢铁结构。"①第八场剧终,则是扬克死在大猩猩的笼子里。笼子是全剧的总体背景意象,船舱、监狱、动物园是明显的笼子构造,而产联的办公室,纽约大街,则是隐性的笼子,这些地方是扬克的活动场所,同时意味着一种生存空间,一种秩序,形成现代人的生活环境。而且,作家还将扬克、大猩猩与罗丹的《思想者》造型相混淆,使他们融为一体,成为戏剧的真正主人公,孤独地在像笼子般的现代社会左冲右突,思考着,感觉着,迷惘着,与现存秩序抗争着,努力寻找自我的归属。这种将思想观念和精神境况外化为视觉形象的表现主义手法,把现代人的精神危机表达得淋漓尽致。

与此同时,作家还用了类似古希腊悲剧中合唱队的方法,如船舱中"七嘴八舌的声音""大伙"的声音,既作为一种背景衬托扬克的吵闹环境,同时又是扬克心理、思想、情绪的声音外化,表现出主人公的焦躁感;有时还作为一种有距离的价值评判,当扬克说出"思想""思考",当货轮上的另一个工人勒昂说出"法律""政府",那些声音便用"一种刺耳的金属音响"重复这些字眼,然后发出"一阵异口同声、尖利刺耳的大笑",表达对这些具有神圣、严肃意味的词汇的蔑视和嘲笑。还有第五场监狱中的"话音",表面充当着给扬克介绍世界产联的角色,实际上却是扬克内心鼓起勇气、准备去产联参加战斗的心理活动。这些手法使扬克的独角戏变得有立体性。

三 深度心理悲剧

在奥尼尔的创作中,尽管他不承认自己受弗洛伊德心理学影响,但非常明显,那些偏重挖掘性心理的剧作烙下了弗洛伊德主义的印记。

《榆树下的欲望》中,主人公伊本是典型的"恋母忌父"或"杀父娶

---

① 汪义群编:《西方现代戏剧流派作品选》(三),中国戏剧出版社,1992年,第828页。

母"的类型。其继母爱碧则散发着征服一切的欲望和性欲念。第一幕的舞台指示中,在农舍的两侧各有一棵硕大无朋的榆树,"这两棵树的外表,使人感到一种不祥的、充满妒意和企图征服一切的母性心理"。故事正是发生在这样一种气氛中。家长凯勃特是美国东部早期移民的典型代表,严厉的清教主义者,在他身上物欲压倒一切,坚毅、冷酷、贪婪、吝啬,驱使着一家人拼命干活,累死了两个妻子。三个儿子都非常恨他。第二个妻子的儿子伊本二十五岁,"身上有一种凶猛的、被压抑的力量",他认为是父亲逼死了母亲,霸占了田庄,因此对父亲仇恨最深。凯勃特新娶回的年轻妻子爱碧,本是一个孤儿,嫁给老头是为了一份产业和一个像样的家。她与伊本一见面即产生了强烈的性吸引,戏剧细腻地表现了他们之间那种或隐或显、或明或暗的挑逗、调情和难以抑制的欲望。伊本本来怀疑爱碧有霸占庄园的企图,一直用对母亲的深切怀念抵制爱碧的诱惑,但后来他用报复父亲的念头抵消了一切疑虑,将对母亲的感情和对爱碧的爱情相融合,终于与爱碧发生关系,并有了一个儿子。但由于老凯勃特计划将遗产传给新生婴儿,伊本的怀疑与仇恨又占上风,认为爱碧是借他生子以达目的,于是转爱为恨,决心出走加利福尼亚。爱碧为了夺回伊本的爱,在神情昏乱中杀死婴儿。事情败露,伊本后悔莫及,最后两人一起走进监狱,共同承担罪过,在苦难中升华了感情。戏剧尽情渲染了伊本与爱碧的欲望过程,爱与恨的转换,以及对老凯勃特的仇恨和对母亲的微妙依恋。这种来自人本身的巨大力量既创造着生命也毁灭着生命,这是奥尼尔对生命本身的探索。

  这种探索在《悲悼》三部曲中达到了登峰造极的地步。奥尼尔在此剧中借用和改造了希腊悲剧中的《俄瑞斯忒斯》三部曲,写出了一部现代心理悲剧。他把故事背景放在美国内战时期,孟南将军与阿伽门农一样,出征期间其妻克里斯汀与一艘商船的船长亚当姆·勃兰特私通,并买好毒药,在孟南凯旋的当晚将其害死。他们的女儿维尼与儿子奥林扮演了俄瑞斯忒斯的角色,用手枪打死了勃兰特,克里斯汀闻讯也开枪自杀。这时报仇似乎已经完毕,但事实正好相反,新的循环又开始:姐弟俩开始争吵,互相指责,最后奥林在一种乱伦意识中自杀,维尼则把自己关在黑沉沉的宅邸里,与家族的罪恶、死人囚禁在一起。

  这是故事的表面轮廓,就像冒出海面的几座小岛,而下边则是无际的汪洋大海与惊涛骇浪。三部曲中的第一部《归家》，主要是由杀夫以及杀夫之前的种种情感情绪旋涡，展开了克里斯汀、维尼母女俩与勃兰特复杂的感情关系，并由老仆人萨斯断续地向维尼讲述家族往事。当年老孟南用剥削弟弟的钱盖了一所新宅子，从此这所宅子就总透着一股邪气。又因为弟弟爱上了看护玛利亚，祖父也对玛利亚有隐秘之情，因此无情地将叔祖父赶了出去。有意思的是，维尼的父亲艾斯拉·孟南也喜欢玛利亚，还娶了与玛利亚长相相似的克里斯汀做妻子。由于嫉妒，艾斯拉·孟南对叔祖父家后来的经济窘况视而不救，结果是叔祖父自杀，玛利亚病死。他们的儿子勃兰特怀着对孟南家的仇恨，作为一个船长来到孟南家，一边暗地勾引克里斯汀，一边明里向维尼大献殷勤，而母女俩都深爱着勃兰特，于是在心底互相仇恨。克里斯汀本来是一个热爱生活、生气勃勃、充满幸福欲望的女人，由于这个家庭严厉的清教气氛和宅子里的邪气，扼杀了她的生命，因此她一直就恨丈夫，潜意识中早有杀夫之心。在孟南归来的夜晚，克里斯汀实现了她的预谋。第一部在一种紧张、冷酷、恐怖的气氛中，掘出了这个家族成员之间的嫉妒、仇恨与罪恶，将他们积累深厚的怨与恨展示出来。

第二部《猎》。儿子奥林也从战场归来，他被战争击毁了一切信念，感到自己所杀的人都是一个样子，而且还常常变成父亲的面孔。他的这些感觉既蕴含了战争的荒唐和对人本性的伤害，同时也在暗示着孟南家男人的相似性——父亲、他、勃兰特长相一样——与杀父的潜意识。他回到家来本想寻求温暖与爱，避开死亡，结果却一头掉进仇恨的旋涡：在姐姐维尼的激励和精心安排下，姐弟俩跟踪试图与勃兰特一起私奔的母亲到码头，开枪打死了勃兰特，为父亲报了仇，母亲在绝望中自杀。奥林后悔不已，因为他深爱母亲，愿意母亲幸福，由此又种下了对姐姐的仇恨。

第三部《祟》。一年以后，奥林和维尼从东方远游归来，走进老宅，姐姐出落的和母亲完全一样，富于朝气，渴望幸福，想和单纯的仆人彼得结婚，大讲化外海岛的人情风景，认为自己已替孟南家尽了责任，应该去热爱生活，忘掉过去，让一切重新开始。奥林却沉浸在可怕的往事中，指责她是家族凶手，而自己是活着的孟南家的最后一个男人，一定不会让她得逞。他关在黑屋里写家史，并以各种方式威逼姐姐，阻碍她的新计划，最后竟追求她的爱，要让她和罪恶永久连在一起。维尼忍无可忍，骂他是懦夫，诅咒他死，奥林大叫着妈，一边祝福母亲和勃兰特的幸福，一边进屋开枪自杀。而维尼，强打起勇气，发疯般的要求彼得和她结婚，但在与彼得的拥抱中却叫出"亚当姆"，便知自己也并不能忘掉过去的感情，"总是有死人插进来！用不着再尝试了！"然后重新变得直板、严厉，走进老屋深处，背负家族情仇罪罚，和死人永远住在一起，她要以对自己的惩罚来实施某种赎罪。

　　这部戏叙述了一家三代的爱与恨。由爱引发嫉妒，又由嫉妒引发仇恨，这些最本原的生命元素在黑沉沉的孟南家宅子里翻腾着旋涡。第一代种下的灾祸，像黑云一样笼罩在第二代和第三代身上。有意味的是，孟南家三代的男人长相是同型的，女人也是同型的，而且都有一种面具的特征。他们似乎演绎了一个男人和一个女人的故事，互爱、互恨，终至互毁。这些人心理上有一种疯狂无度的欲望，而生活中又有一种神秘的力量，使这种欲望永远不能满足。剧中的孟南宅子是罪恶、扼杀生命的象征，像黑暗的命运阴影覆盖着所有的人；而不断出现的原始意象，则象征着他们的幸福向往，可望而不可即。剧中老仆人萨斯的歌声"哦，申纳杜，我的滚滚的河流，我总听见你的响声。/哦，申纳杜，我无法走近你，我远远走过了宽阔的密苏里"，细弱而苍凉，不断回响着，透视着他们的生活，表达着一种不可接近的希望和悲怆。奥尼尔将悲剧之光照进人们心理深处，显示了所有的挣扎、欲求与无可奈何，具有一种震撼人的力量。

四　精神陷落的悲剧

　　在物质世界的诱惑中导致灵魂丢失和精神的陷落，是奥尼尔悲剧的一个重要主题。

　　在这方面，《诗人的气质》和其续篇《更庄严的大厦》很有代表性。在一个家庭故事中，作家显示了人在物质占有和精神存在选择中的精神分裂，并在极度分裂中显现人物的忏悔心理。这个分裂的主角是西蒙，他"既是理想主义的诗人又是实利主义的买卖人"[1]。代表着分裂

---

[1]　弗吉尼亚·弗洛伊德：《尤金·奥尼尔的剧本——一种新的评价》，陈良廷、鹿金译，上海译文出版社，1993年，第457页。

两端的是他生活中的两个主要人物,即母亲黛博拉和妻子萨拉。两个女人代表了两种价值方向:母亲黛博拉,天生一个梦想家,远离丈夫的生意场,整日在花园里念拜伦的诗;妻子萨拉,由于出身底层,却又受父亲贵族梦的传染,盼望得到财富、权势和荣誉,住在一座豪华的大厦中仆人成堆。西蒙在母亲诗意的空间中长大,开始的选择是纯精神性的。《诗人的气质》中,没有露面的西蒙是一个地地道道的理想家:哈佛毕业,不接受父亲大公司的工作,跑到荒野"盖起自己的小木屋",过着简朴的生活,在大自然中思考人生的真正意义。他的梦想是写一本书,探讨怎样改造世界,使人们远离相互争斗,不再贪婪地占有金钱和土地,和平自由地生活。但他遇到萨拉,两人产生爱情,为了生存,在《更庄严的大厦》中,西蒙离开小木屋,进入商场,开始还只是为了维持生活,做一些小生意,而且还不断提到他的梦想。最重要的是,他的善良人性时时、处处闪烁光彩,维护着亲情、爱情、同情之类的东西;但后来逐渐产生变化,为了满足萨拉对物质的占有欲,同时也为了男人的虚荣心,随着生意上的成功,他终于抛弃了过去的梦想,将"书"从自己的脑子里扔了出去。之后,他在商场上越走越远,逐渐地抛弃人性和诗性,最后变得冷酷、狡诈,并常常在许多实用事例中得意地宣告着这种观念的胜利。

  问题是,西蒙并没有完全成为这个功利世界的俘虏,在日复一日的纯粹物质性生活中,母亲刻在他心灵深处的烙印不断向他发出呼唤。他的生命被这两种相反的方向所撕扯,他说:"我晚上在书房里想叫自己相信确有可能缔造一个没有贪婪的乌托邦,而整个大白天却在办公室里由于那场争夺权势、财富和占有权的角逐中战胜竞争对手而确实获得极大的满足,感到实现了自己的抱负而洋洋得意!"①

  实际上,西蒙自己灵魂的这两个方面,就是基督教中天使与魔鬼的两个阵营,奥尼尔付给这种对抗以细腻的心理演变和曲折的情节演绎,让西蒙先是在一个农场的小木屋构想完美社会的蓝图,然后再在生存的压力和尔虞我诈中失掉灵魂。之后,他经受了折磨与分裂,感受了人世的空无,在反反复复的痛苦回旋之后,在大病的洗礼中又回

---

① 特拉维斯·博加德编:《奥尼尔集》(上),汪义群、梅绍武、屠珍、龙文佩、王德明、申慧辉译,生活·读书·新知三联书店,1995年,第467页。

到原初的小木屋。当然,最后的选择并不意味着精神的胜利,因为那个小木屋也并不坚固和牢靠,相反,小木屋恰恰显示了西蒙的天真幼稚——他怎么可能在那样强大的实利世界中建造一个乌托邦呢?因此,毋宁说,重返小木屋只是他经历一番现实苦难和心灵风雨后对平静和安宁的某种寻求,是心灵的一次休憩和避难。它在天使的心灵和魔鬼的诱惑中飘摇着,单纯而脆弱。奥尼尔并不想(他也不能够)为他的主人公寻找现实出路,他感兴趣的是在价值两极中的苦难体验,以此表现出灵魂的内在呼求。

关于折磨西蒙的那些问题,是奥尼尔深深为之忧虑的,他曾经指出:"我们想方设法占有灵魂以外的东西,虚掷了灵魂。"①他的忧虑是世界性的,是20世纪存在于全世界的现代大问题。奥尼尔极目的是人的内在世界,是矛盾中心灵的分裂后果。从思想渊源来看,这个问题本出自基督教文化中灵与肉对立的矛盾元素。基督教所提倡的神性价值本是平衡物欲世界的杠杆,但在一定阶段形成了对人性的压抑,近代人文主义的发展逐渐冲垮了压抑,在解放的道路上阔步前进,一直走到无视灵魂的地步,宗教中的酸腐问题在20世纪变成现代人类的精神困境。为此,奥尼尔忧心忡忡,用自己的悲剧艺术尽力表达着这个问题给人带来的极大精神痛苦,而且在另外的价值范畴中挖掘出人的灵性,尽力填补着其中的裂缝。《大神布朗》和《马可·百万》中,布朗和马可·波罗都是实利主义的商人,他们经过周密的计划占有世界,获得某种现实成功,但内心世界苍白、浅薄、枯涩,了无生气。与他们恰成对照的是理想主义艺术家戴恩和东方女子阔阔真,他们富于想象和魅力,充溢着爱的光彩,代表着人类的精神追求和生命对安宁、和平、美的渴望。在充满争斗、矛盾、冲突的痛苦中,奥尼尔总是让那个物质的代表者在各种方式的忏悔中获得了悟,让诗意、热情、灵魂显示拯救的力量。他们的人生选择方向和西蒙的小木屋一样,是物质功利这个汪洋大海中的理想小岛。

《进入黑夜的漫长旅程》是作家的自传性作品,是以奥尼尔一家——他的父亲、母亲、哥哥和他自己——四个人之间又爱又恨的复

---

① 弗吉尼亚·弗洛伊德:《尤金·奥尼尔的剧本——一种新的评价》,陈良廷、鹿金译,上海译文出版社,1993年,第3页。

杂关系为基础的心理戏剧。剧中的父亲蒂隆以老奥尼尔为原型,是一个演员,因为有过童年的贫苦而特别看重钱,因此常遭儿子们的奚落和怨恨。母亲玛利由于产后庸医滥用止痛药染上毒瘾,给全家带来不幸。大儿子杰米酗酒、逛妓院,母亲抱怨是父亲在杰米小时候生病时总让他喝威士忌教坏了孩子,蒂隆却认为杰米的堕落完全是她吸毒造成的,妈妈的丑行使他失去了生活信心,杰米也向弟弟忏悔是为了报复母亲才堕落的。小儿子埃德蒙患肺结核,死神正向他逼近,但为了不刺激母亲,全家谎称是感冒。母亲事实上知道儿子的病,只是不愿面对现实,而且一直悄悄避开家人吸毒。剧作揭示了这些病态心灵互相碰撞中的微妙变化和深层潜意识。蒂隆一家都是心地善良的人,原都想做一个正直、诚实、富于责任感的人,但在过去的生活中变成了今天的人格分裂,他们每个人心目中所向往的自我与现实中的自我深深割裂开来。对现时的痛苦每个人都负有一定的责任,却没有哪一个人该负完全的责任。对此,玛利说的似乎很有道理,"生活给我们安排的,我们谁也无能为力"。结尾,杰米迷迷糊糊中朗诵着斯文朋的《告别》:"让我们起身告别,让我们从此走开",玛利在痛苦中将白发系成小辫,梦幻般地进入学生时代的修道院生活。主人公们终于在深刻的无奈中失去了最后一点幻想。

该剧有很多象征性意蕴,比如雾象征谎言、幻想,黑夜象征死亡,剧情从黎明到日落,然后进入黑夜,象征着人生的历程。全剧没有激烈的戏剧冲突,只是一家四口人的谈话,他们相互责备、恼恨,又相互怜爱、同情,作家从日常生活中挖掘出了惊心动魄的悲剧性。

其实,奥尼尔的悲剧内容和表现手法在很多时候是相融合的,比如他对意识流的运用几乎贯穿其整个作品,显示了作家对现代人精神世界的审美关照,将其分开来只是为了理论叙述的方便。另外,需要提到的是,奥尼尔很早就放弃了来自家庭的天主教信仰,为了寻找新的精神支柱,他阅读过许多现代社会理论,如尼采的超人哲学、弗洛伊德的精神分析学、无政府主义、社会主义、现代理性科学、东方神秘主义等,各种思想或多或少地影响着他对世界、人生的判断和表现。包括宗教思想,也在很多时候成为其拯救那些沦落灵魂的药方。而散发在悲剧中的友情、亲情、爱情以及对这些人类之情的向往,在某种意义上也显示了奥尼尔对美好世界的终极渴望。

奥尼尔是美国戏剧史上的一座丰碑，也是20世纪世界文学史上的悲剧大师。他认为现代社会"旧的上帝已经死去，科学和物质主义在提供新的信仰方面也已失败"，戏剧应该挖掘时代的病根，"以便找到生活的意义，安抚对死亡的恐惧"。① 因此，他的作品不注重再现社会生活和探讨具体的社会问题，而是带有浓厚的主观色彩，表现现代人类困惑的精神和心理世界，是"灵魂的戏剧"，蕴含着深邃的哲理。奥尼尔还深受古希腊悲剧命运观念的影响，他剧作中的人物总是被一种不可把握的力量所驾驭，最终走进失败、幻灭、死亡的结局。但与古希腊悲剧不同，奥尼尔悲剧中那种命运不是来自冥冥之中，而是经常出自人类本身。奥尼尔的悲剧形象表明，人的内心世界充满了可怕的冲动和不可知的力量，人不是自己理性的主人，同时自然也不是外在世界的主人。因此，要探讨生活的悲剧性，必须认识自己，正视自己。在他的剧作中，许多人物都自愿接受惩罚，接受死亡和比死亡更可怕的命运，从中找到心理上的满足与意义。于此，人性的尊严在痛苦中得到某种恢复。因此，从表现人的命运和价值追寻这个意义上，奥尼尔的悲剧与古典悲剧具有了相通之处。

1. 为什么说奥尼尔是现代悲剧大师？
2. 奥尼尔是如何运用表现主义手法的？
3. 名剧《悲悼》表现了人的哪些心理困境？
4. 奥尼尔为什么非常关注现代人的灵魂问题？

1. 特拉维斯·博加德编：《奥尼尔集》(上)，汪义群、梅绍武、屠珍、龙文佩、王德明、

---

① 转引自 Michael Manheim, *The Cambridge Companion to Eugene O'Neil*，上海外语教育出版社，2000年，第21页。

申慧辉译,生活·读书·新知三联书店,1995年。
2. 《奥尼尔戏剧研究论文集》,中国戏剧出版社,1988年。
3. 弗吉尼亚·弗洛伊德:《尤金·奥尼尔的剧本——一种新的评价》,陈良廷、鹿金译,上译文出版社,1993年。
4. 虞建华等:《美国文学的第二次繁荣——20世纪二三十年代的美国文化思潮和文学表达》,上海外语教育出版社,2004年。
5. 彼得·斯丛狄:《现代戏剧理论(1880—1950)》,王建译,北京大学出版社,2006年。

第五节　表现主义文学在中国

一　表现主义在中国的传播和接受

西方表现主义在中国的介绍始于20世纪10年代。从目前所掌握材料看,宋春舫在1918年已经开始译介表现主义作家作品,他在《新青年》上发表的《近世名戏百种目》(第5卷第4期)中收录了史脱林堡葛(斯特林堡)和韦特金(魏德金)的剧作。1921年,马鹿发表在《东方杂志》(1921年2月10号第18卷第3号)上的《戏剧上的表现主义运动》一文中第一次提及了表现主义,作者把表现主义演出剧场的出现作为演剧术的一大革命。接着《东方杂志》又发表了幼雄的《表现主义艺术》。如同表现主义文艺源于绘画界一样,中国对其介绍也始于此,文章认为,表现主义艺术是对自然主义及印象主义的反拨。"表现主义所着重者,在能表现出'精神'的运动、跳跃、突进和冲动。'精神'和地中熔体一般,有隙便即爆发,一旦爆发,则地壳破裂,飞沙走石,现出极不整齐的情状。表现派的作品,也是爆发的、突进的、跳跃的、锐角的、畸形的,有这个缘故,所以也起不调和的感想。"[①]同年,海镜也翻译了《雾飙(Sturm)运动》《后期印象派与表现派》(《小说月报》第12卷第6、7号)集中介绍绘画中的表现主义。早期译介者们注意到了表现主义的社会历史背景及其因不满现状而"发泄""叫喊"的

---

① 《东方杂志》1921年第18卷第8号。

特征。

　　随后,《小说月报》成为介绍表现主义文学的主要阵地。1921年第12卷第8号为"德国文学研究专号",刊载了一组德国表现主义的文章,包括山岸光宣的《近代德国文学的主潮》(海镜译)、金子筑水的《最年青的德意志的艺术运动》(厂晶译)、片山孤村的《大战与德国国民性及其文化文艺》(李达译)、山岸光宣的《德国表现主义的戏曲》(程裕青译)。李达的译文指出:"表现主义高唱尊重主观和灵魂的艺术容易受到欢迎,并且产生较大反响。"①可以看出,当时的接受者主要接受的是表现论的文学观和批评观。这些文章所涉及的内容偏重于思想上的表现,而对其审美内容则多有忽略。提到的表现主义作家仅有哈张克列弗(Hasenclever)(今译哈森克莱维尔)、乔治·凯撒(Georg Kaiser)(今译凯泽)寥寥几人。大体来说,文学研究会及倾向此派的理论家在介绍表现主义时,都"抱着'纯客观'的态度,很少有自己的发挥,他们对表现主义的了解多通过日本的理论文章。这些都与他们在艺术上倾向写实主义,崇尚'客观再现'的观念相关"②。

　　20年代,对表现主义的译介和宣扬表现出更大热情的还是创造社,创造社以"创造"命名也许是受到了德国表现主义关于"新生""创造"等观念的启发。③ 郁达夫高度肯定德国表现主义剧作家凯泽、乌恩鲁、哈森克莱维尔、托勒等人剧作的反抗精神。他认为:"德国是表现主义的发祥之地,德国表现派的文学家,对社会的反抗的热烈,实际上想把现时存在的社会的一点一滴都倒翻过来的热情,我们在无论何人的作品里都可以看得出来。"④郭沫若1923年在《创造周报》第16号上发表《自然与艺术——对于表现派的共感》一文,正式阐明他对于表现主义的态度。郭沫若认为:"19世纪的文艺是受动的文艺。自然派、象征派、印象派,乃至新近产生的一种未来派,都是摹仿的文艺。他们都还没有达到创造的阶段。他们的目的只在做个自然的肖子。""艺术家

---

　　① 《小说月报》1921年第12卷第8号。
　　② 吴中杰、吴立昌:《1900—1949:中国现代主义寻踪》,学林出版社,1995年,第225—226页。
　　③ 袁可嘉:《欧美现代派文学概论》,广西师范大学出版社,2003年,第77—78页。
　　④ 郁达夫:《文学上的阶级斗争》,《郁达夫文集》第五卷,花城出版社,生活·读书·新知三联书店香港分店,1982年,第138页。

不应该做自然的孙子,也不应该做自然的儿子,应该做自然的老子!……德意志的新兴艺术表现派哟!我对于你们的将来有无穷的希望。"①郭沫若文艺观的确与表现主义精神有某些契合,并且他的创作也得益于表现主义,但他和其他创造社同仁最初并没有去区分传统意义上的"表现"说与表现主义的"表现"之间的界限,对表现的文学观与表现主义文艺思潮都予以赞赏和推崇。

　　20年代出现在北京的狂飙社因创办《狂飙月刊》而得名,其灵感来源于德国的"狂飙突进"运动。狂飙社的代表作家高长虹、向培良的理论主张和创作实践受表现主义影响很大。1924年后鲁迅先后翻译了片山孤村的《表现主义》和山岸光宣的《表现主义的诸相》,这两篇论著注重表现主义的思想倾向,较为深刻地论述了西方表现主义的特点和它产生的渊源。鲁迅的介绍进一步提高了表现主义在中国的知名度。1928年10月,刘大杰的《表现主义的文学》一书出版,这部书是根据日本小池坚治《表现主义文学的研究》、北村喜八《表现主义的戏剧》《德国文学十二讲》、东京帝大德文研究会的《德国文学》等书编辑而成的。它较为准确地反映了西方表现主义文艺运动的基本面貌和当时中国批评界对表现主义文学思想的理解。在小序中作者强调了表现主义文学的重要意义:"表现主义文学的产生,是大战后德国文坛上一种个性发展的倾向。这种风动一时的大潮,与18世纪的狂飙突起(Sturm und Drang)运动,有同样的重要。他们在世界文学史上的革命的位置,与俄国共产党在政治上,有着同样的意义和价值。"②此后《小说月报》《创造周报》还有零星的对表现主义作家作品的介绍。

　　早期对表现主义文学的介绍主要集中在戏剧方面。1921年宋春舫在《德国之表现派戏剧》(《东方杂志》第18卷第16号)中对表现派戏剧的特征及代表性作品做了较为具体的介绍,涉及的作家有表现主义的先驱毕希纳、韦特金、斯特林堡、欧伦伯格等,这些作家基本上代表了当时表现主义戏剧家的主流,代表作品有乔治·恺撒(凯泽)的《珊瑚石》《煤气厂》《从清晨到午夜》,郁司特的《独夫》。值得注意的是宋

---

① 《创造周报》1923年8月26日第16号。
② 刘大杰:《表现主义的文学》,北新书局,1928年。转引徐行言、程金城:《表现主义与20世纪中国文学》,安徽教育出版社,2000年,第65页。

春舫比较中肯地指出了表现主义戏剧的缺点:"在无逻辑之思想,剧中情节与世间事实不相符合。剧中人物,如凯泽所描写,举止狂暴,仅持感情,似无理论之能力者,自吾人视之,非疯人院中人物,即孩提耳。"①到 30 年代,孙席珍的《近代文艺思潮》虽明晰地列举了德国表现主义作家诗人西克尔(Schickele)、卫斐尔(Werfel);戏剧家哈森克莱维尔、允鲁(Fritz von Unruh)、凯泽;小说家埃德施密特(Edschmid),但对表现主义认识还只停留在思想层面:"表现主义全凭主观去从事艺术的创造;它的标准不能用平常的尺度去测量它,所以有些人说,表现主义超越一切,近乎混沌……一面更热烈地拥抱现实,一面依据于精神的贯彻力和流动性和明晰性的憧憬,依据于感情的强烈和爆发力去征服现实,抵御现实。"②

对于表现主义作品的翻译情况大致如此:1923 年《小说月报》发表了的陈小航译凯泽的《从早晨到夜半》(即《从清晨到午夜》,第 14 卷第 1 号);1928 年《创造月刊》发表了托勒的《群众二人》(即《群众和人》,李铁声译,第 2 卷第 3 期),沈雁冰也曾翻译过斯特林堡的《人间世历史之一片》(《小说月报》1921 年第 12 卷第 4 号)、《情敌》(《妇女杂志》1920 年第 6 卷第 4 号)等作品。1929 年奥尼尔访问了中国,表现主义的影响也有所扩大。同年《小说月报》发表了赵景深有关奥尼尔的文章《奥尼尔的奇怪的插曲》(第 20 卷第 2 号),之后赵景深又写了《奥尼尔开始三部曲》(《小说月报》第 20 卷第 5 号),介绍了奥尼尔的新作《发电机》。1934 年顾仲彝在《戏剧家奥尼尔》(《现代》第 5 卷第 6 期)全面介绍了奥尼尔的生平和创作,如《琼斯皇》《大神勃朗》。奥尼尔在沪期间,张嘉铸曾几次到旅馆去访问他,随后张嘉铸在《新月》撰文《沃尼尔》(1929 年第 1 卷第 17 号)较详细地介绍了奥尼尔的生平、生活、性格和作品等情况。对奥尼尔表现主义戏剧理论介绍研究较为深入者是洪深。早在 20 年代奥尼尔对洪深的创作就产生过影响,但那时的影响是由于洪深留美期间,同奥尼尔先后受业于贝克教授的缘故。1933 年洪深在《现代出版界》第 10 期发表文章《欧尼尔与洪深——一度想象的对话》通过想象两人对话的方式介绍了奥尼尔关于

---

① 《东方杂志》1921 年第 18 卷第 16 号。
② 孙席珍编:《近代文艺思潮》,北平人文书店,1932 年,第 133—134 页。

戏剧的模仿与创作的关系。《天边外》《琼斯皇》《东航卡迪夫》《捕鲸》等剧作逐渐为中国作家所熟知。奥尼尔成为对中国表现主义戏剧影响最大的作家。洪深的《赵阎王》、曹禺的《原野》都深受其艺术方法的影响。

表现主义在最初被引进介绍到中国来时，其内容比较广泛笼统，几乎包括了当时现代主义文艺的所有方面，但大多数接受者抓住了表现主义的基本特征，即反对自然主义的机械，反对印象主义的摹仿，注重表现灵魂、精神以及主观内心等特征，而对于表现主义的艺术手法如象征、变形、梦幻、怪诞等则是常常有所借鉴。30年代后期，对于表现主义文艺思潮的译介开始冷却，淡化了先前那种过度的激情和狂躁的心态，但对于表现主义的方法和技巧的译介则仍然绵延不绝。40年代直至中华人民共和国成立后，随着社会主义现实主义的普及，表现主义渐渐消匿。

80年代，我国对表现主义理论和运动的译介重新兴起，其成果集中体现在由袁可嘉先生主持编译的《外国现代派作品选》第一册（下）中，该书收入了斯特林堡、凯泽、托勒、恰佩克和奥尼尔的戏剧作品和卡夫卡的两篇小说。

二 中国表现主义文学

表现主义在中国的传播，表现主义文艺理论在中国的初步确立，对中国现代文学产生了全方位的影响。"中国文坛没有一个彻底的表现主义作家，也较少完全意义上的表现主义作品，但却分明有着鲜明的表现主义色彩的浸淫，有着覆盖面颇广的表现主义艺术倾向的生成变易。"[①]

小说方面，鲁迅的《狂人日记》中狂人对人吃人现象的发现，对"吃人"历史的概括以及狂人的反抗叛逆意识等最重要的内蕴，是通过变形、隐喻、象征、幻觉、暗示、心理解剖等手法昭示出来的。这些综合手法体现着表现主义的创作原则，即不是描绘，而是体验，不是再现而是呈现。正是在这些总体艺术特征上，《狂人日记》同卡夫卡的《变形记》有明显的相通之处，而后者被公认为是表现主义的代表作品。如果说《狂人日记》中表现主义风格初露端倪，那么《故事新编》中表现主义方

---

① 徐行言、程金城：《表现主义与20世纪中国文学》，安徽教育出版社，2000年，第105页。

法的运用就显得自觉和成熟了。小说中鲁迅根据主题表现的需要,将神话传说的素材加以自由的拼接和改写,造成时空的错位、古今交织的怪诞情境。《铸剑》一篇尤其明显,作者表现和赞美复仇精神,充满阳刚之美的黑衣人带着眉间尺的头颅进宫,在国王和臣僚面前,黑衣人且歌且舞,呼应着鼎中涌起的水柱,而眉间尺的头颅"即随水上上下下,转着圈子,一面滴溜溜自己翻筋斗"。这头颅升到水柱顶端,同样开口唱起神秘悲壮的歌,甚至向着国王"嫣然一笑"。随后,黑衣人终于看准机会,挥剑砍下国王脑袋,同时自己的头颅也进入鼎中助战,最后把暴君的头颅撕得稀烂,血战到底、同归于尽的气概完成了复仇的大业。这正好印证了山岸光宣在《表现主义的诸相》(鲁迅译)一文中谈到的观点:"和神秘的倾向相偕,幻觉和梦,便成了表现派作家的得意的领域。他们以为艺术品的价值,是和不可解的程度成正比例的,以放纵的空想,为绝对无上的东西,而将心理的说明,全部省略。尤其是在戏剧里,怪异的出现,似乎视为当然一般。例如砍了头的头颅会说话,死人活了转来的事,就不遑枚举。也有剧中的人物看见幻影的,甚至于他自己就作为幻影而登台。"①当然,鲁迅算不上真正意义上的表现主义作家,他更多的是借鉴了表现主义的艺术手法。后来,郭沫若创作的历史小说集《豕蹄》与《故事新编》有异曲同工之妙。另一位历史小说的探索者施蛰存,利用历史题材表现现代人的心理,如《将军的头》《石秀》《鸠摩罗什》,这也是西方表现主义较为关注的主题之一。另外老舍的《猫城记》、废名的《莫须有先生传》采用虚拟的时空背景,以荒诞离奇的故事寄寓对现实的批判,也可视作是表现主义色彩的作品。

　　郭沫若的"身边小说"(如《残春》《喀尔美萝姑娘》等)、郁达夫的自叙传式小说《青烟》,或着意于加强人物内心冲突,或着意人物情绪的宣泄和人格分裂,运用幻觉、梦境来实现"自我"的主观精神,其表现主义的特征也较为明显。表现主义怪诞的体验出现在郭沫若的小说《月蚀》中,"我"的女人梦见在东京郊外找到一所极好的楼房,那里环境清幽,如世外桃源,但是到了晚上,却出现令人毛骨悚然的场面:

---

① 鲁迅:《译丛补》,《鲁迅全集》第十六卷,人民文学出版社,1973年,第452页。

一出门去,只听楼上有什么东西在晚风中吹弄作响,我回来仰望时,那楼上的栏杆才是白骨做成,被风一吹,一根根都脱出白来,在空中打击。黑洞洞的楼头,只见不少尸骨一上一下地浮动。尸骨们的颚骨一张一合起来,指着一架特别瘦长的尸骨对我们说,一种怪难形容的喉音。①

这不禁让人想起德国表现主义戏剧家托勒的剧本《转变》中噩梦般的幻景:骷髅们都从坟墓中爬出来,像士兵一样列队游行,头颅滚动。死尸、亡魂、活人一同登场,这一怪诞描写寓示着统治者将自己的天堂建筑在劳动者的尸骨之上。

30年代影响中国的日本新感觉派作家川端康成在他的《新近作家的新倾向解说》一文中说:"表现主义的认识论,达达主义的思想表达方法就是新感觉派表现的理论根据。……把表现主义称做我们之父,把达达派称做我们之母。"②这也确证了中国新感觉派必然烙有表现主义艺术的印记。新感觉派作品中流露着对资本主义城市生活喧嚣、混乱、空虚、罪恶的厌恶,譬如,穆时英便试图去重构一个"以永远变化着的一系列光、色、声、味、气息和触觉为其特征"的感觉世界。《夜总会里的五个人》与《上海狐步舞》如电影镜头般在快速的节奏中显示人物半疯狂的精神状态,表现出半殖民地都市的病态和畸形生活。

戏剧方面,表现主义戏剧作为独立艺术样式在中国的尝试始于20世纪20年代。洪深的《赵阎王》被认为是中国第一部表现主义剧作。《赵阎王》第三幕中模仿奥尼尔《琼斯皇》中琼斯皇出逃的经历,将叙述与幻觉结合在一起。赵大打伤连长,窃款逃入森林。在追兵的四面鼓声中产生了种种幻觉,他活埋二哥,强奸王三姐,逼死王姐儿,抢劫民财,出卖狗子,诸多情节通过幻觉像电影一样放映出来。森林中重演了赵大一生的罪和善,最后赵大被结束了生命。洪深承认《赵阎王》中"第二幕以后,他借用了欧尼尔底琼斯皇中的背景与事实——如在林

---

① 郭沫若著作编辑出版委员会编:《郭沫若全集·文学编》第九卷,人民文学出版社,1985年,第49—50页。

② 转引严家炎编选:《新感觉派小说选》,人民文学出版社,1985年,第2页。

中转圈，神经错乱而见幻境，众人击鼓追赶等等"①。不仅如此，《赵阎王》从情境到结构，甚至连赵阎王的命名方式都与《琼斯皇》如出一辙。全剧九幕中除前后两幕为现实情景之外，其余场次全部是主人公在密林中的幻觉和独白，这与《琼斯皇》剧前后两场和中间六场处理完全一致。此后的20年间，一批戏剧家以更大的热情投入对表现主义戏剧的创作实践和理论探索之中。田汉早期作品《生之意志》《灵光》《颤栗》《古潭的声音》，自觉汲取表现主义的滋养，对表现主义戏剧的创作进行了可贵的探索。《黑衣人》和《尼庵》的作者陶晶孙，则更执迷于表现主义话剧的实验，自觉地运用音响、灯光、布景等舞台艺术手段，表现幻象，烘托变态心理，与所要表达的黑色死亡主题，取得了内在的统一性与和谐性。高长虹的《一个神秘的悲剧》、向培良的《沉闷的戏剧》、陈楚淮的《骷髅的迷恋者》等，也都表达了对人生意义和人类生存的主观思考，体现了表现主义戏剧的象征性、抽象性与哲理性。

　　创造社作家与表现主义有着更为直接的联系。郭沫若曾自述过表现主义对其戏剧创作的影响："《女神之再生》和《湘累》以及后来的《孤竹君之二子》，都是在那个影响下写成的。助成这个影响的不消说也还有当时流行的新罗曼派和德国兴起的所谓表现派。特别是表现派的那种支离破灭的表现，在我的支离破灭的头脑里，的确得到了它的培养基，妥勒尔的《转变》，凯惹尔的《加勒市民》，是我最欣赏的作品。"②狂飙社作家高长虹的戏剧则体现出比较典型的表现主义特征，它带有神秘和虚幻的色彩，热衷于对抽象性问题的探索和对灵魂的剖示。在人物、地点、时间的设置和安排上，尤其体现了表现主义戏剧的"类型"化和抽象化的特征，例如《一个神秘的悲剧》，剧中的人物以A、B、C、D、E五个字母代替，每个符号都各代表一种抽象的观念。其中A是一个老人的形象，对人生充满了历尽沧桑之后的彻悟感，最后把绝望交还给了天空，选择了自戕的道路。剧中情节背景通过人物对话来交代，观念的演绎代替了情节的发展。因果联系的省略使读者只能借助人物的符号去猜测隐含其后的象征，推测人物的身份。

---

① 洪深编选:《中国新文学大系·戏剧集·导言》(影印本)，上海良友图书印刷公司，1935年，第70页。
② 郭沫若:《学生时代》，郭沫若著作编辑出版委员会编:《郭沫若全集·文学编》第十二卷，人民文学出版社，1992年，第77页。

20世纪30年代，较为成熟的表现主义戏剧就属曹禺的《原野》了。曹禺也受到奥尼尔表现主义手法的影响，"第三幕比较麻烦，其中有两个手法，一个是鼓声，一个是有两景用放枪收尾，我采取了欧尼尔氏《琼斯皇帝》所用的，原来我不觉得，写完了，读两遍，我忽然发现无意中受了他的影响。这两个手法确实是欧尼尔的，我应该在此地声明，如若用得适当，这是欧尼尔的天才，不是我的创造。"[1]《原野》里仇虎逃进森林后因杀人而受到良心的谴责，精神极度痛苦，希望、追忆、恐怖、愤怒不断袭击他的想象，使他的幻觉变得异常活跃，死去的父亲、妹妹、焦阎王、服苦役的囚犯、提纱灯的幻影以及地狱里的阎罗、判官、小鬼等一系列幻象出现了。这些幻觉揭露了黑暗的社会和以焦阎王代表的阶级对仇虎为代表的穷苦阶级的残酷压迫。曹禺还设计了一些象征性、符号化的景物和人物：原始神秘的困境——原野、黑森林，野性的生命力——仇虎、金子，残酷庸腐的封建势力——焦母、大星。布莱希特在《戏剧辩证法》里指出："表现主义是用象征手法和风格化舞台的。"[2]剧中还调动灯光、音响等手段，运用人的语言（独白、呼号等）、外物的声音（木鱼声、庙鼓声等），遵循人的潜意识规律，以展现人物的灵魂冲突。

诗歌方面，表现主义诗人强调自我表现，诗人不注重细节技巧，而关注自然表达强烈的内心激情。郭沫若的《女神》可以说不是一般意义上的浪漫主义，而是表现主义和浪漫主义浑然杂成的泛表现主义。该诗在思想意识和精神特质上，诅咒和破坏旧事物，呼唤创造精神，极力夸大自我力量，蔑视一切权威、传统和偶像，具有鲜明的表现主义特征。如《梅花树下醉歌》：

> 梅花呀！梅花呀！
> 我赞美你！我赞美我自己
> 我赞美这自我表现的全宇宙的本体！
> 还有什么你？
> 还有什么我？

---

[1] 田本相编：《曹禺文集》第一卷，中国戏剧出版社，1988年，第683页。
[2] 伍蠡甫、林骧华编：《现代西方文论选》，上海译文出版社，1983年，第159页。

还有什么古人？
还有什么异邦的名所？
一切的偶像都在我面前毁破！
破！破！破！①

在艺术风格上，《女神》采用象征、夸张、变形的方法，无视传统艺术规范，扭曲事物外部表现，突出内在本质。郭沫若的《天狗》就是把抒情主人公"我"用夸张的手法变形为"天狗"：

我是一条天狗呀！
我把月来吞了，
我把日来吞了，
我把一切的星球来吞了，
我把全宇宙来吞了。
我便是我了！②

"天狗"就是超人，就是"我"的内在本质。此外，闻一多的《死水》《发现》、冯至的《饥兽》《十四行集》等诗作中，也可发现表现主义的因素。

总之，表现主义极大地唤醒和激发了中国文学新的审美意识和艺术趣味，具有强烈的现代意识和深远的意义。埃德施密特说得好："任何时代都有表现主义，没有没有表现主义的区域，没有不是火热的感情地带。没有哪一个部落不是以表现主义来赞颂和塑造那麻木不仁的神祇的。（表现主义）整体的风格完成于感情强烈的伟大时代，它从和谐向上的生活的深层提取食物，从一种广泛蒸蒸日上、在和谐中形成的传统中吸收养料……它顽强地挣扎在中国童话的柔情中，包含于斯特林堡的倔强之中。而今抓住了整整一代人。"③

---

① 郭沫若著作编辑出版委员会编：《郭沫若全集·文学编》（第一卷），人民文学出版社，1982年，第95页。
② 同上书，第54页。
③ 埃德施密特：《论文学创作中的表现主义》，中国社会科学院外国文学研究所、外国文学研究资料丛书编辑委员会编，袁可嘉等选编：《现代主义文学研究》（上），中国社会科学出版社，1989年，第441页。

1. 表现主义在中国的传播和接受过程如何?
2. 中国表现主义文学的主要成就是什么?

1. 吴中杰、吴立昌:《1900—1949:中国现代主义寻踪》,学林出版社,1995 年。
2. 张大明、陈学超、李葆琰:《中国现代文学思潮史》(上、下册),北京十月文艺出版社,1995 年。
3. 徐行言、程金城:《表现主义与 20 世纪中国文学》,安徽教育出版社,2000 年。
4. 中国社会科学院外国文学研究所、外国文学研究资料丛书编辑委员会编,袁可嘉等编选:《现代主义文学研究》(上下),中国社会科学出版社,1989 年。

第七章 意识流文学

第一节 概　述

"意识流"(the Stream of Consciousness)是20世纪初兴起于西方,随后被东、西方作家广泛地运用着(包括在小说、诗歌、戏剧、摄影、电影等领域的广泛运用)的一种创作方法。作为一种文学流派,意识流文学主要指流行于20世纪20至40年代的英、法、美诸国的一种小说流派。最早的意识流小说通常被认为是法国作家艾杜阿·杜夏丹(Édouard Dujardin,1861—1949)的《月桂树被砍掉了》(1887)。作为一种创作方法,意识流手法现在仍被许多作家广泛地采用着。

一　意识流文学的产生和发展

意识流文学产生的原因可分为直接原因和间接原因两个方面。直接原因指的是现代西方心理学的影响。"意识流"原是个心理学术语,这一概念最早出现在美国心理学家威廉·詹姆斯的论文《论内省心理学所忽视的几个问题》(1884)中,之后詹姆斯又在他的《心理学原理》(1890)第八、九章中加以发挥,他说:

> 意识……对它自己来说并不是以劈成碎片的样子出现的。像"链条"或"系列"这样一些字眼都不能恰当地描述意识最初使自己呈现出来的样子。它不是连接在一起的东西,它流动着。"河"或"流"这样的比喻才能最自然地把它描写出来。以后当我们谈到它的时候,让我们称它为思想流、意识流和主观生活之流吧。①

---

① 伍蠡甫主编:《西方文论选》下卷,上海译文出版社,1979年,第534页。

詹姆斯认为，意识是一种不受客观事实制约的纯主观的东西，意识是"自我"的感觉，是"自我"的表现形式，甚至是"自我"的等价物。詹姆斯说，"比如在一间教室中，各人有各人的思想，我的是我的，你的是你的"①。意识的活动具有两个特点：流动性和超时间性。在意识中时间没有"空白"，意识不受时间的束缚，它始终在流动，从不间断，现在、过去和将来保持着联系。詹姆斯还认为，意识中有很大一部分是非理性和无逻辑的，因此人的意识是由理性的自觉的意识和无逻辑、非理性的潜意识所构成。与此同时，"意识流"这一概念又借助弗洛伊德和荣格的心理分析学说获得了新的发展和变化。

早在 1869 年，英国批评家阿诺德就使用了"意识流"这个概念，他说："让意识之流自然地自由地流淌过去，一项一项地检验这些行动。"②但他这里所说的"意识流"，其实是思想之流、文化之流。卡尔说："我们所说的意识流是一种观念，同时也是表达这种观念的方式。它是潜伏在词语、音符、色彩和布局背后的想象力，因而也是这种想象力赖以发挥的途径。"他甚至认为，"一切先锋艺术都趋于意识的流动"③。

间接原因又包括三个方面：即社会原因、哲学原因和文学传统的原因。

第一，西方社会的大动乱，各种矛盾的激化，人们面对社会现实的黑暗和腐败便转而去主观世界中寻找寄托。19 世纪末 20 世纪初，西方社会出现了大动乱，各种矛盾被充分激化，现实的黑暗和腐败使人们失去了信心和信仰，出现了深刻的思想危机。物质文明的过度发展反而使人们的精神变得过度空虚，这样一来，人们对科学真理也产生了怀疑，对自由、平等、博爱等传统观念发生了动摇。另一方面，社会生活又变得愈来愈复杂，愈来愈难以理解和把握，理性在荒谬的社会现实面前常常无所作为、无能为力。于是，人们便竭力逃避现实，躲进

---

① 高觉敷主编：《西方近代心理学史》，人民教育出版社，1982 年，第 202 页。
② 马修·阿诺德：《文化与无政府状态》（修订译本），韩敏中译，生活·读书·新知三联书店，2008 年，第 170 页。
③ 弗雷德里克·R·卡尔：《现代与现代主义——艺术家的主权 1885—1925》，陈永国、傅景川译，中国人民大学出版社，2010 年，第 320、322 页。

个人的主观世界中去寻求自我的价值,在发掘和表现人类的潜意识、病态意识和变态意识中自得其乐。

第二,柏格森哲学,尤其是他的"直觉"和"心理时间"理论的影响。柏格森认为:"实体不是通过脑子的复杂构思所能达到的;在直接的经验里,实体显得是不息的川流,是连续不断的变化过程,只有直觉以及同情的内省才可掌握它。我们的种种概念把实体这不断的川流分裂为许多外于彼此的片段……"因此,读者应当"把实体的这些碎片丢在一边,而把他们自己浸沉到事物不息川流里去,并让这川流的不可抵挡的波涛把他们的种种困难一起冲走"①。弗洛伊德的心理分析学说也对意识流文学的产生和发展具有很大影响。譬如,在乔伊斯的后期小说中,"弗洛伊德和荣格关于睡梦和机智的机理之研究成果"已被广泛使用。②

第三,西方文学在进入 20 世纪后便有了整体"向内转"的趋势。西方文学的发展大体经历了这样四个阶段:模仿—表现—反映—综合。文艺复兴以前的文学以模仿为主,注重于模仿人的行动,并不着意刻画性格,古希腊文学可以作为典范。浪漫主义注重表现人物的内心感情,但并不在意人物心理活动的过程。反映论可作为现实主义与自然主义的理论基础,它们过多地注意到了人的社会因素和物质因素,不大注意人的主体性。当代文学走向综合,其重心却落在人的内心,即内宇宙、第二宇宙。意识流文学的产生无疑顺应了这种文学"向内转"的潮流。当然,欧洲文学早在文艺复兴时期随着个性解放要求的提出就已经开始注意描写人的精神世界,把人物的内心生活、心理活动当成重要的表现对象。到了 19 世纪,产生了司汤达、托尔斯泰、陀思妥耶夫斯基等心理描写大师。但是,传统的心理描写仍然是以叙述故事为主,即便是揭示人物的心理活动,其目的主要也是为了表现客观现实和人物的外在行为。因此,传统的心理描写往往注重表现人物精神活动中的理性内容和自觉意识。而意识流文学则要求表现意识活动的一切领域,尤其强调发掘无意识领域,描写意识活动的非理

---

① 柏格森:《时间与自由意志·英译者序言》,吴士栋译,商务印书馆,1958年,第1—2页。
② 诺思罗普·弗莱:《批评的解剖》,陈慧、袁宪军、吴伟仁译,吴持哲校,百花文艺出版社,2006年,第409—411页。

性内容、它的复杂性和变幻莫测的流程。意识流文学无疑是在传统心理描写的基础上进一步地"向内转"。

同时,文学"向内转"的这种趋势同小说这一文学体裁在近代的发展完善是分不开的。欧洲小说的起源一般追溯到16世纪,但发展成较完备的形式却是近代的事。黑格尔在19世纪20年代撰写《美学》时,对小说还知之甚少。而小说的特点就在于:"作家可以大谈人物的性格,可以深入人物的内心世界,让读者听到人物的内心独白。他还能接触人物的冥思默想甚至进入他们的潜意识领域。"①意识流文学的主要成就是小说,这大概绝非偶然。

随后,首次将"意识流"这一术语引入文学批评中的是英国小说家梅·辛克莱(May Sinclair,1863—1946)。据库麦(Shiv K. Kumar)考证,辛克莱在1918年4月号的《个人主义者》杂志上发表评论英国作家多萝西·理查森的小说《人生历程》(又译作《朝圣》)的文章时最早将意识流这一概念引入文学界。她肯定了理查森在其小说序言中所提出的"女性现实主义",主张描写"被沉思默想的现实"、"思想和信仰的真实"的观点,并将理查森的小说称为意识流小说。②

早在1887年法国小说家杜夏丹就创作了第一部意识流小说《月桂树被砍掉了》。杜夏丹只能算法国的一位二流作家,这部小说也写得相当笨拙,但却颇有成效地尝试了意识流写作手法。"作者将这部小说里的所有情境和事件都按照它们对中心人物意识的影响程度表现出来。"③1903年乔伊斯曾在一个火车站的书报亭里买了这本书,他说他的内心独白就是从这本书里学来的。④ 随后乔伊斯多次宣称他的意识流手法得益于杜夏丹,从某种意义上说,杜夏丹的意义和价值就是经由乔伊斯而被人们发现的。乔伊斯说:"读者一打开《月桂树被砍掉了》就会进入主要角色的思想,跟随他绵延不断的思路,一步步弄清他的

① 爱·摩·福斯特:《小说面面观》,苏炳文译,花城出版社,1984年,第74页。
② Randall Stevenson. *Modernist Fiction*. Prentice Press,1988,p. 41.
③ M. H. 艾布拉姆斯:《欧美文学术语辞典》,朱金鹏、朱荔译,北京大学出版社,1990年,第346页。
④ 理查德·艾尔曼《乔伊斯传》(上册),金隄、李汉林、王振平译,北京十月文艺出版社,2006年,第141页。

所作所为和发生的事情,思维的展开完全替代了通常的叙述。

接着,"意识流"作为一种文学观念和手法在普鲁斯特、乔伊斯、福克纳等作家笔下得到了充分的展示和体现。普鲁斯特的《追忆似水年华》(1913—1927),乔伊斯的《尤利西斯》(1922),伍尔夫的《达罗威夫人》(1925)、《到灯塔去》(1927)、《海浪》(1931),福克纳的《喧哗与骚动》(1929)等终于使"意识流"小说成为西方文坛争论的热点,并成为作家们争相模仿和借鉴的亮点。

据苏联的《文学百科辞典》载:"在二十世纪的最初十年里,作家们热烈地谈论着'意识流',称它是'不朽的詹姆士的不朽的表达方法'(劳伦斯语)。围绕'意识流'已经作为一种创作原则而联合成一个完整的'流派',组成'意识流'文学……随着他的长篇小说《尤利西斯》(1922)问世,'意识流',就被许多现代主义者(如瓦列里·拉尔保、伊泰洛、斯维沃、埃略特)宣传为唯一的现代化方法。"②的确,20 世纪 20 年代后"意识流"就成为欧美评论家和作家竞相讨论和借鉴的文学流派和艺术手法。美国当代文学理论家汉弗莱对意识流小说的范围和界限进行了界定:"意识指精神活动的全部。从前意识到精神的各个层次,其中包括可以沟通的理性悟知所达到的最高层次。这个层次几乎是每一部小说所关心的。意识流小说不同于一切心理小说之处,完全在于它所关心的只是那个较之理性陈述更朦胧的层次,即处在精神活动边缘的层次。"③另一位美国文学理论家弗里德曼则在他的《意识流:文学手法研究》一书中开宗明义地写道:"第一次世界大战之后不久,一种新的艺术技巧受到人们相当大的欢迎。它几乎完全阻止了作者插手自己的作品,使得不加评述解说的类似内心生活的片段在文学上成为可能,这种技巧曾恰当地被称做'内心独白'或者'意识流'。"④当代英国小说家、理论家戴维·洛奇在他的《小说的艺术》中指出:"'意识

---

① 爱德华·迪雅丹、瓦莱里·拉博:《月桂树已砍尽:意识流先驱小说选》,沈志明译,广西师范大学出版社,2020 年,第 24—25 页。

② 安徽大学中文系编:《西方现代派文学资料选辑》,1981 年,第 41 页。

③ Robert Humphrey. *Stream of Consciousness in the Modern Novel*. Berkeley and Los Angeles: University of California Press, 1954, pp. 2—3. R. 汉弗莱:《现代小说中的意识流》,刘坤尊译,广西师范大学出版社,1992 年,第 4 页。

④ Melvin Friedman. *Stream of Consciousness: A Study in Literature Method*. New Haven: Yale University Press, 1955, p. 1.

流'一词是小说家亨利·詹姆斯的哥哥、心理学家威廉·詹姆斯造出来的,指人的思想或感情的持续流动。后来,文学评论者借用该词形容现代小说中模仿这一过程的创作流派。这一流派的代表作家有:詹姆斯·乔伊斯、多萝西·理查森和弗吉尼亚·伍尔夫等。"①

随着意识流小说的影响越来越大,"意识流"作为一种观念和方法迅速地渗透到其他的艺术门类中。于是,"艺术中的意识流远远超出了文学的范围。我们看到意识流在绘画、音乐和语词中的长足发展。我所说的意识流,是指模糊了理性与非理性、逻辑与非逻辑、知觉和机械之界限的那个表达领域。它不止是某一心理状态的投射,且是特定的心理状态的投射……它就是真实意义上的另一种语言,而非纯然是一条小溪的流动。它是意识的一个层次,需要用重新编序的语言、声音、色彩和节奏来解释。在这些方面,意识流代表着整个现代主义文化的先锋。"总之,"我们所说的意识流是一种观念,同时也是表达这种观念的方式。"②

二 意识流文学的一般特征

尽管意识流文学不是一个统一的文学流派,也没有公认的统一的定义,但是,意识流文学毕竟与传统的文学有所不同,它们也具有不同于传统文学的共同特征,这些特征概括起来有如下几点:

第一,面向内心、面向自我。一般说来,浪漫主义往往强调理想和想象,现实主义则着力描写真实的生活细节,自然主义主张对现实进行纯客观的摹写,意识流文学却强调作家面向内心、面向自我。普鲁斯特说:"一个大作家……只是在'解释'早已存在于我们各自心中的印象。"③伍尔夫则说:"生活并不是一连串左右对称的马车车灯,生活是一圈光晕,一个始终包围着我们的半透明层。传达这变化万端的,这尚欠认识、尚欠探讨的根本精神,不管它的表现多么脱离常轨、错综

---

① 戴维·洛奇:《小说的艺术》,王峻岩等译,作家出版社,1998年,第46页。
② 弗莱德里克·R.卡尔:《现代与现代主义——西方文化思潮的历史转型》,陈永国、傅景川译,吉林教育出版社,1995年,第408页。
③ 崔道怡、朱伟、王青风、王勇军编:《"冰山理论":对话与潜对话——外国名作家论现代小说艺术》(下册),工人出版社,1987年,第428页。

复杂,而且如实传达,尽可能不掺入它本身之外的、非其固有的东西,难道不正是小说家的任务吗?"①福克纳认为,作家只应写人类的"内心冲突"和"心灵深处亘古至今的真实情感"。在意识流作家那里,客观现实必定会涂上主观色彩,并且,现实往往是支离破碎的,只有主观才是完整的。普鲁斯特的《追忆似水年华》就是这方面的典型例证。

第二,自我联想与感官印象。由于意识流作家总是面向内心、面向自我,所以,他们必定会按照主观意识的流程去进行创作。他们凭着个人的印象和幻觉来确定外在事物与内在意识的联系,因此他们的创作十分自由,具有极大的主观随意性。意识流的自由联想并不注重两事物的共同特征。现实生活往往只是主观感受的媒介,所以他们重在写感官印象,这实际上就是"外界内移"。感观印象是作家记录纯粹感觉和意象的最彻底的方法,它把音乐和诗的效果移植到小说方面。它再现纯属个人性质的印象,这时,作家的思维近于消极状态,只受瞬息即逝的印象的约束,接近于无意识,无法用言语来表达。譬如,伍尔夫所写的便并不是所谓的客观现实,而是"客观事物在脑子里的印象","成千上万个琐屑的、奇异的、倏忽即逝的或刻骨铭心的印象",这些印象打动着每一个人,呈现出事物的实在性,伍尔夫把它们捕捉住了。②她的短篇小说《墙上的斑点》就写一位西方妇女看到墙上的斑点所引起的种种联想,而所有这些联想又缺乏逻辑的必然联系,主要由女主人公个人的此时此刻的感观印象所引发。

第三,内心独白与内心分析。如何才能充分地表现内心和自我,怎样才能恰当地展现自由联想和感观印象呢?意识流作家认为,最好的方法是内心独白和内心分析。"内心独白"一词最早出现在大仲马的小说《二十年后》(1845)中,在法国人们将意识流小说通常就称作内心独白小说。内心独白是"从思想或印象形成过程中的思维里的直接引述",它可以再现意识的任何一个领域。法国作家杜夏丹说:"内心独白具有近乎诗的领域的性质。是人物内心深处的、最接近无意识地

---

① 弗吉尼亚·伍尔夫:《论小说与小说家》,瞿世镜译,上海译文出版社,2000年,第8页。译文略有改动。
② 吉斯兰·杜南:《弗吉尼亚·伍尔夫:小说的信条》,见中国社会科学院外国文学研究所、外国文学研究资料丛书编辑委员会编,瞿世镜编选:《伍尔夫研究》,上海文艺出版社,1988年,第264页。

带的思想。是摒弃逻辑关系的、未加分化的状态。是在没有听者的情况下,在沉默中进行的语言。是用还原为统一语法的最小限制的直感性文章表现的、给予人以再现思想于心中浮动的原本状态的印象的独白。"①意识流的内心独白,不像传统小说、戏剧中的内心独白那样反映的是自觉的意识过程,它们往往不受理性和意志的控制。内心分析也称间接的内心独白,"把人物的意识汇总在作者的叙述之中"。这种手法现实主义作家也常常运用,但无论在使用的范围上还是程度上都不及意识流作家。总之,意识流文学的内心独白以表现零乱多变的无意识、潜意识为主,它比较适合于刻画内向型、忧郁型、变态型的人物心理,而这种心理常常是现代知识分子的典型心理。海明威的小说《乞力马扎罗的雪》就运用了意识流的内心独白手法,描写一个重病的人在弥留之际的心理活动。

第四,超时间性和超空间性。意识流文学由于通过内心独白与内心分析的手法来表现潜意识和无意识,这就必然会带来意识流动的超时间性和超空间性。美国当代理论家弗里德曼说:"意识流小说的各节并不是以人物行动的进展连接起来,倒是凭着象征和形象的不断交相照应连接起来,而这些象征和形象相互之间只能在空间产生联系。这类小说的形式通常是意象和语言相交织的结果,与时间的次序没有关系。结构的全盘安排是纵向的。同时,诗和音乐的句子交相补充,也赋予肌理以同样空间的幅度。"②福克纳则坚信:"我可以像上帝一样,把这些人物调来调去,不受空间的限制,也不受时间的限制。我抛开时间的限制,随意调度书中的人物,结果非常成功,至少在我看来效果极好。"③

另外,意识流与现代诗的作用也非常相近:语言被简化到句法上最简单的程度;文字的排列也是合乎诗的性质,而不是逻辑性的。语

---

① 参见赵乐甡、车成安、王林编:《西方现代派文学与艺术》,时代文艺出版社,1986年,第245页。
② 《"意识流"概述》,见中国社会科学院外国文学研究所、外国文学研究资料丛书编辑委员会编,袁可嘉等编选:《现代主义文学研究》(上),中国社会科学出版社,1989年,第535页。
③ 中国社会科学院外国文学研究所、外国文学研究资料丛书编辑委员会编,李文俊编选:《福克纳评论集》,中国社会科学出版社,1980年,第274页。

言的强度也与诗相仿,其中的思想永远在进行中。同时,意识流小说还有音乐化的特征,常采用音乐的对位、主导主题的方法,运用赋格、奏鸣曲的形式,极大地丰富了小说的表现形式。意识流小说还常常借用电影剪辑的手法,以表现人物意识超越时空的自由流动。

1. 西方意识流文学是如何产生和发展的?
2. 意识流文学的一般特征是什么?

1. 中国社会科学院外国文学研究所、外国文学研究资料丛书编辑委员会编,梅·弗里德曼著:《意识流:文学手法研究》,申雨平、曲素会、王少丽、陈冯嬿译,张中载校,华东师大出版社,1992年。
2. R. 汉弗莱:《现代小说中的意识流》,刘坤尊译,广西师范大学出版社,1992年。
3. 瞿世镜编:《意识流小说理论》,四川文艺出版社,1989年。
4. 柳鸣九主编:《意识流》,中国社会科学出版社,1989年。
5. 李维屏:《英美意识流小说》,上海外语教育出版社,1996年。
6. Melvin Friedman. *Stream of Consciousness*: *A Study in Literature Method*. New Haven: Yale University Press, 1955.
7. Daniel Mark Fogel. *Covert Relation*: *James Joyce*, *Virginia Woolf*, *and Henry James*. Charlottesville and London: University Press of Virginia, 1990.

第二节　普鲁斯特

一　"逆向的哥白尼式的革命"

马塞尔·普鲁斯特(Marcel Proust,1871—1922),1871年7月10日生于巴黎一个富裕的资产阶级家庭。父亲是著名医学教授,曾任全法卫生总监。母亲是一名犹太裔交易所经纪人的女儿,有良好教养,喜爱文学艺术。1889年普鲁斯特中学毕业后曾服兵役一年,接着便进入法学院及政治科学自由学院攻读文学,1895年获文学学士学位。大学毕业后曾到一家图书馆任职,一个月后暂调国民教育部任职,但不到半年便由于身体原因永远解除了公职。这以后,普鲁斯特便闭门不出,将自己关入一间隔音的屋子,过着与世隔绝的生活。《欢乐与时日》(1896)是他出版的第一部作品集。《追忆似水年华》(1913—1927)是他的代表作。1922年11月18日普鲁斯特在巴黎逝世。

普鲁斯特是法国当代重要作家,20世纪杰出的意识流小说家。他的一生心血几乎都凝注在他的杰作《追忆似水年华》中,这部小说对西方现代主义文学产生过重大影响。法国当代著名作家兼评论家安德烈·莫罗亚说,"对于1900年到1950年这一历史时期而言,没有比《追忆似水年华》更值得纪念的长篇小说杰作了"。并且,在别的作家都满足于开发众所周知的"矿脉"的同时,普鲁斯特却发现了新的"矿藏",而正是这一发现便在文学上实现了一场"逆向的哥白尼式的革命"。

今天,《追忆似水年华》虽然已经成为当之无愧的划时代的杰作,但小说出版初期却难以为一般人所接受。小说第一部《在斯万家那边》曾被四家出版社拒绝出版,其中奥朗多夫出版社经理昂多罗写信给作家的朋友罗贝尔说:"亲爱的朋友,我也许实在太笨,我不明白一个人怎么会花上三十页纸来描写他如何在床上辗转反侧,难以入眠的情状。我挠破头皮也还是不得要领。"大作家法朗士则说:"我不理解他的作品。我下了功夫,可还是无法明白。一个人只能理解同时代的人,也许还有下一代。但再往下,就不行了。"[①]就连当时著名文豪安德烈·纪德也忽视了这部作品,并拒绝在自己杂志上发表这部杰作。最后,普鲁斯特不得不自费出版,但小说出版后并没有引起人们的注意。对于这样一部奇书很少有人能耐着性子读完第三页。倒是任意打开一页,从任何一个句子读起,反倒更能激起读者的阅读兴趣。

当然,即便是在法国的文学界,能耐着性子读完2400页《追忆似水年华》的也是"寥若晨星"。为普鲁斯特第一部作品集《欢乐与时日》

---

① 莱·皮埃尔-坎:《普鲁斯特传》,蒋一民译,《世界文学》1988年第2期,第56、66页。

作序的法朗士就曾言:"生命苦短,而普鲁斯特过长。"①譬如,小说里提到阿尔贝蒂娜的名字达 2360 次,斯旺 1643 次,他眷念的母亲 1395 次。

普鲁斯特的一生可以说是自我封闭的一生,这是由他的神经过敏与体弱多病所决定的。"对任何作家,尤其是一个病体难支的作家来说,他的一项职责就是把他脆弱的大脑中的思想转移到纸张上。"②普鲁斯特的母亲对他无比宠爱,但正是这种宠爱又加速了他的病态心理的发展,以致他都无法忍受那最细微的不和谐,最淡薄的敌意,以及那最不经意的可笑行径。诸如这样一些轻微的不快,若在一般健康人那里,很快就会成为过眼云烟,不会留下任何痕迹。但在普鲁斯特敏感的心里,却刻下了终生不忘的痛苦印记。而普鲁斯特的父母在作者30岁刚刚出头时又相继去世,这更是雪上加霜,使得这位本来就无法独立生活的伟大作家面对这茫茫世界,无时无刻不在感受到地狱般的煎熬。普鲁斯特9岁时患上了哮喘病,从此就开始了他的隐居生活,24岁时旧病复发,日渐严重,这使他几乎断绝了同外界的联系。以致后来同外部世界的不相容达到了一种病态的程度,他因发病而失眠,于是用了各种麻醉剂,一睡三天;为了补偿过度的睡眠,他又连续三天不睡,用兴奋剂支持身体以工作。他住旅馆时不仅要租一套房,而且要将这套房周围的五、六套房全部租下,以免外界的噪音干扰他的正常生活。因此,普鲁斯特所熟悉的生活是非常狭窄的,他所熟悉的人物也只有他的亲友,几个同学、几位艺术家,以及上流社会的一些贵夫人……而现实生活中的大事,譬如第一次世界大战、十月革命也没有给他留下怎样强烈的印象。普鲁斯特的美好时光不在现实中,也不在未来,而在他的心里,在他的记忆中,在他的童年时代。这就是为什么普鲁斯特终其一生要去追寻那已经失去的时光。美国诗人兼批评家马尔科姆·考利说:"普鲁斯特在《追忆似水年华》实际上已告完成(仅有两节待修改)之时死去,对我们来说他成了一个雄心壮志得到实现的象征。可是这个象征过于冷酷、过于遥远,不能使我们有亲切的感受。我们既无那种愿望,也无那种财力资源和智力资源把自己关在墙上贴有软木的房间里来审视我们的回忆。而且,就因为普鲁斯特为他

---

① 沈大力:《踏着玛塞尔·普鲁斯特的足迹》,《文艺报》2013 年 9 月 18 日,第 6 版。
② 同上书,第 57 页。

自己选择了这条道路,他向我们关闭了这条道路。他把他的任务完成得那样彻底,以致永远没有人再去重复完成这种任务。"①

普鲁斯特中学毕业之前,曾修过一年哲学,并在哲学论述的作文大赛中获得第一名。他同著名哲学家亨利·柏格森是亲戚,他在中学时代就研究过柏格森的哲学,以后又在巴黎大学听过这位哲学家的课,柏格森的哲学对他产生了极大的影响。以致他力图将柏格森的理论应用到他的文学创作中去。

在柏格森的影响下,普鲁斯特将他的创作主题确定为体现宇宙本质的时间,这种时间并不是人们通常所说的"物理时间"或"空间时间",而是指"心理时间",或"纯粹时间"。前者用空间的固定概念来说明时间,认为时间是延伸的,可以从数量上加以衡量,这往往给人以错觉,其实真实的时间就是心理时间,它等同于柏格森的"绵延",它具有强度而不可量值,它是连续的、互相渗透的片刻,同时它还具有内在性、永恒性(相继性)和直观性。

二 打捞失去的时光

普鲁斯特的主要成就是从1905年开始构思创作的长篇小说《追忆似水年华》。这部小说长达十五卷,共七部,四千余页,三百余万言,是一部真正的鸿篇巨制。

第一部《在斯万家那边》(*Swann's Way*),几家有名的出版社曾拒绝出版,后由作家于1913年自费出版,小说出版后也未引起多大反响。

第二部《在少女们身旁》(*Within a Budding Grove*)出版于1919年,作者由此名声大振,这部小说获得当年度龚古尔文学奖。

第三部《盖尔芒家那边》(*Guermantes Way*)和第四部《索多姆和戈摩尔》(*Sodom and Gomorrah*)分别出版于1921和1922年。

最后的三部是在普鲁斯特去世之后出版的:《女囚》(*The Captive*)、《女逃亡者》(*The Fugitive*)和《重现的时光》(*Time*

---

① Malcolm Cowley(马尔科姆·考利):《流放者的归来——二十年代的文学流浪生涯》,张承谟译,上海外语教育出版社,1986年,第111页。

Regained 未完成)分别出版于 1923 年、1925 年和 1927 年。

这是一部新颖独特、结构复杂的作品。小说几乎没有传统意义上的故事情节,主要以回忆的方式表现了主人公复杂的内心世界。主人公马赛尔早晨醒来,躺在床上,辗转反侧,思绪万千。他想起了童年往事,古老的小镇,家庭朋友,以及阔佬斯万。之后他恋上了斯万的女儿吉尔伯特。与吉尔伯特分手后,他在一次疗养中又爱上了阿尔贝蒂娜(Albertine),但最初遭到阿尔贝蒂娜的拒绝。后来姑娘改变了态度,他便疯狂地爱恋她,想与她结婚,把她关在家里,但是,她却突然不辞而别。于是,他到处寻找,最后得知她已突然坠马死去。他在绝望中,决心写一部小说,用文学来反映这一段生活的悲欢苦乐。因此,从某种意义上说,这部书是一部关于这部小说怎样出现并存在的书。主人公开始写这部书时,实际上它已经写完。因此,我们与其说这是一部关于回忆的小说,不如说是一部关于"小说"的小说。

小说也正是在这个意义上完成了一场逆向的"哥白尼式的革命"。因此,我们恐怕不能继续沿用通常的那种文学观念和分析方法来把握和评价这部小说。简单地将这部小说的主要思想概括为,"以 19 世纪末 20 世纪初的法国为背景,通过主人公的童年和青少年生活反映了进入帝国主义阶段的法国上层社会的历史变迁,并通过主人公的爱情生活表现资产阶级青年的忧郁、苦闷、空虚的精神状态,同时也流露了作者对一部分资产阶级的衰败没落的惋惜心情"[①],这不仅不能发现和领会作者完成的这场"哥白尼式的革命"的精神和实质,而且,还会轻易地就将这部小说当作劣作而弃之如履。

正如小说的形式一样,小说的主题也是独特的。这种独特的主题正如小说的原书名一样——"寻找失去的时间"(直译)。可以说,时间才是小说的真正主题。而时间意识与自我意识则息息相关,后者必须在时间中展开,为时间所限定。海德格尔认为,人是时间性的。"时间就在他之中;他的存在彻头彻尾、彻里彻外都是时间性的。""人是这样一种存在,他尽管是模糊地和半自觉地,但却始终是历史地领会着而

[①] 袁可嘉、董衡巽、郑克鲁选编:《外国现代派作品选》第二册(上),上海文艺出版社,1981 年,第 7—8 页。

且也必定历史地领会着自己的存在。"①"有限与无限的关系问题,其核心点就是时间。人作为感性个体,正是由于感到时间的驱迫,生命的短暂,才拼命追求价值生成。但这里的时间问题显然不是一个实在论上的问题……时间既然是人的生存的状态性,诗时间,也就是诗化人生。"②普鲁斯特在小说中曾意味深长地写了这样一件小事:因为女仆费朗索瓦丝每周六下午要去赶集,于是"我"家里的午饭时间便提前一小时,而这一变化就使我们的时间不再同于其他人的时间。这一变化成了小说中的一个热门话题。普鲁斯特写道:"如果我们有谁具备史诗头脑,这个主题就能化为一系列传奇故事的核心。"③

时间,在我们看来,是运动着的物质的存在形式,并且是不依赖人的意识而客观存在着的。时间的特性便是其一维性和它的一去不复返性,这也是不以人的意志为转移的。古往今来,多少文人志士面对滔滔奔腾的江河,发出了无数类似"逝者如斯夫"的感叹。时间的不可逆转是人类的一个永恒的悲剧。但普鲁斯特显然有着与此全然不同的看法。他认为,时间是可以被追回的,因为它有"心理学"。时间是我的自我,它并没有完全消逝。它在睡梦中、幻觉中和精神恍惚中连同我的自我一起被追回,并且得以再生。"真正的思想,扎根于存在的思想,它同时就是一种感谢和回忆的行为。"④在这里,普鲁斯特的时间观非常接近海德格尔。海德格尔说:"只有当此在如'我是所曾在'那样而存在,此在才能以回来的方式从将来来到自己本身。此在本真地从将来而是曾在。先行达乎最极端的最本己的可能性就是有所领会地回到最本己的曾在来。只有当此在是将来的,它才能本真地是曾在。曾在以某种方式源自将来。"⑤对此在来说,过去并不是源始的;源始的是对还未出现但必然属于我的存在,即我的死的预备。正因为此

---

① 威廉·巴雷特:《非理性的人——存在主义哲学研究》,段德智译,陈修斋校,上海译文出版社,2007年,第243、245页。
② 刘小枫:《诗化哲学》,华东师范大学出版社,2007年,第132—133页。
③ 马塞尔·普鲁斯特:《追忆似水年华(1)在斯万家那边》,李恒基、徐继曾译,译林出版社,1989年,第113页。
④ 威廉·巴雷特:《非理性的人——存在主义哲学研究》,段德智译,陈修斋校,上海译文出版社,2007年,第251页。
⑤ 马丁·海德格尔:《存在与时间》,陈嘉映、王庆节合译,熊伟校,生活·读书·新知三联书店,1987年,第386页。

在可以预先行动,他才拥有未来,也才可以回到他的曾在中去,才不失去他的曾在,而是保持它。普鲁斯特正是在对死亡的预见中思考此在和曾在,曾在、此在和未来在这里成为一体。因此,小说在结构上也是一种循环回复的。"永久的自我会在我们整个一生中持续下去,但对我们所连续的自我来说确实如此,连续的自我都是永久的自我的组成部分。"①普鲁斯特终于找到了超越时间的大门,"恰恰就在我们感到山穷水尽的时候,一线生机豁然出现;我们敲遍一扇扇并不通往任何地方的门扉,唯一可以进身的那扇门,找上一百年都可能徒劳无功,却被我们于无意间撞上,于是自动开启……"②

但是,这种追回的时间是真实的时间吗?是的。普鲁斯特对此深信不疑。他认为,现实世界是不真实的,至少是不可认识的,外在的生活只是披在我们身上的一件外衣。因为我们所看到的世界永远受到我们自身的观念与情欲的歪曲和肢解。这样,世界便不只是一个,而是有多少个有意识的人,便有多少个。所以,重要的不是生活在各种幻觉之中并成为这些幻觉的俘虏,而是要在我们的记忆中寻回失去的时间和乐园,这才是唯一的真实。普鲁斯特通过记忆储存了十分丰富的艺术素材,但这些素材也并非一成不变。作者异常复杂的心灵使它们不断成熟,不断充实。对于人们的种种行为,他归结出了纷繁错杂的动机,它们在内心深处是相互关联的。他给人一种印象,似乎这些动机来自他自己的意识,被用于他人身上,但普鲁斯特总是成功地使人们相信,这些酷似真实的结构必然是真实的。即使他赋予某人的行为动机多于此人实际具有的动机,由于他发现了它们这个事实本身,这些动机还是变成了真实的。普鲁斯特虽然深知无法在现实中寻找记忆中的图景,但是,却可以在回忆中寻回现实中的图景。

记忆又是一种创造力,它的特性像滚雪球一样,积累起往事,在绵延的每一瞬间,把作为实在创造的某种新东西同往事组织在一起。记忆不是前后相继的各个部分简单的排列,而是在其中没有重复的、不可分割的过程,是自由和创造的活动。休谟说:"如果没有记忆,我们

---

① 马塞尔·普鲁斯特:《追忆似水年华(7)重现的时光》,徐和瑾、周国强译,译林出版社,1991年,第6页。

② 同上书,第175页。

就永远不会有因果关系的概念,因而原因和结果的链条也将不复存在,而构成我们的自我和个性的正是这个链条。"①个性总是在时间中获得一种意识的一致性,这种一致性通过记忆而被感知。"个体的人与他通过对以往的思想行为的记忆获得的持续的一致性相联系。"②总之,有意识的人格的全部生活便是这样一个不可分割的连续体。

普鲁斯特持有与柏格森同样的观点。他的全部创作旨在编织起一张密密麻麻的记忆大网,然后循着这张记忆的巨网去追回那已经失去的时间。"因为记忆把过去不加变动地,像当初它尚且在进行的时候那样把它引入现在的时候,它所抹掉的恰恰正是那个时间的巨大的维数,就是生命据此得以发展的巨大的维数。"③但是,并不是所有的回忆都能编织在这张巨网里,在普鲁斯特看来,那种试图借助智力,通过推理、文件和佐证而重建过去的努力将会是徒劳无益的,因为它绝不可能使我们感到过去突然在现在之中显露,而正是这种突然显露才会使我们意识到自我的长存。因此,回忆便可以分为自主回忆和不自主回忆,并且,只有那些不自主的回忆,才能找回失去的时间。而这种不自主的回忆只有同某一特定的感觉偶合之后才会重现。普鲁斯特终于明白了,"需要表现的现实并不存在于主体的外表,而在于与这个外表关系不大的一定深度,就如那汤匙碰击在碟子上的声音、餐巾浆硬的触感所象征的,对我精神上的更新而言,它们比那么多次的人道主义、国际主义和形而上学的交谈还要珍贵"④。这样,"一个小时并不只是一个小时,它是一只玉瓶金樽,装满芳香、声音、各种各样的计划和雨雪阴晴。被我们称作现实的东西正是同时围绕着我们的那些感觉和回忆间的某种关系"⑤。我们的过去便继续存活在各种滋味、气息、音响,以及各种具体的感觉之中,因此,当我们寻找失去的时间时,重要的就不是回忆的内容,而是回忆的方式。这方面典型的例子便是小

---

① 伊恩·P·瓦特:《小说的兴起——笛福、理查逊、菲尔丁研究》,高原、董红钧译,生活·读书·新知三联书店,1992年,第15页。
② 同上。
③ 马塞尔·普鲁斯特:《追忆似水年华(7)重现的时光》,徐和瑾、周国强译,译林出版社,1991年,第334页。
④ 同上书,第190页。
⑤ 同上书,第197页。

说第一部《在斯万家那边》中关于玛德莱娜点心的描写：

> 有一年冬天，我回到家里，母亲见我冷成那样，便劝我喝点茶暖暖身子。而我平时是不喝茶的，所以我先说不喝，后来不知怎么又改变了主意。母亲着人拿来一块点心，是那种又矮又胖名叫"小玛德莱娜"的点心，看来像是用扇贝壳那样的点心模子做的。那天天色阴沉，而且第二天也不见得会晴朗，我的心情很压抑，无意中舀了一勺茶送到嘴边。起先我已掰了一块"小玛德莱娜"放进茶水里准备泡软后食用。带着点心渣的那一勺茶碰到我的上颚，顿时使我浑身一震，我注意到我身上发生了非同小可的变化。一种舒坦的快感传遍了全身，我感到超尘脱俗，却不知出自何因。我只觉得人生一世，荣辱得失都清淡如水，背时遭劫亦无甚大碍，所谓人生短促，不过是一时幻觉；那情形好比恋爱发生的作用，它以一种可贵的精神充实了我。也许，这感觉并非来自外界，它本来就是我自己。我不再感到平庸、猥琐、凡俗。这股强烈的快感是从哪里涌出来的？我感到它同茶水和点心的滋味有关，但它又远远超出滋味，肯定同味觉的性质不一样。那么，它从何而来？又意味着什么？哪里才能领受到它？……回忆却突然出现了：那点心的滋味就是我在贡布雷（Combray）时某一个星期天早晨吃过的"小玛德莱娜"的滋味，我到莱奥妮姨妈的房内去请安，她把一块"小玛德莱娜"放到不知是茶叶泡的还是椴花泡的茶水中去浸过之后送给我吃。见到那种点心，我还想不起这件往事，等我尝到味道，往事才浮上心头；也许因为那种点心我常在点心盘中见过，并没有拿来尝尝，它们的形象早已与贡布雷的日日夜夜脱离，倒是与眼下的日子更关系密切；也许因为贡布雷的往事被抛却在记忆之外太久，已经陈迹依稀，影消形散；凡形状，一旦消退或者一旦黯然，便失去足以与意识会合的扩张能力。连扇贝形的小点心也不例外，虽然它的模样丰满肥腴，令人垂涎，虽然点心的四周还有那么规整、那么一丝不苟的皱褶。但是气味和滋味却会在形销之后长期存在，即使人亡物毁，久远的往事了无陈迹，唯独气味和滋味虽说更脆弱却更有生命力；虽说更虚幻却更经久不散，更忠贞不矢，它们仍然对依稀往事寄托着回忆、期待和希望，

它们以几乎无从辨认的蛛丝马迹，坚强不屈地支撑起整座回忆的巨厦。①

这里，作者通过主人公味觉的刺激而启动记忆的闸门，并真实地展示了随之而来的如潮往事，往昔便伴着这种精神的舒展而重新成形，化为现实，同时赋予了它永恒的价值。

普鲁斯特正是通过这些具体而微的形象来追忆似水年华。他往往通过一片云、一个三角形、一座钟楼、一朵花、一块砾石便可以破译出时间的密码。普鲁斯特认为："由智慧直接地从充满光照的世界留有空隙地攫住的真理不如生活借助某个印象追使我们获得的真理更深刻和必要，这个印象是物质的，因为它通过我们的感官进入我们心中，然后我们能从中释放出精神。总之，不管在什么情况下，不管是涉及如马丹维尔诸多钟楼的景致给予我的那种印象，还是如两格踏步高低不平的感觉或玛德莱娜点心的滋味给我留下的模糊回忆，我都必须努力思索，也就是说使我所感觉到的东西走出半明半不明的境地，把它变换成一种精神的等同物，从而把那种种感觉解释成那么多的法则和思想的征兆。而这种在我看来是独一无二的方法，除了制作一部艺术作品外还能是什么呢？"②这便是普鲁斯特独一无二的方法，也是文学创作中独一无二的方法。

另外，普鲁斯特对人物的变幻莫测的心理，尤其是恋爱心理，那种近乎变态的恋爱心理的捕捉和描绘非常细腻而详尽，简直是叹为观止。"普鲁斯特告诉我们，性嫉妒也许是最好的小说题材。"③我们以小说中"斯万的爱情"一节为例稍加分析：这一节虽然叙述角度是第三人称，但作者却深入人物的内心，写出了斯万对奥黛特曲折细微的、近乎变态的恋爱心理。

斯万经常去凡尔迪兰家与奥黛特会面。然而，有一次他突然感到这种见面有点例行公事，于是，他故意推迟去凡尔迪兰家，以显得自己

---

① 马塞尔·普鲁斯特：《追忆似水年华(1)在斯万家那边》，李恒基、徐继曾译，译林出版社，1989年，第47页。

② 马塞尔·普鲁斯特：《追忆似水年华(7)重现的时光》，徐和瑾、周国强译，译林出版社，1991年，第187页。

③ 哈罗德·布鲁姆：《西方正典》，江宁康译，译林出版社，2005年，第311页。

并非总是无所事事。当他后来来到凡尔迪兰家时,他并没有看到焦急地等待他的奥黛特,也没有看到满脸欣喜的奥黛特,而是发现奥黛特不在那儿。奥黛特先离开了凡尔迪兰家,她曾对总管说自己在普雷福咖啡馆。斯万开始着急了,他急忙去那家咖啡馆。但是,

她不在普雷福咖啡馆。他决心到环城马路所有的饭店去找她。为了争取时间,当他到一些饭店去的时候,他就打发他的马车夫雷米(里佐画中的洛雷丹诺总督)上另一些饭店,如果他自己找不着,就到指定的地点去等马车夫。马车不见回来,斯万心里直翻腾,仿佛一会儿看到他回来说:"夫人在那里",一会儿又看到他回来说:"夫人哪个咖啡馆里也找不着。"眼看天色已晚,也许今晚可能以跟奥黛特相会而告终,这就可以结束他的焦灼;也许不得不死了今晚找到她的念头,只好未曾相遇而黯然回家了。

马车夫回来了,可是当他在斯万面前停下来的时候,斯万并没有问他"找到夫人没有?"却说:"明天提醒我去订购劈柴,看来家里的快用完了。"也许他心里在想,如果雷米在哪个咖啡馆看到了奥黛特还在等他的话,那么这个倒霉的夜晚已经被一个业已开始的幸福的夜晚取而代之了,他就用不着匆匆忙忙地奔向那已经到手、妥善收藏、万无一失的幸福了。不过这也是出之于惯性的作用;有些人的身体缺乏灵活性,当他们要躲避一次冲撞,把他们行将烧着的衣服从火苗边拽开,要做出一个紧急的反应时,他们却不慌不忙,先把原来的姿势保持一会儿,仿佛要从这个姿势中寻得一个支点,一股冲力似的。斯万这会儿则是在心灵中缺乏这么一种灵活性。假如车夫对他说:"夫人在那里"的话,他多半也会这样回答:"啊!好,好!让你跑了这么多路,我没想到……"并且继续谈订购劈柴的事,免得让他看出自己情绪的激动,同时让自己有时间从不安转入幸福。

车夫再一次回来告诉他,哪儿也找她不着,并且以老仆人的身份,提出自己的意见:

"我想先生只好回家了。"①

斯万并没有回家,他继续寻找奥黛特,并终于在意大利人大道上与奥黛特迎面相撞。她在一家餐厅的隐蔽处吃饭,斯万没有发现她。这会儿她正去找自己的马车。于是斯万送奥黛特回家。不久,奥黛特说自己头疼,要斯万12点以前熄灯回去:

> 她请他在走以前把灯灭掉,他亲自把帐子放下再走。可是当他到了家里,他忽然想起奥黛特也许今晚在等什么人,累是装出来的,请他把灯灭了只是为了让他相信她就要睡着,而等他一走,就立即重新点上,让那人进来在她身边过夜。他看看表,离开她差不多才一个半小时,他又出去,雇上一辆马车,在离她家很近的一条跟她住宅后门(他有时来敲她卧室的窗,叫她开门)那条街垂直的小街停下;他从车上下来,街上是一片荒凉和黑暗,他走了几步路就到了她门口。街上所有的窗户都早就一片漆黑,只有一扇窗,从那像葡萄酒榨床里压挤神秘的金黄色的果肉的木板那样的百叶窗缝里溢出一道光线。在如此众多的别的夜晚,当他走进街口老远就看到的这道光线,曾使他心花怒放,通知他"她在等着你",而现在却告诉他"她正跟她等待的那个人在一起"而使他痛苦万分。他想知道那个人是谁;他沿着墙根一直悄悄走到窗口,可是从百叶窗的斜条缝里什么也瞧不见,但听得在夜的沉寂中有喃喃的谈话声。
>
> 当然,看到这道光线,想到在窗框后在它的金色的光芒中走动的那一对男女,想到在他回家以后来到的那个人暴露了。奥黛特的虚伪暴露了。她正在跟那一位共享幸福生活的这阵窃窃私语也暴露了,他是何等的痛苦啊。然而他还是为他来了而高兴:促使他从家里出来的那份折磨心情,由于越来越明朗而不再那么强烈,因为奥黛特的生活的另一面,当时对它突然产生了怀疑而又无可奈何,现在却明摆在他面前,被那盏灯照得一清二楚,被囚

---

① 马塞尔·普鲁斯特:《追忆似水年华(1)在斯万家那边》,李恒基、徐继曾译,译林出版社,1989年,第229—230页。

在这屋里而不自知,而他只要高兴,就可以进去把它捉拿归案。他也可以像平常晚来时一样,去敲敲百叶窗;这样,奥黛特至少可以知道他已经掌握情况,看到了那道光,听到了他们的谈话,他刚才还在想象她如何和那人在一起嘲笑他受骗上当,而现在是他们上了他的当还不知道,他们受了他的骗;他们以为他远在天边,而他却近在咫尺,而且他就要去敲窗子。此刻,他有种近乎愉快的感觉,也许这不仅仅是怀疑和痛苦得到了解除,而是一种智力上的快感。自从他爱上奥黛特以后,他以前对事物的浓厚的兴趣有所恢复,但这也限于跟对奥黛特的思念有关的事物,而现在他的醋意激起的却是他在好学的青年时代的另一种智能,那就是对真情实况的热烈追求,但那也限于跟他与他的情妇之间的关系有关的真情实况,仅仅是由她的光辉所照亮的真情实况,一种完全是与个人有关的真情实况,它只有一个对象,一个具有无限价值,几乎是具有超脱功利之美的对象,这就是奥黛特的行动、跟她有联系的人、她的种种盘算、她的过去。在他的一生中的其他任何时期,他总认为别人的日常言行没有什么价值,谁要是在他面前说三道四,他总觉得没有意义,即使听也是心不在焉,觉得自己此刻也成了一个最无聊的庸人。可在这奇怪的恋爱期间,别的一个人竟在他身上产生如此深刻的影响,他感到在他心头出现的对一个女人的最微不足道的事情的好奇之心,竟跟他以往读历史的时候一样强烈。凡是他往日认为是可耻的事情:在窗口窥看、巧妙地挑动别人说话、收买仆人、在门口偷听,现在就跟破译文本、核对证词、解释古物一样,全是具有真正学术价值的科学研究与探求真理的方法了。

  他正要抬手敲百叶窗那片刻,想到奥黛特就要知道他起了疑心,到这里来过,在街上守候过,不禁产生了一阵羞耻之心。她曾经对他说过,她对醋心重的人,对窥探对方隐私的情人是多么讨厌。他就要干的事情确实是笨拙的,她从此就要讨厌他了,而在他没有敲百叶窗之前,尽管她欺骗他,可能还是爱他的。人们为图一时的痛快而牺牲多少可能的幸福啊!但要弄清真情实况这种愿望却更加强烈,在他看来也更为崇高。他知道,他不惜生命代价去核实的这个真情实况在这露出道道光线的窗户背后就能读出,这就好比是一部珍贵文献的烫金封面,查阅文献的学者对它底下的手稿的艺术价值是不会不动心的。他对这以如此温暖、如此美丽的半透明的物质制成的这个独一无二、稍纵即逝、宝贵异常的稿本的真情实况,急切地渴望着要了解。再说,他所感到自己高出于它们的地方——他又是如此需要有这样的感觉——也许与其说是他知道它们,倒不如说是他可以在它们面前显示他知道它们。他踮起脚。敲窗户。人家没有听见,他敲得更响,谈话戛然而止。只听得有个男人的声音,他竭力去辨认到底这是他所认识的奥黛特的哪个朋友的声音:

"谁啊?"

他拿不稳是谁的声音。他再一次敲百叶窗。窗开了,接着是百叶窗也开了。现在可没法后退了,因为她马上就要知道真相,而为了不至显得过分狼狈,醋心太重,又太好奇,他只好装出一副若无其事的样子,欢快地叫道:

"别费事了,我路过这里,看见有光,想问问您是不是已经好些了。"

他抬头一看,只见两位老先生站在窗口,其中一位举了盏灯,这就把房间照亮了——一间陌生的房间。①

原来斯万敲错了窗,所有这些心理活动和细微变化全因为斯万的这一小小错误。普鲁斯特充分注意到了人类意识的复杂性、丰富性和矛盾性,并且善于将人类意识中最细微的感触、最微妙的波动放大拉长,活灵活现地展现在读者面前。

总之,《追忆似水年华》开创了小说创作新的可能性,对后世的文学创作影响深远。半个多世纪以来,专家学者对这部小说进行了各种各样的解读和分析,他们从哲学、神学、精神分析学、符号学、叙事学、原型理论、形式主义理论等角度切入,发掘小说的价值和意义,探索小说的目的和功能,极大地丰富和改变了我们的小说观念,给我们提供

---

① 马塞尔·普鲁斯特:《追忆似水年华(1)在斯万家那边》,李恒基、徐继曾译,译林出版社,1989年,第229—230、272—274页。个别地方参照了袁可嘉、董衡巽、郑克鲁选编:《外国现代派作品选》第二册(上),上海文艺出版社,1981年,第65页。

了许多有益的启示。

1. 普鲁斯特创作的主要成就是什么?
2. 《追忆似水年华》的主要特征是什么?

1. 马塞尔·普鲁斯特:《追忆似水年华(1)在斯万家那边》,李恒基、徐继曾译,译林出版社,1989年。
2. 马塞尔·普鲁斯特:《驳圣伯夫》,王道乾译,百花洲文艺出版社,1992年。
3. 莱·皮埃尔-坎:《普鲁斯特传》,蒋一民译,《世界文学》1988年第2期。
4. 塞·贝克特:《普鲁斯特论》,沈睿、黄伟等译,社会科学文献出版社,1999年。
5. 克洛德·莫里亚克:《普鲁斯特》,许崇山、钟燕萍译,中国社会科学出版社,1989年。
6. William C. Carter. *Marcel Proust*: *A Life*. New Haven, Conn.; London: Yale University Press, 2000.

第三节　乔伊斯

一　奇　人

柏格森说:"绵延是先后无别的陆续出现,是一堆因素的互相渗透,而这些因素是那样的各式各样,以致过去的状态无法重新出现。"① 乔伊斯的创作便像是一泓奔流不息的川流;而他的一生大部分的日子,也像他那绵延流动的意识一样,在欧洲大陆流亡。乔伊斯将流亡

---

① 柏格森:《时间与自由意志·英译者序言》,吴士栋译,商务印书馆,1958年,第1—2页。

分为"经济流亡"与"精神流亡",而他自己则更多的属于精神流亡,精神流亡的目的是"为了寻找一个民族赖以生存的精神食粮"。[1] 所幸的是,乔伊斯最后终于通过他的作品达到了他那流动的意识所应达到的目的地。

詹姆斯·乔伊斯(James Joyce,1882—1941),爱尔兰著名小说家,意识流小说的杰出大师,现代主义文学的开拓者和代表作家。1882年2月2日生于都柏林一个贫穷的公务员家庭。从小在耶稣会学校受天主教教育,准备当神父。中学毕业前决心献身文学。1898年进入都柏林大学专攻现代语言。1902年毕业后赴巴黎学医。1903年因为母亲病危暂时回乡,开始写短篇小说。以后在欧洲以教授英语为生,同时从事文学创作。1907年自费出版诗集《室内音乐》(Chamber Music)。1914年出版短篇小说集《都柏林人》(Dubliners)。1916年出版长篇自传体小说《青年艺术家的肖像》(A Portrait of the Artist as a Young Man)。1918年剧本《流亡》(Exiles)出版。1920年定居巴黎。1922年2月2日,在他40岁生日那天出版代表作《尤利西斯》(Ulysses)。1939年完成了最后一部长篇小说《为芬尼根守灵》(Finnegans Wake)。1941年1月13日在苏黎世病逝。

乔伊斯虽然被公认为天才,但却不断地受到人们的埋怨和指责:"在他的爱尔兰同胞们眼中,他至今仍然是一个淫秽作家,很可能还是个疯子;他们是最后一个解除《尤利西斯》禁令的国家。在英国人眼中,他是个怪人,是个'爱尔兰派',而这一个所谓派,根据最近七十年来爱尔兰人写的各种文学作品来看,实在是'英国化'到了危险的程度。美国人对他是非常热情的(虽然他对他们这个国家感到难以忍受),认为他是一个伟大的创新者,伟大的城市作家,不过也许心肠太硬了一点。法国人呢,尽管乔伊斯在他们中间生活了二十年,他们还嫌他缺少一点高雅的理性主义,不能算是无可争议的地道文人。"[2]

综观乔伊斯的全部作品,可以说他的创作有一个从现实主义到现代主义再到后现代主义的发展过程。《都柏林人》基本上是现实主义

---

[1] 理查德·艾尔曼:《乔伊斯传》(上册),金隄、李汉林、王振平译,北京十月文艺出版社,2006年,第295页。

[2] 同上书,第1页。

的;《青年艺术家的肖像》是现实主义和现代主义的混合;《尤利西斯》是现代主义的;而《为芬尼根守灵》则是后现代主义的。或者说,《青年艺术家的肖像》是"保守的现代",《尤利西斯》是"温和的现代",《为芬尼根守灵》则是"激进的现代"。① 当然,正如乔伊斯是难以捉摸的一样,乔伊斯的作品也同样是难以定性的。他不依靠任何既定的文学观念进行创作,因此,将他的作品纳入任何一种文学框架都只能是暂时的权宜之计。

乔伊斯大半生在欧洲大陆流亡,他说:"流亡就是我的美学。"②他的第一部作品是短篇小说集《都柏林人》,小说通过描写形形色色的都柏林中下层市民日常生活中平凡琐屑的事物,揭示了社会环境给人们的理想、希望和追求所带来的幻灭与悲哀,表现了对爱尔兰的社会风尚的轻蔑和反感。《青年艺术家的肖像》是一部自传体小说。小说通过主人公斯蒂芬·德迪勒斯的成长过程,描绘了现代艺术家与社会之间的关系:走向艺术就是走向流亡之路。作者运用内心独白手法,通过主人公的内心活动来描绘他的经历和客观世界,并且以不同风格的语言表现了主人公在幼年、童年、青少年等各个不同时期的思想感情和心路历程。

《为芬尼根守灵》的创作构思于20年代,历时十余载而成书。这部作品在晦涩和神秘方面大大超过了已经相当难读的《尤利西斯》。乔伊斯把意识流技巧和操纵语言的实验推到了极端,使这部作品至今仍是研究家们众说纷纭、难于索解的"天书"。全书写一家人一夜之间的梦呓。如果说《尤利西斯》是一部写白天的书,那么,《为芬尼根守灵》就是一本写黑暗的书。这本书宣扬历史不断循环重复,文明按轮回方式发展和衰落等观念。

乔伊斯出生时,他父亲在税务局工作。他父亲也可算作半个奇人。人们常把乔伊斯的自传体小说《青年艺术家的肖像》中斯蒂芬的父亲比作作者的父亲。"(他)学过医、划过船,有一副男高音嗓子,业余爱好演戏,平时颇贪杯中之物。他是个诚实的人,善于讲故事,当警

---

① 弗雷德里克·R·卡尔:《现代与现代主义——艺术家的主权1885—1925》,陈永国、傅景川译,中国人民大学出版社,2010年,第15页。
② 袁可嘉:《美英"意识流"小说述评》,见中国科学院文学研究所编:《文学研究集刊》(第一册),人民文学出版社,1964年,第163页。

察时好粗声嚷嚷,当过小地主,搞过小额投资,还当过什么人的秘书,又在酿酒厂混过什么差使,当过税务员,破了产却老是喜欢吹嘘自己的过去。"①这约略勾勒出了乔伊斯父亲的基本轮廓。他母亲曾生下15个孩子,但活下来的只有10个,乔伊斯是长子。乔伊斯对父亲既爱又恨,既感到亲切又感到恐惧。父亲幽默健谈,颇有音乐天才,也宠爱长子,但他又自私、酗酒、吹牛、虐待妻儿。因此,乔伊斯认为,父亲是都柏林罪恶的化身。乔伊斯同母亲的关系既亲密又疏远,他一方面极力想得到母亲的爱,另一方面又常常揭母亲的伤疤。在乔伊斯眼中,他的父母象征着他的爱尔兰祖国:既美貌又充满灾难,既有可歌可泣的斗争悲剧,又有褊狭、虚伪的地方俗气。因此,他既躲避她,又不得不思念她。

乔伊斯从小就进入著名的天主教寄宿学校克隆哥斯·伍德学校学习,准备当神父。中学毕业前决心献身文学。之后又就读于天主教走读学校贝尔夫第奥学院。1898年,他进入都柏林大学专攻现代语言。1902年毕业后赴巴黎学医。

乔伊斯的青年时代有三点可以称奇:其一是从小受严格的天主教教育,成年后却彻底背叛了天主教,立志当作家。19岁时他给易卜生写了封著名的信,受到老剧作家的赞赏。其二是从小才智超群,能言善辩。其三是颇有音乐天才,曾在国家音乐歌咏比赛中获铜质奖。

乔伊斯最奇的是他将近40年的流亡生活。从1902年到1941年逝世为止,他除了回爱尔兰作过短期停留外,基本上在欧洲大陆漂流。他主要居留在巴黎、的里雅斯特、罗马和苏黎世。但他的作品都以都柏林为背景,以爱尔兰生活为题材。考德威尔说:"乔伊斯,一个流亡的爱尔兰前天主教徒,因此他对于英国文化和欧洲大陆来说是异己分子……乔伊斯放弃了观察他所定居的地方那异己的大陆文化的一切企图,相反,他只关心被抛弃的都柏林生活。正因为它已被他所抛弃,正因为它与后期的生活和思想不再发生重要联系,他就得以像观察外圉的生活那样来观察它,乔伊斯的旧我就好像只是一张临床讲授用的图画一样。由于他没有获得一种新的文化或新的标准,他不能批判这

---

① 詹姆斯·乔伊斯:《一个青年艺术家的画像》(《青年艺术家的肖像》),黄雨石译,外国文学出版社,1983年,第289页。

种生活,他不能对它进行选择或调整,从而对它形成一种爱憎态度。与此相反,他的作品必须包罗万象,漫无组织,也没有对于事件的选择或时间的排列。"[1]正是这种独特的生活方式与生活态度,使他的作品既具有浓郁的民族特色,又有一种远距离观照的冷静与透辟,同时,又有意无意受到欧洲大陆文化的影响与熏陶。

乔伊斯一生贫病相伴,但它的贫病也有几分奇特。早年他以教授英语和为报刊撰稿为生,经常处于衣食无着的困境。他常接受友人的资助,但他花钱向来大手大脚,说到底,他是一个敢于肆意挥霍的穷人。1917年,青光眼和虹膜炎并发,他不得已动了手术。但手术不成功,几至失明,这使他成了国际闻名的"有碍观瞻者"。[2] 乔伊斯还患有严重的忧郁症。他认定自己注定要成为牺牲品,总担心自己会被"戴绿帽子"。

事实上妻子是忠实的,倒是乔伊斯常有艳遇,并且一度他还要求妻子去同别的男人相好,给他制造一点写作材料。乔伊斯同妻子娜拉(他们并未正式结婚)的关系有些奇特。娜拉原是一家旅馆的侍女,1904年乔伊斯回爱尔兰时与她相识,当时她刚20岁,随后她便随他漫游欧洲,成为他的终身伴侣。娜拉对待乔伊斯就像对待一个半大的孩子,她视他的作品为小孩的玩意。她不理解《尤利西斯》,说"这本书是头猪"。妻子对作品的这种极端冷漠,甚至厌恶的态度使乔伊斯大惑不解。他认为自己也算一个人物,对许多人都有过影响,可妻子却绝对不受他的任何影响。她自己喜欢读言情杂志。不过,妻子对乔伊斯的生活起居却有重大影响,她宽容丈夫的不正常生活,对他的弱点则加以节制。

乔伊斯性格也奇。他为人任性倔强。1918年曾因一条裤子同苏黎世英国领事馆的亨利·卡尔打了两次官司。他有时兴起,便会在大街上突然跳起舞来,旁若无人;有时面对寂静的人群,他又眯起眼睛哼弥撒曲。他对内衣内裤有奇特的癖好,喜欢受异性虐待,并在偷看性活动中获得快感。他生活起居毫无规律,酗酒成性,晚上常在咖啡馆、

---

[1] 克里斯托弗·考德威尔:《浪漫主义与现实主义》,薛鸿时译,生活·读书·新知三联书店,1988年,第113页。

[2] 约翰·格罗斯:《乔伊斯》,袁鹤年译,生活·读书·新知三联书店,1986年,第21页。

饭馆坐到半夜,早上迟迟不起。

乔伊斯外貌也奇。乔伊斯常被人称作"撒旦先生",这主要因为他常常是"一身黑",①头发是黑的,山羊胡是黑的,衣服是黑的,眼睛也是黑的,并且冷峻而又犀利。在宗教和艺术问题上,乔伊斯似乎经历了这样的三部曲:宗教——艺术——宗教。幼年时他是个虔诚的天主教徒,后来背离了天主教,并指责教会是造成爱尔兰"瘫痪"的主要原因之一。成年后,他宣告自己没有任何宗教信仰,这时艺术家成了救世主。不过,艺术家又要靠世俗来拯救,虽然世俗原本是靠艺术家来拯救的。在这种永恒的循环中,乔伊斯产生了一种更深沉更真实的宗教冲动,他想同超越一切人为制度的自然秩序融为一体,这使得他非常迷信,凶兆和巧合对他常是至关重要的。他像小孩子一样害怕打雷,像躲避瘟神一样躲避数字"13",一只老鼠在楼梯上跑过,竟然把他吓晕了。

在政治上,乔伊斯认为艺术家尊奉一致的政治立场没有什么价值。他反对一切国家,但又承认国家,因为个人的一切都同它的制度紧密相关。国家是向心的,个人是离心的,这就产生了永恒的斗争。他不赞成革命家的暴力,也反对侵略者的战争。

今天,乔伊斯已经当仁不让地成了饮誉全球的文学大师,可在他生前出版作品却万分艰难。第一部著作《室内音乐》(诗集),曾屡遭出版商拒绝,直到1907年才问世。第一部小说集《都柏林人》曾遭到40位出版商的拒绝,以后曾两次毁版,拖了10年才得以问世。《青年艺术家的肖像》曾被20家印刷厂拒绝。《尤利西斯》的出版经历更是坎坷崎岖。这一方面固然是作品的内容真实、客观,触犯了当局,另一方面也因为作者创作态度十分严谨,敲字琢句,数易其稿,不肯有丝毫马虎,更不愿为了出版或商业标准而损害艺术原则。这使乔伊斯在资本主义金钱至上的世界里也算得上"出淤泥而不染"的奇人了。

二 奇 书

在乔伊斯所发表的不多的几部作品中,《尤利西斯》可谓饮誉最

---

① 理·艾尔曼:《詹姆斯·乔伊斯》,泥点译,《世界文学》1989年第5期,第34页。

高。这是一部奇书,其创作出版过程像尤利西斯的经历一样离奇曲折。

早在1906年乔伊斯流亡于的里雅斯特时,他就开始酝酿《尤利西斯》的主题。1915年移居苏黎世后开始动笔创作。这时,他脑子里想的已不再是普罗米修斯、撒旦、浮士德之类的单身汉、逆子、才华横溢的失败者,而是尤利西斯、但丁、莎士比亚这样一些有家有业的人。乔伊斯认为:"最美妙、最包罗万象的故事是《奥德赛》。它比《哈姆雷特》、《堂吉诃德》、《神曲》、《浮士德》都更伟大,更富有人性。我觉得老浮士德重返童年的故事给人一种不舒服的感觉。但丁又很容易使人疲劳,就像盯着太阳看一样。《奥德赛》中有最美、最有人性的东西。"[①]乔伊斯被《奥德赛》(罗马人称为尤利西斯)给迷住了。这时他不论做什么,想什么,归根到底都要扯到《尤利西斯》上去。他常把自己的朋友当作实验的对象,来帮助自己解决难题。而这时的苏黎世就像一个卡吕普索的仙岛,这里到处都是避难者、政治流亡者、投机商、各色艺术家。这种社会环境很适宜《尤利西斯》的创作。不过,也有学者认为,"《尤利西斯》这部小说与《哈姆雷特》之间的相通之处多于与《奥德赛》的联系","乔伊斯反复呼吁:'我从自己内部穿行,遇见莎士比亚的魂灵,但我总是遇见我自己。'乔伊斯坦言莎士比亚对自己的影响,同时又直言不讳他有信心将莎士比亚化为自己的一部分,这可能是对《尤利西斯》本身杰出的经典性最好的赞美。"[②]

1918年《尤利西斯》的头三章在纽约的《小评论》杂志上发表,立刻引起了争论。杂志主编玛格丽特·安得森惊呼道:"太美了,简直绝了!"T. S. 艾略特认为,该书充斥着"粗俗行为和唯我主义思想",但却"是当今时代最重要的反映,是一个人人都能从中得到启示而无从回避的作品"。庞德虽然十分赞赏《尤利西斯》,但也觉得他有些地方太过,主动劝他删去了12行。伍尔夫认为,小说"不堪入目,缺乏教养",尽管在文学史上会占一席之地。医生约瑟夫·柯林斯叹道:"我的病历档案里有些精神病患者写的东西,比这个一点也不差。"[③]

---

① 理·艾尔曼:《詹姆斯·乔伊斯》,泥点译,《世界文学》1989年第5期,第34页。
② 哈罗德·布鲁姆:《西方正典》,江宁康译,译林出版社,2005年,第327、331页。
③ 理·艾尔曼:《詹姆斯·乔伊斯》,泥点译,《世界文学》1989年第5期,第34页。

小说全部完稿时，出版成了难题。在英国，一系列的印刷厂相继拒绝冒险承印这部小说。在美国，邮政局没收并烧毁了《尤利西斯》的前四章。1920年纽约防止腐化协会秘书约翰·S.萨姆纳起诉《小评论》发表淫秽作品，两位主编被判罚50美元。不过，审判使更多的人开始注意《尤利西斯》了。《纽约时报》和《纽约论坛报》都发表了评论。乔伊斯叹道："除了非洲之外，哪个国家也不会出这本书。"但小说却受到法国著名作家瓦·里·拉尔博的赞赏，他说："《尤利西斯》使我欣喜若狂"，它"和拉伯雷一样伟大，包罗万象，富于人性"。布鲁姆先生"像福斯塔夫一样不朽"。因此，他与友人筹划了一个介绍乔伊斯的报告会，先使乔伊斯名扬法国，然后设法使小说顺利出版。1921年，巴黎"莎士比亚公司"终于同意出版《尤利西斯》。

　　乔伊斯的创作向来以严谨著称于世，对《尤利西斯》的出版更是这样。他认为，读校样是一项创造性劳动，坚持要校对5遍，最多的地方竟校改了10遍。他在许多校样上增补的密密麻麻的难以辨认的小字竟达10万之多，并且只要书一日不出版，他就会一日不停地改下去。这使得出版商大伤脑筋，排好的版不得不一次又一次重排。然而，乔伊斯对出版商还提出了十分奇特而又苛刻的要求：必须在1922年2月2日他自己的40岁生日那天出版。而作者在出版的前两天还在改稿。经过公司比奇女士和印刷工人的努力，这部乔伊斯先后琢磨了16年，写了整7年的小说终于如期出版了。乔伊斯的"七年徒刑"终于结束了。

　　然而，小说的出版才只是这部奇书"奇"的开始。由于出版仓促，加上小说是由巴黎26个不懂英语的工人手工排版，因此误植现象是空前的。乔伊斯对此非常不满，他立即着手勘误，但作者在校阅时全凭记忆，手边又无原稿，这使乔伊斯在勘误时又作了许多修改。而编辑们在纠正误植时又添上了新的问题。比如将原本没有标点的意识流文字加上标点，原本有意不通畅的句子改得通畅，等等。真是误中有误，错中又错。

　　1978年，学者们终于感到有必要彻底清除《尤利西斯》中的误植了。这一年，纽约的加兰出版公司出版了一部《詹姆斯·乔伊斯档案》，将各地收藏的乔伊斯手稿和亲手修改的校样等全部集中发表。在此基础上，在一个由许多专家学者组成的学术顾问委员会的指导下，花了7年时间,以电子计算机为工具,对比了全部现存的乔伊斯原稿、送印前的打字稿,付印后的历次校勘,以及出版以后的历次版本,终于校订出一部最符合乔伊斯原意的版本,于1984年出版。这个版本纠正的错误竟达5000处之多,这在世界出版史上也算是一桩奇事。

而事情并没有就此完结,1985年,一位年轻的美国博士基德撰文指出,新版《尤利西斯》还不如1922年错误百出的初版,因为它破坏了原版中的数理规律,并且标点符号的改法也未必尽如人意。真是一波未平一波又起。这使得《尤利西斯》的版本又坠入疑团之中。

三 奇 文

乔伊斯的代表作是《尤利西斯》,作者创作这部小说花了七年时间。40年代萧乾在伦敦教书的时候曾"花了好大力气才勉强把它读完",而读完后写在书的扉页上的却是这样几行文字:"天书/弟子萧乾虔读/一九四零年初夏,剑桥"。这部"天书"的艰涩难懂是尽人皆知的,它历来被认为是"最少被人理解最多被人误解"的作品。著名作家曼斯菲尔德认为它"晦涩难懂到了可怕的程度",评论家说它比梵文还难懂,一位英国战时邮电检查员曾误认为它是一种密码。著名心理分析大师荣格花了三年时间才读通它,他写道:"我大概永远不会说我喜欢它,因为它太磨损神经,而且太晦暗了……全书最后那没有标点的40页真是心理学的精华。"乔伊斯自己却说:"我在书里设置了许许多多的疑团和迷魂阵,教授们要弄清我到底是什么意思,够他们争论几个世纪的,这是取得不朽地位的唯一办法。"[①]

尽管《尤利西斯》如此令人费解,无法破译,但人们不能忽视它的价值和意义,不能否定它在文学史上的里程碑地位。它是现代派小说的开山之作,意识流小说的代表作,"20世纪最伟大的英语文学著作"[②],是登峰造极的小说,它彻底改变了人们对小说的观念。人们惊奇地发现:小说还可以这样写!

---

① 理·艾尔曼:《詹姆斯·乔伊斯》,泥点译,《世界文学》1989年第5期,第34页。
② 萧乾、文洁若、许钧:《"翻译这门学问或艺术创造是没有止境的"》,见许钧等:《文学翻译的理论与实践:翻译对话录》,译林出版社,2001年,第84页。

这部小说就故事（乔伊斯本来无意于叙述故事）而言平淡无奇，它描绘了1904年6月16日早晨8点到次日凌晨2点18个小时内三个人物在都柏林的生活经历：一个青年知识分子斯蒂芬，一个广告推销商布鲁姆以及他的妻子莫莉。小说的"奇"主要在于它的写法，我们最好不要问这部小说写的是什么？而应该问它为什么这样写。这是一个"平淡的故事"，但却是一部"伟大的小说"。这种"伟大"和"奇"主要体现在以下几个方面：

1. 借用乔伊斯的那句名言"流亡是我的美学"，我们或许可以概括地说，《尤利西斯》写的就是灵魂的流亡（或漂泊）。《尤利西斯》的永恒魅力就在于它展示灵魂漂泊的独特方式，我们可以将这一方式概括为：心灵本真状态的还原。小说在人物、情节和结构上与荷马史诗《奥德赛》相对应。《奥德赛》主要记述了特洛伊战争后希腊联军首领俄底修斯（Ulysses）在归家途中漂流10年，历尽艰险的故事。史诗以俄底修斯之子忒勒玛科斯（Telemachus）寻找父亲开始，以俄底修斯与忠贞的妻子珀涅罗珀（Penelope）的团圆结束。《尤利西斯》开始写青年艺术家斯蒂芬（Stephen Dedalus）在母亲死后，渴望在精神上找到一位父亲。接着写广告推销商布鲁姆（Bloom）奔波忙碌，11年前他失掉幼子，心灵创伤难以愈合。之后他俩在妓院相遇，他们终于找到了各自所需要的东西：一个找到了父亲，一个找到了儿子。最后，布鲁姆带着斯蒂芬回家，同妻子莫莉（Molly）相会。但是，如果说《尤利西斯》仅仅是在人物、情节和结构上与荷马史诗相对应，那就过于简单了。这不仅不能展现出乔伊斯的天才与独创，反而会由此遮蔽了使乔伊斯成为乔伊斯的东西。乔伊斯的天才与独创在于他将古代神话向现代平庸作了合乎自然的转换，或者说他将现代人在心灵上向古代神话英雄作了本真还原。在乔伊斯笔下，20年的历险经历变成了一昼夜的漫游；广阔惊险的大自然背景换成了活生生的都柏林社会；英雄悲壮的历史成为庸人卑劣猥琐的现实；助父除虐的勇士忒勒玛科斯变成了精神空虚的骚客斯蒂芬；驰骋疆场、力挽狂澜的英雄俄底修斯变成了逆来顺受、含羞忍辱的广告商布鲁姆；坚贞不渝的王后珀涅罗珀变成了肉欲横流的荡妇莫莉……世界就是这样走向沉沦与堕落。现代西方文化哺育出来的布鲁姆、斯蒂芬和莫莉在古代西方文化的英雄人物的反衬下，显得何等的卑微、苍白、平庸和渺小！现代生活里只有庸人没有了英雄,现代社会里只有平庸生活没有了英雄业绩。这便是古代英雄史诗向现代反讽的转换,或者说是现代喜剧的神话还原。

2. 变化多端的文体。读者面对《尤利西斯》常常有这样的惊叹:"小说还可以这样写!"的确,较之小说所写的内容,小说的写法更令世人注目,而令读者眼花缭乱、惊叹不已的更要属小说独特的文体。这种独特的文体就是小说的每一章变换一种文体,或者说作者有意中断一切统一文体,以使每一文体都与其内容融为一体,这样,心灵现象也就直接呈现在文体的纷繁变化之中。乔伊斯自己坦言:"我给自己设下的目标,是用十八种不同的观点及风格写一本书,这显然是我的同行闻所未闻或尚未发现之事,而我所选择的传奇故事的性质,足以让任何人精神失常。"①

小说共 18 章。每一章根据内容的不同,文体也随之发生了变化。第一章介绍斯蒂芬。他住在海边炮楼,这天一早同穆利根和海恩斯一起吃过早餐后,三人来到"四十步潭",斯蒂芬从这里去中学上课。这是一天的开始,乔伊斯采用了一种充满青春气息的清新、轻松的对话叙述文体,内容清晰、明白晓畅,大体上可算传统手法,这一章常被人称作"青春叙事体"。第二章写斯蒂芬在中学教历史,因为涉及传授知识与接受知识,作者中断了前一章的叙述文体,大体采用了一种"人称问答"文体(当然,内心独白与自由联想手法已运用得相当娴熟了)。第三章写斯蒂芬独自在海滩徘徊神思,他所考虑的问题涉及哲学、历史、神话、宗教、艺术、美学,所用的语言包括法语、德语、拉丁语、西班牙语、意大利语等,内容艰涩难懂,文体采用内心独白,来回跳跃,变幻无穷。第四章写布鲁姆,"当他脚步轻盈地在厨房里转悠"时,他的这一天便开始了。他先去肉店买腰子,回家后收到两封信(一封是妻子的,另一封是女儿来的)和一封明信片,吃过早饭后他去上厕所。这一章写布鲁姆平庸实在的生活,大体采用的也是平庸实在的叙述文体。第五章写布鲁姆去邮局用化名取了玛莎的信,然后漫无目的地在街头游荡,随后去药店买了一瓶面霜和一块香皂,接着准备去澡堂洗澡。本章采用一种死板无生气的平面叙述和自由联想、内心独白相结合的手法,将布鲁姆的漂荡与想象融为一体,并勾勒出都柏林市民生活的

---

① 伽斯特·安德森:《乔伊斯》,白裕承译,百家出版社,2001 年,第 106 页。

风俗画。第六章写布鲁姆去公墓送葬,联想到儿子的夭折,父亲的自杀,思索着生与死的奥秘,主人公意识自然漫流,不过比较具体实在。第七章通过对报社的描写揭示都柏林的现代生活面目,因此,叙述被切割成 63 个片断,急促转动,每一片段都冠以醒目的标题,文字多有省略,充满了同义词和近义词,象征着现代社会人们急促繁忙、空谈高论,暗合新闻体语言和报纸风格。第八章通过描写布鲁姆去伯顿饭馆和戴维伯恩酒吧吃午饭,写都柏林人狼吞虎咽,作者使用了大量与烹调、饮食有关的词汇。"乔伊斯在这里独创性地运用了根据营养吸收过程中肠的蠕动而创立的技巧,用布鲁姆的身体状况渲染他的幻想,使节奏与消化器官的节奏一致。"[1]第九章写图书馆里的有关"莎士比亚"的学术讨论,因此语体结构陈旧,用词生硬冷僻,且旁征博引,语带双关,使这一章十分艰涩。不过,斯蒂芬的发言却尖锐深刻,常有妙语。第十章写都柏林市民生活风貌的各个断面,因此,全章分为 19 段速写,穿插并置,似断似连,似真似幻,变幻莫测,好似迷宫一般。第十一章来源于女妖的歌声,所以这一章主要按照音乐作曲的原则组织起来。作者采用了各种音乐符号,诸如轻奏、强音、渐弱等。在文字上苦心推敲,使每个字都富有音乐的韵味。节奏形式以声乐配置而巧妙设计,"元音、辅音、短语和节拍经过精心安排,使其达到听觉的效果,高音和音色都和木管、铜管、打击乐器相协调,传到听众的耳际和脑际的便是和谐的音乐。"[2]总之,这一章成了一首赋格曲,就像瓦格纳的歌剧。第十二章主要讽刺爱尔兰狭隘的民族主义,故而采用了一种故作庄重、强装高雅的史诗文体——即"巨大的畸形"文体,来加强效果。第十三章写布鲁姆和少女格蒂在海滨各自的想象:少女想象自己是一位理想的女性,布鲁姆成了她"梦幻中的丈夫";布鲁姆一直用意味深长的眼光注视着少女,并窥视到她的大腿、臀部和内裤,他的观淫癖得到了最大的满足。本章有意模仿当时流行的廉价妇女杂志上风流故事的庸俗笔调。作者自称这是一种全新冒泡文体,一种软绵绵、甜兮兮、黏糊糊、果酱似的、裤衩性的"浓厚感伤"文体。第十四章写一群医

---

[1] 中国社会科学院外国文学研究所、外国文学研究资料丛书编辑委员会编,梅·弗里德曼著:《意识流:文学手法研究》,申雨平、曲素会、王少丽、陈冯嬿译,张中载校,华东师大出版社,1992 年,第 214 页。

[2] 参见陈恕:《尤利西斯导读》,北方文艺出版社,2015 年,第 67 页。

科学生在霍利斯街妇产院讨论生育、绝育和节育问题。这一章运用了大量医学词汇,分为十个部分,代表胚胎发育的十个月。尤其奇特的是这一章各段按时间顺序模拟从十四五世纪到 19 世纪末的各阶段的英文文体,"使用了古盖尔文、古拉丁文、古英语等多种语言,并模拟了班扬、笛福、斯泰恩、谢里丹、古本、德•昆西、狄更斯、卡莱尔等英国文学史上二十余位散文大家的写作风格,以及本世纪的新闻体,传教士的说教体和科学论文体。越到后面,文体越通俗,最后一种文体还掺杂了不少方言、俚语"[①]。读者从这里仿佛读到了一部英文文体的发展史。著名翻译家萧乾认为这一章最不好处理,他说,"无论如何,我们没有本事用中文表达这么多不同的文体。为了对原作这里的意图略表尊重,我们只是试图把前边较古的部分译成半文半白"[②]。第十五章写喝多了酒的布鲁姆跟随烂醉如泥的斯蒂芬一起来到妓院,幻觉、梦境与现实在这里相互纠缠、穿插、重叠,莫能分辨。作者采用了戏剧文体来处理这一"似真似幻"的内容。全章分为五幕,开头有序幕,结尾有收场,作者充分运用了舞台指导(用括号标明),以展示主人公内心深处的理想和野心,遥远的记忆,受挫折的欲望,秘密的恐惧等。第十六章写筋疲力尽的布鲁姆扶着烂醉的斯蒂芬来到一家小酒店,疲惫不堪、蹒跚而行的主角,要求配以令人疲惫、游移不定的行文,叫人厌倦的句法和使人迷惑不解的分段。第十七章写主人公酒醉之后的清醒,疲惫之后的恢复,以及布鲁姆的平庸和缺乏想象。作者使用了问答的形式,仿天主教《要理问答》。这一章还穿插了乐谱、收支表、黑圈等。最后一章写莫莉的潜意识,它奔腾、喷涌、翻滚向前,不受任何标点、句法、逻辑的束缚,全章共 38 页(原文),译成中文 57 页,分为七大段,只有第三段和第七段末尾各有一个句号。萧乾夫妇译这一章时颇费思考:如果照搬原文(如金隄译本),势必更增加了原文的艰涩难解,因为英文单词之间还有空隙,另外英文还有大小写之分;如果加上标点,显然有悖于作者原意。最后,萧乾夫妇折中了一下,在该加标点的地方一律加了一个空格,这也算是翻译史上的一大独创。

[①] 詹姆斯•乔伊斯:《尤利西斯》中卷,萧乾、文洁若译,译林出版社,1994 年,第 391 页注①。以下所引小说原文,除个别地方参考了金译本外,均出于此。

[②] 萧乾:《叛逆•开创•创新——序〈尤利西斯〉中译本》,见詹姆斯•乔伊斯:《尤利西斯》上卷,萧乾、文洁若译,译林出版社,1994 年,第 15 页。

3. 内心独白与内心分析的全面运用,它"写的既不是眼睛看到的,也不是耳朵听到的,而是人的头脑从一个片刻到另一个片刻进行着的漫无边际的思维和想象的记录。""在此之前,能够如此果敢地试图把那种下意识的荒诞不经、稀奇古怪、羞于启齿的幻想付诸文字的作家是没有的。"①这是一部"时间之书","用了柏格森和爱因斯坦以流动代替固定物体的思想"。② 全书经萧乾夫妇翻译过来达一百多万字,就写了三个人物在都柏林18个小时的精神漫游,其描写之细腻,独白之自然,联想之奇特令人叹为观止。著名导演爱森斯坦曾这样评价乔伊斯的《尤利西斯》:"只有电影因素才拥有充分表现在一个不安的心灵闪现的全部思想的手段。后者说,如果文学能够做到这一点,那就只能是一种冲破疆土界限的文学。在这个领域内,文学的最辉煌的成就是《尤利西斯》中布鲁姆的不朽的'内心独白'。乔伊斯和我在巴黎见面时,他对我设想的电影内心独白深感兴趣,这比文学所提供的范围要大得多。"③爱森斯坦便常常让他的学生们将《尤利西斯》的片段改编成电影剧本。

4. 逃避理想,拒绝技巧,直露、自然、真实地呈现人的全部生活。"这本书不仅以虚无而始终,它的内容也是虚无。"④萧伯纳说:"《尤利西斯》记录了人类文明进程中一个令人憎恶的阶段,这记录令人作呕,但却是真实的。"⑤譬如,小说的最后一章《珀涅罗珀》完全由莫莉的意识的自由漂流构成,这是一个女性从心灵最幽深、最隐秘处漂出的意识。荣格读到这里,叹道:"恐怕只有魔鬼他奶奶才能对一个女人的真实心理状态了解得如此深入。"⑥这段文字曾被指责为最不堪入目的淫词秽语,同时也被人颂扬为意识流创作的典范。乔伊斯对这一章颇为得意,他说:"《珀涅罗珀》是全书的重点。第一个句子有2500词,全章

---

① 布伦南·马多克斯:《乔伊斯与诺拉》,贺明华译,百花文艺出版社,1997年,第190页。
② 理查德·艾尔曼:《乔伊斯传》(上册),金隄、李汉林、王振平译,北京十月文艺出版社,2006年,第599、673页。
③ 约·亨·雷利:《乔伊斯与托尔斯泰》,张金言译,《世界文学》2001年第2期,第232页。
④ 荣格:《〈尤利西斯〉:一段独白》,《心理学与文学》,冯川、苏克译,生活·读书·新知三联书店,1987年,第146页。
⑤ 理·艾尔曼:《詹姆斯·乔伊斯》,泥点译,《世界文学》1989年第5期,第93页。
⑥ 萧乾:《叛逆·开创·创新——序〈尤利西斯〉中译本》,见詹姆斯·乔伊斯:《尤利西斯》上卷,萧乾、文洁若译,译林出版社,1994年,第12页。

共8句。开头第一个字和结尾最后一个字都是女人词'真的'。它就像巨大的地球那样缓慢平稳地旋转,不停地旋转。它的四个基点是女人的乳房、屁股、子宫和阴部,分别由'因为'、'底部'、'女人'、'真的'四个词语代表。虽然这一章也许比以前各章猥亵,但我觉得它完全是正常的非常道德的可受精的可靠的迷人的机敏的有限的谨慎的满不在乎的女性。"①所以小说一方面常常被人们指责为粗俗猥琐,令人作呕,特别是小说对朦胧中的性意识、性心理的如此描写,使它在西方被列为禁书达11年之久;另一方面,这部小说又成为非英雄主义的代表作,反映了现代小说有关人的观念的变化,颇有后现代主义的味道。

1. 乔伊斯的主要创作成就是什么?
2. 如何理解《尤利西斯》与《奥德赛》的关系?
3. 如何理解《尤利西斯》的文体特征?

1. 詹姆斯·乔伊斯:《尤利西斯》(上、中、下卷),萧乾、文洁若译,译林出版社,1994年。
2. 詹姆斯·乔伊斯:《都柏林人·青年艺术家的画像》,黄雨石等译,人民文学出版社,1996年。
3. 李维屏:《乔伊斯的美学思想和小说艺术》,上海外语教育出版社,2000年。
4. 戴从容:《乔伊斯小说的形式试验》,中国戏剧出版社,2005年。
5. 理查德·艾尔曼:《乔伊斯传》(上册),金隄、李汉林、王振平译,北京十月文艺出版社,2006年。
6. Mattew Hodgart. *James Joyce*, *A Student's Guide*. London: Routledge & Kegan Paul, 1978.
7. Piero Boitani. *The Shadow of Ulysses*: *The Figure of a Myth*. translated by

---

① 理·艾尔曼:《詹姆斯·乔伊斯》,泥点译,《世界文学》1989年第5期,第87页。

Anita Weston. Oxford: Clarendon Press, 1994.

第四节 伍尔夫

一 20世纪最伟大的女小说家

弗吉尼亚·伍尔夫(Virginia Woolf,1882—1941)是英国著名的现代小说家、批评家,意识流小说的代表作家。当代著名作家艾略特说:"伍尔夫夫人的作品,是劳伦斯先生的作品所永远不可企及的——这是一种完美的模式。它忠实地代表了当代的小说。""对于那些不理解她的人来说,她是神话,对于那些理解她的人来说,她是社会的中心。"①当代英国文学批评家戴维·戴希斯说:"弗吉尼亚·伍尔夫完全可以凭借她的小说本身,来取得她应得的地位,那些作品表明,她是本世纪不容易被世人遗忘的寥寥可数的作家之一。她是她那个时代最伟大的女小说家。"②

1882年1月25日,伍尔夫生于伦敦一个文学世家。父亲莱斯利·斯蒂芬是当时英国著名的批评家和传记学家。他的第一个妻子是著名作家萨克雷的女儿。伍尔夫是父亲与第二个妻子所生的第三个孩子。她从小受父母的影响,喜爱文学,善讲故事。1891年她9岁时出版了家庭周报《海德公园大门新闻》。由于健康的关系,她从未上过正规的学校,但她所受的教育是多方面的,而且相当高深。"对于一个作家来说,阅读、倾听、交谈、休闲都同正式教育同样重要。"在她父亲的客厅里常常聚集着一批当时著名的作家,如约翰·罗斯金、哈代、梅瑞狄斯、斯蒂文森、亨利·詹姆斯等,而达尔文则是他们家的亲戚。从这个意义上说,没有任何作家能够出生在比伍尔夫更为优越的环境中。伍尔夫阅读了父亲的极为丰富的藏书,她阅读了柏拉图、埃斯库罗斯、

---

① 托·史·艾略特:《向法国读者"介绍"弗吉尼亚·伍尔夫》&《悼念弗·伍尔夫》,见中国社会科学院外国文学研究所、外国文学研究资料丛书编辑委员会编,瞿世镜编选:《伍尔夫研究》,上海文艺出版社,1988年,第143,147页。

② 戴维·戴希斯:《盖棺论定》,见中国社会科学院外国文学研究所、外国文学研究资料丛书编辑委员会编,瞿世镜编选:《伍尔夫研究》,上海文艺出版社,1988年,第152页。

斯宾诺莎和休谟,贪婪地翻看她在书架上随手捡到的每一本书。

1895年母亲去世,她第一次出现了精神失常的症状。1904年5月,随着父亲的去世,她出现了一次彻底的精神崩溃,从此一生伴随着抑郁症。同年8月她们一家迁居伦敦布鲁姆斯伯里,在那里他们举行"星期四晚会",邀请朋友们到家里聚会,谈论哲学、文学、艺术各方面的问题。在这些朋友中有作家福斯特、J. 洛斯·狄金森、艾略特,画家弗赖伊,经济学家凯恩斯等。这就是后来人们所说的著名的布鲁姆斯伯里集团。这个集团的弗赖伊首先将法国后印象主义绘画介绍到英国,他认为,艺术家所关心的不是那种取悦人的东西,而是抓住隐藏在表象背后的精神真实,并将它不加修饰地呈现出来。伍尔夫认为这就是她所追求的那种艺术。1912年,她与伦纳德·伍尔夫结婚。他们的婚姻生活恐怕不能说是美满幸福的,虽然这对于伍尔夫来说,是必须的、有益的。伦纳德曾在他的小说《智慧的童贞女》中对伍尔夫有过隐隐约约的谴责。他们没有子女。1917年他们夫妻成立了著名的"霍加斯出版社"。1941年,第二次世界大战爆发不久,她在离家不远的乌斯河投水自尽。

伍尔夫的主要作品有《远航》(*The Voyage Out*,1915)、《夜与日》(*Night and Day*,1919)、《邱园记事》(*Kew Gardens*,1919)、《星期一或星期二》(*Monday or Tuesday*,1921)、《雅各之室》(*Jacob's Room*,1922)、《达罗威夫人》(*Mrs. Dalloway*,1925)、《到灯塔去》(*To the Lighthouse*,1927)、《奥兰多》(*Orlando: A Biography*,1928)、《一间自己的屋子》(*A Room of One's Own*,1929)、《海浪》(*The Waves*,1931)、《岁月》(*The Years*,1937)、《三个基尼金币》(*Three Guineas*,1938)、《幕间》(*Between the Acts*,1941)等。另外还有若干文论著作及日记、书信等。

在传记作家笔下,伍尔夫有着"狂放奇想和随之发作的精神疾病","一具缺乏性感的身体"。她是一个遁世退隐的高贵审美家,一位身患残疾的上流社会女士。[①] 她生命中的每一次体验,她精神的每一种品质,都赫然地写在她作品中。她对阅读非常痴迷,尤其是不带

---

① 林德尔·戈登:《弗吉尼亚·伍尔夫——一个作家的生命历程》,伍厚恺译,四川人民出版社,2000年,第95、97页。

任何功利的阅读:

> 谁读书又是为了达到什么目的呢,不管这目的多么可取?我们的某些追求难道不是因为它们本身的美妙和乐趣吗?阅读不就是这样一种追求吗?我至少时常梦见,当审判日来临的那一天,当那些伟大的征服者、律师及政客们最终接过他们的奖赏时——他们的权杖、他们的桂冠、他们的名字被永世不灭地镌刻于大理石——万能的造物主(当他看见我们胳膊下夹着书本走向他时,他的心中不无羡慕)会转身向圣徒彼得说,"看,这些人不需要奖赏。我们这儿没有可以给予他们的东西。他们已经爱上了阅读。"①

正如没有功利目的的阅读一样,在创作上伍尔夫也算得上一个真正自由的、没有任何功利目的的作家。"她不愿意东张西望,她周围的环境与她本人的气质使她做到专心致志。她不必计较金钱,因为她有一项私人进款……名缰利锁和恻隐之心都不能干扰她。"②她没有一部作品是为了版税,为了讨得批评家的欢心,或是为了某种特别崇高的目的,譬如为了"改造这个社会"而创作的。她认为,这个世界是男人创造的,而她作为女人无需对世界的混乱复杂负责。她只是集中了自己的全部想象力去创作。至于"为什么写作",她却不去过问。也许只有一个永远不明白为什么写作的人才能真正获得写作的快乐和自由。她赋予小说一个任务,就是对写作提出诘问。她把写作本身当成了写作的主题,又把写作的主题当成了对小说的探讨。这一点与卡夫卡有些近似之处,但卡夫卡却没有遗产,他不得不工作,况且他还有更为深沉的宗教情怀。

伍尔夫经历了两次世界大战,她的自杀与第二次世界大战的爆发并非没有关系。但是,在作品中她却几乎没有描写战争,这一点一直让读者感到迷惑不解。然而,这实际上表达了伍尔夫对战争的独特看

---

① 哈罗德·布鲁姆:《西方正典》,江宁康译,译林出版社,2005年,第349页。
② 爱·摩·福斯特:《弗吉尼亚·伍尔夫》,见中国社会科学院外国文学研究所、外国文学研究资料丛书编辑委员会编,瞿世镜编选:《伍尔夫研究》,上海文艺出版社,1988年,第5页。

法和她非同寻常的义愤。"如果我们试图理解她对历史叙述的挑战，至关紧要的是要在她对战争的对抗中看到一种如此彻底的义愤，以致她采取了比反战诗人们更激进的立场，干脆拒绝对战争做任何描写。"①

伍尔夫的创作思想曾受到普鲁斯特的影响。她对普鲁斯特的赞美胜过对其他任何同时代的作家。她说："他寻找这些蝴蝶的色调直到最后一丝花纹。他就像羊肠线一样坚韧，像蝴蝶上的粉霜一样轻盈。"②在伍尔夫那里，飞蛾的形象非常重要，她的小说《海浪》最初曾被定名为《飞蛾》。飞蛾几乎成了她创作本身的象征。飞蛾总是要求更多的光明，至死不悔。飞蛾使伍尔夫找到了挣脱灾难的方法和手段。

二 "捕捉闪烁飞舞的银翅飞蛾"

伍尔夫认为，"在1910年12月左右人的性格变了"，"人与人之间的一切关系——主仆之间、夫妇之间、父子之间——都变了。人的关系一变，宗教、品行、政治、文学也要变。"③所以小说要摒弃以讲故事、写社会或刻画人物性格为主的旧方法，而采用深入个人内心世界的意识流方法。她认为，外在的客观世界是无法认识的，人能够认识的只是自己的主观反映出来的东西，即无穷的零星片断的印象，因此作家应力求最大限度地关注内心的体验，即在某一瞬间对生活的直接感受。捕捉在自己头脑朦胧角落里一掠而过的意念，就像捕捉幽暗森林里闪烁飞舞的银翅飞蛾一样。

伍尔夫的创作实践完成了她的创作理论。发表于1917年的短篇小说《墙上的斑点》（*The Mark on the Wall*）是她的第一篇意识流小说。小说写一位妇女看到墙上的斑点，引起无限的联想：

> 大约是在今年的1月中旬，我抬起头来，第一次看见了墙上的那个斑点。为了确定是在哪一天，就得回忆当时我看见了些什么。现在我记起了炉子里的火，一片黄色的火光一动不动地照射

---

① 林德尔·戈登：《弗吉尼亚·伍尔夫——一个作家的生命历程》，伍厚恺译，四川人民出版社，2000年，第232页。
② 同上书，第276页。
③ 吴尔夫著，黄梅编选：《吴尔夫精选集》，山东文艺出版社，2000年，第570页。

在我的书页上;壁炉上圆形玻璃缸里插着三朵菊花。对啦,一定是冬天,我们刚喝完茶,因为我记得当时我正在吸烟,我抬起头来,第一次看见了墙上那个斑点。①

"墙上的斑点是一个圆形的小印迹,在雪白的墙壁上呈暗黑色,在壁炉上方大约六七英寸的地方。"②就是这样一个并不起眼的斑点,主人公的思绪却蜂拥而至,绵延不绝。它起先看上去像是钉子留下的疤痕,接着又像是一个小孔、一个暗黑色的物体、一个淡淡的影子、一座伏起的古冢、一个旧钉子头、一道裂纹……主人公由此想到了黑色的岩壁的侧坡上潮水般的骑士,人生的无常,莎士比亚和皇宫地毯,战争,大自然的把戏……最后,她发现那个斑点不过是趴在墙上的一只蜗牛。小说的背景非常不确定,除了大约是冬天外,读者什么也不知道;小说的人物形象也非常不确定,我们不知道主人公的年龄、相貌、性别、身份和职业;小说也没有行动和情节,从发现斑点到确定斑点原来是只蜗牛,主人公自始至终坐在一把椅子上。小说从头至尾揭示的是一个"重要瞬间",这一瞬间包容了过去与现在、历史与现实、生命与死亡在内的各种精神活动,这些精神活动纷至沓来、稍纵即逝。作者认为这些瞬间才是真正的现实,是人们透视生活、感悟生活的重要时刻。

《达罗威夫人》是伍尔夫的另一部重要作品。小说详尽记述了一位英国上层社会的太太达罗威夫人和一位名叫史密斯的精神病患者从上午9点到午夜时分约15个小时的生活经历。小说首先描绘了女主人公达罗威夫人在买花途中的意识活动。小说一开始便采用大段的内心独白来揭示主人公的心理变化:

> 多么欢快的云雀啊!冲上天空多么痛快!她心中常有这样的感觉。当她听到现在能听到的铰链轻微的扎扎声时,她已猛然推开了法国式的窗子,冲向布尔敦,到野外去。清晨的空气多么清新,多么平静,当然比这里的更宁静,像波浪在拍打,像微浪轻

---

① 沃尔夫:《墙上的斑点》,文美惠译,见袁可嘉、董衡巽、郑克鲁选编:《外国现代派作品选》第二册(上),上海文艺出版社,1981年,第71页。

② 同上。

轻地拂着海岸。她(这个当时18岁的姑娘)站在窗台口,的确感到有点寒冷刺骨,又感到心情沉重,就像什么可怕的事就要发生。她站在那里看花,看树……直到她听到彼得·沃尔什讲话:"在观赏植物吗?"——是这样一句话吗?还说:"人比花椰菜使我更喜欢。"——讲的是这个吧?一天早上,吃早饭时,当她已经走上晒台,他——彼得·沃尔什,肯定讲过这样的话。最近他就会从印度归来,6月或7月,她记不清是哪一个月,因为他的信往往写得单调无味……①

6月的早晨,空气清新。主人公走在街上,心旷神怡,浮想联翩。她想起自己18岁情窦初开时与昔日恋人彼得之间的旧情,回忆起30年前,也是一个晴朗的早晨,彼得对自己所说的话。又回忆起彼得最近的来信,他不久便从印度归来……小说通过直接呈现意识的流动过程,跨越了时空界限,展示了主人公丰富而漫长的人生经历。随后,女主人公从伦敦街头的所见所闻,联想到昔日的往事,又浮想未来。主人公的意识不断流动,不断跳跃。作家将主人公在瞬息之间有关现在、过去、未来的意识相互倒置、互相渗透、融为一体。与此同时,在第一次世界大战中因受炮弹惊吓而患有精神病的退伍军人史密斯则在伦敦街头神志恍惚、精神失控,最后自杀身亡。两条线索并行不悖,将它们交织在一起的就是意识流。这篇小说发表后,曾受到当时著名的小说家阿诺德·贝内特的批评,他说:"我搞不清它到底讲些什么,它的主导方向是什么,还有伍尔夫夫人想借此说明什么问题。""至于人物塑造,(在我看来)伍尔夫夫人告诉了我们关于达罗威夫人的一万件琐事,却没有向我们展示达罗威夫人这个人物本身。"②贝内特完全是以现实主义的创作模式和标准来要求伍尔夫,因此他自然不能理解作为现代主义的代表作家的伍尔夫了。

《到灯塔去》是伍尔夫的代表作之一。小说描写拉姆齐先生全家

---

① 沃尔夫:《达罗卫夫人》,郭旭译,见袁可嘉、董衡巽、郑克鲁选编:《外国现代派作品选》第二册(上),上海文艺出版社,1981年,第80—81页。
② 阿诺德·贝内特:《对新流派的又一个批评》,见中国社会科学院外国文学研究所、外国文学研究资料丛书编辑委员会编,瞿世镜编选:《伍尔夫研究》,上海文艺出版社,1988年,第140页。

和朋友们到海滨别墅去度暑假。这是一部自传体小说，全书以"窗""时光流逝"和"灯塔"三部分再现了作者双亲的形象和自己童年的生活情景。第一部分占全书一半以上的篇幅。它叙述9月的一个黄昏，在拉姆齐夫妇海滨的夏日别墅里，来了几个客人。拉姆齐是伦敦一位著名的哲学教授。他们的客人当中有一位是著名的植物学家威廉·班克斯，另一位是画家丽莉·布里斯科。拉姆齐一家计划到灯塔去。第二部分仅占小说的十分之一。它以抒情的笔调勾勒了十年的人世沧桑：拉姆齐太太不幸去世；一个儿子捐躯疆场；一个女儿死于难产。作者将十年的不幸压缩在一夜之内加以表现。第三部分描写十年之后的一个上午拉姆齐一家重返别墅。他们在拉姆齐先生的率领下，驾船前往灯塔。小说以拉姆齐一家到达灯塔和丽莉小姐挥笔完成了十年前开始创作的那幅油画而告终。小说用象征手法表现人物的深层意识。"窗"是人物意识显现的窗口；"灯塔"是希望、理想和信仰的象征。帆船驶向灯塔象征着一次发现自我、超越自我、探索真理的精神之旅。作品的独特之处就在于深入细致地表现了人物的思想和情感活动。这是一部奏鸣曲式的作品，小说的三部分便是三个乐章，那表达时间流逝的缓慢的中间部分，唯有用音乐来类比才恰当贴切。

《奥兰多》是一部非常独特的作品，是作者开了"一个大玩笑"写成的作品。它就像一部乌托邦幻想曲。小说主人公的原型是作者的女友，出身名门望族的维塔·萨克维尔-威斯特。维塔本人是诗人，美丽、优雅、风流、大胆、世故，是当时著名的"女同性恋者"。小说故事始于16世纪伊丽莎白时代，终于1928年，历时四百年。主人公时而男身，时而女身，是一个雌雄同体式的人物。他/她活了几百年，经历了近现代英国社会文化生活的种种变迁。小说以最有趣的方式，从最有趣的视角，深入地审视和探讨了男女两性在私人生活和社会生活中的角色和关系。"《奥兰多》或许确实堪称文学史上最长的情书，但是这封情书是伍尔夫写给她自己的。这部作品隐含了对伍尔夫作为读者和作家所拥有的超人伟力的赞颂。伍尔夫恰当地获得的健康的自尊，在她这部最具有生命活力的小说中得到了适宜的宣泄。"[①]

《海浪》是典型的意识流小说。它"是关于几个人的生命的故事，

---

① 哈罗德·布鲁姆：《西方正典》，江宁康译，译林出版社，2005年，第349—350页。

这些故事按平行的轨迹发展,并在确定的点上汇合"①。小说每章前面都有一段海景的描写,体裁是散文诗,写日出至日落,以此影射作品中的人物从童稚到暮年。小说的正文部分由六个人物在人生的不同阶段,即童年时代、学生时代、青春时代、中年时代、老年时代交替进行的瞬间内心独白构成。这六个人物没有姓氏,他们分别是伯纳德、苏珊、奈维尔、珍妮、路易斯和罗达。小说最后的正文部分是唯一活着的老迈的伯纳德面对一个就餐者进行独白,他总结了他们六人的一生。小说最后的结语是:"海浪拍岸声声碎。"②大海的潮生潮灭,预示了人生和意识的生生灭灭。小说没有什么故事情节,只有意识的波涛像汹涌的海浪一样此起彼伏。作者在这部小说中进行了广泛的艺术尝试:几乎完全排斥描写外部活动,突出强调的是人物的内心生活;作者完全"退出"了小说,主人公生活在绝对自由的心理时间中;不提供最后的、已经完成的图像,而去追踪外界事物在人物感觉中逐渐清晰起来的过程;小说洋溢着浓郁的诗情画意,并借鉴了多种音乐手法。

《幕间》是伍尔夫最后一部完整的作品。在这里作者的实验又有了新的突破:小说中包含了一出象征性的历史剧,约占全书篇幅的七分之一,从英国的诞生、乔叟时代,经过伊丽莎白时代、安妮时代、维多利亚时代,到最后一幕"现代,我们自己",表现了英国文学史上几个重要的时代,获得一种宏观的视野和象征的效果。幕间出现的核心人物是奥立弗家族的一些成员和几个邻居。与世纪同岁(故事发生于1939年)的伊莎贝拉有很深的文化素养,她厌恶现实世界的混乱、虚伪、庸俗、拘谨,向往自由和真理的想象世界,悄悄地写诗,以求补偿受到挫折的心灵。贾尔斯是伊莎贝拉的丈夫,外向,切合实际,关心欧洲政局变化。另外两个邻居是精力充沛的曼雷萨夫人和内向超脱的道奇先生,这些人物的性格各自代表人类这个多元化整体中的某个方面或某一种元素。他们在幕间出现,谈话、活动、想象,形成人生现实。戏剧在奥立弗家族的乡村别墅"波因茨邸宅"的平台上演出,剧中的象征世界和日常生活的现实世界互相交织,如果把舞台上的历史剧作为戏

---

① 林德尔·戈登:《弗吉尼亚·伍尔夫——一个作家的生命历程》,伍厚恺译,四川人民出版社,2000年,第289页。
② 弗吉尼亚·伍尔夫:《海浪》,曹元勇译,上海译文出版社,2000年,第260页。

剧,那么舞台下的真实人生是它的幕间插曲;如果把舞台下的曲曲折折看作一出人生的戏剧,那么舞台上的历史剧乃是它的幕间插曲。目前的人生,对于子孙后代而言,又是历史。在最后一幕中,台下观众的形象,都映照于台上的镜子之中,戏剧与人生融为一体。历史剧结束后,贾尔斯和伊莎贝拉又成了一个新的剧本的主角。在这里,历史与现实,人生与戏剧,并没有明确的界限;生命绵延,人性不变,爱恨悲欢,创造毁灭,如同大自然,生生灭灭,不断流逝,这是伍尔夫对人类宇宙的总体把握。像一曲交响乐,贯穿着一种失落和哀伤的情绪。另外,最后一幕那种被关在笼子里的感觉,镜子中支离破碎的形象,不连贯的语言,以及象征"全人类的眼泪"的倾盆大雨,表达了作家对现代生活的体验。《幕间》是伍尔夫创作生涯的一个终点,如人们所评论,是"一位天才女性眼中所见的人类世界的象征形态",它体现了作家将诗、小说、戏剧融为一体的艺术理想。

伍尔夫在20世纪现代主义文学中成就卓著。作为意识流小说家,她与同时代的乔伊斯、法国的普鲁斯特等作家一样,发掘意识领域,运用内心独白、视角转换等手法,用有限的时间展示无限的空间,或在有限的空间内无限地扩展心理时间,揭示了人物内在精神世界的微妙和阔大,表现了现代人的思想情绪。他们的成就使小说从传统的对客观世界的描写中脱出,走进意识和潜意识深处,开拓了小说创作的新领域。

但是,伍尔夫又有她独特的地方。这体现在以下几个方面:

第一,作为富有才华的女作家,她感受世界的种种心理触角极为细腻敏锐,犹如她在《现代小说》一文中所说:"考察一下在一个普通的日子里一个普通的心灵吧。它接纳了千千万万个印象——琐碎的、奇异的、转瞬即逝的,或用利刀镂刻在心头的印象。它们像无数的原子一样从四面八方纷至沓来:当它们降落时,当它们构成星期一或星期二的生活时,其侧重点与以往显然不同,重要的瞬间不是来自这里而是来自那里。"[①] 从她的作品中,我们不但可以感受到她所说的这些瞬间的密度,而且还可以感觉到她心灵世界的玲珑剔透、五彩缤纷、深邃

---

① 弗吉尼亚·伍尔夫:《论小说与小说家》,瞿世镜译,上海译文出版社,2000年,第7—8页。

迷乱,面对一个场景、一种情境、一件日常琐事,都能流淌出叮咚作响、色彩纷异的冥想、想象、幻景、意义,似乎大千世界与她的思考在一刹那融会而来,顷刻形成一个新的宇宙。伍尔夫小说中的人物就是那些雨点似的印象,它们降落在人物身上,慢慢地改变着他们的意识。达罗威夫人、塞普蒂默斯、拉姆齐夫人、丽莉,这些人物的感觉、想象、思考、幻象,都表达了作家心灵的丰富与深邃,使得任何概括和分析都会挂一漏万。这是属于伍尔夫独有的精神能量和才能。伍尔夫的朋友作家和批评家福斯特这样评价伍尔夫:"要么说她是诗人,想尽量写些近似于小说的东西;要么说她爱好写作,爱好接受感觉——目睹,耳闻,体味——从脑海里一一闪过,爱好组合梳理。"①

第二,伍尔夫的思想和创作还显示了她对和谐、完美境界的努力追寻。她的人物,无论深浅,都在有意无意地探求着生活真谛,尽管世界充满不幸,尽管人生荆棘丛生,尽管人与人之间会有隔膜、误会、敌意、不和,但他们总在以自己的方式寻求意义与理想。作家常常站在宇宙、人类的高度,以具体的经历、感受,诗意、抽象的思考和冥想,在一个纷乱、不安的世界中,表达她对和谐、秩序、爱的深刻向往。她的所有作品,都蕴涵了这种内在的理想精神。

第三,作为一个身处上流社会的女作家,她的生活阅历比较狭窄,而且似乎并不想扩展这方面的阅历。她鄙视小酒店、公共便池、集体寝室,以及一切公共场所,她的小说更注重的是呈现自己有限心灵所体验的微妙感觉。英国批评家德斯蒙斯·麦卡锡认为,"她向我们显示的,可以说,不是列车本身,而是一辆列车飞驰而过时产生的气流"②。

伍尔夫还被人们认为是一位女权主义者。"在她的全部作品中,都可以看到女权主义的影子,女权主义始终占据着她的心灵。她相信社会是由男人造成的,男人的主要职业是流血、挣钱和发号施令,还有就是穿制服,而所有这些都不会令人起敬。女人穿衣服是为了好玩和漂亮,而男人是为了炫耀……她拒绝参加任何委员会和在任何呼吁书上签名,因为女人不能宽恕这个由男人造成的悲惨的烂摊子,她也拒

---

① 雷纳·韦勒克:《近代文学批评史》(第五卷),杨自伍译,上海译文出版社,2009年,第139页。

② 同上书,第142页。

绝接受男人从可怕的宴席上偶尔抛给女人的一些零星的权力。"①最能体现她的这一思想的是她的那本脍炙人口的小书《一间自己的屋子》。该书根据她在剑桥大学纽尼姆及格顿（女子）学院所做的以"妇女与小说"为题的两个报告撰写而成。伍尔夫从一个很小的问题谈起：一位妇女应该有一间自己的屋子，以便创作小说。当然，她还应该有钱（500镑收入）。但这在19世纪以前却几乎是不可能的。譬如在伊丽莎白女王时代，"为什么在那个时代文学如此的繁茂而妇女并没有贡献过一字一句？"因为，"在想象里她占着最重要的地位，实际上她完全不为人所注意。她把诗集从头至尾充满；她只是不出现在历史里。……文学里有多少最富灵感的语言，多少最深刻的思想由她的嘴里说出来，实际生活里她几乎不识字，不会写字，而且是她丈夫的财产"②。如果莎士比亚有一个有特殊才能的妹妹，她也不可能有什么作为，而只可能发狂、自杀，或者抑郁而死。但她的那种追求自由和创造的精神却永远活在现代女性身上。2007年英国纽卡斯尔大学的阿莉森·莱特教授写了一部名为《伍尔夫与她的仆人》的专著，一时引起巨大反响。莱特在书中写道，伍尔夫写了"自己的一间屋子"，然而她却"没有问是谁去打扫它"。看来，作为有能力雇佣女佣的伍尔夫，常常忘记了被她雇佣的那些女仆的卑微屈辱的生活。

当然，伍尔夫终究是个小说家。她希望给小说找到一种新技巧，以便忠实地描绘内心的真实。她从不将观念注入小说，她从不判断，也从不说教。"她只限于给读者提供一个关于生活的比较新鲜和奇异的视野，使读者开阔眼界，通过表面的事件，让读者发现思想和感情勉强可以感觉到的内在运动。"③伍尔夫无疑成功地做到了这一点。

1941年3月28日，伍尔夫投水自尽。她在留给丈夫的信中说："我感觉我要疯了。我不断耳鸣，无法集中精力工作。我虽然竭力克

---

① 爱·摩·福斯特：《弗吉尼亚·伍尔夫》，见中国社会科学院外国文学研究所、外国文学研究资料丛书编辑委员会编，瞿世镜编选：《伍尔夫研究》，上海文艺出版社，1988年，第18页。

② 弗吉尼亚·伍尔夫：《一间自己的屋子》，王还译，北京生活·读书·新知三联书店，1989年，第50，53页。

③ 安德烈·莫洛亚：《伍尔夫评传（节选）》，见中国社会科学院外国文学研究所、外国文学研究资料丛书编辑委员会编，瞿世镜编选：《伍尔夫研究》，上海文艺出版社，1988年，第116—117页。

制,但仍不能持久。你给了我一生的幸福。你是一个十全十美的大好人。我不能再浪费你的生命了。"①伍尔夫自己选择了离开这个世界的方式,这一选择无疑是具有象征性的。伍尔夫将自己的生命融进了河流,融进了川流不息的时间之流。"在她的小说里,充满着关于流水和其他象征生命之流的形象描绘。她领悟到:个性是从不断变化之中产生的统一体,意识是各种回忆和期望连续起来的混合物。当她投身于一条英国河道的流水之中,来使自己和经验之流融为一体,曾经阅读并且欣赏过她的作品的任何人……应该理解,她为何选择这样的方式来终结她自己的生命。"②

1. 为什么说伍尔夫是一个真正自由的作家?
2. 如何理解《墙上的斑点》和《达罗威夫人》?
3. 作为一个意识流作家,伍尔夫创作的主要特征是什么?
4. 最能体现伍尔夫意识流特征的长篇小说是什么,为什么?

1. 中国社会科学院外国文学研究所、外国文学研究资料丛书编辑委员会编,瞿世镜编选:《伍尔夫研究》,上海文艺出版社,1988年。
2. 林德尔·戈登:《弗吉尼亚·伍尔夫——一个作家的生命历程》,伍厚恺译,四川人民出版社,2000年。
3. 昆汀·贝尔:《伍尔夫传》,萧易译,江苏教育出版社,2005年。
4. 弗吉尼亚·伍尔夫:《论小说与小说家》,瞿世镜译,上海译文出版社,2000年。

---

① 安德烈·莫洛亚:《伍尔夫评传(节选)》,见中国社会科学院外国文学研究所、外国文学研究资料丛书编辑委员会编,瞿世镜编选:《伍尔夫研究》,上海文艺出版社,1988年,第98页。
② 戴维·戴希斯:《盖棺论定》,见中国社会科学院外国文学研究所、外国文学研究资料丛书编辑委员会编,瞿世镜编选:《伍尔夫研究》,上海文艺出版社,1988年,第153页。

5. 弗吉尼亚·伍尔夫:《一间自己的屋子》,王还译,生活·读书·新知三联书店,1989年。
6. Julia Briggs. *Virginia Woolf: an Inner Life*. London; New York: Allen Lane, 2005.
7. Ruth Gruber. *Virginia Woolf: the Will to Create as a Woman*. New York: Carroll & Graf, 2005.

第五节　威廉·福克纳

一　美国南方文艺复兴的代表作家

回顾人类历史,我们发现,那些最辉煌的文化和文学繁荣几乎都发生在历史的十字路口,发生在社会的转型期,因为深刻的社会变革往往为文化和文学的繁荣提供了极为有利的条件。第一次世界大战以后,在资本主义生产方式和价值观念的冲击下,美国南方那建立在农业经济基础上,十分保守的传统社会迅速解体,开始了充满新旧势力和新旧观念激烈冲突的现代化进程。成就辉煌的南方文艺复兴在很大程度上正是这一历史性变革时期这种激烈冲突的产物。自20世纪20年代末起,被人们讥笑为"文化沙漠"的美国南方呈现出空前的文化和文学繁荣,产生了一大批杰出的诗人、作家、戏剧家、学者、文学理论家和批评家。他们中最重要的作家是威廉·福克纳(William Faulkner,1897—1962)。

福克纳的创作代表了美国南方文学的最高成就。据统计,自20世纪80年代中期以来,在美国发表的论文,出版的专著以及完成的博士论文,在英语作家中,关于福克纳的已占第二位,仅次于莎士比亚。福克纳之所以能吸引越来越多的学者对他进行研究,不仅因为他取得了那样杰出的文学成就,而且还因为作为南方文艺复兴的代表作家,他的作品深刻地体现了时代精神。

在本质上,南方文艺复兴是美国南方的文化传统主义在文学领域内对工商资本主义的对抗。但南方新文学的作家们并非盲目维护旧传统;恰恰相反,他们是南方历史上第一批深刻揭露南方历史和现实中问题和罪恶的南方人,是南方文化和文学史上第一批真正具有自我批判意识的现实主义者。在很大程度上,我们可以说,南方文艺复兴是建立在南方人的自我批判的基础之上。但他们暴露南方社会和文化中的问题,并非为了促进南方的现代化进程,而是为了改造和重构传统的生活方式和价值观念,以抵制工商资本主义的侵蚀。

美国南方文艺复兴不是与外界隔绝的孤立现象,它受到当时欧美文化和文学中的现代主义运动的深刻影响。现代主义文学也是传统的社会秩序和价值观念在工商资本主义的冲击下解体的产物,是资本主义在其"发展进程中所带来的社会变革的结果"[①]。从总体上看,现代主义在本质上是反现代的,现代主义文学家大多是使用着革命性技巧的保守主义者。因此在对待传统观念、社会现实和文学艺术的基本态度和看法上,南方文艺复兴的代表作家和现代主义文学家是一致的。我们完全可以说,美国南方文艺复兴是欧美现代主义文学的重要组成部分,是现代主义文学的美国南方流派。当然这不是说南方作家没有自己的特点。实际上,他们在创作中刻意继承和发扬美国南方在300多年历史中所形成的独特文学传统中的优秀成分。所以南方文艺复兴也可以说是现代主义同美国南方文学传统的结合。

现代主义同南方文学传统的结合最突出也最完美地体现在福克纳的创作中。福克纳既是南方文学最杰出的传人,也是美国最著名的现代主义文学家之一。他具有深刻的南方意识,他的作品富含南方色彩,而在认识和表现南方的社会变革和西方世界的精神危机方面,他同时又是一个典型的现代主义者。他立足于南方,却把目光投向世界。他那些饮誉世界的约克纳帕塔法系列小说不仅仅是一部部美国南方的变迁史,而且也是深刻表现处在历史性变革中的现代世界的不朽之作。

福克纳于1897年9月25日出生在美国南方密西西比州北部的一个名叫纽爱尔巴尼的小镇。他祖上在这一带很有名望,拥有大量土地、财产和一批黑奴。他是这个家族相传五代的长房长子,具有强烈的家族意识。他对自己的家族史,特别是对福克纳家族在这一地区的

[①] 埃默里·埃利奥特主编:《哥伦比亚美国文学史》,四川大学美国研究中心、朱通伯等译,四川辞书出版社,1994年,第567页。

创始人,他人称"老上校"的曾祖父感到十分骄傲。他曾祖父既是一个白手起家,具有杰出才干、魄力和奋斗精神的传奇式人物,又是一个践踏人性的种族主义者。在福克纳眼里,他是旧南方的美德与罪恶的象征。作家后来把他运用于创作来体现他对南方社会和历史的探索。

福克纳5岁时,他们一家搬到拉法耶迪县的县城奥克斯福。那里成为福克纳真正的故乡。他在那里创作了绝大多数作品,而且他小说中的约克纳帕塔法世界就是以这个县为蓝本虚构的。他8岁上学,虽然开初成绩优秀,但不久就对学校教育失去了兴趣。他后来说:"我从未喜欢过学校。"①他甚至还画过一些漫画,讽刺和批评"满堂灌"式的教育。在一幅画里,一个女教师双手按在一个瑟瑟发抖的小学生头上,向他狠命灌输各种知识。② 这些画反映出他的独立思考和叛逆精神。他最终只上到11年级,于1915年毅然退学,未能高中毕业。

当功课对他失去吸引力的时候,他对文学作品的兴趣却越来越浓。他把所有时间都用于读书。10岁时他就在读莎士比亚、狄更斯、塞万提斯、巴尔扎克和康拉德。同时他对听旧南方的传说故事也越来越着迷。奥克斯福同整个南方一样,还笼罩在过去时代的阴影里。在家中,他从祖父、父亲及其朋友们那里听到不少关于自己家族和老上校的"事迹"。他也常去黑人老保姆的棚子听关于动物、鬼怪,特别是奴隶制时代的传说。法院门前的广场更是他听故事的好去处。在那里他经常一坐就是好几个小时,听老人们回忆内战、印第安人和打猎的故事。从小生活在这样的历史博物馆里,逐渐形成了他保守的、向后看的历史意识。而这些根源于历史和生活的传说故事后来成为福克纳创作他那些杰作的宝贵素材。

1919年,他开始认真从事创作。那时,他主要是想当诗人。那时期的诗作表现出强烈的浪漫主义。他的浪漫主义主要有两个来源:美国南方文化传统以及南方人思想意识中固有的浪漫主义倾向和他在青少年时代大量阅读的欧美浪漫主义诗人的作品。即使在他转向小说以后,浪漫主义也一直在其创作中占有极为重要的位置。除浪漫主

---

① Joe Williamson. *William Faulkner and Southern History*. Oxford University Press,1993,p. 163.
② 这些画稿现存美国东南密苏里州立大学福克纳研究中心。

义外,那时正在迅速发展的现代主义诗歌也对他产生了重大影响。不过,现代主义诗歌对他的影响主要是在思想上,而非在诗艺上。其实,第一次世界大战后欧美"迷惘一代"的精神危机也存在于他身上。虽然他未能赴欧参战,但第一次世界大战对传统价值观念的毁灭性打击使福克纳同其他退伍兵一样,也产生了严重的失落感。他后来说,"当战争结束后",他"又回到密西西比奥克斯福家中,但同时又感到那并不是家,或者至少说我不能接受战后的世界"。① 或许正因为如此,他在那段时间对弥漫着异化感的现代主义诗作,特别是法国象征主义诗人的作品很感兴趣,并开始模仿他们。不过,他那种一战退伍兵的失落感最突出地表现在他第一部小说《军饷》(*Soldier's Pay*,1926)里。那是一部典型的"迷惘一代"型作品。

1925年夏,他启程去欧洲旅行,前后遍游名胜达5个多月。他实地感受了欧洲文化,接触了新思想,开阔了眼界,从而能像当时一批南方青年知识分子那样最终摆脱南方在同北方的长期斗争中形成的美化南方历史、粉饰南方现实的文化传统以及南方人身上那种专于自我辩护的论战型思维方式。因此他能从新的角度来看待、认识和分析美国南方社会和历史,并深刻揭露他所钟爱的南方所存在的问题和罪恶。第一次世界大战以后南方青年一代的这种自我剖析精神,是南方文艺复兴的根源,同时也是福克纳的文学成就的思想基础。在这期间,文学艺术领域的现代主义思潮对这个正在进行艰苦探索的青年作家也产生了深刻影响,并逐渐成为他创作中的主导方向。

从欧洲回到奥克斯福不久,福克纳的注意力和创作就转向美国南方,转向他所说的他那"邮票般大小的故土"。密西西比北部地区虽然历史不长,但是边疆文化、印第安文化、奴隶制观念、种族主义思想、清教主义思想和南北战争后形成的向后看的历史意识一起共同造就了当地独特而丰富的思想文化。同时,来自北方的工商文明已经在侵蚀着当地的社会结构和冲击着人们的传统价值观念。正是在南方处于传统与变革激烈冲突的历史性时期,福克纳开始了约克纳帕塔法系列小说的创作。

---

① William Faulkner. *Selected Letters of William Faulkner*, ed. by Joseph Blotner. Random House,1977,p. 213.

二 约克纳帕塔法世界

福克纳于 1926 冬开始同时创作两部小说:《父亲亚伯拉罕》和《坟墓里的旗帜》。这是两部约克纳帕塔法作品。福克纳一生创作了 19 部长篇和 100 多个短篇,其中 14 部长篇和绝大多数短篇都是关于他那"邮票般大小的故土"。在小说中,他把它称之为约克纳帕塔法县。关于这个县及其县城杰弗逊镇,福克纳在名著《押沙龙,押沙龙!》(*Absalom, Absalom!* 1936 年)里专门画了一幅地图。这幅地图以及他在那些作品里的描写表明,约克纳帕塔法县和杰弗逊镇是以他的故乡拉法耶迪县和奥克斯福镇为蓝本虚构的。

《父亲亚伯拉罕》是关于当地工商暴发户如何从经济、政治、伦理道德各方面侵蚀和征服南方社会及其传统的故事,但福克纳只写了 25 页就放下了。而《坟墓里的旗帜》经修改后,以《沙多里斯》(*Sartoris*, 1929)为书名出版。这是一部关于南方庄园贵族世家沙多里斯家族衰败的小说。这两部小说实际上开辟了他一生中两个十分重要的创作领域:对资本主义工商文明的批判和对旧南方解体的探索。前者的构想后来演化成他后期的主要著作斯诺普斯三部曲和一些短篇;而后者则是南方大家族的没落史的第一部。

《沙多里斯》并不算福克纳的杰作,但在他的创作生涯中占有重要位置。它是作家完成的第一部约克纳帕塔法小说,并且具有了约克纳帕塔法小说的基本成分和一些主要特征:这一地区的概况,主要人物类型(有些人物将在其他小说中反复出现),旧南方的崩溃,庄园主家族的没落,处在传统与变革之中的理想主义青年的精神危机,向后看的历史意识,过去时代压在人们身上的沉重负担,道德责任,种族矛盾,妇女问题以及倒叙手法,意识流,象征隐喻,并列对照,心理探索等等。以这部小说为开端,福克纳进入了一个新世界,从此以后他几乎毕生都在里面耕耘。关于这一点,他说:"从《沙多里斯》开始,我发现我那邮票般大小的故土很值得写,而且不论我多长寿也不可能把它写完……我喜欢把我创造的世界看作是宇宙的某种基石,尽管它很小,但如果它被抽去,宇宙本身就会坍塌。"①这就是说,一个作家只有从他最熟悉的生活切入,才能最深刻地反映人类生活的本质,他的作品也才能具有最普遍的意义和取得最高的艺术成就。

《喧哗与骚动》(*The Sound and the Fury*,1929)就是这样一部杰作。它不仅反映出一个杰出的现代主义作家的精湛技艺,而且通过表现康普生家族的没落,作者全面表达了他对处于传统价值观念解体中的当今世界的深刻看法。《喧哗与骚动》广泛使用了多角度叙述、意识流、蒙太奇、闪回、并列对照、神话模式、象征隐喻等许多新手法,是现代主义的典范之作。小说以不同叙述者从不同方面来探索和表现康普生家族的解体及其家庭成员的精神状况,从而深刻揭示出这个没有爱、没有信仰,既不能从过去时代的沉重负担中摆脱出来,又不能按传统价值观念生活的家族必然灭亡的根源。

康普生家族没落的根源最集中地表现在昆丁身上。昆丁的悲剧实际上是一个已经死去的旧传统的继承人的悲剧。他的致命问题是,他还生活在过去。他身上向后看的历史意识使他无法在现实中生活。昆丁只是福克纳塑造的一大批生活在过去的阴影中,性格软弱的理想主义者形象中的一个。《沙多里斯》和《圣殿》(*Sanctuary*,1931)里的贺拉斯、《喧哗与骚动》里的康普生先生、《八月之光》(*Light in August*,1932)里的希陶尔、《押沙龙,押沙龙!》里的昆丁、《下去,摩西》(*Go Down, Moses*,1942)里的艾克以及斯诺普斯三部曲等中后期作品里的主要人物斯蒂文斯等,都是这样的人物。他们都深受异化感的折磨,都无法接受传统观念解体后在他们眼里已经陷入一片混乱的当今世界,都不敢面对现实,只能逃避到自己制造的各种自欺欺人的幻觉之中。这些人物的塑造充分反映出作者自己的思想意识和他身上的矛盾。福克纳自己就是一个深受传统影响,具有向后看的历史意识的理想主义者。这些人物在很大程度上就是他自己的思想意识和价值观念的形象化。所以他对这些人物充满感情。但感情上的认同并没有影响他在理智上对他们的批评。恰恰相反,正因为他也是这样的人,并对这类人身上的问题及其危害深有体会,所以他的批评特别

---

① James Meriwether and Michael Millgate, eds.. *Lion in the Garden*. Random House,1968,p. 225.

深刻中肯。在塑造这些人物时，福克纳实际上也是在进行深入的自我剖析。他曾说，在创作中，"我反复讲述着同一个故事，那就是我自己和这个世界"①。

福克纳在 1932 年出版的《八月之光》中有关希陶尔的故事里继续进行家族没落的探索。希陶尔同昆丁一样，也是庄园主家族的末代传人，也无法从过去时代的阴影中摆脱出来，他的生活实际上凝固在他祖父在南北战争中被枪杀在马背上那一瞬间。不过《八月之光》并非像《喧哗与骚动》那样主要是关于家庭解体的小说。《八月之光》视界宽阔、情节曲折、主题丰富、人物众多。福克纳在此之前创作的作品所致力表现的深沉的历史意识、强烈的异化感、过去时代的沉重负担、扭曲的家庭对下一代的毁灭性影响、清教主义对人性的摧残等主题，全都可以在《八月之光》中看到，而这部小说里那些田园诗般的情节、人物思想意识的升华、对自我的痛苦追寻、人与人之间的道德责任等内容和主题则是以前的作品中所没有的。不过，同前几部小说相比，《八月之光》最大的不同，或者说最大的发展，是他首次把他毕生关注的种族问题作为最突出的主题。

奴隶制曾经造成了美国国家和民族的分裂，导致了长达 4 年的内战。种族问题至今仍然是美国社会的核心问题之一，它像一颗定时炸弹一样随时可能把美国社会炸得一片混乱。在美国南方，种族问题更触及社会、政治、经济、文化、道德乃至宗教的本质。不了解种族问题，就不可能真正了解南方。同样，不了解种族问题，也就不可能真正理解福克纳的创作。他一进入约克纳帕塔法世界，就开始关注种族问题。在几乎所有约克纳帕塔法小说中，他都程度不同地探索了种族问题和表达了他对奴隶制和种族主义毫不掩饰的愤慨。特别是在关于沙多里斯、康普生、斯特潘和麦卡士林四大家族的没落的那些在很大程度上代表他的最高艺术成就的小说中，要么种族问题是作品的主题，要么一些黑人是小说的中心人物。如果我们注意一下这些作品的写作顺序，就会发现，早在黑人民权运动兴起之前，种族问题就已经越来越成为他关注的中心，越来越成为他的创作的核心主题。

---

① William Faulkner. *Selected Letters of William Faulkner*, ed. by Joseph Blotner. Random House, 1977, p. 185.

福克纳在《八月之光》首次对种族问题进行了系统的表现。特别值得称道的是,他在把种族问题同现代世界中人的异化问题结合起来进行深入探索。小说主人公乔·克里斯玛斯一辈子都在痛苦而毫无结果地探寻自己究竟是谁,究竟是白人还是黑人。他既不能在白人中生活,也不能同黑人在一起,完全被摒绝于社会之外,最后被种族主义者在私刑中处死。他身上的黑人血统的不可确定性是福克纳的神来之笔。它表明种族主义纯粹是毫无客观基础的偏见。在《押沙龙,押沙龙!》里,福克纳进一步使用了这种手法。

　　福克纳进一步深入探索种族问题的重要著作是《押沙龙,押沙龙!》和《下去,摩西》。这是两部史诗性杰作,时间跨度都长达一个世纪。在这两部著作中,福克纳以前所未有的深度和广度探索了斯特潘和麦卡士林这两个奴隶主家族败落的根源。它们的兴衰史实际上也是艺术化了的南方变迁史。两部小说追溯这两大家族的历史,揭示出它们的"原罪",即它们崩溃的最终根源,就是奴隶制的罪恶和种族主义对人性的践踏。南方人历来把旧南方的毁灭和南方所有问题全都归咎于北方的"入侵",而福克纳在这些小说中表明,即使没有南北战争,旧南方也必然会毁灭。

　　《押沙龙,押沙龙!》在福克纳作品中最复杂、最令人着迷也被评论家们研究最多。它将传统技巧和大量现代主义的创新手法相结合,最能代表福克纳在小说艺术上的探索与实验。小说的情节在两个层面上展开:一个是有关斯特潘家族的传说,另一个是小说中几个叙述者对它往往是相互矛盾的叙述。斯特潘家族的传说在当地广为流传。然而那些所谓传说只不过是一些残余片段,由于已经失去太多关键环节,可以说已经变成本身并没有什么实际意义的能指符号,任由几个叙述者根据自己的感情因素、价值取向、理解能力并结合自己知道的一些片段去讲述,去探寻,去解读。他们甚至发挥自己的想象虚构出"事实"来填补已失去的环节以支持自己的解读。因此,这部作品实际上也为我们展示了小说的虚构过程,是一部"关于小说的小说",也就是说,它已具有了一定元小说的性质。

　　如果说《押沙龙,押沙龙!》更注重于表现昆丁·康普生等几个叙述者像侦探一样一步步揭示斯特潘家族史上血淋淋的罪恶,那么《下去,摩西》则更侧重于探索麦卡士林家族祖先的罪恶对其白人后代所造成的沉重的道德负担和负罪感。尽管《下去，摩西》由7个可以独立成篇的故事组成，但它是一部主题统一、结构紧密的长篇小说。福克纳曾说，它的"总主题是白人与黑人种族之间的关系"①。小说把麦卡士林家族一百多年的历史融于其中，将它的白人和黑人两个支系的成员和发展进行比较，探索白人和黑人之间的关系以及麦卡士林家族白人后代败落的原因。同时它还探讨了奴隶制同私有制的关系，并表现了资本主义工商文明对大自然、对传统生活方式以及对人类的传统美德的破坏。在福克纳看来，现代社会最严重的问题，从对人的奴役到对大自然的破坏，都根源于私有制。

种族主义能在南方肆意横行，能那样深刻地影响人们的观念，一个重要原因是南方清教主义从神学的角度支持奴隶制和种族主义。美国南方被称为"《圣经》地带"，新教是"除路易斯安那州外所有南方各州中占统治地位的宗教势力"，②它支撑着南方的社会和文化，支持奴隶制和种族主义，控制人们的思想和生活，在政治上拥有强大势力。它以上帝的名义迫使各州议会通过一个又一个法令，关闭剧院，禁止喝酒，驱逐胆敢在学校讲授进化论的老师。

福克纳在《喧哗与骚动》《八月之光》《圣殿》《沙多里斯》《押沙龙，押沙龙！》《下去，摩西》以及几乎其他所有作品里都直接或间接地批判了南方各种教派，认为它们背叛了基督教的基本精神，说它们是"新教的狂暴形式"。③ 南方教派和南方文化中的清教主义，同种族主义和商业社会中的拜金主义一样，是他一生最严厉批判的对象。在20世纪20年代中期到40年代中期这一段他创作生涯中最辉煌的时期，他对清教主义的严厉态度最为明显。他不仅把教会及其教徒们作为批判和讽刺的对象，而且还结合对南方的种族主义、父权制度和清教妇道观念的批判，深刻揭露了清教主义对人的摧残。他能对清教主义进行那样深刻的批判，正是因为他生长在那样的社会里，对清教主义有切

---

① William Faulkner. *Selected Letters of William Faulkner*, ed. by Joseph Blotner. Random House, 1977, p. 117.

② Monre Billington. *The American South: A Brief History*. Scribner's Sons, 1971, p. 304.

③ Frederick Gwyin and Joseph Blotner, eds. *Faulkner in the University*. University of Virginia Press, 1959, p. 121.

身体验。

　　福克纳的思想核心是人道主义,所以他不能容忍对人性任何形式的压迫和摧残。他曾强调说:"我想说,并且我希望,我唯一属于的,我愿意属于的流派是人道主义流派。"①他身上的理想浪漫主义、存在主义、个人主义,他对现实和历史的批判,甚至他那向后看的历史意识都是他的人道主义思想的不同表现。所以,他一直在不同场合,以不同方式,用不同语言反复表达他对人的信念和对人性的关怀。他一生都在歌颂的那些美德其实就是人身上那些使人成其为人,使人"永垂不朽、流芳于世"的优秀品质。在诺贝尔奖授奖仪式上,在他那篇广为传诵、被称为"从根本上说是一份人道主义文件"②的演讲词中,他再一次表达了对人类的坚定信念。他说:"我拒绝接受""人类的末日的说法",并满怀信心地宣布:"因为人有灵魂","有勇气、荣誉、希望、自豪、同情、怜悯之心和牺牲精神",人将"永垂不朽,流芳于世"。③ 他正是从他对人的信念、从他的人道主义思想出发对种族主义、清教主义、工商资本主义等各种毒害和摧残人的思想和社会势力进行揭露和批判。

　　当福克纳在1926年第一次把他天才的想象力投向他故乡那片"邮票般大小的土地"并开始创造他的约克纳帕塔法世界的时候,他已在暴露和批判工商势力的冷酷无情和唯利是图。早在20世纪20年代初,他已敏锐地感到南方社会正在经历深刻的历史性变革,南方传统的农业社会在资本主义工商文明的冲击下开始解体。福克纳这样一个本质上十分保守的作家自然对传统生活方式深怀依恋之情,对传统价值观念的沦丧感到切肤之痛,而对工商主义的唯利是图和冷酷无情更是深恶痛绝。所以当他把目光转向他的故乡时,他立即情不自禁地表达出他对工商资本主义的厌恶和批判,而且这种厌恶和批判贯穿了他的整个创作生涯。

　　福克纳对资本主义工商势力的批判最主要表现在他那些关于斯诺普斯家族的长短篇中。福克纳专门写了好几个关于斯诺普斯家族

---

① Robert Jelliffe. *Faulkner at Nagano*, 4th ed. Kenkyusha, 1966, p. 95.
② Cleanth Brooks. *William Faulkner: Toward Yoknapatawpha and Beyond*. Yale University Press, 1978, p. 422.
③ 威廉·福克纳:《受奖演说》,张子清译,见威廉·福克纳:《我弥留之际》,漓江出版社,1990年,第433页。

的短篇,其中包括《花斑马》《烧仓房》等名篇。1940 年,在《父亲亚伯拉罕》基础上发展出来的斯诺普斯三部曲中的第一部《村子》(*The Hamlet*)面世,第二部《小镇》(*The Town*)和第三部《大宅》(*The Mansion*)则分别在 1957 年和 1959 年出版。这三部小说是福克纳中后期的重要文学成就。从 1926 年他开始写《父亲亚伯拉罕》到 1959 年《大宅》出版的 30 多年中,也就是说,几乎在他的整个创作生涯里,福克纳都在对资本主义工商文明进行思考和艺术表现。

这个三部曲是斯诺普斯家族的发家史。在福克纳看来,斯诺普斯们和工商资本主义摧毁了传统生活方式和价值观念,使当今世界成为一片精神荒原;而要对抗斯诺普斯主义,只能靠人身上的美德和"人类昔日的荣耀"。所以,他要在揭露和批判传统本身的罪恶的基础上重构传统价值观念。他把这看作是他的神圣使命,是一个作家"特殊的光荣"。在诺贝尔奖授奖仪式上,他说他要"利用这个受人瞩目的讲坛",告诉那些和他一样献身于文学这个"痛苦而艰辛的事业的男女青年们",在这个"精神上的东西已不复存在"的世界上,"占据"一个作家的"创作室的只应是心灵深处的亘古至今的真情实感、爱情、荣誉、同情、自豪、怜悯之心和牺牲精神。"他进一步说,诗人"特殊的光荣就是振奋人心,提醒人们记住勇气、荣誉、希望、自豪、同情、怜悯之心和牺牲精神,这些是人类昔日的荣耀"。他坚信,诗人的声音"是一个支柱,一根栋梁,使人永垂不朽,流芳于世"。①

这正是福克纳全部创作的真正意义。不论他是在赞美人类的优秀品质,还是在批判压抑和践踏人性的清教主义、种族主义和工商资本主义,他都是在以不同的方式表达他对人的热爱和对人的信念,都是在探索如何重建能使人在现代社会的荒原中像人一样生活的价值观念。在他各个时期的作品中,特别是在《坟墓的闯入者》(*Intruder in the Dust*,1948)、《修女安魂曲》(*Requiem for a Nun*,1951)、《寓言》(*A Fable*,1954)、《强盗们》(*The Reivers*,1962)等中后期作品里,我们都能看到他在重建价值观念上所做的可贵努力。

---

① 威廉·福克纳:《受奖演说》,张子清译,见威廉·福克纳:《我弥留之际》,漓江出版社,1990 年,第 432—433 页。

三 艺术手法与世界观的完美统一

福克纳兴趣广泛,勤奋刻苦而且善于学习。他孜孜不倦地从欧美文化和文学传统中吸取营养,并密切注视学术界的新潮流。因此他视野开阔、知识渊博,且极富创造性。在小说艺术上,他把各种传统手法,包括南方文学中的许多手法,同最激进的实验结合在一起,创造出了独具特色的福克纳风格。瑞典皇家科学院院士葛斯达夫·赫尔斯多来姆在授予他诺贝尔奖时所致颁奖词中,对他在小说艺术上卓有成效的探索与创新作了高度评价。他指出:"福克纳是20世纪小说家中,一位伟大的小说技巧的实验家……他的小说,很少有两部是相互类似的。他仿佛要借着他那持续不断的创新,来达成小说广袤的境地",由于他不断创新,他的小说具有"永不雷同的形式"。①

福克纳穷毕生精力对小说形式和技巧进行实验和探索,但他绝不是一个为艺术而艺术的唯美主义者,更不是为创新而创新。相反,他极力反对与内容相脱离的形式上的创新。他认为形式不能从外面强加给作品,而只能从内部"长"出来。他说:"书中,故事中的情形决定其风格。在我看来,这正如一年的一定时刻草木舒枝吐芽一样自然。"②他还说:"我认为是主题、是故事造就风格……我相信是作品自身决定其风格。"③他不懈地探索新手法,只是为了能更准确表达他对现代世界的整体看法,或者用他的话说,就是为了更准确表达他眼中的"真实"。比如,他运用并置、对照、拼贴、闪回、蒙太奇等手法使其作品显得一团"混乱",因为在他眼里,传统价值观念解体之后,失去了精神中心的荒原般的现代世界就是如此。同样,他的意识流和内心独白所呈现出的情节跳跃和思绪混乱也是人的心理现实使然。不如此,就不能准确和自然地表现他眼中的世界和他所理解的现实。下面是福克纳作品中最主要的一些艺术手法。

---

① 赫尔斯多来姆:《颁奖词》,载陈映真主编:《诺贝尔文学奖全集》(28),远景出版事业公司,1982年,第6页。

② Frederick Gwyin and Joseph Blotner, eds. *Faulkner in the University*. University of Virginia Press, 1959, p. 56.

③ Robert Jelliffe. *Faulkner at Nagano*, 4th ed. Kenkyusha, 1966, pp. 35,164.

一、意识流是福克纳在其文学生涯的前期和中期广泛运用的手法。他运用意识流手法独特而自然,是西方最杰出的意识流作家之一。意识流手法直接展示意识的流动性,即"思想那种流动的未经组织过的状态"①。在意识流中起主要作用的不是逻辑,而是自由联想(free association)。所以在意识流作品中,内心活动由于不受时空限制而大跨度跳跃,不受逻辑约束而经常显得杂乱无章。

福克纳最著名的意识流作品是《喧哗与骚动》。这部小说分为4部分,前面两部分分别由"傻子"班吉和临自杀前思维已开始混乱的昆丁叙述,是意识流小说的典范之作。在他们的意识流动中,我们不仅可以解读出康普生家庭解体和美国南方传统社会崩溃的根源,而且也能深切地感到叙述者无法在变革了的世界生存下去的痛苦、无奈和绝望。一个很好的例子是昆丁在自杀前用汽油洗衣服上的血迹时闻到汽油味所引发的"意识流":

全镇第一辆汽车姑娘姑娘这正是杰生所不能容忍的汽油味使他难受于是大发脾气因为一个姑娘姑娘没有妹妹只有班吉班吉让我操碎了心的孩子如果我有母亲我就可以叫母亲母亲。②

这里昆丁的思想是流动的、跳跃的,没有逻辑上的因果关系,只有意象和情景之间的自由联系,意识就在它们之间跳跃流动,这就最真实地表现了未经加工的思想活动的原始状态。同时,在这短短的几十个字里,昆丁的"意识流"把他自杀的根源之一(妹妹的失贞),杰生进一步堕落的根源,班吉的痛苦以及这个家庭崩溃的主要根源(缺乏母爱),甚至小说里的一些重要情节都隐晦地表现出来。这是其他手法很难相比的。

二、福克纳在作品中广泛使用了多角度叙述手法。他用不同叙述者来为读者提供不同的视角和对故事不同的看法,因为他清楚知道,人们总是有不同的观点。所以对他来说,多角度叙述主要不是为

---

① Leon Edel. *The Modern Psychological Novel*. Rupert Hart-Davis, 1964, p. 57.
② William Faulkner. *The Sound and the Fury*. New York: Vintage Book, 1954, p. 213.

了发展情节,而是为了反映一种"真实"。在《喧哗与骚动》里他用了4个叙述者从不同角度讲述康普生家族的衰败,从不同侧面来探索和表现其衰败的根源。叙述者们既相互补充,也相互矛盾、相互对立。在很大程度上,这部作品就是他们之间的对话。不过,这种对话在《押沙龙,押沙龙!》里最为突出。在小说里,昆丁等几位叙述者根据一些残留的传说片段,用自己的想象和解读来重构斯特潘家族史,实际上也是美国南方的兴衰史。与《喧哗与骚动》里不同,它不同的叙述部分没有独立成篇。福克纳打破时空界限,打破叙述顺序,把不同的叙述部分直接放在一起,他甚至把一个叙述者的某些段落插入其他人的叙述中,造成一种"三明治"式的结构。叙述者们似乎在直接或间接地对话或者在相互评论,颠覆别人的叙述。结果,斯特潘家族的传说成为不同的故事。福克纳后来借用斯蒂文斯的诗说,这是"十三种方式看燕八哥",重要的是读者应该得出自己的"第十四种"方式。①

另外,在《我弥留之际》(*As I Lay Dying*,1930)里,作者进一步发挥这种手法的艺术效果。小说被分为59个长短不同的部分,分别由15个叙述者讲述。他们从不同视角叙述同一个故事:本德伦一家根据母亲艾迪遗愿,长途跋涉,历时6天,将其尸体运往墓地途中的遭遇。小说侧重表现了她丈夫和孩子们的所作所为和内心感受。书中有大量心理活动,是福克纳集中使用意识流手法的另一部主要作品。他们的叙述表明,这个离奇的旅程是这个家庭内部矛盾激化的过程,是本德伦们同社会冲突的过程,也是这个家庭解体的过程。

三、并列对照(juxtaposition)也是福克纳广泛使用的艺术手法。其实,多角度叙述也是一种并列对照,即不同的叙述者、不同的叙述和不同的观点之间的宏观对照。除此之外,微观性或局部的对照(textual juxtaposition),即所谓"蒙太奇"手法也被福克纳广泛运用在创作之中。他将各种场面、事件或者不同时间地点发生的事件,甚至人物之间的对话乃至他们的内心独白拆散后不经过任何过渡而硬生生地糅合在一起。这种手法能产生强烈的艺术效果,不仅能更有力地表现出参与对照各方本身的意义,而且还能更鲜明地塑造人物形象和

---

① Frederick Gwyin and Joseph Blotner, eds. *Faulkner in the University*. University of Virginia Press, 1959, p. 274.

深化作品的主题思想。比如,在《喧哗与骚动》里,读者刚在一个打秋千的场面看见凯蒂如何不顾情人反对而呵护和照顾班吉,就在没有经过任何过渡的情况下被直接带到20年后另一个打秋千的场景,听到凯蒂的女儿在情人面前对舅舅班吉破口大骂。这种手法在母女之间造成强烈对照,十分鲜明地塑造出两个不同的人物形象,而且也巧妙地揭示出这个家庭道德沦丧、日益堕落的状况。

四、福克纳在长期的探索与实验中形成了自己独特的语言风格。诺贝尔奖委员会的颁奖辞高度评价了他这方面的成就,并指出:"在英美文学中,几乎没有一个能像福克纳一样,把句子写得像大西洋的巨浪那样无垠无涯。"①福克纳曾说,那是因为他想把一切都装进一个句子。所以,他的句子像滚雪球一样,一路上把各种信息、观察、思考、想法、解释、修正、限定全吸收进去,越滚越大,好像永远也不会完结。另外,他还使用其他各种手法,如省略标点符号、不用大写字母、大量使用括号等,来加强其作品那种特有的连续性和包容性。

除了这些手法之外,福克纳还大量运用各种意象、象征隐喻、神话模式、宗教典故,以及英美文学和南方文学中的许多传统方法和技巧,如哥特手法、方言土语、边疆幽默、庄园小说技巧,等等。所以他能得心应手地表现他心中的真实,而且他的作品总是那样丰富多彩、变幻莫测。

1. 美国南方文艺复兴为什么会产生?
2. 福克纳如何看待旧南方和传统价值观念?
3. 福克纳思想的核心是什么?
4. 为什么说福克纳是一个现代主义文学家?
5. 福克纳对小说形式和艺术手法的探索和实验的目的是什么?他使用了哪些主要手法?

---

① 赫尔斯多来姆:《颁奖词》,载陈映真主编:《诺贝尔文学奖全集》(28),远景出版事业公司,1982年,第6页。

1. 中国社会科学院外国文学研究所、外国文学研究资料丛书编辑委员会编,李文俊编选:《福克纳评论集》,中国社会科学出版社,1980年。
2. 刘洊波:《南方失落的世界——福克纳小说研究》,西南师范大学出版社,1999年。
3. 肖明翰:《威廉·福克纳研究》,外语教学与研究出版社,1997年。
4. 肖明翰:《威廉·福克纳:骚动的灵魂》,四川人民出版社,1999年。
5. Joseph Blotner. *Faulkner: A Biography*. Random House, 1984.
6. Elizabeth M. Kerr. *William Faulkner's Yorknapatawpha*. Fordham University Press, 1983.
7. Joel Williamson. *William Faulkner and Southern History*. Oxford University Press, 1993.

第六节　意识流文学在中国

一　意识流"流"向中国

"意识流"这一概念是什么时候被译介到中国的,译介过来后其内涵和意义是否发生了变化,发生了怎样的变化,并且是如何发生变化的？我们现在又是在什么意义上使用这些概念？这一概念又是什么时候,以怎样的方式进入中国的文化语境中的？这是我们将思考和探讨的问题,也是我们将考察和回答的问题。

"意识流"这一概念进入中国语境经由两条路线:一条由西方先"流"到日本,再由日本"流"到中国;另一条则由西方直接"流"到中国。在时间上,前者稍早于后者。我们先考察第一条路线。

中日两国一衣带水,交往密切,甚至有所谓"同文同种"的说法,这使得中国向日本学习有着十分便利和快捷的条件和基础。日本文坛对西方意识流文学的关注和译介很快就被中国知识界注意到了。不过,日本人最初对意识流的介绍和把握并不准确。1933年由高明翻译的早稻田教授吉江乔松撰写的《西洋文学概论》便将普鲁斯特与乔伊斯归为超现实主义流派。朱云影在《现代》(第3卷第1期)上写了一则《日本通信》，介绍了乔伊斯的《尤利西斯》。高明撰写的《一九三三年的欧美文坛》中有这样一段："朱伊士在'Transition'杂志上连载了'Work in Progress'。在尝试着英语革命的点上，被人注目着。有时候把字连在一起，有时候利用句子所有的联想：看他的意思像是在表现上开一新境地。他也许是说，'新的感觉需要新的字眼'吧？在那里同时附着新字辞解；因为在那文章里，不加解释，是没有理解的可能的。"①文中"Work in Progress"指的是乔伊斯的最后一部小说《为芬尼根守灵》，该书1927年起在杂志上连载，1939年出版。在文章末尾作者注明道，本文"系根据1934年日本中央公论年报写成"②。这证明乔伊斯是辗转日本来到中国的。

中国新感觉派的主要作家刘呐鸥(1905—1940)原本是在日本长大的台南人。1928年刘呐鸥回到上海时，"带来了许多日本出版的文学新书，有当时日本文坛新倾向的作品，如横光利一、川端康成、谷崎润一郎等的小说，文学史、文艺理论方面，则有关于未来派、表现派、超现实派和运用历史唯物主义观点的文艺论著和报道"③。这一年他翻译了日本新感觉派小说集《色情文化》。1929年郭建英还翻译了新感觉派的核心人物横光利一的小说集《新郎的感想》。刘呐鸥等对日本新感觉派小说的翻译，无疑使我们间接地了解了一些西方意识流小说的内容及其创作特色。

我们再来考察第二条路线。早在1921年，柯一岑在其所著《柏格森的精神能力说》中就指出，柏格森"以为意识不是固定的，乃是一种流动的东西……这是川流不息的呈现于我们经验中的东西，所以哲姆斯(詹姆斯)把它叫做意识流"④。这大概是"意识流"这一概念首次出现在中文中，但当时这一概念还不具备文学的意义。1930年，威廉·詹姆斯的《心理学原理》由伍况甫译成中文《心理学简编》，由商务印书馆出版发行。

郭沫若在1923年写的《批评与梦》中有这样一段："我那篇《残春》

---

① 高明：《一九三三年的欧美文坛》，《现代》1934年第4卷第5期。
② 同上。
③ 唐文一、刘屏主编：《往事随想·施蛰存》，四川人民出版社，2000年，第174页。
④ 谭楚良：《中国现代派文学史论》，学林出版社，1996年，第9页。

的着力点并不是注重在事实的进行,我是注重在心理的描写。我描写的心理是潜在意识的一种流动。"①这里的"潜在意识的一种流动"已比较接近文学上的"意识流"了,但郭沫若对英美意识流小说并没有多少了解,他更多的是接受了心理分析的影响。1933 年,《现代》杂志第 2 卷第 5 期(1933)发表了勃克夫人(Mrs. P. S. Buck,即赛珍珠)的论文《东方、西方与小说》,文中有两处提到"意识之流"。但是,长期以来,中国学者和作家却几乎没有人明确地使用过这一概念。另外,中国学者在译介或提及意识流的经典作家如乔伊斯、普鲁斯特、伍尔夫和福克纳时,并没有使用"意识流"这一概念。1922 年茅盾先生在《小说月报》第 13 卷第 11 号"海外文坛消息"专栏中"英文坛和美文坛"上撰文简介乔伊斯的新作《尤利西斯》,但文中并没有提及"意识流"。30 年代后报刊上介绍乔伊斯的文字略有增多,但并没有将他与意识流小说家联系在一起。乔伊斯常常被描绘成一个文体家、心理分析家或天才和狂人合为一体的作家,他的《尤利西斯》被认为是一部"包罗一切的作品",一部"神秘"的书,人们因为读不懂而不了解它,反对它,甚至查禁它,但是说它是一部"新的"作品,却"有些危险","因为那里有许多最新的东西似乎在古典文学产生以前便有的"。并且,《尤利西斯》还有两条缺点:"一、作者侧重局部而忽略整个的和谐;二、作品注重人的肉体方面而忽略精神方面。"②这种评价显然并没有注意到小说的意识流特征。

对于普鲁斯特,《现代》第 2 卷第 3 期"现代文艺画报"上曾登有他的一张照片,题为"普洛斯特十年祭(1871—1922)",除此再没有其他的介绍或评论文字。对于福克纳,《现代》第 5 卷第 6 期"现代美国文学专号"上刊有凌昌言的专论《福尔克奈——一个新作风的尝试者》。文中写道,福克纳"是一个十年以前根本没有人听说过的名字"。对于伍尔夫,叶公超在《新月》(1932 年第 1 期)上发表了译文《墙上一点痕迹》,并附有一篇 1500 余字的《译者识》。这大概是国内第一篇翻译成中文的西方意识流文学的经典作品,叶先生撰写的《译者识》也许就是国内学者写的第一篇有关意识流文学的专论。叶先生的论述已经把

---

① 《郭沫若论创作》,上海文艺出版社,1983 年,第 534 页。
② 费鉴照:《爱尔兰作家乔欧斯》,《现代》1933 年第 3 卷第 7 期。

握了伍尔夫创作的基本特色,只是叶先生还没有用"意识流"来概括她的这种创作特色。1934年范存忠先生又将伍尔夫的著名论文《班乃脱先生与白朗夫人》翻译成中文,发表在《文艺月刊》(第6卷第3期)上,这应当说是国内对意识流理论的最早译介。

长期致力于译介西方文学的费鉴照先生注意到了英国文学中的这种意识流特征,他在《今代英国文学鸟瞰》(《文艺月刊》1934年第5卷第1期)一文中说:"今代文学的另一方面便是代表人心混乱和新情调的作家,劳伦斯、乔伊斯与伍尔夫……乔伊斯的不单表现人心的混乱与不宁,并且用一个新的方式赤裸裸地表现人类的下意识——肉欲——了!从历史的立场说,这般作家开辟了一条新途径,创造一个新形式,无论我们现在对他们的意见如何,他们在文学上一定会得相当地位的。"①费先生注意到了英国文学创作的这种新途径和新形式,并且肯定了这种新途径和新形式的价值和意义,但是他并没有给这种文学创作上的新途径和新形式命名。

1943年,谢庆尧在《时与潮文艺》(第2卷第1期)发表了题为《英国女作家吴尔芙夫人》的文章,文中这样转述了伍尔夫的思想:"她说专重叙事就会抹杀生命意识的存在。换言之,小说——描写人生的艺术——应用'意识之流法'(stream of consciousness technique)去写。三年后,她就用是法写成她的第一本小说《杰考勃之室》,及至《到灯塔去》和《浪花》二书问世,她的'意识之流'技巧已臻于完善。"②接着文章专门介绍了意识流文学手法:

> "意识之流"是心理学中的一个名词。它的意识可用联想的方式解释之。譬如说我们看到春花秋月就会产生一种感触。何以会有所感呢?这是因为除了对面前的景象动作,还会联想到旧事的原故。③

在中国现代作家和翻译家中萧乾曾经认真地研究过西方意识流

---

① 费鉴照:《今代英国文学鸟瞰》,《文艺月刊》1934年第5卷第1期。
② 谢庆尧:《英国女作家吴尔芙夫人》,《时与潮文艺》1943年第2卷第1期。
③ 同上。

文学,他说,"我在 40 年代下了点傻功夫研究意识流……我是管它叫心理派小说。我觉得小说应该尽量去揭露人物的内心世界,但是脱离了情节,脱离了环境,把内心世界作为一个主体来写,这就叫意识流吧,我觉得是不可取的,1948 年我在复旦教英国小说时,曾在班上说:'这是条死胡同!'"他认为乔伊斯"把才华浪费了",他的《为芬尼根守灵》"牛角尖钻得更深了"。"但在我们国家的现实来说,去写这个东西就太说不过去了。"①因此,萧乾在创作上非但没有有意识地运用意识流手法,反而有意回避意识流的影响。

新中国成立以来,我国提倡社会主义文学。在介绍外国文学方面,以引进古典文学、革命的浪漫主义文学、现实主义文学为主,重点介绍苏联文学和弱小国家的文学,如越南文学、朝鲜文学等,"全面排斥和抵制西方现代派的作品,不加区分地称之为'颓废文学',视若洪水猛兽"②。60 年代以后,又由于反对修正主义和资产阶级思潮的需要,对西方现代主义文学进行了更为猛烈的抨击和批判。作为现代派文学中的重要流派"意识流文学"自然不能幸免。1964 年袁可嘉先生在《文学研究集刊》(第一册)上发表的论文《美英"意识流"小说述评》,对英美意识流文学进行了全面的评述和批判。文中由于众所周知的原因运用了许多过激之词,如"极端虚无主义、个人主义""反动颓废""资本主义制度的产物兼帮凶"等,但作者对于这八部作品的阅读和分析还是比较具体、深入的。这也许是 1949 年至 1978 年间我国发表的唯一一篇评介、批判意识流文学的文章。

20 世纪 70 年代末 80 年代初才是西方意识流文学真正"流"到中国,并在中国生根发芽、开花结果的时代。首先,西方经典的意识流作家被译介到了中国:1979 年《外国文艺》(第 6 期)发表了福克纳短篇小说三篇:《纪念爱米丽的一朵玫瑰花》《干旱的九月》《烧仓房》;1980 年《外国文艺》(第 4 期)发表了乔伊斯短篇小说三篇:《死者》《阿拉比》《小人物》;1981 年《外国文艺》(第 3 期)发表了伍尔夫的小说《邱园记事》和论文《现代小说》;1981 年《外国文艺》(第 1 期和第 5 期)分别发表了两篇詹姆斯的中篇小说《黛茜·密勒》和《丛林猛兽》以及普鲁斯特

---

① 鲍霁编:《萧乾研究资料》,北京十月文艺出版社,1988 年,第 258—361 页。
② 罗明洲:《现代主义与后现代主义》,中国国际广播出版社,2005 年,第 133 页。

的《司旺的爱情》。《外国文学季刊》(1982年第4期)发表了伍尔夫的长篇小说《海浪》。在所有这些译文之前均附有译者或编者撰写的有关作者生平及创作特征的短文。

其次,一批专门评述意识流文学的论文或著作问世:1980年4月2日袁可嘉在《光明日报》上发表了题为《"意识流"是什么?》的文章,对意识流文学作了较为全面的介绍和评析。同年的《外国文学报道》(第2期)翻译了苏联的《文学百科辞典》中"意识流"文学这一词条。李文俊发表了《意识流、朦胧及其他——介绍〈喧嚣(哗)与骚动〉》(《外国文学季刊》,1981年第2期)。徐和瑾发表了《马塞尔·普鲁斯特》(《外国文学报导》,1982年第2期),樵杉发表了《乔伊斯与〈尤利西斯〉》(《外国文学》,1982年第8期)。《文艺理论译丛》(1983)也翻译发表了一组有关意识流文学的文章。这以后发表或出版的有关意识流文学的论文和著作便越来越多。

最后,80年代初,国内批评界围绕意识流小说的创作,曾展开过热烈的讨论。王蒙在1980年就发表了《关于"意识流"的通信——答田力维、叶之桦同学》(《鸭绿江》,1980年第2期)、《关于〈春之声〉的通信》(《小说选刊》,1980年第1期)。《文艺报》(1980年第9期)发表过《文学表现手法探索笔谈》,主要便是探索意识流文学在中国的借鉴和运用问题。在创作方面,80年代初,还只有少数作家进行这方面的尝试,但到了80年代末,"竟然连初事创作不久的青年作家也能运用完熟得体了"①,而"那些最出色的意识流小说体现了中国当代小说文体成熟的高度,拓展了中国小说艺术表现的新境界"②。1987年由中国社科院外文所举办的意识流问题讨论会,以及1988年由吴亮等人编的中国新时期流派小说《意识流小说》和由宋耀良选编的《中国意识流小说选》的出版,标志着意识流已经在中国落地生根,结出了富有中国特色的丰富果实。

---

① 吴亮、章平、宗仁发编:《意识流小说》,时代文艺出版社,1988年,第7页。
② 宋耀良选编:《中国意识流小说选 1980—1987》,上海社会科学出版社,1988年,第23页。

二　中国意识流文学

中国是否有意识流作家？这是一个颇有争议的问题。严格地说，中国没有像乔伊斯、普鲁斯特、伍尔夫、福克纳这样的经典的意识流作家，甚至没有一个自觉地以意识流理论为指导，并长期运用意识流方法进行不懈的探索和创作的作家。因此在中国作家中，我们很难肯定谁是意识流作家，谁只不过是运用了某些意识流手法进行创作而已。中国是否有意识流文学？这似乎是毋庸置疑的。我们的确翻译、介绍了许多西方的意识流理论和文学作品，这些理论和创作又的确对我们的理论和创作产生了某种影响；许多作家自觉不自觉地运用了意识流理论和方法进行创作和探索；还有许多文学作品尽管没有明显受到西方意识流的影响，但它们却与意识流理论和创作有着某种不谋而合的特征和品格，因此，我们不能否定中国存在着意识流文学。当然，中国的意识流文学绝不会等同于西方的意识流文学，尽管中国意识流文学吸收和借鉴了西方意识流文学的理论和方法。

那么，什么是中国的意识流文学呢？我们应该怎样划定中国的意识流文学"版图"呢？在中国文学史上，究竟哪些作家、哪些作品属于意识流文学？

意识流文学大致可以分为三类：一类是那些自觉地运用意识流理论进行创作实践的作家作品；二类是某些作家无意中迎合了意识流理论，创作了非常吻合意识流文学特征的作品；三类是某些作家在其创作中有意无意地运用了某些意识流手法创作的作品。对于西方作家而言，要认定谁是意识流作家似乎并不困难，因为爱尔兰的乔伊斯、法国的普鲁斯特、英国的伍尔夫和美国的福克纳已经是世人公认的意识流文学的最有代表性的作家；英国的多萝西·理查森，法国的杜夏丹和拉尔博，美国的亨利·詹姆斯是意识流文学的先驱；与意识流文学相关的作家有一大批：乔叟、莎士比亚、简·奥斯丁、塞缪尔·理查森、布朗宁、劳伦斯·斯泰恩、乔治·梅瑞狄斯、乔治·莫尔、康拉德、格特鲁特·斯泰因、狄德罗、卢梭、福楼拜、陀思妥耶夫斯基、托尔斯泰等。但是，对于中国作家而言，这一工作显然就困难得多，因为几乎很难找到一个像西方那样经典的意识流作家。即便是通常被认为是最典型的意识流作家，如新感觉派作家,也与乔伊斯、普鲁斯特、伍尔夫、福克纳等的创作有着许多的差异,这当然应当被看作是中国意识流作家的独特之处。

如果以时间或地域来划分,中国意识流文学大致可以分为三个时期或三部分:20世纪20年代中期至40年代末期我国大陆的意识流文学;五六十年代港台的意识流文学;新时期我国大陆意识流文学。第一个时期的意识流文学以新感觉派文学为主,其余的还有鲁迅、郭沫若、废名、丁玲、郁达夫等创作的部分作品。第二个时期这里暂不论及。第三个时期是中国意识流文学的繁荣发展时期。80年代末由吴亮等编写的《意识流小说》包括11位作家创作的12部小说。另一部由宋耀良选编的《中国意识流小说选1980—1987》共收录32位作家的33篇小说,其中除了同时收有陈洁《大河》、李陀《七奶奶》和魏志远《一种线条》外,还有王蒙的《春之声》和《海的梦》、孔捷生的《海与灯塔》、张承志《美丽瞬间》、舒升《沙岗上》、宗璞《泥沼中的头颅》、任正平《第八颗是智齿》、张辛欣《清晨,三十分钟》、木令耆《边缘人》、何继青《遥远的黎明》、刘心武《电梯中》、刘小伟《大站快车》、石花雨《前方停靠站》、王永贵《无人知晓的世界记录》、刘索拉《多余的故事》、扎西达娃《谜样的黄昏》、彭继超《昨天的太阳》、丁小琦《马兰花,马兰花》、王中才《饥饿的河》、郑万隆《白房子》、晓剑《被切割成两半的太阳正在升起》、赵伯涛《生命之卜——困惑的生存之一》、石冰《百木》、陈村《死》、黄佳星《雄客》、黄羊《外宾没有光临寒舍——青年公民郑丹柯内心独白之剪辑》、迟子建《沉睡的大固其固》、北村《构思》、叶曙明《大都市综合症》和多多《蓝天》。以上这些当然不能说包括了新时期的所有的意识流文学。

鲁迅被誉为东方意识流之父。他对意识流的贡献主要体现在如下几个方面:第一,对意识流理论的介绍和传播。鲁迅对意识流理论的介绍和传播主要体现在他对弗洛伊德的理论、柏格森的理论、厨川白村的理论的介绍和传播。鲁迅在日本学医时,对弗洛伊德的精神分析学说"就可能有所接触"。[①] 鲁迅说,他创作历史小说《补天》,便是"取了茀罗特说,来解释创造——人和文学——的缘起"。[②] 1924年他

[①] 李春林:《东方意识流文学》,辽宁大学出版社,1987年,第28页。
[②] 鲁迅:《鲁迅全集》第二卷,人民文学出版社,2005年,第353页。

翻译厨川白村的《苦闷的象征》，该书便是以柏格森和弗洛伊德理论为基础撰写而成。1928年4月25日他买了《精神分析入门》。1933年元旦写出了《听说梦》一文，该文对弗氏学说进行了周全而深刻的评析。第二，《野草》被认为是意识流文学代表作品。《野草》中有大量的内心独白和对梦境的描写。"人睡到不知道时候的时候，就会有影来告别，说出那些话——人睡到不知道什么时候的时候是什么时候？应当是梦幻的时候。"(《影的告别》)"我在朦胧中，看见一个好故事。"(《好的故事》)"我梦见自己在冰山间奔驰。"(《死火》)"我梦见自己在隘巷中行走，衣履破碎，像乞食者。"(《狗的驳诘》)"我梦见自己躺在床上，在荒寒的野外，地狱的旁边。"(《失掉的好地狱》)"我梦见自己正和墓碣对立，读着上面的刻辞。"(《墓碣文》)"我梦见自己在做梦。"(《颓败线的颤动》)"我梦见自己正在小学校的讲堂上预备作文，向老师请教立论的方法。"(《立论》)"我梦见自己死在道路上。"(《死后》)①除此之外，作品节奏急速，并常常伴随着大幅度的跳跃。作者多采用象征手法，描写内心的矛盾和冲突。第三，鲁迅在其他小说广泛地采用了意识流手法。鲁迅在他的小说创作中广泛地借鉴、运用了意识流的"内心分析""内心独白""感官印象"、自由联想、梦幻和潜意识等手法，以刻画现代国人的灵魂，挖掘他们内心深处的"意识流"和"情感流"。鲁迅小说集中描写内心独白的有：《狂人日记》《伤逝》《阿Q》《白光》；集中描写梦境的有：《弟兄》《狂人日记》；集中描写幻觉的主要有：《狂人日记》《白光》；集中运用了象征手法的主要有：《白光》《长明灯》。"不过鲁迅借用意识流手法只是作为现实主义创作方法的一种辅助手段，如同他对象征主义手法的借用一样，从来没有把这些现代主义手法提升到主导地位或者让它们进入创作方法的内在层次。"②

除鲁迅外，郭沫若、郁达夫等作家也曾受到意识流文学的影响，如郭沫若的《司马迁发愤》《残春》便带有明显的弗洛伊德心理分析学说的痕迹，郁达夫的"自我小说"显然也运用了意识流文学的内心分析、内心独白等手法。

以刘呐鸥、穆时英、施蛰存为代表的新感觉派小说中的意识流文

---

① 鲁迅：《野草》，人民文学出版社，1973年，第7、24、34、37、38、40、42、45、46、47页。
② 朱德发：《二十世纪中国文学流派论纲》，山东教育出版社，第331页。

学特征已是文学史上不争的事实。"新感觉派""可以说是中国文学史上第一个运用现代派创作方法特别是意识流艺术方法创作小说的独立文学流派。如果五四时鲁迅、郁达夫等借用意识流手法只是配合主导创作方法所进行的初步尝试,那么新感觉派的小说家们则是把意识流作为主导创作方法之一来运用。"①这方面的主要作品有刘呐鸥的《热情之骨》、穆时英《公墓》《夜》《黑牡丹》《白金的女体塑像》、施蛰存《梅雨之夕》《魔道》《石秀》《将军底头》等。

一般认为,新时期意识流文学东方化的首倡者和实行者是王蒙。王蒙在1979年写了小说《布礼》《夜的眼》,尝试"意识流手法"。1980年又写了一组小说《春之声》《海的梦》《风筝飘带》《蝴蝶》等。《春之声》可谓王蒙借鉴"意识流手法"的代表性作品。小说的开头一段是这样的:

> 自由市场。百货公司。香港电子石英表。豫剧片《卷席筒》。羊肉泡馍。醪糟蛋花。三接头皮鞋。三片瓦帽子。包产到户。收购大葱。中医治癌。差额选举。结婚筵席……在这些温暖的闲言碎语之中,岳之峰轮流把体重从左腿转移到右腿,再从右腿转移到左腿。②

这种写法在当时不能被一般读者所理解和接受。一位文学教师写信给王蒙说,他看了两遍,愈看愈看不懂。他不知道王蒙写这些是什么意思,它们之间又有什么关系?并责问王蒙:"你写这些干什么?是为了凑字数?……因为你是王蒙人家才给你发表,要是我写的,《人民文学》根本就不会给登。"③因此,有人说,这种小说,没有人物、没有情节、没有细节,还算什么小说?什么"意识流",我看是"泥石流"。

其实,这篇小说的线索还是清晰的,主题也是明确的,它根本算不上真正意义上的意识流小说。小说描写一位工程物理学家岳之峰坐闷罐车回家探亲的一段经历,主要写主人公在车上的感官印象和自由联想。不过,小说有一个基调、一个主脑:党的三中全会以来生活中出

---

① 朱德发:《二十世纪中国文学流派论纲》,山东教育出版社,1992年,第333—334页。
② 王蒙:《王蒙文集·短篇小说(上)》(第13卷),人民文学出版社,2013年,第250页。
③ 王蒙:《关于〈春之声〉的通信》,《小说选刊》1980年第1期。

现的转机,是春天的旋律,时代的和人物心灵的"春之声"。所以说,这篇小说还只能算是一种观念小说,只是它已自觉地运用了一些意识流小说的手法,如自由联想、梦幻、幻觉、忆念等。

总之,我国新时期许多作家曾大量地模仿、学习、借鉴意识流小说的创作方法和形式,并已取得了相当可观的成绩。但是,当时中国人的意识还远没有"流动"起来。可以说,中国的意识流文学还缺乏赖以生存的基础和条件,所以,它所取得的成就也必定是有限度的。

1. 意识流文学是如何"流"到中国的?
2. 如何界定中国意识流文学的分期及其成就?

1. 谭楚良:《中国现代派文学史论》,学林出版社,1996年。
2. 吴亮、章平、宗仁发编:《意识流小说》,时代文艺出版社,1988年。
3. 宋耀良选编:《中国意识流小说选 1980—1987》,上海社会科学出版社,1988年。
4. 李春林:《东方意识流文学》,辽宁大学出版社,1987年。
5. 朱德发:《二十世纪中国文学流派论纲》,山东教育出版社,1992年。

第八章 存在主义文学

第一节 概 述

存在主义(Existentialism)本是一个广泛的现代国际性人本主义哲学思潮,其先驱者是丹麦哲学家克尔凯郭尔。存在主义哲学思想正式形成于20世纪20年代的德国,其创始人是德国哲学家胡塞尔、雅斯贝尔斯、海德格尔。第二次世界大战时期,存在主义传到法国,萨特在兼容了胡塞尔的现象学方法论和海德格尔的本体论思想基础上,孕育出了现象学的本体论。以萨特为主要代表的法国哲学家、文学家,通过哲学和文学的互为阐释,把存在主义推向了高潮。

一 存在主义文学的哲学背景

现代西方占主导地位的人本主义哲学,都表现出一种追问人生意义的价值论倾向。所谓价值论倾向,是为了区别于西方传统哲学的本体论、认识论倾向而采纳的一种表述方式。其基本内涵就是要求哲学不应该研究外部自然界,而应该研究人的内心世界,研究的方式是直觉,研究的目的是寻求个别的情感体验,以此所得到的不是事实的判定,而只是意义的阐释。比如叔本华哲学认为世界的自在之物就是人的情感欲望即意志,而意志不是具有固定性质的东西,它只是一种倾向、意愿(本体论取消了);意志也无法用认识论的范畴说明解释,更无法作理性的逻辑论证(认识论取消了)。所以,关于人在世界中的地位、人的自由和人生的意义等伦理问题,自然成为叔本华哲学最重要的核心内涵。尼采则在"重估一切价值"的口号下,致力于建立一种研究生活和道德行为的哲学,即传统意义上的"实践哲学"。生命哲学的创始人狄尔泰,也认为在精神科学中,每一抽象原理都是通过同精神生活体验和理解的联系而获得自己的论证。所以，狄尔泰认为社会历史科学所研究的客观现实就是作用、意义和价值的世界。柏格森要求直觉超脱现实世界的利益，引导人们去追求彼岸世界。所以，柏格森从生命哲学和直觉主义出发，特别强调宗教的社会作用。

存在主义者更直接认为他们的哲学主要是一种关于人的存在的本体论，这种本体论与伦理学密切相关，伦理学就同时具有本体论的意义。所以，道德抉择问题对存在主义而言不只是伦理学问题，而且更是哲学本体论问题。道德抉择作为一种人的活动属于伦理学，道德抉择作为一种个人的存在则属于哲学本体论。由此，存在主义哲学尤其强调哲学的重心，应该从客观事实的关注转向主观态度的倡导。海德格尔强调用人的存在来改变传统哲学对真理的规定，他尤其把词语的意义同人生的意义挂起钩来，从而在人生价值观念中引入了意义理论。在此基础上，海德格尔认为人们尽管不能证明上帝的存在，却可以期待上帝的存在。所以，海德格尔晚年就自称是一个"等待上帝"的人。克尔凯郭尔认为人的存在和发展有三个阶段，只有第三个存在阶段即宗教阶段，人才抛弃了理性和知识，并且同神合而为一，从而也才达到了真正的存在。雅斯贝尔斯则认为，人在短暂的一生中，痛苦、斗争、犯罪、死亡是无法摆脱的，它使人处于"边缘状态"。人要在这种"边缘状态"来临之际不茫然的唯一办法是学会哲学思维。人借助于哲学思维来实现人的神秘直觉，洞悉自我"大全"、学习死亡。萨特的存在主义哲学，更撇开了传统本体论关于物质与精神、传统认识论关于思维与存在的关系问题，它直接提倡一种人生的价值论，直接张扬一种直面现实人生，同时又超越现实人生的主观精神选择。加缪则通过其哲学随笔《西西弗的神话》中的西西弗，注定循环往复无效劳动的寓言式命运，一方面写出了人与世界的荒诞关系，另一方面更表达了人意识到荒诞，并蔑视荒诞的主体自由精神。

现代西方人本主义哲学追问人生意义的价值论倾向，同时也就包含着价值观念的转变。所谓价值观念的转变就是从根本上改变西方传统的价值判断依据和标准。其基本内涵就是要求哲学不应该探索事物的所谓基础、本质，而只应该描述和整理感性事实，以此所获取的不是所谓客观规律和本质，而是对个别和偶然存在充分允准的意义实现。所以，现代西方哲学更关怀具体的、活生生的个人命运，它要把生命的权力、思维的权力、价值选择的权力凭着"上帝已死"的名义,还给每一个个体意义上的人。

比如叔本华的意志只有通过非理性的表象才得以呈现,而表象则是只同个人意义相关的东西。狄尔泰曾经所说的体验和理解就是指个人的主观内心体验和关于体验的解释。正是在这个意义上,狄尔泰称他的精神科学方法论为释义学。作为存在主义哲学方法论基础的胡塞尔现象学,更主张直接把康德的"物自体"拉回到现象界,从而使"本体""现象化"的同时,也使"现象""本体化"。

存在主义者更直接认为他们的哲学,主要是研究人的忧虑、悲伤、恐惧、绝望甚至死亡等人生"存在"的具体情态。克尔凯郭尔认为,传统的哲学只是抽象地议论世界的本原、认识的本质、人的本性,却从根本上忽视了至关重要的核心和对象,应该是"孤独的个体"。"孤独的个体"是只同自身发生关系,自己领会自己、体验自己的"主观思想者"。海德格尔在《存在与时间》中提出"存在"的问题是哲学的基本问题,而"存在"就是"烦、畏、死、绝对毁灭"等个别性的精神状态。海德格尔认为,传统的存在论把"存在"理解成"物"性或者"本质"属性,这使西方人忘掉了,"存在"是"世界"向"人"显示出来的本源性的意义。因为"人"是一种特殊的存在,万物才向"人"显现为"存在"和意义。所以,海德格尔的真理,完全是个人心理状态的一种形式,是不可言传的个人主观意识。海德格尔认为,只有通过人的不断关心和牵挂,周围的事物才有确定性,才有存在的意义。雅斯贝尔斯主张提高内在于人们自身之中的人性的全部力量,主张把个人和个人自由看成是价值源泉。萨特的"存在先于本质"更是直接宣称,人类世界已注定陷入了毫无理喻的虚无和荒诞,人生也注定陷入了毫无出路的苦闷与彷徨,为什么人们还要紧紧地守护着过往的理想大厦废墟而祈祷、哭泣呢?换句话说,西方传统的经典哲学都曾致力于确定客观世界的发展规律,以及人类在客观世界发展规律中的作用和意义,既然所谓的规律已成为破碎的断片,人为什么还要命中注定在这些"规律的碎片"里寻找生命存在的意义呢?萨特强调,虚无的客观世界其实本无所谓秩序、规律,只有人才能以其主体创造力,赋予世界以一定的规律、法则;世界及其相应的人生也本无所谓意义,只有人的自由行为才能赋予世界、人生以意义。萨特由此将人生的意义从集体历史前景的遥远憧憬转向了个人生命的当下体悟。

二　存在主义文学的基本情况

存在主义文学是在存在主义哲学基础上形成的文学思潮。现代西方知识界对传统理性主义哲学的思维方式和认识途径,存有普遍怀疑和全面否认的态度。他们通常认为,上帝死了以后,传统理性主义诉诸概括性的本质、追求普遍性的规则,皆因为失去了终极保证和本原支撑而同时失去了可靠性、可信性。反过来,文学则因为天然具有的"诗性智慧"性质,以及同人类原始祖先、远古自然的血缘纽带,它始终不渝地诉诸感性生命、追求与活生生人生劳顿奔忙的情感互通性,以及对人类生存状态、现实处境的直接心灵关切性,因此尚保留着本然的真实可靠性、可信性。比如克罗齐所推崇的所谓"直觉—表现",列维·斯特劳斯所强调的所谓"原逻辑思维"等,都是这种"诗即哲学"的经典表述。这种"诗即哲学"的全新认识,尤其在关注人生存在意义、强调孤独个人感受的存在主义里,获得了充分的哲学说明和文学实践。比如海德格尔的哲学曾经试图说明,思与诗是永恒的邻居,思想需要诗意,诗意需要思想,思与诗二者相互包容而获得人的生命本真和存在的澄明。所以,海德格尔一直真心向往着具有原初性的诗意语言(poetic language)。海德格尔认为,诗意语言是与人的原初存在方式相连的东西,是直接使存在呈现出来的本真或淳朴语言。他说:"诗乃是存在的词语性创造。"[①]"语言,凭借给存在物的首次命名,第一次将存在物带入语词和显象。这一命名,才指明了存在物源于其存在并到达其存在。"[②]"语言本身在根本意义上是诗。……语言不是诗,因为语言是原诗;不如说,诗歌在语言中产生,因为语言保存了诗意的原初本性。"[③]萨特更是直接诉诸文学的言说来阐释自己的哲学,同时又更深透地解读人生的存在意蕴。所以安德烈·莫洛亚在《论让-保尔·

[①]　海德格尔:《荷尔德林和诗的本质》,见《荷尔德林诗的阐释》,孙周兴译,商务印书馆,2000年,第45页。
[②]　M. 海德格尔:《艺术作品的本源》,见《诗·语言·思》,文化艺术出版社,彭富春译,戴晖校,1991年,第69页。
[③]　同上。

萨特》中说:"萨特首先是一位哲学家,其次才是小说家。他的长短篇小说、戏剧,都是其哲学思想的体现。正是他的哲学吸引了他的同时代人。把哲学和文学联系起来的念头,造就他成为一个名人。"①由此,现代西方人的"思"与"诗"在存在主义的文学实践里实现了合二而一。

  存在主义文学包括基督教存在主义和无神论存在主义。克尔凯郭尔的哲学著作《忧虑的概念》奠定了基督教存在主义的理论基础,法国哲学家、文学家加布里埃尔·马塞尔(1889—1973)体现了基督教存在主义的实践活动。马塞尔的文学成就主要表现在散文、戏剧创作和戏剧评论里。马塞尔的文学创作,一方面因为具有强烈的宗教色彩,很难被普通知识分子所接受,另一方面因为缺乏相应的追随者,所以,基督教存在主义的文学活动没有产生比较大的影响。无神论存在主义的首倡者是萨特,他1936年发表的哲学著作《想象》和1938年发表的小说《厌恶》,已经包括了存在主义的基本思想。1939年出版的短篇小说集《墙》,继续了存在主义基本思想的探索。1943年发表的哲学著作《存在与虚无》,则系统地阐述了存在主义的思想观点。其后,萨特最有代表性的戏剧作品,作为萨特文学创作的卓绝成果,更是全面图解了萨特存在主义哲学的价值论学说。无神论存在主义的主要代表还有阿尔贝·加缪和西蒙娜·德·波伏瓦。加缪虽然曾经否认自己是存在主义者,他和萨特的思想也有一定的分歧,甚至与萨特展开过为时一年之久的论战。所以,法国一些批评家也曾经认为加缪的哲学为"荒诞哲学"。但是,在英美为首的不少国家中,加缪却仍然一直被视为存在主义者,或者被认为是存在主义的右翼代表人物。应该说,加缪的哲学随笔《西西弗的神话》(1942)和小说《局外人》(1942)、《鼠疫》(1947),以及其他一些戏剧创作都从人类主体自由精神的角度,刻画了意识到荒诞,并对荒诞持蔑视态度的人物形象,无疑同样形象地阐明和显现了存在主义的哲学意识。女作家西蒙娜·德·波伏瓦作为萨特的伴侣,她的存在主义哲学意识,首先通过一部重要的理论著作《第二性》(1949)充分地表达了出来。波伏瓦从生理上、心理上、历史文化习惯上分析和阐明了男性主体、女性客体的思想,尤其强调了文化对

---

① 安德烈·莫洛亚:《论让-保尔·萨特》,齐彦芬、葛雷译,见柳鸣九编选:《萨特研究》,中国社会科学出版社,1981年,第311页。

人的塑造作用,由此告诫人们应该以积极的行动,打破社会现存观念对人的思想禁锢,勇敢地做出属于自己的自由选择。波伏瓦的存在主义文学创作更通过小说《女客》(1943)、《他人的血》(1944)以及《人都是要死的》(1947)等阐发了存在主义的新感受,发掘了当代西方人的精神困惑。她尤其通过塑造女性知识分子的孤独、焦虑、厌倦,表现第二次世界大战前后青年知识分子的精神状态。

存在主义文学思潮在20世纪60年代以后逐步失去了发展的势头,但是,从某种意义上说,存在主义文学对整个现代西方文学的影响,犹如滚滚江河流水汇进汪洋大海后,负载着文学的千舟万船一样,其意义可能大于它的直接哲学议论和具体文学实践。正如同W.B.弗里西曼主编的《20世纪世界文学百科全书》的"存在主义"词条里所讲:"没有克尔凯郭尔、尼采、卡夫卡、萨特,就不会有我们现在所看见的所谓'荒诞戏剧'和不确切命名的'新小说'的景观。存在主义的思想和探讨已经成功地引发了一系列的反响,这些反响将会在未来的数十年里继续听见。"[①]的确,存在主义文学的影响,可以一直追溯到欧洲后来"荒诞派"戏剧、"新小说派"小说,美国的诺曼·梅勒、索尔·贝娄,以及"黑色幽默"文学,甚至日本的椎名麟三、安部公房等的文学创作中。

1. 如何理解存在主义文学的哲学背景?
2. 如何理解存在主义哲学与文学的合二而一?

1. 徐崇温主编:《存在主义哲学》,中国社会科学出版社,1986年。
2. W.考夫曼编著:《存在主义》,陈鼓应、孟祥森、刘崎译,商务印书馆,1987年。

---

① Wolfgang Bernard Fleischmann. ed. *Encyclopedia of World Literature in the 20th Century*, Volume 1, New York: Frederick Ungar Publishing Co, 1976. p. 365.

3. 叶秀山：《思·史·诗——现象学和存在哲学研究》，人民出版社，1988年。
4. 柳鸣九主编：《"存在"文学与文学中的"存在"》，社会科学文献出版社，1997年。
5. D. Mcelroy. *Existentialism and Modern Literature*. New York：Philosophical Library，1963.
6. Bernard Bergonzi. *The Situation of the Novel*. London：The Macmillan Press Ltd.，1979.

第二节　萨　特

一　"存在先于本质"

让-保尔·萨特（Jean-Paul Sartre，1905—1980）生于巴黎一个海军军官家庭。父亲在萨特两岁时病逝。萨特后来回忆说："这件事究竟是好还是坏呢？我不知道。但我由此而衷心地同意一位杰出的精神分析学家的意见：我没有'超我'。"①的确，萨特由此获得了更多的自由，以及更多的母爱。萨特3岁时因眼病右眼几乎失明。萨特的外祖父很早就对他进行启蒙教育。他4岁便开始接触文学名著。7岁时便读了《包法利夫人》，并开始编故事。1913年8岁的萨特由外祖父送入中学读书，外祖父在校长面前夸奖萨特天资超人，"唯一的缺点就是他的智力超过了他的年龄"②。11岁时去继父所在地，父子不和。继父要他朝数理方面发展，"正是为了跟他顶牛，才决定搞哲学"③。他说，正是和继父在一起的几年里，他"增长了阅历，虽然间接地，却也具体地懂得了什么是阶级斗争"④。中学毕业后，19岁的萨特考入巴黎高等师范学院攻读哲学。24岁通过了中学教师的就业考试，后在巴黎等地任中学哲学教师多年，中间曾短期服兵役。

1938年发表第一个中篇小说《厌恶》，1939年发表短篇小说集《墙》。1939年，第二次世界大战爆发，他应征入伍。1940年被德军俘

---
① 高宣扬：《萨特传》，作家出版社，1988年，第9页。
② 同上书，第35页。
③ 同上书，第47页。
④ 同上。

房,1941年获释,在集中营生活了6个月。1943年出版哲学巨著《存在与虚无》。1945年长篇小说《自由之路》的前两部《理性时代》和《延缓》出版,第三部《心灵之死》1949年出版。萨特还是一个杰出的剧作家,其代表作品有《苍蝇》(1943)、《间隔》(1944)、《肮脏的手》(1948)、《死无葬身之地》(1948)、《魔鬼与上帝》(1951)。1954年萨特访问了苏联。1955年他又访问中国。

1964年瑞典文学院决定授予萨特该年度的诺贝尔文学奖,"为了他那富于观念、自由精神与对真理之探求的著作;这些著作业已对我们的时代产生了长远的影响"。"这位荣誉的得主已表示,他不希望接受诺贝尔奖。但他的拒绝并未稍改本奖颁赠的有效性。"①萨特指出,由于他的作家职责的观念,他一向拒绝任何官方的荣誉,因此他的这次拒绝并不是没有先例的。他同样拒绝过"荣誉勋章",也不肯进入法兰西学院,倘若列宁奖颁赠给他,他同样会拒绝。他说,作家接受这类荣誉,会使他个人所献身的事业跟颁奖的机构发生关联,而作为作家则不允许自己跟任何机构发生关联,这毕竟是最重要的。

1980年萨特在巴黎病逝。萨特逝世时巴黎有六万人给他送葬。这种盛况只有19世纪的雨果堪与相比。当时法国总统和总理均以个人的名义就萨特的逝世发表了讲话。总统德斯坦说,萨特的逝世"就好像我们这个时代陨落了一颗明亮的智慧之星那样"。总理巴尔称萨特为"当今时代最伟大的哲学家",他的逝世将使"法国和国际思想界蒙受损失"。②

萨特是法国现代著名作家,存在主义文学的主要代表人物。他曾经表示:"我的哲学,是关于存在的哲学。'存在主义'?我不知道这算什么学说!"③但之后他自己又不得不接受"存在主义"这一概念。他首先是一位哲学家,其次才是小说家、戏剧家、艺术理论家。他的文学作品可以说是对他的存在主义哲学的形象阐述,但由于其存在主义哲学本身的深刻性、独创性和现实性,又由于它通过与其内容融为一体的形式表现出来,他的文学创作也是第一流的文学。这同一般的所谓

---

① 陈映真主编:《诺贝尔文学奖全集》第39卷,远景出版事业公司,1981年,第1页。
② 高宣扬:《萨特传》,作家出版社,1988年,第301页。
③ 同上书,第150页。

"观念小说"有着十分重要的区别。

从思想渊源看,萨特的存在主义哲学,兼容了胡塞尔的现象学的方法论和海德格尔的本体论思想,他将二者结合孕育出了他的现象学的本体论。康德在研究人的认识何以可能时,认为现象是人的感官知性的先天形式,作用于客体世界所产生的东西。这是人类能够认识事物的基本界限,也是人类之所以能够认识事物的根本原因。也就是说,康德认为现象是客观材料与主观形式的统一。胡塞尔的现象学完全摈弃了康德现象观中的客观材料,并极度扩张了康德现象观中的主观形式。于是,在胡塞尔那里,现象也就完全成了主观自我意识的产物。海德格尔主张对人的"此在"进行"存在状态"的分析,他把"此在"之"在"称为"存在"。海德格尔把这种关于此在存在的本体论分析称为基本本体论。海德格尔的"此在"其实指的就是"人的存在"。所以,海德格尔的哲学一反近代笛卡儿、洛克以来从认识论出发研究哲学的传统,而是从人的存在入手研究哲学。他指出,基本本体论的任务就是要充分澄清"在"的意义,"在"的意义就是人的"存在"。因此,海德格尔所要弄清的就是人的存在意义是什么。

萨特的存在主义的现象学本体论,一方面将胡塞尔现象学从认识论角度对主观自我意识对世界构成作用的肯定,作为自己思想的理论依据,另一方面又将海德格尔以人为本的基本本体论,作为自己思想的理论支点,从而有了自己的存在主义哲学思想,也有了"存在先于本质"的基本命题。反过来,这个命题也就必然包含两个方面的内涵:一是否定客观世界的真实性,否定客观世界发生发展的逻辑性,反将客观世界视为漂浮不定的虚设,将客观世界发生发展的诸多关系视为无意义的荒诞。二是肯定人的主观自由和自由选择,将主观自由精神视为对世界意义的谋划。在"存在先于本质"的命题中,存在是人的主观意识,它是无具体限定的、有待充实和展开的自由,它永远有待于人的主动选择,所以,人是自由的。"本质"则是人在不自知中被强加的所谓客观属性,它是社会、历史等赋予人的抽象规定,也是人类在不自觉中自己替自己编制的文化牢狱。其实,世界是荒诞的、无意义的,它永远有待人的充实、肯定。同时,"存在先于本质"中的"先于",不是一个生存时间的陈述,而是生命价值的阐明;"先于"也不是一个已然事实的叙说,而是一个本然意义的揭示。换句话说,"先于"不是一个人类现存状态的判断性描述,而是一个人类应该状态的谋划性设想。由此,萨特的思想更是提倡一种直面人生又超越人生的精神选择,其深远与奥妙在于为生活在荒诞世界中的现代人提供一种全新的人生态度。

从思想意义看,萨特的哲学命题"存在先于本质",也就撇开了传统本体论关于物质与精神、传统认识论关于思维与存在的关系问题,而将关注的中心转向了关于人生态度的价值论问题。这个问题的具体内涵大体有三个方面的意义:第一,它是对西方理性主义形而上学决定论的反叛,标明了西方现代资本主义文明危机下一种人的精神"转向"。第二,它是对西方传统历史理性主义的超越,摒弃了西方人对历史目的性的乐观主义信任和历史合理性的设想。第三,它是对西方人现实社会境遇的抗争,指出了人应该凭"自为"的未充实性,投入社会与人生,从人生注定孤独的不幸中,走向自觉地追求、体验孤独。

从思想方式看,萨特存在主义哲学,从根本上说是关于人的生命意义的学说。对生命意义的阐明,无疑是最晦涩暧昧的问题,它完全是一种始终处于不透明状态中、信不信由你的朦胧顿悟。这种朦胧顿悟往往不能诉诸语言的逻辑,它既不可言说也无从表达。萨特不得不诉诸文学的言说来阐释自己的哲学,同时也更深透地解读人生的存在意蕴。按海德格尔的理论说法,思与诗是永恒的邻居,思想需要诗意,诗意需要思想。思与诗二者相互包容而获得存在的澄明。也就是说,人的存在之思与诗,本来就是二而一的东西。由此,我们也就不难理解,萨特的存在主义哲学与文学为什么具有互相包容性和互为阐释性。从某种意义上说,萨特的哲学非以诗性方式才能言说,萨特的文学则是诗意化的哲学。

二 文学化的哲学

萨特的第一部小说,也是他的第一部文学作品是《厌恶》(也译为《恶心》)。这是一部中篇哲理小说,采用的是第一人称主人公安东尼·洛根丁的不连贯的日记形式。主人公在周游了欧洲和东方各国后,在一个小城市布维尔定居三年,以便收集、研究18世纪法国革命时代洛勒旁侯爵的历史资料,写出关于这位侯爵的传记。如前所述,萨特作为一个存在主义哲学家，他的文学与哲学浑然难分。他的小说《厌恶》既是表述他的哲学观念，更是藉此使哲学的意蕴更为明白清晰。由此，小说自然有了全然不同于传统小说的面貌和特征。

首先，小说没有连贯的情节，甚至也没有基本故事。整部小说全由一个虚构的主人公洛根丁的日记组成，这些日记又仅仅是随意式的叙述，这些随意式的叙述内容又似乎仅仅是主人公大量微不足道的主观心理印象和枯燥琐屑的片断感受的杂乱堆砌。所以，加缪称"它不像是小说，倒更像是一席滔滔不绝的独白"①。小说完全否弃了客观世界的实在性，否弃了生活的内在逻辑关系和合理的因果秩序。以此为基础，那种巴尔扎克式的传统小说所钟情的所谓客观反映社会生活规律的功能也就消逝了。从叙述学的角度看，作者的叙述由于这种权力的移交而成了主人公的叙述，主人公的叙述由于上述所说的随意性，而转换成了漂浮破碎之人生片断的显现。这种显现真正从人的心理体验角度，揭示了未被理性主义所粉饰、修整后的人类现实真相，即人被无端抛入这个荒诞世界后的恐惧、孤寂，以及面对充满敌意的外在世界，既与之格格不入，又对其束手无策的惶惑。

其次，小说人物形象既无共性与个性相结合的典型性格特征，也无带着强烈社会关系烙印、个人生活经历积淀的丰厚心理特征。主人公的形象只是一连串极其平庸、乏味的琐屑行为的任意组合。因为他始终受到反省、忧郁和不安的侵扰，他一直在努力寻求着什么，但在荒诞的世界面前又注定找不到属于自己的安身立命之地。这种对生活把持的恍然若失，于是转化成了一种莫名其妙的烦躁、焦虑，甚至更转化成了一种生理上的恶心。有了这种拒斥世界的恶心，于是一切显得那么疏远、陌生，那么漂浮、破碎。什么都激不起兴趣、唤不起热情。日记中提到的侍女雷蒂的巨大痛苦，也只引起他一瞬间的关注，感到一瞬间的怜悯，但他立即主动拒绝了任何悲剧，进入自己无动于衷的生活。一个按字母顺序读书的自学者的空前热情，似乎曾引起他的注意，但仍然排遣不了心灵如死灰的沉寂。在这里，小说中的主人公似乎只是一个符号，由它标示出世界荒诞、人生虚无的存在主义意识。

---

① 《评让-保尔·萨特的〈恶心〉(1938)》，杨林译，见中国社会科学院外国文学研究所、《文艺理论译丛》编辑委员会编：《文艺理论译丛》(3)，中国文联出版公司，1985年，第303页。

上述两个非小说特征皆从特殊的主观意识角度,宣示了萨特存在主义思想的第一基本含义:客观世界的荒诞虚无。以此为出发点,则引出了萨特存在主义思想的第二基本含义:自由与自由选择问题。前一基本含义是个否定性命题,后一基本含义则是个肯定性命题。有趣的是,从否定性命题向肯定性命题的转换,无意间又使《厌恶》从非小说回到了小说。

《厌恶》虽然没有连贯的情节和基本故事,但拨开藤蔓枝叶,还是能够找到一条潜隐于底层的基本线索:洛根丁在世界各地经历过活跃而冒险的生活后,现正居于布维尔城写一本传记。当写了大半本书后,终于对所写的书产生了怀疑,失去了信心。在此期间,他接到四年前的恋人安妮的一封邀他到巴黎会面的信,二人见面后也不过是沮丧的分别。洛根丁最后决定放弃他现在所做的一切,准备做出新的人生选择。值得注意的是,这条线索里面有一个深层次的轴心:过去的历史。这个轴心连接着三个扇面:第一,洛根丁漂泊不定的过去经历;第二,洛根丁正在写的关于洛勒旁侯爵的历史传记;第三,洛根丁怀念过去四年前的恋人。围绕这条基本线索,小说充分展开了如前所述的心理意识的描写。这种心理意识的形象化就是生理上的恶心。恶心其实就是处于觉悟中的现代人对自身处境的反应,这种反应表现为一种不适、一种醒悟,一种"众人皆沉醉我独醒"的孤独感,一种对大众浑浑噩噩现状的背弃。这里已经初步透露出了萨特后来在剧本《间隔》中所陈述的那个惊世骇俗的命题:"地狱,就是别人。"小说中的洛根丁曾经这样想到:"不过我再也不能够把我知道的解释出来,不能对任何人解释。""我孤零零地在这一片欢乐和正常的人声中。所有这些人把他们的时间花在互相解释和庆幸他们的意见相同上,我的天,他们多么看重所有人意见相同这件事。"[1]为了说明人们惧怕孤独的严峻后果,小说富有想象力地运用了"镜子"的意象。洛根丁似乎看见"墙上有一个白色的洞,那是镜子。这是一个陷阱"[2]。他想起了他的伯母说过的一句话:"如果你朝镜子里看得时间过久,你就会看见一只猴子。"[3]也

---

[1] 让-保罗·萨特:《厌恶》,见《厌恶及其他》,郑永慧译,上海译文出版社,1986年,第16页。

[2] 同上书,第30页。

[3] 同上书,第31页。

就是说，那些依赖别人而获得生命勇气和意义的人，无疑任外在的镜子剥蚀了自己属于人的自由性，从而也就失去了人的生命本真。这种孤独感同时也是对西方人长期以来习以为常的物质依赖的背弃。小说中的洛根丁还这样说："我们使用物件，把它们放好，在它们中间过日子，它们对我们是有用的，只不过这样罢了。"①更为重要的是，这种孤独感是对自我过去的背弃，这种自我过去，往往以历史的名义麻痹着精神的自主性，让人不辨方向，迷失本性。于是，洛根丁似乎是肩负着与生俱来的自由使命，他不得不做出自己的自由选择。所以，小说的最后，主人公洛根丁终于放弃了对自己过往经历的回忆，放弃了写洛勒旁侯爵的历史传记，也放弃了对旧情人安妮的眷恋。一句话，洛根丁放弃了对"过去"生活的依赖，因为重要的不是过去，而是以后、未来。过去已经消逝，已经成了无可变更的"自在"，未来却需要自己去创造，它是有待于充实、展开的"自为"。以此为转折点，则重要的不是客观现存处境，而是主观自由精神。对主人公而言，重要的不是驻足于对已然客观处境的无尽思考，而是诉诸主观精神的积极行动。于是，洛根丁在停止徘徊于过去的同时，也就排遣了无休无止的体验反思。他终于决定，并且已经开始着手"要写另一种类的书"，"必须能使人透过印出来的字和书页，猜出某些不可能存在的、超出于存在之上的东西"。②

小说在内容上从揭示客观世界的荒诞、虚无，过渡到号召生存于世界上的人，忠实于自己与生俱来的自由权力，做出属于自己的自由选择。当然，这种选择因为缺乏明确、具体的社会历史内容，仅仅是一种形而上的人生观设想，一种人生价值论的追求。萨特后来的小说，尽管已经涉及反法西斯战争等人类历史现实题材，但这种涉及更重要的，仍然只是提供一种供主人公自主选择的抽象处境，它与社会的善与恶、历史的进步与落后的关涉，仍然未脱离人生价值论追求的范畴。小说在形式上也从背弃小说的传统规范，过渡到回归于小说作为特定艺术样式的基本模式。背弃是为了剔除小说旧有的社会认识论功能，

---

① 让-保罗·萨特：《厌恶》，见《厌恶及其他》，郑永慧译，上海译文出版社，1986年，第20页。

② 同上。

因为在萨特看来,既然世界已经注定荒诞、社会已经注定虚无、人生已经注定不幸,认识世界的命题自然被消解了传统意义,代之而来的应该是诗与思合二而一的体悟,是生命对生命的聆听、心与心的对话,是心灵对情感符号的直观。回归则是为了赋予小说新的价值论的历史使命,因为小说写作的主观自由精神与超越追求,终归可以给生存于荒诞、虚无、不幸中的人以生存的勇气和生命的智慧。

在萨特的小说中,短篇小说《墙》同样是一个包含深刻寓意的存在主义哲学故事。小说有两个方面的内涵,尤其值得特别指出:第一,小说使用了大量的篇幅描写以主人公伊比埃塔为首的几位革命战士,在被西班牙法西斯分子逮捕并宣判死刑以后,临刑前一个夜晚的生理、心理反应。几个被强行推向死亡的人,又被给予了充足的时间来等待死亡的临近,并咀嚼死亡的意味、思考死亡的内涵。作为肉体存在的人,他们禁不住心灵的恐惧、害怕、绝望。所以,他们中有人叫喊,有人任由尿撒在裤子里,有人尽管地下室里寒气袭人却仍然大汗淋漓。这一切无可遏止的生理反应,全是出于人的生命必然,它是人无法选择的客观现实的一部分。但重要的是,这一切并没有毁掉人作为人的精神自尊,他们直至死亡也没有屈服、妥协,更没有为了自己的生命而出卖朋友。当然,这种坚定也并不是为了某种外在的强制性义务,而完全是出自于人的自由本性。比如小说中的主人公这样想:"我宁愿死也不愿意出卖格里。为什么?我再也不爱雷蒙·格里了。我对他的友情已经在黎明的前一刻,我对贡妲的爱情消失的时候,我的求生欲望消失的时候,同时消失了。毫无疑问,我仍然敬重他,他是一个硬汉。可是这不是我愿意代替他死亡的理由;他的生命并不比我的生命更有价值。任何生命都是没有价值的。人们叫一个人贴着墙站立,然后向他开枪,直到把他打死为止,这个人到底是我还是格里还是另一个人都是一样的。我知道得很清楚,对于拯救西班牙他比我更有用。可是,我不在乎什么西班牙,什么无政府主义,什么都不再重要了。虽然如此,我却仍然在这里,我可以出卖格里来挽救自己的性命,而我拒绝这样做。我觉得这简直有点滑稽:这是一种固执。我想:'我多么固执呀!'于是一种特殊的愉快心情侵占了我。"[①]的确,固执本来是人才具

---

① 让-保罗·萨特:《墙》,见《厌恶及其他》,郑永慧译,上海译文出版社,1986年,第310页。

有的特性,也是人应该以之拒绝功利算计的本真,更是人才有幸享用的福分。

第二,法西斯没有枪毙伊比埃塔,要他说出雷蒙·格里的藏身之处。伊比埃塔为了嘲弄法西斯,随口编造说雷蒙·格里藏身于墓地。结果本来藏身于堂兄弟处的雷蒙,却因为与堂兄弟吵了架,又不愿意再牵连别人,果真鬼使神差地来到了墓地,因而被前来搜寻的法西斯打死了。这里进一步申说了萨特存在哲学,关于世界荒诞的一贯思想。世界没有任何必然的规律可遵循,依赖于世界的人生因此也注定没有意义。墙里墙外、英雄懦夫、斗士叛徒、生存死亡只是咫尺之间的偶然。所以,主人公伊比埃塔在了解到自己未被枪毙的原因后,禁不住哭得泪流满面。这是他对世界、人生本然状态的一种"哀莫大于心死"般的深沉领悟。当然,反过来说,客观的结果虽然是人无法把握的东西,但主观的选择却仍然是人自己应该肩负起的责任。

小说的形式,基本回归了传统小说的轨道,有故事,甚至有情节。当然,小说的着眼点还是借助于第一人称的视角,以主观的自白,既道出故事的发生、发展,更宣示存在主义的哲理性体悟。小说表面上涉及反法西斯题材,但实际上仍然没有具体的反法西斯主题意义。法西斯只是一种人类社会灾祸的形而上象征,主人公的遭遇,也仅仅是生存于人类社会中人的一种普遍境遇,主人公的选择,也就是一种具有形而上意义的自由选择。换句话说,战争并不是产生于一定历史发展阶段的社会邪恶现象,而是世界永远荒诞的一个证明。战争可以最大限度地加重万物疯狂而又残酷的气氛,可以撕碎人类社会固有的井然秩序之假面,让人更尖锐地领悟到自己被抛弃的孤独,从而也更能集中地显示出人直面孤独、忠于自由的崇高与庄严。

萨特的戏剧是萨特文学的卓绝成果,尤其是萨特存在主义哲学的哲学图解和诗性表述。戏剧《苍蝇》取材于古希腊神话故事。古希腊神话故事讲述希腊联军首领阿伽门农从特洛伊归来后,被其妻子克吕泰墨斯特拉与情夫埃癸斯托斯谋害,后来阿伽门农的儿子俄瑞斯忒斯返回故乡,为自己的父亲复仇,杀死了自己的母亲和其情夫埃癸斯托斯,并在战神山法庭受审而得到了雅典娜的决定性支持。萨特笔下的《苍蝇》已完全不同于这个表现氏族社会的母系制度向父系制度转变时期的悲剧性故事,全剧贯串着浓郁的存在主义哲学思想。《苍蝇》通过俄瑞斯忒斯这位存在主义的自由英雄形象,全面地表述了萨特的存在主义的自由观。

剧情开始时,年轻、富有、漂亮且足智多谋的俄瑞斯忒斯来到了自己童年的故乡阿耳戈斯城,他发现全城的居民都在悔恨一桩过去的罪行:他们当初没有阻止一件凶杀罪的发生。充斥全城的苍蝇正是他们罪孽以及悔恨的象征。这是阿耳戈斯人的现存处境,也是他们甘心被规定的历史本质。他们对15年前的那桩血腥罪恶,对象征罪恶的苍蝇,只有无止无尽的忏悔。忏悔对他们而言已经成了一种习惯、一种相互欺瞒的假面游戏。剧中讲到阿耳戈斯人举行每年一度的忏悔祭奠时,一位妇女对同样跪在巨石前的小男孩说:"乖点,人家一对你说该哭了,你就和其他人一起哭。"①阿耳戈斯人已经习惯了这种自我欺罔的游戏,他们就是在历史长河中集体麻醉的代表。西方人更习惯了这种自我欺罔的游戏:多少年来,他们用上帝的十字架,用原罪的护身符,用天堂的幸福幻象、地狱的阴惨恐吓,一方面使罪恶不断衍续,另一方面又使陷于罪孽中的人,找到了自甘堕落的理由。俄瑞斯忒斯遇见了自己的姐姐,知晓了自己家庭的遭遇同这桩罪行的关系。俄瑞斯忒斯的存在是自由的,因为他没有阿耳戈斯人的心灵羁绊和精神奴役,他所面对的只是一个他必须做出自我选择的境遇,而且,他也必须通过自我选择确定自己的自由性。在犹豫中,陪同他的老师以世俗的怀疑眼光劝阻他,作为"死亡之神、苍蝇之神"的朱庇特也恐吓他。剧情于是由俄瑞斯忒斯同朱庇特的辩论而推向了高潮。俄瑞斯忒斯勇敢地宣称朱庇特只是"繁星之王、海浪之王",但不是"人类之王"②。他申明:"我就是我的自由"③,"我已被判处为没有别的法律可循,只能遵循我自己的法律了"④。最后,俄瑞斯忒斯做出了自己的选择,他杀死了埃癸斯托斯和自己的母亲,为父亲报了仇的同时,也结束了阿耳戈斯人对罪孽的无休止忏悔。他终于动摇了天神朱庇特与地上统治者埃癸斯托斯所共同维持的现存秩序的合理性,从而揭穿"神人"统治对

---

① 让-保尔·萨特:《苍蝇》,谭立德、郑其行译,见《魔鬼与上帝》,罗嘉美、谭立德、郑其行译,漓江出版社,1986年,第38页。
② 同上书,第107页。
③ 同上书,第108页。
④ 同上书,第110页。

人的愚弄和欺瞒。所以,朱庇特禁不住哀叹道:"必然有一个人来宣告我的末日,难道这个人就是你吗?"①

当俄瑞斯忒斯杀死了母亲和埃癸斯托斯以后,剧情发生了深刻的变化。一直企盼着弟弟回来为父亲复仇的姐姐,谴责俄瑞斯忒斯的行动,甚至不承认他是自己的弟弟。阿耳戈斯人更是痛骂俄瑞斯忒斯是凶手、屠夫、亵渎神灵的人,他们叫嚷着、追赶着要用石头砸死他。因为,阿耳戈斯人对罪恶的无休止忏悔,本身就是对新罪恶不断衍生的辩解和纵容。他们由于忏悔而使罪恶的心灵重负得以习惯化的同时,也使罪恶有了坚实的合理性,也就有了重新犯下新罪恶和目睹新罪恶而无动于衷的理由。同时,阿耳戈斯人的集体性忏悔又是自我怯懦软弱、随俗入流、惧怕责任的最好庇护。这是阿耳戈斯人,也是西方人现实境遇的无情揭示。一两千年的历史文明的发展,上帝的一体化统治,理性规范无孔不入地渗入了社会生活的各个领域,个人的生命已经成了人类社会机器上既无差别又无变化,从而也无鲜活生命的螺丝钉。集体的意志吞没了个体的情感。人们对一切非循规蹈矩的行为皆感到恐惧,这种恐惧已经成了一种心理疾患,它加深了人与人之间的隔膜、疏离,加剧了人内心的惶恐、困惑,更加强了邪恶势力的张狂、蛮横。俄瑞斯忒斯的自由选择,终于使人清醒地意识到了这种现存历史现实际遇对人性的扼杀。但是,阿耳戈斯人(西方人)陷入朱庇特(上帝)的世界中太深太久了,他们乐于这种既无行动又无责任的蝇营狗苟,所以,他们一方面忏悔着罪恶,一方面又极端仇视斩断罪恶之锁链的俄瑞斯忒斯。因此,他们仇恨俄瑞斯忒斯捣碎了他们用以自我陶醉、相互赞许的骗人把戏。他们义愤填膺地高喊:"打死他,用石块砸他,撕碎他。""我要挖掉你的眼睛","我要吃掉你的肝脏"。②人是幸运而又聪慧的,因为人能以自己丰富的情感、颇具创生力的想象,创造出上帝的丰腴形象,编织出灿烂的文化之网;但人又是不幸而又愚蠢的,人往往在自己创造出的偶像脚下匍匐、战栗,在自己编织的文化之网上痛苦挣扎,尤其常常自觉不自觉地作为既定偶像、罗网的护卫者,用

---

① 让-保尔·萨特:《苍蝇》,谭立德、郑其行译,见《魔鬼与上帝》,罗嘉美、谭立德、郑其行译,漓江出版社,1986年,第111页。
② 同上书,第116页。

自己因痛苦而浑浊的眼睛,严密监视着他人的生命力冲动可能造成的越位。剧情末尾,存在主义的自由英雄俄瑞斯忒斯,就像斯基罗斯岛(爱琴海上的岛)上那位勇敢的吹笛子少年,用悠扬的笛声带领着老鼠一去不返一样,吸引着全部的苍蝇走出了阿耳戈斯城。由此,萨特希望,每一个人以先行者的大智大勇,摒弃认识、解释周围世界和人的行为的群体标准,在孤独无援却也无绊的境况中,咀嚼出生命与存在的真谛,体味出以往集体性假面舞会的悲剧性。

《间隔》剧里出场人物只有三个鬼魂——加尔森、伊奈司、埃斯泰乐和一个旅馆(象征地狱)的服务员。剧情主要描写加尔森、伊奈司、埃斯泰乐三个鬼魂,偶然地相逢在一个没有窗户的旅馆大房间里。加尔森生前是一个自诩和平主义者的报社编辑,他虐待妻子、背叛祖国,最后被12颗子弹枪毙。伊奈司是个凶残的同性恋,曾经导致他人丧失生命。埃斯泰乐是个自私的色情狂,曾经因为个人的放荡而溺死亲生女儿。这样三个生前苟且于现实诱惑、胆怯于自由选择的卑鄙家伙来到地狱,仍然是互相折磨、彼此摧残,从而形象地表达了萨特存在主义哲学的又一个重要命题:"地狱,就是别人。"不少人曾经从认识论的角度,认为萨特一针见血地揭示了资本主义制度下人与人从本体上无法沟通与理解的社会现状。但从价值论的角度看,萨特的这一命题,却是"存在先于本质"命题的自然延伸和扩展。"地狱,就是别人"所表述的仍然是关注个体生命选择的人生态度问题。如前所述,在西方人极其漫长的文明史中,上帝、理性、历史派定了每一个个体的固定扮演角色,因而扼杀了人的生命存在的本体价值。这种扼杀功能在人类社会中除了一般文化意识形态的毒化外,更是通过人与人关系的纽带而得以实现的。换句话说,人类文化传统对人的愚弄常常是通过人与人的相互欺骗实现的。人常常不能把握自己,常常试图通过他人的眼光来折射出关于自己面目的揣测和模写。或者说,借助于他人的评判来断定自己的所作所为。为此,他们经常不得不为了取悦他人,而戴上为大家所共同认可的人格面具。久而久之,这种假面的塑造力量,甚至使他们自己也完全认同了自己呈现给他人看的面貌,从而完全剥蚀了自己的个体本性。就在这个人们戴上后取不下,也根本不想取下的假面下,社会导演了无尽的人生悲剧、喜剧、闹剧。这是人自己人为设计的又一罪孽的遮阳伞。在它的荫庇之下,多少皇帝新衣的丑剧在众目睽睽之下匆匆登台上演。

萨特在1956年为《间隔》灌制唱片时,曾在其前言中说:"世界上的确有相当多的一部分人生活在地狱里,因为他们太依赖别人的判断了。""正因为有许多人因循守旧,拘于习俗,旁人对他们的评论,他们感到不能忍受,但是他们又不想方设法去改变这种情况,这种人虽生犹死。"①也就是从这个意义上说,"地狱,就是别人"。要进一步洞悉萨特这个命题的深意,我们还必须注意萨特这部戏剧作品中反复出现的"镜子"意象。剧中的主人公之一加尔森随招待员进屋后,沉吟片刻,便自言自语道:"没有镜子,没有窗户,当然啦。"后来平静下来后,又自问自地说:"究竟为什么要照镜子呢?"②另一个主人公伊奈司来到后,她与加尔森的对话也这样说:"我说什么,我心里有数,我照过镜子。"③再后来的埃斯泰乐也问加尔森:"先生,你带了镜子没有,大镜子,或者随身带的小镜子,随便什么镜子都成,有没有?既然你让我一个人在一边儿呆着,至少得给我一面镜子照照。"④为什么他们都尽力想找寻一面镜子呢?埃斯泰乐说出了谜底:"要是我不照镜子,尽管摸到自己,我也不能肯定我究竟是不是真的存在。"⑤于是,伊奈司让埃斯泰乐坐近自己并告诉她说:"往我的眼睛里看,你看到你自己没有。""没有哪一面镜子会比我这双眼睛更牢靠的。"⑥旁人的眼睛也就是镜子,镜子里显出了外在的你、我、他,但旁人的眼睛同时也编织了囚笼和罗网,它诱惑你就像古希腊神话中的美少年那喀索斯一样,在顾影自怜中失去了生命的存在。镜子甚至就像古希腊神话中的女妖美杜莎的头颅,让你在瞧见它的同时,就吸吮了你的生命精髓,将你变为冰凉冰凉的石头人。所以,剧情中的埃斯泰乐与加尔森拥抱在一起时,伊奈司恶狠狠地威胁说:"我看见你们了,看见你们了,我一个人就能代表一群人,代表众人。"于是,剧情引出了这样的对话:

---

① 徐崇温、刘放桐、王克千等:《萨特及其存在主义》,人民出版社,1982年,第61页。
② 让-保尔·萨特:《间隔》,李恒基译,见《魔鬼与上帝》,罗嘉美、谭立德、郑其行译,漓江出版社,1986年,第122、123页。
③ 同上书,第129页。
④ 同上书,第143页。
⑤ 同上书,第144页。
⑥ 同上书,第145页。

加 尔 森：这里老也不黑？
伊 奈 司：永远不黑。
加 尔 森：你老是能看到我？
伊 奈 司：永远看得到。
加 尔 森：……那一双双眼睛像是要把我吃了……啊！你们不过才两个人哪？我刚才还以为有好多人呢。原来这就是地狱。我万万没有想到……你们的印象中，地狱该有硫磺、有熊熊的火堆，有用来烙人的铁条……啊！真是天大的笑话！用不着铁条。地狱，就是别人。
埃斯泰乐：我的爱！
加 尔 森：别缠着我。咱们之间，有她挡着呢，只要她看得见我，我就没法爱你。①

这段对话里包含着几层意思：一是文明的进步，给每个文明人戴上了成批制作的假面，它遮蔽着人的本来面目，使人在千人一面的交际往返中，感到自己与自我的疏离和陌生。于是，人们厌烦了这种众目睽睽之下的躲躲闪闪，他们渴望黑夜的降临，从而借夜幕的遮掩，露出属于自己的狰狞面目，趁黑夜的掩护，发一声属于自己的孤狼似的长嚎。二是同处于一个顽固、周密的文化圈中的人，始终不渝地怀着相互的提防和戒备。共同的规范煅就了他们共同的自我羁绊，谁背离这种规范，谁就会被视为异端而逐出文化圈。于是，人的本能的生命冲动，男女的恣意交欢，皆属于文明规范所不容的邪恶行径。因为旁人的眼睛将会阻止、枯萎你的激情，让你驯顺地压抑住自己属于感性生命的欲望。三是旁人的眼光、旁人的注视，会使人不自觉地将自己的脸，捂得更严实、盖得更周全。甚至于不惜磨蚀自我的灵魂至麻痹的程度，并逐渐自觉地将假面所显示的自我误以为是自己的本相，从而从根本上失去了自我生命的自由性。正是从这三层意义上，可以说"地狱，就是别人"。《间隔》中的三个人本来就是三个人生的懦夫，他们注定要惧怕他人的眼光。他们不管生前死后都在地狱中绝望、彷

---

① 让-保尔·萨特：《间隔》，李恒基译，见《魔鬼与上帝》，罗嘉美、谭立德、郑其行译，漓江出版社，1986年，第180—181页。

徨。只有勇敢者才能任由其他人的眼光，将自己剥离得一丝不挂而毫无惧色。换句话说，只有不惧怕下地狱的人，才能走出地狱而重返乐土。就像但丁《神曲》中的地狱门前铭文：这里必须根绝一切犹豫，这里任何怯懦都无济于事。

《魔鬼与上帝》则是萨特存在主义自由观的标志性作品。剧中的主人公葛茨无论作恶还是行善，都只是为了证实自己的自由。这里既无洞察人间善恶的上帝之引导，也没有存心毁掉人类的魔鬼之诱惑，甚至就连上帝与魔鬼、善与恶的区别都是极其模糊而又虚幻的。因为这些其实都是人在历史与现实复杂境况下的人为虚设。这种虚设居然诱人自以为自己在其中肩负着多么神圣、庄严的角色任务。葛茨要证实自己的自由，因而他做出了自己"恶"的选择。传统文学中的"恶"常是人受本能欲望的功利性驱使，从而违逆了善的良知。但葛茨却是为恶而恶，他只是为证明自己的自由而作恶。他捣碎了银行家三十年来信守的原则：主宰世界的是利益。他更抛掷了人们梦寐以求的对天堂的向往和对地狱的恐惧。他要以作恶来换取上帝给予他下地狱的判决。他想象地狱是一片荒野，等待着他去充实。所以当海因里希向他指出世上的人其实全都在作恶，地狱就像热闹的庙会，只要待在床上就可获得下地狱的资格，却从来没有人行善时，他便毅然决然地与海因里希打赌行善，以期确保他无羁无绊、与常人不同的自由。后来，他终于又发现，他所选择的所谓行善，其实是将自己摆放于人类世界之外。面对现实人生中的饥饿、愚昧、贫困、战争与屠戮，自己毫无所为，同时也毫无责任，因而也毫无人的自由性。其实，洞察善恶的上帝根本不存在，葛茨忍不住高声叫道："我要对你揭穿一个弥天大谎，上帝并不存在，上帝不存在，我太高兴了，高兴得眼泪都流出来了！……我把我们都解放出来了，再没有天堂，也没有地狱了，只有人间。"①的确，世上根本不存在一把外在的善恶尺度来判定人的行为。既无天堂、地狱，也无历史目的和理性允诺，更无他人的感恩报德。人只有背负着与生俱来的亘古不变的自由，面对着人世间的诸多境遇，逼自己做出属于人间的自由选择。葛茨最后回到了人间，回到了残

---

① 让-保尔·萨特：《魔鬼与上帝》，罗嘉美译，见《魔鬼与上帝》，罗嘉美、谭立德、郑其行译，漓江出版社，1986年，第370页。

酷、血腥的屠戮与争战之中，但这却意味着"现在人的统治开始了"。剧作所表述的思想是对西方传统历史主义的超越，它摒弃了西方人对历史目的性的乐观坚信。

在萨特看来，人类历史不过是人为编织的谎言与自欺。在他的另一部戏剧《涅克拉索夫》(1956)中，主人公乔治·瓦莱拉自己编纂了一段欺瞒人的历史。当他自鸣得意时，却掉进了当局所编纂的更大的历史骗局之中，骗人者最终成了受骗者。其实，在这个世界中，不管是乔治·瓦莱拉，还是同一剧中的其他主人公西比洛、儒勒、莫东等，每一个人一旦被无端地抛入这个世界，便自觉不自觉地接受了上帝或历史派给他们的角色。于是他们将自己生命的全部追求禁闭于那个角色之中。他们按历史预设的轨道，走着历史要他们走的路，说着历史要他们说的话，干着历史要他们干的所有招摇撞骗的大小事。这才是人类真正的悲剧。这种由人自己编造的所谓上帝、历史的神话，居然让一代代的人盲目地为之奋斗不息，或搏斗于生死之间，或陶醉于得失之内。比如《涅克拉索夫》中的报社董事长莫东，不是苦苦央求冒充涅克拉索夫的瓦莱拉，在那张根本不存在的所谓黑名单上加上自己的名字，遭到拒绝后不禁恼怒异常吗？其他董事不是因为自己的名字上了那张所谓的黑名单而自觉荣幸万分吗？这中间其实才包含着真正的人生之大悲大痛。葛茨的大无畏行为，就是要人领悟到这种人类自欺自娱的假面游戏，从而勇敢地打碎这个人为的羁绊，以人之未充实的"自为"证明人的真正价值。由此，萨特的存在主义无疑从消极悲观的终点，走向了积极乐观的新起点。或者说，从认识论的透彻的绝望，走向了价值论的崭新的希望。它无异于向人们宣示：世界是毫无理由的荒诞，人生是毫无内容的虚无。但反过来，正因为世界荒诞，才显出人直面荒诞而活下去的勇气和伟大。正因为人生虚无，才需要人以自己的顽强追求去充实，从而以自己的活动赋予人生以意义。

萨特存在主义的自由观，还由于强调选择所必须承担的责任，而将其本体论的思辨转向了社会伦理和道德的领域，从而为自由的抽象性寻找到了历史与现实的基点。在人类社会中，个人与集体终归是一对互为艰难的矛盾。因而，任何人的自由并不意味着为所欲为。自由总是与责任紧紧地联结在一起。不管你听从还是拒绝自由的召唤，它都是你自由选择的结果，都有与之相应的责任需承担。因为，人区别于动物的伟大,就在于他的自由选择是属人的自由选择。而人毕竟又是社会性的存在,他被抛入社会之初,对任何人或物都不负责任。但当他一旦做出注定要做出的选择后,便肩负着对世界、对人、对自己的责任。当然,这个责任不是对上帝,不是对成规旧俗的服从,而是对自我生命的自由负责,同时也是对别人的生命自由负责。萨特曾这样说过:"存在主义者坦然说人是痛苦的。他的意思是这样——当一个人对一件事情承担责任时,他完全意识到不但为自己的将来作了抉择,而且通过这一行动同时成了为全人类做出抉择的立法者——在这样一个时刻,人是无法摆脱那种整个的和重大的责任感的。"①以此,就有了懦夫与英雄的区别。英雄就是《苍蝇》中的俄瑞斯忒斯,他一方面做出了自己勇敢的自由选择,另一方面又无所畏惧地承担了责任。英雄还如《魔鬼与上帝》中的葛茨,他始终脚踏着广袤的大地,头顶着一无所有的天空,肩负着沉重的责任,履行着人应该履行的自由使命。他说:"既然有这场战争要打,我就打这场战争。"②懦夫就是《苍蝇》中那些自甘愚昧、堕落的阿耳戈斯人,他们怯于选择,因为他们惧怕由选择而生的沉重责任,他们宁可用无尽的空虚忏悔来编织自己的生命理由,来掩盖自己的懦弱和懒骨头。懦夫还如《间隔》中的三个鬼魂,他们生前死后既怯于勇敢地选择,又慑于别人眼光的关注,他们不敢,也不能理直气壮地为自己的堕落行为承担责任,而是在东躲西闪、巧言粉饰中痛苦挣扎。

1. 《厌恶》包含了什么样的否定性命题和肯定性命题?
2. 如何理解"存在先于本质"的哲学内涵?
3. 如何理解"地狱,就是别人"的哲学内涵?
4. 如何理解"自由与自由选择"的丰富哲学意蕴?

---

① 萨特:《存在主义是一种人道主义》,周煦良译,上海译文出版社,1988年,第10页。
② 让-保尔·萨特:《魔鬼与上帝》,罗嘉美译,见《魔鬼与上帝》,罗嘉美、谭立德、郑其行译,漓江出版社,1986年,第380页。

1. 中国社会科学院外国文学研究所、二十世纪欧美文论丛书编辑委员会编:《萨特文论选》,施康强选译,人民文学出版社,1991年。
2. 沈志明、艾珉主编:《萨特文集》(1—7卷),人民文学出版社,2000年。
3. 徐崇温、刘放桐、王克千等:《萨特及其存在主义》,人民出版社,1982年。
4. 柳鸣九编选:《萨特研究》,中国社会科学出版社,1981年。
5. 西蒙娜·德·波伏瓦:《萨特传》,黄忠晶译,百花洲文艺出版社,1996年。
6. Ronald Hayman. *Sartre: A Life*. New York: Simon and Schuster, 1987.

第三节　加　缪

一　面对荒诞的选择

阿尔贝·加缪(Albert Camus, 1913—1960),生于阿尔及利亚东部的蒙多维镇,而他的原籍是法国的阿尔萨斯。他的父亲是位农业工人,在第一次世界大战中应征入伍,后负伤身亡。当时加缪还不足1岁。那个将加缪带到世界上来的人,加缪根本就不认识,也不可能留下任何印象。加缪从一出生起就体验到世界的荒谬性。加缪的母亲是西班牙人。父亲去世后,他们举家迁往阿尔及尔,生活十分贫困。他靠奖学金和勤工俭学念完了中学和大学。1930年,他17岁时开始咳血,后被诊断为右肺干酪结核。当时加缪是哲学班的学生,酷爱足球。疾病意味着他将告别这一切,因为在当时以及后来相当长的时间里,这种病意味着不治之症。这对加缪的思想产生了深刻的影响。"一个酷爱生活的人眼看着自己被莫名其妙地剥夺生命,这就是荒谬的最初表现之一。"① 从此,加缪终生与疾病相伴,时好时坏。疾病成了他的一种存在和思考方式。"死亡的感觉从此以后对我来说已习以为

---

① 罗歇·格勒尼埃:《阳光与阴影——阿尔贝·加缪传》,顾嘉琛译,北京大学出版社,1997年,第3页。

常:这种感觉已失去了痛苦。痛苦紧扣住现时,它要求作一场让人操心的斗争。但是仅仅看到沾满血迹的手帕就让人预感到死亡,而无须做努力,这等于令人目眩地被重新投入时间之中:这便是对变化的恐惧。"①

他当过气象员、商号雇员、职员,创办过剧团,之后还当过《阿尔及尔共和报》记者。1935年加入法国共产党,1937年退党。20世纪40年代和50年代是加缪从事文学创作的时期。其主要作品有成名作《局外人》(1942)以及稍后发表的小说《鼠疫》(1947)、《堕落》(1956)和短篇小说集《流放和国王》(1957)等。加缪的剧作有《误会》(1944)、《卡利古拉》(1945)、《戒严》(1948)和《正义者》(1949)。此外,他还有哲学散文论集《西西弗的神话》(1942)、《致一位德国朋友的信》(1945)、《反抗者》(1951)等。1957年他荣获诺贝尔文学奖。1960年死于车祸。

加缪总被人们认为是一位重要的存在主义作家,然而加缪生前却明确表示:"不,我不是存在主义者。萨特和我总是惊奇地看到我们的名字被连在一起。我们甚至想有朝一日发个小小的启事,具名者声明他们之间没有任何共同的东西,但并不担保相互间没有受到影响。这是笑谈。我们各自写的书,无一例外,都是在我们认识之前出版的。当我们认识的时候,我们是确认分歧。萨特是存在主义者,而我出版的唯一的论文《西西弗的神话》,却是反对所谓存在主义的。"②萨特曾靠拢苏联,而加缪恰巧仇恨苏联,虽然他并不喜欢美国。加缪认为,只有反抗才意味着人性的存在;而革命则是以一种反人性的手段反对另一种反人性的存在。因此,革命的结果往往导致另一种绝对主义。萨特则认为,帮助那边的奴隶的唯一途径便是站在这里的奴隶一边,这之间不存在中间道路。加缪批评萨特投机取巧,"总是把自己的座椅放在历史前进的方向"③。1952年加缪和萨特之间的友谊彻底断绝,他们从此不再见面。但是,长期以来,尽管加缪多次否认,他仍然被许多人认为是一个存在主义者,他的思想和创作也表明,他是一位存

---

① 罗歇·格勒尼埃:《阳光与阴影——阿尔贝·加缪传》,顾嘉琛译,北京大学出版社,1997年,第180—181页。
② 同上书,第86页。
③ 高宣扬:《萨特传》,作家出版社,1988年,第209页。

主义作家。

加缪的"荒诞"意识尽管不同于萨特的"虚无"观念,但他描写人类担当、蔑视"荒诞"的主体精神无疑与萨特描写人类直面、否弃"虚无"的主体精神有着共通的存在主义哲学意蕴。这种存在主义哲学意蕴,尤其体现于加缪的哲学随笔《西西弗的神话》和小说《局外人》中。加缪作为一个存在主义者,"他所集中思考的问题是人的存在与现实世界的关系问题,他在自己的作品里,从不同角度、以不同的形式、通过不同的形象描绘加以表现的,也正是在这个问题上的哲理"[①]。加缪在其哲学随笔《西西弗的神话》中,描写了西西弗吃力地推动巨石上山,而巨石又总是滚落下来。这种注定的循环往复、虚无空幻的寓言式命运就是人与世界荒诞关系的写照。人类就像西西弗一样,注定改变不了人与世界的荒诞关系。同时,加缪又以西西弗从容微笑,迎受循环往复的幸福感,写出了人意识到荒诞,并蔑视荒诞的主体精神,以此发出了存在主义式的追问人生意义的呐喊。加缪的文学创作同样刻画了从人类主体精神的角度意识到荒诞,并对其持蔑视态度的人物形象。

二 从"局外人"到"正义者"

加缪的小说《局外人》中的莫尔索就是一个既充分意识到荒诞,又表现出蔑视荒诞的人物形象。他不好亦不坏,非善亦非恶。其实,他的形象已经全然跳出了这些社会伦理学范畴,他拒绝接受人们习以为常的灰暗、平庸生活,他以自己的冷漠游离于人们普遍承认的社会习俗之外。在莫尔索的思想中,世界上的一切人类活动都在一个同样毫无意义的平面上。所以,他对母亲的死,对情人的爱,对自己的工作、生活境况,对邻里关系,甚至对开枪杀人、被捕入狱、法庭判刑皆无动于衷、漠然置之。吃饭、睡觉、上班、交友、看电影、性交、杀人全是由荒诞所任意支配的偶然行为。他是无缘无故地被抛入了这个与他毫不相干的所谓人类社会。所以,他既无所谓追求、希望,也无所谓痛苦、

[①] 柳鸣九:《译本序——从西西弗到正义者》,见阿尔贝·加缪:《正义者》,李玉民译,漓江出版社,1986年。

失望。甚至生存与死亡也失去了它固有的人生意趣和威胁。他真正是世界、人生甚至自我的局外人。

我们不妨将加缪的莫尔索与萨特的洛根丁作一简单的对照:洛根丁更烦躁不安,始终在寻求属于自己的人生位置;莫尔索则更沉默冷漠,始终在回避社会人生的固定轨辙。洛根丁始终有一种对外在世界不适的感觉,这不适可以外化为生理上的恶心;莫尔索却始终有一种自己与世界全然不相干的超级平淡,这平淡可以外化为他的两句口头禅:"无所谓""这不怪我"。洛根丁还有想要弄清自己陌生处境的愿望,尽管他得到的总是失望;莫尔索则对自己的处境全然习惯,无所谓希望与失望。洛根丁是在尽力将自己从社会世俗的蒙昧中拔出来,并探索出人生的真知;莫尔索则是天然地与人类社会处于对立地位,并从根本上对人类社会表示冷淡。洛根丁是想揭示自己所处社会的惯常虚伪,从而以撕碎自我角色的假面去发掘生命的本真;莫尔索则从来就是不说谎的诚实人,他从来就没有接受过社会角色的分配。由这两个形象的比较不难看出,萨特的存在主义重在揭示传统理性主义、历史主义所规定的人性本质的虚无,他希望人们以大无畏的自由选择充实其虚无。实现"我存在故我思"的精神革命。加缪的存在主义重在强调世界与人的不协调关系、荒诞关系。他曾经这样说:"荒诞不在人,也不在世界,而在于两者的共存。"[①]

总之,莫尔索也就是人与世界注定不协调的典型案例。他与世界始终处于天然的隔膜之中,而且拒绝通过个人努力与世界认同和沟通,因此他最终被恼羞成怒的世界视为敌人而被夺去了生命。通过莫尔索这个形象,人们终于领悟到了世界与人的不协调与对立,同时也就认识到了世界与人的荒诞,从而也就具有了荒诞感。反过来,有了荒诞感也就有了对人类亘古以来特别是现代社会生存状态的怀疑:"起来,公共汽车,四小时办公室或工厂里工作。吃饭,公共汽车,四小时工作,吃饭,睡觉,星期一二三四五六,总是一个节奏。"[②] 这种习惯成了自然的生活常轨其实也就包含着人与世界的荒诞关系。莫尔索就是一个具有荒诞感的人,所以,他必然在精神上游离出这个固定的

[①②] 郭宏安:《阿尔贝·加缪》,见柳鸣九编选:《萨特研究》,中国社会科学出版社,1981年,第484页。

生存方式,成为一个局外人。我们还需注意莫尔索作为局外人涵义的多层次性。第一,他是社会的局外人,理由如上所说;第二,他是他的情人的局外人。莫尔索的情人玛丽之所以喜爱莫尔索就"因为他挺怪";第三,他是我们读者的局外人,因为我们阅读小说时,发现难以按通常习惯的标准和方式评判这个人物。

问题自然过渡到《局外人》何以凭文学写作,全面彰显加缪的存在主义哲学意识,具体而言,小说《局外人》从三个方面实现了加缪存在主义哲学意识的诗性表现:

第一,小说以主人公第一人称方式自述而成,而主人公又是一个彻头彻尾的"局外人"。这样,一切外在事实的陈述也就全部经过了主人公心灵的过滤,一切客观的物象描写皆经过了主人公感情的浸染,于是,本来有联系的东西变成了难以理喻的任意堆积,本来有缘由的事物变成了可有可无的偶然个别。一句话,所有本来应该有逻辑关系的事物经主人公漠然麻木的记述而统统失去了社会认可的意义。比如,主人公为母亲送葬时,对母亲的老朋友多玛·贝莱兹的一段记述:"他又激动又难过,大滴的泪水流上面颊。但是,由于皱纹的关系,泪水竟流不动,散而复聚,在那张形容大变的脸上铺了一层水。"[①]社会共同认可的情感表现方式也就由于这种冷漠的叙述而被消解了内涵。再比如,主人公在法庭候审时的一段记述:"我们坐在门旁等着,隔着门,听见一片说话声、叫人的声音和挪动椅子的声音,吵吵嚷嚷地让我想到那些群众性的节日,音乐会之后,大家收拾场地准备跳舞。"[②]社会共同关注的严肃庄重的事件由于主人公这种无动于衷的叙述而顿时变得滑稽可笑。还比如主人公在法庭上倾听检察官讼词时的一段记述:"我听着,我听见他们认为我聪明。但我不太明白,平常人身上的优点到了罪犯身上,怎么就能变成沉重的罪名。至少,这使我感到惊讶……"[③]生命攸关的严重事件经过这种极度的心理错位和冷漠的叙述口吻而变得遥远、缥缈。更为重要的是,小说主人公使用了第一人称的叙述方式,但却没有通常的合乎逻辑的主观感受性。有的往往只

---

① 《局外人》,郭宏安译,见阿尔贝·加缪:《鼠疫 局外人》,顾方济、郭宏安等译,译林出版社,1999年,第20页。
② 同上书,第61页。
③ 同上书,第72页。

是与事理不相干的、来自于自然反射的心理情绪。比如主人公开枪杀人前的一段记述:"我等着,太阳晒得我两颊发烫,我觉得汗珠聚在眉峰上。那太阳和我安葬妈妈那天的太阳一样,头也像那天一样难受,皮肤下面所有的血管都一齐跳动。我热得受不了,又往前走了一步,仅仅一步。这一次,阿拉伯人没有起来,却抽出刀来,迎着阳光对准了我。刀锋闪闪发光,仿佛一把寒光四射的长剑刺中了我的头。就在这时,聚在眉峰的汗珠一下子流到了眼皮上,蒙上一幅温吞吞的、模模糊糊的水幕。这一泪水和盐水掺和在一起的水幕使我的眼睛什么也看不见。我只觉得铙钹似的太阳扣在我的头上,那把刀刺眼的刀锋总是隐隐约约地对着我。滚烫的刀尖穿过我的睫毛,挖着我的痛苦的眼睛。就在这时,一切都摇晃了。大海呼出一口沉闷而炽热的气息。我觉得天门洞开,向下倾泻着大火。我全身都绷紧了,手紧紧握住枪。枪机扳动了,我摸着光滑的枪柄,就在这时,猛然一声震耳的巨响,一切都开始了。"①杀人这么关系重大的事件,似乎毫无逻辑上的发生理由,只因为阳光、炎热、汗水所引发的情绪波动。小说中所有这些同日常事理相悖的、完全源自深度心理隔膜的叙述,无疑向人表明,人的存在之必要无法被证明,因而模糊、滑动、交错、破碎、琐细就是其本真的意味,体悟到了这种本真的意味,也就体悟到了某种深沉思想的坦率、明晰。这种语言效果用萨特的话说:"在读者和他的人物之间置放一块玻璃板。……玻璃似乎能让一切穿透而过,它只阻隔了一样东西,人的姿势的意义。"②

第二,与主人公性格一致的则是小说语言叙事风格上的枯燥、拘谨、呆板、闪烁、游离。它们具体体现为:有时候语言叙事笔调简练得近乎枯涩,比如大多句子都直接说明其行为:我走了,看见了,做了,说了,等等。这种对超乎寻常之枯燥的刻意追求无疑直接渲染了人生的荒诞、无意义。有时候大量运用互不承接的短句。比如对主人公与玛丽同看电影时的叙述:"晚上,玛丽把什么都忘了。片子有的地方挺滑稽,不过实在很蠢。她的腿挨着我的腿。我抚摸她的乳房。电影快结

---

① 《局外人》,郭宏安译,见阿尔贝·加缪:《鼠疫 局外人》,顾方济、郭宏安等译,译林出版社,1999年,第47页。
② 《加缪的〈局外人〉(1943)》,黄梅、黄晴译,见中国社会科学院外国文学研究所、《文学理论译丛》编辑委员会编:《文艺理论译丛》(2),中国文联出版公司,1984年,第346页。

束的时候,我吻了她,但吻得很笨。出来以后,她跟我到我的住处来了。"①这种语句比较准确地将生命存在的瞬间现时状态模拟了出来,也把人生的偶然性、漂泊性、不确定性展示了出来。正如萨特所言:"从一句话到另一句话,世界毁而复生。当一个词出现时,它来自虚无。《局外人》中的句子都是孤岛。我们从一句话跳到另一句话,从空无到空无。"②的确,这种每句话都是自立自足,语句与语句之间分隔空无的话语,更显现出人生生活的虚无破碎。它们没有了人们曾经极具乐观主义心境时对于事物因果联系的自信。语句仅仅回归于自然的排列。时间顺序代替了因果顺序。现实仅仅是个别因素的总和。与之同时,这种游离了因果律的、不相连贯的语句也展示了时间无情流失带给人生存的紧迫感、渺小感、孤独感。有时候故意把人物对话转化为间接引语。以此消解对话的相互勾连、疏通的常规意义,同时也就消解了人与人相互理解、认同的社会学意义。比如关于莫尔索与情人玛丽的一段爱情对话的描写:"她笑的时候,我心里又痒痒了。过了一会儿,她问我爱不爱她。我回答说这种话毫无意义,我好像不爱她。她好像很难过。可是在做饭的时候,她无缘无故地笑了起来,笑得我又吻了她。"③这种对话方式破坏了人物对话的特定语境,将语言变得枯涩、干燥的同时,也就将人生变得枯涩干燥了。

第三,小说基本上有故事,甚至有情节,但值得注意的有两点:首先,小说、故事是按时间的流逝而发生的自然延伸,比如小说一开始写主人公莫尔索去为母亲送葬:"今天妈妈死了。……我乘的是两点钟的汽车。……天一下就黑了。……一夜过去了。……天空中阳光灿烂……再如写主人公送别母亲后的活动:醒来的时候……晚上玛丽把什么都忘了。……我醒来的时候,玛丽已经走了。……一直睡到十点钟。……吃过午饭,我有点闷得慌。……五点钟……天有点暗了。……街灯一下子亮了。"其次,情节没有主要和次要之分,没有必然和偶然之分,一切微不足道的细节,都是后来故事发展的前因。传

---

① 《加缪的〈局外人〉(1943)》,黄梅、黄晴译,见中国社会科学院外国文学研究所、《文学理论译丛》编辑委员会编:《文艺理论译丛》(2),中国文联出版公司,1984年,第22页。
② 同上书,第348页。
③ 《局外人》,郭宏安译,见阿尔贝·加缪:《鼠疫 局外人》,顾方济、郭宏安等译,译林出版社,1999年,第32页。

统文学所追求的规律、本质在此完全回归了杂乱、现象的本然状态。当然,小说以一系列散漫无形的日常生活之流,构成现实生活本然状态呈现的同时,也就自然勾画它自身的一条情节主线:莫尔索为母亲送葬——与玛丽过日子——杀人受审。这里面本来也隐含着主人公自身生活世界和情感表现逻辑。然而当小说中的莫尔索在法庭受审时,诸位证人如实叙说了若干事实后,检察官却整理出另外一套解释。这种解释与莫尔索自身的生活世界和情感表现逻辑,形成了巨大差异,所以莫尔索一直觉得他们是在谈别的什么人。这种描写更真实地显现出了局外人的局外性,也更真实地显现出人与世界的隔膜、疏离、陌生。从这个意义说"《局外人》是一部表现矛盾、分裂、无所适从的小说"①。难怪莫尔索的情人玛丽在证人席上提供了证词后,突然情绪失控,泪水夺眶。这段记述是这样的:"忽然,玛丽大哭起来,说情况不是这样,还有别的,刚才的话不是她心里想的,是人家逼她说的,她很了解我,我没做过任何坏事。但是执达吏在庭长的示意下把她拖了出去。审讯继续。"②(注意此处也是如前所分析过的间接引语)。实际上,谁也没逼迫玛丽。她只是说了一些真话。但这些真话却被社会置换了话语语境,因此,它们无意间成了莫尔索罪名的证词。面对这种难以道明、难以说清的人生处境,我们终于理解了莫尔索的缄默与漠然。荒诞的世界、人生,任何语言和概念不仅无助于人与人的沟通,而且反而会加剧其荒诞世界的荒诞性。因此,沉默乃是语言的唯一方式,也是人类生存的唯一方式,更是"局外人"维持自己不受干预之局外性的唯一方式。由此,加缪笔下的局外人,实际上也是与现存荒诞世界消极对抗的人,这种消极对抗的人终于在后来的《鼠疫》里演化成了积极反抗的斗士。

加缪曾经把他的戏剧《卡利古拉》列为包括《西西弗的神话》和《局外人》在内的所谓"荒诞三部曲"来构思。《卡利古拉》以古罗马的暴君故事为题材,但是,戏剧却只是披着古罗马衣装的现代存在主义哲理剧,主人公同样不是一个古罗马暴君,而是一个像《局外人》中的莫尔

---

① 《加缪的〈局外人〉(1943)》,黄梅、黄晴译,见中国社会科学院外国文学研究所,《文学理论译丛》编辑委员会编:《文艺理论译丛》(2),中国文联出版公司,1984年,第341页。

② 《局外人》,郭宏安译,见阿尔贝·加缪:《鼠疫 局外人》,顾方济、郭宏安等译,译林出版社,1999年,第68页。

索一样,既充分意识到荒诞,又表现出蔑视荒诞的人物形象。剧情开始时,卡利古拉出走了三天,三天前与卡利古拉乱伦的妹妹突然死去。三天后回来的卡利古拉,完全成了一个人类社会生活的陌生人、局外人。17世纪的法国思想家帕斯卡尔认为,人"比致他于死命的东西高贵的多,因为他知道自己要死亡"①。卡利古拉也声称自己认识到了一个"极其简单、极其明了、有点儿迂拙,但是很难发现"的真理,那就是"人要死亡,他们并不幸福"②。通过死亡意味的咀嚼,卡利古拉完全领悟到了人生的荒诞。所以,剧中的舍雷亚对他说:"我们要想在这个世界里生活,就应该替它辩护。"卡利古拉回答说:"这个世界并不重要,谁承认这一点,就能赢得自己。"③卡利古拉自觉真理在握,却无法找到振聋发聩的言说方式。周围的人又普遍生活在浑浑噩噩和绝对迷信中。卡利古拉于是就像萨特的《魔鬼与上帝》中的主人公葛茨一样,不得不选择作恶来将世界的荒诞演绎到无法容忍的极端。所以,卡利古拉扮演着任意杀戮的暴君角色。同时,周围的人还生活在自我欺骗与谎言中。卡利古拉于是又把疯癫作为他可能选择的最佳表达方式,借以撕碎形形色色的集体假面。所以,邪恶的皇帝又不得不在佯狂中装疯卖傻、嬉笑怒骂、正话反说。当然,卡利古拉的邪恶残暴终于使他遇刺身亡,他梦想惊醒世人的愿望终归未能实现。这里面既有主观与客观相互悖谬的荒诞,又有主观超越客观的精神胜利。所以,卡利古拉有理由像《西西弗的神话》中的西西弗、《局外人》中的莫尔索一样,仍然充溢着意识到荒诞,并蔑视荒诞的幸福感,所以,临死的卡利古拉高声呼叫:"历史上见,我还活着!"④

戏剧《误会》更加强烈地传达了关于人生荒诞的痛苦感受。剧情写远离家乡多年的哥哥回到故乡,准备接母亲和妹妹到富裕的海边;渴望到富裕海边去生活的母女,却正是为了筹集必要的钱款而谋害了自己的亲人,这正是触目惊心荒诞的写照,正是人与世界、主观与客

---

① 帕斯卡尔:《思想录——论宗教和其他主题的思想》,何兆武译,商务印书馆,1985年,第158页。
② 《〈卡利古拉〉(四幕剧)》,见阿尔贝·加缪:《正义者》,李玉民译,漓江出版社,1986年,第73页。
③ 同上书,第80页。
④ 同上书,第159页。

观、动机与结果互为对立的荒诞明证。所以剧中谋杀了哥哥的玛尔塔告诉嫂嫂玛丽亚说:"要明白,无论对他还是对我们,无论是生还是死,既没有祖国可言,也没有安宁可言。这片幽深、没有阳光的土地,人进去就成为失明的动物的腹中食,总不能把这种地方称为祖国。"①

小说《鼠疫》除了继续了《局外人》对人与世界荒诞关系的阐释外,还进一步完整地阐释了《西西弗的神话》的寓意。具体而言,小说除了说明人与世界荒诞关系而外,还进一步宣扬了对荒诞的反抗。当然,这种反抗也就像西西弗的注定命运一样,无法阻挡鼠疫作为一场灾难的发生与蔓延。鼠疫其实也只是一种人生的处境,它逼迫不同人做出自己的选择。里厄医生最先意识到鼠疫的来临,他也最先清醒地认识到鼠疫的本质,他知道最后的胜利是不可能的。他是领导人们愤而反抗的中心人物。知识分子塔鲁也反对不战而降,他积极地投入对鼠疫的斗争。另外那位从巴黎来访的新闻记者朗贝尔,他几次试图以偷渡的方式逃出已封闭的奥兰城,回到情人身边。当他已经找到逃离的办法,来向里厄医生告别时,却受到了医生勇敢行为的鼓舞,领悟到一个人独自幸福是可耻的,最后决定留下来,同那些团结在医生周围做斗争的勇敢者们待在了一起。政府的小职员格朗是个生活和事业上的失败者,但他仍然一面思索自己小说构思里的第一句话,一面积极参加救护工作。神甫帕纳路开始时要人们逆来顺受,但一个无辜孩子的痛苦死亡,终于动摇了他对宗教教条的愚昧信守,使他认识到了邪恶的本性。商人科塔尔则一直热衷于黑市活动,希望鼠疫继续下去。小说通过描写不同的人面临相同境遇的不同选择,区分出了英雄与懦夫,从而也纵情讴歌了人的自由精神的伟大。当然,鼠疫作为人类命定的荒诞境遇,是不可能彻底根绝的。十个月后,鼠疫就像它来时一样,无声无息地消失了。里厄医生知道:"威胁着欢乐的东西始终存在,因为这些兴高采烈的人群所看不到的东西,他却一目了然。他知道,人们能够在书中看到这些话:鼠疫杆菌永远不死不灭,它能沉睡在家具和衣服中历时几十年,它能在房间、地窖、皮箱、手帕和废纸堆中耐心地潜伏守候。也许有朝一日,人们又遭厄运,或是再来上一次教

---

① 《〈误会〉(五幕剧)》,见阿尔贝·加缪:《正义者》,李玉民译,漓江出版社,1986年,第60页。

训,瘟神会再度发动它的鼠群,驱使它们选中某一座幸福的城市作为它们的葬身之地。"①

小说除了以寓言形式完整阐释了《西西弗的神话》的哲学意蕴以外,还由于第二次世界大战人类反法西斯斗争对加缪的影响,而具有了更丰厚的思想内涵:第一,小说中的反抗,已经超越了《西西弗的神话》所象征的人类对荒诞处境的心灵蔑视、精神超越式的反抗,而是体现为更为具体的正义与邪恶的斗争,体现为人们的努力奋斗,以此减轻事实上的痛苦,从而为人们争取不仅是主观精神上,而且也是客观现实里的幸福。这样,也就无形中将人与世界荒诞关系的抽象性,具体化为人类社会中实际存在的善与恶、正义与非正义的关系,从而,也就无意中让人领悟到每个人应该肩负的社会历史和现实的责任。第二,小说不是写一个人的经历,而是写整个城市,即某个社会集体的经历。以此,个人的反抗已然融汇到争取人类自由解放的集体事业中了。当然,小说中的斗争仍然不是受制于外在的某种义务和约束,而是忠实于自己的自由选择。

小说形象地阐明了存在主义的哲学思想,其主要体现在两个方面:首先,它仍然将勇于反抗的人描写为命定的孤独者,他们以自己的先知先觉精神,同周围的平常大众形成了尖锐、鲜明的区别。小说记载,当里厄医生开始隔离那些染病的病人时,病人对他深怀着冷漠的敌意,病人的家人则与他争吵、对其叫骂。里厄医生自始至终陷入一种注定的孤独之中。其次,集体的幸福仍然与个人的幸福构成尖锐冲突。其实,小说中的里厄医生有权利选择自己个人的幸福,因为这是具体的、忠实于自己的本真状态。人人皆有自由选择的权力,医生有权选择自己的义务和责任,朗贝尔有权利选择自己的幸福。所以,里厄医生从不阻止朗贝尔按自己的选择寻求逃逸。他甚至在心灵的深处还对朗贝尔的选择怀着理解、同情、支持和赞赏。当检察官已经注意到朗贝尔与走私者之间的联系时,里厄催促朗贝尔最好快一点实行他的逃跑计划。当朗贝尔问到为什么里厄不阻止他,反而催他快一点

---

① 阿尔贝·加缪:《鼠疫》,顾方济、徐志仁译,林友梅校,译林出版社,1997年,第260页。

行动时,医生回答说:"这可能是我自己也想为幸福出点力吧。"①小说中的朗贝尔与里厄的生活态度,几乎可以看作存在主义哲学的内在矛盾。一方面是个人的幸福权利,另一方面是个人对社会的义务与责任。从前者到后者全出于自己的自由选择,这种选择也无正确与错误的区别。正像朗贝尔表示要留下来以后,里厄所说:"世界上没有任何事物是值得人们为了它而舍弃自己的所爱。然而,不知什么原因,我自己就像您一样,也舍弃了我的所爱。"②

小说在艺术形式上也充分体现了加缪存在主义的哲学意识:第一,事件背景的抽象化。小说故事发生的奥兰城仿佛是人类的一个孤岛,它不处于任何具体的社会历史位置中,因而也没有任何具体的人类社会历史条件。小说完全是一则人类抽象处境及其斗争的寓言。降临到人类头上的灾难,也不是具体的战争,而是不知从何缘起,也不知为何消退的自然灾害。它的发生、发展、消失皆不以人的意志为转移,更不受人的理智制约。人们面对它只能束手无策,因为荒诞是无须证明的事实;但人又不能束手无策,因为人的尊严与价值就在于反抗荒诞。第二,故事叙述的记事化。小说是通过一个平静而客观的目击者的角度,予以记事化的平淡叙述。既没有抒情的议论,也没有激烈的评说。一方面继续突出人在荒诞现实面前的软弱无力,以见怪不怪的心理暗示,将人类灾难变成了人类日常生活的一部分,从而彻底置人于命定荒诞的深渊之中;另一方面又突出了身处荒诞境遇中的主人公自由选择的自由精神。这里完全没有外在的允诺,也没有内在的羁绊;没有先验的好坏引导,也没有明确的善恶指示;主人公注定只能按自己属于人的自由本性,做出自己的自由选择。

戏剧《正义者》如同小说《鼠疫》,人的反抗已经超越了《西西弗的神话》所象征的人类对荒诞处境的心灵蔑视、精神超越式的反抗,而是体现为更为具体的正义与邪恶的斗争,体现为人们的努力奋斗,以此减轻事实上的痛苦与死亡,为人们夺得不仅是主观精神上,而且也是客观生活中的幸福。人与世界荒诞关系的抽象性,也具体化为人类社

---

① 阿尔贝·加缪:《鼠疫》,顾方济、徐志仁译,林友梅校,译林出版社,1997年,第165页。

② 同上书,第170页。

会中实际存在的善与恶、正义与非正义的关系,从而,也就无意间让人领悟到每个人应该肩负的社会历史、现实责任。所以,《正义者》中的人生荒诞更具体化为沙皇暴政。主人公卡利亚耶夫却因为看见大公乘坐的马车上坐着两个儿童,所以放弃了刺杀行动,致使革命党人的行动计划失败。但卡利亚耶夫并不是懦夫,他最后终于完成了革命党人的刺杀计划,并且以大无畏的崇高精神英勇牺牲。加缪围绕具体的反暴政刺杀行动,展开了他关于革命与人道、行为与道德、手段与目的的深入思考,体现了存在主义对传统理性主义合理性的反思。

1. 为什么说加缪的文学创作仍然表现了存在主义的哲学意识?
2. 如何理解加缪刻画了从人类主体精神的角度意识到荒诞,并对荒诞持蔑视态度的人物形象?
3. 如何理解《局外人》对存在主义哲学意识的诗性表现?
4. 比较加缪的《局外人》《卡利古拉》与《鼠疫》《正义者》的哲学内涵变化。

1. 埃贝尔·R·洛特曼:《加缪传》,肖云上、陈良明、钱培鑫译,漓江出版社,1999年。
2. 罗歇·格勒尼埃:《阳光与阴影——阿尔贝·加缪传》,顾嘉琛译,北京大学出版社,1997年。
3. 柳鸣九、沈志明主编:《加缪全集》,四卷版,河北教育出版社,2002年。
4. 阿尔贝·加缪:《西西弗的神话——论荒谬》,杜小真译,生活·读书·新知三联书店,1987年。
5. 中国社会科学院外国文学研究所、《文艺理论译丛》编辑委员会编:《文艺理论译丛》(3),中国文联出版公司,1985年。
6. Abraham Sagi. *Albert Camus and the Philosophy of the Absurd*. Amsterdam. New York: Rodopi, 2002.

第四节　波伏瓦

一　存在主义女作家

西蒙娜·德·波伏瓦(Simone de Beauvoir,1908—1986),20世纪法国最重要的作家之一,存在主义的见证人,著名的女性主义者。1986年4月15日她在巴黎去世。当时法国总理希拉克曾这样评价这位杰出的法国女性:"西蒙娜·德·波伏瓦逝世的消息标志着一个时代的结束。她的介入文学曾经代表了某些一度给我们的社会打上明显标记的思潮。作为一位作家,她那无可争议的才具使她在整个法兰西的文学史上占有一席之地。"[①]

波伏瓦1908年1月9日生于巴黎一个信奉基督教的资产阶级家庭。她父亲是律师,学识渊博,喜爱文学。童年时代她曾接受母亲的宗教熏陶。6岁进教会学校,但她从少年时代起就开始表现出对旧秩序的怀疑,对新思想的追求。14岁时她放弃了宗教信仰。她说:"死亡的沉默,我是怀着恐惧的心情发现的……于是,上帝成了天空深处的一个抽象概念。有一天晚上,我便把这个概念抹掉了。"[②]因为她的聪慧,大学同学都称她为"海狸"(beaver)。1926年,她在大学时代结识了萨特,以后成为萨特的终身伴侣。为了表示对传统的叛逆,他们不举行婚礼,保持各自的独立与自由。他们两人各自都有过外遇,但他们之间的紧密关系经受住了考验。波伏瓦一生几乎同萨特一起生活、写作、旅游、战斗。1929年他们二人同时获得哲学教师资格。从1931年起,她先后在马赛、里昂、巴黎等地任教。1943年发表处女作《女客》,从此辞去教职,开始专心从事文学创作。

20世纪40年代是波伏瓦文学创作的高峰时代,她这时期创作的主要是作品有《他人的血》(1944)和《人都是要死的》(1947)。1949年

[①] 李清安、金德全选编:《西蒙娜·德·波伏瓦研究》,中国社会科学出版社,1992年,第738页。

[②] 莫洛亚:《从普鲁斯特到萨特》,袁树仁译,漓江出版社,1987年,第184页。

她发表了讨论妇女问题的专著《第二性》。之后她又发表了小说《名士风流》(1954),这部小说曾使她荣获龚古尔奖。她曾与萨特一起创办《现代》杂志,参与国内外的社会政治活动,反对殖民主义,反对法国对阿尔及利亚的战争,反对法西斯主义,曾一度对当时的社会主义苏联寄予希望,对新中国表示友好。1955年她同萨特等人一起访问了中国,回国后发表了描写中国印象的游记作品《长征》(1957)。50年代后期,波伏瓦的写作转向散文、随笔、游记、回忆录、政治或学术论文。她的四部自传性作品《一个乖女孩的回忆》(1958)、《年富力强》(1960)、《势所必然》(1963)、《归根到底》(1972),勾勒了作家从童年到晚年的生活经历,在读者中曾引起过强烈反响。

波伏瓦的文学作品以小说为主。晚年波伏瓦曾用这样一段话来概括自己的创作观:"对我的作品我一向都是非常下功夫的,但我并未因此而想使自己成为一位写作高手,比如说,像维吉妮亚·伍尔夫那样。这不是我感兴趣的东西。我也没有像巴尔扎克或左拉那样尽力用现实主义的方法去如实地反映世界,尽管这种方法可能是非常好的。我确实只是力求从自己的经历中挖掘出尽可能多的事情,把凡是能表现出来的一切都表现出来,以便使这些作品有益于他人。"[①]这说明波伏瓦的作品既不属于传统的现实主义小说,也不属于新兴的现代主义小说。她的小说大多用存在主义哲学作为指导思想,深刻地刻画在危机的时代、危机的社会中危机的人与人之间的关系,并从哲学原理出发加以解释和说明。这就是存在主义作家所提倡的"介入文学"。在创作方法上,她博采众长,常常采用现实主义与现代主义相结合的手法来表达他的思想观念。萨特曾说,波伏瓦是他"唯一完全信任"的朋友,她是"唯一完全理解"萨特思想的人。她所塑造的人物形象大多是女性形象,主要表现两次世界大战之间及战后青年知识分子的精神状态。

[①] 李清安、金德全选编:《西蒙娜·德·波伏瓦研究》,中国社会科学出版社,1992年,第400页。

二 从《女客》到《名士风流》

《女客》通常被认为是与萨特《厌恶》齐名的存在主义作品。小说描写女作家弗朗索瓦兹和戏剧表演艺术家皮埃尔相亲相爱、形影不离,他们几乎有着完全相同的思想和感情,但是,一次偶然的机会,他们认识了性格孤僻、多疑、敏感的少女格扎维埃尔,于是他们想方设法帮助这位女客从外省来到巴黎,试图创建一种崭新的三人恋爱关系……以上是小说的主要故事情节。但是,作者的重点显然并不是讲述故事,而在于写人物的意识、感情,并进而表述存在主义哲学思想。

小说提出了这样一个问题:建立三人恋爱关系,这可能吗?传统的恋爱关系、婚姻关系,乃至一切不同类型的性爱关系,都是男女两人的关系,三人恋爱/性爱从根本上违背了传统伦理道德规范和约定俗成的习惯。然而,在存在主义者看来这种三人恋爱关系却完全是可能的。萨特有一个著名的命题,即"存在先于本质"。存在便是人的存在,人是先存在,然后才选择自己本质;物质的存在却不是这样,它们是"本质先于存在",譬如一把刀子,人们在生产之前早就设计好了它的功能、样式乃至颜色,它只能这样被生产出来。而人存在之前却是虚无,没有什么能够在人存在之前决定人的本质是什么,上帝不行,经济基础不行,阶级出身更不行。这里没有决定论,只有自由选择,所以,对于人而言没有任何的终极目的和绝对的价值标准。既如此,恋爱/性爱也就不可能有先天设计好了的内容和形式,二人恋爱不可能是唯一的内容和形式,三人、四人乃至五人恋爱同样是可能的。在小说第一部的结尾处,一男二女在经过一段极为短暂的交往后,终于互相理解,建立起一种完美的三人恋爱关系。弗朗索瓦兹说得好,"一对和谐结合的夫妇已经很美好,而三个竭尽全力彼此相爱的人更加多彩多姿"。弗朗索瓦兹还对皮埃尔这样说:"你不是一个夹在两个女人之间的男人,而是我们三个人形成某种特殊的组合,也许是很困难的组合,但是有可能是很美很幸福的。"①

但是这种美妙的三人恋爱只是昙花一现,随即他们便坠入无穷无

---

① 西蒙娜·德·波伏瓦:《女客》,周以光译,安徽文艺出版社,1994年,第221、218页。

尽的猜疑、嫉妒、仇恨和相互折磨之中,这大概应算是存在主义的最重要的思想之一,用萨特的话来说,就是"地狱,就是别人"。三人中任何一人的专一恋情都是对第三者的伤害和嘲讽,而由此引起第三者的猜忌与仇恨又会通过各种方式(包括自戕)去争取专一的恋情,这样,原来的第三人就变成了第一人,新一轮的伤害和仇恨又重新开始……在这种循环中被伤害者总是去三人之外寻求恋情,以对二人进行报复,同时也是一种精神慰藉,但这便意味着三人关系的破裂和终结。皮埃尔不能容忍格扎维埃尔在感情上对自己有一丝一毫的背叛,一旦发现她同别的男人有来往,他便暴跳如雷,跟踪、偷听、在钥匙孔里窥视,做出了种种自己也觉得十分可耻的行为,最后毅然决然地同她断绝往来;格扎维埃尔不能忍受皮埃尔和弗朗索瓦兹的和谐亲近,她在舞厅里漠然而又坚决地用烟头焚烧自己的胳膊,她通过吸毒、通过同自己并不爱的人发生性行为来引起皮埃尔对自己的关注;弗朗索瓦兹原本想帮助格扎维埃尔彻底摆脱外省庸俗无聊的生活,在巴黎同他们一起创造一种崭新的生活,但当格扎维埃尔一点一点地毁灭弗朗索瓦兹原有的生活,并使得她同皮埃尔的爱情几乎不再成为可能时,弗朗索瓦兹也开始移情别恋,最后她打开了煤气阀门,谋杀了格扎维埃尔,完成了自己的选择。小说中每一个人都做了自己的选择,但每个人的选择就是对他人的伤害、占有,小说卷首所引用的黑格尔的那句题词"每一个意识追求另一个意识的死亡",其寓意就在这里。

《他人的血》描写了在抵抗运动时期各种各样的人的选择。让-布劳马是一个富有的印刷厂主的儿子,父亲财产的唯一继承人,家庭物质条件优厚。他从小受母亲溺爱,但长大后却受到进步思想的影响,参加了法国共产党的活动。他同家庭决裂,离家出走,当了一名普通工人。他参加工人运动,加入了共产党。由于目睹了受他的影响而参加革命的人被打死,他感到由于自己的选择,别人的血白白地流了。他开始远离政治运动,但德国法西斯入侵使他醒悟。他应征入伍,当了一名普通战士,开赴前线。他的未婚妻海伦却通过空军司令的关系将他从前线调回后方巴黎。布劳马感到十分气愤,于是同未婚妻断绝关系,再次奔赴前线。他在一次战斗中负伤回巴黎,成为一名抵抗运动的组织者。海伦是一个性格复杂、心灵手巧的姑娘。她是商店里的售货员,擅长画画。她得到布劳马的爱情后便沉湎在幸福之中。布劳马和她断绝关系后,她曾一度与一位德国军官来往密切。但是,当她多次目睹德国法西斯的兽行后深受震动,终于醒悟。她回到布劳马身边,参加了抵抗运动。最后,她为了营救战友,单身行动,救出了别人,自己却胸部中弹。她在临死前非常满意自己的选择:"我不想有另一种生活。""我做了我想做的。"①在这里,波伏瓦探讨了存在主义哲学里的一个重要问题,即"自由"的问题。人是自由的,海伦的选择说明了这一点。但是,让-布劳马同时也痛苦地感受到,在现代社会里个人总是难以摆脱他人的影响。譬如,布劳马袭击德国法西斯,却使12名法国人质被法西斯枪杀。小说中浓郁的哲学色彩使得人物的心理活动显得单一而平淡,人物的个性也被哲学的普遍性所冲淡。

《人都是要死的》是一部描写死、思考死的长篇小说。小说开篇,女主人公青年演员雷吉娜在外省演出大获成功,"谢幕五次"、掌声、欢呼声如瀑布湍流、山石滚动隆隆而来,一种迅猛的力量把她吹离了地球,向着天空飞去。然而她的咽喉深处却有一股酸味。一晚愁眉苦脸,她感到眼前的这种成功会转瞬即逝,就像她寄寓其中的那些毫无特色的旅馆房间,多少人来来往往,没有留下一点痕迹,她也不会在那里留下痕迹的。"这就是死亡。"②雷吉娜清醒地意识到了自己的死的可能性。因此,当她发现那个天天躺在花园的长椅上的怪人长生不老时,她更加忍受不了自己的死。雷吉娜一心要逃避死亡,向往长生不老。这个长生不老的疯子叫福斯卡,他曾经像雷吉娜一样渴望逃避死亡。他于1279年5月17日生于意大利卡尔莫那的一座宫殿里。福斯卡的家乡卡尔莫那属于一个专制君主国家。在这个暴君统治的国家里,到处是暴力,时时可能发生暗杀和谋杀。福斯卡在童年时代就见过许多死亡:暴君弗朗索瓦被弟弟贝特朗谋杀,贝特朗又被皮埃尔杀掉了,皮埃尔被入侵的热那亚人捅死,新君主又被年轻人暗杀……最后,1311年2月12日福斯卡射杀了马西格利,自己做了城邦的君主。这时,他最忧虑的便是自己的死亡。不过,当一位80岁的老乞丐在被处死前,将他的祖父从埃及带来的长生药献给福斯卡时,情形便

---

① 西蒙娜·德·波伏娃:《他人的血》,葛雷、齐彦芬译,中国书籍出版社,1999年,第254页。
② 西蒙娜·德·波伏瓦:《人都是要死的》,马振骋译,外国文学出版社,1985年,第16页。以下有关小说的引文均出于此,不再另注。

发生了根本的变化。福斯卡抓起盛长生药的瓶子,灵魂战栗,"我今后可以做多少事"。于是,他喝下了这长生不老药。接下来,福斯卡便开始了他那无穷无尽的生命。随后,他的妻子死了,儿子、孙子也死了,伙伴们也都死了,只有福斯卡活着,他再也没有同时代的人了。福斯卡感到过去的一切皆从他身上消失了,他没有回忆、没有爱情、没有义务。他在这个世界上昂然而立,生气勃勃,自由自在,但却永远的孤独。福斯卡因为不会死,他所做的事和他的品质都变得毫无价值。于是,长生不老的福斯卡做梦都想死,他曾试图自杀,但失败了。他活着,但他不吝啬、不慷慨、不勇敢、不胆怯、不恶毒、不善良,事实上他什么人都不是。福斯卡最后彻底绝望了,他说:"他最不愿意要的,就是永生。"永生其实是一种天罚。

在以往的文学作品中,死亡往往被描绘成一种外部事件,一种外在经验;作者重在揭示和探讨造成死亡的社会的和生理的原因,或死亡对他人的影响及其价值,这从古希腊悲剧到托尔斯泰的小说概莫能外。只有到了波伏瓦笔下死才不再作为一种生物的人的终结,也不再是表现为生命的自然完成这种意义上的死,而本质上是属于人的一种最极端的可能性。人一旦真正懂得了这一极端可能性的重要意义,他就能在一种对死的神秘期待中,在主观意识为死所作的准备中达到其最高的理想存在形式。我们不需要,也不可能在死亡之前或死亡之后去寻找死的意义和价值,死不是存在的根本否定和消逝,而是存在的终极目的。我们正是面对死亡而自由地选择了自己的生活方式,没有任何人能告诉你哪种生活更有意义或更有价值。以上也许就是波伏瓦小说的主要意义和价值所在。

《名士风流》描写一群法国知识分子面临德国法西斯的入侵,面临战后各种政治势力的复杂斗争所做出的生活选择。狄布勒伊是知名的作家和思想家。第二次世界大战爆发后他全身心地投入反抗纳粹德国的斗争,成为一名社会活动家和政治家。战后他组织了一个与法国共产党联合但又保持自己独立性的左派,但他在那个无情的政治格局中受到了来自左和右两方面的沉重压力。同时,他的家庭也出现了严重的危机,女儿精神崩溃,妻子另有所爱。最后他不得不承认自己的失败。安娜是狄布勒伊的妻子,她是一位出色的精神分析医生。无论外部世界发生了多大变故,她都坚守自己宁静专职的生活。但战后她的个性却觉醒了,她不能忍受与年长的丈夫没有爱的生活,她有了外遇,这几乎摧毁了她生活的全部支撑点。亨利是个早已成名的作家。他是狄布勒伊的朋友。他一方面由于人道主义信念,同情左翼的朋友和他们的事业;另一方面他信奉不介入的原则,因此他常常与朋友们的思想行为发生冲突。樊尚是一位充满活力的编辑兼记者,是左派知识分子中的愤怒青年。他对那些在战时出卖过犹太人的人进行恐怖谋杀,但他自己又一直躲避着法律的追究。纳迪娜是狄布勒伊和安娜的女儿。她曾经有过纯真的少女时代,但战争在她心灵上造成的创伤,使她成了一个玩世不恭的人,对什么都无所谓,拒不承认任何意义和价值。小说表现了第二次世界大战后法国一部分"左翼"知识分子的精神危机。全书以"谁知道呢?"作为结尾①,体现了法国战后这个困顿时代的精神特征。小说通过人物的自由和选择,也呈现了存在主义哲学的基本精神。小说中的人物都意识到自己有选择政治立场与生活道路的自由,但他们在具体的选择过程中又总是遇到各种障碍和阻力。

波伏瓦在西方社会通常被看作是女权主义的代表。这固然与她在文学作品中对女性形象的塑造有关,但更重要的是,她出版了专门研究妇女问题的专著《第二性》(*The Second Sex*)。该书被誉为"有史以来讨论女人的最健全、最理智、最充满智慧的一本书",被尊为西方妇女的"圣经"。

全书分为两部分:第一部分:事实与神话。作者分别从生物学、心理学与经济学的观点,探讨自原始时期到法国大革命之后西方妇女所处地位的历史演变过程及有关女性的种种神话。第二部分:当代女性。分析说明妇女有童年至老年的实际经历,解说她们发展的过程,探讨她们共同的处境。所涉及的问题主要有:一、为什么妇女会成为次于男人的第二性;二、考察女性的心理成长史;三、妇女如何获得自由、独立和人格的尊严。

波伏瓦在这部著作中提出了一个著名的论点:"女人不是生来就是女人,而是变成了女人。""一个人之为女人,与其说是'天生'的,不如说是'形成'的。没有任何生理上、心理上或经济上的定名,能决断女人在社会中的地位,而是人类文化之整体,产生出这居间于男性与

---

① 西蒙娜·德·波伏瓦:《名士风流》,许钧译,北京师范大学出版社,1996年,第834页。

无性中的所谓'女性'。唯独因为有旁人插入干涉,一个人才会被注定为'第二性',或'另一性'。"①这也就是说,女性形象是由男权中心的传统塑造而成的,是男人的欲望、权力和话语塑造了所谓妇女的形象。正因为如此,妇女才一直处于从属于男性的地位。几千年来女人说的都不是自己的话,而是男人的话,并且,女人对此始终毫无觉察。为什么?因为女人话根本就不存在。所有的"话"都是男人制造的,或者说创造的。在所谓的"现实""历史""文化""自我""权威""价值"等问题上,以往文化经典的绝大多数文本不仅把男人置于问题的中心,把男人作为上述概念的代表,而且几乎处处表现一种对于女人的歧视甚至憎恨。这就是波伏瓦揭示的历史和社会的本相。

关于爱情的痛苦和矛盾,波伏瓦也有精彩的分析和描述:

她希望完全占有他,却又不希望剥夺了他独立的男性气概,可是又希望他因为她的奉献给他的力量去完成事业,显赫世界。假如两个情人同时沉入绝对的热情之中,双方面都会失去自由,最后死亡是唯一解脱的路。

……

女人想完全占有,但是又要求他把任何可能据为己有的东西转变成礼物赠送给她:一个自由无拘的人是不能被别人占有的。②

女人总是尝试去隐藏一点事实,就是男人没有她一样能生活。那是因为她希望有他去证明自己的存在。假如他对她是不可少的,她就等于丧失了自由;但是假如他非她不可,他非但不是英雄,甚至不成为男人。③

波伏瓦认为,理想的夫妻境界应当像这样:

夫妻不应该被看成一个单位,一个与外界隔绝的细胞;每一

---

① 西蒙·波娃:《第二性——女人》,桑竹影、南珊译,湖南文艺出版社,1986年,第23页。
② 同上书,第449—450页。另外可参见陶铁柱的译本,中国书籍出版社,1999年,第744、747、751、754、750、545页。
③ 同上书,第453页。

个人都应该是社会的一部分,可以独立自由发展;然后同样能适应社会的两个人,才能大大方方地联合,男女的结合才能建立于互相认清对方的自由之上。

有些男女以强烈的性爱结合,在交朋友和工作上则不互相牵制;有些结合是建立在友情上,性自由则不受妨碍;比较罕有的是集情人与朋友于一身,但个人仍保存独立性,不以对方为唯一生存的目的。男女同爱好,在合作和恋爱之中,他们可以给对方无穷的喜悦、财富或权力。婚姻的失败不应责备个人,相反地,应责备婚姻制度本身从一开始便走错了路。①

波伏瓦的贡献是多方面的。"对于她自己一生中所提出的各种问题,波伏瓦并不总是给予确定的答案。但是,她不断地提出一些最基本的问题:如何生活?如何成为一个女人,成为一个男人?如何为生存而行动?"②正是这些提问促使我们去思考、选择和行动,而答案却在每一个人自己的心中。

1. 波伏瓦文学创作的主要特征是什么?
2. 如何理解《女客》和《人都是要死的》?
3. 《第二性》的主要内容及其价值是什么?

1. 李清安、金德全选编:《西蒙娜·德·波伏瓦研究》,中国社会科学出版社,1992年。

---

① 西蒙·波娃:《第二性——女人》,桑竹影、南珊译,湖南文艺出版社,1986年,第257页。
② 李清安、金德全选编:《西蒙娜·德·波伏瓦研究》,中国社会科学出版社,1992年,第746页。

2. 西蒙·波娃:《第二性——女人》,桑竹影、南珊译,湖南文艺出版社,1986年。
3. 西蒙娜·德·波伏瓦:《女客》,周以光译,安徽文艺出版社,1994年。
4. 西蒙娜·德·波伏瓦:《人都是要死的》,马振骋译,外国文学出版社,1985年。
5. Alison T. Holland and Louise Renée eds. *Simone de Beauvoir's Fiction*: *Women and Language*. New York: Peter Lang, 2005.

第五节　存在主义文学在中国

一　存在主义在中国的最初译介

存在主义最早为中国知识分子所知,应该追溯到40年代。一些旅欧中国作家对当时风行欧洲的存在主义有所反应,虽然当时中国的情况不可能使这样一种西方思潮迅速深入,也没有造成多少影响,但随着这些文学青年把现代诗歌引入大学,还是把存在主义的某些信息传到了中国知识界。①

存在主义作为一种以人的存在为中心,并强调人的个性和自由的哲学理论,主要应该指克尔凯郭尔为先驱,胡塞尔提供方法论,海德格尔奠立本体论基础,包括雅斯贝尔斯、萨特、加缪等为主要代表的现代西方哲学思想潮流。当然,存在主义由于其现代人本主义哲学,共同具有的价值论倾向和价值观念转变,必然与现代西方其他人本主义哲学具有某种特殊关系,比如叔本华哲学的非理性主义、尼采哲学的个人主义、狄尔泰和柏格森的生命哲学等,都或者具有同存在主义哲学追求殊途同归的生命存在意识,或者具有同存在主义哲学理论的互为精神渊源关系。比如《中国大百科全书·哲学》在"存在主义"词条就明确指出:"西方哲学中的反理性主义思潮,对于存在主义的形成,产生了更为直接的影响。""A. 叔本华的反理性主义和悲观主义、F. W. 尼采的虚无主义和极端个人主义、W. 狄尔泰和 H. 柏格森等人的哲学都

---

① 张祥龙、杜小真、黄应全:《现象学思潮在中国》,首都师范大学出版社,2002年,第116页。

是存在主义的重要理论来源。"① W. B. 弗里西曼主编的《20世纪世界文学百科全书》在"存在主义"词条,甚至把存在主义的思想先驱追溯到17世纪法国哲学家帕斯卡尔,并且明确指出克尔凯郭尔、尼采、陀思妥耶夫斯基在存在主义发展初期具有重要贡献。所以,不少学者曾经从更加宽泛、广义的角度将类似的人本哲学,也归类于存在主义哲学。比如美国的 W. 考夫曼所著的《存在主义》就不但包括尼采,甚至还包括了陀思妥耶夫斯基、里尔克、卡夫卡。我国学者徐崇温主编的《存在主义哲学》也包括了尼采。如果从这个更加宽泛、广义的角度谈存在主义在中国的传播和影响,则必然会包括叔本华对王国维的影响,尼采对朱光潜和鲁迅的影响,以及里尔克对冯至的影响,等等。

王国维曾经介绍了叔本华关于艺术是为了摆脱人生痛苦的观点,并借用叔本华的哲学思想阐释解读《红楼梦》,认为《红楼梦》的美学价值可谓叔本华最为看重的第三种悲剧:"由于剧中之人物之位置及关系而不得不然者;非必有蛇蝎之性质与意外之变故也,但由普通之人物、普通之境遇,逼之不得不如是;彼等明知其害,交施之而交受之,各加以力而各不任其咎。""彼示人生最大之不幸,非例外之事,而人生之所故有也。"② 王国维通过解读《红楼梦》在人生生命存在层次上的悲剧,其旨意在于引导人们追问有限时空里的生命意义。朱光潜先生晚年自述说:"一般读者都认为我是克罗齐式的唯心主义信徒,现在我自己才认识到我实在是尼采式的唯心主义信徒。在我心灵里植根的倒不是克罗齐的《美学原理》中的直觉说,而是尼采的《悲剧的诞生》中的酒神精神和日神精神。"③ 朱光潜由此而倡导一种审美的人生态度。鲁迅接受尼采影响,首先形成了自己独特的为人和为文个性,所谓"盖唯声发自心,朕归于我,而人始自有己;人各有己,而群之大觉近矣"④ 是讲他的为人态度,所谓"绝望之为虚妄,正与希望相同"⑤ 是讲他的为文

---

① 中国大百科全书总编辑委员会《哲学》编辑委员会、中国大百科全书出版社编辑部编:《中国大百科全书·哲学》Ⅰ,中国大百科全书出版社,1985年,第110页。
② 王国维:《王国维文学论著三种》,商务印书馆,2001年,第14页。
③ 朱光潜:《中译本自序》,《悲剧心理学——各种悲剧快感理论的批评研究》,人民文学出版社,1983年,第1—2页。
④ 鲁迅:《破恶声论》,《集外集拾遗》,人民文学出版社,1973年,第19页。
⑤ 鲁迅:《希望》,《野草》,人民文学出版社,1973年,第17页。

精神。一句话,尼采孤独高傲、独立不羁的反叛精神,深刻地影响了鲁迅立人为文的性格。如同汪晖所说:"鲁迅终其一生都保留着对尼采的兴趣,那种深刻的孤独感、人生悲剧感和大破坏、大激愤、大憎恨、大轻蔑的情绪方式,久久地萦绕在鲁迅的灵魂深处,使人仿佛听到了尼采的遥远的回声。"①冯至在德国留学期间,亲耳聆听过雅斯贝尔斯的哲学课。冯至的历史小说《伍子胥》,则"使我们理解到 40 年代体验型的小说,是如何在现实生活与历史生活的错综之中,升华出一个存在主义的人生命题:在关于怎样取舍的决定中,使人感受到了生命的意义。'复仇'的主题被消解、转化为一个'抉择'的主题"②。冯至的诗集《十四行集》更抒发了他关于人的生命的形而上思考,使其成为具有存在主义哲学意蕴的生命沉思者之歌。

如果我们更倾向于将存在主义哲学仍然限制在克尔凯郭尔为先驱,胡塞尔提供方法论原则,海德格尔奠立本体论基础,包括雅斯贝尔斯、萨特、加缪等为主要代表的现代西方哲学范围里,同时更强调说明存在主义的文学如何在中国传播和产生影响,那么,我们的讨论则主要围绕萨特为代表的无神论存在主义文学,如何在中国逐步传播并且产生相应影响。但是,因为存在主义哲学与文学的互相包容和互为阐释性,我们的讨论又不得不涉及关于克尔凯郭尔、胡塞尔、海德格尔、雅斯贝尔斯的哲学,同时如何在中国逐步传播并且产生相应影响的问题。

1934 年 12 月,《清华周刊》出版了"现代思潮特辑",中国学术界通过介绍日本深受德国存在哲学影响的"京都学派"的哲学,间接介绍了德国的存在主义哲学。以后又有冯至、熊伟、宗白华等留学德国的青年学子回国,直接介绍了德国的存在主义哲学。1943 年 11 月,《明日文艺》刊发了萨特短篇小说集《墙》中的一个短篇小说《房间》的译文,译者署名为"展之"。1944 年 2 月,《文阵新辑——纵横前后方》刊发了萨特短篇小说集《墙》中的同名短篇小说《墙》的译文,译者是荒芜先生。1947 年,戴望舒先生又重译和发表了短篇小说《墙》,并在所写的

---

① 汪晖:《个人观念的起源与中国的现代认同》,《汪晖自选集》,广西师范大学出版社,1997 年,第 132 页。
② 钱理群、温儒敏、吴福辉:《中国现代文学三十年》(修订本),北京大学出版社,1998 年,第 508 页。

附记中简要地介绍了萨特。同时,法国留学归来的青年学子罗大冈也根据卞之琳的建议,以中国式的译名《义妓》翻译了萨特的剧本《恭顺的妓女》,并在其译序中,阐释了萨特存在主义的思想和《义妓》的主旨。另外,学术界也出现介绍法国存在主义哲学的文章,比如罗大冈撰写的《存在主义札记》、孙晋山撰写的《所谓存在主义》,以及陈石湘撰写的《法国唯物主义运动的哲学背景》等,比较详尽地介绍了法国萨特存在主义的哲学思想。法国存在主义文学也正式在中国得到介绍。也可以说,这个时期是中国早期集中介绍存在主义文学的一个高潮。不过,存在主义所宣扬的个体基础上的自由选择,因为不能成为积极解决中国民族存亡紧迫问题的精神力量,所以,在当时终归难以契合中国民众最广泛的共鸣和响应。

二 存在主义及其文学在中国的接受和影响

解志熙在他的专著《生的执著——存在主义与中国现代文学》中这样评述了存在主义在现代中国的传播和接受:"如果说存在主义在现代中国注定只能有一个寂寞不遇的命运的话,那么这个'命运'在某种程度上被文学界打破了。当然在现代中国文学界也只有少数特出之士对存在主义有真正的领会与发挥,但是比起哲学界的冷遇与迟钝来,文学界的反应的确称得上是敏感和热忱。"这里他首先提到了鲁迅,"鲁迅接受尼采和克尔凯郭尔这两个存在主义先驱者的影响是相当早的,一直可以追溯到他留日之时(1902—1909)"。在鲁迅的《野草》中,"对孤独个体在世的荒诞性的揭露,对现代人因失去人生意义之源而来的那种根本的虚无与焦虑的体验,对绝望的反抗和'先行到死'的强调……都可以说与现代存在主义的观点不谋而合"。随后作者又论及了汪曾祺、冯至、钱锺书等与存在主义的关系。"张永淇和汪曾祺写于不同年代的作品从不同侧面表现了一个共同的存在主义主题:人应该成为他自己,自觉地承担起自己存在的全部责任,去进行自我选择和自我创造。这也就是人的自为问题。""冯至努力结合中国的实际对存在主义加以创造性的转化和创造性阐释,反复申说一种'正当的死生'和'认真的为人'的人生态度,尤其强调存在的决断(即自由选择)在人生中的意义,殷切希望通过对人的存在状态的拷问来唤醒每个人追求真实存在的自觉、勇气和良知,以期由个人的存在自觉达到民族群体的自觉与复兴。""钱锺书则超越民族的范围而把现代文明的弊端和现代人生的危机当作一个世界性的人类性的问题来思考,并在广泛吸取包括尼采和克尔凯郭尔在内的西方现代思想家的文化观和人生观的基础上,进一步把这种思考提到形而上的高度,遂使他笔下的'围城世界'和'围城人生'成了人类荒诞的存在困境的本体性象征。"具体地说:"钱锺书的《围城》和萨特的《理性的时代》是殊途同归,而与加缪的《局外人》则如出一辙。如果说萨特的《理性的时代》是直接从正面来肯定个人的自由和自为的勇气,并把这种自由和勇气推到极端的话,那么钱锺书的《围城》和加缪的《局外人》则是从反面来启示人们,当孤独的个人面对虚无的人生和荒诞的存在处境时,有没有一种个体主体性,有没有一种敢于独立自为的勇气,一种不畏虚无而绝望地反抗的勇气,就是生死攸关的事了。"①

中华人民共和国成立以后,包括萨特存在主义在内的西方哲学思想,遭遇到一种奇妙的命运。比如一方面是萨特的存在主义思想受到坚定的批判和拒绝,另一方面是萨特与其伴侣波伏瓦,作为"进步作家"于1955年9月应邀访问中国,受到党和国家领导的热情接待,并在10月1日作为贵宾,登上天安门城楼参加了国庆大典。60年代,国际国内的特殊政治形式,使中国对西方文化基本采取"封闭和隔离"的极端政策,现代西方文化几乎全都归类为有害社会主义健康肌体的资本主义或修正主义"病毒"。当时出版的一些所谓的"灰皮"或"黄皮"书有幸包括了一些有关存在主义的著作。比如卢卡契的《存在主义还是马克思主义》、让·华尔的《存在主义简史》、沙夫的《人的哲学:马克思主义与存在主义》、加罗蒂的《人的远景:存在主义、天主教思想、马克思主义》、萨特的《辨证理性批判·方法问题》和《厌恶及其他》、加缪的《局外人》、贝克特的《等待戈多》等。同时,《现代外国资产阶级哲学资料》和《哲学译丛》等刊物或丛书中,也不时出现一些有关萨特存在主义的评介文字。

"文化大革命"以后,因为普遍的信仰危机和深厚的失望感受,萨

---

① 解志熙:《生的执著——存在主义与中国现代文学》,人民文学出版社,1999年,第57—58、59—60、84、85、233—234页。

特建立在个体本位基础上的自由和自由选择思想，迎合了广大知识分子的心理，存在主义一时在大学校园里迅速弥漫开来，学子们争相谈论萨特的"存在先于本质""自由选择"等思想。1978年开始的"思想解放"运动，更促进了思想界和文艺界关于萨特存在主义的重新思考。1978年，《外国文艺》发表了林青翻译的萨特剧作《肮脏的手》。柳鸣九更在全国外国文学工作规划会议上，发表了《20世纪西方文学重新评价的几个问题》的专题报告，强调要把萨特作为当代西方文学中一个重新评价的重要例子。1980年，新华社在4月16日，发布了萨特在巴黎逝世的消息。《人民日报》在5月5日，刊发了张英伦的《萨特——进步人类的朋友》。《世界文学》第4期发表了罗大冈的《悼萨特》、施康强的《萨特的存在主义释义》，同时刊发了郑克鲁、金志平翻译的萨特剧作《死无葬身之地》和译者的相应介绍和说明，并在"现代作家小传"专栏里，刊发了《让-保尔·萨特》。同年创刊的《外国文学》也在第5期"当代法国、意大利专号"里，选登了法国电台记者兼作家对萨特的专访和法国《新观察》杂志806期上的部分萨特言论，并且在杂志封面四上，选登了萨特生前和葬礼时的3幅画面。同时，还刊发了西蒙娜·德·波伏瓦的中篇小说《知命之年》和加缪的短篇小说《沉默者》。同年8月的《读书》杂志，也刊发了柳鸣九的文章《给萨特以历史地位》，文章给予萨特在当代西方思想史和文学史上的地位以比较高的评价。这种评价可以理解为"思想解放"运动以后，中国知识界逐步客观认识存在主义思想的一个总结。

从此，关于萨特为代表的存在主义哲学和文学作品的翻译、介绍和学术性的深入研究，逐步开始达到高潮，一直持续到90年代以后。比如1981年，中国社会科学出版社出版了柳鸣九主持编选的《萨特研究》，其中包括"萨特文论选""萨特文学作品选""作家批评家论萨特""关于萨特戏剧创作的文学背景资料""萨特生平与文学创作资料"等专题，全面介绍了萨特的思想和创作。袁可嘉等选编的《外国现代派作品选》也在第二册以"存在主义"专章形式，选登了萨特、加缪等的作品。1982年，《世界文学》第4期刊发了施康强的评论文章《从萨特的"境遇剧"看他的自由观》。1982年，《文艺报》第8期刊发了刘放桐的《存在主义与文学》。1983年，《当代外国文学》第1期刊发罗大冈的《试论二十世纪法国文学》，《小说界》第1期刊发罗大冈的《存在主义文学——读萨特的文学作品》。1984年，中国文艺联合出版公司出版了中国社会科学院外国文学研究所编《文艺理论译丛》第2册，里面刊登了萨特有关哲学文学的若干论文和相应的评介文章。1985年，中国文艺联合出版公司又出版了中国社会科学院外国文学研究所编《文艺理论译丛》第3册，里面刊登了包括加缪的《西西弗的神话》在内的若干哲学文学的论文和相应的评介文章。同年，外国文学出版社出版了郭宏安翻译的《加缪中短篇小说集》。1987年，四川大学出版社出版了龚翰熊著《现代西方文学思潮》，专章研究了以萨特为代表的存在主义文学。漓江出版社出版了柳鸣九主编的"法国20世纪文学丛书"，其中包括萨特和加缪的最重要戏剧作品。柳鸣九还分别在译本序中作了深入的学术性阐释。1988年，中国社会科学出版社出版了胡经之、张首映著《西方二十世纪文论史》，分别在"文艺阐释学""阅读现象学"章节里介绍和说明了海德格尔、萨特的文艺思想。1991年，人民文学出版社出版了施康强选译的《萨特文论选》。1992年，四川大学出版社出版的石璞著《西方文论史纲》，在20世纪的西方文论专章里，设专节介绍了存在主义文学。1994年，高等教育出版社出版的马新国主编的《西方文论史》里，分别在"阐释学理论""西方马克思主义文艺理论"里介绍和说明了海德格尔、萨特的文艺理论思想。

从20世纪80年代到90年代，关于萨特为代表的存在主义文学的学术性研究文章，更是在国内外国文学研究刊物上不断发表。可以说，关于萨特为代表的存在主义文学在中国经过了初期的"平反正名"、中期的介绍评说、后期的学术研究等几个阶段，其研究的广阔和深入正在逐步得到实现。作为存在主义哲学代表，萨特这个时期比其他人更广泛、深入地闯入了中国当代文化领域，其原因一方面在于存在主义哲学，通过萨特的文学阐发更能够得到人们的初步理解，另一方面还在于80年代初人们的理论期待视野的特殊性，这种期待视野的特殊性曾经以"异化与人道主义"的讨论得到经典表达。当然，这时候关于萨特存在主义思想的评价并非没有其他的声音，这些声音因为"反资产阶级自由化"和"清除资产阶级精神污染"的意识形态背景，而一度主观地将萨特存在主义思想同喇叭裤、蛤蟆镜、交际舞、摇滚乐等并称为所谓的"精神污染"。

同时，萨特存在主义的学术性深入研究，必然要求关于存在主义哲学的更广泛的涉及和探讨，尤其是海德格尔从人的存在出发，质疑现代科学技术物化威胁和批判传统形而上学及其二元对立规定的哲学思考，以及因为对"此在"的分析感兴趣而逐步转向艺术、诗、语言问题，并倡导所谓"诗意栖居"的理论说明等，无意间也成为人们的丰富思想资源。所以，关于克尔凯郭尔、胡塞尔、海德格尔、雅斯贝尔斯的哲学也逐步受到重视，从而全面引发了关于存在主义哲学的翻译、评介和研究。

1981年，人民出版社出版的刘放桐等编著的《现代西方哲学》分设两个专章介绍了"现象学"和"存在主义"。1982年，人民出版社出版了徐崇温等著《萨特及其存在主义》。1983年，人民出版社出版的《现代外国哲学》（三），结合关于人道主义的讨论，选登了一组关于克尔凯郭尔、雅斯贝尔斯、萨特的学术研究文章。1983年，商务印书馆出版了王守昌、车铭洲著《现代西方哲学概论》，设专章介绍了克尔凯郭尔、海德格尔、雅斯贝尔斯、萨特为代表的存在主义，刊登了萨特有关文艺理论的若干文章。1985年，上海人民出版社出版了全增嘏主编的《西方哲学史》（下册），设专章介绍了海德格尔、雅斯贝尔斯、萨特为代表的存在主义哲学。1986年，中国社会科学出版社出版了徐崇温主编的《存在主义哲学》专著，以德法两国存在主义的主要代表人物为基干，全面系统地评述了存在主义哲学。1986年，商务印书馆出版了《哲学译丛》编辑部编译的《近现代西方主要哲学流派资料》，选登了多篇从多种角度撰写的现象学、存在主义的文献性质的文章。同年，上海译文出版社的"二十世纪西方哲学译丛"出版了倪梁康翻译的胡塞尔的《现象学的观念》。1987年，生活·读书·新知三联书店的"现代西方学术文库"丛书，出版了陈嘉映、王庆节合译的海德格尔的《存在与时间》、陈宣良等翻译的萨特的《存在与虚无》。同年，商务印书馆出版了陈鼓应等翻译W.考夫曼编著的《存在主义》。1988年，上海译文出版社的"二十世纪西方哲学译丛"出版了周煦良等人译萨特的《存在主义是一种人道主义》。同年，生活·读书·新知三联书店出版了潘培庆译萨特著《词语》，人民出版社出版了叶秀山著《思·史·诗——现象学和存在哲学研究》，实现了关于"现象学和存在哲学"的高水平理论研究。1991年，文化艺术出版社的"20世纪艺术边缘学科译丛"出版了彭富春翻译的海德格尔的《诗·语言·思》。1992年,商务印书馆的"汉译世界学术名著丛书",出版了李幼蒸翻译的胡塞尔的《纯粹现象学通论》。1994年,生活·读书·新知三联书店出版了倪梁康著《现象学及其效应——胡塞尔与当代德国哲学》。1995年,商务印书馆还出版了王炳文、张金言翻译的美国赫伯特·施皮格伯格著《现象学运动》。同年,生活·读书·新知三联书店出版了陈嘉映著《海德格尔哲学概论》。1997年,商务印书馆出版了孙周兴翻译的海德格尔的《在通向语言的途中》。2000年,商务印书馆出版了孙周兴翻译的海德格尔的《荷尔德林诗的阐释》等。

中国文学的当代文学创作是否接受了西方存在主义的影响,是一个很难回答的问题。我们可能看见中国20世纪80年代的文学创作里,有些被指认为"现代派"的文学作品,比如刘索拉的《你别无选择》、徐星的《无主题变奏》等,似乎表现了世界的荒谬和人生的孤独主题;另外有些被称之为"新写实"的文学作品,比如刘震云的《一地鸡毛》《单位》等,似乎表现了普通小人物在社会结构机制规约下,"发生在日常生活中的、无处不在的'荒诞'和人的异化"。①这些是直接接受了存在主义的影响,还是间接通过其他哲学、文学思潮接受了存在主义的影响,还是"人同此心,心同此理"基础上自发发生的存在意识?或许是上述诸种因素共同作用的结果吧。

1. 中国人最初是如何理解存在主义的?
2. 中国人真正理解存在主义经过了哪些阶段?

1. 钱理群、温儒敏、吴福辉:《中国现代文学三十年》(修订本),北京大学出版社,

---

① 洪子诚:《中国当代文学史》,北京大学出版社,1999年,第347页。

1998年。
2. 洪子诚:《中国当代文学史》,北京大学出版社,1999年。
3. 解志熙:《生的执著——存在主义与中国现代文学》,人民文学出版社,1999年。
4. 张祥龙、杜小真、黄应全:《现象学思潮在中国》,首都师范大学出版社,2002年。

结语：从现代主义到后现代主义

20世纪的西方文学就纵的走向看可以大体划分为两条线，一条是从现代主义到后现代主义的西方文学，另一条是不断发展变化的现实主义文学。这两条线大致平行，但有时又有交叉。不断发展变化的现实主义文学具有强大的生命力，对20世纪世界文学具有广泛的影响，但现代主义和后现代主义文学对于20世纪世界文学的影响显然更大，而且更深刻。和体现了更多传统精神的现实主义文学相比，它更集中和突出地反映了一个飞速变化的世纪的时代精神和社会风貌。因此，把从现代主义到后现代主义的西方文学看作20世纪西方文学的主潮应该说是符合实际的。

从现代主义到后现代主义，无论是在时间上，还是在理论上、实践上我们都无法划出一条清晰的分界线。现代主义文学什么时候悄悄地隐入历史幕后，而后现代主义文学又是什么时候走向历史前台？后现代主义究竟是现代主义的继续或发展，还是对现代主义的反拨和叛逆？后现代主义是一种思想方式，还是一种艺术风格？后现代主义是否比现代更现代？"后现代主义代表了与现代主义的彻底决裂，还是只不过是现代主义内部反叛某种形式的'盛期的现代主义'？后现代主义是一种风格，还是应当严格地把它看成是一种划分时期的概念？它因为反对一切形式的元叙述、密切关注长期受压制的'他者的世界'与'他者的声音'而具有一种革命性的潜力，还是只不过是对现代主义的商品化和通俗化、是把现代主义已被玷污了的抱负变为一种'自由放任'、'一切都走向市场'的折衷主义？因而，它破坏了新保守主义的政治还是同它结合了起来？我们要把它的崛起归因于资本主义的某种彻底重建、某种'后工业'社会的出现，甚至把它看成是'一个通货膨胀时代的艺术',还是把它看成是'晚期资本主义的文化逻辑'？"①有学者认为,其实有什么样的现代性概念,便有什么样的后现代性。现代性是反片段化和一律化的：后现代若反对片段化,便是追求一律化；若是反对一律化,便是追求片段化。"针对现代的分化危机,后现代主义提出新的一体化"；"针对现代的一律化倾向,后现代主义选择差异,寄希望于日益增强的多元性"②。前一种后现代主义的祖先是黑格尔和瓦格纳,后一种后现代主义的祖先是帕斯卡尔和瓦雷里。当前,哈贝马斯则代表了前一种立场,利奥塔和德里达则代表了后一种立场。总之,对这些问题,有关专家学者历来众说纷纭。

尽管如此,大多数学者仍然倾向于这样一种观点,即后现代主义文学通常则是指第二次世界大战后出现在西方的一种主要的文学流派、文艺思潮和文学现象。它是西方社会进入后工业化时代的产物。它的正式出现是在 20 世纪 50 年代末至 60 年代初期,其鼎盛时期是 70 年代和 80 年代,到了 90 年代其声势大减,并渐渐分化、沉寂。后现代主义至今仍然是一个开放的、未完成的文学流派和思潮,仍有不少后现代主义作家在继续进行创作。

后现代主义文学不是一个内涵确定、清晰的概念,它还包括许多不同的文学流派,诸如存在主义文学、荒诞派戏剧、新小说、黑色幽默、垮掉的一代、元小说、魔幻现实主义、投射诗、具体诗、语言诗,等等。它在小说、诗歌、戏剧方面均取得了令世人瞩目的成果,并产生了广泛而深远的影响。

后现代主义的总体精神及基本特征是什么？这是一个更加复杂、更难于回答的问题。正像我们说,"现代主义这一概念错综复杂、变幻无穷、自相矛盾,因此,笼统地概述其特征是不可能的"一样,后现代主义由于其过于强调自身的"无中心、不确定、零散化"等特征而使得笼统地概述后现代主义的特征更加不可能。"倘若现代性是复杂而充满悖论的,那么后现代性也同样如此。"③实际上,后现代主义是在否定共

---

① 戴维·哈维:《后现代的状况——对文化变迁之缘起的探究》,阎嘉译,商务印书馆,2003 年,第 60 页。
② 沃尔夫冈·韦尔施:《我们的后现代的现代》,洪天富译,商务印书馆,2004 年,第 81—82 页。
③ 安托瓦纳·贡巴尼翁:《现代性的五个悖论》,许钧译,商务印书馆,2005 年,第 123 页。

同特征的同时,又试图确立自己的特征:用无中心来充当中心;用不确定来给予确定;用零散化来构建整体。因为这种笼统概述的困难,美国批评家伊哈布·哈桑便从后现代主义对抗现代主义的角度对后现代主义特征进行了非笼统的、拼盘图表式的概括。①

应当说,这个概括还是比较全面系统的。当代美国学者哈维认为:"哈桑的各个对立面或许是漫画式的,但几乎不存在我们在其中找不到它们在起作用的表现知识实践的领域。"②哈桑在比较中揭示了后现代主义对现代主义的对抗和超越。的确,对于后现代主义这样一个复杂而又充满矛盾、对抗的对象,较为有效而又有益的分析和把握的方法应当是历史的、比较的方法。

如果我们从历史的演化中去把握和分析后现代主义,那么,我们便可将自19世纪以来的西方文学划分为三个阶段:前现代主义、现代主义与后现代主义。这实际上是借用了弗雷德里克·詹姆逊的理论,他将资本主义的发展分为三个阶段:市场资本主义、垄断资本主义、后工业化资本主义(其具体表征为各色小商店、百货公司、超级市场),与之相适应,在思想文化上便有了前现代主义、现代主义和后现代主义。显然,詹姆逊对后现代主义的分析的基本方法仍然是马克思主义的,而非后现代主义。

前现代主义一般指的是浪漫主义、现实主义和自然主义等文学流派。它们在观念上共同认为:世界上纷繁复杂的万物背后有一个最高、最后的东西,正是它决定了各种具体事物何以为各种具体事物,何以具有这样性质,并且以如此这般的方式生存、发展和灭亡。虽然它们各自所理解的"最高最后的东西"并不一致,有的甚至完全对立:譬如浪漫主义认为它是人的理想与感情;现实主义认为它是人与人之间的经济关系;自然主义则认为它是人的生物本能。但是,无论它们在具体解释的意见上如何相左,它们却都一致认为:现象后面有本质,本体后面有客体,偶然之中有必然,形式之中有内容。它们相信上帝、客观规律、真理的存在,这是不以人的意志为转移的。由于有了这个终

---

① Ihab Hassan. *The Postmodern Turn*:*Essays in Postmodern Theory and Culture*. Ohio State University Press,1987,pp. 91—92.

② 戴维·哈维:《后现代的状况——对文化变迁之缘起的探究》,阎嘉译,商务印书馆,2003年,第63页。

极的东西,前现代主义便崇尚中心,提倡权威,尊崇等级,高扬整体,它们一道构筑了前现代主义的深度模式。

现代主义的主要特征就是全面摧毁了前现代主义的深度模式,否定了上帝乃至客观规律的存在。"上帝死了。""一切都是可能的。"但是,另一方面它又疯狂地另起炉灶以建立一种新的深度模式,尽管这个模式已不再是明晰的、确定的、可证的。这便是弗洛伊德的无意识,存在主义的"亲在"以及结构主义的深层结构,等等。因此,现代主义虽然仍有中心,但它已经破碎;虽然仍有权威,却是看不见摸不着的;虽然有等级,只是翻了个个儿;虽然有整体,但理性已无从把握。于是,现代主义便只好借助隐喻、象征、梦幻、变态、直觉、时空错乱等手法来把握与描写现实世界了,这样便产生了现代人的焦虑、孤独、迷惘和漂泊的意识。

后现代主义的最根本特征就是深度模式的消解,即中心的消解,并且,在消解之后不再试图予以重建。后现代主义"不仅仅是现代性历史中充满的种种危机中的再一次危机,不仅仅是现代种种否定中的最后一次否定,也不仅仅是现代主义反抗自身的最新阶段,而是现代史诗的结局本身,是哈贝马斯所说的'现代规划'永远不可能实现这一意识的觉醒"①。不仅上帝死了,"人"也死了,主体也死了,一切都被消解了,只剩下关系和语言,进入了真正的多元主义、相对主义、虚无主义。正如杜威•佛克马所说:"现代主义者力求给他在其中生存的世界提供一种确实、可靠,虽则绝对个人的看法;与此相反,后现代主义者似乎放弃了寻求一种仅为个体信念和理智所确认的对世界的再现的企图。"②昔日人类创造的三大元神话(启蒙运动关于人性解放的神话,唯心主义哲学关于精神目的论的神话,历史主义关于意义的神话)的破坏导致了统一的中心的丧失与消解。并且,起决定作用的不是元叙述的内容已经过时,而是它们的形式已经失效。让-弗•利奥塔进一步将"后现代主义定义为针对元叙述的怀疑态度"③,他认为作为西方文

---

① 安托瓦纳•贡巴尼翁:《现代性的五个悖论》,许钧译,商务印书馆,2005年,第150页。
② 杜威•佛克马:《后现代主义的诸种不可能性》,吴剑平译,载柳鸣九主编:《从现代主义到后现代主义》,中国社会科学出版社,1994年,第447页。
③ 让-弗•利奥塔:《后现代状态:关于知识的报告》,赵一凡译,见中国社会科学院外国文学研究所《世界文论》编辑委员会编:《后现代主义》,社会科学文献出版社,1993年,第57页。

明维系网络与认识基础的元话语已经衰败销蚀。哈桑将此概括为"不确定的内在性"(Indetermanence),即整个西方的话语领域,从社会政治、认识体系到个人的精神和心理诸方面,各种现存的概念和价值观都发生了动摇和疑问,这一切又都因为人类赖以把握世界的符号象征系统(语言系统)自身的文本虚构性已暴露无遗。"随着事实与虚构的混淆,媒介将历史非真实化为一种发生,科学将其自奉的模式当作唯一可取的现实,控制论把人工智能之谜摆到了我们面前,技术工艺将我们的感知投射到不断退缩的宇宙的边缘或深入物质的不可思议的缝隙之中,呈现在我们面前的世界消解了。"①后现代主义是一种浮于表面的感觉,没有真实感,有的只是复制和类像(copy and simulacrum)。这很舒适方便,但也很可怕。机器人、仿生人破坏了人的现实感和真实感。后现代主义于是否定了在复杂纷繁的具体事物后面有一个最高最后的东西。他们认为:现象后面没有本质,偶然之中没有必然,意识之中没有无意识,言语背后没有语言。事物的本质不是被决定的,而是开放的;事物的性质不是由最后的东西决定的,而是由事物与它的关系决定的。关系无限多,事物的性质和意义就无限多,并且这种性质和意义常常是由主观主动选择的、开放的、相对的。既然一切意义价值均为相对,也就没有必要去选择,不如在无中心的碎片中游戏,好像一个寻找不到价值中心和积极意义的人在绝望之中干脆随波逐流,发出得意的狂笑,有破罐子破摔的味道。总之,中心泯灭后一切都成为边缘。丹尼尔·贝尔指出:"30年代的一段时间里由于马克思主义影响,文化的政治倾向造成了一种单一的美学,它为解释不同艺术提供了特定的检验标准。……今天那种统一的世界已经荡然无存,而且除了职业上的联系或偶然是学术上的联系,再也不存在共同的环境了。"②世界的真理意义随即也被取消了,"不论是作为最高的价值、创造世界的上帝、绝对的本质,还是作为理念、绝对精神、意义或交往的关联系统,或者现代自然科学中作为认识一切的主体,都只不过是人

---

① Ihab Hassan. *The Postmodern Turn*: *Essays in Postmodern Theory and Culture*. Ohio State University Press,1987, p. 93.
② 丹尼尔·贝尔:《资本主义文化矛盾》,赵一凡、蒲隆、任晓晋译,生活·读书·新知三联书店,1989年,第152页。

的精神创造出来，用以自我安慰、自我欺骗的东西而已"①。利奥塔确信，所谓真理只不过是权力意志的一个特别狡猾的变种而已。总之，后现代主义"不是别的，而仅仅是———一种精神状态，其特点是具有嘲笑一切、侵蚀一切的破坏性"②。

当然，以上这种划分和概括不可能是绝对的，因为前现代主义、现代主义与后现代主义之间的各种复杂的联系并不少于它们之间的明显区别。哈桑说过："现代主义与后现代主义之间并没有一层铁幕或一道中国长城隔开；因为历史是一张可以被多次刮去字迹的羊皮纸，而文化则渗透在过去、现在、未来的时间之中。"③其实前现代主义与现代主义之间也不存在这样"一层铁幕或一道中国长城"。

后现代主义文学的出现自然有其历史的、文化的背景。一般认为，后现代主义文学兴起的直接导因是第二次世界大战及战后西方动荡不安的社会生活。第二次世界大战中法西斯的骇人听闻的暴行、原子弹爆炸给人们以极大的震动，使人们对昔日一贯遵从的社会道德标准和价值观念产生了根本性的怀疑。战后，资本主义社会的固有矛盾进一步激化。就以美国为例，黑人抗暴斗争、妇女解放运动、反对越战的学生运动、肯尼迪总统被杀……社会愈来愈动荡不安，人们的精神也越来越困惑。社会的物质财富越来越丰富，人们的价值观念却越来越混乱。战后的美国再也不是早期的美国了。在一个相对舒适的、半福利半兵营式的社会里，全体居民变得被动、冷漠，最终分裂成原子。传统的忠诚、相互关系的纽带、社团的联系都松弛了，甚至分解了。人成为消费者，他自身就像他所享用、摄取、汲取的产品、娱乐和价值观念一样被成批地生产出来。"'新的小人物'更像是一个'高兴的机器人'，没有坚实的根底，没有肯定的忠诚来维持他的生活并给生活一个中心。……在整个中产阶级的社会范围里散布的普遍的无能。混乱，无能为力，没有方向或目的。新的中产阶级使整个美国生活带上了他

---

① 曼·弗兰克：《正在到来的上帝》，章国锋译，见中国社会科学院外国文学研究所《世界文论》编辑委员会编：《后现代主义》，社会科学文献出版社，1993年，第83页。
② 斯蒂芬·贝斯特、道格拉斯·科尔纳：《后现代转向》，陈刚等译，南京大学出版社，2002年，第24页。
③ Ihab Hassan. *The Postmodern Turn*: *Essays in Postmodern Theory and Culture*. Ohio State University Press，1987，p. 88.

们的特征。"①

　　这样一个"非人化"社会的出现同西方社会科学技术的迅猛发展是密不可分的。科技的发展使得社会信息化、程式化、电脑化,社会越来越像一架精密的大机器,将每一个人都变成了有固定位置的小齿轮、小螺丝钉。昔日过度激化的劳资矛盾转化为技术和管理矛盾。20世纪以来大众传播媒介和交通、通讯的发展使整个人类的联系越来越紧密,空间的障碍被迅速地跨越,世界变得越来越小,人类共同居住在"地球村"上。现代出版业、新闻业、影视业的巨大发展,增加了人与人之间的相互了解。人类历史上一个从未有过的大规模的国际的文化传播时代已经开始,这便是所谓"信息时代"。在这个时代里,不再是"知识就是力量",而是"信息就是效益","效益就是目的"。由于现代世界的日新月异,现代知识的瞬息万变,人们越来越认识到,知识和事物的存在不是由永恒的本质决定的,而是由它们各自的样式以及它们之间的相互关系所决定的。

　　高科技的发展还必然带来大规模的机械复制和数码复制,从此不再有真实和原作,一切都成为类像和虚假。大规模的工业化生产最终使文化也成为机械复制的产品,而这些产品随后又作为商品进入流通领域。录像、录音、书籍、光盘、软盘等产品无穷复制,使我们失去了个性、风格乃至私人生活。原稿、原件不复存在,一切都是类像,整个世界漂浮在表面上,没有了真实感。到处都是互文性和超文本。"衡量作品是否伟大的标准不是想象力或感染力,而是机器再生产和复制的效率——不受艺术家的控制。""重要的是出售了的摹本的数量,而不是正被复制的原作。"②人们突然悲哀地发现自己生活在一个虚假的世界里。

　　后现代主义文学的兴起还同结构主义,尤其是后结构主义的兴盛有着非常密切的关系。后结构主义揭露西方传统的形而上学的偏见和自相矛盾,打破既定的文学标准,将意义和价值归之于语言、系统和关系等更大的问题。后结构主义认为,文本不是作者和读者相遇的固定地点,而是一个表意关系所在。意义是不确定的,一切意义都在"延

---

　　① 丹尼尔·霍夫曼主编,《世界文学》编辑部:《美国当代文学》(上),中国文联出版公司,1984年,第21页。
　　② 齐格蒙·鲍曼:《后现代性及其缺憾》,郇建立、李静韬译,学林出版社,2002年,第121页。

异"中发生变化。受后结构主义影响的女权主义、新历史主义、西方马克思主义等文化思潮进一步将这种解构中心、消解权威的精神扩展在文学创作和文学研究的方方面面。

显然,以上后现代主义哲学为后现代主义文学提供了理论基础。后现代主义文学是后现代主义精神的形象表达。意大利理论家和小说家艾科曾对后现代主义文化有过这样一种描绘:"先锋派越走越远,它解构了形象,继又将形象毁灭,最后到了抽象,到了非形象,到了白画、撕画和烫画;在建筑方面,是幕墙的最低限度状态,大厦像是墓碑,是纯粹的平等六面体;在文学方面,是叙述流的被摧毁,甚至出现巴勒斯式的拼贴、出现沉默或者白页;在音乐方面,是从无调性转向噪音,转向绝对的沉默。"[1]总的说来,后现代主义文学的基本特征可以概括为三个方面:不确定性的创作原则、创作方法的多元性、语言实验和话语游戏。

从现代主义到后现代主义,西方文学横跨了整个 20 世纪。现代主义肇始于 19 世纪末,而后现代主义直至今日仍没有停止其创作和影响。在这一百多年的历史中,现代主义/后现代主义以彻底反传统的姿态大胆探索,疯狂创新,创作了一大批千姿百态、光怪陆离的作品。这里既有划时代的不朽巨著,又有过眼烟云的赝品假货;既有品味高雅的精英文化,又有格调低下的商业操作;既有直接干预社会的"介入"文学,又有远离现实的文字游戏;既有对于文学的质疑,又有"关于文学"的文学……现代主义/后现代主义几乎渗透到了世界文学的每一个角落,以至于我们如果对它缺乏了解,我们便根本无法谈论 20 世纪的文学;现代主义/后现代主义调整并改变了我们对世界、对人,尤其是对文学的看法,以至于我们在经过了后现代主义的洗礼之后,我们再也无法对文学做出确切的概括。在经过了现代主义/后现代主义之后,今后任何形式的文学创作恐怕都不会不留下它们的影子或打上它们的烙印。昔日作为反传统的现代主义/后现代主义在经历了一百年的发展演变后,它自己终于也成了传统的一部分。人们可以批评它,也可以赞扬它;可以继承它,也可以拒绝它,但是,恐怕没有人能够无视它的存在。

---

[1] 安托瓦纳·贡巴尼翁:《现代性的五个悖论》,许钧译,商务印书馆,2005 年,第 144 页。

1. 如何理解现代主义与后现代主义文学的关系?
2. 后现代主义文学的总体精神与基本特征是什么?

1. 让-弗朗索瓦·利奥塔尔:《后现代状态:关于知识的报告》,车槿山译,生活·读书·新知三联书店,1997年。
2. 弗雷德里克·杰姆逊:《后现代主义与文化理论——杰姆逊教授讲演录》,唐小兵译,陕西师范大学出版社,1987年。
3. 特里·伊格尔顿:《后现代主义的幻象》,华明译,商务印书馆,2000年。
4. 佛克马、伯顿斯主编:《走向后现代主义》,王宁、顾栋华、黄桂友、赵白生译,北京大学出版社,1991年。
5. 道格拉斯·凯尔纳、斯蒂文·贝斯特:《后现代理论:批判性的质疑》,张志斌译,中央编译出版社,2001年。
6. 马泰·卡林内斯库:《现代性的五副面孔:现代主义、先锋派、颓废、媚俗艺术、后现代主义》,顾爱彬、李瑞华译,商务印书馆,2002年。
7. 戴维·哈维:《后现代的状况——对文化变迁之缘起的探究》,阎嘉译,商务印书馆,2003年。
8. 中国社会科学院外国文学研究所《世界文论》编辑委员会编:《后现代主义》,社会科学文献出版社,1993年。
9. 盛宁:《人文困惑与反思——西方后现代主义思潮批判》,生活·读书·新知三联书店,1997年。
10. 刘象愚、杨恒达、曾艳兵:《从现代主义到后现代主义》,高等教育出版社,2002年。
11. 刘象愚主编:《外国文论简史》,北京大学出版社,2005年。
12. Ihab Hassan. *The Postmodern Turn: Essays in Postmodern Theory and Culture*. Ohio State University Press, 1987.
13. Matei Calinescu. *Five Faces of Modernity*. Durham: Duke University Press, 1987.
14. Michael Levenson, ed. *The Cambridge Companion to Modernism*. Cambridge University Press, 1999.
15. Perry Anderson. *The Origins of Postmodernity*. Verso, 1998.

附录一：重要术语中外文对照表

表象主义 Expressionism
并列对照 Juxtaposition
超现实主义 Surrealism
存在主义 Existentialism
达达主义 Dadaism
多角度叙述 Multipoint of View
工商主义 Commercialism
客观对应物 Objective Correlative
历史意识 Historical Consciousness
蒙太奇 Montage
南方文艺复兴 Southern Renaissance
清教主义 Puritanism

人道主义 Humanism
未来主义 Futurism
现代化 Modernization
现代性 Modernity
现代主义 Modernism
象征主义 Symbolism
异化 Alienation
意识流 the Stream of Consciousness
意象派 Imagism
语言风格 Language Style
约克纳帕塔法 Yorkapatawpha
种族主义 Racism

附录二：重要作品名中外文对照表

《肮脏的手》Les Mains sales
《奥兰多》Orlando: A Biography
《奥丽特》Oread
《八月之光》Light in August
《悲悼》Mourning Becomes Electra
《变形记》The Metamorphosis
《苍蝇》Les Mouches
《城堡》The Castle
《村子》The Hamlet
《达罗威夫人》Mrs. Dalloway
《大胆妈妈和她的孩子们》Mother Courage and Her Children
《大教堂凶杀案》Murder in the Cathedral
《大神布朗》The Great God Brown
《大宅》The Mansion
《到灯塔去》To the Lighthouse
《都柏林人》Dubliners
《杜伊诺哀歌》The Duino Elegies
《堕落》La Chute
《恶之花》Les Fleurs du Mal
《反抗者》L'Homme révolté
《伽利略传》Galileo
《高加索灰阑记》The Caucasian Chalk Circle
《海浪》The Waves
《合家团圆》The Family Reunion
《红色手推车》The Red Wheel Barrow
《荒原》The Waste Land

《灰星期三》Ash Wednesday
《鸡尾酒会》The Cocktail Party
《间隔》Huis-clos
《进入黑夜的漫长旅程》Long Day's Journey into Night
《局外人》L'Étranger
《空心人》The Hollow Men
《毛猿》The Hairy Ape
《美国》Amerika
《名士风流》Les Mandarins
《魔鬼与上帝》Le Diable et le bon Dieu
《幕间》Between the Acts
《娜嘉》Nadja
《女客》L'Invitée
《帕特森》Patterson
《判决》The Judgment
《普鲁弗洛克的情歌》The Love Song of J. Alfred Prufrock
《墙》Le Mur
《青年艺术家的肖像》A Portrait of the Artist as a Yong Man
《琼斯皇》The Emperor Jones
《邱园记事》Kew Gardens
《人总是要死的》Tous les hommes sont mortels
《三个基尼金币》Three Guineas
《三角钱歌剧》The Threepenny Opera
《沙多里斯》Sartoris

《神州集》Cathay
《审判》The Trial
《诗集》Poems
《诗章》The Cantos
《驶向拜占庭》Sailing to Byzantium
《室内音乐》Chamber Music
《鼠疫》La Paste
《死无葬身之地》Morts san sépulture
《四川好人》The Good Woman of Setzuan
《四个四重奏》Four Quartets
《送冰人来了》The Iceman Cometh
《岁月》The Years
《他人的血》Les sang des autres
《天边外》Beyond the Horizon
《为芬尼根守灵》Finnegans Wake
《我弥留之际》As I Lay Dying
《西西弗的神话》Le Mythe de Sisyphe
《下去,摩西》Go Down, Moses
《小镇》The Town
《星期一或星期二》Monday or Tuesday
《休·塞尔温·莫伯利》Hugh Selwyn Mauberly
《喧哗与骚动》The Sound and the Fury
《押沙龙,押沙龙!》Absalom, Absalom!
《雅各之室》Jacob's Room
《厌恶》La Nausée
《夜与日》Night and Day
《一间自己的屋子》A Room of One's Own
《尤利西斯》Ulysses
《榆树下的欲望》Desire under the Elms
《远航》The Voyage Out
《月照不幸人》Moon for the Misbegotten
《在一个地铁车站》In a Station of the Metro
《正义者》Les Justes
《致俄耳甫斯十四行诗》The Sonnets to Orpheus
《追忆似水年华》A la recherche du temps perdu
《自由之路》Les chemins de la liberté

附录三：重要人名中外文对照表

阿波里奈尔 Guillaume Apollinaire
阿拉贡 Louis Aragon
艾吕雅 Paul Éluard
艾略特 T. S. Eliot
爱伦·坡 Edgar Allan Poe
奥尼尔 Eugene O'Neill
巴拉 Giacomo Balla
柏格森 Henri Bergson
波德莱尔 Charles Baudelaire
波伏瓦 Simone de Beauvoir
波菊尼 Umberto Boccioni
布莱希特 Bertolt Brecht
布勒东 André Breton
布罗德 Max Brod
布洛克 Aleksandr Blok
查拉 Tristan Tzara
杜丽特 Hilda Doolittle
弗洛伊德 Sigmund Freud
福克纳 William Faulkner
海德格尔 Martin Heidegger
韩波 Arthur Rimbaud
胡塞尔 Edmund Husserl
霍普特曼 Gerhart Hauptmann
加缪 Albert Camus
卡夫卡 Franz Kafka
康德 Immanuel Kant
科拉 Bruno Corra
克尔凯郭尔 Soren Aabye Kierkegard

肯明斯 E. E. Cummings
夸西莫多 Salvatore Quasimodo
劳伦斯 D. H. Lawrence
里尔克 Rainer Maria Rilke
卢奇尼 Gian Pietro Lucini
罗威尔 Army Lowell
马拉美 Stéphane Mallarmé
马里内蒂 Filippo Tommaso Marinetti
马雅可夫斯基 Vladimir Mayakovsky
麦克里西 Archibald Macleish
梅特林克 Maurice Maeterlinck
蒙塔莱 Eugenio Montale
莫雷亚斯 Jean Moréas
尼采 Friedrich Nietzsche
帕拉泽斯基 Aldo Palazzeschi
帕腊台拉 Francesco Balilla Pratella
庞德 Ezra Pound
普鲁斯特 Marcel Proust
乔伊斯 James Joyce
萨特 Jean-Paul Sartre
塞蒂梅利 Enrico Settimelli
桑德堡 Carl Sandburg
桑塔亚那 George Santyanna
史蒂文斯 Wallace Stevens
叔本华 Arthur Schopenhauer
苏波 Philippe Soupault
索菲奇 Ardengo Soffici
瓦雷里 Paul Valéry

威廉斯 William Carlos Williams 谢维里亚宁 Igor Vasilyevich Severyanin
维尔哈尔 Emile Verharlen 休姆 T. E. Hume
魏尔伦 Paul Verlaine 雅斯贝尔斯 Karl Theodor Jaspers
伍尔夫 Virginia Woolf 叶芝 William Butler Yeats

后　记

　　一般说来,西方现代主义已经成为历史,我们有关西方现代主义文学的研究也已经有了相当深厚的积累和极为丰富的成果,而那些以往长期争论不休的问题则或者得到了解决,或者达成了共识。在这一学术背景下,我们回首对西方现代主义文学做出较为客观、冷静、准确,并带有某种总结性的评价和分析应当是时候了。同时,因为西方现代主义文学已经成为西方文学,乃至包括东方文学在内的整个世界文学传统中的极为重要的组成部分,因此,现在撰写一部有关的教材不仅是及时的,而且也是非常必要的。

　　1993年我曾在天津人民出版社出版了《西方现代派文学研究》。几年后该书售罄,还有许多朋友及同行提及此书,希望此书能修订再版。在经过长时间的慎重考虑后,我决定放弃该书的再版,而是重写该书,并将原有的内容一分为二,撰写成两部相互联系而相对独立的著作:《西方现代主义文学论稿》和《西方后现代主义文学研究》。

　　当我将这一写作计划与北京大学出版社的张冰女士商议时,她对这一写作计划中的前者给予了热情的支持和认可,并建议说:"何不邀请国内的有关专家教授,共同撰写一部有关西方现代主义文学精品著作或教材呢?"所言极是,个人的能力毕竟是有限的。于是,我重新修订了大纲,并有幸邀请到了郭宏安、肖明翰、马小朝、武跃速、亢西民等教授分别撰写了他们长年研究的某一文学流派和作家,同时还邀请了少数几位极有研究实力的博士撰写了有关章节。这使得本书的内容立时变得丰富而厚重起来。本书也因此而更名为《西方现代主义文学概论》。

　　诚然,迄今为止,有关西方现代主义文学研究的教材及著作已经出版过不少,但是,以往的相关著作或教材(包括拙著《西方现代派文学研究》天津人民出版社1993年版)往往将现代主义文学与后现代主义文学几乎不加区分地当作一个整体,即将后现代主义文学当作现代主义文学来加以分析和研究,这使得现代主义与后现代主义原本就不够清晰的界限变得更加模糊、更难分辨。因此,本书所要做的,首先就是将那些以往通常属于后现代主义文学的内容不再纳入本书的研究范围之内。并且,本书对诸如现代主义、现代派、现代性、现代化等概念进行了正本清源的梳理和辨析,对西方现代主义文学的性质、特征、根源、意义及局限进行了深入细致的分析和探讨,尤其对西方现代主义文学产生的思想根源着力展开论述,希望以此为切入点很快就能触摸并把握到西方现代主义文学精髓和要害。本书对西方现代主义文学诸流派,如象征主义、意象派、未来主义、达达主义、超现实主义、表现主义、意识流文学等进行了专章的分析论述,对重点作家作品也进行了专门的评述和分析。鉴于存在主义文学是属于由现代主义向后现代主义文学过渡的文学流派,为了对现代主义有一个更为整体的认识,因此我们也将它纳入了本书的评析范围。本书在力求全面而系统地评介西方现代主义文学的同时,总是不失时机地表述自己的学术观点和看法。本书还特别加入了中西文学比较研究的内容,尤其增加了对西方现代主义每一具体流派在中国的译介、传播、接受、影响的梳理和研究,但这只不过是这一研究内容的自然延伸或必然归属。本书在每一节后面还增设了思考题和参考书目,尤其增加了一些英文参考书目,以便读者进一步阅读和思考。

  在本书的撰写过程中,我们对研究内容的评述强调系统性、全面性和明晰性,而在学术方面的探索又突出原创性、科学性和独特性,至于体例的安排、写作的风格、行文的语气又强调平实自然,在论述分析时尤其强调深入浅出。本书还将尽可能全面地掌握国内的相关资料,尽可能多地掌握和运用国外的相关资料,资料引用翔实、规范,尽可能引用第一手资料。以上都是我们追求的目标,未必能一一成为现实,但是,所谓取法其上,我希望至少能适得其中。

  本书各章节具体分工如下(以所写章节先后为序):

  曾艳兵(中国人民大学、天津师范大学):第一章;第二章第一节、第三节、第四节、第五节;第五章第一节;第六章第一节、第二节、第三节、第五节;第七章第一节、第二节、第三节、第六节;第八章第四节;结语

  郭宏安(中国社会科学院外文所):第二章第二节

刘 燕(北京第二外国语大学):第三章

宋德发(湘潭大学):第四章

亢西民(陕西师范大学)、齐欣(天津师范大学):第五章第二节

陈秋红(青岛大学):第七章第四节

武跃速(江南大学):第六章第四节

许剑铭(南开大学):第六章第五节

肖明翰(湖南师范大学):第七章第五节

马小朝(烟台大学):第八章第一节、第二节、第三节、第五节

  本书最后由曾艳兵统一修改编定。总体说来,本书的写作和编定是在一种相对平静的、非急功近利的心态中完成的,应当说是尽心尽力了。但由于统稿者的能力及水平所限,书稿中一定有疏漏和缺憾。我非常希望得到来自各方面的专家和朋友的批评指正,以期有朝一日本书有机会再版时得到修正和补充。

曾艳兵

2006 年 6 月 16 日

再版后记

《西方现代主义文学概论》自 2006 年初版以来，已过去五年了。五年来世界发生了许多变化，生活有了许多变化，作者、读者也有了许多变化，然而，本书在至少重印过三次后还有许多朋友、同行和学生关注，并被许多高等院校选为教材或参考书，作为本书主编我深感欣慰并心存感激。

正值本书修订再版之时，读到盛宁先生的新著《现代主义·现代派·现代话语——对"现代主义"的再审视》，颇有感触。现代主义似乎是一个"被合上了的问题"，仿佛是一件"已经完成了的事情"，但其实不然，"我们对现代主义的学理沿革还缺乏深入研究和辨析"。虽然并非所有的事情都越说越糊涂，但有些事情也并非"越辩越明"，有关现代主义的问题就是一例。盛宁先生说：

> 现代主义的问题不仅是一个值得再思考、再认识的问题，而且这些年来，学界对这个问题的认识也的确在发生着变化。对于这个问题作进一步的深入研究，不仅有助于我们对那个时代的文学，对一些具体的作家和文学流派有一个更准确的认识和把握，而且，我们还应该认识到，也正是在 20 世纪之交那个当口，整个西方社会在基本实现了工业化、城市化之后又进入了一个新的历史转型期，各种社会矛盾和冲突在上层建筑意识形态领域又在进一步地凸显和深化。现代主义运动中涌现出的那些代表作家，每一位都是当时思想界的风云人物。他们当时提出的种种领风气之先的激进观点，以及今天我们又重新对他们做出历史的评价，无疑将构成西方现代思想史研究的一项极为重要的内容。①

---

① 盛宁：《现代主义·现代派·现代话语——对"现代主义"的再审视》，北京大学出版社，2011 年，第 26 页。

总之,"我们今天是着实需要对现代主义重新做一番考量和辨析了"。本书的修订在某种程度上也算是吻合了盛宁先生的思路和想法。当然,本书作为教材尚需保持一定的稳定性和连续性,重在推广和普及基本知识,吸纳近年来学术研究的成果,引导读者对现代主义的有关问题作进一步的思考和探析。

本书作为教材于2006年由北京大学出版社出版后,先后被天津师范大学、青岛大学、湘潭大学、烟台大学、陕西师范大学、山西师范大学、石河子大学、佛山大学、河北师范大学、中国人民大学等高校选为本科生或研究生教材。更多的学校则将本书选入重点教学参考书目。南开大学文学院王志耕教授认为,本教材为"同类教材中最优秀的教材,其理念的新颖、论证分析的深入、材料的翔实可靠,在近年来的教材编写中实不多见",并慎重地推荐给他的博士研究生和硕士研究生。曾有读者撰写文章,认为本教材寻找到了"学术与教学的平衡点","比较符合一部好教材的诸多标准"。该文还概括了本教材的四个特点:将现代主义文学与后现代主义文学正式区分开来;在学术性中保持高度的稳定性;比较文学思维的自然渗透;以读者为中心,体谅读者的阅读习惯。2007年、2009年本教材两次重印后,其影响与反响又进一步扩大。诸多的赞扬和鼓励自然不能成为我们满足和骄傲的理由,而应该是今后努力的方向和奋斗的目标。这一点,作为本书主编,我一直默记在心。

借这次修订再版的机会,我再次认真细致地通读了全书。时过境迁,今天的细读又与五年前大有不同。秋去冬来,寒风瑟瑟,掩卷深思,感触良多。在此,我再次感谢参与本书写作的作者,他们是郭宏安教授、肖明翰教授、马小朝教授、刘燕教授、亢西民教授、武跃速教授等,正是他们提供的高质量的专门的章节,使本书即便在今天看来也仍然具有某种原创性、科学性和独特性。而我当年所追求的本书的系统性、全面性和明晰性,现在看来,也并非是可以轻易实现或超越的目标。

当然,在本教材的使用过程中,我也及时地发现了书中一些错讹和疏漏,并留意记在一本样书上,趁这次修订再版的机会一并改正。考虑到象征主义一章较为薄弱,这次增补了里尔克一节,里尔克的重要性自然是不言而喻的。本书其他章节也均有所增删和修改。我的一些学生,包括博士生、硕士生和本科生参与了这次修订和勘误,尤其值得一提的是中国人民大学文学院2009级基地班的部分同学,以及我的硕士生,现在中国人民大学攻读博士学位的宋玲玲同学,他们认真地通读了全书,提供了许多具有参考价值的修改意见,在此一并致谢。

曾艳兵
2011年11月25日
中国人民大学静园

第三版后记

　　2021年7月22日赴广西南宁参加"第十三届中国比较文学年会暨国际研讨会",这次会议原本应该在2020年召开的,但由于新冠疫情延期一年。早在会议筹备期间,关于会议的规模、参会人数,以及参会人员也是众说纷纭、反复修改,即便是在局外人看来也是眼花缭乱、变幻无常。我在经过多次犹豫反复后,最后决定参会。然而,就在会议召开前夕,南京暴发疫情,以至于南京的代表均纷纷退票,不能参会;而就在会议结束后,湖南张家界又暴发疫情,开始了新一轮的隔离政策。南宁会议可谓恰逢其时,早一周太早,晚一周则太晚,虽然南宁那几天的炎热给我们留下了十分深刻的印象。26日会议结束,原定27日南宁至北京的航班因为北京雷雨天气,延误以致改签;再延误再改签,最后在深夜来临之前航班取消,于是不得已入住航空酒店。我们一行八人在南宁机场滞留七个多小时,从最初的不安、焦虑、期盼,到后来的波澜不惊,坦然接受。晚上微信群里一声吆喝,大家在航空酒店附近的路边小餐馆一起吃小龙虾、土豆丝、炸果仁,喝啤酒,将通常总是令人难以忍受的航班延误、改签、取消,当成了一次旅行度假。

　　在这八人当中有一位就是北京大学出版社的张冰教授,她也是本书最早的策划者和责任编辑。于是,我们有时间坐在一起不急不慢地谈论这本书。本书上次修订再版是2012年,距今已经十余年了。对于现代主义以及现代主义的研究而言,十年的变化必定不小。"十年之后,我们告别了一些老朋友,又认识了一些新朋友。"至于研讨现代主义的问题,其自身也应该是"现代"的,至少应该紧紧跟随"现代",否则何以谈"与时俱进"? 随着候机时间慢慢流逝,我们在南宁机场的"品荻·概念书屋"低声细语,也就在那时我们决定了本书再次修订出版的相关事宜。这应该算作是这次航班延误的意外收获吧。

　　计划不如变化;变化顺应了计划。世事难料,人事难测,进入21世纪以来,我们每一个人都更加深切地体会到了世界日新月异的变化。自18世纪工业革命以来，二百多年间外部世界和人类社会发生了翻天覆地的变化，这在过去几千年以来是从未发生过的。天不再是原来那个天，地不再是原来那个地，月亮不再是原来那个月亮，太阳也不再是原来那个太阳。人类的宇宙飞船越飞越远，哈勃望远镜越看越远，但是，人类不可能找到宇宙的边界，宇宙也没有边界；因为如果有边界，人类便要探寻边界之外的世界了。如此看来，有些问题恐怕是人类永远也无法了解和认识的，这就使不可知论成为可能。人类对地球的认识越来越丰富和深刻，对生命的理解也越来越精准和清晰，但有关地球的诞生和生命的起源，我们恐怕永远只能得出似是而非的结论。越来越多的人不相信有神论，但也有许多人怀疑无神论。有关唯心唯物，以及什么是第一性的争论早已成为历史，不再显得那么重要。现今这个时代有些人非常注重利益和效益，注重眼下的生活，也就是当下自己的生活，"眼睛都盯住自己的脚前"。至于别人的生活、人类的生活、未来的生活完全可以熟视无睹或者置之不理。过去的事既然已经过去，就让它过去吧；将来的事还没有来到，那就等它来了再说吧。当下就是一切，正如波德莱尔所说："现代性就是过渡，短暂，偶然，就是艺术的一半，另一半是永恒和不变。"现代性不再关注永恒和不变，一切都在变化，唯一不变的就是变化。然而，当变化不再变化时，世界或将成为死寂一片。"山上甚至连静默、寂寞也不存在"，那么，什么时候"唰地来了一炷闪电。然后是一阵湿风带来了雨"？艾略特如是说。

  从不变到变，再从变到不变，人类追求命运共同体，就是追求一种不变的世间观、人生观和价值观。有了不变的精神，然后衍化成世间万物，这应该就是人类的理想境界，所谓"万变不离其宗"。物理学家总是试图发现宇宙的统一原理是什么。有了这个原理就可以解释世间的一切。正如我们以往只知道太阳每日升起落下，星星按照轨道运行，但我们不知道为什么。后来人类发现了万有引力，于是这些便都能合理解释了，并能够精确地计算出它们的轨道和速度。但是，这世界怎么会有万有引力呢？后来物理学家又发现了量子力学，但这些原理却无法统一起来。物理学家现在发现了量子纠缠，但却暂时不知道量子纠缠的原理是什么。人类总在发现，但发现的后面永远还有发现等待着人们去发现。我们不可能掌握了某一原理就可以解释天下的事；掌握了一种真理就可以指导天下人。自然科学况且不能如此，人文科学就更莫能如此了，而到了现代主义及后现代主义，这简直就成了新天方夜谭。当然，也正因为如此，我们有关现代主义及其文学的讨论还可以一直继续下去。

自从上次本书修订之后，我手头总有一两本书随时翻看，看到需要修正、补充、完善的地方总是小心勾画出来，等待着下次修订的机会。果然这机会顺乎自然地到来了。这次修订我们根据时代的变化以及学术发展的需求，适当地删减了一点内容，并且相应地增加了少许内容，对个别错讹的地方也一并加以更正。现代主义是一个最后的经典时代，现代主义之后不再有经典，因此从现代主义经典之中删除一些内容其实是十分困难的，虽然我们知道在今天这样一个读图的时代，将文字阅读删减到最为精粹的状态，应该是合时宜的。另外，需要说明的是，这次修订对某些作家和作品的信息进行了更新，增删了少许引文，并对某些注释也进行了核准。这次修订，我的博士生贾思稷参与了一些工作。我的博士毕业生、河北师范大学讲师任龙参与了最后的修订工作。

现代主义之前是数千年的前现代，现代主义之后是不到百年的后现代，或现代主义之后。现代主义处于一个关键的节点，承前启后，无可替代，因此探讨和研究现代主义永远也不会过时。现代主义的一头是绵延数千年的传统文化，另一头则是延伸到未来的没有尽头的新文化。我们尚处在现代主义之中说着现代主义，有些看不明说不清，大概是"只缘身在此山中"；或者有一天，我们可以身处现代主义之外，再说现代主义，那时也许有某种"看山不是山"的感慨。

曾艳兵
2021 年 8 月 29 日初稿于天津
2021 年 12 月 14 日改定于北京